박 윤 후

제1996년 신영미디어 로맨스 소설 공모에서 〈노처녀 길들이기〉가
당선됐다. 현실에 대한 일탈을 꿈꾸면서도 다양한 삶의 형태를
온몸으로 끌어안으려는 치열한 작가정신이 작품 곳곳에서 배어 있다.
특히 소재의 신선함이 돋보이며, 재기발랄함과 위트, 기발한 상상력 등은
독자들을 사로잡는 독특한 매력이라 할 수 있다.
〈일요연예스포츠신문〉 만화잡지 〈나인〉, 〈잼〉 아마추어 만화동인지 등에
만화를 연재했으며,
현재 한국여성만화인협회 회원이며, 전 한국애니매이션 학원 전임강사,
한국로맨스소설작가협회 초대 회장직을 맡았다.

사막의
남자

사막의 남자

지은이_박윤후 | 초판 1쇄 인쇄_2008년 12월 10일 | 초판 3쇄 발행_2015년 7월 10일 | 발행처_도서출판 청어람 | 발행인_서경석 | 책임편집_조윤희 | 주소_경기도 부천시 원미구 심곡동 163-2 서경B/D 2F | 등록_1999년 5월 31일(제1081-1-89호) | 문의전화 _032)656-4452 | 팩스_032)656-4453 | http://www.chungeoram.com | 전자우편 _eoram99@chollian.net | 어람번호_5-0218 | 파본은 구입하신 서점에서 교환하여 드립니다. 저자와 협의하여 인지를 붙이지 않습니다. 이 책은 도서출판 청어람과 저작자의 계약에 의해 출판된 것이므로, 무단 전재 및 유포 · 공유를 금합니다. 책값은 표지에 있습니다.

ISBN 978-89-251-1581-8 03810

D Decameron 02

사막의 남자

박윤후 지음

도서 출판 청어람

목차

1

 그녀의 손에 쥐어진 물통은 입구를 활짝 벌린 채 아래로 향해 있었다. 그녀는 혀를 내밀어 물통 깊숙이까지 집어넣었다.

 이미 말라 버린 그 물통에서는 습기조차 느낄 수 없었지만, 그녀는 희망을 잃지 않으려는 듯 계속해서 물통 안쪽을 혀로 쓸었다.

 갈증……. 생각해 보면 지난 이십삼 년 동안 계속해서 갈증을 느낀 그녀였다. 태어난 순간부터 삶에 대한 갈증과 그 무엇에 대한 갈증을 느껴왔던 것이다. 그래서 이렇게 사막 한가운데서 말라비틀어진 물통을 쥐어짜고 앉아 있는 것이 당연한 거라고 그녀는 생각했다. 그렇지만 이대로 죽고 싶은 마음은 없었다. 이 검은 대륙을 찾아왔을 때 그녀는 어느 정도 만족감을 느꼈었고, 갈증도 웬만큼 해소되었었다.

지난 일 년 동안은…….

그런데 어느 날 갑자기 알 수 없는 갈증이 다시 몰려와 이렇게 사막으로 나오게 된 것이었다.

피곤함 때문인지 사막의 아지랑이 위로 한국에 있을 친구들과 가족들의 얼굴이 신기루처럼 떠올랐다. 그들은 지금 무얼 하고 있을까? 내가 이십 세가 됨과 동시에 아무 말도 없이 배낭 하나 메고 한국을 떠난 것에 대해 아직도 화가 나 있을까?

그 당시 그녀는 무조건 떠나야겠다는 생각만을 지니고 홍콩으로 갔었다. 그곳에서부터 동남아를 돌고 실크로드를 지났다. 방랑은 쉽지 않았다. 여자라서 위험했던 일은 둘째 치고 우선 먹는 것과 잠자는 것 때문에 일을 계속하며 지도를 밟아가야 했다.

또 비자도 문제였다. 실제로 몇몇 나라는 밀입국을 한 셈이기도 했다. 그렇게 계속 움직여 유럽에서 일 년 반 동안 방황하다 이곳 사하라를 찾아 아프리카로 온 것이 그녀에게는 행운이었다.

그녀의 방랑벽이 잠을 잤으니까. 아마도 친구들과 가족들은 죽었다 깨어난다 해도 절대 이해 못할 거라고 그녀는 생각했다.

대학에 합격하고, 입학식 날 사라져 버린…….

"잠깐만, 아심. 저기 뭔가 보이는 것 같은데?"

앤드류는 모래 위로 시선을 던지며 친구 아심을 불러 세웠다. 아심은 귀찮다는 표정으로 마지못해 앤드류의 시선을 따라갔다. 가늘게 뜬 그의 눈이 하얀 천으로 싸인 물체를 발견했다. 해질 무렵의 태양으로 인해 붉게 물든 새하얀 천은 마치 조그만 석상같이 보였다.

잠시 그 물체를 주시하던 아심이 낙타를 그쪽으로 돌리며 낮은 목소리로 간단히 대답했다.

"가보지."

모래 위에는 아심의 눈에 비쳐진 무엇인가가 있었다. 그리고 그것이 무엇이든 간에 그는 사막에 있는 물건을 그냥 지나칠 남자가 아니었다. 뒤따라가며 앤드류는 싱긋 웃었다.

모래언덕을 지나고 그 물체에 가까워졌을 때 그들은 그것이 사람이라는 것을 알 수 있었다. 앤드류의 한쪽 눈썹이 올라가며 입에서 시원한 휘파람 소리가 흘러나왔다.

"살아 있어?"

어느새 낙타에서 내려 그 사람에게 다가가는 아심에게 앤드류가 물었다. 그 사람은 무릎을 꿇고 앉은 자세로 고개를 숙이고 있었다. 뚜껑이 열린 물통을 쥔 오른손은 허벅지 위에 올려져 있었고, 왼손은 펼쳐진 채로 모래에 박혀 있었다. 앉아 있는 모양새와 하얀 남성용 터번이 길게 늘어진 것으로 보아 몸집이 작은 남자인 듯싶었다.

앤드류는 천천히 낙타에서 내려 자신의 물통을 꺼냈다. 그리고 뒤돌아섰을 때 그는 '헉!' 하고 숨을 급히 들이마시는 아심의 소리를 들었다.

"죽었어?"

아심의 놀란 소리에 서서히 그에게 다가가며 묻던 앤드류의 눈이 갑자기 커졌다.

"이런! 여자잖아! 세상에! 살아 있어? 이 여자 대체 여기서 뭘 하고 있는 거야?"

앤드류의 놀란 목소리에 침착을 되찾은 아심은 여자를 번쩍 안아 들며 피식하고 웃었다.

"살아 있군. 그리고 글쎄…… 아마 사막에서 우물을 파고 있었던 모양이지?"

"네 입에서 농담이 나오는 걸 보니 그 여자가 마음에 드는 모양이군. 화상을 입…… 이봐, 어디로 가는 거야?"

앤드류가 아심을 쫓아가며 다급하게 물었다.

"집으로."

아심은 혀를 끌끌 차며 여자를 낙타에 태웠다. 자신의 낙타에 오르던 앤드류는 그 모습을 보고 웃음을 터뜨렸다.

부대자루를 얹듯 낙타 등에 의식을 잃은 여자를 집어 던지다니!

앤드류는 그녀가 살아날 수 있기만을 바랄 뿐이었다.

탈수증이 심한 정도가 아니라면 낙타 등에 매달려 가며 갈비뼈 몇 개가 부러질 테니까.

"이봐, 아심. 그 여자를 내 낙타에 태우는 게 낫지 않을까?"

그 말에 아심은 생각에 잠긴 듯 눈썹을 모으더니 마침내 고개를 끄덕였다. 아심이 고개를 끄덕이기도 전에 여자를 아심의 낙타에서 끌어 내린 앤드류는 그 가벼움에 다시 한 번 놀랐다. 아심이 짐짝처럼 집어 던진 것도 무리가 아니라는 생각이 들었다. 앤드류가 한 손으로 던져도 농구공보다 높이 넌겨질 것 같았다. 여자를 조심스레 안아 들고 낙타에 오른 앤드류는 자신의 물통 뚜껑을 열어 여자의 입술을 적셔주었다. 그리고 마침내 고개를 든 순간 그는 자신을 바라보고 있는 아심과 시선이 마주치자 멋쩍은 미소를 던졌다.

"여자가 죽기를 바라진 않으니까……."

그 말에 아심이 능글맞은 웃음을 지었다.

"물론 그렇겠지. 우린 여자가 없는 사막에서 열흘밖에 안 보냈으니 네가 딴생각을 할 리 있겠어?"

"이봐, 네 집에 가면 깨끗하고 싱싱한 여자들이 줄서서 날 기다리고 있다는 거 잊지 말라구."

앤드류의 말에 크게 윙크를 해보인 아심은 낙타를 돌려 집으로 향했다.

한낮의 태양이 모래 위의 공기를 흔들어 그 경계선이 희미해지고 있었다.

앤드류의 낙타에 얹혀진 여자가 죽을 정도는 아니라는 판단이선 지금 급하게 집으로 돌아갈 이유는 없었다. 하지만 아심은 서둘러서 낙타를 몰았다.

물론 카를로타가 집에서 그를 기다리고 있기도 했지만 앤드류의 품에 안겨 있는 여자가 은근히 신경이 쓰였기 때문이었다.

저게 해골이지, 어디를 봐서 여자야?

그런 생각에 고개를 젓던 아심의 귀에 뒤따라오며 중얼거리는 앤드류의 목소리가 들려왔다.

'이 여자는 사막에서 뭘 하고 있었을까?

뒤돌아보니 여자는 앤드류의 팔에 안긴 채 죽은 듯 그의 가슴에 얼굴을 묻고 있었다. 낯선 피부색이기에 그녀의 얼굴이 창백한 건지, 열이 나서 붉어진 건지 분간하기가 무척이나 힘들었다.

사막 한가운데 앉아 있는 동양 여자라니.

아마도 캐러밴을 하다가 여행사의 안내원을 잃어버리고 혼자 사막에 동떨어진 거라 생각하고 아심은 코웃음을 쳤다. 그러자 앤드류가 눈썹을 찌푸리며 여자의 얼굴에 햇볕이 안 들도록 그림자를 만들어주었다.

앤드류는 그녀가 의식을 잃은 줄 알고 있는 모양이었다. 아심의 한쪽 입술 끝이 올라갔다.

아마 며칠 동안 모래 위를 걸어다녔겠지.

처음 아심이 다가갔을 때 여자는 코까지 골고 있었다.

정은우, 근 삼 년간 실버레인이라 불린 그녀는 머리가 아파 눈을 떴다. 입 안은 모래가 가득 든 것처럼 목구멍부터 까끌거렸고 사흘 내내 걸어다닌 탓으로 허벅지부터 발가락 끝까지 근육들이 당겼다. 잠시 동안 눈을 껌벅이던 그녀는 신음을 토해내며 상체를 일으켰다.

어두워서 잘 보이지는 않았지만, 자신이 누워 있는 기둥 네 개짜리 침대와 서늘한 감이 도는 시트도 꽤 화려하다는 것을 그녀는 알 수 있었다. 커다란 창문을 통해 사막의 파란 달이 보였다.

순간, 그녀는 어쩌면 어느 돈 많은 남자의 하렘으로 팔려왔는지도 모른다는 생각을 했다. 그녀의 눈썹이 한데로 모아졌다. 대략 열 평 정도의 방 안에 가구라고는 붙박이 옷장과 테이블, 의자 하나, 그리고 침대가 전부였다. 비교적 세련된 방의 구조에 레인의 고개가 한쪽으로 기울어졌다. 사막 한가운데 지어진 집치고는 무척이나 현대적이었다. 그렇게 현대적인 방 구조를 보며 레인은 자신이 묵었던 돼지우리 같던 텐트를 생각하고 피식 웃음을 흘렸다.

아니지, 내가 지금 웃고 있을 때가 아니야. 어쩌면 태양이 떠오르기 전에 이곳을 벗어나야 할지도 몰라.

그런 생각에 황급히 바닥에 내려서던 레인은 맨살에 닿는 서늘한 공기에 화들짝 놀라며 침대 시트를 잡아당겼다.

그녀는 알몸이었다. 그 사실을 온몸으로 깨닫자 레인의 얼굴이 일그러졌다. 아울러 레인의 목구멍에서 '끙' 하는 소리가 흘러나옴과 동시에 뱃속에서 '꼬르륵' 하는 소리도 터져 나왔다.

사막의 밤은 조용했다. 그 적막함을 깨고 그녀의 뱃속에서 나온 소리가 방 안에 메아리치는 것 같았다.

레인은 왜 잠에서 깨어났는지 그제야 기억해 냈다. 그러자 배고프다는 생각에 '꼬르륵' 하는 소리가 멈출 줄 몰랐다. 그녀는 시트를 몸에 단단히 두른 후 한 손으로 배를 꾹 누른 채 걸음을 옮겼다.

이런 곳에서 굶어죽을 수는 없다고 생각한 레인은 문을 열고 살며시 고개를 내밀었다. 좌우를 살펴보니, 복도의 왼쪽 끝은 어둠에 감싸여 있었고, 오른쪽 끝 어디에선가 가느다란 불빛이 새어나오고 있었다. 왠지 알 수 없는 안도감에 그녀는 그 불빛을 따라 조심스레 움직이기 시작했다. 발밑에서 시트 자락이 자꾸만 거치적거렸지만, 그녀는 빨리 그 불빛 가까이 가고 싶은 마음에 시트 자락을 발로 차가며 걸음을 옮겼다.

그리고 마침내 그 불빛에 가까이 다가갔을 때 그녀는 실망감에 약간 휘청거렸다. 그녀가 보고 따라온 불빛은 누군가의 침실에서 새어나오는 것이었다. 게다가 문 안쪽에서는 가느다란 여자의 신음 소리까지 흘러나오고 있었다.

누군가가 여자와 한참 즐기고 있는 것이 분명했다. 왠지 몸에서 힘이 빠진 레인은 아랫입술을 지그시 깨물며 몸을 돌렸다.

그때였다. 시트 자락에 발이 꼬여 레인은 균형을 잡으려 바동대다가 마침내 비명을 지르며 앞으로 넘어지고 말았다. 그녀의 입에서 낮은 비명이 억눌린 채로 터져 나왔다. 레인은 몸을 일으키려 혼신의 힘을 다했지만, 그 와중에도 시트를 놓치지 않으려니 제대로 일어설 수가 없었다. 게다가 그녀는 자신의 등 뒤로 불빛이 쏟아져 나오고 있다는 사실을 알고 있었기에 더욱 서둘러 몸을 일으켜야만 했다.

"아가씨, 그만 바둥대는 게 좋을 듯한데?"

낮고 허스키한 목소리였다. 그렇게 뒤에서 들려온 웃음이 터져 나올 듯한 남자의 목소리에 레인은 온몸이 굳어졌다.

순간 알 수 없는 떨림이 그녀의 전신을 훑고 지나갔다. 레인은 파르르 떨리는 속눈썹을 진정시키기 위해 몇 번 눈을 깜박거렸다. 그리고 천천히 고개를 돌려 방 안에서 흘러나오는 빛을 등지고 서 있는 남자를 올려다보았다.

짙은 색의 아랍식 가운을 입은 채 입술을 비틀며 웃음을 참고 있는 남자가 그녀의 시야에 들어왔다.

검은 곱슬머리에 검은 눈동자, 가운에 가려진 기다란 몸을 따라 시선을 옮기던 그녀가 계속 멍한 표정으로 자신의 얼굴을 올려다보자 마침내 그는 웃음을 터뜨리며 손가락으로 그녀를 가리켰다.

"이런, 이런. 이봐, 제발……."

순간 반사적으로 그의 손가락이 가리킨 방향을 따라 시선을 옮기던 레인은 경악으로 입을 막으며 비명을 질렀다.

바둥대는 바람에 시트가 벗겨져 엎드린 그녀의 엉덩이가 고스란히 드러나 있었던 것이다. 햇빛을 직접 받진 않았어도 오랫동안 아프리카에 있었기 때문에 까무잡잡한 그녀의 엉덩이는 방 안에서 흘러나오는 빛을 받아 음영이 진 채 둥그런 곡선을 그리고 있었다.

"아심, 무슨 일이에요?"

"아무 일도 아니야. 잠시 기다려."

문 안쪽에서 들려오는 여자의 코맹맹이 목소리에 답하며 그가 레인에게 몸을 숙여 팔을 뻗었다. 레인은 시트를 주섬주섬 여미며 무릎을 바닥에 대고 일어섰다.

"다치지는 않았어?"

사뭇 다정한 말투였다. 그가 가볍게 팔꿈치를 잡아 일으켜 세우자 레인은 붉게 상기된 얼굴로 고개를 끄덕였다. 남자에게 맨엉덩이를 고스란히 내보인 것은 처음이라 레인은 어쩔 줄 몰라 하며 고개를 들지 못했다. 넘어질 때 무릎이 바닥에 부딪혔는지 얼얼했지만 지금 상황에서 그녀에게 무릎은 문제가 아니었다. 그렇게 시트를 여미고 있던 레인은 그제야 그가 아직도 자신의 팔꿈치를 잡고 있다는 것을 깨달았다. 그녀의 눈썹이 한데로 모아졌다.

남자의 길고 각진 손가락이 가볍게 그녀의 팔꿈치 안쪽에 닿아 있었기 때문이다. 그의 엄지손가락이 가만히 팔꿈치 끝을 쓰다듬자 레인은 자신도 모르게 몸이 떨려옴을 느꼈다.

"아심! 아심!"

그때 방 안에서 또다시 여자가 부르는 소리가 들려오자 레인의 눈이 번쩍 떠졌다.

침대에 여자를 기다리게 해놓고 감히 나한테 수작을 걸어?

그런 생각에 고개를 쳐든 레인은 코웃음을 치며 그의 손을 뿌리치고 어두운 복도로 몸을 돌렸다. 순간, 다급하게 부르는 그의 목소리가 어깨 뒤에서 외침처럼 흘러왔다.

"이봐! 그쪽은……."

이어 그녀는 허공을 걷는 듯한 느낌과 함께 계단으로 굴러떨어지고 말았다.

배고파서 이런 일이 생기는 거야!

의식이 사라지기 전 마지막으로 그녀의 머릿속에 떠오른 생각이었다.

"앤디, 네가 그 여자의 모습을 봤어야 해. 시트를 두 손으로 움켜쥐고 바둥대는 모습이라니, 그것도 엉덩이를 드러낸 채……. 정작 가려야 할 곳은 가리지 않고 쓸데없는 부분만 가리고 있더라니까."

아심의 표현에 앤드류가 크게 웃음을 터뜨렸다. 언제나 아심은 가슴이 풍만한 여자를 좋아했다. 그래서 그 여자의 작은 가슴을 쓸데없는 부분이라고 표현한 것이다.

"여자들을 존중할 줄 모르는 건 여전하네? 그나저나 그 여자는 사막에서 뭘 하고 있었대?"

앤드류의 질문에 아심의 입술 한쪽 끝이 올라갔다.

"난들 아나. 엉덩이를 내밀어 보이는 여자한테 사막에서 뭘 하고 있었냐고 점잖게 물을 수는 없잖아?"

또다시 앤드류가 크게 웃음을 터뜨렸다.

아심의 말에 의하면 여자와 막 즐기려는 상황에 문밖에서 비명소리가 났다는 것이었다. 거기에 한술 더 떠 문을 열자마자 여자의 엉덩이가 눈앞에 내밀어졌고…….

아심은 말했다, 죽어서 천국에 와 있는 줄 알았다고.

제법 아심의 마음에 드는 엉덩이였던 모양이라고 앤드류는 생각했다. 태어날 때부터 앤드류가 알고 지낸 아심은 언제나 냉정하고 쉽게 농담을 건네는 남자가 아니었다. 이 나라의 정통 계승자라는 위치 때문에라도 언제나 말을 신중하게 골라 해야 했다. 생각해 보면 아심과 앤드류의 관계는 묘한 것이었다.

왕위를 물려받아야 할 앤드류의 아버지가 영국 여자와 사랑에 빠져 결혼했다는 사실에서부터 문제가 발생했다. 그러자 화가 난 현재 국왕, 즉 앤드류와 아심의 할아버지가 다음 계승자로 앤드류가 아닌 작은아버지의 아들 아심을 선택했던 것이다. 하지만 아심은 국왕이 되기를 거부했다. 그리고 앤드류는 국왕이 되고자 했다. 그래서 그들은 합의를 보았다.

앤드류가 할아버지가 선택해 주는 여자와 결혼하는 대가로 왕위를 물려받기로 한 것이다. 이후 아심은 줄곧 하고 싶었던 사업에 뛰어들었고, 이제는 이 나라를 이끌어갈 기업을 만들어냈다.

앤드류는 아심을 주시했다. 그가 밝은 색 옷들을 선호하는 반면 아심은 항상 짙은 색 옷을 즐겨 입었다. 그리고 그가 전통 의상을 좋아하는 것에 비해 아심은 현대식 양장을 좋아했다. 그런 점을 보면 아심은 전통을 이어갈 남자는 아니었다.

"아심, 요즘 북쪽에선 아무 소식 없어?"

"글쎄, 무슨 일인지 한동안 잠잠하군."

아심이 왼쪽 눈썹을 올려 보이며 웃었다. 그의 모습을 보며 앤드류는 고개를 한쪽으로 기울였다. 모든 면에서 아심과 앤드류는 물과 불처럼 다른 사람이었다. 하지만 그들처럼 사이좋은 관계도 없었다.

그래서 더더욱 현재의 상황이 좋지 않을지도 모른다고 앤드류는 생각했다. 한 달 전 할아버지의 병세가 악화되면서 왕위 계승 문제가 본격적으로 불거지자 북쪽 사람들이 반대하며 시위를 시작했던 것이다. 아심만을 국왕으로 받들겠다며 말 그대로 반란을 일으킨 그들을 보며 아심은 단 한 마디만 했을 뿐이었다.

"여간 심심하지 않은가 보군."

그렇게 웃어넘겼던 일이 열흘 전부터 심각하게 변한 것이다.

"생각났는데, 그 여자가 걸어오던 방향도 북쪽 아니었던가?"

"여자가 앉아 있던 방향으로 본다면 그렇지."

"혹시 그쪽에서 무슨 목적으로 보낸 여자가 아닐까?"

앤드류가 미심쩍은 말투로 중얼거리자 아심은 나직이 웃었다.

"설사 그렇다 해도 전문 킬러는 아닐 테니 안심해. 사막에서 잠을 자고 계단에서 굴러떨어지는 걸 보라구."

아심의 능글맞은 미소와 농담에 앤드류는 다시 웃음을 터뜨렸다.

"너 말야, 아심. 언제부터 이렇게 능청스럽게 농담을 잘하는 사람이 된 거지? 설마 나하고 멀리 떨어져 있던 몇 달 동안 사랑하는 여자가 생겼다든지, 그런 건 아니겠지?"

앤드류의 장난스런 말에 아심은 코웃음을 쳤다.

"하! 사랑이라니! 섹스에 끝내주는 여자가 있긴 하지."

언제나 아심은 이런 식으로 사랑을 무시해 버리곤 했다.

"앤디! 그렇게 떨떠름한 얼굴 할 필요는 없잖아?"

앤드류의 찌푸린 얼굴을 보며 아심이 웃으며 항의조로 말했다.

"천만에, 친구야. 난 떨떠름한 얼굴을 한 게 아니라구. 단지 안타까울 뿐이지. 너도 이젠 가정을 이룰 때가 됐잖아. 이제 중년이 다 되어가는 몸이라는 걸 잊지 말라구. 벌써 서른하나잖아."

"하! 네가 여자라면 나보고 그런 말 못할걸?"

아심이 자신의 잔을 들어 보이며 의미심장하게 말하자 앤드류는 포기했다는 듯 한숨을 내쉬었다.

"하긴, 너는 꼭 결혼해야 한다는 법이 없으니까."

"조심해. 부럽다는 말로 들려. 샤를르가 들으면 섭해할 거야."

"그녀가 섭해할 마음이나 있는지 모르겠어. 지금까지 그녀는 내게 손 잡는 것 이상은 허락해 본 적이 없었다구. 나를 사랑하고 있는 건지나 모르겠어."

앤드류의 기운 빠진 목소리에 아심은 피식하고 웃었다.

"너를 사랑하는 건 확실해. 나한테는 손도 못 잡게 하거든."

"지금 나한테 그녀에게 수작을 걸었다고 말하는 건 아니겠지?"

앤드류가 슬며시 미소 지으며 묻자 아심은 시치미를 떼며 한쪽 눈썹을 치켜올렸다.

"왜 아니겠어? 그녀는 사막의 달처럼 차갑다고. 네 약혼녀가 아니었다면 난 달을 따려 했을지도 모르지."

"난 그녀의 그런 차가운 모습이 마음에 걸려."

"넌 감사해야 할 거야. 적어도 그녀는 알몸으로 계단에서 굴러 떨어지진 않을 테니까 말야."

그 말에 둘은 동시에 웃음을 터뜨렸다. 그날 밤 앤드류가 소란스러움에 놀라 방에서 뛰쳐나왔을 때는 아심이 계단 밑에서 그 여자를 시트로 감싸 안고 있었다. 그러면서 아심은 이렇게 중얼거렸었다.

"몸매라곤 정말 볼품없군."

한밤중의 갑작스런 소란으로 모여들었던 남자들은 그 말에 박장대소를 했다. 그 여자가 정신을 잃었기에 망정이지, 아니었다면 수치심에 기절할 정도였다.

"하긴, 샤를르라면 사막에 홀로 있는 그런 무모한 일은 생각도 안 할 거야."

"천만다행한 일이지."

아심이 싱긋 웃으며 동의를 표하자 앤드류는 잠시 생각에 잠긴 듯 눈썹을 모았다.

"그렇지만 샤를르는 너무 약해. 이번에도 그런 가벼운 협박에 신경쇠약 증세까지 보이잖아."

"여자답고 좋잖아? 겁 없이 설쳐대는 것 보단 낫지 뭘 그래. 만약 위층에서 깁스를 하고 누워 있는 여자가 네 약혼녀라고 생각해봐. 아마 네가 신경쇠약 증세에 시달리게 될걸?"

맞는 말이었다. 앤드류는 조용하고 신경 쓰이지 않는 여자가 좋았다. 하지만 샤를르는 너무 조용했다. 고개를 절레절레 흔들며 앤드류는 의자에서 일어나서 기다란 몸을 쭈욱 펴 기지개를 켰다.

"아심, 그녀를 만나보러 올라갈 건데, 넌 안 갈래?"

앤드류의 물음에 아심은 의미심장한 미소를 지었다. 왠지 사악해 보이는 미소였다.

2

"**오**늘은 일어나겠어요."

말도 안 되는 일이야. 한 시간 이상 한곳에 앉아 있지도 못하던 내가 이틀이나 한 침대에 누워 있다니!

침대 옆에서 어슬렁거리는 여자는 레인의 말을 못 알아들었는지 얼굴에 미소를 띤 채 계속 왔다 갔다 하기만 할 뿐이었다. 레인은 고민에 잠겼다. 일 년 동안 어깨너머로 배운 그들의 언어로 뭐라 말을 붙여볼까도 생각했지만, 이곳이 어디인지조차 알 수가 없었다. 한동안 머물렀던 부족 사람들에게서 그녀는 이 나라의 정세가 몹시 불안정하다는 이야기를 들은 터였다.

"여보세요. 여보세요? 여보세요!"

레인은 그 여자의 시선을 붙잡으려 팔을 휘둘러 보았다. 마침내 그 여자가 빙그레 웃으며 다가오자 레인은 손을 들어 침대 밖을 가리켰다. 지난 삼 년간 말이 통하지 않으면 손짓, 몸짓으로 대화를 해왔던 그녀였다.

"일어나고 싶어요!"

한 자 한 자 천천히 발음하며 두 손가락으로 걷는 모션을 취해 보이자 이틀 동안 그녀를 돌봐준 여자는 고개를 가로저었다. 고집을 꺾지 않는 여자를 성난 시선으로 노려보던 레인은 불쑥 자신의 이름을 입 밖으로 내어 말했다.

"레인."

침대 앞에 서 있던 여자가 눈을 동그랗게 뜬 채 알 수 없다는 표정을 지어 보였다.

"내 이름은 실버레인이에요. 원래 은우인데, 영문으로 풀었어요."

"레인이라니, 사막하고는 어울리지 않는데?"

갑자기 문 쪽에서 들려오는 미성의 남자 목소리에 레인은 고개를 홱 돌렸다. 하지만 이틀 만에 처음으로 영어를 할 줄 아는 사람을 만났다는 기쁨도 잠시, 문 앞에 서 있는 두 남자를 본 순간 그녀의 얼굴이 어두워졌다. 밝은 금발에 푸른 눈을 지닌 남자 옆에 이틀 전 밤, 자신의 엉덩이를 보았던 남자가 서 있었다.

그들 둘 다 얼굴에 웃음을 감추려 노력하는 것이 선명하게 보였다. 레인의 눈이 가느다랗게 찢어졌다.

"다리는 괜찮은가요?"

푸른 눈의 남자가 다가오며 묻자 레인의 입술이 빈정거리듯 올라갔다. 그때 옆에서 어슬렁거리던 여자가 그들에게 아랍식으로 두 손을 모아 인사한 뒤 밖으로 나가려 하는 것이 보였다.

"잠깐만요. 이봐요, 통역 좀 해줘요."

그렇게 레인이 다급하게 푸른 눈의 남자에게 명령조로 말하자 두 남자의 눈썹이 동시에 올라갔다. 금발은 오른쪽, 흑발은 왼쪽 눈썹이었다. 평소 같으면 그들의 똑같은 표정에 한 편의 코미디 영화 같다고 박장대소를 했을 그녀였다. 하지만 기분이 언짢은 레인에게는 그것조차 자신을 놀리는 것처럼 보였다.

"그동안 고마웠어요. 그리고 이름이 뭐예요?"

푸른 눈의 남자가 레인의 말에 고개를 숙이며 싱긋 웃고는 통역을 해주자 여자는 주저하는 모습으로 대답했다.

"자신이 오히려 고맙다는군. 그리고 그녀 이름은 아민이고, 소인은 앤드류라고 합니다. 하지만 그냥 앤디라고 불러줘요."

앤드류의 능청스런 말투에 레인은 피식 웃었다.

"실버레인 정이에요. 하지만 그냥 레인이라고 불러줘요."

그녀가 말투를 그대로 따라 하며 고개를 까닥해 보이자 앤드류는 다시 웃으며 침대에 걸터앉았다. 더블침대라 넓었지만 왠지 미심쩍은 구석이 없지 않아 레인은 슬금슬금 옆으로 몸을 피하며 창틀에 기대앉아 있는 검은 머리의 남자를 곁눈질로 바라보았다.

그런 그녀의 시선을 따라 창 쪽을 돌아본 앤드류가 갑자기 큰 소리로 웃음을 터뜨리며 자신의 이마를 손바닥으로 가볍게 쳤다.

"참! 둘은 인사할 틈이 없었지? 저쪽은 내 둘도 없는 친구이자 사촌인 아심이야."

앤드류의 소개에 레인은 입술을 삐죽거렸다. 그녀는 그날 밤 여자가 그를 부르는 소리를 들어 이미 이름을 알고 있었다. 아심이 앤드류의 소개에 고개를 옆으로 까닥하며 웃어 보였다. 그리고 그 특유의 낮은 목소리로 말했다.

"안녕하시오, 미스 엉덩이."

아심을 노려보는 레인의 눈에 불꽃이 튀자 그들은 동시에 웃음을 터뜨렸다. 사람을 앞에 두고 이런 무안을 주다니! 레인은 가까스로 분노를 다스렸다. 하지만 어차피 이곳을 떠나면 다시는 볼 일 없는 사람들이었다. 그녀는 그 사실로 스스로를 위로했다.

"그런데 레인, 사막에서 대체 뭘 하고 있었던 거지?"

앤드류가 다시 시선을 던지며 질문하자 레인은 어깨를 으쓱해 보이며 그의 얼굴을 마주 보았다. 순간, 그녀는 아찔함을 느끼고 눈을 깜박였다. 맑은 눈동자, 빨려들 듯한 푸른 눈동자가 햇빛을 받아 투명해 보였다. 곧게 뻗은 코에 매끈하게 면도한 볼과 턱이 그의 얼굴을 더욱 투명하게 해주었다.

그녀의 입이 벌어졌다. 가까이에서 본 그 남자의 얼굴이 너무 완벽하게 생겼기 때문이다.

거기에 부드럽게 흘러내린 가느다란 금발은 잔잔한 바람에도 흔들릴 듯한 머릿결이었다. 그리고 미소를 머금어 한쪽 끝이 올라간 얇은 입술, 그녀의 시선이 그의 입술에서 떨어질 줄을 몰랐다. 수많은 푸른 눈의 금발 남자들을 만나봤지만 이렇듯 사람을 끌어당기는 남자는 처음이었기에 레인은 순간적으로 당황했다. 하다못해 그 남자가 입은 흰색 양복도 눈이 부실 정도였다.

"갑자기 기억상실증에라도 걸린 모양이군. 아니면 말 그대로 앤디에게 뻑 간 건가?"

얄미운 아심의 낮은 목소리였다. 레인은 입을 다물고 창 쪽을 흘끗 노려보았다. 슬그머니 손을 들어 입 주위로 가져가 혹시라도 침을 흘렸는지 확인하며…….

"여행하고 있었어요."

"사막에서? 가이드도 없이? 아니면 일행을 잃어버린 건가?"

중얼거리듯 물으며 앤드류가 눈썹을 찌푸렸다. 그러자 앤드류의 가늘어진 눈 사이로 길게 빠져나온 속눈썹이 햇빛에 반사되어 반짝였다. 황홀한 듯 그 모습을 바라보던 레인은 헛기침을 했다.

"혼자 여행하고 있었어요. 원래 혼자 여행하길 좋아하거든요."

"뭐 볼 게 있다고 사막을 혼자 여행한 건지 이해가 안 가는군. 하긴, 당신 같은 여자는 전갈도 피해가겠어."

아심이 코웃음을 치며 빈정거렸다.

"댁 같은 사람이 없는 파라다이스를 찾을 수 있을 줄 알았죠."

그녀는 퉁퉁 분 목소리로 대답하고 그들의 눈치를 살폈다. 이쯤에서 자신을 구해준 것에 대해 감사를 해야 할지 말아야 할지 고민하던 레인에게 여전히 퉁명스런 목소리로 아심이 질문을 던졌다.

"얼마 동안 여행했지?"

"삼 년."

짧게 대답하는 레인을 바라보던 앤드류의 눈이 커졌다.

"사막에서?"

"아뇨. 동남아를 돌아 유럽으로 갔다가 일 년 전 사막으로 왔어요."

레인은 그들의 신분을 알고 싶었다.

"어느 나라 사람이지? 동양인이니…… 일본?"

앤드류의 질문에 레인의 눈썹이 모아졌다. 지난 삼 년간 처음 만난 이들 대부분이 똑같이 그녀에게 일본인이냐고 물었었다.

"코리아."

"코리아? 음, 그러니까…… 그럼 삼 년 전부터 혼자 여행한 건가?"

잠시 더듬거리며 앤드류가 믿어지지 않는다는 듯 묻자 레인은 고개를 끄덕였다.

"몇 살이지?"

그녀는 키가 작았다. 158㎝에 몸집도 작을뿐더러 얼굴도 동안이었다. 동그란 눈에 작고 도톰한 입술은 삼 년 동안 한 번도 손질하지 않아 제멋대로 자란 머리칼이 덮고 있었다. 거기에 여행하면서 제대로 끼니를 챙겨먹지 못해 갈비뼈가 보일 정도로 말라 있었다. 그나마 고생한 덕에 근육이 좀 붙어 다행이긴 하지만…….

"한국 나이로 스물셋이고, 만으로 스물두 살이에요."

그녀의 대답에 앤드류의 눈이 더욱 커졌다.

"그럼, 지니고 있던 가방 하나 메고 그 많은 곳을 혼자 돌아다녔단 말야?"

"네."

레인은 싱긋 웃었다. 그리고 이때다 싶어 그들에게 감사의 인사를 하려고 입을 열었다. 그렇지만 그녀의 입술은 아심의 빈정거림에 다시 다물어지고 말았다.

"여자 주제에 겁도 없군."

아심의 허스키한 목소리에 레인의 고개가 저절로 창 쪽으로 돌아갔다. 아심이 그녀를 노려보며 서 있었다. 레인은 기가 막히다는 표정으로 그를 마주 노려보았다.

여자 주제에? 정말이지 끔찍한 남성우월주의자였다. 마치 여자는 겁이 있어야만 한다는 법이라도 있는 듯 그는 당당하기만 했다.

이 나라는 확실히 미개했다. 남자들 말이 곧 법이었다. 언젠가 레인은 아버지뻘 되는 남자에게 청혼을 받은 적이 있었다. 그때 그녀는 모래 위로 쓰러지며 주체할 수 없이 웃음을 터뜨렸었다.

그녀는 '나의 네 번째 아내가 되어주겠소?'라는 프러포즈를 받고 어떤 여자가 그러겠다고 대답하는지 궁금하기도 했다.

"위험하지 않았나? 우리가 사막에서 당신을 발견하지 못했다면 죽을 수도 있었을 텐데."

"그랬겠죠. 그 점에 대해 언제 감사 인사를 전할까 고민하고 있었어요. 난 방랑벽이 심한 편이에요. 그래서 고등학교를 졸업하자마자 배낭 하나 메고 여행을 떠나기로 결심했었죠. 그리고 어느 날 눈을 떠보니 사막에 떨어져 있더군요. 그 후 일 년 동안은 방랑벽이 잠든 것처럼 느껴졌었어요. 그런데 갑자기 사막이 날 부르는 거예요. 할 수 없이 또다시 사막으로 나왔어요. 기억에 이틀을 내리 걸었던 것 같아요. 그리고 이제 죽는구나 하고 생각했는데…….. 감사드려요."

레인은 어색하게 웃으며 어깨를 으쓱해 보였다.

"왜 그랬지? 죽음이 두렵지 않아?"

그녀는 그 질문을 스스로에게 수백 번도 더 물었었다. 왜, 왜 한국에 있지 않고, 남들처럼 평범하게 살지 않고 이 고생을 자처하는지. 왜 한곳에 머물지 못하는지 그녀는 자신에게 묻고 또 물었었다. 그렇지만 그녀는 항상 떠나야 했다. 그 무엇인가를 찾아.

"죽는 게 뭐 대수인가요?"

그녀의 자조적인 말에 앤드류는 고개를 돌려 아심을 바라보았다. 둘의 시선이 잠시 교차되며 침묵이 흐르더니 곧이어 그들의 언어로 대화가 시작되었다.

그들이 소리 죽여 말하는 바람에 다는 알아들을 수 없었지만 대충 듣기로는 앤드류가 그녀에게 뭔가 부탁할 일이 있는 모양이었다. 그것을 아심이 가능성이 없다고 말하는 듯했다. 레인이 모르는 척 멀뚱멀뚱 쳐다보자 아심이 그녀를 가리키며 말했다.

"아무도 안 믿을 거야."

그 말에 앤드류가 그녀를 돌아보았다. 그의 시선이 그녀의 얼굴을 섬세하게 돌아다니더니 잠시 눈을 감았다. 레인은 무슨 부탁이기에 저리 힘드나 하는 생각에 고개를 한쪽으로 기울였다.

"무슨 일이에요?"

마침내 먼저 입을 열고 말았다. 그러자 그들은 잠시 그녀를 주시하더니 앤드류의 난감한 표정에 아심이 천천히 입을 열었다.

"당신에게 부탁이 있는데, 그전에 미리 알려줘야 할 게 있어."

그의 허스키한 목소리에 레인은 고개를 끄덕였다.

"죽음을 각오해야 하는 일이야. 부탁을 들어주겠어?"

레인의 입이 벌어졌다.

믿어지지 않았다. 죽음을 각오해야 하는 일이라면 적어도 어떤 일이라는 것 정도는 사전에 설명해 줘야 하는 것 아닌가? 저 남자도 어지간히 말재주가 없는 모양이라고 그녀는 생각했다.

지금까지 본 그의 모습으로 어느 정도 짐작은 하고 있었지만, 레인은 새삼스럽게 그의 무뚝뚝함에 놀라는 자신이 신기했다.

조금의 설명도 없이 무작정 죽음을 각오해야 하는 일이라니……

그런 생각에 그녀의 입술 끝이 슬그머니 올라갔다.

"그전에 짚고 넘어가야 할 게 있어요. 죽음을 각오해야 하는 일이라면 보수가 있어야 하지 않겠어요?"

"우린 이미 당신의 목숨을 한 번 구해준 것 같은데? 아니, 계단에서 굴러떨어져 죽을 뻔한 것까지 두 번인가?"

아심이 빈정거리자 앤드류가 얼굴을 찌푸렸다.

"얼마면 되겠어?"

그녀는 딱딱한 말투로 묻는 앤드류를 바라보았다.

집을 보면 이 나라에서 꽤 부자인 듯한데 어디서나 있는 놈들이 더 인색하다고 생각하며 레인은 혀를 끌끌 찼다. 하지만 그녀의 그런 모션에 긴장한 듯 앤드류는 웃음기 없는 얼굴로 그녀의 대답을 기다리고 있었다. 레인은 갑작스런 장난기에 밝게 웃음 지었다. 그리고 그의 눈을 주시한 채 속삭이듯 대답했다.

"죽음을 각오해야 하는 일이라면……. 죽음도 불사하는 사랑을 주세요."

그녀의 말이 끝나기가 무섭게 앤드류가 급히 숨을 들이마셨다. 곁눈질로 보니 아심의 눈이 가느다랗게 변해 있었다. 레인의 눈동자가 즐거운 듯 반짝였다.

"진심인가?"

앤드류가 숨넘어가는 목소리로 물었다.

"네, 죽음도 불사하는 사랑을 준다면 그 어떤 일도 하겠어요."

그녀의 밝은 목소리와는 대조적으로 두 남자의 시선이 무겁게 교차되더니 앤드류의 얼굴이 붉어졌다. 레인은 그런 앤드류를 보며 가슴이 두근거림을 느꼈다. 어느 정도는 장난이지만 본심이 아예 없는 것도 아니었다. 레인은 아직까지 사랑이라는 감정을 느껴본 적이 없었다. 하지만 앤드류 같은 남자라면 국적을 떠나 사랑을 해볼 수도 있을 것 같았다.

마침내 아심이 입술을 비틀며 코웃음을 쳤다.

"유감이군. 앤디는 그 '죽음도 불사하는 사랑'을 줄 수 없으니."

레인은 그 말에 가슴 한구석이 뭔가에 쿡쿡 찔리는 느낌을 받았다. 그렇지만 그녀는 금방 그 아픔을 이겨내었다. 그녀는 언제나 무(無)가 아니면 유(有)였다. 그리고 감춰진 희망이 있었다. 그래서 사막을 좋아하는 것인지도 몰랐다. 뜨거움이 있는 낮과 그것이 없는 밤이 있고, 숨겨진 물을 지닌 모래가 좋았다. 그녀는 아무렇지 않은 듯 어깨를 으쓱해 보였다.

"그럼, 어쩔 수 없군요. 난……."

"잠깐만! 아심, 네가 그 사랑을 주면 되잖아?"

앤드류가 갑자기 그녀의 말을 자르며 아심을 향해 간절하게 말했다. 아심과 레인은 동시에 경악했다.

"말도 안 돼요! 그런 일은 있을 수 없어요. 설사 그럴 수 있다 해도 난 싫어요!"

"그런 말도 안 되는 일에 저 여자가 오케이 한다 해도 내가 싫어!"

그리고 동시에 그들은 서로를 노려보았다. 아심은 감히 자신을 거부하는 여자가 있다는 것이 믿어지지 않는다는 듯이, 레인은 누가 너 같은 남자의 사랑을 원하겠냐는 듯한 표정이었다.

"레인, 진정해요. 아심도 알고 보면 꽤 좋은 남자요."

앤드류가 둘 사이를 가로막으며 레인에게 달래듯 말을 건넸다. 그녀는 앤드류의 이마에 흐르는 땀을 보며 본의 아니게 피식하고 웃고 말았다. 에어컨으로 시원한 방 안에서 식은땀을 흘리는 것을 보니 여간 심각한 일이 아닌 모양이었다.

"난 나 자신을 위한 일이 아니면 죽음을 담보로 내놓는 일 같은 거 하지 않아요."

"그 여자 말대로야, 앤디. 만약 우리가 그 일을 받아들이면 네가 나한테 어떤 일을 하는 건지 알아? 너의 사랑과 명예 때문에 내 사랑의 목숨을 고스란히 내놓게 되는 거라구."

아심이 그들 나라 말로 나직이 말하자 앤드류도 그들 언어로 답했다. 목소리를 낮추지 않는 것을 보니 그녀가 그들 말을 전혀 못 알아들을 거라고 믿어 의심치 않는 모양이었다.

"하지만 어차피 이 여자는 이곳을 떠나 또다시 위험한 여행을 시작할 텐데?"

"죽음을 감수해야 하는 건 아니지. 혹시 이곳을 떠나 집으로 돌아갈지도 모르고……."

아심은 기분이 나쁜 모양이었다. 레인은 계속 시치미를 떼고 앉아 그들의 대화 내용이 궁금하다는 표정을 짓고 있었다.

"그럴까? 아심, 솔직히 이 여자가 걱정되는 게 아니라 사랑을 할 수 없는 거 아냐? 그렇다면 굳이 사랑할 필요는 없어. 사랑하는 척하는 건 네 특기잖아."

앤드류의 말에 아심의 눈이 더욱 가늘어졌다.

"앤디, 너무 잔인하군. 난……."

"난 저 남자의 사랑 필요없어요!"

더 이상 듣고만 있기에는 그녀의 자존심이 허락지 않았다. 입을 삐죽거리며 영어로 아심의 말을 자른 레인은 팔짱을 끼고 허리를 곧게 폈다. 그녀의 사나운 눈빛이 햇살을 등지고 있는 아심에게 꽂혔다. 그녀에게 있어 사랑은 금단의 열매와 같았다. 지금까지 한 번도 사랑을 해본 적이 없는 그녀는 사랑에 대한 환상을 지니고 있었다. 그런 그녀에게 사랑하는 척한다는 것은 그녀의 자존심보다 환상을 건드리는 상처가 되었다.

더군다나 그녀는 미인이라고는 할 수 없지만, 그래도 지금껏 많은 남자들의 구애를 받아왔었다. 그런데 이런 곳에서 잘난 척하는 두 남자의 농담거리가 되고 있다니! 레인은 참을 수가 없었다.

여자를 대체 뭐로 아는 거야! 자존심도 없는 애완동물인 줄 아나?

그렇게 분을 참지 못해 한동안 아심을 노려보던 그녀는 천천히, 아주 천천히 그의 입가에 자리하는 미소를 보고 이를 악물었다. 뭔가 꿍꿍이가 있는 미소였다. 미심쩍은 눈초리로 그를 노려보던 레인은 마침내 그의 입에서 나온 말에 신음을 내뱉었다.

"앤디, 내가 그녀에게 보수를 지불하지."

"그 얘기는 끝났어요. 더 이상 물고 늘어지지 마세요. 어쨌든 난 그 일이 무엇인지 알기 전엔 절대, 절대 수락하지 않을 거예요."

그녀의 말이 끝나자 앤드류는 길게 한숨을 쉬고 아심을 바라보았다. 그리고 그녀에게로 고개를 돌린 뒤 힘겹게 입을 열었다.

"내 약혼녀가 되어주는 거야."

3

레인은 한동안 입을 다물지 못했다.

레인의 눈에 비친 앤드류는 근사하기 짝이 없었다. 그런 그의 약혼녀가 되는 것이 왜 죽음을 각오해야 하는 일인지 이해할 수가 없었다. 그녀의 멍한 시선이 앤드류와 아심 사이를 왔다 갔다 했다. 결국 그녀는 혹시 이 남자들이 변태나 동성연애자들이 아닐까 하는 생각까지 하게 되었다. 그런 이유가 아니고서야 왜 이토록 멋진 남자의 약혼녀가 되는 것이 위험하단 말인지 이해가 되지 않았기 때문이다.

생각이 거기에 미치자 그녀의 눈이 의심으로 조그맣게 변했다.

"당신들…… 혹시 동성연애자인가요?"

마침내 그녀가 주저하며 묻자 그들의 몸이 동시에 굳어졌다. 그런 그들의 표정을 본 레인은 하마터면 웃음을 터뜨릴 뻔했다. 아심은 자존심을 짓밟힌 표정으로 믿지 못하겠다는 듯 레인을 노려보았고, 앤드류는 끔찍하다는 표정으로 아심을 바라보았다. 한마디로 벼락 맞은 얼굴들이었다. 곧이어 그들이 비명을 지르듯 큰 소리로 외쳤다.

"당신, 사막에서 머리가 어떻게 된 거 아냐?"

"레인, 정말 너무하군. 그런 끔찍한 농담을 하다니!"

진저리까지 치는 앤드류였다. 그 모습에 레인은 웃음을 참지 못하고 침대 위로 얼굴을 파묻고 웃음을 터뜨렸다.

아심은 기분이 몹시 나빴다.

여자 같지도 않은 저 여자가 벌써 자신의 남성다움을 두 번째로 모욕한 것이었다. 그는 지금껏 여자들의 시선 속에서 살아왔다고 해도 과언이 아니었다. 이상하게도 모든 여자들이 섹시하다며 그를 좋아하고 따랐다. 그런데 볼품없고 여자다운 데라고는 눈곱만큼도 없는 저 여자가 그를 남자답지 못한 남자로 치부한 것이다.

동성연애자라고?

그의 눈이 번쩍였다. 그녀는 침대에 얼굴을 박고 어깨를 들썩이며 웃고 있었다. 두 손은 침대 시트를 꼭 붙든 채로 마치 침대를 누르려는 손을 억지로 그러모아 쥔 듯이 보였다.

"재미있나 보군."

그의 말에서 불쾌하다는 느낌이 뚝뚝 떨어졌다. 앤드류도 얼굴을 잔뜩 찌푸린 채 그녀를 내려다보고 있었다.

"당신…… 당신들이 아무런 설명도 덧붙이지 않았기 때문이에요. 생각해 보세요. 죽음을 각오해야 하는 일이 앤디의 약혼녀가 되는 거라니……. 앤디가 연쇄살인범이거나 뭐……."

레인은 싱긋 웃으며 어깨를 으쓱해 보였다. 아심은 그녀의 가냘픈 어깨가 살짝 올라갔다가 제자리로 내려가는 모습을 노려보았다. 그녀에게는 조금 큰 아랍식 가운 때문에 쇄골선이 선명하게 드러나 있었다. 가는 목선에서 어깨로 이어지는 선을 연결한 뼈가 두드러져 보였다. 갑자기 그는 그 뼈를 만져 보고 싶은 유혹을 느꼈다. 갈색으로 그을린 살결 위로 어둡게 꺼져 있는 뼈의 윤곽을 쓰다듬고 싶었다.

그는 그 생각을 털어내듯 코웃음을 치고 창틀에서 몸을 일으켰다.

정신 차려! 저 여자는 몸에 있는 모든 뼈가 보일 정도라고!

"레인, 그런 일이 아냐. 좀 복잡한데……."

앤드류가 도와달라는 듯 눈치를 줬지만 아심은 무시했다.

"난 머리가 단순해요. 그러니까 간단하게 설명해 줘요. 참! 그전에 당신들이 뭘 하는 사람들인지 알려주세요."

그녀는 당돌했다. 지금껏 그들에게 이렇게 당돌하게 명령조로 말한 이는 단 한 명도 없었다.

"아, 그것부터 이야기하는 게 쉽겠군. 레인, 우린 이 나라 국왕의 정통 계승자와 왕자야."

또다시 그녀의 입이 벌어졌다. 살짝 열린 입술 안쪽으로 붉은 혀끝이 엿보였다. 아심은 눈썹을 찌푸리며 시선을 앤드류에게 돌렸다.

"그러면, 난 왕궁에 있는 건가요?"

"아니, 아심의 집에 있는 거야. 아심은 정통 계승자이지만 국왕이 되기를 거부하고 자신의 사업을 하고 있지. 그래서 왕궁이 아닌 이곳 동쪽에 혼자 사는 거고."

"이해가 안 가요. 그럼 내가 당신 약혼녀가 되는 걸 허락한다면, 난 왕비가 되는 건가요?"

레인이 혼란스러운 표정으로 물었다. 그녀 스스로도 의문인 모양이었다. 어떻게 자신 같은 여자가 그런 제안을 받게 된 건지 이해할 수 없다는 표정이었다.

주제를 잘 아는군.

"앤디에겐 정식 약혼녀가 있어. 당신은 얼마 동안 그의 약혼녀 행세를 해주기만 하면 되는 것뿐이지."

답답하다는 듯 아심이 옆에서 앤드류를 거들었다.

"아! 그러니까 대리 약혼녀 행세를 해달라는 거군요? 그런데 그게 왜 위험해요?"

"레인, 이 나라의 신문을 읽어본 적 있어?"

앤드류의 질문에 레인은 고개를 가로저으며 눈을 내리깔았다.

"글을 읽을 줄 몰라요. 말도 인사말 정도밖에……."

아심은 눈을 가늘게 뜨고 그녀를 바라보았다.

"일 년 동안 사막에서 지낸 사람이 인사말 정도밖에 모른다구?"

"난 많은 나라를 다녔어요. 어떻게 일일이 그 나라 말들을 배워요? 그냥 손짓 몸짓으로 대화를 하는 게 빠르죠. 게다가 나 자신도 언제 그곳을 떠날지 알 수 없는데, 그 나라 말을 배울 순 없었어요."

앤드류는 안도의 한숨을 내쉬었다. 적어도 그녀가 북쪽에서 의

도적으로 보내진 사람이 아니라는 것은 분명했다.

"레인, 사막의 나라들이 좀 시대에 뒤떨어졌다는 건 알고 있겠지? 그렇지만 우리나라는 근 오 년간 많은 발전을 해왔어. 아심 덕분이지. 젊은이들에게 의무적으로 영어와 컴퓨터 교육을 시켰고, 도시를 개발해 왔어. 특히 북쪽 부족들은 원래 물이 부족한 곳이라 도시 개발이 어렵던 것을 아심이 물이 풍부한 서쪽에서 끌어와 그것을 가능케 했지. 아심이 북쪽 부족들에게 인기가 있는 이유도 그 때문이고."

그녀는 이해가 간다는 듯 고개를 끄덕였다. 그러자 앤드류는 자신의 얼굴을 한 손으로 쓸어내리고 다시 입을 열었다.

"이 나라는 모든 면에서 현대적으로 변했지만 제도만은 과거의 것 그대로지. 국민들은 부족 단위로 자치제를 이루고 있지만, 그들을 대표하는 우두머리보다 국왕이 우선이거든. 그런데 얼마 전 북쪽 부족들 몇이 국왕의 결정에 반대를 하고 나섰고, 그때부터 일이 시작됐어. 원래대로 하자면 정통 혈통을 이어받은 아심이 국왕이 되어야 한다는 거지. 내 어머니가 영국인이라는 이유로 나를 왕으로 받드는 걸 반대하는 거야. 게다가 원래 아심은 그들의 우상이고……."

그가 씁쓸한 표정으로 말끝을 흐리자 레인은 그의 손을 잡았다.

"그들이 아직 모를 뿐이겠죠. 당신은 아심 못잖게 이 나라를 위해 많은 일을 할 수 있을 거예요. 그만큼 이 나라를 사랑하고 있고요."

뼈가 두드러진 그녀의 가냘픈 두 손이 앤드류의 섬세하고 긴 손가락을 감싸고 있었다. 아심은 살짝 눈을 감았다. 뼈가 앙상하게 보이는 여자는 절대 그의 취향이 아니었다.

"고마워, 레인. 그런데 한 달 전 현재 국왕인 할아버지께서 병세가 위독해지시면서 그들이 더욱 내가 왕위에 오르는 것에 반대를 하고 나선 거야. 열흘 전까지만 해도 무시해 버릴 수 있는 상황이었는데, 갑자기 그들이 협박을 해왔지. 내 약혼녀를 해치겠다고 말야. 그녀는 지금 궁에서 한 발자국도 나오려 하지 않아."

앤드류의 말이 끝나자 그녀는 무언가 골똘히 생각하는 듯 앤드류의 손을 잡고 있는 자신의 손을 바라보았다. 앤드류도 그녀의 손을 내려다보았다. 아심은 그들 앞에서 코웃음을 쳤다.

무리야. 저렇게 비쩍 마른 여자가 그런 일을 할 수 있으리라고는 장담 못해. 하긴, 샤를르와는 달리 신경이 낙타 심줄만큼 질겨서 잘 버틸지도 모르지. 어쩌다 이 지경까지 된 거지?

어쨌든 레인은 묘한 여자였다. 작은 몸집에도 불구하고 사람들을 편하게 감싸 안는 면이 있었다. 앤드류도 그것을 느낀 듯했다.

"자, 그럼, 내가 어떻게 해야 하죠?"

마침내 그녀가 시원하게 침묵을 자르며 앤드류의 손을 다독였다.

"우선 언론에 샤를르와의 파혼을 선언하고 잠시 공백을 두면서 북쪽의 반응을 지켜보는 게 좋을 것 같은데……. 어때, 아심?"

"그게 좋겠군. 그때 봐서 레인과 위장 약혼을 해야 하고……."

아심의 말에 레인은 싱긋 웃으며 손가락을 들어 흔들어 보였다.

"오, 노, 아심. 이런 일은 극비로 해야 하는 거라구요. 그러니까 앞으로는 그냥 앤디와 나의 약혼이라고 해주세요."

장난스런 그녀의 말투에 앤드류는 웃음을 터뜨렸지만 아심은 웃을 수가 없었다. 왠지 무언가 그의 심기를 불편하게 만들고 있었다.

"그럼, 난 잠시 궁에 다녀와야겠어. 언론에 알리기 전에 샤를르를 설득해야 할 테니까. 혹시 다른 여자와 약혼을 한다면 조금 질투를 할지도 모르지."

앤드류는 의미심장하게 아심에게 말한 뒤 침대에서 일어났다. 그러자 레인은 기지개를 켜며 그에게 윙크를 했다.

"그녀에게 내 사진이라도 보여주세요. 당신을 의심했다가도 금방 당신 말을 믿을 거예요. 참! 그러고 보니 사람들이 당신이 그녀를 버리고 날 선택했다는 말을 믿을까요? 안 믿을 것 같은데……."

그녀의 중얼거림에 아심은 뜨끔했다. 아까 앤드류에게 자신도 똑같은 말을 했던 것이다. 그녀가 주제파악을 제대로 하고 있다는 것은 다행이지만 왠지 기분이 께름칙했다.

"아심, 내가 없는 동안 그녀를 잘 돌봐줘."

"걱정 마."

아심이 간단하게 대답했지만, 앤드류는 그를 믿을 수가 없었다.

"앤디, 걱정 말고 다녀와요. 샤를르에게 내 안부도 전해주고요."

앤드류는 그녀의 인사에 고개를 갸웃거렸다.

레인은 마치 샤를르가 오래된 친구인 양 말하고 있었다. 그뿐이 아니었다. 아심과 그 자신을 사내아이 대하듯 하고 있었다. 서둘러 궁에 돌아갈 준비를 하는 앤드류에게 너무 서두르지 말라고 충고까지 해준 것이다.

"그래, 걱정 말라구. 잊었어, 앤디? 난 레인에게 죽음도 불사하는 사랑을 맹세했다고."

아심이 능청스럽게 말하자 레인은 발끈하며 눈을 부릅떴다. 그리고는 휠체어의 팔걸이에서 손을 들어 팔짱 끼며 어깨를 폈다.

"어머, 내가 말 안 했나요? 그 보수는 필요없어요. 그 사랑을 뛰어넘는 당신의 희생적인 우정을 보았으니까요."

그 말에 앤드류는 웃었다. 레인은 아심이 자신을 어떻게 생각하는지 여자의 직감으로 아는 모양이었다. 그렇지만 이상했다. 그녀는 보면 볼수록 매력적이었다. 포니테일 스타일로 묶은 머리 때문에 동그란 눈과 귀여운 코가 도드라져서만은 아니었다. 당돌한 말투와 시원시원한 손짓 섞은 모션도 왠지 익숙해질수록 매력적으로 보였다.

"희생적인지 아닌지는 두고 보면 알겠지."

아심이 예의 그 빈정거림을 섞어 말하자 레인은 알 수 없는 말로 중얼거렸다. 아마도 그녀의 모국어인 모양이었다.

"무슨 말이지?"

아심이 기분 나쁘다는 투로 묻자 그녀는 어깨를 들썩했다.

"별말 아니었어요. 그냥 그 거래는 없었던 걸로 하는 게 낫겠다는 거죠. 당신이 나한테 그런 사랑을 맹세한다 해도 난 당신을 믿을 수가 없거든요."

앤드류는 그녀의 말에 소리 내어 웃음을 터뜨렸다. 아심에게 자신이 제의했던 것을 그녀가 지적하자 뜨끔하기는 했지만, 그녀의 단도직입적인 말에 그는 웃음이 먼저 나왔던 것이다.

"왜 믿을 수 없지?"

아심이 휠체어 팔걸이를 잡으며 몸을 숙여 낮게 속삭였다.

"당신 같은 남자는 뻔해요. 섹스는 가까이해도 사랑은 멀리할 타입이죠."

앤드류가 낮게 휘파람을 불었다.

레인은 점쟁이가 틀림없어!

아심이 더욱 몸을 숙여 그녀의 얼굴 바로 위로 얼굴을 내렸다. 그들의 입술이 닿을 듯했다.

"당신은 뭘 모르는군. 난 섹스는 안 해. 사랑을 할 뿐이지."

그렇게 말한 아심은 그녀에게 키스했다.

앤드류는 왠지 화가 났다. 얼마 전까지만 해도 아심은 오직 섹스만을 말했었다. 그런데 지금은 사랑만을 한다고 말하고 있었고 앤드류는 그런 아심에게 이유 없이 화가 치밀었다. 그렇게 아심이 끈질기게 그녀의 입술을 공격하자 앤드류는 더 이상 그들의 키스를 보지 못하고 가볍게 헛기침을 했다.

"이런, 죽음도 불사하는 사랑이 아니라 아심의 사랑 때문에 레인이 죽을 것 같군."

그렇게 평소의 앤드류답지 않게 빈정거리는 말투가 새어나왔지만 아심은 그녀의 입술 위에서 입을 떼지 않은 채 중얼거렸다.

"리무진이 기다리지 않아? 얼쩡거리지 말고 빨리 가라구."

앤드류는 그런 아심을 물끄러미 바라보다가 가볍게 한숨을 쉬고 몸을 돌려 문으로 향하며 어깨 너머로 인사를 했다.

"알았어. 레인, 잘 지내요."

그의 인사에 레인은 대답을 할 수가 없었고 앤드류는 쓸쓸함을 뒤로한 채 차에 올랐다.

그녀는 있는 힘껏 그를 밀쳐 냈다. 그녀의 손이 화를 참지 못하겠다는 듯 허공에서 벌벌 떨렸다. 그렇지만 레인은 크게 숨을 몰아쉬며 두 손을 휠체어의 바퀴에 얹고 큰 소리로 말했다.

"뻔뻔스런 남자 같으니! 휠체어나 밀어요!"

그녀는 힘껏 휠체어를 돌려 그를 향해 등을 보이고 그가 밀어주기를 기다렸다. 그렇지만 아심은 휠체어를 밀 생각이 없는 듯했다.

어련하시겠어. 한 왕국의 정통 계승자인 몸이니, 당연히 하찮은 여자의 휠체어를 밀 생각은 추호도 없겠지.

앤드류는 위층에서 그녀를 안고 내려와 휠체어에 앉혀주기까지 했었다. 갑자기 앤드류 생각이 나자 그녀는 더욱 화가 치솟았다. 그에게 잘 다녀오라는 말도 하지 못했다. 아심의 갑작스런 키스에 당황하기도 했지만 그 키스에 대한 자신의 반응에 더 화가 나 그녀는 그에게로 원망을 돌렸다. 그녀는 갑자기 온몸이 뜨거워짐을 느꼈다.

집요한 키스……

웬만한 남자는 그녀가 반응을 보이지 않으면 중간에 포기하고 돌아섰었다. 그런데 아심은 그녀가 입술을 벌릴 때까지 끝까지 그녀를 붙들고 놓아주지 않았다. 왠지 덥다는 생각에 레인은 흘끗 뒤를 돌아보고 고개를 끄덕였다.

그럼, 그렇지. 현관문이 열려 있으니 당연히 더울 수밖에.

그녀는 아심의 키스로 인해 자신의 몸이 뜨거워졌다고 생각하고 싶지 않았다.

"현관문 닫아요. 뜨거운 공기가……."

여전히 뒤에 서 있는 아심에게 말하던 레인은 그의 얼굴을 본 순간 입을 다물었다. 그녀가 생각에 잠겨 있는 동안 그는 뒤에 서서 소리 죽여 웃고 있었던 것이다. 마치 그녀의 뒤통수에 뭐가 붙어 있기라도 한 양 시선을 고정시킨 채 한 손으로 입을 막고 웃고 있었다. 그의 검은색 실크 와이셔츠가 근육의 떨림에 피리 잎처럼 가늘게 흔들렸다.

"뭐가 웃겨요?"

레인은 기가 막히다는 듯 콧방귀를 뀌고 자신이 직접 휠체어 바퀴를 돌려 앞으로 나아갔다. 그러자 잠시 후, 그가 문을 닫고 따라와 그녀의 휠체어를 계단 쪽으로 밀고 가더니 몸을 숙여 그녀의 겨드랑이와 무릎 밑으로 손을 집어넣었다.

"당신이 웃겨. 그런 말투는 누구한테 배웠지? 영국 왕실에서 생활하기라도 한 건가?"

그러면서 그는 가볍게 그녀를 들어 올렸다.

"기다려요. 난 아직 위층으로 올라갈 생각 없어요. 아래층을 구경하고 싶다고요. 그리고 내 말투가 어떻다고 트집이에요?"

"유감이군. 난 빨리 당신을 침대에 눕히고 싶은데……. 그리고 당신 말투를 스스로 모른단 말야? 얼마나 건방진지?"

뭐가 건방지고, 또 누굴 침대에 눕힌다는 거야? 이 남자가 대체 지금 무슨 말을 하고 있는 거야!

그녀는 있는 힘껏 그의 가슴을 꼬집었다.

"아야! 이봐, 조심하라구. 나머지 다리 한쪽도 부러지고 싶은가?"

그가 협박조로 말하며 의미심장하게 휘청거리자 레인은 자신도 모르게 그의 목을 부둥켜안았다.

"훨씬 낫군."

두 눈을 감고 아심의 목에 얼굴을 묻은 그녀의 귓가에 그의 나직한 목소리가 들려왔다. 그녀는 계단을 오르는 그의 움직임을 느끼며 아심의 목뒤에서 불끈 주먹을 쥐었다. 그러면서 그녀는 어떻게해야 자신이 안전하면서 그를 고통스럽게 할 수 있을지를 고민했다.

그녀는 날이 갈수록 활발해졌다. 벌써부터 집 안의 모든 사람들이 레인의 추종자가 되어 있었다. 가정부 겸 요리사인 아민부터 하다못해 아심의 정부인 카를로타까지 레인의 말이라면 꿈쩍도 못했다. 기가 막힐 노릇이었다. 말도 통하지 않으면서 어떻게 모두들 그녀의 방에 들어가기만 하면 자지러지도록 웃으며 떠들어대는지 아심은 이해할 수가 없었다. 그리고 궁금하기도 했다. 무슨 이야기를 그리 즐겁게 하는지……. 카를로타는 밤늦게까지 레인과 수다를 떠느라 그가 잠들 때까지 침대에 오지 않는 경우도 있었다.

아심은 위층에서 들려오는 요란한 웃음소리에 한숨을 쉬며 의자에 몸을 기댔다. 앤드류도 그랬다. 하루도 거르지 않고 전화해서 한 시간 이상 그녀와 통화를 했고 그때마다 아심은 화를 내며 그녀의 방으로 뛰어 들어가야 했었다.

누군가가 서재의 문을 두드리는 소리에 아심은 눈을 뜨고 긴 다리를 접어 의자에 바로 앉았다.

"들어와."

아민이었다.

"무슨 일이지?"

"나리, 바쁘지 않으시면 레인 양께서 잠시 뵙자는데요."

그녀의 말에 아심은 아민이 통역을 잘한 것이라고 생각하며 피식 웃었다. 분명 레인은 이렇게 말했으리라.

'아민, 아심보고 올라오라고 해요.'

그는 고개를 끄덕이며 의자에서 일어서다가 갑자기 생각난 듯 아민을 불러 세웠다.

"아민, 잠시 들어와."

"네."

그녀가 조용히 들어와 문을 닫자 아심은 책상 위로 팔꿈치를 대고 잠시 그녀를 바라보았다.

"아민, 어떻게 다들 그녀와 이야기를 나눌 수 있지? 내가 알기로, 레인은 우리 언어를 모르는데."

그의 질문에 아민의 얼굴이 밝아졌다. 아심은 그 모습을 보며 속으로 욕설을 내뱉었다. 그가 아민을 알고 지낸 지 이십 년이 넘었지만, 이토록 환한 미소를 짓는 모습은 한 번도 보지 못한 터였다.

"레인 양은 온몸으로 이야기를 해요, 나리. 손으로 사람을 흉내 내죠. 우리는 레인 양이 무슨 말을 하는지 알 수 있어요."

아심이 끙 하고 신음을 내뱉었다.

아니, 그럼 모두들 그녀의 손짓과 표정을 보고 그토록 즐거워한다는 말야?

순간, 아심은 레인이 자신을 어떻게 묘사하는지 호기심이 일었다.

"그럼, 조금 전 그녀가 날 불러오라는 건 어떻게 표현했지?"

아민의 얼굴에 당혹스런 표정이 스치자 아심은 왠지 불안해졌다.

"그건 좀……. 저는 레인 양이 아니라서……."

강아지가 꼬리를 감추듯 아민은 눈에 띄게 머뭇거렸다. 아심은 저절로 눈살이 찌푸려지는 것을 막을 수 없었다.

뭔가 기분 나쁜데…….

"괜찮아. 그녀가 나를 어떻게 묘사했지?"

아심이 가늘어진 눈으로 다시 묻자 아민은 주저하며 손을 들어 머리 뒤로 가져갔다.

"저, 이렇게……."

그러면서 목뒤로 머리를 묶은 모션을 해 보였다. 아심은 장발이었다. 어깨까지 흘러내린 머리를 언제나 목뒤에서 가볍게 묶고 다녔다.

그 정도면 양호한데?

그의 얼굴에서 기분 좋게 긴장이 풀렸다. 하지만 아민의 다음 동작을 본 순간 그의 얼굴이 눈에 띄게 경직되었다. 아민은 한 손으로 턱 주위를 감싸고 다른 손으로는 볼을 긁으며 어깨를 잔뜩 움츠리고 있었다. 그 순간 그의 눈에서 불똥이 튀었다.

뭐? 나보고 원숭이라고!

그가 의자를 박차고 서재를 뛰쳐나가자 뒤에 남은 아민이 급하게 따라오며 뭐라고 중얼거렸다.

젠장! 비쩍 마른 생선이 나보고 원숭이라고!

그는 두 계단씩 뛰어 올라가 그녀의 방문을 소리 나게 열어젖혔다. 방 안에는 집 안의 여자들이 모두 모여 있었다.

"아심, 잘 왔어요. 지금 레인이……."

반갑게 달려오며 말을 건네던 카를로타는 그의 표정을 보고 입을 다물었다. 아심은 아무 말 없이 카를로타를 지나쳐 레인이 앉아 있는 침대 옆에 서서 그녀를 노려보았다.

그녀는 언제나처럼 머리를 뒤로 묶고 예의 그 헐렁한 가운을 입고 있었다. 그렇게 침대에 앉아 그를 올려다보던 레인은 그의 기분과 상관없이 손을 들어 손짓 몸짓을 하며 '꺽꺽' 하는 이상한 소리를 냈다. 순간 아심의 얼굴이 더욱 일그러졌다. 그 모습에 방 안에 있던 여자들은 소리 죽여 쿡쿡 웃었다.

이 여자가 지금 뭐라고 하는 거야?

아심은 이런 동작을 알아듣는 다른 사람들이 신기할 따름이었다.

"무슨 뜻이지?"

그가 이를 악물고 나직이 묻자 갑자기 웃음소리가 멈추었다. 아심은 직감으로 그녀가 자신에 대해 이야기했다는 것을 알아차렸다. 하지만 그녀는 뻔뻔하게도 눈을 동그랗게 뜨며 방긋 웃어 보이며 그가 지금까지 들어본 적이 없는 부드러운 목소리로 말했다.

"어떤 원숭이가 화가 나 있다고 했어요."

순간, 아심은 머리로 피가 몰리는 느낌을 받았다.

"그 어떤 원숭이는, 나를 말하는 건가?"

그의 허스키한 목소리에 레인이 쇄골선이 두드러지도록 어깨를 으쓱해 보였다. 그는 숨을 가다듬으며 화를 가라앉히려 애썼다.

그래, 그동안 나를 원숭이라고 놀려대며 내 집 안에 있는 여자들과 웃어댔다 이거지.

"모두 나가 있어."

그가 방 안의 여자들에게 명령하자 모두들 소리 없이 밖으로 나갔다. 그 조용함 속에서 서로를 노려보던 아심과 레인은 방문이 닫히는 소리가 들리자 동시에 입을 열었다.

"이곳 생활이 꽤나 즐거운 모양이군."

"꽤나 민감하군요."

아심은 잠시 눈을 감았다. 그리고 천천히 잇새로 내뱉듯 말했다.

"내가 민감한 게 아니고, 당신이 자극적인 거야."

그의 말에 레인이 숨을 들이키는 소리가 들렸다. 하긴, 말을 한 그 자신도 놀라기는 마찬가지였다.

그래, 그녀는 자극적이야. 날 끊임없이 자극하고 도발해.

말을 하기 전까지는 그도 느끼지 못한 것이었다. 처음 보았을 때부터 그녀는 그를 계속해서 자극해 왔다. 크게 숨을 들이마시고 천천히 눈을 뜨자 그녀의 동그랗게 뜬 눈이 보였다. 그 눈, 검은색의 맑은 눈동자에 담긴 당돌함과 대담함이 계속해서 그를 자극해 왔다.

아심은 천천히 한 손을 들어 그녀의 눈썹 위로 흘러내린 잔머리를 쓸어 넘겨주었다. 순간 그녀가 가쁜 숨을 몰아쉬는 것이 보였다. 적어도 말처럼 그를 원숭이로만 생각하지는 않는 모양이었다.

아심의 입가에 서서히 미소가 떠올랐다.

그리고 그는 그녀에게 키스했다. 천천히, 아주 천천히 그녀의 입술을 탐했다. 꽃잎을 탐하듯 가볍고 부드럽게 그녀의 입술에서 향기를 맡고 그 입술의 따사로움을 감상했다.

레인의 입술이 조심스럽게 벌어졌다.

아심은 알 수 없는 기쁨을 느꼈다. 마치 아담이 처음으로 금단의 열매를 탐하듯 그녀의 아랫입술을 살짝 깨물자 작은 탄성이 들려왔다. 레인은 그에게 있어 유혹이었다. 고통으로 향하는……. 그리고 아심은 그녀에게 있어 독사였다. 절대적으로 피해야 할…….

　유혹의 혀끝을 건드린 순간 아심은 갈증을 느꼈다. 태어나서 처음으로 느끼는 갈증이었다. 그는 혀로 그녀의 입 안을 쓸었다. 그리고는 그 자신의 갈증을 해소하려는 듯 깊게 빨았다. 레인의 가냘픈 몸이 그의 몸에 와 닿았다. 그는 그녀의 등 뒤로 돌린 팔에 힘을 주어 더욱 가깝게 그녀를 끌어당겼다. 아심은 정신을 차릴 수가 없었다. 그는 마치 태양이 이글거리는 사막 한가운데서 먹이를 찾는 독수리처럼 허공을 빙빙 도는 느낌을 받았다. 레인의 이 사이로 들어간 아심의 혀는 오아시스를 찾은 낙타와도 같았다. 성급하고 거칠면서 끝없이 물을 요구하는 낙타와 같이 그는 레인의 입술에서 끊임없는 갈증과 욕구를 느꼈다. 그는 다급하게 그녀의 등을 두 손으로 쓸며 자신의 몸에 레인의 작은 몸을 흡수하려는 듯이 강하게 끌어당겼다.

　그때 갑자기 레인이 그를 밀쳐 냈다. 그렇게 갑작스런 저항에 놀라 뒤로 물러난 아심은 눈을 뜨고 그녀를 내려다보았다.

　"이, 이 나쁜……."

　그러면서 레인은 거칠게 자신의 입술을 손등으로 쓸었다. 그리고 알 수 없는 말로 뭐라고 중얼거렸다. 아심은 가쁜 숨을 몰아쉬며 도톰하게 부풀어오른 입술을 마구 손등으로 짓누르는 레인을 보며 알 수 없는 배신감을 느꼈다. 그 느낌은 마치 오랫동안 사막에서 갈증에 목말라 있던 사람이 사라진 신기루에 갖는 느낌과도 비슷했다. 그렇게 배신감과 허탈함, 원망까지 섞인 감정을 느끼며 아심은 그녀에게서 손을 떼었다. 그렇지만 그는 그러한 감정을 감추었다.

"그렇게 나쁘지는 않았다고 생각하는데?"

그가 싱긋 웃으며 한쪽 눈썹을 치켜올리자 레인의 눈이 길게 찢어졌다. 그녀의 표정으로 보아 지금 그녀의 입에서 나오는 말이 좋은 말은 아닌 듯싶었다.

"그건 당신 모국어인가?"

아심은 침대 발치에 걸터앉으며 능청스럽게 물었다.

"한국어 중에서 곱고 아름다운 말들만 하는 거예요."

"믿어주기로 하지. 그런데 아민 말에 의하면, 당신이 나를 보자고 했다던데?"

고개를 끄덕이는 레인의 입술이 실룩거렸다.

삐쳐도 단단히 삐친 모양이군. 키스 한 번에?

어쨌든 의외의 성과였다. 아심은 눈으로 가볍게 레인의 몸을 훑어 내렸다. 지금껏 마른 여자는 관심없었지만, 이 여자라면 침대에서 최고의 파트너가 될 수도 있겠다는 생각이 들었던 것이다.

"그랬어요. 당신이 사막에 나가 있는 동안 앤디한테서 전화가 왔었는데, 또 협박편지를 받았대요. 나한테 궁으로 오라고 하더군요. 당신하고 함께요."

그는 눈썹을 모으고 오른손으로 가볍게 침대 위를 두드렸다. 사흘 전 언론에 대대적으로 샤를르와의 파혼을 보도했는데도 다시 협박편지가 날아와 레인이 궁으로 가야 한다면 이유는 간단했다.

이제 레인이 앤드류의 약혼녀가 되는 것이었다.

4

레인은 순간적으로 갈증이 해소되었다고 생각했었다. 아심이 자신을 힘껏 끌어안고 키스했을 때 그녀는 지금까지 느꼈던 모든 갈증이 사라졌었다. 적어도 제정신을 차리기 전까지는…….

그녀가 곁눈질로 보자 아심은 노트북을 펼친 채 무언가를 열심히 보고 있었다. 그녀는 컴퓨터를 배울 틈이 없었다. 그녀뿐이 아니라 대부분 한국 청소년이 입시공부 때문에 취미나 특기가 음악감상이나 독서로 한정되었다. 물론 그렇다고 그들이 교과서나 대중음악 외에 책을 읽거나 음악을 듣는다는 것은 아니다. 그런 생각에 그녀의 입에서 가벼운 한숨이 흘러나왔다.

"웬 한숨이지?"

노트북에서 시선을 떼지 않은 채 아심이 조용히 물었다. 헬리콥터 실내에서는 규칙적인 진동음을 막기 위해 헬멧을 쓰고 있었지만 레인은 마이크를 아래로 내리고 있어서 그가 자신의 한숨 소리를 들을 수 있을 거라고는 생각 못했었다. 더군다나 노트북만 뚫어져라 쳐다보던 남자의 허스키한 목소리가 갑자기 헬멧 안쪽으로 들려오자 레인은 눈을 동그랗게 떴다. 역시 예민한 남자야.

"그냥 숨 쉰 거예요."

레인이 어깨를 으쓱해 보이며 간단히 대답하자 그는 살짝 웃으며 그녀를 돌아보았다. 그리고 한쪽 눈썹을 치켜올린 채 그녀의 얼굴을 주시했다. 레인은 그의 갑작스런 시선에 얼굴이 달아오르는 것을 느끼고 고개를 돌려 창밖을 바라보았다. 그런 그녀의 어깨 너머로 그의 나직한 목소리가 흘러 넘어왔다. 그 내용과는 전혀 어울리지 않는 아주 감미로운 목소리였다.

"숨소리가 코끼리만큼이나 억세군."

하마터면 그를 향해 소리를 지를 뻔했지만, 레인은 참았다. 그녀가 혼자 한국어로 욕설을 내뱉으며 고집스럽게 창밖을 바라보고 있으니, 다시 그의 낮은 웃음소리가 들려왔다.

말도 안 돼! 삼 년 만에 내뱉은 모국어가 욕이라니!

갑자기 한국에 있는 친구 수진의 말이 생각났다. 누군가가 수진에게 가벼운 욕을 했을 때였다. 그때 수진은 이렇게 대꾸했었다. '애, 우리나라 말 중 얼마나 곱고 아름다운 것들이 많은데 그런 막돼먹은 말을 하니? 이, 60년대 재래식 똥뚜깐에 빠질 놈아!'

"다 왔군."

노트북을 닫으며 아심이 창밖을 내려다보자 레인은 추억을 털어 버리듯 헬멧을 벗고 눈을 깜박거렸다. 심한 모래 바람으로 창밖이 잘 보이지 않았지만 점점 하강하고 있는 것이 느껴졌고 헬리콥터가 땅에 닿자 레인은 목발을 찾으며 자리에서 일어나려 했다. 하지만 아심이 그녀의 목발을 빼앗고 창밖으로 고갯짓을 했다. 그 순간 문이 열리며 앤드류가 반갑게 그녀를 안아 올렸다.

"앤디, 반가워요."

"레인, 건강해 보이는걸? 조금 무거워진 것 같기도 하고 말야."

앤드류는 그녀를 살짝 공중으로 던졌다가 받았다. 그녀가 비명을 지르며 목에 매달리자 그녀의 긴 머리칼이 그의 얼굴을 감쌌다. 모래 바람 속으로 그녀의 치맛자락과 앤드류의 재킷 자락이 날리며 마치 공중에 떠 있는 듯한 느낌을 갖게 했다.

"목발은 내가 갖고 가지."

"아! 아심, 잘 왔어. 할아버지가 널 보고 싶어하시기에 함께 오라고 한 거야. 앗, 레인, 머리칼 좀 치워줘."

머리칼에 눈을 찔린 듯 앤드류가 한쪽 눈을 감으며 그녀에게 고개를 돌렸고 레인은 그 모습에 반사적으로 웃으며 머리칼을 쓸어 넘기려고 한 손을 들었다. 그때, 갑자기 아심이 목발을 들지 않은 손을 뻗어 그녀의 머리칼을 모아 한쪽 어깨 위로 가지런히 내려주었다.

"고마워, 아심."

의미있게 웃으며 앤드류는 감사를 표하고 건물 안으로 들어갔다. 레인은 앤드류의 어깨 너머로, 머리칼을 넘겨주었던 손을 내려다보며 모래 위에 멍하니 서 있는 아심을 바라보았다. 마치 자신의 손에 배신감이라도 느끼는 듯한 표정이었다. 순간 그녀는 가슴이 두근거림을 느꼈다. 검은 머리칼을 목뒤에서 흘러내리듯 묶어 잔

머리들이 바람에 날리는, 하얀 모래 위로 검은 옷을 입고 서 있는 그의 모습이 새삼 너무도 매력적으로 느껴졌기 때문이다.

아심의 주위로 모래먼지가 피어올랐다. 레인은 앤드류의 어깨 너머 모래 바람에 펄럭이는 아심의 옷자락에서 시선을 떼지 못했다.

"다리는 어때? 많이 나았어?"

앤드류의 푸른 눈이 더욱 시원해 보였다.

"음, 좋아졌어요. 그런데 샤를르는 어디 있어요?"

다른 생각에 빠져 있어 앤드류의 질문을 가까스로 알아들은 레인은 서둘러 화제를 돌렸다.

"당분간 그녀의 집에 가 있기로 했어. 이제 곧 당신과 약혼을 발표하게 될 텐데, 그녀가 이곳에 있으면 이상할 것 같아서 말야."

레인은 싱긋 웃으며 실내를 돌아보았다. 현대적으로 꾸며져 있는 모습이 궁이라기보다는 고급 호텔처럼 느껴졌다.

"호화롭군요."

그녀가 중얼거렸다.

"원래는 무척 예스런 분위기였는데, 얼마 전 아심이 개축했어. 이곳은 응접실로 사용하고 있지."

앤드류가 들어간 방은 운동장만큼이나 넓었다. 스무 명 정도가 앉을 수 있는 소파와 테이블이 중앙에 놓여 있었고, 한쪽 벽면이 커다란 유리창으로 되어 있어 사막이 한눈에 들어왔다. 우아한 커튼과 휘장이 벽에 드리워져 있었고, 초상화도 보였다.

"사람들은 없나요?"

"널린 게 사람들이야. 레인, 조심해. 이곳에선 커튼 뒤에도 사람이 숨어 있다고 생각해야 할 정도니까 함부로 얘기해선 안 된다구."

앤드류가 소파 중앙에 그녀를 내려주며 속삭일 때, 아심이 들어섰다. 레인은 모래 바람으로 헝클어진 치맛단을 모으며 그에게서 시선을 돌렸다.

"숙부께선 이곳에 계셔?"

아심이 그녀의 옆자리에 앉으며 목발을 바로 옆에 놓아주었다. 그의 손이 가볍게 그녀의 가슴을 스쳤다.

"조금 전에 사막으로 나가셨어. 위층에 올라가 할아버지를 먼저 만나뵐래?"

그렇게 앤드류가 손가락을 퉁기며 아심에게 말하는 동안 어디선가 전통 의상을 입고 큰 귀고리를 단 작은 여자가 튀어나왔다.

"아시르, 그런 곳에 숨어 있지 말라고 몇 번이나 말해야겠니?"

아심이 미소 띤 얼굴로 나무라듯 말하자 그 작은 여자는 소리를 지르며 달려와 아심에게 안겼다.

"오빠!"

아심은 무릎 위로 올라온 아시르의 머리를 쓰다듬으며 다시 빙긋 웃었다.

순간 레인은 묘한 이질감을 느꼈다. 그들은 그들만의 생활과 애정이 있었다. 그녀의 눈이 그런 생각으로 흐려졌다. 한국에 있을 오빠와 여동생의 얼굴이 아른거리며 그들의 웃음소리가 들리는 듯하자 레인은 어쩌면 자신이 실수를 한 것인지도 모른다는 생각이 들었다. 이런 낯선 땅에서 죽음을 감수하는 앤드류의 약혼녀가 되는 일을 수락하기 전에 한국으로 돌아가 따뜻한 가족 품에 안기는 것이 나왔을 수도 있었다. 이상했다. 지난 삼 년간 그녀는 한 번도 향수병에 걸린 적이 없었다. 하다못해 가족을 떠올린 순간도 없었다.

그런데 낯선 이곳 호화로운 궁의 소파에 앉아 있는 지금 따뜻한 집의 마룻바닥이 생각나는 것이었다.

"인사해, 아시르. 이쪽은 레인이야. 레인, 이쪽은 아심의 여동생 아시르야. 말썽꾸러기지."

앤드류의 다정한 말에 퍼뜩 정신이 든 레인은 입가에 미소를 띠고 그 작은 여자를 바라보았다. 가만히 보니 이제 열다섯 살 정도 되는 소녀였다. 레인은 역시 서양인은 성장이 빠르다는 생각을 했다. 한국의 열다섯 소녀들이 교복에 츄파춥스를 물고 다니는 데 비해 화려한 색깔로 화장한 서양 소녀들은 실제 나이보다 더 들어 보였다.

"그냥 레인이에요? 네?"

아시르가 어색한 영어로 눈을 동그랗게 뜨고 묻자 레인은 고개를 끄덕였다. 그리고 그들 언어로 인사를 했다.

"만나서 반가워요, 아시르."

그녀의 익숙한 발음에 아심과 앤드류의 눈썹이 올라갔다.

"어머, 우리말을 알아요? 레인, 어느 나라 사람이에요?"

아시르의 반가운 말투에 레인은 실수를 깨닫고 난처하다는 듯 앤드류를 바라보았다.

"앤디, 난 인사말밖에 모르는데……."

그녀의 난감한 표정에 앤드류는 고개를 끄덕이고 아시르에게 그들 말로 레인을 소개했다. 그러자 아시르는 아쉽다는 표정을 지으며 얼굴을 아심의 가슴에 기댔다.

"나도 영어는 거의 못하는데⋯⋯. 그럼, 어떻게 얘기를 하죠?"

"걱정 마. 그녀는 보디랭귀지에 강하거든."

아심이 흘끗 레인에게 시선을 던지며 놀리듯 말하자 아시르와 앤드류가 동시에 웃음을 터뜨렸다.

"그럼 레인의 그 보디랭귀지를 믿고 우리는 위층으로 올라가 볼까? 레인, 괜찮겠지?"

"네, 문제없어요."

레인이 앤드류에게 자신있다는 뜻으로 두 팔을 들어 주먹을 쥐어 보이자 그들은 자리에서 일어났다.

"참! 아시르, 메나를 불러 레인에게 음료를 갖다주라고 해."

"응."

아시르는 간단히 대답하고 친밀감있게 레인 옆에 털썩 앉으며 손뼉을 쳤다. 그러자 방 왼쪽에 있는 작은 문이 열리더니, 키 큰 여인이 들어와 조용히 고개를 숙였다.

"뭐 마실래요?"

"오렌지주스."

레인은 응접실을 나서는 두 남자의 등에 시선을 꽂은 채 간단히 대답했다. 어렴풋이 아시르가 뭐라고 하는 것 같았지만, 그녀는 온통 아심과 앤드류의 뒷모습에 신경이 쏠려 있었다. 거침없는 느낌이 드는 아심의 단호한 걸음걸이와 미소년 분위기를 풍기는 앤드류의 단정한 걸음걸이가 대조적이긴 했지만 묘하게 잘 어울렸다. 둘 다 큰 키에 남자답다는 것만 빼면, 그들은 정말 너무도 달랐다.

"그녀를 데려왔느냐?"

"네."

침대 위에 누워 있는 할아버지 아부는 아심의 간단한 대답에 보일 듯 말 듯 고개를 끄덕였다.

"북쪽 족장들을 불렀다. 내일 도착할 거다."

"저희가 그들을 만나겠습니다. 할아버지께선 좀 쉬십시오."

아심이 무뚝뚝하게 말하자 앤드류도 동의를 표했다. 아심은 이 방에 들어선 순간부터 계속 고자세로 서 있었고 앤드류는 햇살을 등지고 서 있는 아심을 올려다보며 눈살을 찌푸렸다. 아심은 할아버지에게 항상 무뚝뚝하게 대했다. 아니, 레인을 만나기 전까지는 모든 사람에게 그랬었다.

앤드류는 문득 그녀의 머리칼을 쓸어 넘겨주던 아심을 떠올렸다. 그가 아는 아심은 절대 여자의 머리칼을 쓸어 넘겨주는, 그런 세심한 남자가 아니었다. 앤드류가 모계사회인 투아레그족 남자의 특징인 여성을 존중하는 성향을 지닌 반면 아심은 아랍계의 사고방식을 지닌 남자였다. 아심은 사랑보다는 욕정을 앞세우고 여성의 권리와 보호를 무시하는 남자였다.

레인이 그의 마음을 적신 것일까?

"난 아직 죽을 징도는 아니다, 아심. 북쪽 족장들은 성질이 억세. 너희는 대하기 힘들 거다."

"저희만으로 충분합니다."

아심과 할아버지는 언제나처럼 서로 고집을 꺾지 않으려 했다. 앤드류는 가볍게 혀를 차며 그들 사이에 끼어들었다.

"우선 저희가 그들을 만나보고 나서, 정 안 되면 그때 할아버지께 도움을 청하겠습니다."

항상 그렇듯 앤드류의 말에 할아버지는 고개를 끄덕였다.

앤드류가 샤를르와 파혼하고 레인과 약혼하겠다고 했을 때도 아부는 고개를 끄덕였을 뿐이었다. 아심과 앤드류의 눈에는 그런 아부의 행동이 마치 앤드류의 일이라면 무엇이든 믿는다는 듯이 보였고 앤드류는 그 점이 이상했다. 원칙적으로 고지식하고 고집을 꺾지 않는 사람으로 유명한 아부가 영국인 피가 섞인 앤드류를 받아들인다는 것 자체가 애초에 말이 안 되는 일이었다. 하지만 아부는 그렇게 했다. 오히려 아심과는 사사건건 대립했고, 아심의 모든 행동에 일일이 간섭을 해오고 있었다.

"저희는 이만 물러가겠습니다. 쉬십시오."

아심은 아부의 대답을 듣기도 전에 방을 나섰다.

"너도 가봐라."

아심이 나가자마자 연약한 노인으로 돌아가 힘없이 앤드류에게 손짓을 해 보이는 아부였다. 인사를 한 후 앤드류가 싱긋 웃으며 방을 나가자 복도 끝에 아심의 뒷모습이 보였다.

"아심, 기다려."

그가 발걸음을 빨리 하며 부르자 아심은 잠시 멈추었다.

"레인은 내일 소개해 드려야겠어. 그녀는 어때? 네 집에서 잘 지냈다고 하던데?"

또다시 알 수 없는 표정이 아심의 얼굴에 떠올랐다. 그녀의 머리칼을 쓸어 넘겨줄 때 앤드류는 지금처럼 아심의 묘한 표정을 보았었다. 쓸쓸한 미소를 띤……

"너무 잘 지냈어. 날 원숭이라고 온 집 안 여자들에게 떠벌리면서."

"뭐?"

"그녀가 날 원숭이라고 했다고."

아심의 씁쓸한 표정과 말투에 앤드류는 크게 소리 내어 웃었다. 지금껏 앤드류는 아심에게 던지는 여자들의 시선을 봐왔었다. 그 많은 여자들 중 그 누구도 그를 원숭이 보듯 한 사람은 없었다. 그리고 아심이 자신을 '원숭이'라 부른 여자를 가만히 놔둔 것도 처음이었다. 앤드류가 아는 아심은 자신에게 모욕을 준 여자를 자기 집에 그대로 와두는 남자가 아니었다. 앤드류는 역시 레인이 아심에게 영향을 준 것이라고 생각하며 벌어진 입을 다물지 못했다.

"그거 재미있네. 하지만 너의 집 여자들이 '원숭이'라는 단어를 알아들을 리 없잖아?"

"알아들을 순 없어도 모두들 나를 원숭이로 알고 있더라니까. 카를로타까지 말야."

또다시 앤드류는 고개를 절레절레 흔들며 웃었다.

"대체 그녀는 무슨 재주로 그렇게 할 수 있는 거지? 어쨌든 몸이 좀 나아진 것 같이 보기는 좋더군."

앤드류는 그녀를 헬리콥터에서 안아 내렸을 때를 생각했다. 정말 약간 무거워진 듯했고 얼굴도 많이 나아져 있었다. 처음 사막에서 보았던 새카맣고 윤기라고는 없는 피부에 움푹 들어간 눈과 볼이 거짓말 같을 정도였다.

계단을 내려가자 응접실에서 아시르의 자지러지는 듯한 웃음소리가 들려왔다. 앤드류가 놀란 얼굴로 아심을 바라보자 아심이 한쪽 눈썹을 올리며 그것 보라는 듯한 표정을 지어 보였다. 다시 한 번 앤드류는 고개를 저으며 웃음을 터뜨렸다.

정말 알 수 없는 여자였다, 레인은.

"레인은 앤디를 좋아해요."

아시르의 맑은 목소리가 식탁 위를 맴돌며, 모두의 손이 멈추었다. 그리고 일제히 레인에게로 시선을 향했다. 하지만 레인은 아무렇지 않은 척 계속 음식을 먹었다. 아까부터 레인은 무엇으로도 아시르의 입을 막을 수 없다고 생각하고 있던 터였다.

"앤디도 레인을 좋아하잖아요. 그럼 앤디와 레인이 결혼할지도 모르고…… 난 좋아요. 그렇게 되면 원래대로 아심이 국왕이 되는 거잖아요."

아시르가 당당하게 그들의 언어로 말하자 식탁에 둘러앉은 이들이 의미심장하게 시선을 교환했다. 레인은 순간 그들이 모두 그렇게 되길 바란다고 느꼈다. 슬쩍 앤드류를 보니 상처받은 얼굴을 하고 있었다. 그녀는 화가 났다. 앤드류가 국왕이 되기 위해 많은 노력을 해왔다는 것은 이곳에서 얼마 지내지 않은 레인도 알 수 있는 일이었다. 그런데 가족이라는 사람들이 정통 계승자가 아니라는 이유만으로 그를 반대한다는 사실에 레인은 화가 났다. 그런 레인의 생각을 알았는지 아심이 식탁을 가볍게 두드렸다.

"아시르, 국왕은 앤디가 될 거야. 더 이상 그런 말 하지 마라."

그리고 다시 포크와 나이프가 움직이기 시작했다. 레인은 피곤한 듯 미소 짓는 앤드류에게 살짝 웃어 보였다.

식사가 끝나자 사람들은 모두 응접실로 자리를 옮겼다. 레인도 그들을 따라 일어나며 목발을 짚었다.

"저, 앤디, 난 밤바람을 쐬고 싶어요. 괜찮을까요?"

그녀가 식탁 너머로 의자에서 일어나는 앤드류에게 묻자, 그는 고개를 살짝 숙였다.

"먼저들 가요. 전 레인을 에스코트하겠습니다."

앤드류는 사람들의 등에 대고 말한 뒤 레인에게 다가와 가볍게 몸을 숙여서 그녀의 귓가에서 속삭였다.

"고마워, 레인."

레인은 미소 지었다. 오늘 밤 그녀는 아랍의 한 가족 속에 묻혀 있었다. 대고모부터 아시르까지……. 그리고 그들 모두가 앤드류에게 알 수 없는 거리를 두는 것을 보았다. 아마도 핏줄 때문이리라 생각한 레인은 미소로 그를 위로해 주었었다.

"모래 위는 당신이 걷기 힘들 테니 발코니로 나갈까?"

"그게 좋겠어요."

그가 천천히 그녀의 걸음에 보조를 맞춰 발코니로 안내했다. 밤바람이 시원했다. 사막의 냄새는 독특했다. 탁하면서 건조했다. 그녀는 크게 숨을 들이쉬며 넓게 펼쳐진 모래 위를 바라보았다. 해가 진 사막에서는 아직도 모래들이 열기를 뿜어내고 있었다.

"레인, 이렇게 하는 게 좋겠어."

"네?"

갑작스런 앤드류의 제안에 어리둥절해진 그녀는 그가 자신의 허리를 잡아 번쩍 들자 깜짝 놀라며 낮게 비명을 질렀다.

"오래 서 있으면 힘들잖아."

그러면서 앤드류는 그녀를 발코니 난간에 앉혔다. 그녀는 웃음을 터뜨렸다. 앤드류는 여자들을 배려할 줄 알았다. 그의 한 손이 그녀가 발코니 뒤로 넘어지지 않도록 계속 허리를 감싸고 있었다.

"멋져요. 샤를르는 좋겠어요."

"샤를르는 내가 다가서지도 못하게 하는걸?"

앤드류는 생긋 웃으며 그녀의 목발을 빼앗아 난간에 세우고 그녀에게 몸을 기댔다.

"오, 이런 멋진 남자를 다가서지도 못하게 한다고요? 난 절대 안 그럴 거예요."

그러면서 레인은 그의 어깨에 팔을 감았다. 느낌이 좋았다. 그의 넓은 어깨에 두른 그녀의 손이 그의 웃음에 맞춰 약간 떨렸다.

"당신도 멋진 여자야."

"고마워요, 왕자님. 그런데 여기도 누군가가 숨어 있을까요?"

그녀의 질문에 그는 몸을 조금 앞으로 숙여 유리창 안으로 실내를 살피더니 고개를 가로저었다.

"아시르가 다른 사람들과 함께 있으니 괜찮을 거야."

그 말에 레인은 쿡쿡 웃었다. 말하자면 아시르가 이 집의 정탐꾼이라는 소리였다.

"아시르는 이 나라의 다른 여자들하고 다른 것 같아요."

앤드류는 그녀의 어깨에 기대며 고개를 끄덕였다.

"저들은 아심이 국왕이 되길 바라는 거죠?"

"아심이 완강하게 반대하지 않았다면 대놓고 그랬겠지."

아니, 그럼 아까 그 장면은 대놓고 그런 것이 아니라는 말야?

앤드류는 그녀가 그들 언어를 전혀 모르는 것으로 알고 있었기 때문에 아까의 상황을 가볍게 말하는 것이었다. 레인은 그의 어깨를 쓰다듬으며 그의 머리 위에 자신의 볼을 갖다 댔다.

"당신은 최고의 국왕이 될 거예요."

확신에 찬 말에 그녀의 허리에 있던 그의 손에 힘이 들어갔다.

"고마워, 레인. 당신은 뭐든지 꿰뚫어 보는군."

"아니, 눈에 보이는 것만 볼 뿐이에요. 하지만 난 상상력 하나는 뛰어나죠. 분명해요. 당신은 훌륭한 지도자가 될 거예요. 왕이 된 당신 모습을 상상해 보면 알 수 있어요."

그가 풋 하고 웃는 소리가 들렸다. 그리고 즐겁다는 듯 맑은 목소리로 말하는 그의 목소리가 이어졌다.

"적어도 이 나라에 내 추종자가 한 명은 있군. 만약 이 나라가 선거로 국왕을 뽑는다면 당신을 내 보좌관으로 지명했을 거요."

"만약 그렇다면 기꺼이 그 자리를 맡죠."

그의 손이 그녀의 등을 가볍게 쓸어내렸다. 레인은 묘한 떨림에 눈을 감았다. 그때 갑자기 발코니 입구에서 뻗어 나온 가벼운 웃음소리가 사막의 밤공기를 갈랐다.

"어머, 앤디 오빠! 언제까지 거기 있을 거야?"

아시르가 발코니 문을 열고 고개를 빼꼼이 내민 채 물었다.

"들어갈게. 넌 늘 그렇게 불쑥불쑥 나타나는구나."

앤드류는 레인에게서 몸을 떼어내며 아시르에게 눈살을 찌푸리자 낄낄거리는 소리와 함께 아시르의 얼굴이 다시 사라졌다.

"꽤나 시끄럽겠군. 이제 들어갈까?"

"네."

레인은 목발을 받으며 밝게 웃어 보였다. 하지만 앤드류의 표정은 그리 밝지 않았다.

아마도 샤를르가 소문을 듣게 될 것을 걱정해서겠지.

그가 이끄는 대로 실내로 들어가자 아시르의 카랑카랑한 목소리가 들려왔다.

"정말이에요. 앤디가 그녀와 끌어안고 있었어요. 그녀는 발코니 난간에 앉아 있었고, 앤디가 그녀의 어깨에 얼굴을……."

"아시르, 그만 해. 다 알아들었다."

아심의 목소리였다. 그리고 그들 말로 수군거리는 다른 사람들의 목소리가 이어졌다. 물론 그 수군거림은 앤드류와 레인이 응접실로 발을 들여놓은 순간 조용해졌지만 레인은 그들이 입을 달싹이며 말을 삼키는 것을 보며 그다지 좋은 기분일 수는 없었다. 레인은 그러한 내색을 숨기고 사람들에게 웃어 보이며 앤드류가 자리를 내어준 소파에 앉았다. 그리고 그녀는 기분 나쁘다고 적나라하게 말하고 있는 아심의 얼굴을 본 순간 입을 삐죽였다.

"레인은 피곤할 테니 이제 올라가지 그래?"

말투를 들으니, 생각보다 그는 더 기분이 좋지 않은 모양이었다.

"그래야겠어요."

레인이 시원하게 말하고 자리에서 일어나려 하자 앤드류가 목발을 세워주었다. 아심은 문을 열고 손잡이를 잡은 채 그들을 기다렸다. 빨리 그녀를 눈앞에서 사라지게 하고 싶어 안달인 모양이었다. 그리고 밖으로 나가는 그들에게 문 옆에 선 아심은 나직이 속삭였다.

"오버액션 아냐?"

5

　그녀는 눈을 떴다. 새로운 방이었다.

　그랬지. 여긴 왕궁이야. 출세했구나, 정은우.

　처음 낯선 곳에서 눈을 떴을 때는 어리둥절해 정신을 차릴 수가
없었다. 한 번도 혼자 여행을 떠나본 적이 없던 그녀로서는 허름한
모텔에서 잠을 자고 일어났을 때 '자유'를 느낄 여력도 없었다.

　옆방에서 들려오는 낯설지만 의미를 알 수 있는 생생한 효과음
때문이었다. 그리고는 그런 아침에 익숙해졌다. 매일 새로운 곳에
서 눈을 뜨는 것에 익숙해지고 아침의 소음에 익숙해졌다. 갑자기
그녀가 일 년 동안 머물었던 부족의 아침이 떠올랐다. 그곳에서는
매일 아침 웃음으로 시작하고 매일 저녁을 웃음으로 마감했었다.

　그 부족은 산악지대에 있었다.

도시라는 냉정한 집단에 익숙해 있던 레인에게 그 부족은 한마디로 신선했다. 집이 아닌 텐트에서 생활하고 낙타를 교통수단으로 이용하는 사람들이 그곳에 있었다. 처음 어떻게 그 부족을 찾아가게 되었는지는 정확히 기억나지 않았다. 하지만 사막을 걸어 지친 그녀가 해질 무렵 텐트를 보고 다가갔을 때, 그들은 그녀에게 차를 대접해 주었다. 작은 잔에 세 번 따른……. 그것이 환영의 표시라는 것은 반년을 그들과 함께 생활했을 때에야 알게 되었다. 레인은 그들이 사막 속 자신들의 작은 도시를 '부족'이라고 부르는 것이 좋았다. 좀 더 가족적이고 좀 더 애정적으로 느껴졌기에…….

레인은 길게 하품을 하고 침대에서 일어나 욕실로 가서 세수를 했다. 목발을 짚고 다니는 것은 몹시 불편했다. 대충 닦고 머리를 뒤로 묶은 그녀는 방을 나와 복도를 걸었다. 어제 아심과 앤드류가 궁 안을 다 구경시켜 주지 않았기 때문에 언제나처럼 호기심이 발동해 그녀는 삼층으로 통하는 계단을 올라갔다.

어차피 아심 때문에 방향감각이 둔한 것으로 알려져 있으니 레인은 누군가와 마주친다 해도 길을 잃었다고 핑계를 대면 그만이리라 생각했다.

계단이 나선형으로 이어져 있어서 레인이 목발을 짚고 오르기엔 꽤나 힘이 들었다. 마침내 계단을 다 오르자 넓은 복도가 보였다. 양쪽으로 이어진 문들로 보아 침실들이 있는 모양이었다.

도대체 이 궁에는 침실이 몇 개나 되는 걸까? 아래층만 해도 족히 삼십 개는 되어 보였는데, 이곳에 있는 것이 전부가 아니라면 침실만 오십 개가 넘는다는 거잖아? 그렇다면 일층은 얼마나 넓은 걸까?

그녀가 일층에서 본 공간은 응접실과 식당이 전부였다.

레인은 복도를 걸으며 벽에 걸린 초상화들을 감상했다. 모델들은 선남선녀뿐이었는데 남자는 모두 구레나룻에 수염을 기르고 있었고, 아랍 전통 의상을 입고 있었다.

그렇게 레인이 초상화를 감상하며 복도 중간쯤 걸어갔을 때, 갑자기 오른쪽 문이 열리며 누군가가 밖으로 나왔다.

"앗! 죄송합니다. 길을 잃어서……."

레인은 서둘러 사과했다. 그러자 방에서 나온 남자가 너무 작아서 알아들을 수 없을 정도로 소리 죽여 뭐라고 말했다. 그렇지만 레인은 그에게 말을 되물을 틈이 없었다.

"누구냐!"

갑자기 방 안에서 흘러나온 굵직한 목소리에 남자는 당황한 듯 문 안쪽으로 몸을 숙이며 '손님'이라고 대답했다.

"그 여자가 왜 여기 있는 거지?"

고압적인 말투로 보니, 아심과 앤드류의 할아버지이며 이 나라의 국왕인 모양이었다. 레인은 싱긋 웃으며 하인인 듯한 남자를 밀치고 문 안쪽으로 고개를 들이밀어 인사를 했다.

"레인입니다, 폐하. 아침에 잠이 덜 깨서 길을 잃었습니다."

그녀가 방 안의 어두움에 익숙해지려고 눈을 깜박거리는 동안 잠시 침묵이 흘렀다.

"들어와라."

그의 명령에 공손하게 고개를 숙이며 방 안으로 들어간 레인은 그제야 침대 위에 누워 있는 노인을 보았다.

놀랍게도 그는 생각보다 훨씬 정정했다. 그는 아랍식 터번을 쓰고 침대머리에 등을 기댄 채 앉아 있었는데 레인은 그의 의상을 보며 고개를 갸웃거렸다. 왠지 알 수 없지만 터번과 의상이 어울리지 않는 듯했기 때문이다.

"넌 우리말을 할 줄 아는구나. 아심과 앤디가 거짓말을 한 거냐?"

"아닙니다, 제가 거짓말을 했습니다. 그들을 믿을 수가 없어서요."

그녀의 당돌한 대답에 그는 헛기침을 했다.

"그들을 믿어라. 내 핏줄은 거짓말을 하지 않는다."

"어머, 전 그들의 정직성을 믿지 못하는 게 아닙니다, 폐하. 그들의 남성을 믿지 못하는 것입니다."

그러자 그가 웃음을 터뜨리고 가벼운 잔기침을 하며 그녀에게 다가오라고 손짓했다. 레인은 빙그레 웃고 목발을 짚으며 침대로 다가갔다.

"그렇다면 내게는 왜 숨기지 않는 거냐?"

"폐하께선 정직성과 인품을 지니고 계시니까요. 제 눈에 그들은 아직 인간이기 전에 늑대로 보입니다."

"넌 현명하구나. 감추어야 할 것과 내놓아야 할 것을 구분할 줄 아니 말이다."

레인은 방심을 하지 않았다. 원래 이런 사람은 늙을수록 더 교활해지는 법이기 때문에 공손하게 고개를 숙여 감사를 표하며 레인은 그의 눈치를 살폈다.

"폐하께서 편찮으시다고 들었습니다."

"빨리 자리를 피하고 싶은 모양이구나. 그렇게 쉽게 포기할 거였으면 애당초 저 문에 고개를 들이밀지 말았어야지."

말을 많이 해서인지 또다시 잔기침을 하는 그를 보며 레인은 걱정으로 눈살을 찌푸렸다.

"폐하가 걱정스럽거나 두려워서가 아닙니다. 전 환자라 어서 안정을 취하지 않으면 언제 폐하의 침대로 기어오를지 모릅니다."

레인이 사뭇 협박조로 말하자 그가 더 크게 소리 내어 웃었다. 정말로 즐거운 듯이……. 그때 문에서 노크 소리가 났다.

"내 손자 녀석들이 온 모양이구나. 제름이 금세 고자질을 했을 거다. 들어와라."

그의 예상이 맞았다. 들어오라는 그의 말이 끝나자마자 문이 열리고 앤드류와 아심이 뛰어 들어왔다.

가운을 제대로 여미지 않았는지 아심의 가슴이 훤히 보였다. 그렇게까지 서두를 필요는 없었을 텐데도, 그들은 마치 그녀가 자신들의 할아버지를 잡아먹기라도 할 듯한 표정으로 어정쩡하게 서 있었다.

그런 그들을 보며 레인은 싱긋 웃었다.

"이 아침부터 웬일들이냐?"

태연하게 물으며 아부가 미소를 지었다. 그 순간 앤드류와 아심은 벼락이라도 맞은 듯한 얼굴이 되었다. 하지만 가까스로 정신을 차렸는지 아심은 곧 황당하다는 듯 코웃음을 쳤고, 앤드류는 침을 꿀꺽 삼키고 레인에게 시선을 향했다.

"어…… 어떻게 이곳으로 왔지?"

레인이 웃으며 바라보자 아부가 영어로 대신 말했다.

"너희야말로 여긴 웬일들이냐?"

아마도 아부는 그녀의 비밀을 지켜주기로 결정한 모양이었다.

"할아버지가 걱정되어 왔습니다."

아심이 나직이 말하자 아부가 코웃음을 쳤다.

"난 걱정할 것 없다. 레인이 즐거운 말동무가 되어주었다."

레인은 고개를 한쪽으로 기울이며 아부를 주시했다. 이 할아버지는 아심을 사랑하는 것이 역력히 보였다.

"보아하니 그러신 것 같군요. 그럼 레인과 저희는 이만 물러가겠습니다. 레인도 이제 쉬어야……."

아심의 말은 아부의 웃음으로 멈춰졌다.

기침까지 하며 웃는 아부 앞에서 또다시 앤드류와 아심의 얼굴이 멍해졌다. 그 표정을 보고 레인도 웃음을 참지 못했다.

"내 말이 그 말이다. 너희가 병아리처럼 뛰어 들어오지 않았다면 레인이 내 침대로 기어올랐을 테니 말이다."

그 말에 두 남자의 표정은 더욱 가관이 되었다. 하지만 곧 아심이 그녀에게 다가와 팔꿈치를 잡았다.

"말씀이 많아지셨습니다, 할아버지."

아심의 빈정거림에 아부의 반응 역시 만만치 않았다.

"내가 십 년만 젊었다면, 그녀와 단둘이 있기 위해 너희를 당장 내쫓았을 거다."

이렇게 복사판일 수가!

레인은 웃음이 나오려는 것을 억지로 참으며 낮게 중얼거렸다.

"저도 원하는 바였을 거예요."

레인의 그 말에 아부가 웃음을 터뜨린 반면, 그녀의 팔꿈치를 잡고 있는 아심의 손에는 힘이 들어갔다.

아심은 으르렁거리듯 말을 내뱉고 그녀를 문으로 이끌었다.

"오십 년 더 젊어지시지 않으면 어림도 없습니다."

그리고 그는 방을 나섰다. 그들 뒤로 앤드류가 아부에게 뭐라고 말한 뒤 따라나오는 듯했다.

"너무하잖아요! 할아버지한테 그런 말을 하다니!"

복도 끝에 다다르자 레인이 낮게 소리치며 그의 손에서 팔꿈치를 빼냈다.

"당신이야말로 늙은 남자를 유혹해서 어쩔 작정이지? 그 정도로 상식이 없나?"

그녀는 눈을 가늘게 뜨고 그를 노려보았다. 살짝 시선을 내리깔고 보니, 그의 가운이 완전히 벌어지려 하고 있었다. 레인은 왜 자신이 그 모습을 보고 아슬아슬하다고 생각하는지 이해할 수가 없었다. 그녀의 시선이 움직이는 것을 보았는지 아심은 능글맞은 미소를 지으며 가운을 여몄다. 마치 그녀의 속마음을 안다는 듯한 표정이었다.

레인은 다시 한 번 그를 노려보고 몸을 돌렸다.

"정말 한심하군요. 한국 속담에 이런 게 있어요. 뭐 눈에는 뭐만 보인다고……."

그렇게 말한 그녀는 어정쩡하게 계단을 내려갔다. 올라오기도 힘든 세난이었지만, 내려가긴 더욱 힘이 들었다. 자칫 잘못하다간 다리가 아니라 목이 부러질 판이었다. 그런 그녀의 모습이 그의 눈에도 위험해 보였는지 아심이 갑자기 그녀를 잡아 세웠다. 그리고 그녀의 목발을 빼앗아 들고 앤드류를 불렀다.

"왜? 아……."

앤드류는 아심이 건네는 목발을 받아 들고, 아심이 그녀를 안아 드는 모습을 바라보았다. 레인은 아심의 어깨 너머로 앤드류에게 미소를 띠어 보였다.

똑같은 행동인데 왜 아심이 하면 무드가 없는 걸까 생각하며……

"아심, 그때 네 기분을 알겠어."

앤드류가 잔을 채우며 엉뚱한 말을 하자 아심의 눈이 가늘어졌다.

"무슨 뜻이야?"

아심은 서류철을 덮으며 의자에 편안하게 등을 기대앉았다.

"이곳에 도착하던 날, 헬기 착륙장에서 내가 그녀를 안고 궁으로 들어올 때 네가 느꼈던 기분 말야. 그리고 아침에 할아버지 방에서 그녀를 끌고 나가던 그 기분……"

앤드류의 진지한 목소리에 아심은 코웃음을 쳤다.

"너 말야, 요즘 뭐든지 오버하는 경향이 있는데?"

"오버가 아냐. 넌 그녀를 좋아해! 그렇지?"

앤드류의 오른쪽 눈썹이 올라갔다.

"아, 그 얘기야? 물론 그녀를 좋아해. 묘하게 자극적이거든. 그래서 그녀를 유혹해 볼 생각이야."

아심이 말을 끝내자 앤드류는 '끙' 하고 신음 소리를 냈다. 아심도 피식하고 웃었다. 과잉 반응을 보이는 앤드류를 보니, 아심은 왠지 기분이 석연치 않았다. 레인이 그의 집에 있을 때 하루도 거르지 않고 전화를 걸어 그녀와 통화한 것만 봐도 뭔가 분명 미심쩍었다.

"아심, 너답지 않아."

"무슨 말이야?"

아심의 눈이 또다시 가늘어졌다.

"넌 언제나 네 마음을 입 밖으로 내는 경우가 없었어. 그런데 요즘 넌 말로 하는 것 이상으로 행동에서 네 감정이 보인다구."

앤드류의 말에 아심의 얼굴이 찌푸려졌다.

내가 그랬던가?

아심은 지난 며칠간 자신의 행동을 돌아보았다. 확실히 말이 많아지긴 했다. 웃는 횟수도 늘었고, 화를 참지 못하는 경우도 많아졌다. 하지만 생각해 보면, 그 점은 이상한 것이 아니었다. 오늘 아침 그와 앤드류는 태어나서 처음으로 아부의 웃음소리를 들은 터였다.

그 여자가 사람을 웃기는 재주를 타고났나…….

"네가 그렇게 생각한 거겠지."

아심은 코웃음을 치며 앤드류의 말을 무시했다.

"넌 너 자신을 아직 깨닫지 못하고 있는 게 분명해."

"너야말로 수상쩍은데? 샤를르와는 어떻게 된 거야?"

"난 샤를르와 결혼할 거야. 그 점은 분명해."

앤드류가 그답지 않게 떡딱한 어조로 말을 잘랐다.

아심은 가볍게 한숨을 쉬고 의자에서 일어났다.

"이런 쓸데없는 얘기로 괜히 시간 낭비 하지 마. 조금 있으면 북쪽 족장들이 들이닥칠 거라구."

"버버족의 족장도 온댔어?"

앤드류는 눈살을 찌푸렸다. 버버족은 무척 거칠었다. 사하라에 부분적으로 퍼져 있는 그들은 예전엔 앤드류와 아심의 조상들처럼 약탈을 일삼던 부족이었다.

"버버족, 풀라니족, 모씨족, 투아레그족이 온다고 답신을 보냈어. 자붐에게 준비하라고 일러야겠군."

아심의 말이 끝나기도 전에 노크 소리가 들리자 앤드류는 가볍게 한숨을 쉬었다.

"벌써 온 모양인데?"

아심이 서류를 챙겨 들고 문으로 향하는 동안 앤드류는 자신의 잔을 마저 비웠다. 그리고 아심과 함께 서재를 나섰다. 어쨌든 그들은 한 팀이었다.

레인은 가벼워진 다리를 들어 보였다.

"당분간은 다리를 심하게 쓰지 마십시오."

그녀의 다리에서 석고를 떼어준 나이 든 의사가 무뚝뚝하게 말하자 레인은 싱긋 웃어 보였다.

다리를 심하게 쓰지 말라고?

그녀는 당장이라도 궁 안을 여기저기 뛰어다니고 싶었다.

"네."

레인은 활발하게 고개를 끄덕이며 대답하고는 침대에서 내려섰다. 그리고 조심스레 몇 걸음을 걸어보았다. 확실히 오른쪽 종아리가 찌르르 하며 저려왔다. 그녀의 걸음걸이를 지켜보던 의사와 하녀 시안이 동시에 얼굴을 찌푸리는 것이 눈에 들어왔다.

"시안, 아래층에 내려가고 싶어요. 괜찮겠죠?"

아침에 아부의 방에 들어갔다 나온 후 시안이 항상 그녀를 감시했기에 허락을 받아야 할 것 같았다. 레인의 질문에 시안은 의사를 쳐다보았고, 의사는 체념한 듯한 표정을 지었다. 레인은 늘 사람들로 하여금 자신의 뜻에 따르도록 만들 수 있었다. 물론 한국에 있을 때는 자신에게 그런 점이 있는 줄 몰랐었다. 그렇지만 여행길에 올라 여러 사람들을 만나다 보니 어느새인가 그녀는 사람을 잘 다루는 사람이 되어 있었다. 그녀는 역시 경험이 중요하다는 생각을 했다.

시안이 레인의 오른쪽 팔을 잡아 부축해 주었다.

"아니, 내가 팔짱을 끼는 게 낫겠어요."

레인은 자세를 바꿔 시안의 팔에 팔짱을 끼었다. 그러자 시안이 놀란 표정으로 그녀를 바라보았다. 결국 그녀가 시안을 질질 끌다시피 해서 복도로 나오게 되었다. 그리고 그들이 계단에 닿았을 때쯤 시안이 레인의 팔을 붙잡는 것과 동시에 어디선가 아시르가 튀어나왔다.

"어머! 레인! 다리가……."

"깁스를 풀고 붕대만 감았어요."

레인의 설명에 얼굴이 밝아진 아시르는 시안을 밀쳐 냈다.

"시안, 이제부터는 내가 레인을 돌볼게요."

"시안, 고마웠어요. 나중에 봐요."

레인이 고개를 돌려 뒤에 서 있는 시안에게 감사를 표하자, 그녀는 얼굴을 붉히며 고개 숙여 인사했다.

"레인, 시안이 아심 오빠를 좋아하는 거 알아요?"

"몰랐는데요?"

"아심을 좋아해요. 그리고…… 카를로타처럼 되길 바라죠."

영어에 자신없어서인지 아시르는 짤막하게 대답했다. 그 때문인지 말이 더 노골적으로 느껴졌다.

"카를로타처럼?"

"네, 카를로타도 원래는 시안처럼……. 음, 그러니까……."

적당한 단어가 떠오르지 않는 모양이었다. 레인은 그 말의 의미를 알아듣고 싱긋 웃었다. 결국 하녀에서 정부가 되었다는 말이리라.

"알겠어요, 아시르. 더 이상 설명해 주지 않아도 돼요. 그런데 이 궁에는 사람이 얼마나 살고 있죠?"

"네?"

말이 너무 빨랐나 보다고 생각하며, 레인은 천천히 같은 말을 되풀이하며 손짓을 해 보였다.

"아, 그러니까 백 명 하고 또 백 명, 또 백 명 정도……."

삼백 명 정도라는 말이군. 그렇게나 많이?

하긴, 그녀가 지냈던 부족처럼 소도시로 이루어진 것도 아니고, 아심의 집처럼 작은 도시에서 조금 떨어진 곳에 세워진 것도 아니니 그럴 수 있었다. 그녀가 헬기에서 내려다보았을 때 거대한 궁 외에 도시는 보이지도 않았으니, 이곳에서 모든 일을 해결하려면 집단으로 모여 살아야 할 것이 분명했다.

"그런데 어떻게 이렇게 조용할 수 있지?"

레인의 나직한 중얼거림에서 아시르가 '조용하다'라는 단어를 알아들었는지 대뜸 입을 열었다.

"이 건물에는 왕족만 머물러요. 왕족은 조용하죠."

거드름 피우는 듯한 아시르의 표정과 말투가 레인은 우스웠다. 그 말이 맞다 해도, 아시르만은 예외였기 때문에 더욱 그랬다.

그렇다면 건물이 몇 채로 나누어져 있다는 뜻이다.

"밖으로 나가 볼래요?"

아시르가 갑작스럽게 제안했지만, 레인은 바라던 바라는 표정으로 고개를 크게 끄덕였다. 그리고 그들은 그녀가 한 번도 본 적이 없는 복도를 지나 밖으로 나왔다.

순간, 레인은 강한 햇살에 잠시 눈을 감았다. 그녀는 사막이 좋았다. 뜨거운 햇살도 좋고 바람 한 점 없는 건조한 공기도 좋았다. 서울에 있을 때는 더위를 많이 타서 여름을 싫어했던 그녀였다. 장마철의 끈끈함도 싫었고 도시의 열기도 싫었었다. 그런 자신이 사막을 좋아할 것이라고는 그녀 자신도 상상하지 못한 터였다.

"어지러워요?"

아시르가 그들 말로 걱정스럽다는 듯 묻자 레인은 눈을 뜨고 살며시 웃어 보였다. 그리고 주위를 둘러보았다. 그녀의 눈이 휘둥그레졌다. 마치 영화 〈파라다이스〉의 한 장면에 들어와 있는 기분이었다. 건물들이 원형으로 둘러싼 가운데 야자나무와 호수 같은 오아시스가 있었다. 오아시스! 그녀가 머물렀던 부족에는 오아시스가 없었다. 우물과 펌프로 올리는 물만 있을 뿐이었다. 하지만 이곳에는 오아시스 옆에 작은 분수대가 있어 시각적으로 시원함을 더해주기까지 했다. 저절로 그녀의 걸음이 물 쪽으로 옮겨졌다. 그녀의 입에서 낮은 탄성이 흘러나왔다.

"멋져요!"

"그렇죠? 여긴 왕족들의 정원이라고 할 수 있어요."

확실히 그럴 만했다.

"물에 손을 넣어도 될까요? 혹시 식수라면……."

"괜찮아요. 식수는 따로 떠올려요."

아시르의 대답에 레인은 무릎을 꿇고 앉아 물속에 손을 담갔다. 오후가 지나가고 있었지만, 아직도 물은 따뜻한 듯했다. 하지만 느낌은 왠지 시원했다.

"잠깐만요. 음료를 가져올게요."

그렇게 말한 아시르는 공이 퉁기듯 뛰어 건물 안으로 사라졌다.

레인은 싱긋 웃으며 주위를 둘러보았다. 그러던 그녀의 시선이 갑자기 한곳에 머물렀다. 멀리 한 건물에서 남자들이 우르르 나오는 것이 보였다. 모두 그들의 전통 의상을 입고 있었지만, 그들 중 두 남자, 아심과 앤드류가 유독 그녀의 시선을 끌었다. 아심과 앤드류가 전통 의상을 입은 모습은 처음이었다.

순간 아심이 그녀 쪽을 돌아보는가 싶더니 걸음을 멈추었다. 멀리서도 그가 얼굴을 찌푸리는 것이 보였다. 하지만 그는 곧 돌아서서 일행에 합류했다. 손을 흔들어 보이는 그녀를 무시한 채……. 레인은 눈을 찡긋했다. 앤드류와는 쉽게 친해질 수 있는 반면 아심과는 유난히 관계가 어긋나는 듯했다. 그때 그들 중 한 명의 푸른 의상이 시선을 끌자 레인의 얼굴이 밝아졌다.

하삼!

하삼은 그녀가 머물렀던 부족의 족장이었다. 그는 앤드류와 무언가를 심각하게 이야기하며 걸어가고 있었다. 레인은 반가운 마음에 그를 부르려고 벌떡 일어섰다. 그에게 아지움이 잘 있는지 묻고 싶었다. 그녀가 사막으로 떠나던 날 아침 아지움은 그녀에게 구애를 했었다. 아지움의 따뜻한 미소가 떠올랐다.

"레인, 오래 기다렸죠? 매시지아가 꾸물럭거리는 바람에……. 그래도 내가 직접 레인에게 음료를 갖다주려고……. 레인?"

레인은 아시르를 지나쳐 남자들이 사라진 쪽으로 달리기 시작했다. 종아리에서 시큰거림이 심해진 듯했지만, 하삼을 만나야 한다는 생각에 그녀는 계속해서 달렸다. 뒤에서 아시르가 비명을 지르며 따라오는 것이 느껴졌다. 발이 모래 속으로 빠져 달리는 것이 힘들었다. 레인의 호흡이 가빠졌다. 마침내 그들의 뒷모습이 보이자 그녀는 소리쳐 하삼을 불렀다.

"하삼!"

그러나 그는 벌써 차에 오른 뒤였고, 그 차는 모래먼지를 일으키며 점차 멀어져 갔다. 누군가가 그녀를 향해 소리쳤다. 그것이 아심의 목소리라는 것을 느꼈지만, 레인은 하삼이 몸을 실은 차를 향해 계속 달려갔다.

"하삼! 기다려요! 아지움에게……."

그때 누군가의 손이 뻗어와 그녀의 허리를 낚아챘다.

"이런! 망할 여자 같으니!"

아심이었다. 고개를 돌려 그를 올려다보았다. 그의 얼굴은 잔뜩 일그러져 있었다.

"아지움……."

그리고 그녀는 모래 위로 쓰러졌다.

다리에 찌르는 듯한 통증이 느껴졌다.

"그렇게 멍청한 여자는 처음 본다구!"

화가 잔뜩 난 아심의 모습에 앤드류는 피식 웃었다.

"확실히 멍청하긴 하지? 깁스를 푼 지 채 한 시간도 안 지나 달리기를 한 걸 보면 말야."

"내 말이 그 말이라구!"

아심은 답답하다는 듯 잔을 들어 벌컥벌컥 들이켰다.

"레인은 하삼을 불렀어. 그를 알고 있다는 얘기잖아. 안 그래?"

앤드류가 의자 등에 몸을 기대며 이상하다는 듯이 말하자 아심의 얼굴이 더욱 굳어졌다.

"게다가 쓰러지기 전에 아지움을 불렀어."

"아지움은 하삼의 아들이 아니었어?"

앤드류의 말에 아심은 고개를 끄덕였다. 그렇다면 한 가지 사실이 분명해진 셈이었다. 레인은 그들에게 발견되기 전 하삼의 부족에 머물렀던 것이다. 하지만 그 사실보다 레인이 절망적으로 하삼의 뒤를 쫓던 모습이 아심의 마음에 걸렸다.

"빌어먹을!"

아심은 욕설을 내뱉으며 다시 잔을 채웠다.

아지움과 그녀는 어떤 관계였을까? 그녀는 왜 하삼을 불렀을까? 그 부족으로 다시 돌아가려 했던 것일까?

그녀는 말했었다. 한곳에 정착하지 못하는 성격이라고. 하지만 그 부족에서는 일 년이라는 긴 기간을 머물렀다. 무언가 그녀를 그곳에 잡아둘 만한 것이 있었다는 의미였다.

아지움과 연인 사이였을까?

아심은 갑자기 화가 치밀었다.

"레인을 만나보고 올게."

아심이 단호하게 일어나자 앤드류가 다시 웃음을 지었다.

"이봐, 레인은 내 약혼녀라구."

"그래. 하지만 그녀에게 죽음을 불사한 사랑을 약속한 건 나야."

아심의 빈정거리는 말투에 앤드류는 한쪽 눈썹을 치켜올렸다.

"이거, 아무래도 너랑 치열한 사랑전을 치를 것 같군."

"넌 샤를르나 걱정하라구."

"그렇군. 그럼 레인을 만나는 김에 하나만 더 물어봐 줄래? 아까 보니까, 그녀는 꽤 유창하게 우리말을 하던데?"

앤드류의 웃음 섞인 말에 아심은 걸음을 멈추었다. 앤드류의 말이 맞았다. 아심이 미처 생각지 못했지만, 그때 레인은 정확한 발음으로 말했었다. '하삼! 기다려요! 아지움에게' 라고.

아심은 고개를 끄덕이고 밖으로 나왔다.

빌어먹을 여자 같으니! 사악하고 못돼먹고 길들이기 힘든 제멋대로인 여자였다. 유혹적이기도 하고…….

실수했다!

레인은 침대에 누워 천장을 바라보며 생각했다. 길게 한숨을 내쉬었다. 왜 자신이 그때 생각도 없이 하삼을 부르며 달려갔는지 이해할 수가 없었다. 게다가 자신도 모르게 그들 말로 중얼거렸었다.

뭐라고 핑계를 대지? 성확히 내가 뭐라고 말했더라?

"머리를 굴리느라 사람이 온 것도 모르는군."

아심이었다. 어느새 그녀의 침대 곁에 서서 빈정거리듯 말하고 있었다. 물론 그들 말로……. 정말이지 얄미운 남자라고 생각하면서도 그녀는 일부러 그의 말을 못 알아들은 척 눈을 동그랗게 떴다.

"어머, 아심! 언제 왔어요?"

그녀의 시치미에 아심의 눈이 가늘어졌다.

"아무것도 모르는 척해봤자 소용없어. 당신이 우리말을 유창하게 한다는 거 이미 들통났으니까."

유창하게는 아니고 그냥 대충 알아듣고 조금 말할 줄 알 뿐이었다. 레인은 여전히 그의 말을 못 알아듣는 척 눈을 더 크게 떴다.

"아심, 하삼이 왜 여기 온 거예요?"

최대의 방어는 공격이라고 생각한 레인이 영어를 고집하자 그가 그녀를 노려보았다. 아심은 그녀를 믿어야 하나, 말아야 하나 갈등하고 있는 게 역력히 보일 정도로 한참을 노려보더니 마침내 영어로 말했다.

"왜 우리말을 모른다고 거짓말했지?"

"아심, 난 거짓말 안 했어요. 분명히 인사말 정도는 할 줄 안다고 얘기한 것 같은데요."

"그 인사말에 '기다려요' 라는 말도 들어가나?"

그가 그녀의 말투를 흉내 내어 '기다려요' 라는 말을 강조하자 레인은 저도 모르게 눈을 빛냈다.

내가 그 말만 했던가?

"아지움을 알아요?"

"만난 적은 없지만, 그가 하삼의 아들이란 건 알고 있지."

아심이 기분 나쁘다는 표정으로 대답했다.

"아지움은 키가 커요. 난 늘 그와 함께 다닐 때 그의 걸음을 따라잡을 수가 없었어요. 그래서 그에게 그 말을 배웠던 거예요."

말이 되나?

어쨌든 그 말이 거짓은 아니었다. 아지움은 190㎝ 가까이 되는 키에 늘 걸음도 성큼성큼 걸었었다. 하지만 아심의 눈은 여전히 믿지 못하겠다고 말하고 있었다.

"그럼, 정확히 우리말 중에서 할 줄 있는 게 뭐지?"

확실하게 짚고 넘어가자 이거지? 좋다구!

레인은 가볍게 헛기침을 하고 간단한 문장을 몇 개 말했다.

"마 툴라하드(기분이 어떻습니까)? 왈레이쿰─살람(좋습니다). 비스밀라(안녕히). 알하 라젠(고맙습니다). 이야(네). 아보(아니오). 이 정도는 자신있게 말할 수 있어요."

"그럼, 왜 아민에게 직접 말할 수 있었으면서 앤디에게 통역해 달라고 부탁했던 거지?"

잘도 기억하고 있군.

레인은 꼬치꼬치 캐묻는 아심이 별로 마음에 들지 않았다.

"그때는 잠시 단어를 까먹었어요. 그리고 당황하기도 했구요."

그가 왼쪽 눈썹을 올려 보였다.

"당황?"

"네, 당황이요. 당신 같으면 처음 본 남자 앞에서…… 계단으로 굴러떨어졌는데, 그 남자를 다시 만나서 태연할 수 있었겠어요?"

일부러 '알몸으로' 라는 말은 하지 않았다. 아심도 그 생각을 했는지 싱긋 웃이 보이고는 잠시 생각에 잠긴 듯한 표정을 지었다. 레인은 이때다 싶어 길게 하품을 해 보였다.

"약 때문인지 피곤한데……."

"아지움과는 어떤 사이지?"

어쩌다 그가 침대에 걸터앉는 불상사가 생겼다.

"어떤 사이냐뇨?"

"그와 연인 사이였나?"

그녀는 침대에서 벌떡 일어나 앉았다. 그런 자신을 의심스럽다는 듯 주시하는 아심과 시선이 마주친 순간, 그녀는 이상하게 심장이 두근거리는 것을 느껴야 했다.

왜 이런 질문을 하는 거지?

"아니요. 아니, 아니에요."

레인은 고개를 빳빳이 들고 완강히 부인했다.

"정말인가?"

"정말이에요. 아마도 내가 그곳에 더 오래 머물러 있었다면, 그렇게 됐을 수도 있겠죠."

"그렇게 됐을 수도 있다고?"

아심이 민감하게 반응을 보였다.

레인은 아무래도 의심스러웠다.

혹시 이 남자가 질투하는 건 아닐까?

그렇게 생각한 그녀의 입술 끝이 슬며시 말려 올라갔다.

"네. 그 부족을 떠나야겠다는 강한 바람이 생기지만 않았다면, 그의 구애에 '예스'라고 말했을 테니까요."

"그가 당신에게 구애했다고?"

레인은 아심의 반응이 이상하다고 느꼈다. 그가 계속해서 그녀의 말을 반복하는 것이 심상치 않았기 때문이다.

순간 아심의 눈썹이 하나로 모아졌다. 레인은 그런 그의 옆모습을 보며 마음 한구석에서 괜한 즐거움이 솟는 것을 느꼈다. 그는 한동안 조용히 자신의 손을 내려다보고 있었다. 레인은 살며시 미소 지으며 고민에 빠진 아심의 옆얼굴을 감상했다. 아이 같았다. 하지만 물론 그의 생김 자체는 두말할 나위 없이 근사한 남자였다. 앤드류가 매끈하게 조각해 놓은 듯한 모습이라면, 아심은 줄로 거칠게 깎은 듯한 얼굴이었다. 몇 가닥 흘러내린 머리칼이 그의 눈썹을 지나 턱밑에서 파르르 흔들리고 있었다. 갑자기 레인은 머리를 풀어헤친 그의 모습이 보고 싶다는 생각이 들었다.

헤비메탈 그룹의 멤버들처럼 보일까? 아마도 섹시한 반항아 같겠지. 아니, 반항아라고 하기엔 나이가 조금 많은가?

옆에서 차분히 지켜보니, 속눈썹도 꽤 길었다. 거기에 얇은 입술선……. 레인은 고개를 돌렸다. 그리고 가볍게 헛기침을 했다.

"하삼이 왜 여기 왔었죠?"

그녀의 목소리가 낮게 가라앉아 있었다.

사상이 불순한 거야. 그의 입술을 보고 키스를 떠올리다니!

그에게서는 대답이 없었다. 고개를 들어 그를 바라보니, 살며시 눈을 감고 있었다.

"아심!"

그녀가 소리쳐 부르자 아심이 천천히 눈을 떴다. 레인은 순간 자신도 모르게 숨을 크게 들이쉬었다. 그의 눈빛이 심상치 않았던 것이다. 문득 레인은 그의 집에서 그가 키스했던 순간이 떠올랐다. 그리고 예감대로 그가 그녀에게 다가왔다. 하지만 그녀는 몸에서 힘이 빠져나가는 것 같아 그를 밀쳐 낼 수가 없었다. 아심의 몸이 그녀 위로 내려오는가 싶더니, 그의 두 손이 그녀의 볼을 감쌌다.

"그가 이렇게 구애했나?"

그의 허스키한 목소리에 레인은 눈을 감았다.

그의 숨결이 볼에 닿는가 싶더니 어느새 그녀의 입술로 옮겨왔다. 아심의 입술을 느낀 순간 그녀는 또다시 온몸에서 갈증이 사라짐을 느꼈다. 그래서 아심의 두 손이 목 아래로 내려오는 것을 알면서도 그를 막으려 하지 않았다. 조금만, 조금만 더 갈증을 해소하고 싶었다. 그녀의 입술이 벌어지며 그를 더 깊이 맞아들이고 그의 진한 체취를 들이켰다.

그리고 아심의 큰 손이 그녀의 작은 가슴을 움켜쥐자 레인의 입술 사이로 작은 탄성이 흘러나왔다. 그녀는 자신의 몸 안에 갈증을 해소할 수 있는 샘이 있다는 것을 알게 되었다. 그리고 아심은 그 샘을 오아시스로 만들고 있었다. 아심으로 인해 그녀는 자신의, 아니, 그들의 파라다이스를 만들 수 있는 것이었다. 그녀는 그의 목에 두 팔을 감고 그에게 매달렸다.

"그가 어디까지 구애했지?"

갑자기 그의 입술이 멀어지더니 차가운 목소리가 들려왔다.

순간 레인은 찬물을 뒤집어쓴 듯한 기분으로 눈을 뜨고 아심을 바라보았다. 아직 자신의 몸 위에 있는 아심의 무게와 단단한 근육들이 느껴졌다. 그의 입술이 빈정거리는 모양으로 곡선을 이루고 있었지만 그의 가슴은 레인과 마찬가지로 크게 오르락내리락하고 있었다. 제정신을 회복한 순간 레인은 아심을 노려보았다.

"무거워요! 저리 비켜요!"

레인은 식식거리며 아심의 어깨를 밀쳐 냈다. 그러자 아심은 그녀의 목에 가볍게 키스하고 몸을 일으켜 침대에서 내려섰다.

"레인, 난⋯⋯."

"아무 말 말아요! 미안하다든지, 그럴 뜻이 없었다든지, 그런 말하지 말고 어서 이 방에서 나가기나 해요!"

레인이 말을 자르며 손가락으로 문을 가리키자 아심의 입술이 곡선을 그렸다. 왠지 사악해 보이는 미소였다. 그리고 아니나 다를 까, 천천히 유혹하듯 그의 입에서 흘러나온 말에 레인은 비명을 지르며 그를 향해 베개를 집어 던졌다.

"고맙군. 불필요한 말을 하지 않게 해줘서, 레인. 잊은 건 아니겠지? 나는 당신을 사랑하는 사람이라구. 이 정도는 아무것도 아니지. 음…… 당신이 계속 그렇게 가슴을 드러낸 채 있겠다면 이야기는 달라지겠지만."

레인은 시트를 뒤집어쓰고 그가 웃으며 방을 나가는 소리를 들었다. 문이 닫힌 순간 그녀는 자신이 몸을 떨고 있다는 사실을 깨달았다. 화가 났기 때문이기도 하고 신기루처럼 사라진 파라다이스에 대한 원망 때문이기도 했다.

신기루…….

마치 그녀는 또다시 사막의 모래 위에서 뜨거운 태양 아래 길을 잃고 있는 듯 갈증이 목까지 차오르는 것을 느꼈다. 온몸이 타오를 듯한…….

한국을 떠나온 삼 년 만에 처음으로 레인은 눈물을 흘렸다. 외로운 빗방울처럼 소리 없이…….

6

"레인, 어떻게 된 거야? 아시르가 당신은 지금……."

앤드류가 걱정스러운 얼굴로 침대에 누워 있는 레인에게 다가왔다. 그사이 아시르가 고자질을 한 모양이었다. 레인은 부드럽게 미소 지으며 고개를 가로저었다.

"아무것도 아니에요. 아시르가 과장해서 얘기한 모양이네요."

"아니, 아시르는 그냥 레인이 지금 아파서 저녁식사를 할 수 없다고만 말했어."

뻔뻔한 아시르도 그에게 레인이 달거리 중이라고 노골적으로 말할 수는 없었나 보다라고 생각이 들자 입술이 슬며시 올라갔다. 오랜 여행에서 불편한 점 중에 하나였다. 워낙 생리통이 심한 레인은 늘 진통제를 지니고 다녔었다. 그런데 마침 진통제가 떨어졌고 레인은 별수없이 아시르에게 도움을 청할 수밖에 없었다.

"별거 아니에요. 기분도 안 좋고 의사 선생님께서도 당분간은 침대에서 일어나지 말라고 하셨고, 그래서 그런 거예요."

"다리뼈에 다시 금이 간 거 아냐?"

앤드류의 얼굴이 찌푸려졌다. 마치 진짜 약혼자 같았다.

"아니, 약간 무리가 간 것뿐이에요."

레인은 침대에 걸터앉은 앤드류의 손등을 토닥거려 주었다. 앤드류는 늘 그녀에게 친절했다. 어떨 때는 샤를르에게 슬그머니 질투가 나기도 하는 레인이었다.

"참, 마침 잘 와주었어요. 물어보고 싶은 게 있는데……."

"뭔데?"

"낮에 하삼이 왜 왔었죠?"

그녀의 질문에 앤드류는 눈살을 찌푸렸다.

"아심이 얘기 안 했어? 음…… 그전에 레인, 하삼과는 어느 정도나 아는 사이지? 꽤 친분이 있는 것 같던데……. 그 부족에 있었어?"

레인은 왜 다들 하삼과 자신의 관계를 묻는지 의아스러웠다. 그녀는 여러 나라를 다니며 항상 정치나 문화에 벽을 두지 않았었다. 그냥 그녀는 여행하는 사람이었고, 그녀가 가는 곳은 여행지 이상일 수 없었다. 하긴, 한국에 있을 때도 선거니 뭐니에는 관심이 없었다. 그녀는 당시 고등학생이었고, 고등학생은 그저 공부만 하면 그만인 상황이었다. 이따금 친구들 중에 사회문제를 언급하는 이도 있었지만, 그때마다 레인은 건성으로 흘려들었었다.

"눈치 챘겠지만, 하삼은 아심을 국왕으로 미는 사람 중 한 명이야. 그리고 오늘 북쪽 부족들의 대표들이 이곳에 모였었어. 그 때문에 그가 온 거였어."

"그럼, 하삼이 샤를르를 해치겠다고 협박한 거예요?"

레인은 눈을 동그랗게 뜨며 몸을 일으켜 앉았다. 하삼은 좋은 사람이었다. 약간 고지식한 것만 제외하면.

"아직 확실하지는 않아. 단지 북쪽 부족들 중 한곳에서 협박장을 보내고 있다는 것 외에는."

레인은 이해가 가지 않았다. 그녀가 알기로 하삼의 부족은 그다지 현대적이지 못했다. 그리고 대충 짐작하건대, 아프리카의 몇몇 부족처럼 원주민들로 구성되어 있었다. 그들 말로는 자신들을 '푸른 종족'이라고 불렀다. 푸른 옷을 입고 푸른색으로 분장하기 때문이라고 웃으며 설명까지 해주던 그들이었다.

"그런 일을 할 사람들이 아니에요."

레인의 신념 어린 확고한 말에 앤드류는 가볍게 미소 지었다.

"그렇겠지. 우리와 핏줄이 같으니 우리도 그러길 바라."

"핏줄이 같다고요? 당신네도 푸른 종족이란 말이에요?"

레인의 입이 벌어졌다.

그럼, 아심과 앤드류도 몸에 푸른색을 칠한단 말야? 그들처럼 야한 옷을 입고, 칼을 차고, 낙타를 타고 사막을 달린다고?

그녀의 어리둥절한 표정에 앤드류가 다시 미소 지었다. 그의 깔끔한 모습과 그녀의 상상이 왠지 맞아떨어지지 않았다.

"투아레그족이라고 하지."

레인의 입에서 '아!' 하고 탄성이 새어나왔다.

"어쩐지. 언어가 같기에 이상하다고 생각했었어요."

아프리카에는 많은 종족이 살고 있고, 언어가 제각기 달랐다. 그제야 아부의 터번과 의상이 왜 어울리지 않았는지 이해가 갔다. 터번은 아랍식인 데 반해 의상은 그들 고유의 스타일이었기에 어울리지 않는다는 생각이 들었던 것이다.

"아프리카의 역사에 대해 공부를 좀 해야겠군. 18세기에 아프리카는 유럽 대국들의 땅따먹기 공간이었지. 때문에 아프리카에서 살고 있던 원주민들은 이리저리 몰리기 시작했어. 투아레그족도 예외는 아니었지. 참, 우리 종족의 기원은 재미있어. 아프리카에 사는 백인계 사람들이었으니 고대 이집트인을 형성했던 한 종족이라든지, 지중해를 왕래했던 페니키아인이라든지, 리비아의 팻잔 지방에 살았던 문화적인 가라만트인이라는 설도 있지만, 어느 것도 정확하진 않아. 그래서 어떤 이들은 아틀란티스의 후예라는 주장도 하지."

레인의 눈이 반짝였다. 아마도 앤드류라면 아틀란티스의 후예가 맞을지도 모른다는 생각이 들었다. 만화책에서 보던 금발의 멋진 남자 주인공이 절로 떠올랐다.

"어쨌든 8세기부터 아프리카에 침입해 오기 시작한 아랍인들과 교전을 치르던 원주민들은 아틀라스 산맥 속으로 옮겨가 척박한 땅과 싸우며 주로 약탈과 전쟁을 생업으로 삼았어. 그리고 아까 말한 내로 18세기 이후에는 거의 현대문명에 흡수되며 그들 고유의 생활방식을 잃어가기 시작했지. 그런데 1960년대 들어 아프리카의 식민지들이 독립을 선언하기 시작했고, 그때 할아버지도 하나의 국가를 이룩해 내신 거야. 그런 점에서 우리나라는 근접한 다른 나라들과 조금 다른 정치 구조를 갖고 있지. 할아버지는 당신이 투아레그족이라서 그 특유의 생활방식을 쉽게 버릴 수 없으셨던 거야."

레인은 머리가 어지러웠다. 고등학교에 다닐 때도 세계사나 국사는 질색이었던 그녀였다.

"저, 앤디…… 미안하지만 잘 모르겠어요."

마침내 레인이 쑥스러운 미소를 지으며 말했다. 앤드류는 그런 레인을 보며 빙그레 웃었다. 이해한다는 표정이었다.

"간단히 말해서, 할아버지는 아랍식 문화와 투아레그족의 전통 문화를 혼합시키신 거야."

레인은 고개를 끄덕였다.

어쨌든 대단한 핏줄임에는 분명해. 백인계 아프리카인이라니…….

그제야 레인은 아심의 피부가 아프리카 원주민들처럼 검지 않다는 사실을 상기했다. 앤드류야 혼혈이라 그렇다 치더라도 정통 혈통을 이어받은 아심의 피부가 햇볕에 탄 백인 피부 같다는 사실을 이상하게 생각지 않았던 자신이 신기할 따름이었다.

"당신이 그 부족에서 생활했다면, 그들이 전형적인 원주민 생활을 고수하고 있는 것도 보았겠군?"

"네. 히이마와 아하쿰에서 생활하고, 물 긷기와 가축몰이를 하며 낮 시간을 보내고 저녁식사를 한 후엔 매일 밤 파티를 즐기죠."

레인의 눈이 아련한 기억으로 출렁거렸다. 그녀는 그들의 그런 생활을 즐겼었다.

"나와 아심도 그들의 부적을 지니고 있지."

앤드류의 그 말에 레인은 미소를 지었다.

"맞아요. 남자들은 부적을 몸에 지니고 다녔어요. 난 그 부적이 재미있었어요. 병에 걸리지 말고, 뱀이나 전갈에 물리지 말고, 칼에 베이지 말고 등등……. 어린아이들 같았어요."

"그 부적은 아버지한테서 물려받는 거야."

앤드류의 손이 올라와 살며시 그녀의 머리칼을 쓸어 넘겨주었다. 레인은 그의 부드러운 손길에 살며시 눈을 감았다.

"그리고 밤에는 이야기가 계속되었어요. 내가 재미있다고 생각한 또 하나가 바로 그거였어요. 밤에 남자들은 터번으로 얼굴을 가리기 때문에 여자들에게 인기있는 남자는 잘생긴 남자가 아니라 말을 잘하는 남자였거든요."

그녀가 나직이 웃는 것과 동시에 문 쪽에서 코웃음 치는 소리가 들려왔다.

"나는 그곳에서 인기가 형편없겠군."

아심이었다. 그는 문설주에 기대서서 팔짱을 낀 채 그녀를 노려보고 있었다.

"아심, 언제 왔어?"

앤드류의 손이 레인의 얼굴에서 멀어졌다.

"조금 전에. 네가 하도 오랫동안 안 내려오니까 아시르가 온갖 소리를 다 해대서 내가 올라와 본 거야."

이심이 문을 닫고 다가왔다.

"어차피 내일이면 레인과 난 공식적으로 약혼을 발표할 텐데 뭐."

앤드류의 오른쪽 눈썹이 치켜 올라갔다. 레인도 앤드류의 흉내를 내서 한쪽 눈썹을 올려 보였다. 그러자 아심의 입술이 심하게 비틀어졌다.

"아무리 그렇다 해도 왕족은 쓸데없는 구설수를 만들어내선 안 되지. 네가 진짜 국왕이 되려 한다면 말야."

아심이 빈정거리자 앤드류는 눈살을 찌푸렸다. 그리고 그들 언어로 아심에게 말했다.

"아심, 질투하는 거야?"

레인은 침을 꼴깍 삼키고 앤드류만을 바라보았다. 아심의 표정을 보고 싶었지만, 그녀는 그들의 언어를 모르는 것으로 되어 있었으므로 티를 내선 안 되었다.

"쓸데없는 소리! 앤디, 난 친구로서 너한테 충고해 주는 거야. 아까 얘기했듯이 그 여자는 내가 맡을 테니까 넌 샤를르에게나 제대로 신경을 쏟으라구. 그러면 이 약혼이 깨졌을 때 레인이 내 유혹에 넘어왔다고 말할 수 있을 테니까 말야."

레인은 주먹이 쥐어지는 것을 가까스로 참았다.

정말 괘씸한 남자라니까. 결국 나중을 위해 나를 유혹하겠다는 말이잖아. 그럼 아까 그 키스도 계획적이었다는 건가? 죽음도 불사하는 사랑이라고!

레인은 마음이 아팠다. 이유는 알 수 없었지만, 가슴에서부터 무언가가 치받쳐 올라 목이 콱 막혔다. 아심은 눈곱만큼도 사랑의 감정을 이해하지 못하는 남자였다.

"그런 이유 말고도 얼마든지 파혼할 수 있으니까 넌 걱정 마. 그리고 레인에게 함부로 손대지 말라구. 레인은 다른 여자들과 달라."

앤드류가 레인을 감싸며 항의조로 말하자 아심은 코웃음을 쳤다.

"물론 다르지. 내가 좋아하는 타입이 아니니까. 앤디, 내가 좋아서 그 여자를 유혹할 것 같아? 그렇게 비쩍 마른 여자를?"

"넌 너 자신의 감정을 도무지 인정하려 들지 않는군."

앤드류는 그 말을 끝으로 그만두자는 듯 손을 들어 보이고 레인에게 고개를 돌렸다. 그리고 두 손을 들어 그녀의 양 볼을 감싸며 약간 가라앉은 목소리로 속삭였다. 영어였지만, 불어보다도 더 달콤한 말투였다.

"레인, 난 당신을 아주 좋아해. 절대 당신한테 상처를 주는 일은 하지 않을 거야."

그 말끝에 앤드류가 그녀에게 키스했다.

앤디가!

레인의 눈이 동그래졌다. 입술에 와 닿는 그의 입술은 부드러웠다. 그 어떤 남자의 키스보다도 부드러웠다. 앤드류의 어깨 너머로 아심의 불타는 눈동자가 보였다. 금방이라도 둘을 죽일 듯한 표정이었다.

비쩍 마른 여자라고?

레인은 눈을 감으며 입술을 열렸다. 그리고 앤드류의 목을 두 팔로 감았다. 그녀의 등에 놓여 있던 앤드류의 손에 힘이 들어가며 그녀의 몸이 천천히 침대로 쓰러졌다. 그녀를 감싸 안은 앤드류도 그녀의 입술을 놓지 않은 채 함께 침대로 쓰러졌다. 그의 키스는 감미로웠다. 왠지 마음이 편안해지는 키스였다. 레인은 더욱 적극적으로 그의 키스에 반응했다. 그때 그들의 귀에 커다란 소리가 들려왔다. 문이 거칠게 닫힌 것이었다. 그 소리는 아심이 나갔다고 말하는 듯싶었다. 하지만 앤드류는 한참이 지나서야 고개를 들었다.

그리고 조금 쑥스러운 표정으로 장난스레 물었다.

"레인, 내 두 번째 아내가 되어주겠어?"

그녀의 웃음소리가 멀리서 들려오자 아심은 이를 악물었다. 자붐이 옆에서 조용히 서류를 정리하고 있었다. 지난 일 년간 그가 얼마나 사업에 열중했었는지 아는 자붐은 지금 끙끙대며 서류를 밀치는 그를 이상하게 생각할 터인데도, 아무 말 없이 하던 일을 계속했다. 아심은 신경이 곤두선 탓인지 그런 자붐의 움직임조차 눈에 거슬렸다.

"자붐, 메나에게 차 한 잔 부탁해 줘. 그리고 잠시 나가 있어."

피곤한 듯 아심은 의자 등받이에 몸을 기대고 한 손을 들어 얼굴을 쓸어내렸다.

그는 일 년 안에 영국으로 사업체를 확장할 계획이었다.

그런데 한낱 여자의 웃음소리에 일손을 놓다니!

서재를 오아시스 가까이 두는 것이 아니었다. 레인은 매일 그곳에서 시간을 보냈다. 그곳에서 사람들을 사귀고 캐러밴을 만나고 웃었고 그 웃음소리가 그에게는 마치 들으라는 듯이 느껴졌다.

그날 앤드류와 그의 눈앞에서 키스를 한 것처럼.

아심은 또다시 화가 치밀었다. 앤드류에게 화가 났고, 레인에게 화가 났고, 그것 때문에 자신에게 화가 났다. 그때 누군가가 문을 노크하는 소리가 들렸다.

"누구야?"

아심의 입에서 저절로 무뚝뚝한 목소리가 흘러나갔다. 문이 열리며 고개를 들이미는 아시르를 본 순간 다시 그의 입에서 한숨이 새어나왔다. 아시르는 교육을 받아야 했다. 하지만 여자라는 이유로 그녀 스스로 교육 받기를 거부하고 있는 것이 문제였다. 그렇기에 예절교육이라도 받았으면 하는 게 아심의 솔직한 심정이었다.

"아심, 차를 달라고 했다며? 레인과 나도 마실 건데 함께 마실래?"

순간 아심의 눈이 번쩍 떠졌다.

레인과 함께!

그날 이후 레인은 그에게 눈길 한 번 주지 않았다. 하다못해 그가 빈정거려도 반응을 보이지 않고 냉정하게 무시했다. 앤드류와 키스하더니 그는 아예 눈에 보이지도 않는 모양이었다. 또다시 아심은 화가 치밀었다. 그 어떤 여자도 그를 그렇게 쉽게 무시할 수는 없었다. 더군다나 볼 거라고는 하나도 없는 여자라고 생각되는 레인이라면, 더더욱 그의 자존심이 용납하지 않았다.

"그러지."

"그럴 줄 알았어. 그럼 오아시스로 와. 거기서 기다릴게."

아시르가 말하지 않아도 알고 있었다. 아심은 천천히 의자에서 일어나 문으로 향했다. 마치 맹수가 사냥감을 향해 다가가듯……

레인의 눈이 모래가 묻은 그의 맨발을 따라 움직이고 있었다.

아까부디 아심은 계속 오아시스 주위를 서성이기만 할 뿐 한 마디도 하지 않았다. 그의 전통 의상 아래로 뼈대가 튀어나온 발목과 길고 각진 발가락이 고스란히 드러나 있었다.

"그러니까…… 오빠!"

아시르가 아무도 자신의 말을 듣고 있지 않다는 것을 알아챘는지 아심을 불렀지만, 그는 까딱 고갯짓만 해 보일 뿐이었다.

"쳇! 레인! 레인까지 내 말을 안 듣는 건 아니죠?"

"다 듣고 있으니까 계속 얘기해요."

레인은 아프리카를 떠나 서울로 돌아가면 연기자로 데뷔해도 좋을 정도로 연기력이 좋아질 거라고 생각했다.

"그러니까 앤디랑 언니는 어떻게 되는 거예요?"

아시르의 말이 끝나자 아심의 걸음이 멈추었다. 그리고 그의 시선이 처음으로 레인에게 날아와 박혔다. 마치 대답해 보라는 듯이 그의 턱이 하늘로 솟아 있었다.

"글쎄, 난 잘 모르겠는걸. 아시르도 알잖아요. 이 나라 남자들이 여자를 어떻게 생각하는지……. 내가 태어난 나라 역시 이곳과 그다지 다르다고 할 순 없으니까."

레인이 아프리카로 오게 된 이유도 거기에 있었다.

철저한 남존여비 사상을 깔고 있으면서도 가증스러울 정도로 평등을 언급하는 한국이나 다른 나라들에 비해 아프리카는 솔직했다. 여자들에게 바라는 것이 분명했고, 여자가 필요한 이유도 분명했다. 마치 아프리카 남자들 모두가 이렇게 말하는 듯했다.

여자 없이는 못 산다고…….

"이 나라 남자들이 여자를 어떻게 생각하는지 안다고?"

오랜만에 듣는 아심의 목소리였다. 레인은 턱을 내밀며 그를 올려다보았다. 그의 한쪽 눈썹이 치켜 올라갔다.

"분명한 거 아니에요?"

"뭐가 분명하지?"

기분 나쁘다는 듯이 그녀의 말을 가로채며 아심이 아시르에게 자리를 비키라는 손짓을 해보였다. 그러자 레인이 잡을 새도 없이 아시르는 건물 안으로 뛰어 들어갔다.

"……."

레인은 그와 단둘이 있는 것이 불안했다. 처음부터 이상하게도 아심과의 사이에는 거리감을 느끼던 레인이었다. 아시르가 앉아 있던 작은 분수대에 그가 앉자 레인은 엉덩이를 달싹거리며 일어날 준비를 했다.

"어떻게 분명한지 설명해 주면 고맙겠군."

그가 몸을 뒤로 기대며 빈정거리자 레인은 그를 노려보았다.

저 능글맞은 미소!

아심은 그녀가 노려보자 기분이 더 좋아진 듯 입술 끝을 고양이처럼 올렸다. 레인은 그의 얼굴에서 시선을 거두었다. 하지만 그의 얼굴에서 목으로 점차 내려가던 그녀의 눈이 잠시 후 질끈 감겼다. 그의 얇은 전통 의상 한가운데가 불룩하게 솟아 있었기 때문이다.

사막이나 바라볼 것을 왜 쓸데없이 이 남자의 몸을 본 거야!

"아니면, 내가 그 설명을 해준 셈인가?"

그가 한쪽 다리를 들어 다른 쪽 허벅지에 걸치며 즐거운 어투로 묻자 그녀는 실눈을 떴다.

"이건 설명이 아니라 몸소 체험이네요."

"설마! 몸소 체험이라면, 당신 몸과 내 몸이 서로 섞여야 하는 거 아닌가?"

웃겨! 감히 내 앞에서 섹스를 언급해?

레인은 잠시 심호흡을 하며 건물을 바라보았다. 아무리 남자들이 성에 대해 자신감이 넘치는 이곳이라 해도 얇은 천 아래로 적나라하게 드러나는 남자의 몸을 보는 것은 레인에게 충격일 수밖에 없었다. 얼마 전까지만 해도 하삼의 부족에서 전통 의상을 입은 남자들을 봐왔던 레인이지만, 그 의상이 이토록 섬세한 천으로 만들어졌는지는 몰랐었다. 레인은 자신도 모르게 계속 아래로 내려가려는 시선을 바로잡으며 입을 삐죽거렸다.

"웃기는군요. 당신은 아무 때나 그렇게 왕성한가요?"

"기특하군. 겉모양만 보고도 왕성한지 아닌지 알다니……."

"기특하게 봐주셔서 고맙군요. 그럼 기특한 이 몸은 이만 물러날 테니 혼자 그 왕성함을 사막에게 실컷 과시하세요."

레인은 손으로 엉덩이를 탁탁 털며 일어났다. 투명한 햇살 아래 먼지가 뽀얗게 그녀 주위로 피어올랐다. 어제부터 목발에 의지하지 않고도 걸을 수 있게 된 그녀는 모래 속에 묻힌 발을 조심스럽게 앞으로 내디뎠다. 하지만 갑자기 공중으로 들려진 그녀는 허공에서 헛발질을 해야 했다.

"앗! 뭐예요! 이거……."

소리 지르며 허리에 감겨진 아심의 팔을 붙든 레인은 순간 엉덩이에 와 닿는 느낌에 입을 다물었다. 그녀는 또다시 갈증이 사라짐을 느꼈다. 마치 그에게서 수분을 흡수하듯이 그와 닿아 있으면 그녀는 갈증을 잊을 수 있었다.

그렇게 자신을 들어 올린 채 아심이 분수대에 다시 앉자 레인은 그의 허벅지 위에 다리를 벌린 채 앉혀진 모양새가 되고 말았다. 그의 몸과 더 이상 가까워질 공간이 없을 만큼 밀착되어 다리 위에 앉혀지자 레인은 헛기침을 했다.

"이거 보세요. 자세가 좀 거북하군요."

레인은 가능한 한 그의 다리 사이에 닿지 않으려고 엉덩이를 비틀며 빈정거렸다. 하지만 그녀의 귓가에 들려오는 것은 그의 숨죽인 웃음소리뿐이었다.

"뭐가 웃겨요! 어서 날 내려줘요. 난 몹시 불편하단 말예요."

레인은 허리를 잡고 있는 그의 손등을 세게 내려치며 항의했다. 그러자 그가 한 손을 그녀의 허리에서 떼어내며 속삭였다.

"음…… 그렇다면 이렇게 하도록 하지."

"뭘 어떻게……."

영문을 몰라 나직이 중얼거리던 레인은 그의 손이 발목께에서 옷자락을 들어 올리자 소리를 질렀다.

"뭐 하는 거예요! 이거 놔요!"

아심이 웃었다. 그리고 옷자락을 허벅지까지 끌어 올린 그의 손을 레인이 발버둥을 치며 마구 때리자 낮은 목소리로 속삭였다.

"당신이 불편해하는 내 몸이 당신 몸 안으로 들어간다면 훨씬 더 편할 거라는 생각이 들어서."

잠시 동안 레인은 충격으로 아무 말도 할 수가 없었다.

무릎 위에 앉혀놓고 섹스를 하겠다는 것도 기가 막힐 노릇인데, 벌건 대낮에, 이렇게 사방이 뚫린 공간에서 하겠다고?

갑자기 태양이 뜨겁게 느껴졌다.

그들의 등 뒤로 분수대에서 떨어지는 물방울들이 튀었다. 레인은 허공을 맴도는 물방울들이 사막의 태양을 만나 반짝거리는 것을 바라보았다. 빛을 발하는 물방울들은 건조한 공기 속에서 흩어졌고 레인은 갑자기 현기증을 느꼈다.

레인은 본능적으로 자신의 허벅지 안쪽을 밀어 자기 다리 바깥

쪽으로 벌리는 아심의 손을 붙잡았다. 그녀의 옷이 아슬아슬하게 말려 올라가 있었다. 정신을 차리려고 고개를 좌우로 흔든 레인은 더욱 진하게 밀려드는 현기증에 잠시 눈을 감았다. 하지만 그녀는 자신의 부드러운 살을 파고드는 그의 손가락을 느끼고 눈을 크게 떴다. 속옷을 입지 않은 그녀의 맨살에 그의 손이 강하게 파고들었다. 그녀는 또다시 갈증을 잊기 시작했다. 크게 뜬 그녀의 눈에 열기가 피어오르는 사막이 보였다.

레인은 샘이 되어가고 있었다.

아심은 손가락으로 그녀의 샘을 오아시스로 만들고 있었다.

사막의 열기와 함께 정신이 아득해지던 레인은 갑자기 아심이 자신의 허리를 들어 올리며 움직이자 다시 그의 팔을 붙잡았다.

"뭐 하는 거예요!"

"충분히 준비가 되어 있는 것 같은데?"

그의 목소리는 낮게 가라앉아 있었다. 엉덩이로 느껴지는 열기로 레인은 그가 몹시 흥분해 있다는 것을 알 수 있었다. 그녀는 그제야 정신을 차리고 그의 팔을 잡은 손에 힘을 주었다.

짐승 같으니! 충분히 준비가 되었다고?

섹스에 필요한 기본봉사만 하면 바로 진입이라는 거야?

레인은 있는 힘껏 그의 팔을 뿌리치고 일어섰다. 하지만 한 발자국을 떼기도 전에 그의 손에 다시 붙잡혔다.

"이거 보라구. 뭔가 마음에 안 드는 모양이군? 장소가 마음에 들지 않으면, 내 방으로 올라갈 수도 있……."

아심은 한쪽 뺨을 내려치는 레인의 손바닥에 의해 말을 중단했다. 고개가 돌아간 그는 잠시 눈을 감았다가 뜨더니 천천히 그녀를 올려다보았다. 그녀의 등 뒤로 태양이 내리쬐고 있었다.

"사과하고 싶은 마음 없어요. 놔주세요. 좀 역겹군요."

아심의 눈이 가늘어졌다.

"역겨운 이유를 들어보고 싶군."

"당신네는 성에 솔직하죠. 그래요, 난 그 점이 마음에 들어요. 하지만 그렇다고 해서 당신의 짐승 같은 사고방식까지 좋아할 순 없군요. 조금 전 일에 대해서는 뭐라고 할 말 없어요. 나도 반응을 보였으니까. 하지만 키스 한 번 없이 바로 섹스를 하겠다는 당신의 그 단순하고 짐승 같은 사고방식에는 호응할 수 없어요."

레인은 뜨거운 태양과 그의 열기로 인해 땀이 배어 있는 손을 주먹 쥐었다. 손이 끈적거렸다. 사막에서는 처음 있는 일이었다.

이 건조한 땅에서 손이 끈적거리다니!

언제나 손바닥에는 까슬거리는 모래가 배어 있었지 습기가 남아 있었던 적은 없었다. 그녀의 손에 밴 습기는 분수대의 물방울 때문이라고 하기에는 너무나 축축하고 끈적거렸다.

순간, 레인은 자리를 뜨겠다는 생각을 잊은 채 태양 아래서 사막을 응시했다. 지난 일 년 동안, 레인이 사막 한가운데서 온몸이 말라갈 때조차 보지 못했던 신기루가 보이는 듯했다.

태양이 작렬하는 사막의 모래 위에 내리는…….

"비?"

그녀의 입술이 살며시 벌어지며 그 말이 흘러나왔다. 하지만 그 속삭임은 그녀의 입술 위를 맴돌기도 전에 아심의 입술에 의해 가로채여졌다. 아심은 가늘게 벌어진 그녀의 입술 사이로 혀끝을 밀어 넣어 그녀가 웃을 때마다 보이던 빨간 속살을 쓸었다.

레인은 자신이 사막 위에 비를 내리고 있다고 생각했다.

아심의 혀가 힘없이 맞물려 있던 그녀의 이를 밀치고 입 안으로 들어가 아무 반응도 보이지 않는 그녀의 혀끝을 건드렸다.

또다시 젖어들기 시작했다. 레인은 자신이 사막을 적실 수 있을 것 같다고 생각하며, 아심의 혀를 입술로 감쌌다.

차츰 그녀의 몸이 모래 위로 쓰러지기 시작했다. 아심 역시 그녀의 허리를 잡은 채 그녀 위로 천천히 몸을 내렸다. 아래는 모래가 따뜻했고 위로는 아심의 몸이 뜨거웠다. 거친 면 위로 아심의 손바닥이 그녀의 몸을 확인하듯 쓸어내렸다. 레인은 천이 밀리며 피부가 쓸리는 느낌에 오른손으로 그의 손목을 붙잡았다. 하지만 힘없는 그녀의 손을 가볍게 밀쳐 낸 아심의 손은 천 위로 느껴지는 그녀의 가슴을 찾아 움직이기 시작했다.

레인은 자신과 아심 위로 내리쬐는 태양을 올려다보았다. 그녀의 몸을 덮은 아심의 까만 머리칼 뒤로 하얗게 빛나는 태양이 있었다.

그녀는 눈이 뜨겁다고 생각했다.

하지만 그녀는 눈을 감을 생각이 없었다.

그녀의 입 안으로 밀려들어 온 그의 혀는 마치 그녀에게 무엇인가를 더 바라듯 계속해서 깊이 들어왔고, 조금씩 눈을 뜨기 시작하는 그녀의 가슴을 점령한 그의 손은 거친 듯 부드럽게 움직이고 있었다.

그녀의 눈이 젖어들기 시작했다.

그녀의 온몸이 비에 맞은 듯 촉촉이 젖어들었다.

레인은 태양 때문에 눈이 뜨거운 것인지 눈물 때문에 뜨거운 것인지 알 수 없다고 생각하며 눈을 감았다. 그리고 그녀는 생각했다.

자신을 뜨겁게 만드는 아심 때문이라고…….

"날 잡아."

낮게 읊조리며 아심이 그녀의 두 팔을 들어 자신의 목에 감았다.

레인은 팔꿈치를 있는 힘껏 굽혀 그를 끌어당겼고, 그는 가볍게 그녀를 들어 올렸다.

건물 안으로 들어가는 동안 레인은 그의 어깨를 감싸 안은 채 눈을 감고 있었다. 그녀는 흥건히 고인 눈물이 볼을 타고 흐르지 않는 것이 신기하다고 생각했다. 아심의 맨발이 소리 없이 실내의 대리석 위를 지나 서늘한 공기가 흐르는 계단으로 향했다.

그의 다리가 움직일 때마다 그녀의 몸이 출렁거렸다. 레인은 그의 귀밑에 묻은 얼굴을 들지 않은 채 그렇게 흔들리는 몸으로 인해 울렁거리는 가슴을 진정시키려고 애썼다. 그가 계단을 한 칸씩 올라감에 따라 그녀의 긴장도 한 단계씩 올라섰다. 그리고 마침내 아심이 그녀의 무릎 밑에서 한 손을 빼내 방문을 열었을 때, 그녀는 목구멍이 꽉 막힌 듯한 느낌을 받았다.

갑작스런 실내의 어둠이 눈꺼풀 안쪽으로 밀려오자, 그녀의 눈가가 가느다랗게 경련을 일으켰다. 그리고 등에 닿는 침대의 푹신함을 느낀 순간 그녀는 아무런 저항 없이 침대에 몸을 묻었다.

아심은 그렇게 편히 누워 있는 레인의 옷을 가만히 잡아끌었다.

비록 그녀는 긴장으로 뱃속이 울렁거리고 있었지만, 그에게 몸을 맡기는 것에 대해 조금의 망설임도 없었다.

아심은 그녀의 의지를 읽었는지 가차없이 그녀의 옷자락을 잡아 가슴까지 끌어 올렸다. 그렇게 가슴과 배, 허벅지가 실내의 차가운 공기에 노출되자 레인은 가볍게 몸을 떨었다.

그녀가 남자 앞에서 알몸을 보인 것은 이번이 두 번째였다.

그리고 처음 그녀의 알몸을 본 남자 역시 아심이었다.

레인은 자잘한 소름이 돋은 허벅지와 허리를 잡아 자신을 똑바로 눕히는 아심의 손을 느끼고 또다시 몸을 떨었다. 그의 손이 천천히 그녀의 허리에서 가슴을 지나 어깨에 구겨져 있는 옷을 벗겨냈다. 머리가 옷에서 빠져나온 순간 레인은 묘한 해방감을 맛보았다.

그리고 아심의 혀가 배꼽으로 들어오자 그 해방감을 함께 나누길 갈망하듯 그녀는 낮게 탄성을 내지르며 다리를 오므렸다. 그런 그녀의 다리 사이로 아심의 손이 헤집고 들어왔다.

레인의 입에서 신음 소리가 흘러나왔다.

아심은 갑자기 부딪친 가운 공기에 단단해진 그녀의 유두를 입술로 찾아 애무하며, 한 손으로는 계속해서 그녀를 벌리고 있었다. 그때 레인이 움찔하며 눈을 크게 떴다.

아파!

아심의 손가락 하나가 서서히 그녀의 몸 안으로 들어오기 시작했던 것이다. 누구의 손길도 닿은 적 없는 그녀의 몸으로 그의 손가락이 찾아들고 있었다. 그 순간의 아픔으로 단단하게 손가락을 죄는 그녀의 반응에 아심은 크게 숨을 들이켰다.

고개를 들어 레인의 눈을 바라본 아심의 몸이 굳어졌다.

"레인?"

아심의 입에서 한숨처럼 자신의 이름이 터져 나오자 레인은 초점이 흐려진 눈동자를 그에게로 옮겼다.

크게 뜬 그녀의 눈에 고여 있던 눈물이 관자놀이를 지나 귀로 흘러내렸다. 그제야 자신이 눈물을 흘리고 있다는 것을 안 레인은 가볍게 눈살을 찌푸리며 한 손을 들어 눈물자국을 닦아냈다. 그가 오해할지도 모른다는 생각에 그녀는 서둘러 입을 열었다.

"미안해요. 내가……."

눈을 비비며 사과의 말을 읊조리던 레인은 그의 몸이 멀어지자 입을 다물었다. 그가 감싸고 있던 맨살에 또다시 서늘한 공기가 닿자 그녀는 가볍게 몸을 떨며 본능적으로 시트를 잡아당겼다.

"아니, 내가 미안하게 됐군."

"아니에요. 그게 아니라 아까 햇빛에……."

레인은 말을 맺지 못했다.

그녀의 머리채를 휘어잡은 아심이 깊은 키스를 하기 시작했고, 레인은 그의 키스에 반응을 해야 했기 때문에…….

그렇게 그녀의 항의를 막은 키스가 끝나자 아심은 화난 듯 밖으로 나가 방문을 세게 닫았다. 레인은 한동안 손가락 하나 까딱하지 않았다. 그렇게 아심의 체취가 밴 침대에 누워 한참 동안 생각에 잠겼다. 자신의 행동을 후회하면서도 그녀는 중간에 그만두고 나가 버린 아심에게 서운한 마음도 있었다. 한참 동안 누워 있던 레인은 또다시 아심이 자신의 몸을 원해 다가온다면 그때 역시 거절하지 못할 거라는 사실을 인정했다.

서서히 기울어가는 오후 햇살이 거든 틈으로 스며들자 레인은 아심의 체취가 밴 침대에서 몸을 일으키고 방을 나섰다.

7

아심은 미간에 잡힌 주름을 펼 생각도 하지 않았다. 그런 그와 똑같은 모양새로 좀 더 많은 주름이 잡힌 이마 아래 아부의 두 눈이 어두운 실내를 가로질러 아심에게 날아갔다.

"네놈이 무슨 생각을 하는지 다 안다."

아부의 낮게 깔린 목소리에 아심은 가볍게 콧방귀를 뀌었다.

"제가 무슨 생각을 하고 있는지 잘 아신다니, 더 이상 드릴 말씀이 없습니다."

"기다려라. 넌 할 말 없겠지만, 난 하고 싶은 말이 사막의 모래알보다 더 많아."

"기뻐할 일이군요. 갑자기 건강이 회복되신 것 같으니."

아심은 특유의 빈정거림을 담아 그렇게 말하고, 딱딱하게 굳은 한쪽 어깨를 들어 보였다.

빌어먹을 여자 같으니! 그렇게 반응할 건 또 뭐란 말인가!

갑자기 자신의 손이 닿았을 때 레인이 보인 반응이 떠오르자 아심은 또다시 갈증이 시작됨을 느꼈다. 그녀를 떠올릴 때마다 아무리 많은 물을 마셔도 채워지지 않을 것 같은 갈증을 느끼는 아심이었다. 그는 자신도 모르게 마른 혀로 아랫입술을 쓸었다.

이름도 레인이라니!

"네가 언제 내 건강에 신경이나 썼던 적이 있느냐? 거기서 그렇게 뻣뻣하게 서 있지 말고 이리 와서 앉아라. 모양새가 좋지 않다. 꼭 발정 난 낙타 같구나."

아심의 이마가 더 좁아졌다. 그런 그의 모습을 지켜보며 아부는 양손을 모아 배에 얹고 슬쩍 입술 끝을 치켜올렸다.

"그 여자가 네 마음에 든다는 말 같은 건 할 생각도 마라. 네가 어떤 류의 여자를 좋아하는지 이미 다 알고 있으니까."

그건 아심 자신이 더 잘 아는 것이었다. 아심은 검어진 눈으로 아부를 노려보았다. 그렇지 않아도 어제 일 때문에 아침부터 기분이 좋지 않던 그에게 아부의 호출은 썩 내키지 않는 일이었다. 게다가 방문을 연 순간부터 끊임없이 레인에 대한 이야기를 꺼내 슬슬 속을 긁는 아부이기에 그는 애써 화를 감추려 하지도 않았다.

도대체 이 늙은이의 속은 어떻게 생겨먹은 건지!

"하시고 싶은 말씀이 뭡니까?"

"하고 싶은 말이야 많다니까."

아심은 주먹을 쥐었다. 아부는 아심의 반응을 보며 즐기는 듯했다. 마침내 화를 참지 못하고 가빠오는 숨을 고르며 아심은 벽에 기대어 있던 몸을 바로 세웠다.

"이만 가보겠습니다."

"기다려라. 네 것이 될 수 없는 여자다, 레인은. 물론 앤드류의 여자도 될 수 없겠지. 그렇다고 앤드류가 열정을 품을 가치가 없다는 얘기는 아니다. 충분히 앤드류의 열정을 품고 받아들일 여자야. 모험에 겁이 없는 여자는 사랑에도 겁이 없는 법이니까."

아심은 문으로 향하던 발걸음을 멈추었다. 아부는 레인에 대해 그다지 알지 못했다. 단지 그녀가 여행을 하다 사막에서 홀로 있는 것을 앤드류가 발견했다는 것밖에 알지 못했다. 하지만 아부는 마치 앤드류와 레인의 약혼이 속임수에 불과하다는 것을 알고 있는 듯 말하고 있었다. 아심은 눈썹을 모았다. 그리고 아부가 잠시 숨을 쉬느라 말을 끊은 새에 또다시 레인을 떠올렸다.

사랑에 겁이 없는 여자…….

죽음조차 두려워하지 않는 여자가 자신을 받아들이기 전에 왜 눈물을 흘렸는지 아심은 이해할 수가 없었다.

물론 그녀가 경험 많은 여자가 아니라는 사실은 알고 있었다. 그녀의 몸이 손가락을 죄던 느낌에서 분명히 느낄 수 있었다. 하지만 그는 삼 년간 혼자 방황한 그녀가 순결을 간직하고 있으리라고도 생각지 않았다. 단지 동양 여자들은 섹스에 대한 사고방식이 서양인들과 다르다는 것을 알고 있던 아심은 막연하게 그녀가 자신을 마음에 들어하지 않아 거부한 것이 아닌가 생각할 뿐이었다. 지금껏 그의 품 안에서 즐거움과 희열에 눈물을 흘리는 여자는 있었지만, 그의 손길을 거부하듯 그렇게 눈물을 흘린 여자는 단 한 명도 없었다. 때문에 아심은 자존심이 많이 상해 있었다. 하지만 상처받은 자존심보다 더욱 큰 문제는 마음 한구석의 쓰라림이었다.

만약 내가 앤드류였어도 그렇게 거부했을까?

그런 생각에 씁쓸함을 떨쳐 버리지 못한 아심은 괜스레 레인에게 원망스러운 마음까지 들었다. 하지만 그는 여전히 레인의 감촉과 느낌을 잊을 수 없었다.

아직 길들여지지 않은 여자…….

그 생각이 불러일으킨 감정에 바로 반응을 보이는 몸을 느끼고 아심은 세차게 고개를 가로저었다.

세상에! 저 늙은이에게 등을 보이고 있어서 망정이지 된통 망신당할 뻔했군.

아심은 이를 악물었다.

카를로타는 처녀였다구!

하지만 처음에 카를로타를 보고 그녀를 갖기로 마음먹었을 때도 그는 그녀를 생각하며 흥분한 적이 없었다. 아심은 급하게 걸음을 떼어 문 쪽으로 향하며 어깨 너머로 인사를 던졌다.

"말씀 고마웠습니다. 전 이만 가보겠습니다."

문을 연 순간 등에 날아와 박힌 아부의 말에 아심은 화난 듯 문을 세게 닫고 밖으로 나갔다.

"더 이상 잡지 않겠다. 하지만 이것만은 알아둬라. 앤드류가 나와의 계약을 어겨 그 여자와 약혼했으니 왕위 계승자는 너라는 걸. 네가 그 여자를 가로채서 앤드류가 샤를르와 결혼하게 하겠다는 생각은 하지 않는 게 좋을 거다. 너도 이미 맛봤다고 들었다만, 그 여자가 그렇게 쉽게 잊혀질 여자더냐?"

"레인! 그만 내려와요! 레인! 레인!"

멀리 아래에서 아시르가 고래고래 소리를 지르며 불렀지만, 레인은 계속해서 위로 올라갔다.

내가 미쳤던 거야! 그런 남자한테 내 순결을 주려 하다니!

정은우! 엄마가 알면 기절하시겠다! 정신 차려! 이러다 마음 버리고 몸 버린 후에 집으로 돌아갈래?

스스로를 탓하고 싶지는 않았다. 하지만 이성적이지 못한 자신에 대해 레인은 처음으로 후회를 했다.

닳아서 너덜거리는 태국에서 산 운동화의 밑창을 뚫고 거친 야자수 줄기가 파고들어 발바닥에 아픔이 전해졌다. 레인은 체중을 지탱하는 발목에 힘을 주고 시선을 사막으로 돌렸다. 언제나 같은 모습의 사막이 그곳에 있었다. 낮의 열기를 품고 밤의 냉정함을 지닌 채 사람이 눈치 채지 못하게 매일 다른 모래언덕을 만들어내고 있었다.

레인이 오늘 아침 눈을 떴을 때 제일 먼저 떠오른 생각은 집에 돌아가고 싶다는 것이었다. 갑자기 엄마의 잔소리가 듣고 싶어졌고, 얄미운 은미의 어리광이 보고 싶어졌고, 남자라고 집 안에서 왕자 대접을 받고 사는 오빠의 꼴사나운 남성우월주의가 그리웠다.

그렇지만 그녀의 마음을 가장 파고드는 것은 아버지였다. 어릴 적 처음 매를 들었을 때 밤새 자다가 울기를 반복하는 그녀 곁에서 약을 발라주며 눈물을 훌쩍이던 아버지의 모습이 오늘 아침 갑자기 머릿속에 떠올라 그녀의 향수에 불을 붙였다. 그리고 그 순간 커튼 사이로 스며들어 오는 붉은 태양빛이 또다시 그녀의 마음을 사막으로 향하게끔 만들었다.

레인은 정오의 열기가 올라오는 모래 위를 바라보았다.

궁 밖으로 나가려는 그녀를 모두가 말렸고, 그래서 레인은 보란 듯이 오아시스 옆에 있는 큰 야자수 위로 올라갔던 것이다.

"레인…… 위험해요! 그만 내려와요! 정오가 다 되어간단 말예요! 레인!"

또다시 아시르가 있는 힘껏 소리를 지르고 있었다.

레인은 가볍게 한숨을 쉬고 고개를 숙여 아시르에게 소리쳤다.

"난 괜찮으니까 걱정 말아요! 지금 내려갈게요!"

멀리서 발을 동동 구르는 아시르의 모습이 눈에 들어오자 레인은 싱긋 웃으며 조심스럽게 왼발을 조금 아래로 내렸다.

이제 내려가야지. 더 있다간 일사병에 걸리겠어.

그렇지 않아도 태양이 뜨거워지고 있던 참이라 내려갈 생각이었던 레인은 오른발을 조금 아래로 내렸다. 그때 어디선가 헬리콥터의 프로펠러 돌아가는 소리가 들리기 시작했다.

고개를 든 그녀의 눈에 궁 바로 앞으로 내려앉는 검은색 헬리콥터가 들어왔다. 레인은 서둘러 야자수를 내려가기 시작했다.

오를 때는 쉬웠지만, 내려갈 때는 아래를 내려다봐야 했기 때문에 생각만큼 빨리 내려갈 수 없었다. 레인의 마음이 조급해졌다.

"레인! 큰일났어요! 빨리! 빨리 내려와요!"

계속 발을 구르고 손을 흔들며 빨리 내려오라고 재촉하는 아시르 때문에 레인은 더욱 서두르기 시작했다.

초조한 마음과 한동안 고스란히 받아낸 뙤약볕 때문에 목까지 마른 레인은 아시르의 재촉에 점차 짜증이 나기 시작했다. 그래서 말라가는 혀로 입술을 축이며 잠시 숨을 고르다가, 방방 뛰고 있는 아시르를 내려다보고 느긋하게 소리쳤다.

"아시르! 뭐가 큰일났다는 거예요?"

"레인! 뭘 모르나 본데, 지금 저 헬리콥터는 샤를르의 것이란 말예요! 그녀가 오면⋯⋯."

아시르는 말을 맺지 못했다.

레인이 어깨 너머로 내려다보니, 아시르가 입을 벌린 채 오아시스 건너편을 바라보고 있었다.

아시르의 입이 열렸을 때 아무 소리도 안 나오는 건 처음 보네.

아시르의 시선을 따라 오아시스 건너편으로 시선을 돌린 레인은 가볍게 한숨을 내쉬었다. 검은색과 흰색이 어우러진 전통 의상을 입은 여자가 한 명 서 있었는데, 그녀 주위로 휘황찬란한 여자들이 서 있었다. 대단한 행차를 보니 그 유명한 샤를르인 모양이라고 생각하며 레인은 다시 발을 움직였다. 어쨌든 현재 앤드류의 약혼녀와 전 약혼녀의 첫 만남으로는 최악의 장면이었다.

"어머! 샤를르! 오랜만이네? 웬일로 얼굴을 가리지 않았어?"

서둘러 내려가던 중 레인은 들으라는 듯 소리치는 아시르의 목소리에 혀를 차며 고개를 절레절레 흔들었다. 그 순간 갑자기 덮쳐온 현기증에 레인은 나직이 신음을 토하며 눈을 감았다.

그리고 아래로 떨어졌다.

얕은 오아시스의 수면이 어깨에 닿은 순간 레인은 자신의 이름을 부르는 아시르의 목소리를 들을 수 있었다.

"아심, 그래서 내가 아부에게도 이야기하자고 했었잖아."

"그 늙은이를 모른다면 그럴 수도 있었겠지. 하지만 내가 낙타라면, 사막을 건너는 동료로 매를 선택하진 않아."

아심은 한 손으로 얼굴을 쓸며 앤드류의 말을 단호하게 잘랐다. 앤드류는 그런 아심을 물끄러미 바라보다가 긴 한숨을 쉬고 창틀 모서리에 엉덩이를 걸친 채 팔짱을 꼈다. 창문으로 들어오는 햇살에 그의 금발이 반사되어 황금빛을 띠었다.

그렇게 햇살 속에서 앤드류는 아무 말 없이 푸른 눈동자를 아심에게서 떼지 않았다.

"왜 그런 얼굴로 보는 거지?"

한참 동안 앤드류의 시선을 말 없이 견디던 아심이 결국 의자 등받이에 몸을 묻으며 퉁명스럽게 내뱉었다. 그리고 앤드류가 오른쪽 눈썹을 치켜올리며 묻자 낮게 욕설을 내뱉었다.

"사람들 말이 사실이야?"

"빌어먹을!"

"사실이야?"

앤드류는 대답을 하지 않고 눈을 감아버리는 아심을 바라보며 눈썹을 모았다.

사실인가 보군.

"아심, 설마 레인에게 상처를 준 건 아니지? 레인은 동양 여자야. 동양인들이 순결을 어떻게 생각하는지 잘 알잖아. 그녀도 언젠가는 고국으로 돌아가 결혼을……."

앤드류는 갑자기 눈을 부릅뜨며 자신을 노려보는 아심의 검은 눈동자 때문에 말을 맺지 못했다. 아심의 몸이 묻혀 있는 검은색 가죽이 햇살을 흡수해 그의 눈이 더욱 검게 보였다.

이상한데?

아심의 반응에 앤드류의 눈썹이 더욱 모아졌다. 그러자 가늘어진 눈 사이로 보이던 새파란 눈동자마저도 속눈썹의 그림자에 가려져 어두워졌다.

"물론 언젠가는 고국에 돌아가 결혼하겠지. 하지만 지금은 아직 내 땅에 있어."

아심이 입술 사이로 억지로 내뱉듯 한 말에 앤드류는 더욱 기분이 나빠졌다.

"네 땅이 아니라 아부 땅이야. 여긴 네 집이 아니니까."

"무슨 뜻이지?"

"여긴 아부의 궁이라구. 이곳에서 사람들이 지켜보는데, 그녀의 속살을 함부로 내보이진 말아달라는 말이야."

아시르에게서 처음 그 이야기를 들었을 때 앤드류는 당장이라도 아심의 목을 조르고 싶었었다. 무슨 얘기든 거품 없이 단도직입적으로 하는 아시르의 말을 빌리면, '레인의 허벅지를 사람들이 다 봤다' 는 것이었기 때문이다.

물론 언제나 장소에 상관없이 여자와 즐기는 것을 좋아하는 아심이라는 것을 알고 있었다. 하지만 그 상대가 레인이라고 생각하니, 앤드류는 왠지 참을 수 없이 화가 치밀었었다.

"언제부터 그렇게 고지식해진 거지?"

아심이 왼쪽 눈썹을 올려 보이며 빈정거리자 앤드류는 팔짱을 풀고 창틀에 손을 얹었다.

"고지식해진 게 아냐. 잊고 있는 건 아니겠지? 레인은 내 약혼녀라는 걸 말야."

"물론 잊지 않았어. 잊었다면, 그 자리에서 그녀를 품었겠지."

"그러니까 아직 그녀에게 상처를 준 건 아니란 말이지?"

앤드류가 믿지 못하겠다는 투로 말하자 아심의 눈이 못마땅하다는 듯 가늘어졌다. 그때 어디선가 아련히 아시르의 커다란 목소리가 들려오기 시작했다.

"무슨 일이지?"

아심이 입술을 비틀며 의자에서 몸을 일으키고 중얼거리자 앤드류는 가볍게 어깨를 들었다 놓았다.

"레인을 부르는 것 같은데?"

앤드류의 말에 가만히 귀를 기울이던 아심은 곧 다시 몸을 가죽 속으로 파묻으며 그답게 빈정거렸다.

"애들끼리 잘 어울리는군. 저런 여자를 내가 품었을 거라고 생각하다니, 네가 내 사촌이라는 게 믿어지지 않아."

그리고 그 순간 시선이 마주친 두 남자의 입가에 똑같이 미소가 떠올랐다. 밖에서는 계속해서 아시르가 레인을 부르고 있었다. 앤드류는 오른쪽 눈썹을 치켜올리며 창틀에서 일으킨 몸을 바로 했다.

"어쨌든 레인은 지금 내 약혼녀야. 잊진 않았겠지?"

그때 밖에서 비명 소리가 들려왔다.

순간 눈썹을 모으며 아심이 투덜거렸다.

"정신 사나워서 원……. 너야말로 잊지 않았지? 난 레인에게 죽음도 불사하는 사랑을 맹세했어. 미리 말해두지만, 너하고 파혼하는 그날로 그 여자를 내 집으로 납치해 갈 테니 그리 알라구."

"아심! 하지만 그녀를 네 마음대로……."

"큰일났어요! 레인이 야자수에서 떨어져 오아시스에 빠졌어요!"

두 남자는 갑자기 방문을 박차고 들어온 아시르의 목소리에 시선을 그녀에게 모았다. 그리고 그녀의 말이 채 끝나기도 전에 두 남자의 몸이 복도로 퉁겨 나갔다.

마침내 그들이 오아시스로 달려갔을 때, 그들 눈에 흠뻑 젖은 채물속에 누워 있는 레인이 들어왔다. 미동도 없이 하늘을 향해 물위에 떠 있는 레인을 본 순간 앤드류는 가슴이 철렁 내려앉는 느낌이었다. 그리고 그보다 한발 앞선 아심이 물속으로 뛰어 들어가 그녀를 들어 올리자 앤드류는 가슴 한 켠에 이는 통증을 느꼈다. 그때 기절한 줄 알았던 레인이 갑자기 소리를 지르며 바둥거리기 시작했다.

"뭐예요! 날 내려줘요! 아시르는 도대체가! 옷이 젖어서 나갈 수 없으니 수건 좀 갖다 달랬더니 왜 당신들을 불러오는 거냔 말야!"

갑자기 터진 앙칼진 목소리에 아심은 기가 막힌 듯 안고 있던 레인을 멍하니 내려다보았다. 하지만 그녀의 말을 이해한 앤드류는 웃음을 터뜨리며 재킷을 벗어 물가로 걸어갔다.

"레인, 걱정 마. 내 재킷을 빌려줄게."

"그거 비싼 거잖아요."

다가가는 자신의 손에 들린 재킷을 흘끔 쳐다보며 레인이 갈등을 느끼는 듯 묻자 앤드류는 또다시 웃음을 터뜨렸다.

"아심은 이미 셔츠까지 다 젖었는걸."

앤드류가 셔츠 앞섶부터 재킷, 바지까지 흠뻑 젖은 아심을 가리키자 그제야 레인은 미안한 얼굴로 아심을 올려다보았다.

"그러게 누가 물속으로 뛰어들래요?"

"말과 표정이 따로 노는군."

왼쪽 눈썹을 치켜올리며 그녀를 안은 팔에 힘을 준 아심은 몸을 돌려 물가로 향했다. 그런 그들에게 다가가던 앤드류는 다급히 입을 여는 레인의 목소리에 또다시 웃음을 지었다.

"앤디! 당신까지 젖을 필요는 없어요. 그냥 거기 있어요. 아심, 저기까지 가서 내려줘요."

그녀의 말에 아심의 입술이 뒤틀렸다. 아부를 제외한 그 누구도 아심에게 그토록 당당하게 명령을 내릴 수 없었다. 그리고 아부의 명령조차 코웃음 치는 아심이었다. 그런 아심이 레인의 도도한 명령에는 툴툴거리면서도 코 꿰인 낙타처럼 움직였다.

잠시 후, 물가에 내려선 그녀의 모습에 두 남자의 입에서 동시에 휘파람이 새어나왔다. 물에 젖은 천은 마치 그녀의 피부와 하나라도 된 듯 레인의 몸을 그대로 드러내 놓고 있었기 때문이다. 아심과 앤드류는 까무잡잡한 그녀의 피부에 몽울져 있는 물방울이 강렬한 태양빛 아래에서 빛을 발하는 것을 지켜보며 레인에게서 시선을 떼지 못했다.

"뭐예요! 재킷이나 빌려줘요."

그렇게 소리치며 앤드류의 손에서 낚아채듯 빼앗은 재킷을 레인은 서둘러 어깨에 두르며 한 손으로 볼에 붙은 머리칼을 떼어냈다.

하지만 여전히 물에 젖은 머리칼이 목덜미에 달라붙어 있었다. 물방울이 채 마르지 않은 속눈썹 아래 당혹스러움이 짙게 밴 그녀의 눈동자가 청순함을 가중시키고 있었다.

"참! 아까……."

갑자기 고개를 들며 입을 열던 레인이 앤드류의 어깨 너머로 시선을 주며 입을 다문 것과 동시에 그의 등 뒤에서 차분하고 매끄러운 목소리가 흘러나왔다.

"앤디, 이제 난 안중에도 없다는 건가요?"

레인은 순간적으로 딱딱하게 굳어지는 앤드류의 어깨를 보고 눈을 찌푸렸다. 어정쩡하게 앤드류의 재킷으로 감싼 어깨를 움츠리며 그녀는 세 사람의 눈치를 살폈다.

"샤를르, 오랜만이군."

오아시스에서 젖은 발을 빼내며 능청스럽게 먼저 인사를 건네는 아심이었다. 그의 발이 모래 위에 닿자 '뿌직' 하는 소리와 함께 고급 수제화에서 물이 스며 나왔다. 그 모습에 레인이 피식 웃자 아심은 그녀를 가볍게 흘겨보고는 입술을 비틀었다.

"여긴 웬일이지?"

그렇게 물으며 약간 멋쩍은 듯 앤드류의 손이 쥐었다 폈다를 반복했다. 레인의 고개가 한쪽으로 기울어졌다.

어라? 앤드류가 샤를르에게도 이야기를 하지 않았나?

레인은 이 위장 약혼이 자기를 위한 것이라는 사실을 알고도 샤를르가 저렇게 냉정하게 구는 거라면 정말 차가운 사람이라고 생각했다. 그녀는 물에 젖은 발에서 모래를 털어내려 한쪽 발을 들었다. 그런 그녀에게 시선을 주며 샤를르의 입이 가늘게 열렸다.

"아부를 뵈러 왔어요."

"그렇다면 궁 안으로 들어가서……."

"소개시켜 주지 않을 건가요?"

기우뚱거리며 발바닥에 붙은 모래를 털어내는 레인에게 눈짓을 해보이며 샤를르가 말했다. 레인은 그녀의 말에 싱긋 웃으며 고개를 들었다. 샤를르의 차가운 보라색 눈동자가 검은색 터번 아래 빛나고 있었다. 그때 갑자기 아심이 짜증 섞인 목소리로 빈정거렸다.

"여기보다야 안이 낫지."

그리고 몸을 돌린 아심은 젖은 옷에서 물을 떨어뜨리며 건물 쪽으로 움직였다. 레인은 어깨를 으쓱하고는 앤드류에게 들어가자는 몸짓으로 고개를 까닥해 보였다. 하지만 앤드류는 어정쩡하게 샤를르의 얼굴을 바라보며 눈치를 볼 뿐이었다.

"앤디, 나도 옷을 갈아입어야 하니까 먼저 들어갈게요. 샤를르, 이따가 봐요."

레인이 손을 흔들며 건물 쪽으로 몸을 돌리자 그제야 앤드류의 입에서 웃음소리가 새어나왔다.

"이따 봐요, 레인."

레인은 크게 고개를 끄덕여 보이고는 건물 안으로 들어갔다. 아부의 궁으로 온 지 한 달이 다 되어가는데 레인은 매번 건물 안의 서늘함에 놀라곤 했다. 그녀는 손님이 머무는 건물의 오른쪽으로 돌아 이층으로 향하는 계단을 오르기 시작했다.

"레인!"

"깜짝이야! 아시르, 깜짝 놀랐잖아요."

"치, 앤디는 어디 있어요?"

"밖에."

난간을 잡고 계단을 오르던 레인은 뒤에서 젖은 옷을 붙잡는 아시르의 손 때문에 눈살을 찌푸리며 걸음을 멈추었다.

"샤를르와 단둘이?"

"그래요."

레인은 아시르의 손을 살짝 밀어내고 다시 계단을 오르기 시작했다. 그런 그녀의 뒤에서 뭐라고 투덜대며 아시르가 따라왔다.

"레인! 잠깐만 기다려요. 이건 큰일이란 말예요."

아시르가 특유의 호들갑스런 목소리로 잡아 세우자 레인은 슬슬 짜증이 나려고 했다. 그렇지 않아도 젖은 옷이 실내의 서늘함과 닿아 조금씩 추위가 느껴지던 터라 빨리 옷을 갈아입고 싶은 레인은 눈썹을 모으며 아시르를 돌아보았다.

"왜요? 뭐가 그렇게 큰일이죠?"

"앤디는 샤를르에게 약해요. 지금껏 약혼해 있던 동안에도 앤디는 샤를르의 말이라면 그냥 다 들어줬단 말예요."

"그래서요?"

그렇게 이해가 가지 않는다는 듯 레인이 되묻자 아시르는 발을 동동 구르며 답답하다는 듯이 소리쳤다.

"난 몰라요! 나중에 앤디를 샤를르에게 빼앗기고 울지나 말아요!"

포기했다는 투의 말에 레인은 슬며시 웃음 지었다.

이 아가씨가 몰라도 한참 모르네. 나 같은 건 처음부터 샤를르와 대적이 될 수 없었다고.

레인은 속상하다는 듯 손톱을 잘근잘근 씹는 아시르의 손목을 잡았다.

"아시르, 손톱 뜯지 말아요. 그리고 걱정해 줘서 고마워요."

"난……."

입 안에서 우물거리며 뭐라고 말하는 듯하더니 아시르는 몸을 돌려 계단을 뛰어 내려갔다.

정신이 하나도 없다고 생각하며 고개를 절레절레 흔들고 한숨을 내쉰 레인은 피식 웃고는 자신이 묵고 있는 방으로 걸어갔다.

그나저나 생각했던 것보다 훨씬 미인이었다, 샤를르는.

막연히 아프리카 여인이라고 생각해 검은 피부에 두툼한 입술을 예상하고 있던 레인은 샤를르의 가무잡잡한 피부에 보라색 눈동자를 본 순간 아랫입술을 깨물었었다.

앤드류가 사랑하는 여자…….

언뜻 보아도 냉정하다고 소문날 만큼 차가워 보이는 인상이었다.

레인은 길게 한숨을 내쉬고 방문을 열었다. 그렇지만 창으로 들어오는 햇살을 등지고 서 있는 남자를 본 순간 그녀는 다시 한 번 길게 한숨을 내쉬었다.

"이봐요, 여기가 당신네 집인 건 알지만, 적어도 손님방에 들어올 때는 묵고 있는 손님에게 양해를 구해야 하는 거 아닌가요?"

문틀에 기대서며 레인이 빈정거리자 아심의 눈썹이 올라갔다.

"잊었나 보군. 당신은 그냥 손님이 아니라 내가 죽음도 불사하는 사랑을 맹세한 사람이란 걸 말야."

"됐네요. 사랑을 믿지도 않으면서…….."

그녀가 콧방귀를 뀌며 답하자 아심의 입술이 비틀어졌다. 레인은 햇살을 받은 그의 어깨선을 가늘게 뜬 눈으로 바라보며 아랫입술을 깨물었다.

아심은 어느새 옷을 갈아입었는지 젖은 양복 대신 짙은 청색의 캐주얼한 바지와 하얀 와이셔츠를 입고 있었다.

"내가 사랑을 믿지 않는다고 어떻게 단정하지?"

그의 말에 레인은 어깨를 으쓱해 보였다. 그리고 문틀에서 몸을 떼고 방 안으로 한 걸음 들어섰다.

"어쨌든 여긴 무슨 일이죠? 난 옷을 갈아입고 싶은데요."

"마음대로. 당신 알몸을 한두 번 본 것도 아닌데……. 아니, 그게 아니군. 너무 오랫동안 보지 못해서 기억이 가물가물한걸."

능청스럽게 말하며 한 걸음씩 다가서는 아심을 노려보며 레인은 기가 차다는 듯 코웃음을 쳤다.

"말을 딴 데로 돌리지 말아요. 이 방엔 왜 왔죠?"

"많이 똑똑해졌군. 아니면, 안에 표범을 감춘 고양이였던가?"

레인은 말을 자꾸 돌리는 그를 지나쳐 천으로 커튼처럼 만들어진 옷장으로 향했다. 그녀가 묵고 있는 이 방은 열 평 정도로 꽤 넓었고, 나름대로 쓰기에 편리하게 가구 배치가 되어 있었다. 햇살이 들어올 때의 뜨거워지는 공기를 피해 한쪽 벽으로 붙여진 네 개의 기둥이 달린 침대와 조그만 원탁형 화장대, 벽에 덩그러니 붙어 있는 조금 오래된 듯한 거울, 아랍식으로 만들어진 칸막이와 탁자는 아부의 선물들이었다. 그녀를 환영한다는 의미의…….

레인은 손에 마른 옷을 쥐고 칸막이 뒤로 걸음을 옮기며 고개를 갸우뚱했다. 문득 이상하다는 생각이 든 것이다. 투아레그족이라면서 왜 이곳에는 투아레그족의 전통 문양이 하나도 없는 걸까?

그녀가 봐온 궁의 외관도 그랬고, 인테리어까지 모두 아랍식으로 꾸며져 있는 것에 의문을 갖긴 했었다. 하지만 지금껏 그녀는 그것을 심각하게 생각해 본 적이 없었다.

"샤를르는 어느 부족이에요?"

“도곤족.”

“도곤족?”

레인은 젖은 옷을 벗어 칸막이에 걸치며 인상을 찌푸렸다.

도곤족이라면 좀 괴팍한 부족이 아니었나? 축제를 즐기는…….

“도곤족은 서아프리카의 토속민족 아닌가요? 샤를르는 꽤나 이 국적으로 보이던데…….”

“모친이 아랍인이야.”

레인은 마른 옷에 얼굴을 끼워넣으며 살짝 까치발을 하고 칸막이 너머를 바라보았다. 그때 편안하게 그녀의 침대에 걸터앉아 있던 아심이 한 손을 뒤로 뻗어 팔꿈치를 침대에 받치며 몸을 눕히고 흘끔 눈길을 던졌다. 시선이 마주치자 그의 입술이 곡선을 그렸다.

“유혹하는 건가? 기꺼이 초대에 응해주지.”

“아니! 아니에요! 그냥 거기 앉아 있어요! 꼼짝 말아요!”

그가 침대에서 몸을 일으키려 하자 서둘러 옷을 입으며 레인이 소리쳤다. 칸막이 너머로 그의 나직한 웃음소리가 들려왔다.

“어서 하던 얘기나 계속해요.”

“음……. 서아프리카, 특히 이곳 사하라에 가장 넓게 퍼져 있는 민족이 투아레그라는 건 알고 있겠지?”

“캐러밴들에게서 들었어요.”

“그 다음이 도곤족이라고 할 수 있지. 단 투아레그족이 확실한 부족 형태로 집단을 이루어 생활하지 않는 반면, 도곤족은 부족 단위로 철저하게 그들만의 생활양식을 고수하고 있지. 그렇기 때문에 아부가 도곤족의 샤를르를 선택한 거고.”

젖은 옷을 들고 칸막이 뒤에서 나오던 레인은 아부를 이야기하며 아심의 입술이 못마땅하다는 듯 비틀리는 것을 보았다.

"그런데요?"

그녀가 팔짱을 끼며 뒷이야기를 묻자 아심의 어깨가 가볍게 올라갔다 내려왔다.

'투아레그족의 남자들은 튼튼하다.'

갑자기 캐러밴들이 자랑스럽게 말하며 단단한 뼈대를 보여주었던 것을 떠올린 레인은 하얀 와이셔츠의 어깨선을 팽팽하게 당기는 아심의 넓은 어깨를 보고 자신도 모르게 아랫입술을 깨물었다.

"이 방엔 왜 왔어요?"

"아······."

그에게서 시선을 돌리고 창 쪽으로 걸어가던 레인은 침대에서 일어나는 아심의 움직임을 느끼고 주먹을 쥐었다.

그날 이후로 레인은 아심을 보면 알 수 없는 긴장감을 느끼곤 했다. 그녀가 긴장감을 털어버리려는 듯 손을 뻗어 햇살이 들어오는 창 앞에 커튼을 풀자 천천히 실내의 빛이 어둠에 묻히기 시작했고 마침내 커튼이 완전히 펼쳐졌을 때 레인은 눈을 깜박여야 했다.

사막의 태양은 뜨겁다.

그리고 강렬하기에 빛이 가서도 오랫동안 여운이 남는다.

그녀의 눈앞에 빛 덩어리 하나가 떠다니고 있었다.

레인은 계속 눈을 깜박이며 자신의 어깨를 감싸 안는 아심의 손길을 느꼈다.

"이 방엔 왜 왔냐고 물었잖아요."

"당신에게 키스하려고."

순간 레인의 가슴이 정신없이 뛰기 시작했다. 뻔뻔한 아심이 그저 키스하고 싶다고 말한 것뿐인데도 가슴이 설레었다.

가볍게 한숨을 내쉰 레인은 힘껏 아심을 밀어냈다.

"당신이 내 약혼자는 아니잖아요. 그런 걸 요구할 권리 없어요."

그리고 자신의 방에 아심을 남겨둔 채 레인은 서둘러 밖으로 나갔다. 속삭이듯 나직이 중얼거리는 아심의 말을 듣지 못한 채.

"그렇다고 당신 약혼자가 당신을 사랑하는 건 아니지."

"아메노카르? 저 사람이 말한 아메노카르가 뭐예요?"

"아부를 말한 거야."

짧게 대답하는 아심의 눈이 가늘어졌다. 뭔가 미심쩍은 눈빛으로 그녀를 내려다보던 그는 레인이 시치미를 떼고 깔깔거리며 웃자 가볍게 혀를 차고는 다시 사람들에게로 시선을 돌렸다.

투아레그인들과 아심의 대화를 듣고 있던 레인이 '아메노카르'란 단어가 나오자 자신도 모르게 그 뜻을 물었던 것이다.

레인은 아랫입술을 지그시 깨물고 아심을 곁눈질해 보았다. 눈썹을 모은 채 못마땅한 표정으로 탐탐을 두드리는 굴리오를 바라보는 아심의 폼을 보니 춤을 출 분위기는 아닌 듯했다. 오랜만에 보는 축제인데도 불구하고 아심의 눈치나 살피며 즐기지 못하게 되자 레인은 불만이 쌓이기 시작했다.

드디어 레인의 아랫입술이 삐죽 나오기 시작했다.

갑자기 시내를 구경시켜 준다고 끌고 나올 때부터 알아봤다니까.

저녁식사를 마친 후 샤를르와 앤드류의 대화에 끼지 못한 채 옆에서 어정쩡하게 앉아 있던 그녀에게 아심이 시내를 구경하지 않겠냐고 제안했었다. 그때 레인의 눈에는 그가 천사로 보였었다. 하지만 트럭에 오를 때부터 뭔가 생각에 잠긴 듯 그가 아무 말도 하지 않자 레인은 모래 위를 달리며 해가 지기 시작하는 장관만 바라보아야 했다. 그래도 시내에 도착해 북적거리는 사람들 속에 묻히자 그녀는 오랜만에 느껴보는 생동감에 기분 좋게 트럭에서 내렸었다.

오늘 저녁 아심은 망토 비슷한 푸른색 전통 의상을 입고 머리에 흰색 달라아(머리에 쓰는 천)를 쓰고 있었다. 낮에 보았던 양복 차림과는 완전히 딴판이었다. 짙은 남색 천 사이로 핏줄이 불거진 단단한 손목과 팔뚝이 걸을 때마다 보였고, 평소에는 보이지도 않던 긴 칼도 한쪽 어깨에서부터 허리까지 내려오도록 차고 있었다.

시내에는 제법 차들도 다니고 곳곳에 나이트클럽의 네온사인까지 빛나고 있었다. 조금 북적대는 사람들 속에서 투아레그인들은 어디서나 눈에 띄었다. 도도하다 싶을 정도로 주위의 시선에 아랑곳하지 않는 빳빳이 쳐든 그들의 고개와 누추한 차림에도 자유를 선택한 그들이기에 부끄러움 없는 걸음걸이 때문이었다. 그렇기에 전통 의상을 입은 아심이 먼지로 뒤덮인 천으로 얼굴을 가린 투아레그 무리에게 다가가 그들 말로 인사를 건넸을 때 그들은 서서 삼십 분가량 대화를 나눌 수 있었던 것이다.

한참 동안 그들 말을 엿듣고 있던 레인은 갑자기 아심이 그들에게 인사를 건네며 자리를 뜨자 서둘러 그의 뒤를 따랐다.

"서쪽에 캐러밴들이 천막을 쳤다는데, 그곳에 가보겠어?"

"좋아요."

하지만 앗제리크(음료수)가 든 나무로 된 주발을 들고 그에게 고개를 끄덕인 레인은 그가 걸음을 떼지 않은 채 자신을 물끄러미 바라보자 눈을 들어 그의 얼굴로 시선을 옮겼다.

"왜요?"

그녀의 질문에 아심의 어깨가 가볍게 올라갔다 내려왔다.

"즐거워 보이는군."

"그게 잘못인가요?"

"아니. 타마세크어를 모르면서 그들과 어울릴 수 있는 이는 몇 사람 없어서."

"전생에 투아레그인이었나 보죠. 안 갈 거예요?"

집요한 남자 같으니.

은근슬쩍 자신을 떠보려는 아심의 말을 자르며 레인은 트럭이 세워져 있는 미용실 앞으로 뛰다시피 걸어갔다. 그렇지만 발판을 딛고 트럭에 오르려는 순간 뒤에서 아심이 허리를 잡자 그녀는 화들짝 놀라며 소리쳤다.

"뭐예요! 갑자기 남의 허리를⋯⋯."

"당신 엉덩이가 무거워 보여서."

"나참! 기가 막혀서!"

그의 능글맞은 미소와 뻔뻔한 대답에 본능적으로 레인의 입에서 한국어가 튀어나왔다. 그러자 그의 한쪽 눈썹이 치켜 올라가며 가볍게 그녀의 몸을 들어 올려 조수석에 앉히고는 상체를 앞으로 숙여 그녀에게 가까이 다가왔다. 완만한 곡선을 그리는 그의 입술이 벌어지며 매끄럽게 말이 흘러나왔다.

"그건 모국어인가? 듣기 좋군."

"내 모국은 한국이에요. 한국어라는 발음이 그렇게 어렵나요?

그리고 당신에게 듣기 좋은 걸로 따지면 한국어보다 불어가 낫겠죠."

"위(Oui, Yes)."

위? 위라고? 빈말이라도 농(Non, No)이라고 해줄 수 있잖아!

답답한 남자 같으니! 어떻게 된 남자가 곧이곧대로만 말하고 살아!

아니지! 곱디고운 한국어를 썼는데도 불어가 더 듣기 좋다고? 뭐야! 아직도 식민지였던 과거사에 얽매여 있는 거 아냐?

빈말이라도 아심이 한국어가 더 듣기 좋다고 말해주길 바랐던 레인은 속으로 생트집을 잡으며 그가 차 문을 닫아주고 트럭 앞을 돌아 운전석에 오를 때까지 그에게서 시선을 떼지 않았다.

"재미있게 노려보는군."

시동을 걸며 그녀를 흘긋 바라본 아심이 싱긋 웃으며 한마디 했다.

"재미있게 노려보는 건 어떤 거죠?"

"내가 움직일 때 당신 몸에서 유일하게 나를 따라오는 건 눈동자뿐이니까."

"빨리 가기나 해요."

"그러지. 참, 그전에……."

그리고 그의 몸이 그녀의 몸을 덮었다. 갑작스런 키스를 받은 레인은 동그랗게 커진 눈으로 멀어져 가는 아심의 얼굴을 멍하니 바라보았다. 하지만 빠른 듯 깊게 그녀의 입술을 훔친 아심은 아무 일도 없었다는 듯 핸들을 움직여 대로로 나섰다.

흙벽으로 만들어진 건물들을 지나 하나의 도시로 만들어진 궁의 끝부분에 도착하니, 레인의 눈에 익숙한 천막들이 세워져 있는 모습이 들어왔다. 아하쿰과 알바니아였다.

초라한 천막 위로 트럭의 헤드라이트가 비춰지자 여기저기에서 천막의 앞부분이 들쳐 올라가며 누가 왔는지 확인했다.

아심은 차의 시동을 끄고 어둠 속으로 성큼성큼 걸어나가, 나와 있는 사람들에게 인사를 건넸다.

"앗살람 알레이쿰(안녕하세요)."

레인은 지핀 숯불 주위에 모여 있던 사람들의 무리가 동시에 아심에게 대답하는 소리를 들으며 차에서 내렸다.

여전하다고 생각하며 레인은 트럭 문을 닫고 모래 위에 섰다.

그들의 도착과 동시에 숯불 위에 아르바라드(작은 주전자)를 올려놓는 사람들을 본 순간, 레인은 자신이 일 년 동안 머물렀던 부족을 떠올리고 슬며시 웃음을 지었다. 벌써 그들의 밤은 시작된 모양인지 남녀가 모여 이야기를 나누는 중이었고, 레인과 아심이 다가가자 서둘러 나무주발과 아르캇스(작은 컵)를 준비했다.

"왈레이쿰 샬람(인삿말의 대답 안녕하세요)."

레인에게 자리를 마련해 주며 한 남자가 인사를 건넸다. 레인은 웃으며 답례하고는 자리에 앉아 높게 든 아르바라드에서 따라주는 차를 받았다. 아심은 남자들의 무리인 반대쪽에 앉아 시큼한 맛이 나는 달짝지근한 차를 익숙하게 받아 마시는 레인을 보며 또 한 번 한쪽 눈썹을 치켜올렸다.

그들의 이야기를 대충 들어보니, 모임이 시작된 지 꽤 되었는지 벌써 두 번째 잔인 듯했다. 그들은 보통 차를 세 잔 마셨다. 두 잔째는 민트를 넣어 약간 상큼한 맛을 즐기고, 세 번째 잔은 한 시간

가량 끓인다. 그동안 이야기를 잘하는 남자가 사람들을 즐겁게 하는 것이었다. 레인은 건너편에 앉아, 옆에 앉은 남자와 이야기를 나누는 아심을 보고 약간 눈살을 찌푸렸다.

숯불의 어두움을 받아 그의 얼굴 윤곽이 뚜렷하게 보였다.

남자들은 보통 밤에 이야기를 할 때 얼굴을 드러내지 않았다. 레인은 아심의 시선을 끌려고 헛기침을 해보고 차를 홀짝이며 마셔보았다. 하지만 무슨 이야기를 나누는지 그는 그녀에게 시선을 줄 생각도 하지 않았다.

"아심."

마침내 참다못해 그의 이름을 부른 레인에게 시선을 준 아심은 레인이 달라아를 내려 얼굴을 가리라는 몸짓을 해 보이자 눈을 크게 떴다. 그리고는 당황한 표정으로 서둘러 달라아의 끝을 잡아 내렸다. 어둠 속에서 서서히 그의 얼굴이 흰색 천에 의해 가려지기 시작하더니 마침내 번쩍이는 검은 눈만 남았다.

하지만 레인은 그의 표정을 읽을 수 있었다.

그녀에게 윙크를 해 보이는 아심의 가려진 얼굴에 짙은 미소가 배어 있다는 것을……

그에 대한 응수로 가볍게 콧방귀를 뀐 레인은 한 여자가 이무자드(1현의 바이올린)를 들어 올리자 기대감을 갖고 그녀에게 시선을 주었다. 곧이어 다른 여자가 텐데(큰북)를 들어 올렸고, 동시에 이무자드의 현이 울리며 애절한 음이 터져 나오기 시작했다. 그 순간 또 한 여자가 타마세크어로 노래를 부르기 시작했다.

사람들의 시선이 그 여자에게 집중되었고, 그녀의 애수 어린 목소리에 눈을 감고 경청하는 사람도 있었다.

투아레그인의 언어는 왠지 서글프다고 생각하며 레인은 그 여자가 부르는 노래에 신경을 집중했다. 가사는 헤어진 연인들에 대한 것으로, 죽을 때까지 사랑을 맹세한 남자가 전투에 나가 목숨을 잃자 남은 여인이 그를 그리워하며 노래한다는 내용이었다.

레인은 슬픔이 배인 노래 가사과 여인의 애절한 목소리에 한숨을 내쉬었다. 그때 누군가가 자신을 주시하는 듯한 느낌을 받은 레인은 어두운 사막 쪽으로 시선을 주었다. 그렇게 어둠을 헤매던 그녀의 눈동자가 한 텐트 옆 어둠 속에 서 있는 남자의 눈에 머물렀다.

순간 레인의 입에서 나직이 탄성이 터져 나왔다.

다행히 그녀의 탄성이 노래 때문이라고 생각했는지 분위기는 흐트러지지 않았고 레인은 두근거리는 가슴으로 두 손을 모았다.

아지웅!

아지웅이 왜 여기 있는 거지?

서서히 노래가 흥겨운 곡으로 바뀌며 한 쌍의 남녀가 가운데로 나가 춤을 추기 시작했다. 레인은 그 틈을 타 슬그머니 자리에서 일어나 아지웅이 서 있던 텐트 쪽으로 다가갔다.

"이마즈겐!"

어두운 모래 위로 그녀의 속삭임이 퍼져 나갔다.

아지웅은 자신의 종족 이름인 '투아레그'가 아라비아어로 '버려진 사람들'이라는 뜻이라며 싫어했었다. 그래서 '타마세크어를 한다'는 뜻의 케르 타마세크나 '자유로운 사람들'이라는 의미의 이마즈겐이라는 이름으로 불러주길 바랐었다. 그리고 레인은 그의 부족에 머무르는 동안 무언의 약속을 한 듯 그와 단둘이 있을 때면

이마즈겐이라고 그를 불렀었다.

"이마즈겐!"

그녀의 속삭임이 다시 한 번 모래 위를 떠다녔다. 하지만 어둠 속에서는 아무 대답이 없었다.

레인은 한숨을 내쉬었다.

잘못 본 건가?

하지만 껑충한 키에 남루한 차림, 멀리서도 알아볼 수 있는 도도한 자세로 어깨에 찬 칼에 한 손을 올리던 모습은 분명 아지움이었다. 잘못 보았을 리 없었다.

다시 한 번만 불러보고 가야지.

그렇게 생각한 레인이 입을 열려는 순간 누군가가 뒤에서 격하게 그녀의 어깨를 잡아 돌려 세웠다.

"악!"

그 사람이 아심이라는 것을 레인이 확인하기도 전에 빠른 손놀림으로 달라아 끝을 얼굴에서 걷어낸 그는 그녀에게 키스했다.

"음······. 이, 이봐요······. 이거 놔······."

입술을 피하며 레인이 더듬더듬 말하자 그의 큰 손이 올라와 그녀의 얼굴을 감쌌다. 그리고 아련히 들려오는 강렬한 선율에 맞추듯 그의 입술이 움직이기 시작했다.

레인은 눈을 감았다.

그녀는 사막의 건조한 공기를 잊었다. 아심의 혀가 그녀의 입 안으로 깊게 들어와 레인이 지닌 갈증을 모두 쓸어가려는 듯 입 안 곳곳을 건드리자 그녀는 사라진 갈증을 또 다른 갈망이 채우는 것을 느꼈다. 어둠이 가라앉은 모래 위에서 레인은 더욱더 깊은 어둠을 원했다. 그녀가 지닌 아심에 대한 모든 갈망을 모두 덮어버릴 수 있을 만큼의 어둠을 원했다. 순간, 모래를 쓸던 바람이 아심의 전통 의상 끝자락을 날려 그녀의 발목을 휘어잡았다. 그리고 곧이어 높게 뜬 모래 바람은 그녀의 바람대로 레인의 갈망을 휩쓸어가려는 듯 그들의 몸을 중심으로 소용돌이를 만들며 허공으로 사라졌다.

그녀의 눈앞에는 어둠이, 그녀의 귀에는 달콤한 선율이, 그녀의 입술에는 아심이 있었다. 그리고 그녀의 뒤에는 아지움이…….

레인은 순간적으로 아지움을 잊고 단단한 아심의 가슴에 손을 얹어 계속해서 그의 키스를 받아들였다.

사막이 젖어오기 시작했다.

새파란 초승달이 천막 사이의 세 사람을 비추고 있었다.

그리고 모래 바람은 달빛을 가려 그들의 모습을 뿌옇게 만들어주고 있었다.

8

*레*인은 하품을 하며 리무진에서 내렸다.

새벽에 잠이 덜 깬 그녀를 깨워 아심과 앤드류, 샤를르, 아시르가 헬리콥터에 태워 니제르의 수도 니아메로 데려온 이후 그녀는 계속 하품을 해대고 있었다. 중간에 아시르의 설명으로 단순히 쇼핑을 왔다는 것을 알게 되었지만 레인은 잠도 못 자고 그들에게 끌려 다니는 것이 정신적으로나 육체적으로 피곤하기만 했기 때문이다.

그렇게 그랜드 호텔 입구에 도착해 또다시 우르르 건물 안으로 들어간 그들은 마치 기다리고 있었다는 듯 두 줄로 서 있는 포터들과 지배인 배지를 단 사람의 환영을 받았다.

레인은 당혹스러웠다.

그래서 어정쩡하게 그들 뒤를 따라가며 레인은 현대적인 호텔 내부를 둘러보았다. 깨끗하게 닦아 윤기가 흐르는 카운터와 고급스런 카펫이 깔린 로비를 지나 이층으로 이어진 계단이 보였다.

일 년 만에 느껴보는 도시적인 느낌에 새삼 적응이 안 된다는 듯 그녀의 걸음이 자꾸만 늦춰졌다. 그런 레인을 돌아본 아심의 눈이 가늘어지더니 슬그머니 무리에서 뒤로 빠져 그녀에게 다가왔다.

"왜 그러지?"

"뭐가요?"

"마음에 안 드는 게 뭐지?"

"사람 속을 잘도 읽네요."

그녀는 가볍게 그를 흘겨보고는 아시르를 뒤따라 나선형으로 이어진 계단을 올라가며 또다시 주위를 둘러보았다. 아랍 문양이 벽을 장식하고 있었고, 이슬람교가 대다수인 나라답게 건물이 대리석으로 지어져 시원한 느낌을 주었다. 계단 난간도 철제로 되어 있어 실내의 고풍스러움과 아랍 문화를 잘 나타내고 있었다.

"레인, 레인은 샤를르와 이어진 방을 쓴대요. 한밤중에 샤를르에게 잡아먹히지 않게 조심해요. 그녀는 사하라의 재칼이니까."

어느새 옆에 다가온 아시르가 소곤거리며 레인의 귀에 대고 말했다. 레인은 얼굴을 찡그리며 말하는 아시르에게 크게 윙크를 해보였다. 그리고 한국어로 속삭였다.

"들어는 봤니? 한국의 구미호라고……."

레인과 아시르가 뭐라고 귓속말을 소곤거리며 방 안으로 들어가자 아심은 한쪽 눈썹을 치켜올렸다.

정말 죽이 잘 맞는군.

개성이 강한 아시르를 버텨내는 사람이 드문데 레인은 근 한 달간 아시르의 극성에도 눈 하나 깜짝하지 않고 잘 어울려 왔다. 그때문에 아심은 레인에게 적잖이 놀라고 있던 터였다. 문 안쪽에서 계속 들려오는 속삭임을 스쳐 지나가며 아심이 크게 소리쳤다.

"아시르, 삼십 분 안에 로비로 나와!"

그 순간 갑자기 벌컥 하고 문이 열리더니 아시르가 레인의 방에서 뛰어나왔다. 그리고는 급히 자신의 방으로 들어가며 소리쳤다.

"알았어!"

니아메에 있는 이 그랜드 호텔은 아심이 자주 이용하는 곳이었다. 사업상 니아메를 경유해 남북으로 움직여야 할 때도 많았고, 또 생활용품을 쉽게 구할 수 있다는 장점 때문이었다. 그래서 니아메를 자주 찾는 아심에게 숙소는 늘 그랜드 호텔이었었다.

그는 언제나 똑같은 방을 예약했다. 그래서 그는 아무런 주저함 없이 자신의 방처럼 니제르 강과 사막이 내려다보이는 남쪽 방문을 열었다. 방 안으로 들어선 순간 침대 근처에 놓여 있는 짐을 보고 그는 눈살을 찌푸렸다.

제길! 카를로타가 없으니 여러모로 불편하군.

의식적으로 그러려던 것은 아니지만, 그는 근 일 개월간 금욕 생활을 해온 터였다. 언제나 장기 여행을 할 때는 카를로타와 동행했던 아심이었다. 그녀와 동행하는 이유를 그는 늘 간단히 답했었다.

첫째, 짐을 직접 싸거나 풀 필요가 없으니까.

둘째, 장기 여행 시 여자 사는 돈으로 카를로타의 선물을 사주는 게 더 경제적이니까.

셋째, 지금까지 카를로타만큼 다양한 테크닉을 자랑하는 여자는 없었으니까.

하지만 지난달 아심은 레인과 처음 키스한 후 그동안 침대를 뜨겁게 해주었던 카를로타를 미련없이 그녀의 부족으로 돌려보냈었다.

내가 미쳤나!

아심은 가방을 들어 침대 위에 올려놓고 지퍼를 열었다. 그는 활짝 벌어진 가방 안을 들여다보며 한참 동안 인상을 찌푸린 채 서 있었다. 그 순간 아침에 헬리콥터에 오르던 레인의 모습이 떠오르자 아심은 거칠게 가방 문을 덮어버렸다.

새벽의 어스름 속에서 잠이 묻어나는 세수조차 하지 않은 얼굴로 모래 바람을 일으키는 헬리콥터 쪽으로 달려올 때 펄럭이던 허름한 투아레그 의상 안쪽으로 살짝살짝 보이던 그녀의 허벅지에 아심은 순간적으로 반응하는 몸을 느끼고 당황했었다.

동양적인 얼굴을 지닌 여자…….

레인의 얼굴을 바라보면 바라볼수록 그런 생각이 들었다. 큰 눈에 쌍꺼풀이 두껍고 오똑 선 콧날에 윤곽이 뚜렷한 입술을 지닌 투아레그 여인들에 비한다면, 서양적인 그의 시각에서 레인은 미인이라고는 절대 말할 수 없는 생김새였다. 하지만 얇은 속쌍꺼풀과 햇볕에 그을린 어두운 갈색 피부, 둥글게 끝나는 콧날을 지닌 레인이 그에게는 시원시원하게 생긴 카를로타보다 더 뜨거운 열정을 품게 했다.

더군다나 가슴이 풍만하고 큰 키에 다리가 긴 카를로타에 비해 레인은 말 그대로 납작 가슴에 숏다리였다. 아심의 입술 사이에서 낮게 한숨이 새어나왔다.

불과 한 달 전만 해도…….

카를로타는 아심에게 있어 최상의 연인이었다. 그가 일을 마치고 피곤에 지쳐 그대로 침대에 뻗으면 안마부터 시작해 결국 혼자서도 그를 만족시킬 수 있는 여자였다. 그 때문인 듯 그녀와 몸을 섞고 난 다음에 카를로타의 애무와 섹스에 쉽게 흥분하고 만족할 수 있었다. 그런데 한 달 전부터 무슨 이유인지 카를로타의 육감적인 애무와 자극에도 불구하고 그의 몸은 반응을 보이지 않았다. 물론 아주 반응이 없는 것은 아니었지만…….

하지만 레인이 빈정거렸던 그의 왕성함이 드러날 정도는 아니었다. 그는 닫힌 가방 문을 검지로 두드리며 또다시 레인을 떠올렸다. 그날 그의 팔 안에 쓰러지듯 안겨왔던 그녀를 생각하니, 그도 모르게 주먹이 쥐어졌다.

그 검은 머리칼!

아심은 자신의 침대 위에 펼쳐지던 그녀의 검은 머리칼이 떠오르자 신경질적으로 수화기를 들었다.

수화기 너머에서 안내원의 목소리가 들리자마자 이 갈리는 소리와 함께 말이 튀어나갔다.

"아가씨 없나?"

사막의 모래 위로 붉은 태양이 떨어지고 있었다. 그리고 창문으로 들어오는 붉은 빛을 등지고 서 있는 아시르의 머리는 테두리가 빨간 선으로 그어놓은 듯이 보였다.

"레인, 괜찮아 보여요?"

레인은 눈을 동그랗게 떴다.

"아시르!"

"괜찮아 보이냐구요."

레인은 동그랗게 튀어나온 아시르의 엉덩이를 바라보며 고개를 끄덕였다. 그리고 조심스럽게 입을 열었다.

"아시르, 설마 그렇게 입고 로비로 내려갈 건 아니죠?"

"왜요? 난 이렇게 입고 로비로 내려가면 안 되나요?"

레인은 난감한 표정을 지으며 아시르의 머리부터 발끝까지 훑어보았다. 금발로 염색한 머리칼은 있는 대로 부풀려 올렸고, 짧은 탱크톱에 청바지를 걸친 까무잡잡한 피부의 아시르가 고양이 같은 미소를 짓고 있었다.

낮에 푸치마르세에 갔을 때 아시르는 갑자기 아심에게 레인의 물건을 살 것이 있다며 그들을 따돌렸었다. 그렇게 레인을 납치하다시피 해서 그녀가 데려간 곳은 푸치마르세 근처에 있는 외국인 상대 슈퍼마켓인 '스코르'와 일용품점인 '페리샤크'였다.

"아시르, 옷은 좀 볼만한데, 그 머리 모양은 좀……."

"왜요? 안 어울려요? 난 좋은데."

아시르가 한 손으로 머리칼을 더 부풀리며 새침하게 말하자 레인은 포기했다는 듯이 한숨을 내쉬었다.

"아시르 마음대로 해요. 그냥 난 아시르가 걱정되어서 그런 거니까. 아심이 보면……."

그렇게 말끝을 흐린 레인은 일부러 아랫입술을 내밀며 한쪽 어깨를 으쓱해 보였다. 그러자 아시르는 인상을 찌푸리며 고개를 숙였다. 그녀의 머리 정수리 부분에서 염색이 덜 된 검은 머리칼의 뿌리가 레인의 눈에 들어왔다.

레인은 피식 웃었다.

은미도 저러고 있을까? 아니, 평범하게 서울에서 대학에 다녔다면 나 역시 다른 여학생들과 어울리며 머리 염색도 하고 미팅도 했을까? 남자 친구를 사귀고, 밸런타인데이에 초콜릿을 준비하고, 화이트데이 때는 사탕을 받고, 여름에 바닷가로 놀러가고, 가을에는 단풍 구경을 가고, 겨울에는 하얀 눈 내리는 화이트크리스마스를 기다리고, 봄에는 아지랑이 일어나는 들판으로 나가고…….

레인은 고개를 가로저었다.

아니, 그보다 애인이 찼네 어쩌네 하며 술 담배를 배울 테고, 졸업반이 되면 취업 때문에 동분서주해야 할 테고, 어쩌다 운이 좋아 작은 회사에라도 들어가면 시집갈 준비하느라 뼈 빠지게 일할 테고, 쥐꼬리만한 월급 모아 남들에게 보이기 좋은 결혼식 올려 신혼여행 한 번 갔다 오면 애들 낳아 키우랴, 시부모 모시랴, 꼴 같지 않은 남편 뒷바라지하랴, 그러면서 정신없이 살아야 할지 누가 알아?

레인은 고개를 끄덕였다.

그때 갑자기 아시르가 레인의 팔을 잡고 흔들며 소리쳤다.

"레인! 안 내려가요? 무슨 생각을 그렇게 해요? 샤를르는 피곤해서 방으로 음식을 시켜 먹겠대요."

"아, 그래요? 그럼 우리끼리 내려가야겠네."

"빌어먹을 여자 같으니!"

아심은 도저히 믿을 수 없다는 표정으로 다가가서 레인의 등 뒤로 몸을 숨기는 아시르를 노려보았다.

"빌어먹을 여자라니, 설마 나한테 한 말은 아니겠죠?"

레인의 눈썹이 곡선을 그리며 위로 치켜 올라갔다.

"유감스럽게도 당신한테 한 말이야. 아시르! 레인 뒤에 숨지 말고 당장 앞으로 나와!"

그의 명령에 아시르가 우물쭈물하며 레인의 등 뒤에서 나왔다. 그 순간 아심의 입에서 거친 욕설이 터져 나왔다.

"이게 뭐냐! 머리는 어떻게 한 거야? 또 옷은 왜 입다 말았어? 당장 올라가서 갈아입고 와! 안 그러면……."

"잠깐만요."

아심은 갑자기 끼어든 레인에게로 시선을 돌리고 이를 악물었다. 그와 마찬가지로 그의 말을 자른 레인도 썩 기분이 좋지 않은 듯 눈에 잔뜩 힘을 준 채로 윗입술을 달싹거렸다. 그녀는 몸을 돌려 방으로 돌아가려는 아시르의 손을 잡고 또박또박 말하기 시작했다.

"아시르가 어떤 옷을 입든 어떤 헤어스타일을 하든, 그건 전적으로 아시르 마음이에요. 내가 지금껏 봐온 바로는, 투아레그족은 여자들이 속살을 내보이는 것에 꽤 관대하던데요? 당신은 예외인가요? 거참! 당신을 보니 한국 남자들이 떠오르네요. 자신들이 여자들과 즐기는 건 자유라 하면서 여자들이 남자들과 즐기는 건 방탕이라는 단어를 써서 비난하죠. 여자들을 폭행해 놓고도 야한 옷을 입은 여자 잘못이라고 하고요. 어디서나 여자는 여자예요. 야하게 보이려는 것이 아니라 아름답게 보이고 싶은 여자들의 기본적인 욕구라는 걸 알면서도 쉬쉬 감추고 서로 욕할 뿐이죠."

아심은 그녀의 이야기를 들으며 눈을 가늘게 떴다.

한국 남자들이 그렇다고?

도대체 이 여자는 한국에서 얼마나 많은 남자를 사귄 거지?

아심이 입술을 비틀었다. 그리고 레인의 손에서 아시르의 손을 가로채 잡아당기며 나직이 말을 내뱉었다.

"미안하지만, 여긴 이슬람교인이 대다수인 니아메이고, 이 아인 아직 여자가 아니라 어린애야. 그럼 이만."

그렇게 말한 뒤 아심은 자신의 손에서 손목을 빼내려고 바둥대는 아시르를 끌고 계단으로 향했다. 그는 그 순간 마음을 굳혔다. 오늘 밤에는 반드시 여자를 부르겠다고.

샤를르는 감아올린 긴 생머리에서 핀을 뽑았다. 그리고 덩어리진 채 어깨 위로 떨어진 머리칼 속으로 손가락을 집어넣어 풀어헤쳤다. 풍성하게 굵고 검은 머리칼이 어깨와 등을 감싸자 그녀는 침대 시트를 걷었다.

이제 좀 조용하네.

한 시간 전만 해도 얇은 벽을 뚫고 아시르의 훌쩍이는 소리가 들려 잠을 청할 수 없던 그녀였다. 그때 방 안 어디선가 부스럭거리는 소리가 들려왔다. 그녀의 시선이 어두운 방 안을 훑었다. 전등을 끈 방 안에는 열린 창문으로 들어오는 희미한 달빛과 스탠드의 불빛이 바닥에 깔려 있을 뿐이었다.

샤를르는 가운을 벗으며 가는 바람조차 들어오지 않는 방 안을 다시 한 번 둘러보았다. 장식장과 붙박이 옷장, 낮은 화장대와 의자, 레인 방과 연결된 잠긴 문, 욕실로 이어진 반쯤 열린 문······.

침대 옆 테이블 위에는 어두운 스탠드 불빛을 받으며, 식은 음식이 올려진 쟁반이 놓여 있었다. 샤를르는 몇 번 눈을 깜박였다.

쟁반을 내놓고 자야 할지 잠시 망설였다.

그녀는 방금 침대 위에 벗어놓은 가운 쪽으로 눈길을 돌렸다.

그녀의 앙상한 손가락이 가운 끝을 잡아 들어 올렸다. 얇은 실크 소재의 가운 소매에 팔을 끼워 넣은 샤를르는 목뒤로 손을 올려 머리칼을 가운 자락에서 잡아 빼자 침대 옆 스탠드의 불빛이 그녀에게 긴 그림자를 만들어주었다. 그녀는 가운의 허리띠를 단단히 맨 뒤 테이블 위의 쟁반을 집어 들었다.

어두운 스탠드의 불빛을 받은 마페(쇠고기와 으깬 토마토를 볶다가 물과 야채들을 넣고 카레처럼 끓인 것) 위에 뜬 기름기가 뿌옇게 빛을 반사하고 있었다.

그리고 문 쪽으로 몸을 돌린 순간, 그녀는 달빛을 반사하는 칼날을 보았다.

그녀의 손에서 쟁반이 떨어졌다.

아심은 등을 돌려 재킷을 옷걸이에 걸고 풀어헤쳐진 넥타이를 와이셔츠 칼라에서 잡아 뺐다. 그러자 침대에서 내려온 여자가 그의 앞으로 다가오더니 오른쪽 커프스단추를 끄르는 그의 왼쪽 손목을 붙잡았다. 아심은 싱긋 웃었다.

그는 결심했던 대로 여자를 불렀고 그녀는 아심의 마음에 들었다.

그의 손목을 서서히 입술로 가져가 커프스단추 뒤쪽을 혀로 잡아 빼는 여자의 시선이 그의 얼굴에서 떠나지 않는 것을 보며, 아심은 조금씩 흥분되는 것을 느꼈다. 그의 와이셔츠 소매에 그녀의 짙은 붉은색 립스틱이 묻어나며 커프스단추가 풀어졌다. 여전히 그의 손목을 잡고 있던 여자는 천천히 그의 손을 뒤집어 손바닥 위에 단추의 뒷고리를 올려놓고 혀로 장난치기 시작했다.

따뜻해진 금속 조각과 함께 그녀의 혀끝이 손바닥 구석구석을 돌아다니자 아심은 눈을 감았다. 그리고 그 여자의 다른 한 손이 와이셔츠 단추를 모두 풀어 바지에서 잡아 빼자 아심은 또다시 싱긋 웃었다. 부드러운 여자의 손가락이 벨트를 맨 그의 허리 부분을 쓸더니, 그녀의 입술이 손목을 타고 올라가기 시작했다. 그러자 그의 팔뚝에서 힘줄이 반응하듯 피부 위에 선명하게 드러났다.

그녀의 두 손이 와이셔츠 자락을 벌리며 그의 등 뒤로 넘어가 매끄러운 그의 등에 손톱을 세웠다. 아심은 눈을 뜨고 여자를 내려다보았다. 그 순간 그는 깊게 숨을 들이쉬며 한 발자국 뒤로 물러섰다.

그렇게 갑자기 물러난 아심을 올려다보는 여자의 얼굴이 영문을 모르겠다는 듯 찌푸려졌다.

제기랄!

"아, 잠깐. 난……."

아심이 어쩔 줄 몰라 하며 입을 열었을 때 어디선가 그릇이 깨지는 소리가 들려왔다. 그는 본능적으로 고개를 들었다. 그 순간 그의 귀에 여자의 비명 소리가 들려왔다. 그는 문을 박차고 나가 여자들이 묵고 있는 방 쪽으로 향했다.

"오빠! 샤를르 방에서……."

어느새 복도로 뛰쳐나온 아시르가 달려오는 아심을 보고 소리쳤다. 그녀의 말에 문을 박차고 들어간 아심은 방 안의 어두움 때문에 입구에 잠시 멈춰 섰다. 다음 순간, 어디선가 조그맣게 '딸각' 하고 문 잠기는 소리가 들림과 동시에 침대 가까이 쓰러져 있는 샤를르가 눈에 들어왔다.

"샤를르! 아시르, 가서 사람들에게 앰뷸런스를 부르라고 해!"

뒤에서 기웃거리는 아시르에게 명령을 내린 뒤 아심은 방 안에 불을 켜고 큰 걸음으로 샤를르에게 다가갔다. 갑자기 피 냄새가 진동하기 시작했다.

그는 소름이 돋는 것을 무시하고 원색의 카펫 위에 고여 있는 붉은 피와 함께 쓰러져 있는 샤를르의 숨을 확인하고 조심스럽게 칼이 박혀 있는 그녀의 어깨를 살펴보았다.

"샤를르! 아심! 어떻게 된 거야?"

뒤늦게 나타난 앤드류가 얼굴이 창백해져서 아심에게 다가오며 멍한 얼굴로 물었다.

"나도 몰라. 갑자기 비명 소리가 들려서……. 앤디, 함부로 만지지 마! 아시르가 앰뷸런스를……."

아심은 말을 이을 수가 없었다.

조심스럽게 샤를르를 일으켜 품에 안은 앤드류의 눈에 눈물이 고여 있었다. 그리고 조그맣게 그의 입에서 속삭임처럼 중얼거림이 흘러나왔다.

"어떻게 해야 하지? 샤를르, 제발 죽지 마. 어떻게 해……."

샤를르의 어깨를 쓰다듬는 앤드류의 손에 피가 묻어났다.

아심은 앤드류 옆에 한쪽 무릎을 굽히고 앉아 가만히 그의 어깨에 손을 얹었다.

"앤디, 칼을 뽑지 마. 그대로 둔 채 잠시 기다려야 해. 다행히 어깨뼈에 부딪힌 거 같아."

"왜 샤를르를…… 어떤 놈인지 죽여 버리겠어!"

눈을 감고 샤를르의 머리칼에 얼굴을 묻으며 중얼거리던 앤드류가 이내 큰 소리로 외쳤다. 그 순간 아심은 고개를 들고 눈을 크게 뜨며 맞은편에 굳게 잠겨 있는 방문을 바라보았다.

레인!

빌어먹을 여자라니!

레인은 꽉 다문 입술 안쪽을 이로 잘근잘근 씹었다. 활짝 열린 창밖으로 사막의 건조한 모래 냄새가 흘러들어 오고 있었다. 그녀는 출렁이는 침대 위에 걸터앉아 팔짱을 끼고, 서서히 기울어지며 방으로 흘러들어 오는 달빛을 주시했다.

저녁 내내 자신을 무시하던 아심이 식사가 끝나자마자 지배인을 불러 여자를 주문했을 때 레인은 화가 머리끝까지 뻗쳤었다.

레인은 생각을 말자고 다짐하며 주시하던 달빛을 쫓아 시선을 창밖으로 돌렸다. 침대에서 일어나 창가로 걸음을 옮긴 순간 그녀는 샤를르의 방에서 터져 나오는 비명 소리를 들었다.

"샤를르!"

레인은 반사적으로 샤를르의 방과 이어진 문을 향해 뛰어갔다. 하지만 그녀가 문을 열자마자 갑자기 어디선가 나타난 남자가 그녀를 뒤로 확 밀어젖혔다.

비틀거리며 뒤로 몇 걸음 물러난 레인은 그제야 남자가 자신의 방 안으로 들어왔다는 것을 깨닫고 입을 다물었다. 방 안 어디선가 아련한 피 냄새가 움직이고 있었다.

레인의 발끝에 달빛이 걸렸다.

그녀가 몸을 돌림과 동시에 다급하면서도 조용히 문이 잠기더니, 어둠에 가려진 남자가 큰 걸음으로 그녀에게 다가왔다.

레인은 눈을 크게 떴다.

아심?

아니, 아심보다는 키가……. 아지움!

그 순간 그녀의 입술 끝이 올라갔다. 하지만 레인이 반가움을 표현하기도 전에 그는 거칠게 그녀의 팔을 잡아채더니 한 손으로 그녀의 입을 막았다.

레인은 순간 눈을 감으며 인상을 썼다. 그리고 본능적으로 고개를 뒤로 젖히려 했다. 입을 막은 그의 손에서 짙은 비린내를 품은 피 냄새가 진동했기 때문이다. 하지만 그녀의 입을 막은 아지움의 손에는 더욱 힘이 들어갈 뿐이었다.

레인은 눈을 뜨고 숨을 얕게 쉬며 그를 올려다보았다.

얼굴을 달라아로 가린 상태였고, 그나마 드러난 그의 눈은 줄곧 샤를르의 방과 연결된 문을 주시하고 있었다. 레인은·아지움의 옆얼굴을 뚫어지게 바라보았다. 여전히 숱 많고 긴 속눈썹은 예쁘게 말려 올라가 있었고, 느슨해진 달라아 아래로 보이는 콧날은 완벽한 사선을 이루고 있었다. 그는 조금 마르고 호리호리한 편이었다. 어깨뼈가 보였고, 갈비뼈가 드러났었다.

"샤를르! 아심! 어떻게 된 거야?"

샤를르의 방 쪽에서 앤드류의 목소리가 들려왔다.

아지움이 샤를르를 해쳤음이 분명했다. 믿기 어려웠지만 온순하고 착하던 아지움이 억세고 강한 힘으로 레인을 제압한 채 샤를르와 통한 문을 노려보고 있었다. 서서히 아지움에게 잡힌 오른팔에 통증이 일었다. 뒤로 젖힌 상체 때문에 자세가 불안해 그녀는 오른발을 조금 뒤로 뺐다. 그러자 아지움의 시선이 레인에게로 향했다. 그리고 그녀가 한 발자국 더 뒤로 물러나자 달빛이 그녀를 덮쳤다.

그 순간 아지움이 숨을 크게 들이쉬더니 급히 그녀에게서 손을 뗐다. 레인은 아직도 어둠 속에 있는 아지움을 올려다보았다.

"이마즈겐, 무슨 일이야? 어디 다친 거야? 샤를르는 어떻게 된 거야?"

그녀의 입에서 속삭임이 흘러나왔다.

하지만 아지움은 거친 숨소리만 내뱉을 뿐이었다.

"이마즈겐?"

그녀가 다가가자 그는 창가 쪽으로 몸을 움직였다.

레인은 그의 부부(의상) 끝을 붙잡았다. 달빛이 창 사이로 비집고 들어와 그들을 비추었다.

그녀의 손길을 느낀 순간 아지움은 몸을 돌리더니 다급한 손길로 얼굴을 가린 달라아 끝을 잡고 그녀의 얼굴을 닦기 시작했다.

"이마즈겐, 괜찮아. 안 닦아도……."

"레인, 미안……. 정말 미안해. 너인 줄 몰랐어."

레인이 싱긋 웃었다. 어쩔 줄 몰라 하며 자신의 볼에 묻은 피를 닦아내느라 애쓰는 아지움이 귀엽게 보였다. 그 모습에 절대로 그가 샤를르를 해쳤을 리 없다는 생각이 들었다. 그녀의 볼을 닦는 동안 잡아당겨진 달라아가 서서히 그의 얼굴을 벗어나기 시작했다. 그가 달빛을 향해 레인의 얼굴을 들어 보이며 꼼꼼히 바라보는 동안 달라아는 완전히 흘러내려 그의 얼굴을 드러냈다.

레인은 피식 웃었다. 아지움도 살며시 미소 지었다.

"이마즈겐, 샤를르를 해친 거야?"

걱정을 담아 물으니 아지움이 아랫입술을 질끈 깨물더니 고개를 돌렸다. 레인은 눈을 동그랗게 뜨고 한 손으로 입술을 막아 저도 모르게 튀어나오려는 비명을 참았다.

설마! 이마즈겐이 그럴 리가 없어!

"이마즈겐! 진짜야?"

"아냐. 그냥…… 난 그냥…… 그녀를 해칠 생각은 없었어. 믿어 줘."

아지움을 믿었다. 레인이 알고 있는 아지움은 절대 누군가를 해칠 사람이 아니었다.

"레인, 왜 여기 있는 거야? 우리 부족으로 돌아가자."

"난……."

"레인! 문 열어!"

갑자기 들려온 아심의 목소리에 레인과 아지움은 동시에 방문 쪽으로 고개를 돌렸다.

"젠장! 지배인! 열쇠 가져와!"

레인은 아심의 급한 성격을 떠올리며 고개를 절레절레 흔들고는 아지움의 팔을 잡았다.

"무슨 일인지 모르지만, 어서 도망가."

그녀의 속삭임에 아지움은 고개를 끄덕였다. 그리고는 서둘러 창밖으로 한쪽 다리를 걸쳤다. 그가 창밖으로 몸을 옮겨 창틀을 잡고 서자 레인은 불안해서 그의 팔을 잡고 창밖을 두리번거렸다.

"괜찮아? 내려갈 길은 있어?"

"응. 난간을 타고 내려가면 돼. 그런데……."

아지움이 말끝을 흐리자 레인의 시선이 그의 얼굴에 날아가 박혔다. 그의 얼굴 위로 달빛이 쏟아져 내리고 있었다. 투아레그족 특유의 거친 얼굴선을 지녔지만 순수함을 간직한 눈동자와 고운 선을 지닌 입술이 아심의 남자다운 얼굴을 떠올리게 만들었다. 그녀는 아지움의 구애에 선뜻 응하지 못한 이유를 그제야 알 수 있었다. 그녀에게 있어 아심은 남자였다. 하지만 아지움은 남자로서의 끌림을 그녀에게 줄 수 없었다. 그렇기에 아지움이 갑작스레 자신의 얼굴을 끌어당겨 키스를 하자 레인은 당황스러움에 그의 옷자락을 부여잡았다.

며칠째 면도를 못했는지 꽤 자란 수염이 그녀의 입술 근처를 쓸었다. 그에게서 도망치려고 그녀의 고개가 옆으로 돌아가자 아지움은 더 깊이 그녀의 입술을 빨았다.

"레인!"

큰 소리와 함께 방문이 거칠게 열리며 벽에 부딪혔다.

그리고 그녀가 아지움에게서 입술을 떼기도 전에 뒤에서 아심이 그녀의 어깨를 잡아당겼다. 그에게 이끌려 눈을 뜬 그녀의 시야에 창밖으로 뛰어내리는 아지움의 모습이 보였다.

"이마즈겐!"

"레인! 위험해!"

레인은 아심의 손을 뿌리치고 창틀에 매달려 모래 위로 떨어지는 아지움을 내려다보았다. 그런 그녀를 다시 붙잡으며 아심이 화난 목소리로 소리쳤다.

먼지를 일으키며 모래 위로 떨어진 아지움이 옷을 털며 일어나는 모습을 본 후에야 레인은 가볍게 한숨을 내쉬었고, 그가 건물들 사이로 달려가자 두 손으로 쥐고 있던 창틀을 놓았다.

왜 저 남자의 프러포즈에 응하지 않았을까?

어둠 속으로 옷자락을 날리며 달려가는 장신의 아지움을 보고 있으려니, 레인은 가슴이 뛰는 것이 느껴졌다.

"저 자식을 잡아!"

갑자기 아심이 레인을 잡아당겨 품에 안으며, 멀리 떨어져 눈치를 보며 서 있던 사람들에게 소리쳤다. 그제야 정신을 차린 레인은 아심의 가슴을 밀어내며 입을 열었다.

"아심, 이마즈겐은……."

"투아레그였군! 거기! 다들 뭐 하는 거야! 나가서 오늘 니아메로 들어온 투아레그족들을……."

아심은 말을 이을 수가 없었다.

허리를 잡아당긴 레인이 갑자기 키스하자 우물거리던 아심은 깊게 한숨을 내쉬더니 결국 그녀를 끌어안고 눈을 감았다. 레인의 혀가 그의 입술 사이로 들어왔다. 가늘게 뜬 그녀의 눈동자로 창틀에 걸린 파란 초승달이 들어왔다.

레인의 눈이 감겼다.

9

"말도 안 돼! 앤디! 정신 좀 차려!"

아심이 참다못해 소리를 질렀다. 그러자 앤드류는 묻고 있던 두 손에서 얼굴을 들고 아심을 올려다보았다. 면도를 하지 않아 자란 수염이 수척해진 앤드류의 얼굴을 가리고 있었다.

"뭐가 말도 안 된다는 거지?"

"앤디! 더 이상은 정말 못 봐주겠군!"

잇새로 말을 내뱉은 아심은 손을 뻗어 앤드류의 멱살을 잡아 의자에서 일으켜 세웠다. 그에게 붙들린 채 무릎을 편 앤드류는 잠시 어지러운지 눈을 감으며 휘청거렸다.

"넌 좀 쉬어야 해. 샤를르도 이젠 회복되고 있잖아."

아심은 한숨을 쉬며 앤드류의 한쪽 겨드랑이 사이로 손을 밀어

넣어 부축했다. 그런 그의 어깨에 이마를 기대며 앤드류가 중얼거렸다.

"아심, 부탁이야. 레인과 함께 사막으로 가줘. 그날 봤잖아. 그들은 레인이 아니라 샤를르를 타깃으로 잡은 거라구."

"그렇다고 해결될 일이 아니잖아?"

"그들은 널 좋아해. 네가 나서서 그들을 설득할 수 있을 거야."

아심은 눈을 가늘게 뜨고, 흐트러진 앤드류의 옅은 금발이 햇살에 빛을 발하는 모습을 바라보았다.

그는 잠시 고민했다. 물론 앤드류의 부탁을 들어주는 것이 어려운 일은 아니었다. 하지만 무언가 께름칙한 느낌을 지울 수 없어 선뜻 그러겠노라고 대답하지 못하고 있었던 것이다.

"그렇다면 나 혼자 가서 그들을 만날게."

"아냐, 아심. 레인과 함께 가야 해. 너도 레인이 어떤지 알잖아. 낯선 사람들하고도 금세 친해지니, 분명 너한테 도움이 될 거야."

"앤디, 너답지 않아. 좀 이성적으로 생각할 수 없어?"

하지만 자신의 어깨에서 앤드류의 얼굴을 잡아 똑바로 바라보며 화난 목소리로 다그치던 아심은 그의 다음 말에 이를 악물었다.

"아심, 넌 알 수 없을 거야. 그날 밤 쓰러져 있는 샤를르를 본 순간 내 마음이 어땠는지……. 난 그녀를 그냥 사랑하는 게 아냐. 내 삶의 전부라구. 그런 것들이 한순간에 나를 덮쳤어. 아심, 넌 정말 모를 거야. 아니, 영원히 모를지도 모르지. 나도 어떻게 표현해야 네가 이해할 수 있을지 난감해. 하지만 샤를르의 생명이 위협받지 않을 수 있다면 왕좌를 내주어도 좋아. 아무런 미련 없이 모든 것을 버릴 수도 있어. 단지 내가 두려워하는 건 왕좌를 내놓았을 때 샤를르가 나를 떠날 것 같아서……."

아심은 앤드류의 말을 더 이상 듣고 싶지 않았다. 스스로도 이유를 알 수 없었지만, 앤드류의 말이 왠지 신경에 거슬렸다.

"그만 해. 알았어. 내일 새벽에 레인하고 사막으로 떠날게."

아심의 무뚝뚝한 말투에 앤드류는 고개를 끄덕였다. 그리고 길게 한숨을 내쉬며 의자에 주저앉았다.

그런 앤드류를 등진 채 아심은 이를 악물고 입을 열었다.

"앤디, 샤를르를 사랑하는 네 마음이야 이해하지만, 그렇다고 너를 짝사랑하는 레인이 널 위해 사막으로 떠난다는데 안도의 한숨만 쉬고 있을 거야? 잘 다녀오라고 인사 정도는 해주는 게 도리 아냐?"

"아심, 레인을 부탁해. 너라면 그녀를 잘 지켜줄 수 있겠지……."

앤드류의 말에 어깨 너머로 흘끗 시선을 던진 아심은 문을 열고 나가기 전에 속삭이듯 중얼거렸다.

"내 목숨을 바쳐서라도……."

"내일 새벽?"

레인의 놀란 목소리가 서재에 울렸다.

"귀가 먹었나 보군. 사막을 걸어본 적 있나?"

레인은 아심의 질문에 피식 웃었다.

"물론 사막을 걸어보긴 했죠. 당신 눈엔 내가 날아다니는 걸로 보이나요?"

"캐러밴 경험이 있는지 물은 거야. 사하라를 쉽게 생각하지 마."

"물론 쉽게 생각하지 않아요. 그렇지만 그렇게 서둘러서 사막으로 나가야 하는 이유가 뭐죠?"

그녀가 눈을 동그랗게 뜨고 묻자 아심의 한쪽 눈썹이 올라갔다.

"더 이상 샤를르를 위험 속에 방치해 둘 순 없으니까."

"아…… 그렇군요."

그녀는 가볍게 혀를 찼다.

레인은 샤를르를 공격한 아지움을 알고 있으면서도 누군지 모른다고 시치미를 떼었으니 그 값을 치르기 위해서라도 당연히 사막으로 나가야 한다는 생각이 들었다. 하지만 그런 일을 앤디가 아닌 아심이 명령을 내리듯 통고를 해오니 밀려오는 섭섭함은 이루 말할 수 없었다.

이런 멍청이! 난 샤를르 대용이라니까! 봐! 앤디도 그날 이후 한 번도 찾아오지 않잖아. 샤를르가 죽으면 날 바로 내쫓을 거야.

레인이 자신의 어리석음을 꾸짖는 동안 아심이 그녀에게 다가왔다. 그의 얼굴을 보니 그리 기분이 좋아 보이지 않아 그녀는 분위기를 밝게 하려고 어깨를 들었다 놓으며 가볍게 말했다.

"좋아요. 내일 새벽에 떠나요. 음, 그럼 난 방으로 가서 여행 준비를 하고 일찌감치 잠자리에 들어야겠네요. 선텐로션이 있나……."

레인은 갑자기 아심이 한 손으로 턱을 잡아 올리자 입을 다물었다. 그녀는 크게 뜬 눈으로 그를 올려다보았다. 이유는 알 수 없어도, 그가 무척 화나 있는 상태라는 것은 그의 가늘게 뜬 눈으로 알 수 있었다.

"잘 들어, 레인. 우린 놀러가는 게 아니야. 사막으로 나가면 둘 중 하나라구. 살든지 죽든지……. 난 살아 돌아오고 싶고, 그 말은 당신도 살아야 한다는 말이야."

그의 말에 레인은 화가 났다.

언제부터 내가 죽든 말든 상관했단 말인가?

레인은 얼굴을 뒤로 젖혀 그의 손에서 빠져나왔다. 그리고 팔짱을 끼며 삐딱하게 서서 빈정거렸다.

"웃기는군요. 무슨 왕실이 이렇죠? 당신, 사업가 맞아요? 작은 회사 하나 갖고 사업가 어쩌고 하는 거 아니에요? 지금이 18세기도 아니고, 그냥 헬리콥터 타고 갔다 오면 되잖아요. 쇼핑할 때는 헬리콥터 타고 가면서 부족을 방문하는 데는 안 되나요? 그렇다면 트럭도 있잖아요. 캐러밴들을 보면 트럭을 타고 다니는 이들이 많던데……."

그녀는 아심이 아무 말 없이 자신을 바라보자 불안해서 입을 다물었다. 가늘게 뜬 눈으로 엄지손가락을 벨트에 걸친 채 할 말 있으면 다 해보라는 듯이 내려다보고 있는 아심 앞에서 그녀는 왠지 불안감을 느끼고 저도 모르게 한 걸음 뒤로 물러섰다.

"거기다 당신네는 경호원도 빵빵할 거 아니에요. 안 그래요? 그 많은 사람들이 어떻게 낙타를 타고……."

"미안하지만, 경호원은 단 두 명뿐이야. 우린 부족장들의 초대를 받고 가는 게 아니니까. 그리고 또 한 가지, 매우 유감스럽게도 캐러밴은 낙타를 타지 않아. 낙타와 함께 걸을 뿐이지."

레인의 입이 벌어졌다.

뭐라고? 낙타와 함께 걷는다고?

해질녘의 어스름이 방 안에 깔리고 있었다.

"왜 내가 가야 하죠? 당신 혼자 가면 되잖아요."

"나도 똑같은 질문을 앤디에게 했지."

그가 한 걸음 앞으로 내디뎠다. 레인은 본능적으로 뒤로 물러났다. 평소 넓게만 보이던 서재가 오늘따라 갑자기 좁아졌는지 금세 그녀의 등에 벽이 와 닿았다.

"애…… 앤디가 나도 가야 한다고 했어요?"

또다시 아저씨을 모른다고 했던 것에 대한 죄책감으로 반박을 못하자 아심의 입술이 비틀어졌다.

"왜? 그의 말이라면 지옥에라도 뛰어들 텐가?"

그가 점점 거리를 좁혀와 마침내 그의 입김이 닿을 정도로 가까워지자 레인은 온몸에 소름이 돋는 듯한 느낌을 받았다.

"당신과 함께 가야 한다니, 그곳이 지옥처럼 느껴지네요."

"난 당신과 함께라면 지옥도 천국으로 만들 수 있다는 생각이 드는데?"

그가 입술 바로 위에서 말을 맺자 레인이 소곤거렸다.

"아뇨. 나와 당신이 함께 있으면 천국도 아수라가 될 거예요."

그녀의 말에 아심은 나직이 소리 내어 웃었다.

레인은 그의 웃음소리에 태양이 가라앉는 것을 느꼈다.

아심의 입술이 그녀의 입술 사이에서 벌어졌다. 레인은 그의 키스를 받으며 등 뒤에 닿아 있는 벽을 손으로 짚었다. 무의식중에 자신이 그에게 기댈 것 같았기 때문이다.

그녀는 아심이 키스할 때마다 이성을 잃고 무너지는 자신이 싫었다. 그를 사랑하는 것도 아니고 더군다나 좋아하는 감정조차 없는데 그에게 육체적으로 끌린다는 것은 그녀 스스로도 용납할 수 없는 일이었기 때문이다.

그의 양손이 그녀의 얼굴에서부터 어깨를 따라 쓸어 내려가더니 등 뒤의 벽에 붙이고 있는 그녀의 손목을 잡았다. 레인은 그가 이끄는 대로 끌려가지 않으려는 생각에 얼른 등 뒤에서 양손을 맞잡아 깍지 끼었다. 그의 입 안에서 깊고 나직한 웃음소리가 흘러나왔다.

그는 억지로 그녀의 손을 풀려 하지 않았다. 대신 손을 그녀의 티셔츠 속으로 밀어 넣었다. 그렇게 갑자기 맨살에 그의 손끝이 닿자 레인은 반사적으로 움찔하며 두 손으로 그의 손목을 잡았다.

그가 또다시 웃었다. 그의 웃음이 그녀의 입 안에 머물었다.

"그…… 그만 해요."

그녀는 그의 웃음을 뱉어내며 고개를 뒤로 젖혔다. 그런 그녀에게 더욱 다가서며 아심이 한쪽 눈썹을 치켜올렸다.

"내일 새벽에 출발하려면 일찍 자야……."

레인의 입이 그의 손에 의해 다물어졌다. 능청스럽게 심각한 표정으로 동의한다는 듯 고개를 끄덕이면서도 그의 손은 여전히 티셔츠 안에서 그녀의 가슴을 애무하고 있었다.

아심의 엄지손가락이 가슴 아래를 쓰다듬자 그녀의 눈이 그의 눈동자에 고정되었다. 레인은 서서히 이성이 뒤로 밀려남을 느꼈다. 하지만 몸이 아심을 원하는 한 그 이성을 붙들 도리가 없었다.

갑자기 그녀를 들어 올린 아심이 그녀의 다리를 자기 허리에 감았다. 그렇게 그녀를 안은 채 그는 소파로 다가갔다.

레인의 등이 가죽 소파에 묻혔다. 그녀는 눈을 감은 채 아심의 손길을 느꼈다. 레인은 마음속으로 잠시만 아심과 즐기자고 생각했다. 하지만 그 잠시의 끝이 어떻게 될지는 알고 있었다.

아심은 소파에 편안히 누운 레인의 얼굴을 손가락 끝으로 살짝 쓰다듬었다. 그리고 다른 손으로 그녀의 티셔츠를 들췄다.

레인은 살짝 눈을 뜨고 아심을 올려다보았다. 그 순간 그녀는 알 수 없는 감정을 느꼈다. 뚫어져라 자신의 얼굴을 쳐다보며 가슴을 애무하는 그의 눈을 마주한 순간 그녀는 그가 무언가를 간절히 구하고 있다는 생각에 사로잡혔다. 그리고 그 생각이 가시기 전 그녀는 알 수 없는 떨림이 목구멍을 훑고 지나는 것을 느꼈다. 아심의 눈은 여전히 그녀의 눈에 고정되어 있었다. 그의 손이 그녀의 작은 가슴을 움켜쥐고 리드미컬하게 움직이기 시작하자 레인은 더 이상 그의 눈을 바라보지 못하고 눈을 감았다. 그녀의 목 안에서 고양이가 가르랑거리는 듯한 신음 소리가 새어나왔다. 그와 동시에 인터폰 소리가 울리며 자붐의 목소리가 흘러나왔다.

─사장님, 영국 지사와 전화 연결됐습니다.

레인은 눈을 번쩍 떴다. 그리고 잠시 후회하며 아심의 검은 머리를 주시했다. 그렇지만 자신의 머리 위로 손을 뻗어 수화기를 드는 아심의 체중을 느끼며 그녀는 질끈 눈을 감아버렸다.

"나중에 다시 연결해."

다시 그녀의 몸 위로 체중을 실으며 수화기를 내려놓은 아심은 가볍게 한숨을 쉬었다. 그리고 한쪽 팔꿈치로 상체를 일으킨 뒤 그녀의 감은 눈을 손가락 끝으로 가볍게 쓸어내리며 속삭였다.

"앤디 말이 맞는 것 같군. 내가 당신을 사랑하는 모양이야."

그의 목소리가 달콤하게 그녀의 귓가를 맴돌았다.

그리고 잠시 후 그 속삭임의 뜻이 갑자기 전달된 듯 레인의 두 눈이 부릅떠졌다. 그녀는 자신의 눈가에 머물러 있는 그의 길고 섬세한 손가락을 뿌리치고 낑낑거리며 그의 가슴을 밀어내기 시작했다.

"이봐, 갑자기 왜 이러는 거야?"

갑자기 그녀의 손에 의해 상체가 밀리자 아심은 눈살을 찌푸리며 한 손으로 레인의 턱을 잡아 자신을 바라보게 했다. 그녀와 눈이 마주친 순간 그의 입술이 못마땅한 듯 비틀어졌다. 그런 아심이 미워 죽겠다는 듯 노려보던 레인은 발까지 동원해 그를 밀어내기 시작했다.

"잠깐! 갑자기 왜 이러는 거냐구!"

"왜 이러긴요! 지금껏 많은 남자를 만나왔고, 그들에게서 유혹을 받기도 했지만, 섹스를 위해 사랑이란 말을 언급한 남잔 없었어요!"

"뭐라구?"

레인이 잇새로 말을 내뱉자 아심은 고함을 지르며 벌떡 일어나 어이없다는 얼굴로 그녀를 내려다보았다. 레인은 그를 마주 노려보며 소파에 묻혀 있던 몸을 추슬렀다.

"여자들이 사랑이란 단어에 약하다는 건 일반적인 통계에 불과할 뿐이지 모든 여자들이 그렇다는 뜻은 아니에요."

"그러니까 내가 당신과 섹스를 하기 위해 사랑을 말했다는 건가?"

그가 한쪽 눈썹을 올리며 빈정대자 레인은 어깨를 으쓱해 보이고 소파에서 몸을 일으켰다. 문 쪽으로 걸음을 옮기던 그녀는 아심의 말에 잠시 주춤하며 멈춰 섰다.

"레인, 만약 내 말이 진심이라면? 그땐 어떻게 할 거지?"

레인은 몸을 돌려 그를 바라보았다. 서재 안은 어둠에 휩싸여 창밖으로 지평선 끝에 얇게 깔린 붉은색만 보일 뿐이었다. 레인은 그의 표정을 보고 싶었다. 하지만 마음 한 켠으로는 그의 표정이 보고 싶지 않았다. 낮게 깔린 그의 목소리와 진심의 가능성에 대해 이야기하는 그의 표정이 진실될 수도 있지만, 예의 그 빈정대는 표정일 수도 있다는 생각이 들어서였다.

마침내 레인은 다시 문 쪽으로 몸을 돌리며 한숨과 함께 입을 열었다.

"당신 말이 진심이라고는 절대 믿을 수 없어요. 하지만 당신이 진짜 나를 사랑한다 해도 당연한 거겠죠. 잊진 않았겠죠? 우린 계약을 했어요. 당신이 나한테 죽음도 불사하는 사랑을 주기로……."

아심은 낙타에 차꼬(앞다리를 끈으로 묶는 것)를 채운 후 풀어주고는 달이 뜨기 시작한 하늘을 올려다보았다. 사하라의 건조한 공기가 그의 가슴을 뚫고 들어왔다 나갔다.

"낙타를 저렇게 풀어놔도 괜찮아요?"

우물에서 두레박으로 물을 퍼올려 세수했는지 속눈썹과 앞머리가 젖은 채 그에게 다가오며 레인이 물었다. 풀을 찾아 어슬렁거리는 낙타를 곁눈질하는 그녀의 표정이 영 불안한 듯했다.

"괜찮아."

"아침에 일어나면 낙타가 사라지고 없는 거 아니에요?"

아심은 레인을 돌아보았다. 달라아로 감싸여 그녀의 동양적인 얼굴이 조금밖에 보이지 않았다. 처음에는 어색하게만 보였던 까맣게 그을린 그녀의 갈색 피부와 눈동자가 살아 있는 동그란 눈, 끝이 둥근 코선, 갈색빛이 도는 입술과 푸석푸석해 보이는 머리칼들이 어느새인가 그의 눈에 익숙해져 있었다.

"그렇게 멀리는 못 갈 테니 걱정 마. 차꼬를 채워뒀으니까. 쓸데없는 걱정 말고 고사목이나 찾지."

"쓸데없는 걱정이 아니잖아요! 낙타가 없어지면 사막을 어떻게 횡단해요. 안 그래요?"

그녀가 자신의 옷자락을 잡으며 발을 구르자 아심은 가볍게 혀를 찼다. 그리고는 허리를 굽혀 마른 나뭇가지를 주운 뒤 그것을 그녀의 손에 쥐어주었다.

"이런 걸 주우라구."

그는 황당한 표정으로 자신의 뒤통수를 노려보는 레인을 남겨둔 채 알루씨세에게 다가갔다.

어제 사랑을 말했을 때 그녀의 반응은 예상외였다. 그리고 그녀의 반응에 화가 나는 자신을 그는 이해할 수가 없었다. 더군다나 그녀의 사소한 반응 하나에도 민감하게 감정의 희비가 엇갈리는 자신의 변덕스러움에 그는 새삼 놀랄 수밖에 없었다. 저 작은 여자에게 이렇듯 휘둘리는 자신이 놀라울 뿐이었다.

하지만 그녀가 그에게 미치는 영향력은 날이 갈수록 강도가 심해지고 있었다. 아심은 어제 자신의 입으로 그녀에게 사랑을 말했다는 사실이 믿어지지 않았다. 순간적으로 정신이 나갔었다고 스스로를 위안하려 해도 지금까지 그 어떤 상황에서도 정신이 흐트러져 본 적이 없는 그였기에 더더욱 스스로를 납득시킬 수가 없었다. 그리고 자신의 말을 무시해 버리는 레인 역시 그에게는 괘씸했다.

"알루씨세!"

아심의 목소리에 짐을 풀던 알루씨세가 고개를 들었다. 벌써부터 깔리기 시작하는 어둠에 사막이 스산해지고 있었다.

"알루씨세! 두두! 어서 짐을 풀고 히이마를 펴. 찬 공기가 가라앉기 시작했어."

빠른 타마세크어로 내뱉은 그의 명령에 묵묵히 고개를 끄덕인 그들은 익숙한 손놀림으로 노끈을 풀어헤치기 시작했다.

사막의 밤은 하늘과 땅을 구분하기 어려웠다. 별이 있음에 하늘이고 모래가 펼쳐져 있기에 땅인 것이다. 그 끝을 가늠할 수 없고 시작도 알 수 없었다.

아심은 고사목들을 모아 불을 지폈다. 작은 나뭇가지 끝에서 빠알간 불꽃이 피어오르기 시작하자 그는 허리를 굽혀 입김을 불었다. 조금씩 연기가 하늘로 떠올라 가기 시작했다.

"두두! 잇디드(가죽 물주머니)와 알룸그라주(주전자)를 가져와."

그들이 서둘러 잠자리를 준비하는 동안 아심은 저녁식사로 밀레트를 준비하기 시작했다. 아심이 말린 고기와 양파를 꺼내는 동안 두 손에 한 아름씩 고사목을 안은 레인이 그의 옆에 다가가 섰다.

"이 정도면 되나요?"

그의 발치에 고사목을 내려놓은 레인이 두 손을 탁탁 털며 턱을 앞으로 내민 채 묻자 아심은 달라아에 감춰진 입꼬리를 올리며 고개를 끄덕였다. 그녀는 귀여웠다. 동양적인 사고를 지녀서인지 아니면 그녀만의 독특한 사고방식인지 알 수 없지만, 포용력이 있고 이해심이 깊었다. 그러면서도 여자 특유의 애교스러움도 지니고 있었다. 게다가 말로 형언할 수 없는 분위기를 지니고 있었다. 마치 자신이 아닌 남의 인생을 방관하듯 그렇게 삶에 애착이 없어 보였다. 이따금 아심은 그녀의 그런 면을 대할 때마다 화가 나서 미칠 지경이 되기도 했다. 이해심만으로는 설명이 되지 않는 덤덤함으로 그녀는 다른 이가 자신에게 어떤 행동을 해도, 자존심을 짓밟아도 상관없다는 듯 화를 내는 법이 없었다.

그런 레인에게 함부로 대하며 아심은 그녀가 자신에게만은 화를 내고 감정적인 격함을 보여주었으면 하는 때도 있었다.

그렇다고 그녀가 냉정한 성격은 아니었다. 감정을 절대 내보이지 않는 샤를르와는 다른 종류의 차가움을 레인은 지니고 있었다. 마치 사막과도 같이 사람을 무시하는 듯한…….

그는 지금껏 그 누구에게도 무시당한 적이 없었고, 조그만 동양 여자에게 무시당할 마음은 더더구나 없었다. 그는 이 여행이 끝나기 전 그녀가 자신 앞에서 눈물을 흘리도록 만들겠다고 마음먹었었다.

그녀가 감정을 폭발시키는 것을 보고 싶었다. 그냥 화를 내는 것이 아니라 상대에게 쏟아 붓는 울화를 느끼도록 해주고 싶었다.

아심은 눈을 가늘게 뜨고, 연기가 피어오르는 불 속을 고사목 가지 하나로 휘저었다.

밀레트가 끓기 시작하자 텐트를 정리한 알루씨세와 두두가 불가로 다가왔다. 옆에 앉은 레인은 기분 좋은 듯 발을 까닥까닥하며 노래를 흥얼거리고 있었다. 아심은 피식 웃었다. 낮게 깔리기 시작한 사막의 차가운 공기 속으로 레인의 조그만 목소리가 떠도는 느낌이었다. 이제 사막에 나올 때마다 이 여자의 목소리가 생각나리라.

그가 여자와 함께 사막에 나온 것은 이번이 처음이었다.

"비르하디예요."

갑자기 레인이 중얼거리며 하늘을 향해 손가락을 뻗자 모두들 그녀의 손가락 끝을 향해 시선을 들었다. 하얗게 빛나는 별들 중 그녀의 손끝에 걸린 북극성이 반짝이고 있었다.

"그렇군."

"처음 사막에 왔을 땐 밤하늘을 보고 놀랐어요. 서울에서는 볼 수 없었던 별들이 좌악……."

레인의 손이 차가운 공기를 휘저었다.

"너무 아름다워서 눈을 깜박일 수도 없었어요. 그 순간 생각했
죠. 여기다! 여기가 내가 찾아 헤매던 곳이다! 그리고 무작정 걸었
어요. 밤하늘을 보면서 쉬지 않고 걸었어요. 그런데 해가 뜨고 서
서히 더워지기 시작하니까 그제야 안내원을 뿌리치고 온 게 후회
되더라구요. 오후가 되자 더 이상 걷기 힘들다고 생각됐죠. 입술이
바짝 마르고…… . 그때 바위산이 보였어요. 사막이 끝나나 보다 생
각하고 간신히 바위산에 오르니까 천막들이 보이더군요. 그곳이
하삼의 부족이었어요. 그들은 날 보자마자 차를 권했어요. 갈증에
는 최고였죠."

아심은 그녀에게 밀레트를 떠주었다. 아무 말 없이 이미 음식을
먹고 있던 알루씨세와 두두는 밀레트에 빵을 적셔 먹기 시작했다.
레인은 빵 조각을 밀레트에 담그며 또다시 입을 열었다.

"그리고 일 년 동안 난 그들과 한가족처럼 지냈어요. 하삼의 천
막에서 그들 가족과 함께 먹고 자고 일도 했죠. 하루하루가 지날수
록 난 고향을 잊고 사막에 물들어가기 시작한 거예요."

"하루 종일 조용하다 싶더니…… ."

아심이 혀를 끌끌 차며 혼잣말을 하자 그를 가볍게 흘겨본 레인
은 빵을 입에 넣고 잠시 말을 멈추었다.

그녀가 이야기하기를 좋아하는 건 모든 이들이 알고 있었다. 작
은 일부터 큰 일까지 그녀에게는 모든 것이 이야기가 되어 나온다는
것도 익히 들어 알고 있던 터였다. 하지만 지금껏 그녀와 함께 있으
면서 이야기를 나누기보다 육체적인 대화를 시도했던 그이기에 레
인이 어떻게 사막까지 오게 되었는지에 대해서는 알지 못했었다.

한국…… .

한국을 떠난 지 삼 년이라고 했던가?

아심은 눈썹을 모으며 그녀가 했던 말들을 기억해 내려고 애썼다.

동남아와 유럽을 혼자 삼 년 동안 여행해 온 이 여자를 처음 보 았을 때 난 무슨 생각을 했었지?

레인이 그의 인생에 나타난 순간부터 많은 변화가 생긴 듯했다. 갑자기 아심은 그녀에 대한 모든 것이 알고 싶어졌다. 한국에서는 무엇을 먹고 어떻게 살았었는지, 가족관계는 어떤지, 어떠한 집에 살았는지, 애인은 있었는지…….

"왜 아무 말 없이 먹기만 해요? 재미없게."

레인이 손가락에 묻은 밀레트를 빨아먹으며 앞에 앉은 알루씨세 와 두두를 보고 말했다. 아심은 레인의 시선을 따라 고개 숙인 채 한마디 말도 없이 음식을 먹기만 하는 두 사람을 바라보았다.

그의 시선을 느꼈는지 알루씨세가 검은 눈을 들어 빙그레 웃었다.

"알루씨세라고 했던가요?"

레인이 묻자 알루씨세가 아심에게 어깨를 으쓱해 보였다. 아심 은 웃음이 나오는 것을 참으며 레인의 손목을 가볍게 쳤다.

"왜요?"

"알루씨세와 두두는 영어를 못해."

"네?"

레인은 눈을 동그랗게 떴다.

"두 사람은 영어를 못해. 알루씨세는 계급이 이무가드(종속계급, 신하)지만 영어를 배울 시간이 없었어. 두두는 이쿠렌(예속계급)이 라 영어를 배운다는 건 상상도 못할 일이고."

자신의 말을 듣고 눈이 찢어지는 레인을 바라보며 아심은 싱긋 웃었다. 그리고는 달라아를 내려 밀레트를 떠먹었다.

"그럼 지금껏 내 얘기는 당신만 알아들었단 말예요?"

"그런 셈이지."

그녀의 입에서 '하!' 하는 탄식이 흘러나왔다. 아심은 말 없이 빵을 찢어 그녀에게 건네주었다. 레인은 독수리가 먹이를 채가듯 그의 손에서 빵을 빠르게 낚아채 뜯어먹기 시작했다.

"저번에 아부를 다른 말로 부른 적이 있었죠? 그거랑 조금 전에 말한 이무가드와 이쿠렌에 대해 설명 좀 해줘요."

또다시 명령조군.

아심은 고개를 절레절레 저으며 밀레트를 떠먹었다. 언제나 사막은 그의 땅이었고, 그의 휘하였다. 사막에서 그에게 명령을 내릴 수 있는 사람은 지금껏 단 한 명도 없었다. 아부조차도 사막에서는 그에게 명령을 내릴 수 없었다.

"음……. 앤디 말에 의하면 투아레그족이 백인계라고 하던데, 두두는 왜 흑인이죠?"

끈질긴 여자…….

한 번 마음먹은 것이 있으면 끝까지 캐내야 물러서는 것이 사막의 모래 바람과도 같았다. 평소에는 잠잠하다가 마음만 먹으면 사막의 지형을 모두 바꿔놓을 수 있는…….

"엄밀히 따져 말하면, 투아레그인들에게는 부족이 없어. 사하라를 옮겨 다니며 생활해 온 우리들이기에 인접한 부족과 세력 다툼을 되풀이하다가 부족을 초월했다고나 할까. 하지만 우리들만의 계급은 있지. 그 계급의 우두머리가 아메노카르이고, 그를 정점으로 하는 몇 개의 정치적인 그룹인 앗티비르가 있지. 그리고 한 사람의 아메노카르 밑에 복수의 부족 타우시트가 있고……."

"잠깐만요. 헷갈려요. 왜 아메노카르가 두 번 나오는 거예요? 그럼 아부는 뭐죠?"

레인이 말을 자르며 한 손을 휘휘 젓자 아심은 그릇을 내려놓고 고사목 가지 하나를 쥐었다. 불꽃이 꺼진 숯에서 빨간빛이 새어나오고 있었다. 두두가 일어나 숯불 위에 차를 끓일 준비를 했다.

"그림을 그려 보이지."

그가 모래 위에 가지 끝으로 몇 개의 원을 그렸다.

"이 원들이 앗티비르야. 그리고 이 원 안에 아메노카르가 한 명씩 있지. 타우시트는 이 원 안에 이렇게 칸을 치면, 한 칸씩 각자의 집단이 형성되지? 그 집단들을 일컫는 거라구."

"오케이. 거기까지는 알겠어요."

레인이 고개를 끄덕였다.

숯불 위의 주전자에서 물이 끓기 시작했다.

"타우시트는 부계혈연 집단에 바탕을 두고 있지만, 하나의 혈연 집단은 아니야. 그 안에 이마즈겐이나 이무샤라고 불리는 귀족계급이 있고, 그 아래 이무가드라고 하는 종속계급, 다른 말로 신하가 있지. 그 아래에는 귀족계급과 종속계급의 가축을 돌보거나 농업에 종사하는 이쿠렌이라는 예속계급이 있어. 아! 알라하겐."

아심은 두두가 건네준 차를 받으며 가볍게 고개를 숙였다. 그의 인사에 기분이 좋은 듯 두두는 얼른 레인에게도 차를 따라주었다.

"알라하겐. 그래서요?"

"이마즈겐과 이무가드는 베르베르계지만, 이쿠렌은 흑인계 사람들이거든. 그래서 알루씨세는 백인이지만, 두두는 흑인인 거지.

그 밖에 명확한 계급 구분이 없는 그룹도 있어. 아르팍키라고 불리는 종교적 승려도 있고, 엔하드라는 대장장이, 악기우로 나누어지는 악사들도 있지."

"하지만 아부는 왕이잖아요? 그런데 왜 아메노카르라고 불려요?"

"아부는 흩어져 있던 앗티비르를 하나로 통합한 사람이니까 아메노카르 중에서도 최고의 위치에 있다고 할 수 있지."

두 번째 차가 그의 잔에 따라졌다.

아심은 하품을 참으며 차를 따르는 두두를 보고 먼저 잠자리에 들라는 손짓을 해 보였다. 그러자 알루씨세와 두두가 서로 다투어 자리에서 일어나 아심에게 인사를 건넨 뒤 천막 안으로 들어갔다. 아심은 그들이 천막 안 한쪽 구석에 담요를 덮고 벽 쪽으로 돌아눕는 모습을 보며 피식 웃었다. 투아레그족들은 한가족이 한 텐트를 썼다. 그렇기에 부모의 부부생활을 자녀들이 스스로 알아 배려해 주는 것이 그들에겐 몸에 밴 일이었다. 그래서 투아레그인들은 결혼하라는 말 대신 '빨리 텐트를 만들어라' 라고 말하곤 했다.

원래 사막에 나갈 때는 텐트를 치지 않는 것이 관례였다. 그냥 담요만 깔고 잠을 청하지만 이번 여행에서는 레인이 있기 때문에 특별히 텐트를 준비한 것이었다. 어차피 교역할 소금의 무게가 빠졌으니 텐트 하나를 더 싣는다 해도 괜찮을 성싶었기 때문이다.

아심은 조용히 하늘을 바라보고 있는 레인을 바라보았다.

그녀의 등 뒤에 있는 사막의 모래 위로 바람 소리가 흘렀다. 마치 음악과도 같이 잔잔하게 들려오는 바람 소리는 규칙적인 박자를 만들고 있었다.

"피곤하지도 않은가 보군."

"음…… 그렇게 말하니까 약간 피곤한 거 같기도 하네요. 그럼 나머지 이야기는 내일 해주겠어요?"

"그러도록 하지. 하지만 내일쯤이면 주라족이 사는 나이지리아 근처에 도착해서 숙소에 머물 텐데?"

"그럼 지금 이야기를 끝내줘요."

"아니, 내가 피곤해서 못하겠어. 그냥 자도록 하지."

"싫어요. 지금 들을래요. 난 궁금한 게 있으면 못 잔단 말예요."

투덜거리며 나뭇가지로 숯들을 뒤적이는 레인을 바라보며 아심은 소리 죽여 웃었다. 아랫입술이 튀어나온 꼴이 마치 어린아이 같았다.

"그렇지만 더 이상 이야기해 줄 것도 없는걸?"

"내가 알고 싶은 건, 그러니까…… 아부의 나라에는 투아레그인들만 있는 건 아니죠?"

아심은 고개를 끄덕였다. 멀리서 휘몰아치는 바람 소리가 들려왔다. 그는 살짝 눈썹을 찡그리며 멀리 사막을 바라보았다. 깜깜한 어둠 속에 낮게 깔린 별들만이 빛날 뿐이었다.

"그건 아프리카의 어느 나라나 다 마찬가지지. 당신은 아프리카에 도착한 뒤 줄곧 사하라에만 있었지?"

"정확히 바위산 틈새에요."

그녀가 오른손의 엄지와 검지로 조그만 틈새를 나타내는 모션을 취해 보였다.

아심은 다시 웃음을 터뜨렸다. 조그만 틈새라는 것을 나타내기 위해 레인이 할머니처럼 입술까지 오므리며 눈을 가늘게 떠 보였던 것이다.

"더 정확히 고산지대에 자리한 투아레그족에 있었겠지. 원래 투

아레그인들은 유목을 하며 생활하지. 하지만 그들이 귀족적이라는 사실은 모두들 인정하고 있고…….''

"하지만 아부는 아랍문화를 수용했잖아요?"

"서아프리카에 있는 나라들은 국민 중 대다수가 이슬람교를 믿고 있으니까. 아부는 원래의 투아레그 생활방식만으로는 성장할 수 없다는 사실을 인정한 거야. 소금만이 아니라 다른 생활물품과 문화, 역사를 공유하려 한 거지. 안 잘 건가? 난 슬슬 피곤해지는데."

아심은 팔을 위로 뻗으며 하품을 했다. 그리고 자리에서 일어나 여전히 나뭇가지로 숯덩이를 뒤적이는 레인을 내려다보았다. 그의 한쪽 눈썹이 올라갔다.

"안 잘 건가?"

"잘 거예요."

그녀의 목소리가 작아졌다. 그제야 아심은 그녀가 피곤하지 않아서가 아니라 자신과 함께 잠자리에 드는 것이 싫어서 그렇게도 이야기를 나누려 했다는 사실을 깨달았다.

멍청한 여자 같으니!

그는 기가 막히다는 듯 콧방귀를 뀌고 발로 모래를 밀어 남아 있는 불씨를 껐다. 그러자 레인이 고개를 들고 그를 노려보았다.

파란 달빛에 그녀의 얼굴이 창백해 보였다.

"이봐, 아가씨. 걱정하지 말라구. 난 지금 피곤해서 손가락 하나 까닥하기도 싫으니까."

아심이 그렇게 말하고 텐트 쪽으로 몸을 움직이자 어정쩡하게 자리에서 일어난 레인은 입술을 삐죽거렸다. 그리고 그의 뒤를 따라 앞부분이 트인 텐트 안으로 들어간 그녀는 아심이 손짓으로 가리키는 한쪽 구석에 놓인 잠자리 안으로 들어갔다.

평소 같으면 사방의 가죽들을 들어 올려 바람이 통과하도록 하고 잠을 청할 테지만, 멀리서 들려오는 바람 소리가 알루씨세와 두두에게도 거슬린 모양이었다. 아심은 삼면이 막힌 텐트 안의 더운 공기에 인상을 찌푸렸다. 하지만 피곤한 듯 느리게 양가죽 위에 눕는 레인을 바라보며 그는 왠지 모를 측은함을 느꼈다.

고향을 떠나 사막 한가운데서 왜 사서 고생을 하고 있는 걸까?

애당초 그녀에게 그와 앤드류를 도울 의무 같은 것은 없었다. 더군다나 이렇게 고생을 할 필요도 없었다. 아심은 낮게 한숨을 내쉬고 조그만 가방을 집어 들어 그녀 쪽으로 다가갔다. 그러자 잠든 것 같던 그녀가 눈을 번쩍 뜨고 그를 노려보았다.

"손가락 하나 까닥하기 싫다면서요?"

경계심이 가득 묻어나는 목소리였다. 아심은 한쪽 눈썹을 올리며 피식 웃었다.

"아직 안 잤나? 다리가 아플 거 같아서 약을 발라주려고……. 바지를 좀 벗어보지."

"아니, 아무 이상 없어요. 그냥 잘래요."

그녀가 깍지 낀 손을 배에 올려놓고 고집스런 표정으로 올려다보며 말하자 아심은 고개를 끄덕였다.

"근육이 낙타 심줄 같은가 보군. 아무튼 여기다 가방을 놓아둘 테니 아프면 바르라구. 쓸데없이 고집 부리지 말고."

"아프면 바를게요."

그녀의 시선이 머리맡에 놓인 가방에 고정되었다. 아심은 분명 그녀가 가방에서 약을 꺼내 바를 거라고 생각했다. 그는 텐트의 가죽 사이로 들어오는 달빛에 비친 레인의 얼굴을 바라보며 그녀와 너무 가깝지 않게 자리에 누웠다.

"당신, 모국어로 이름이 어떻게 된다고 했었지?"

"갑자기 왜요?"

"그냥 궁금해져서……."

그녀가 옆으로 누워 그를 바라보며 입술을 씰룩거렸다.

"실버레인이라는 뜻으로 은우예요. 잠깐! 따라 할 생각 말아요. 이상한 발음으로 내 이름을 부르는 건 싫으니까."

아심은 그녀가 한 손을 휘휘 저어가며 말리자 더더욱 그녀의 이름을 발음해 보고 싶어졌다. 그리 어려운 발음도 아닌 거 같은데…….

"웅느."

"제길! 그러니까 발음하지 말랬잖아요. 웅느가 뭐예요?"

그가 조그맣게 말해본 건데도 레인은 민감하게 반응했다. 그녀는 자리에서 벌떡 일어나 책상다리를 하고 앉더니 아심 쪽으로 손가락을 까닥까닥해 보이며 그에게 명령했다.

"따라 해봐요. 은우."

아심도 그녀를 따라 자리에서 일어나 책상다리를 하고 앉았다.

"우누."

"아뇨. '으'예요, 우가 아니라. 다시 해봐요. 은우."

"우누."

그녀가 '하!' 하며 고개를 들었다가 다시 그를 바라보았다. 달빛이 그녀의 얼굴을 비껴가 그녀의 하얀 목덜미가 드러났다.

그는 피식 웃었다.

"도대체 혀가 긴 건지, 짧은 건지 하나같이 '으' 발음을 못해?

'우' 가 아니라니까요. 은우예요. 아유! 몰라요. 그냥 잘래요."

그리고 쓰러지듯이 옆으로 누워버린 레인은 여전히 입술을 삐죽
거리며 텐트의 가죽을 뚫어져라 노려보았다.

아심은 손가락으로 무릎 위를 두드리며 잠시 혀를 움직여 보았다.

'으' 라고?

지금껏 여자의 이름이 무엇이든 간에 그가 부르고 싶은 대로 부
르면 그만이었다. 베이비 정도로…….

그는 머리 위로 올라오는 달을 보고 그만 잠을 자야겠다고 생각
하며 자리에 누웠다. 그리고 그녀를 향해 한마디 던졌다.

"잘 자라구. 내일도 새벽부터 움직여야 하니까, 우누."

그녀의 어깨 너머로 조그마한 욕설이 날아왔다.

"빌어먹을! 잠이나 자요."

그의 입술 끝이 저절로 올라갔다. 옆으로 누워 레인의 등을 바라
보며 웃음을 참던 아심은 또다시 멀리서 들려오는 바람 소리에 눈
살을 찌푸렸다.

아심은 그제야 하마탄(계절풍)이 불 시기라는 것을 떠올렸다.

앤디, 이번에 내가 무사히 돌아가면 단단히 각오하라구.

계절풍이 부는 시기에 사막으로 내몰아?

하지만 그는 가까이 있는 레인의 숨소리가 듣기 좋아 앤드류를
미워할 수만은 없었다.

휘몰아치는 바람 소리가 점점 가까워지고 있었다.

10

*레*인은 더 자고 싶었다. 하지만 어렴풋이 들려오는 남자들의 빠른 목소리에 간신히 눈을 떴다.

"무슨 일이에요?"

바쁘게 텐트 안에서 움직이는 알루씨세에게 물었지만, 그는 그녀의 말을 못 들었는지 시선도 주지 않았다. 레인은 인상을 찌푸리며 상체를 일으키고 심하게 펄럭이는 텐트의 끝자락을 바라보았다. 가죽 텐트에 부딪히는 바람 소리가 거세었다. 어느새 텐트의 높이를 낮추어놓았는지 안으로 모래가 들어오진 않았지만, 바람이 거세다는 것은 알 수 있었다. 몸을 일으킨 레인은 바삐 움직이는 알루씨세를 지나 무겁게 느껴지는 텐트의 가죽 한쪽을 잡아 올렸다. 순간 그녀는 크게 숨을 들이쉬며 본능적으로 눈을 감고 뒤로 한 걸음 물러섰다.

"헉! 이게 뭐야!"

끝자락만 들었을 뿐인데도 몸으로 불어닥친 모래 바람으로 맨살이 따가웠다. 레인은 손으로 몸에 달라붙은 모래를 털어내며 걱정스런 눈으로 알루씨세를 돌아보았다.

어떻게 하지? 알루씨세에게 물어봐야 하나, 말아야 하나…….

레인은 아랫입술을 지그시 깨물었다.

어디선가 두두의 목소리가 들려오는 것 같았지만 그것도 불분명했고, 인정하긴 싫지만 아심이 걱정되었다. 하지만 레인은 그들의 언어를 모르는 것으로 되어 있기에 섣불리 타마세크어로 알루씨세에게 물을 수도 없는 노릇이었다. 두꺼운 가죽이 펄럭거리는 것을 막으려 단 밑에 무언가를 부지런히 쌓는 알루씨세를 보며 망설이고 있자 그녀를 느꼈는지 그가 고개를 들고 바라보았다.

"하마탄."

하마탄이라니?

그녀는 입을 오므리고 볼을 부풀려 알 수 없는 말을 던진 알루씨세에게 불만을 표시했다. 그때 텐트 한쪽이 올라가며, 눈만 내놓고 온몸을 천으로 가린 두두가 들어왔다. 그가 입을 가리고 있던 타기르무스(터번)를 내리니 모래가 바닥으로 흘러내렸다. 레인은 눈을 동그랗게 뜨고 알루씨세와 두두가 빠른 말로 뭐라고 대화를 나누는 모습을 바라보았다.

그렇게 인상을 쓰며 그들 말에 귀를 기울이던 레인은 텐트를 치는 바람 소리 사이로 언성을 높인 두두의 말에 낮게 비명을 질렀다.

"무슨 소리예요? 아심이 사라지다니!"

그녀의 고함 소리에 놀란 두 남자가 동시에 고개를 돌려 바라보았다. 하지만 그들의 의아한 시선에 신경 쓸 겨를 없이 레인은 텐트를 들치고 모래 바람 속으로 한 걸음 내디뎠다. 놀란 두 사람이 그녀를 붙잡았지만, 그녀는 큰 소리로 아심을 부르며 텐트 밖으로 나갔다.

"아심! 아심!"

밑에서부터 올라오는 모래 바람으로 인해 그녀의 바지 밑단이 펄럭거리며 다리를 타고 모래가 밀려들었다. 레인은 입 안으로 들어온 모래를 침과 함께 내뱉고 또다시 바람 속으로 아심을 불렀다.

"아심!"

사방은 아직 어두웠다.

모래 바람으로 인해 별들조차 보이지 않아 시야는 더욱 어두웠다. 레인은 옷 속으로 파고드는 모래의 무게로 점점 발걸음이 무거워짐을 느끼고 눈을 가늘게 뜬 채 주위를 둘러보았다.

얼굴에 부딪히는 모래가 따갑게 느껴진다고 생각하며 레인은 입가에 손을 모으고 또다시 소리쳤다.

"아심!"

텐트 안에서 들은 두두의 말을 정리해 보면 낙타를 찾으러 간 아심이 돌아오지 않았다는 것이었다. 레인은 낙타들이 어슬렁거리던 풀밭을 찾는 것이 더 빠를 거라는 생각에 서둘러 몸을 낮추고 기다시피 우물 쪽으로 다가가기 시작했다. 그때 갑자기 누군가가 그녀의 팔을 잡아 일으켰다.

"아심?"

"아뇨, 알루씨세예요."

타마세크어로 말하는 소리를 들은 순간, 그녀는 자신을 내려다보는 회색 눈동자를 올려다보며 잡힌 팔을 비틀어 빼냈다. 알루씨세가 텐트로 돌아가라고 소리치자 레인은 고개를 가로저었다.

"아심을 찾아야 해요!"

그녀는 알루씨세가 알아들을 수 없으리라는 것을 알면서도 영어로 대답했다. 그러자 그가 빠른 말로 아심은 걱정 말고 텐트로 돌아가라고 소리치며 한 손으로 텐트를 가리켰다. 레인은 고집스럽게 고개를 가로저었다. 밑에서부터 올라오는 바람 때문에 그녀의 머리칼이 위로 치솟았다가 아래로 고꾸라지길 반복했다.

레인은 자신을 잡아끄는 알루씨세의 손을 뿌리쳤다. 바람 속에서 옷자락을 펄럭이며 그를 올려다보는 레인의 눈이 빛을 발했다.

"알루씨세, 돌아가서 텐트를 지켜요. 난 아심을 찾아 함께 돌아오겠어요."

입 안으로 밀려드는 모래를 뱉어내며 레인은 풀밭으로 향했다. 알루씨세도 더 이상은 그녀를 잡지 않았다. 걱정스럽게 한참을 모래 바람 속에 서 있던 그는 레인이 모래 속으로 사라지자 돌아섰다.

레인은 몸을 최대한으로 낮추고 앞으로 걸어나갔다.

아심…….

알루씨세 말대로 텐트로 돌아가는 것이 현명할지도 모른다.

설마 그 남자가 사막에서 죽지는 않겠지.

하지만 언제나 사막은 그녀를 무모함 속으로 던져 넣고는 했다. 사막은 그녀에게 고집스러움과 열정을 불러일으켰다.

옷 속으로 파고드는 모래가 무겁게 느껴지기 시작했다. 가까스로 풀밭까지 도착했지만, 레인은 손바닥에 눌리는 풀들을 내려다보다가 눈을 감았다. 그리고 가볍게 인상을 썼다. 생각해 보니, 왜 그렇게 흥분해서 모래 바람 속으로 나왔는지 스스로 이해가 되지 않았던 것이다. 그녀는 어이없는 웃음을 지었다. 눈앞에서 모래들이 하늘로 치솟으며 소용돌이쳤다. 죽음이 두렵지 않다고 생각해 온 그녀였지만, 왠지 겁이 덜컥 났다. 어깨 너머로 돌아보니, 모래 안개 속에 텐트는 보이지도 않았다. 그녀는 어깨를 으쓱하고 기어가기 시작했다.

별수없지. 찾으러 나왔으니 끝까지 찾아보는 수밖에…….

손목에 감기는 풀들이 따가웠다.

레인은 눈을 가늘게 뜨고 사방을 둘러보았다. 입 안에 가득 고인 모래 때문에 소리치기도 힘들었다. 더군다나 아무리 신경을 곤두세워도 주위에서 들리는 소리라고는 모래를 휘젓는 바람 소리뿐이었다.

자신의 경솔함에 고개를 내젓던 레인은 머리칼 사이로 들어온 모래 때문에 머리가 무거워짐을 느끼고 인상을 썼다. 그뿐이 아니었다. 옷자락 안으로 밀려든 모래의 무게로 몸이 자꾸 처지기 시작했다. 그녀는 점점 무거워지는 몸을 끌다시피 해 앞으로 기어갔다. 마음 같아서는 텐트로 돌아가고 싶었지만, 이미 엎질러진 물이었다. 돌아갈 길이 보이지 않으니 계속 앞으로 나아갈 수밖에 없었다.

나직이 투덜대던 레인은 어느새 자신이 풀밭을 벗어났음을 알아챘다. 손목을 감아드는 풀들이 사라진 대신 손가락이 묻히는 모래

밤이 느껴진 것이다.

　그러게 진작 낙타들을 꼭꼭 묶어둘 것이지…….

　바람이 점차 강해지고 있었다. 레인은 아심에게 원망의 화살을 던지며 앞으로 계속 기어갔다. 어느새 눈에 알 수 없는 눈물이 고이기 시작했다. 이 모든 것이 아심 탓 같기도 했고, 그를 찾아 나선 자신이 한심스럽기도 했다. 지난 삼 년간 아무리 힘든 일을 만나도 늘 냉정하고 초연하게 대처했던 그녀였다. 어차피 집을 떠날 때 고생은 각오했던 터라 아무리 힘들어도 남을 탓할 수 없었기 때문이다.

　"아심!"

　레인은 눈물로 인해 갈라진 목소리로 그의 이름을 불러보았다. 하지만 그녀의 외침에 답해주는 것은 휘몰아치는 바람 소리뿐이었다. 그녀는 모래 위에 엎드려 팔에 얼굴을 묻었다.

　난 안 울어! 내가 왜 울어!

　여기서 이대로 죽을 것도 아닌데 새삼 울 필요가 뭐란 말인가? 이런 고생을 했던 게 한두 번도 아니잖아!

　정은우! 약해지지 마!

　그깟 남자 사막에서 찾아보면 여기저기 널려 있다고…….

　눈에 고인 눈물이 기어코 옷자락으로 스며들었다. 온몸을 훑고 지나가는 바람 아래서 레인은 자신의 감정을 인정할 수밖에 없었다. 그 어떤 고생에도 눈물을 흘리지 않았는데 새삼 이렇게 우는 것은 자신이 한심스러워서가 아니라 아심이 걱정되어서라는 것을…….

　두 번 다시 아심을 보지 못하게 될까 봐 걱정되고 겁이 난 레인은 처음으로 자신 외에 다른 이를 생각하며 눈물을 흘렸다. 그렇게 얼굴을 팔에 묻은 채 엎드려 있던 레인은 갑자기 누군가가 어깨를 잡아 일으키자 눈을 번쩍 떴다.

"멍청한 여자 같으니!"

놀란 눈으로 올려다보는 그녀에게 아심이 화난 얼굴로 소리쳤다.

"대체 왜 텐트에서 나온 거야? 그리고 그렇게 바닥에 엎드려 있으면 모래에 파묻혀 죽는다는 것도 모르나?"

레인은 아심의 까만 눈동자를 보고 어이가 없어 콧방귀를 뀌었다.

그녀가 아무 말 없이 올려다보기만 하자 아심은 답답하다는 듯 두 손으로 잡은 그녀의 어깨를 앞뒤로 흔들며 또다시 소리쳤다.

"제발 정신 좀 차리라구! 앞으로 살날이 얼마나 많은데 이렇게 허무하게 죽으려고 안달이지?"

레인은 그를 노려보았다.

이 남자가 대체 무슨 소리를 하는 거야?

죽기는 누가 죽는다고!

레인은 기가 막혀서 입도 뻥긋 못한 채 그가 흔드는 대로 흔들리며 그를 노려보기만 했다. 그러다 아심이 갑자기 허리를 잡아 들어 올려 어깨에 둘러메자 그녀는 잠시 눈을 감았다.

그의 한 손이 어깨에서 미끄러지려는 그녀의 몸을 지탱하기 위해 허벅지를 잡고 있었다. 레인은 그의 등에 거꾸로 매달려 얼굴을 파묻은 채 이를 악물었다. 한 걸음씩 움직일 때마다 그의 손가락 끝이 그녀의 허벅지 안쪽을 살짝살짝 건드렸다. 레인은 본능적으로 다리를 오므리며 그의 어깨에서 내리려 했다.

"가만히 있어!"

그렇게 소리치는 아심의 손가락에 더욱 힘이 들어갔다.

레인은 억울한 심정으로 그의 어깨에 매달린 채 눈을 감았다.

하지만 그녀는 그가 아무 탈 없이 자신을 찾아낸 것이 기뻤다. 배를 누르는 그의 단단한 어깨와 가슴에 닿아 있는 근육질 등, 그리고 허벅지에 놓인 손의 느낌이 그녀는 좋았다.

레인은 그가 눈물자국을 보지 않았기를 바랐다. 쓸데없이 눈물을 흘린 것 같아 후회되기도 했고, 그가 자기 때문에 운 것을 눈치채길 원치 않았기 때문이다.

"좀 무거워졌군."

그가 자신을 내려놓으며 퉁명스럽게 말하자 레인은 입술을 삐죽거렸다.

"당연하죠. 내 옷 속으로 들어온 모래만 해도 한 톤은 될 테니까."

아심은 고개를 절레절레 저었다.

그때 바람이 그의 옷자락을 펄럭였고, 그들 옆에 앉아 있던 낙타들이 '푸푸' 하는 소리를 냈다.

"빌어먹을 낙타! 종종걸음으로 어떻게 이 먼 데까지 왔담?"

괜스레 낙타에게 원망의 말을 내뱉고 레인은 이제 어떻게 할 거냐는 얼굴로 아심을 올려다보았다. 느낌인지 실제로 그런 건지 그를 찾고 나서부터는 왠지 바람이 약해진 듯했다.

하지만 아직 앞을 제대로 분간하기도 힘들었다.

"이제 어떻게 하죠?"

결국 입 밖으로 말이 튀어나왔다.

"나도 궁리 중이야. 당신 혼자 텐트로 돌아갈 순 없을 테고…….
여기서 바람이 멎을 때까지 당신이 투덜대는 소릴 듣자니 괴롭
고."

"내가 언제 투덜댔다고 그래요?"

그녀는 얼굴로 몰아치는 모래 바람 때문에 인상을 쓰며 손으로
눈앞을 휘저었다.

"별수없겠군. 이리 와."

레인은 그가 잡아끄는 대로 끌려가 두 마리의 낙타 사이에 주저
앉았다. 사막으로 나와 하루 종일 걸은 첫날인데다 잠도 제대로 못
자고 모래 바람을 뒤집어써서 몸이 무거웠다. 낙타 사이의 안전한
틈새에 앉자 그녀의 입에서 저절로 한숨이 새어나왔다.

"이봐, 좀 더 앞으로 가라구."

그녀는 인상을 쓰며 다리를 오므려 조금 앞으로 움직였다. 그러
자 아심이 등 뒤에 앉아 자신의 다리 사이로 그녀를 끌어당겼다.

"뭐 하는 거예요?"

어깨를 움츠리며 엉덩이를 앞으로 끌어 그의 다리 사이에서 빠
져나가려 바둥거리면서 그녀가 소리쳤다.

"가만히 좀 있으라구."

아심은 도망가려는 레인의 허리에 다리를 감아 더욱 가까이 끌
어당기며 얼굴을 가리고 있던 타기르무스를 풀기 시작했다.

"이거 놔요! 대체 왜 이러는 거예요?"

고개를 돌려 얼굴로 쏟아지는 머리칼을 옆으로 넘기며 그녀가
소리치자 아심은 싱긋 웃으며 그녀의 머리에 타기르무스를 감기

시작했다. 그 순간 그녀의 입이 다물어졌다. 거친 그의 손놀림으로 고개가 이리저리 흔들리며 그녀는 말 없이 그를 노려보았다.

그렇게 자신을 노려보는 레인의 얼굴을 천으로 덮은 아심은 만족스럽다는 듯 고개를 끄덕이며 중얼거렸다.

"됐군."

"뭐가 됐다는……. 앗!"

또다시 레인은 소리를 지르며 뒤로 끌려갔다. 갑작스런 움직임에 천이 얼굴 위로 내려와 시야가 완전히 가려지자 그녀는 두 손으로 천 끝을 찾으려 바동거렸다.

"가만히 좀 있으라니까."

"앞이 안 보인단 말예요! 그리고 왜 자꾸 끌어당기는 거예요?"

"좀 편하게 앉아 있으려고. 이봐, 피부를 생각해야지. 모래 바람에 드러난 피부는 손상되기 쉽다구."

그러면서 다리 사이로 그녀를 바짝 끌어당긴 뒤 다리를 접어 세운 아심은 그녀의 아랫배 근처에서 손가락을 깍지 끼었다. 레인은 그가 자신의 어깨에 얼굴을 묻는 것을 느끼고 몸을 뒤척였다.

"그것참! 가만히 좀 있으라니까. 당신, 섹스할 때도 이렇게 가만히 있지 못하나?"

그렇지 않아도 아랫배에 놓인 그의 손이 걱정되던 레인은 귓가에서 묘한 울림으로 들리는 그 단어에 민감하게 반응을 보였다.

"머리를 못 감아서 머리 냄새 날까 봐 신경 쓰인 것뿐이에요. 별다른 뜻은 없다구요."

"별걸 다 신경 쓰는군."

"별게 아니에요. 혹시 김치라는 음식 알아요?"

"모르는데?"

레인의 입에서 가볍게 한숨이 흘러나왔다.

"한국 음식인데, 서양인 중 냄새가 고약하다고 하는 사람이 있어요. 서양인의 체취가 강해서 싫다고 하는 한국 사람이 있는 것처럼."

"체취가 강하다고?"

그가 한 손을 빼내 손목에 코를 대고 킁킁거리기 시작했다. 레인은 어깨 뒤의 그의 움직임에 슬며시 미소를 지었다.

"난 잘 모르겠는데……. 당신도 그렇게 느끼나? 내 체취가 강해?"

그가 다시 손을 아랫배로 가져가며 속삭이듯 묻자 레인은 어깨를 으쓱해 보였다.

"글쎄요……. 한동안 당신네들 사이에서 지냈더니……."

레인은 등 뒤로 그가 상체를 더욱 붙이며 얼굴을 가린 타기르무스를 치우고 손목을 갖다 대자 입을 다물었다.

"당신에게 내 체취가 강한가?"

"뭐예요? 그래 봤자 노린내밖에 더 나겠어요?"

"노린내는 뭐지?"

"한국인들이 서양인들한테서 나는 냄새를 표현하는 말이에요. 뭐랄까…… 고기 냄새와 비슷하면서……."

"바비큐 냄새?"

그의 중얼거림에 레인은 웃음을 터뜨렸다.

하지만 레인은 하루 사이에 부쩍 늘어난 그의 관심이 왠지 부담스러웠다. 그답지 않게 부드러운 어조로 묻는 것도 이상했다.

"그거랑은 좀 달라요. 그냥 한국인들에게서는 맡아볼 수 없는 독특한 냄새라고만 알아두세요."

"그래서 내 체취가 싫은가?"

"내가 싫다고 해서 뭐가 달라지나요? 어차피 타고난 건데…….게다가 당신은 향수를 사용하잖아요."

새삼 코앞에 그의 손목이 들이대지자 레인은 킁킁거리며 냄새를 맡아보았다. 하지만 향수 근처에도 가보지 않았던 레인에게는 그가 쓰는 향수가 어떤 종류의 것인지 알 수 없었다. 단지 그의 손목에 코를 붙이다시피 하며 체취를 맡아본 결과 그의 이미지와 잘 어울리는 냄새라고 생각할 뿐이었다.

"괜찮은데요?"

"나도 괜찮은 거 같군."

"뭐가요?"

"당신 체취."

그렇게 속삭이며 더욱 깊이 어깨에 얼굴을 묻는 아심을 등 뒤로 느끼고 레인은 가슴이 두근거리는 것을 진정시키려 노력했다.

"한동안 김치를 먹지 않았으니까……. 그리고 된장이라는 한국 음식이 있는데, 냄새가 얼마나 고약한지 알아요?"

"당신 체취와 섞이면 그다지 고약하지도 않을 거 같군."

"이봐요! 당신 좀 이상하군요."

"뭐가?"

"왜 갑자기 나한테 관심을 갖는 거죠?"

레인이 투덜대며 입 안으로 들어오는 모래를 막으려고 타기르무스를 코까지 내림과 동시에 그의 나직한 웃음소리가 들려왔다.

"한동안 섹스를 못했으니까."

"그럼 지금 섹스를 하고 싶다는 얘기예요?"

"설마……. 난 섹스 상대에게 최고의 만족을 주고 싶어하는 남자 중 하나라구. 모래 바람 부는 사하라에서 섹스를 해 여자의 몸 안에 내 몸 외에 모래가 들어가는 건 원치 않아. 당신하고 처음 섹스할 때는 적어도 침대에서 할 테니 걱정 말라구."

"처음이요?"

"물론 이 여행이 끝나기 전에. 그리고 이 여행이 끝나면 당신은 한동안 내 침대에서 나올 생각 안 하는 게 좋을 거야."

이게 뭐야! 아라비아 족장에게 납치된 것도 아니고!

"내가 싫다면요?"

"음……. 싫다고 할 건가?"

레인은 입 밖으로 낸 말을 후회했다. 그에게 감겨 있다시피 한 상태에서 내뱉을 말이 아니었다. 그녀의 말에 반응하듯 그의 손이 어느새 가슴과 다리 사이로 파고들었기 때문이다. 그녀는 눈을 감았다. 거친 면직물 위로 강하게 가슴을 움켜쥐는 그의 손을 느낀 순간 그녀는 숨이 가빠지는 것을 느꼈다.

"싫다고 할 건가?"

확인하듯 다시 속삭이며 그가 다리 사이로 파고든 손으로 지그시 압박을 가하자 그녀는 저도 모르게 고개를 가로저었다.

"당신에게 최고의 기쁨을 안겨주지."

레인은 아무말 없이 한숨만 내쉬었다.

물론 최고의 기쁨을 주겠지. 하지만 그 뒤에 이어질 슬픔은…….

모래 바람이 그들 주위로 휘몰아치고 있었다.

"자야겠어요."

레인이 포기한 듯 중얼거리자 아심은 고개를 끄덕였다.

"이봐요, 자야겠다고요."

"자라구."

"이 손을 좀 치워주세요."

그가 나직이 웃음을 터뜨렸다.

"내가 당신을 애무하면 잠이 안 오나?"

"이건 애무가 아니라 고문이에요."

"말조심해. 지금 당장 당신을 품을 수도 있어."

"모래 바람이 부는데도?"

"그러니까 말조심해야지. 유혹하는 말은 삼가라구."

누가 유혹을 했다고? 멋대로 생각하기는…….

레인은 편하게 그의 가슴에 등을 기대며 한숨을 쉬었다. 그러자 그가 그녀의 가슴에서 손을 떼고 그녀가 좀 더 편하게 기댈 수 있도록 상체를 낙타의 몸에 묻었다.

"안 불편해요?"

"지금 내 몸에서 불편한 부분은 딱 한 군데뿐이야."

물론 그녀에게도 그 부분이 불편했다.

"나머지 손도 좀 치워주겠어요?"

"불편한가?"

"아주 불편해요. 이 모래 바람은 얼마나 지나야 사라지죠?"

그가 자연스럽게 양손을 그녀의 배에 얹으며 고개를 숙였다. 레인은 얼굴에 부딪히는 모래 바람이 따가울 거라고 생각하며, 그가 자신의 어깨에 얼굴을 묻는 것을 아무 말 없이 내버려 두었다.

"모르지."

"낙타들을 끌고 텐트로 돌아가면 안 될까요?"

"낙타들이 안 움직여."

레인은 다시 낙타를 원망했다.

"자라구. 피곤할 텐데."

"고맙군요."

"별말씀을."

그녀는 눈을 감고 잠을 청했다. 하지만 귓가에 드리워진 천을 두드리는 모래가 느껴지자 아심이 걱정되었다. 그녀를 감싸듯 팔을 감은 아심은 아무렇지 않은 듯 얼굴을 그녀의 어깨에 묻은 채 고른 숨을 내쉬고 있었지만, 얼굴과 목에 부딪히는 모래가 따가울 거라는 생각이 들었다. 레인은 터져 나오려는 하품을 참으려 코를 벌름거렸다.

잠시 후, 그의 가슴에 편안히 기댄 채 그녀는 잠이 들었다.

끝없이 펼쳐진 사막 한가운데, 낙타 두 마리 사이에서 레인을 감싼 채 아심이 잠을 청하는 동안 어느새 떠오른 태양이 모래 바람 사이로 뿌옇게 모습을 드러내기 시작했다.

11

레인은 모래로 인해 무거워진 다리를 가까스로 움직이며 아심의 뒤를 따랐다. 태양이 머리 위로 올라오고서야 휘몰아치던 모래 바람이 조금 사그라들어 움직일 수 있게 되자 아심과 일행은 간단하게 요기를 하고 짐을 챙겨 모래 위로 이동을 시작했던 것이었다.

알루씨세와 두두는 낙타를 인솔하고 있었고 아심은 앞장서서 모래 위의 지형을 살펴가며 길을 만들고 있었다. 그 뒤로 레인이 바짝 붙어 힘겹게 걸어갔다. 그녀는 한 번도 이러한 모래 폭풍을 만나본 적이 없었다. 사막의 조용한 모습만을 보아왔던 레인은 하마탄을 만난 지금에서야 왜 사하라를 여자에 비유하는지 알 수 있을 것 같았다. 모래의 부드러운 능선만으로도 여성의 몸매를 연상시

킨다고 하는 사하라는 변덕스러울 정도로 낮과 밤이 다르며 이따금 이토록 매몰차게 성깔을 부리는 것이었다.

레인은 새벽에 아심이 감아준 타기르무스의 끝을 잡아 올려 콧속으로 밀려드는 모래를 막았다. 조금 잠잠해졌다고는 해도 여전히 허공을 맴도는 모래로 인해 그녀는 눈과 코가 따가웠다.

그리고 힘이 들었다. 다리에 감각이 없어질 정도로 레인은 피곤했다. 그렇지만 함께 여행을 하는 이들에게 피해를 주고 싶지 않은 그녀는 오기로 묵묵히 아심의 뒤를 따라 걸었다.

그녀는 아무 말 없이 앞장서 걸어가는 아심의 뒷모습을 바라보았다. 모래 바람을 막기 위해 상체를 있는 대로 구부리고 걷는 레인과는 달리 아심은 어깨를 펴고 당당하게 걸어가고 있었다.

순간 그녀는 아심이 지닌 남성적 매력을 느낄 수 있었다. 그는 사막의 성깔을 그대로 받아들이는 남자였다. 허리를 굽히거나 막지 않고 사하라가 뿜어내는 모래를 온몸으로 받아들이는 남자였다. 레인은 그의 곧은 뒷모습을 보며 그가 이 모래로 덮인 땅에 얼마나 큰 애정을 지니고 있는지를 깨달았다.

사막과 어울리는 남자…

그런 생각을 하며 아심의 뒤를 쫓던 레인은 갑자기 신음 소리와 함께 모래 위로 쓰러졌다.

"레인 양! 아심!"

그녀의 뒤를 따라오던 알루씨세가 레인의 몸이 모래 속으로 잠기자 비명과도 같은 소리를 지르며 달려왔다. 그렇지만 레인의 상체를 일으켜 준 사람은 아심이었다.

"레인!"

"미안해요. 다리에 쥐가 났어요."

레인은 심한 경련으로 부들부들 떨리는 다리를 감싸 아심에게 보이지 않으려 했다. 그렇지만 아심은 그녀의 손을 밀치고 오그라드는 레인의 다리를 있는 힘껏 잡아당겼다. 레인은 그가 큰 손으로 두 다리를 꾹꾹 눌러 펴자 아랫입술을 깨물며 신음을 삼켰다.

"바보같이! 다리가 아프면 진작 말할 것이지!"

"조금 전까지는 괜찮았어요."

레인은 거짓말을 했다. 아심의 화난 얼굴 앞에서 그녀는 훨씬 오래전부터 아팠다고 말을 할 수 없었다. 아심은 그녀의 종아리와 발가락을 주물러 주며 흘끗 시선을 들어 레인의 눈을 보았다.

"내게 거짓말은 하지 마."

그렇게 단호하게 말한 아심은 레인이 뭐라고 대꾸를 하기 전에 그녀의 겨드랑이 사이로 양손을 넣어 가볍게 그녀를 일으켜 세웠다. 그리고 모래와 함께 이리저리 펄럭이는 레인의 옷자락을 잡아 뒤로 넘겨주더니 그녀에게 등을 대고 무릎을 굽혔다.

"업혀."

"네?"

레인은 자신의 귀를 의심했다. 모래 열풍으로 인해 환청을 들은 것이라 생각한 그녀는 따끔거리는 눈을 크게 뜨며 아심의 넓은 등을 바라보았다. 뿌연 모래가 그의 등을 한차례 훑고 지나자 그의 등을 감싼 천이 곧게 펴져 마치 그녀에게 기대라고 하는 듯하였다.

"업히라구. 안고 가기에는 나도 힘이 들어."

아심은 고개를 돌리지도 않고 큰 소리로 말했다. 넓게 퍼지는 그의 목소리로 봐서 아심은 타기르무스를 턱까지 내린 모양이었다.

레인은 잠시 망설였다. 그러자 아심의 어깨가 크게 올라갔다 내려오더니 뻣뻣하게 서 있는 레인의 다리를 등 뒤로 잡아당겼다.

레인은 그에게 쓰러졌다.

그리고 아심은 그의 등으로 그녀를 받아 그대로 다리를 세우고 일어났다. 레인은 아심의 어깨를 잡으며 쥐가 난 다리에 힘을 주었다.

"아심, 차라리 낙타를 탈게요!"

레인은 그가 안정적으로 그녀를 업기 위해 그녀의 양무릎 뒤로 두 팔을 끼우자 그의 귀에 대고 소리쳤다. 그렇지만 아심은 그녀를 업은 채 걸음을 옮기기 시작했다.

"저녁까지는 우물에 도착해야 해. 그리고 낙타는 지금의 짐만으로도 충분히 움직이기 힘들어."

당신은요?

레인은 입 밖으로 나오려던 그 말을 삼켰다. 그가 아무리 건강한 남자라 하더라도 모래 열풍 속을 여자를 업은 채 걸을 수는 없다는 것을 레인도 알고 있었다. 모래는 사방에서 휘몰아쳤다. 앞을 분간하기 어려운 건 둘째 치더라도 몸속으로 스며들어 오는 모래로 인해 스스로 걷더라도 체중의 두 배 이상으로 무게가 나가기 때문이었다. 레인은 아심이 고집을 꺾지 않고 묵묵히 걸음을 옮기자 포기한 듯이 한숨을 쉬고 그의 어깨를 잡은 두 손을 앞으로 뻗었다. 그리고 턱까지 내려온 그의 타기르무스를 잡아 눈 밑에까지 올려주었다.

그러자 그가 뭐라고 중얼거리는 소리가 들렸다. 레인은 그가 고맙다고 한 것을 알고 빙그레 웃으며 그의 등에 한쪽 얼굴을 기댔다. 그녀는 아심의 규칙적인 걸음으로 조금씩 흔들리며 모래 바람으로 지형이 변하는 사막을 보았다.

사막은 형태가 없어졌다.

마치 사막의 모든 것을 모래가 삼켜 버린 듯 태양조차 비집고 들어오지 못했다. 레인은 뿌옇게 보이는 태양과 모래언덕을 바라보다가 눈을 감았다. 그렇게 레인을 업은 아심의 뒤로 알루씨세와 두두가 낙타를 끌고 힘겹게 따라오고 있었다. 그들을 둘러싼 사방은 온통 모래로 감싸여 있었다. 희뿌연 모래 안개 속으로 네 사람이 걸어가는 동안 모래 능선은 계속해서 변했다. 완만한 곡선을 이루고 있던 능선이 마치 파도치는 것과도 같이 계속해서 바뀌었다.

레인은 아심의 등에 얼굴을 박은 채 그의 단단한 팔과 등을 느꼈다. 그녀의 다리를 받친 아심의 팔은 조금의 풀림도 없이 레인의 체중을 지탱했고, 그녀가 쉴 수 있도록 꼿꼿이 세웠던 허리는 앞으로 약간 기울어졌다. 아심의 등은 모래 열풍에 휘둘리지 않는 남자의 등이었고 레인이 기댈 수 있는 유일한 오아시스였다. 그리고 그녀가 사막에서 갈증을 느끼지 않을 수 있는 단 한곳이기도 했다.

그렇게 레인은 모래가 휘몰아치는 사하라에서 그동안 느껴왔던 모든 갈증을 잊을 수 있었다.

"아심!"

레인은 마을로 들어서는 아심을 뒤따르며 그를 불렀다. 그러자 낙타에서 짐을 내린 알루씨세와 함께 돌아본 아심이 왜 그러냐는 듯 턱을 위로 치켜올렸다.

"여기가 어디예요? 여기도 사하라예요?"

그는 이틀 동안 모래 폭풍 속을 걸으며 그녀를 보호해 왔다. 힘들어하는 레인을 다독거리며 격려를 해주고 밤마다 그녀의 몸을 끌어안고 모래 바람으로부터 지켜주며 그녀가 쉴 수 있게 해준 아심이었다. 그런 그가 갑자기 마을에 들어선 순간 그녀에게 무뚝뚝하게 대하기 시작한 것이다. 마을은 하마탄의 영향을 받았는지 여기저기 모래 무덤이 쌓여 있었다.

"우린 사하라 동쪽 끝에서 출발해 남쪽으로 온 거야. 두두, 가서 소레만에게 내가 왔다고 전해!"

그가 건성으로 대답하고 두두에게 타마세크어로 명령을 내리자 레인은 입술을 삐죽거렸다. 모래가 섞인 땅을 발끝으로 파며 그녀는 두두가 집들 사이로 사라지는 것을 지켜보았다. 그녀의 발끝에서 퍼진 모래는 아직 사그라지지 않은 열풍으로 인해 공중에서 회오리를 일으키며 그녀 주위를 맴돌았다. 한쪽에서는 알루씨세가 낙타들을 끌고 풀숲으로 움직이고 있었다. 레인은 짚으로 지붕을 얹은 흙벽 집들 사방에 널린 천들을 본 순간 땅 파던 것을 멈추고 그쪽으로 가보려고 발을 들었다. 그 순간 그녀의 팔을 잡은 아심이 무뚝뚝한 말투로 물었다.

"어딜 가지?"

"저것 좀 보려고요. 왜요?"

"같이 가."

레인은 그가 팔을 잡고 걸어가자 끌려가다시피 뒤쫓아갔다. 그녀는 딱딱하게 굳어 있는 그의 어깨를 바라보며 콧잔등에 주름을 지었다.

"됐어요. 나중에 나 혼자 볼게요."

레인은 아심에게 잡힌 팔을 빼내려 뒤로 한 걸음 물러섰다. 그러자 그가 한쪽 눈썹을 치켜올리며 그녀를 잡은 손가락에 힘을 주었다.

"나중에 볼 시간이 없을걸? 그리고 나만큼 당신에게 친절히 설명해 줄 사람이 있을 거 같아?"

"쌔고 쌨다니까."

그녀는 한국어로 중얼거렸다. 그 순간 또다시 한쪽 눈썹을 치켜올리는 아심을 보고 레인은 포기했다는 듯 한 손을 들어 까닥까닥해 보이며 가보자는 시늉을 했다. 그런 그녀에게 피식 웃어 보인 아심은 그녀의 팔을 놓고 대신 그녀의 손을 깍지 끼었다.

"안 더워요?"

"별로."

"난 더워요."

그에게 끌려가면서 레인은 계속 투덜거렸다. 레인은 며칠새에 익숙해진 발목을 감싸고 맴도는 모래 바람을 발로 차며 그에게 잡힌 손을 비틀었다. 그렇게 아심에게 끌려가던 그녀는 집 앞에 널어놓은 천들을 보고 낮게 탄성을 터뜨렸다.

"와! 이게 뭐예요? 카펫?"

"카펫용으로 쓰이기도 하지만, 주로 옷을 만드는 데 쓰이지. 세누포족은 염색으로 유명해."

"정말 예쁘다."

그녀는 감히 천에 손을 대지 못하고 한숨만 지었다. 그런 그녀의 처진 어깨를 한 손으로 감싸며 아심이 속삭이듯 중얼거렸다.

"나중에 당신에게 어울리는 천으로 휘감아주지. 천만으로."

"꿈 깨세요."

레인은 자신의 튀어나온 입술을 주시하며 싱긋 웃는 아심이 얄미워 한 대 때리고 싶었다.

"염료는 뭐로 써요?"

레인은 마르기 시작한 천에 코를 대고 킁킁거리며 냄새를 맡아보고, 과일 냄새와 비슷하다고 느꼈다.

"주로 소르검…… 그러니까 수수의 잎과 줄기 부분을 짓찧어 물에 탄 것을 쓰지."

"음, 이건 새를 그린 거예요?"

"뿔새라고 하는데, 부부애가 강하고 고고한 생활태도를 지녔다고 해서 세누포족의 우상으로 떠받들리지. 죽은 이의 혼을 저승으로 인도하는 새로 묘사되기도 하고."

"문양이 특이하네요. 예뻐요."

레인은 세누포족의 문양이 마음에 들었다. 수수하면서도 아프리카 특유의 냄새가 났다. 그때 그녀의 눈에 흙벽 집들 사이로 사라지는 그림자가 보였다. 뿌연 모래안개는 그림자의 형태를 흩어놓았다. 그렇지만 기다란 사람 그림자가 오후의 햇살에 벽 위로 길게 늘어졌다 사라지는 꼬리를 본 순간 레인은 문득 아지움을 떠올렸다.

그때 왜 아지움은 샤를르를 해치려 했을까?

"무슨 생각을 하길래 이마에 주름을 잡지?"

갑자기 아심이 그녀의 이마에 접힌 주름을 손가락으로 누르며 물었다. 그제야 생각을 멈춘 레인은 고개를 세게 가로저었다.

"무슨 상관이에요?"

"상관이 있지. 내 여자가 인상 쓰는 건 마음에 안 들어."

"이보세요! 내가 왜……."

그때까지 어깨에 놓여 있던 그의 손을 뿌리치며 격하게 반발하던 레인은 자신들을 향해 걸어오는 두두와 나이 든 남자를 본 순간 입을 다물었다. 그 남자는 이상한 장신구와 화려한 나염으로 장식된 천으로 만든 옷을 입은 채 걸으며 한 손을 허공에 휘휘 내젓고 있었다.

"아심! 오랜만일세!"

"소레만! 아직도 그 걸음걸이는 여전하군."

"악령을 떨쳐 버리는 거야."

그렇게 말하며 양손을 박수치듯 부딪친 소레만은 빙그레 웃으며 레인에게로 시선을 돌렸다.

"이 아가씨로군, 앤디의 새로운 약혼녀가."

레인은 그의 늘어진 귓불과 콧구멍을 바라보았다. 분명 장신구의 무게로 늘어진 거라 생각한 그녀는 눈을 깜박이며 웃음을 참았다.

그렇게 눈을 빛내며 웃음을 참고 있는 레인을 머리부터 발끝까지 꼼꼼히 살펴보던 소레만이 투덜대는 말투로 입을 열었다.

"동양인이군."

"한국인일세. 동양이 맞긴 하지만, 굳이 한국인이라 불러달라고 하더군."

"음, 앤드류가 동양인을 약혼녀로 맞았을 때는 분명 그만한 이유가 있었겠지."

소레만이 손끝으로 팔뚝을 톡톡 치며 그렇게 말하자 아심은 눈살을 찌푸렸다.

"소레만, 계속 이렇게 대접할 텐가?"

"이런! 자, 어서 집으로 가지. 두두, 우사시움에게 숙소를 마련해 달라고 하게."

그렇게 두두에게 명령을 내리고 몸을 돌려 한 팔을 허공으로 휘 젓는 소레만의 등에 대고 아심이 나직이 말했다.

"소레만, 이 여자와 난 한 집에 머물 거네."

"자네가 앤디의 약혼녀와?"

"앤디가 함께 왔어야 하는데, 내가 대신 그녀의 보호를 맡았거 든. 난 이 여행이 끝날 때까지 그녀 곁에서 잠시도 떨어질 수 없 어."

"자네에게 여자를 보호하라니! 앤디가 아직 저 여자에게서 맛을 못 느꼈나 보군."

"장담하건대, 앤디가 그녀 맛을 몰라서 내게 부탁한 건 아닐세."

그들의 뻔뻔스런 대화를 못 알아듣는 척 얌전히 뒤따라가던 레 인은 기가 막히다는 듯 코웃음을 쳤다. 그런 그녀의 한 손을 잡아 끌며 아심이 재미있다는 얼굴로 한쪽 눈썹을 올려 보였다.

레인은 아심의 반짝이는 눈을 마주 보며 이 여행이 끝나면 바로 한국으로 돌아가리라 결심했다. 하지만 바로 다음 순간 머릿속이 멍해지는 느낌을 받았다. 어느새 자신도 모르게 이 여행을 마지막 으로 집으로, 한국으로 돌아갈 생각을 하고 있었던 것이다.

마지막 여행! 한국으로 돌아가면 뭘 하지?

부모님이 이사 가지는 않았을까? 그대로 계실까?

그녀는 갑자기 모든 것이 두려워졌다. 집으로 돌아갈 생각에 두려워졌고, 지난 삼 년간 한 번도 부모님에게 연락을 하지 않은 것이 후회되었다.

내가 너무 이기적이었어.

돌아갈 곳의 사람들이 그 자리에 없을 수도 있다는 생각을 한 번도 해보지 못했던 레인은 부모님 건강이 걱정스러웠다.

처음으로 죽음이 무섭게 느껴졌다.

레인은 그제야 소중한 사람의 의미를 알게 되었던 것이다.

"세누포족은 아닐세. 얼마 전에도 말했지만, 우리 부족은 앤디가 국왕이 되는 것에 반대야. 하지만 여자를 해쳐 가면서까지 그가 국왕이 되는 걸 막을 생각은 없네."

아심은 묵묵히 소레만의 말을 들으며 찻잔을 내려놓았다.

낮은 천장의 백열등이 그림자를 드리워 아심의 얼굴이 어두워 보였다. 터번을 쓰지 않은 머리칼이 그가 고개를 숙이자 미끄러지듯 얼굴 주위로 쏟아져 내렸다.

"소레만, 나도 자네 부족이 그런 협박장을 보냈으리라고는 생각지 않네. 하지만 그 협박장을 보낸 게 어느 부족인지 알면서 그들을 말리지 않는 것 역시 그 일에 동조하는 것과 마찬가지 아닌가?"

"아심, 우린 동조하는 게 아니라 그저 상관치 않을 뿐이네."

아심은 눈살을 찌푸리며 한 손을 들어 앞머리를 쓸어 올렸다. 어깨까지 오는 장발이 오랜만에 자유를 맞아서인지 제멋대로 얼굴을 가리자 그렇지 않아도 짜증이 나기 시작한 신경을 더욱 건드렸다.

"아심, 왜 자네는 국왕이 되지 않으려는 거지? 내 보기엔, 그 여자는 앤디가 아니라 자네 약혼녀 같더군."

소레만이 갑자기 던진 질문에 아심은 머리칼을 넘기던 손을 멈추고 눈을 가늘게 떴다. 그의 가늘어진 눈 사이로 검은 눈동자가 백열등을 받아 더욱 검게 반짝였다.

"무슨 말이지?"

"그 동양 여자의 임자는 앤디가 아니라는 말일세. 버리는 것에 자유로운 여자야. 그만큼 집착도 없지."

"그건 신기에서 나온 말인가?"

"그 여자 얼굴에 그렇게 쓰여 있더군. 거기에 비해 앤디는 집착이 강한 성격이지. 한 번 마음에 든 것이 있으면 그것을 평생 동안 쫓으려 하고……. 자네 역시 집착이 강하긴 하지만, 그래도 포기해야 할 땐 과감히 포기할 줄도 알지."

"내가 포기할 줄 안다고?"

아심이 눈썹을 모았다.

그의 사전에 포기라는 것은 없었다. 지금까지 마음에 든 것이 있으면 무슨 일이 있어도 손에 넣었지, 한 번도 중도에 포기해본 적이 없는 아심이었다.

"천만에, 소레만. 날 알면서 그런 말을 하는군. 난 포기를 몰라."

"두고 보면 알 걸세. 진짜 소중한 건 깨지기 전에 손에서 놔야 한다는 걸 자네는 알고 있어. 단지 고집 때문에 인정하기 힘들 뿐이지."

"듣기 좋은 말은 아니군. 그리고 그녀가 버리는 데 자유로운 여자라고?"

그가 기분 나쁘다는 듯 그렇게 말하자 털털거리며 돌아가는 선풍기 소리에 맞춰 소레만이 낮게 웃으며 그의 찻잔에 차를 더 따라

주었다. 그러다가 아심이 괜히 선풍기를 원망스런 눈길로 쳐다보며 투덜거리자 소레만은 큰 소리로 웃음을 터뜨렸다.

"저놈의 선풍기 좀 없애라구. 시끄럽지 않나? 요즘에는 에어컨도 흔한데……."

"자네 말야, 아이가 다 되었군."

아이라고?

아심은 소레만을 노려보았다. 하지만 그는 신기로 유명한 소레만의 눈을 똑바로 쳐다볼 수가 없었다. 소레만의 눈동자는 특이한 호박색이었다. 영혼이 빠져나간 듯한 그의 눈은 이따금씩 신들릴 때는 붉은색으로 변한다는 소문도 돌았다. 그렇게 투명한 소레만의 눈동자는 검은 피부와 대조되어 보는 사람으로 하여금 알 수 없는 위압감을 느끼게 하곤 했다.

"별말을 다 하는군."

여전히 투덜대며 아심은 능글맞게 웃고 있는 소레만에게서 시선을 떼었다. 그런 아심에게 소레만은 속삭이듯 낮은 목소리로 중얼거렸다. 마치 예언을 하듯이…….

"그녀가 떠나려 할 땐 붙잡지 말게. 매도 길들일 땐 하늘로 날려보낼 줄 알아야 하듯 그녀를 진정 갖고 싶거든 억지로 붙잡고 있지 말아야 해. 하지만 매가 돌아오지 않으면 잡으러 갈 수밖에 없겠지."

레인은 알루씨세가 움직이는 기척에 어렴풋이 잠에서 깨어났다. 곧이어 들려오는 아심의 목소리에 그나마 붙어 있던 잠마저 달아나 버렸지만, 일어난 기척을 보이지는 않았다.

"아무 일 없었지?"

"네. 그녀는 조금 전에 잠들었습니다."

알루씨세가 속삭이듯 답하며 나가자 아심이 나직이 웃었다.

"지금은 아니야. 어쨌든 수고했네. 잘 자게."

그녀가 잠에서 깨었다는 것을 알고 있다고 선언한 것이나 다름 없었다. 레인은 아심을 향해 돌아누우며 그를 노려보았다.

"꼭 같이 자야 해요?"

긴 천으로 머리를 묶는 그를 바라보며 레인이 물었다. 어두운 백 열등 아래 서 있는 아심의 눈동자가 짙어 보였다. 한국에서는 보지 못했던 나방이 백열등 주위에서 요동을 쳐 그의 얼굴에 잔 그림자 가 생겼다 사라지기를 반복했다. 레인은 그가 아무렇지 않은 듯 침 대로 다가오자 자신도 모르게 침을 꿀꺽 삼키고 엉덩이를 뒤로 뺐 다.

그녀의 그런 몸짓을 오해한 듯 아심은 그녀가 뒤로 움직여 공간 이 생긴 침대에 걸터앉았다. 갑자기 방 한 칸의 집 안에 나방이 전 등에 부딪히는 소리와 그들의 숨소리만 남아 흐르는 듯했다.

레인은 그의 검은 눈을 바라보며 어떻게든 침묵을 깨고 싶었다.

"아프리카에는 전기가 남아도는 모양이죠?"

"왜 갑자기 전기 타령이지?"

그의 무게로 출렁거리던 침대만큼이나 가슴이 울렁거리던 레인 은 아심의 따뜻한 손이 얼굴 쪽으로 다가오자 눈을 감아버렸다.

"그러니까, 형광등보다 백열등이 전기 소모가 많고……."

"백열등 아래 있는 여인이 더 아름다워 보이지."

"왜 같이 자야 하는 거냐구요!"

레인은 그의 손가락 끝이 얼굴 윤곽을 따라 움직이기 시작하자 호흡이 가빠와짐을 느끼며 눈을 부릅뜨고 그를 노려보았다.

정신 차려! 정은우! 이 남자가 사막에서 했던 말을 잊었어?

처음은 침대에서 할 거라고 했잖아!

불안한 마음으로 아심을 노려보던 레인은 그가 갑자기 손을 들어 '찰싹!' 하고 손바닥으로 팔을 내려치자 낮게 비명을 질렀다.

"아야! 뭐예요? 왜 때려요? 불만 있으면 말로 해요."

"모기야. 약을 발라야겠군."

레인은 그가 내려친 곳을 다른 손으로 쓸며 짐에서 약을 꺼내는 아심을 주시했다.

"됐어요. 내가 바를게요! 이리 주세요!"

아심이 손수 팔에 연고를 발라주려 하자 레인은 기겁하며 그의 손에서 약을 빼앗으려 했다. 하지만 그는 긴 팔을 뻗어 그녀의 손길을 피하며 낮게 웃었다.

"내가 발라줄게."

"됐어요. 어디까지 바를지 알고 당신에게 맡겨요? 이리 주세요."

레인은 그의 손에서 연고를 빼앗으려고 상체를 일으켜 길게 뻗은 그의 손으로 안간힘을 쓰며 달려들었다. 그러자 그가 마침내 큰소리로 웃으며 몸을 뒤로 빼고 더욱 길게 손을 뻗었다.

"그 생각까지는 못해봤는데? 그걸 바라는 거야?"

"바라긴 뭘 바라요? 어서 그 연고나 줘요!"

레인은 능글맞게 웃으며 자신의 손을 이리저리 피하는 아심이 얄미워 더욱 그에게 달려들었다. 그런 그녀가 재미있다는 듯 아심은 쉽게 팔을 공중에서 움직이며 그녀의 손을 피했고, 점점 더 약이 오른 레인은 마침내 그의 몸을 밀치고 가슴 위로 올라가 그의 손에 잡혀 있는 연고로 손을 뻗었다. 아심은 자신의 가슴 위에 올라타 팔을 뻗은 그녀의 가슴을 느낀 순간 더욱 큰 소리로 웃음을 터뜨렸다.

"이거 재미있는데? 당신이 날 덮치고 말야."

"덮치긴 누가 덮쳐요? 잡았다! 이리 내놔요!"

결국 그의 손에 쥐어진 연고를 잡긴 했지만, 그녀는 또다시 낑낑대며 그의 손에서 연고를 빼내려 애써야 했다.

그렇게 그의 손에서 연고를 빼낼 생각만 하고 있던 레인은 자신의 가슴이 그의 입술 근처에 있다는 것도 인식하지 못한 채 양손으로 그의 손가락을 잡아 펴기 시작했다. 마침내 그의 손가락이 펴졌다 싶어 환하게 웃으며 의기양양하게 연고를 손에 쥔 레인은 그가 입술로 가슴을 애무하자 퍼뜩 놀라 상체를 일으켰다.

"앗! 뭐예요! 비겁하게! 내가……."

그녀는 아심이 뒤로 밀어 침대로 쓰러뜨리며 키스를 퍼붓자 말을 잇지 못하고 눈을 감았다. 어디선가 그녀가 쓰러지면서 놓친 연고가 벽에 부딪혀 바닥으로 떨어지는 소리가 들려왔다.

그와 동시에 멀리서 누군가가 탐탐을 두드리는 소리가 들려왔다.

아심은 탐탐의 박자에 맞추듯 혀끝으로 그녀의 입술을 쓸다가 이 사이로 살짝 깨물기를 반복하더니, 그녀가 차츰 입술을 벌리자 입 안으로 혀를 밀어 넣어 강하게 움직이기 시작했다. 레인은 자신의 입 안에서 리드미컬하게 움직이는 그의 혀를 이로 살짝 물었다가 깊게 빨며 입술을 오므렸다.

그때 탐탐의 박자가 차츰 느려지는가 싶더니 누군가가 그 소리에 맞춰 노래를 부르기 시작했다. 레인은 아프리카인들의 목소리가 좋았다. 구슬프면서도 강한…….

"이야기해 봐."

갑자기 아심이 키스를 멈추고 그녀의 목에 얼굴을 묻으며 조용히 속삭였다. 레인은 눈을 떠 백열등을 주시했다.

"무슨 이야기요?"

"그냥 아무 얘기나. 한국은 어떻지? 당신처럼 모두 자유로운가?"

레인은 '풋' 하고 웃음 지었다. 키스를 하다 말고 이런 질문을 하리라고는 생각도 못한 레인이었다.

"내가 자유로워요?"

"자유롭고 부드럽고 강하면서 흔들림이 없고……. 집착도 없으면서 무모함은 있어."

"아주 높게 평가해 주는군요. 고작 키스 한 번에?"

아심이 작은 소리로 웃었다. 레인은 귓가에 울리는 그의 웃음소리를 음미하듯 다시 눈을 감았다.

"재미도 있지."

"한마디로 웃기는 여자다 이거죠? 음……. 한국은 사계절이 아주 뚜렷해요. 봄에는 꽃이 만발하고, 여름에는 여기보다 약하지만 태양이 빛나고, 가을에는 낙엽이 흩어지고, 겨울에는 하얀 눈이 내리죠. 한국인들은 서로 티격태격하며 살아가고 윤리의식이 강해 남의 행동을 선악의 잣대로 판단하길 좋아하지만, 정은 다른 나라

사람들보다 각별해요. 예의나 규범에 의한 친절함이 아니라 마음
에서 우러나는 정이 끈끈한 사람들이랄까······."

레인은 이야기를 하며, 자신도 모르게 그의 머리에서 끈을 풀고
손으로 검은 머리칼을 쓸어내리기 시작했다.

"정이라고?"

그의 목소리가 낮게 잠겨들었다.

레인은 미소 지으며 편하게 고개를 옆으로 떨구었다.

"한국 부부들은 말하죠. 미우네 고우네 해도 정 때문에 산다고.
물론 당신네들하고는 가치관이 다르고 정이라는 의미도 달라요.
그렇지만 아프리카인들의 끈끈한 애수는 왠지 모르게 한국인들의
힘들게 살아온 과거와 비슷해 보여요. 아프리카인들이 지니고 있
는 여유는 못 따라가지만······."

"여유가 있다······."

아심은 그녀의 말이 마음에 든 듯 천천히 그 말을 되뇌었다.

레인은 슬슬 졸음이 쏟아지는 것을 느꼈다. 지금까지 아심과 함
께 있을 때 항상 긴장을 했었는데 무슨 이유인지 오늘 밤은 유난히
그의 몸에 기대어 있는 것이 편하고 아늑하기까지 했다. 레인은 긴
장이 풀어진 몸을 그에게 맡긴 채 밀려드는 잠에 취하기 시작했다.
조금씩 혀가 풀려 발음이 새어나가려 하고 있었다.

"당신네는 땅이 넓어서인지 여유로워 보여요. 한국인들은 조바
심이 일상생활에서 그대로 묻어나죠. 뭐든 빨리빨리······. 버스를
탈 때도 먼저 타려고 바동대고······. 남보다 먼저 승진해야 하
고······. 사소한 것도 마음에 담아두고 혼자 조바심을 치고······."

"졸린가 보군."

"조금."

"그럼 자."

너무나 유혹적인 목소리와 말투에 그대로 잠 속으로 빠져들 것 같았지만 레인은 감기는 눈을 억지로 뜨고 그의 머리채를 잡아당겼다. 그러자 아심이 한쪽 눈을 찡그리며 고개를 들어 그녀를 바라보았다.

레인은 그의 의아해하는 얼굴을 노려보며 낮게 읊조렸다.

"내 침대에서 내려가 주세요."

그녀의 말에 잠시 멀뚱거리며 그녀를 바라보던 아심은 잠시 후 크게 웃으며 그녀의 손에서 자신의 머리칼을 잡아 빼냈다.

"설마! 내가 잠들어 있는 여자를 덮치겠어?"

"당신이라면 가능한 얘기예요."

"이거 섭하군. 날 그런 인간으로 보다니. 이봐, 당신은 말야……."

그는 레인의 머리 옆에 팔꿈치를 세우고 손바닥에 턱을 걸쳐 그녀를 내려다보며 잠시 말을 끊었다. 그리고 그녀의 이마에서부터 콧날을 따라 입술까지 시선을 옮긴 그는 턱을 괴지 않은 손으로 그녀의 이마를 덮은 머리칼을 쓸어 올려주었다.

"감정은 무시하고 삶의 목표가 없는 듯 텅 빈 눈을 하고 있지만, 이따금 당신 눈에서 난 빛을 발견하곤 해. 그 빛이 무엇을 의미하는지 모르지만, 알고 싶지도 않아. 몇 번 들어본 것이 고작인 동양의 나라에서 온 조그만 여자의 눈빛에서 어떤 의미를 찾는다는 것조차 달갑지 않으니까. 하지만 말야, 난 궁금해. 어쩌다 이곳까지 오게 되었는지, 그런 눈을 지니고 어떻게 이곳까지 아무 탈 없이 올 수 있었는지, 마치 날 위해 온 것처럼 착각을 불러일으키는……."

레인은 점차 작아지는 그의 목소리를 들으며 문득 운명이라는 단어를 떠올렸다. 그러다 잠이 들었는지 고른 숨소리를 내뱉는 그의 정수리에 대고 콧방귀를 뀌었다.

내가 당신을 만나기 위해 이곳까지 왔다고? 착각도 유분수지. 내 이상형은 당신처럼 날카롭고 오만한 남자가 아니라고! 내가 꿈꿔온 남자는 앤드류처럼…….

그렇게 생각하던 레인은 눈썹을 모았다.

갑자기 앤드류의 모습이 떠오르지 않았던 것이다.

금발이었는데……. 눈동자는 무슨 색이었더라?

억지로 앤드류를 떠올리려고 할수록 이상하게도 그녀의 머릿속에는 검은 머리에 검은 눈동자만 떠올랐다.

햇살에 드리워진 속눈썹 그림자가 흔들리는 검은 눈동자, 세수할 때 물 묻힌 손을 얼굴 위에서부터 닦아 내리는 버릇, 짜증나면 꼭 다무는 얇은 입술, 기분 좋을 때는 터번으로 입가를 가리는 남자…….

레인은 무심결에, 자신의 어깨에 얼굴을 묻고 잠든 아심의 정수리에 가볍게 키스했다. 그리고 오랜만에 한국어로 속삭였다.

"정말 이 남자한테 빠졌나 봐……. 사랑하면 안 되는데……."

"저게 바오밥나무라고요? 어린왕자에 나오는?"

"생텍쥐페리의 소설을 말하는 건가?"

레인은 못생긴 나무를 바라보며 고개를 끄덕였다. 그녀의 얼굴에 실망스런 기운이 눈에 띄게 번져 있었다. 그녀가 상상했던 조그 맣고 아기자기한 나무의 형상이 아니었기 때문이다. 거목의 실루 엣을 바라보며 그녀는 얼굴을 찡그렸다.

"이게 아닌데……. 저런 나무가 어린왕자의 별에 있다니……."

"그런 말을 쉽게 하면 아프리카 몇몇 부족들에게 버림받기 쉽 지."

"왜요?"

레인은 인상을 펴지 않은 채 나란히 걷고 있는 아심을 올려다보 았다. 그러자 그가 가늘게 눈웃음을 지어 보였다.

"그들에게 바오밥나무는 신령이 깃들여 있다고 믿는 신앙의 대 상이거든. 만약 벼락을 맞거나 노목이 되어 나무에 커다란 구멍이 생기면, 그 안에 나무의 주인이 살기 시작한다고 여기지."

"생텍쥐페리가 존경스럽군요."

"실망스런 얼굴이군."

"당연하죠. 내가 왜 아프리카의 사막으로 오게 되었는데……."

"왜 온 거지?"

레인은 그가 진지하게 묻자 콧방귀를 뀌었다.

요즘 들어 이 남자가 왜 이러지?

나에 대해 시시콜콜 다 알려 하고…….

하지만 레인은 그의 진지한 검은 눈동자를 대하면 자신도 모르 게 그가 궁금해하는 것들을 만족시켜 주곤 했다.

"왜 오긴요! 어린왕자를 읽고 환상에 빠져 있었기 때문이죠."

"단지 그것뿐?"

이해가 안 간다는 듯 그가 고개를 한쪽으로 기울였다. 레인은 그런 그를 흘끗 보고는 무뚝뚝하게 고개를 끄덕였다. 그 순간 그녀의 귀에 어디선가 울리는 기차의 기적 소리가 들려왔다. 그녀는 오랜만에 들은 그 소리에 혹시 환청이 아닌가 싶어 목을 빳빳이 세우고 태양의 열기로 흔들리는 사막을 바라보았다.

"아심, 어디선가 기차 소리가 들린 것 같아요."

"귀도 밝군. 저 나무들 사이로 철길이 있어."

"나무들 사이로요?"

레인이 눈을 동그랗게 뜨고 바오밥나무숲을 바라보았다.

"나무를 베어버리지도 않은 채? 참내! 아프리카인들도 관광 상술이 뛰어난 건가? 하긴, 한국만큼 아름다운 국토를 관광지로 개발하지 못하는 나라도 없겠지……."

그렇게 중얼거리던 레인은 멀리서 뿌옇게 모래먼지를 일으키며 달려오는 기차가 눈에 들어오자 입을 다물었다. 묘하게 향수를 불러일으키는 장면이었다. 뿌연 먼지 속에 바오밥나무의 그늘을 가르며 달리는 기차는 그녀가 일 년 만에 느끼는 또 다른 문명의 모습이었다. 마치 영화 속의 한 장면 같기도 해서 묘한 감정을 불러일으키는 광경에 레인은 아련한 눈으로 기차를 바라보았다. 가슴이 횅해지는 것 같기도 하고 따뜻해지는 듯하면서도 애잔함이 밀려왔다.

고독감, 향수, 낭만.

그녀는 허허벌판에서 수많은 사람들을 생각했다. 서로의 어깨를 스치고 지나가면서도 서로에게 무관심한 도시인들을 떠올리며 횅한 벌판에서 고독감을 느꼈다.

"빨리 가는 게 좋겠군. 해지기 전에 배에 오르는 게 낫겠어."

아심이 팔을 잡아끌 때까지도 그녀는 서울의 도심 속 인파로 시끌벅적한 서울역을 떠올리고 있었다.

"배를 타요? 사막에서?"

레인의 눈이 동그랗게 떠졌다.

"니제르 강을 타고 아프리카 서남쪽 끝으로 가는 거야."

"이런! 덕분에 아프리카 구석구석을 다 돌아다니게 되는군요. 그것도 공짜로……."

아심이 알 수 없는 미소를 지었다. 레인은 그가 그런 표정을 지을 때 어떤 말이 뒤따를지 알 것 같았다. 여행을 함께하며 그의 표정을 조금이나마 읽을 수 있게 되었던 것이다.

"그건 두고 봐야 알지. 공짜일지 높은 대가를 치르게 될지……."

"그래 봤자 죽는 거보다 더하겠어요?"

레인의 시큰둥한 말에 아심의 눈썹이 모아졌다.

"대체 죽음을 두려워하지 않는 이유가 뭔지 궁금하군."

"그만둬요. 어설픈 심리학자 흉내를 내서 멀쩡한 사람 정신병자로 몰지 말고……. 음, 그나저나 배를 타고 얼마나 가야 하죠?"

"이틀 정도."

레인의 눈이 반짝였다.

"내 방은 따로 잡아줄 거죠? 오랜만에 독방을 쓰고 싶어요."

아심은 대답하지 않았다. 하지만 레인은 그의 표정에서 그가 자신을 위해 따로 방을 잡아주지 않을 거라는 사실을 알아챘다.

죄수도 이런 죄수가 없다니까.

12

레인은 선창을 통해 배를 향해 강물 속을 첨벙거리며 걸어오는 사람들을 바라보았다. 배가 잠시 정착함에도 불구하고 많은 사람들이 물건을 머리에 이고 벌떼처럼 배 주위로 몰려들었다. 레인은 방에서 꼼짝 말라는 명령을 내리고 나간 아심을 사람들 속에서 찾아보았다. 하지만 그의 하얀 터번은 광주리들에 둘러싸여 보이지 않았다.

그때 그녀의 눈에 시원해 보이는 과일 바구니를 머리에 인 한 여인이 들어왔다. 그녀는 저도 모르게 침을 꼴깍 삼켰다. 하지만 그녀의 수중에는 돈이 한 푼도 없었다. 주머니가 없는 옷을 손으로 쓸어내리다가 다시 한 번 과일을 내려다보고 그녀는 방 안을 두리번거리기 시작했다.

목이 말랐다. 특실이라고 했지만 전혀 특실처럼 보이지 않는 방이었다. 에어컨은 물론 냉장고조차 없었다. 물론 음료수도 있을 턱이 없었다. 갑자기 방 안이 갑갑하게 느껴져 흘끗 창밖으로 눈을 돌렸다. 배가 출발하려는지 사람들이 조금씩 떠날 준비를 하고 있었다.

레인은 탁자 위에 놓인 터번을 들어 대충 머리에 두르고 문으로 향했다. 하지만 아심이 밖에서 잠갔는지 문이 열리지 않았다.

"젠장! 내가 무슨 죄수야? 왜 날 가둬두는 거야? 아심! 문……."

그녀는 문고리를 잡고 흔들며 아심을 불렀다. 하지만 그 순간 누군가가 밖에서 문을 여는 기척이 느껴지자 본능적으로 손잡이를 놓고 뒤로 물러났다. 그리고 문이 열림과 동시에 그녀는 소리쳤다.

"나쁜! 날 가둬놓고……."

아심이 아니었다. 문밖에서 쏟아져 들어오는 햇살을 등진 채 선 사내는 그녀가 미처 피할 새도 없이 칼을 휘둘렀다.

레인은 터번 끝이 칼날에 의해 잘려 나가자 어이없다는 듯 사내를 바라보았다. 본능적으로 그녀가 상체를 뒤로 빼지 않았다면 그대로 목이 잘렸을 판이었다. 사내는 그녀의 터번만 잘려 나간 것이 불만스러운 듯 큰 걸음으로 방 안으로 들어왔다.

그제야 정신을 차린 레인은 뒷걸음질치며 남자의 어깨 너머로 문밖을 바라보았다. 사람들은 배가 떠나기 시작하자 급하게 제자리로 돌아가고 있었고 그녀가 소리를 질러봤자 사람들의 시끄러움 속에 그 누구도 그녀에게 관심을 두지 않을 듯싶었다.

이럴 줄 알았으면 호신술이라도 배워둘 걸!

남자는 손잡이를 안쪽으로 잡은 단도를 여유있게 움직였고 레인은 다가오는 그를 피해 서서히 벽 쪽으로 뒷걸음질치고 있었다. 그녀는 그의 눈을 똑바로 노려보았다. 남자는 흑인이었다. 검은 얼굴에 흰자위가 유난히 희게 보여 섬뜩함을 더했다.

마침내 그가 하얀 이를 내보이며 씨익 웃고는 그녀를 향해 칼을 휘둘렀다. 레인은 자신의 목 오른쪽으로 날아오는 그의 손목을 향해 두 손을 움켜쥐어 배구에서 서브를 하듯 힘껏 올려쳤다.

그녀의 눈이 저절로 굳게 감겼다. 이를 악물고 사내의 손목을 쳐 냈으나 레인은 그의 팔을 밀쳐 내지는 못했다. 그녀의 갑작스런 반격에 한 치의 오차도 없이 정확하게 그녀의 목을 향해 날아오던 칼의 방향이 틀어지며 힘이 줄어들었다. 레인은 감은 눈을 파르르 떨었다. 오른쪽 팔뚝이 아렸다. 무딘 느낌의 아림은 서서히 쓰라림을 동반하고 있었다. 그녀는 눈을 뜨고 피가 흐르는 오른팔을 움켜쥔 채 또다시 뒤로 물러났다.

그녀가 아프리카 토속인들의 힘을 감당해 낼 수는 없었다. 레인은 한 손에 단도를 쥐고 다른 한 손을 뻗어 공격형의 자세를 다듬는 남자를 바라보았다. 손 하나만으로도 그녀의 목을 꺾어버릴 수 있을 것 같았다. 손등의 검은색에 유난히 손바닥이 커 보였다. 지금까지 아무 탈 없이 동남아와 유럽을 여행해 왔던 레인이었다. 물론 싸움판에 휘말려 얼굴에 멍이 들고 살이 찢어진 경우도 있었다. 하지만 자신을 향해 칼을 들이대는 사람을 만난 적은 단 한 번도 없었다. 생명의 위협을 받으며 그녀는 흘끗 칼에 베인 팔을 내려다보고는 움직이던 몸의 방향을 바꾸었다.

방 안쪽으로 도망갈수록 불리해.

방 안은 햇살이 내리쬐는 밖에 비해 상대적으로 어두웠다. 당연히 밖에서 안을 자세히 들여다보기 전에는 안에서 격투가 벌어지는 것을 눈치 채지 못할 것이었다.

아심! 이 남자는 어딜 간 거야!

길게만 느껴지는 시간이 지나갔다. 아심이 돌아오지 않는 것에 원망을 하던 레인은 마침내 사내에게 붙잡혔다. 그는 그녀가 또다시 반항하지 않도록 미리 그녀의 몸을 돌려 세워 왼팔로 레인의 목을 감았다.

"헉!"

레인은 숨이 막혀오는 것을 느꼈다. 인형처럼 쉽게 남자의 손에 잡혀 뒤돌려지던 순간에 그녀의 머리에서 풀어져 날아간 터번이 바닥에 떨어지는 소리가 아련히 들려왔다.

"윽! 으윽!"

그녀의 턱을 잡고 위로 치켜올린 남자는 단번에 목을 벨 생각인지 칼을 든 오른손을 높이 쳐들었다.

레인은 본능적으로 사내의 팔을 손으로 붙들고 두 발을 버둥거렸다. 그렇지만 그녀의 발은 허공에서 헛발질만을 반복했다.

아심!

가늘게 실눈 떠진 그녀의 시야에 키가 큰 남자의 잔영이 보였다. 그리고 '퍽!' 하는 둔탁한 소리가 들림과 동시에 그녀를 잡은 사내의 몸이 크게 흔들리며 그와 함께 레인은 바닥으로 쓰러졌다.

레인은 사내의 손이 느슨해진 틈을 타서 그의 손에서 벗어나려고 급히 몸을 일으켰다. 그런 그녀를 힘있게 일으켜 세워 자신의 등 뒤로 세운 키 큰 남자는 허리에 차고 있던 칼을 뽑고 눈을 부라리며 일어서는 사내를 향해 뭐라고 중얼거렸다.

레인은 자신이 바라보고 있는 남자의 등이 눈에 익숙함을 느끼고 입을 열려고 했지만 동시에 그녀를 공격하던 사내가 칼을 휘두르기 시작했다.

레인은 비틀거리며 뒤로 물러났다.

두 남자의 힘은 비슷해 보였다. 그렇지만 공격법은 아주 달랐다. 그녀를 구해준 남자는 투아레그족의 칼 놀림으로 짧지만 분명한 선을 그으며 움직였고, 그녀를 공격하던 자는 크게 원을 그리며 반동의 힘을 칼에 주어 한 번 찔리면 치명상을 입을 칼 놀림을 부리고 있었다.

레인은 출혈로 인해 졸음이 밀려오는 눈을 가까스로 뜨고서 그들의 싸움을 바라보다가 힘없이 바닥에 주저앉았다.

그리고 서서히 옆으로 쓰러지며 중얼거렸다.

"아지움…… 아심을 불러줘……."

아지움은 상대를 노려보며 이를 악물었다. 그런 그를 비웃듯이 상대는 입술 한쪽을 비스듬히 올리고 있었다. 귓가에 남아 있는 레인의 말에 상대를 노려보는 아지움의 눈에 더욱 힘이 들어갔다.

내가 있는데 왜 아심을 불러달라는 거지?

아지움은 쓰러져 있는 레인이 원망스러웠다. 언제나 그녀는 그를 한 남자로서 인정해 주질 않았었다.

"저 여자 기절했나 보네. 아지움, 갑자기 정신이 나갔어?"

"타루부부, 그녀가 아냐."

"그녀가 아니라니? 저 여자가 맞다니까. 앤드류의 새로운 약혼녀는 동양인이라고 했잖아?"

아지움은 타루부부의 질문에 아랫입술을 세게 깨물었다.

섣불리 이 일에 끼어드는 게 아니었어.

몇 달 전 갑자기 부족에서 레인이 사라졌을 때 아지움은 원인을 알 수 없는 분노를 느꼈다. 아니, 분노라기보다 수치심이 더 강했다. 그녀에게 청혼을 한 뒤 그녀가 아무런 말 없이 사라지자 다른 이들이 알지 못한다 해도 그는 스스로에게 수치스러움을 느껴야만 했었다. 아울러 자신이 그녀가 부족을 떠나도록 한 것만 같아 레인에게 죄책감과 실망을 느껴야 했다. 마침 그때 타루부부가 앤디의 약혼녀를 없애는 일에 동참할 것을 제의해 왔다. 수치심과 좌절감에 빠져 있던 아지움은 자신의 감정을 풀어낼 구실로 타루부부의 제안에 동의했고 뒤늦게 후회를 하기 시작했다. 얼마 지나지 않아 앤드류의 새로운 약혼녀가 동양인이라는 소문을 들었기 때문이다.

그때 좀 더 신중했어야 했는데…….

아지움의 눈이 원망을 담은 채 바닥에 쓰러져 있는 레인에게로 돌아갔다. 그녀의 팔에서 흐른 피가 나뭇바닥을 홍건히 적시고 있었고 한쪽으로 마르기 시작한 핏덩이에는 파리들이 달라붙고 있었다. 그렇게 죽은 듯이 쓰러져 있는 레인의 얼굴은 입술까지 창백해져 있었다. 아지움은 이를 악문 채 고개를 돌렸다.

순간 그의 뒤에서 남자의 깊은 숨소리가 들려왔다.

마치 억지로 쥐어짜 내듯이 숨을 쉬는 것처럼 거칠고도 느린 숨소리였다. 그리고 마찬가지로 간신히 입 밖으로 말을 내뱉는 듯한 목소리가 흘러나왔다.

"레인……."

그의 목소리가 마치 신호인 양 아지움은 누군가에 의해 팔이 뒤로 꺾였고, 또 한 명이 타루부부를 향해 방 안으로 뛰어 들어왔다.

타루부부는 예의 빈정거리는 듯한 미소를 흘리며 창밖으로 몸을 날렸다. 그의 큰 몸이 수면에 부딪치며 여파음이 방 안에 크게 울렸다.

"알루씨세! 배를 항구로 다시 돌리라고 해!"

아심이 나지막하게 명령을 내리고 자신의 터번을 찢어 레인의 팔을 묶었다. 이를 악문 듯이 입가에 주름이 깊게 패어 있었다.

아지움은 타루부부를 쫓던 투아레그인이 급히 방 밖으로 뛰어나가자 어깨 너머로 레인을 돌아보았다. 그렇지만 그녀는 이미 아심의 팔에 안겨 밖으로 실려 나가고 있었다.

아지움은 아심의 팔에 안겨 힘없이 늘어져 있는 레인의 모습을 보며 아랫입술을 깨물었다. 그가 약간 몸을 비틀자 그를 잡은 남자가 아심의 뒤에 대고 타마세크어로 물었다.

"아심! 이자는 어떻게 합니까?"

아심의 발검음이 멈췄다. 그리고 그가 흘끗 뒤돌아보았다. 순간 아지움은 아심의 눈에서 증오를 읽었다.

"끌고 와. 우선 레인을 병원에 옮기고 그자를……."

"아지움입니다."

아심의 말을 자르며 아심이 내던지듯 자신의 이름을 말하자 아심의 한쪽 눈썹이 올라갔다.

"하삼의 아들?"

"우연히 이 방을 지나다 그녀가 공격받는 것을 보았습니다."

아지움이 타마세크어로 말하자 아심이 한쪽 입술을 비틀었다. 그리고 조금의 흔들림 없이 걸음을 뗐다. 레인이 조금이라도 흔들리지 않으려는 듯한 걸음걸이었다.

그가 문 밖으로 사라지자 아지움의 팔이 풀렸다. 아지움은 자신의 칼집에 단도를 집어넣으며 방 안에 있던 짐을 챙기는 남자를 바라보았다. 배가 선회를 하는 것이 느껴졌다. 아지움은 짐을 챙기는 남자를 따라갈 마음으로 그를 기다렸다.

타루부부가 분명 다시 레인을 공격할 것을 알고 있는 아지움은 레인을 도울 생각이었다. 순간의 홧김에 타루부부에게 넘어갔지만 그녀의 맑은 눈동자를 본 순간 자신이 얼마나 그녀를 사랑했었는지 떠올랐기 때문이다. 타루부부는 뛰어난 칼잡이였다. 싸움이라면 과격하기로 유명한 도곤족조차 그의 칼날은 피해가려 할 정도였다. 아지움의 입가에 자조적인 웃음이 걸쳐졌다.

아까 타루부부와 칼을 겨누었을 때 아지움은 최선을 다해서 그의 칼을 막았을 뿐이었다. 공격은 생각조차 할 수 없었다. 거기에 비해 타루부부는 여유 부리며 아지움의 칼을 같고 놀았던 것이었다.

아심…… 그라면 가능할지도…….

아심의 공격성은 투아레그인들 사이에서 최고라 평해지고 있었다. 아지움은 왠지 입 안이 꺼끌해진 느낌에 마른침을 목구멍 너머로 삼켰다.

아심은 일부러 자신의 팔 안에 안겨 있는 레인의 얼굴을 보려 하지 않았다. 그녀의 얼굴을 보면 당장이라도 무릎이 꺾일 것 같았기 때문이다. 그는 조심스레 배에서 내려 진흙 바닥 위를 걸어갔다.

"제일 가까운 병원이 어디지?"

"우선 세구에 있는 병원에서 헬기로 바마코까지 가야 할 것 같습니다."

그의 뒤를 따르던 알루씨세가 짐을 챙겨 배에서 내리는 두두에게 손짓을 하며 답했다. 순간 알루씨세의 눈이 모아졌다. 두두의 뒤를 따라 오는 아지움을 보았던 것이었다.

"아심, 저자가……."

"따라올 걸세."

"왜……."

알루씨세가 알 수 없다는 표정으로 고개를 저었다. 아심은 또다시 이를 악물었다.

레인이 일 년 동안 머물었던 곳에서 그녀와 친하게 지낸 남자.

빌어먹을! 질투라니!

이 여자를 살려줬다고 질투를 하는 게 말이 돼!

그렇지만 자신이 아닌 그가 레인을 구했다는 생각에 아심은 화가 치밀어 올랐다. 더군다나 눈이 마주쳤을 때 아심은 아지움의 눈에서 절망 비슷한 것을 느꼈었다. 범인으로 몰려 억울하다는 눈빛이 아니었다. 그래서 아심은 아지움이 하삼의 아들이라는 것을 떠올릴 수 있었던 것이었다. 단 한 마디의 기억 때문에.

"하삼! 아지움에게……."

그녀의 목소리가 생각나자 아심은 마음이 더욱 조급해졌다. 도시까지는 최대한 빨리 가도 이십 분이 넘는다는 사실이 그의 마음에 걸렸다.

"차를 구해오겠습니다!"

알루씨세가 급하게 사람들 속으로 사라지며 소리치자 아심은 걸음을 멈추었다. 모든 것이 그대로였다. 불과 오 분도 안 되는 시간 전에 보았던 풍경 그대로였다. 항구는 사람들로 북적거렸고 한 푼이라도 더 벌려고 광주리를 엮는 사람들도 그대로였다. 사람들의 움직임 너머에는 사막이 펼쳐져 있었고 하마탄은 여전히 사막을 흩트려놓고 있었다.

변한 건 아심의 마음이었다.

의식이 없는 레인이 그의 어깨를 내리누르는 듯 다리가 천근만근 하였다. 아니, 그의 마음이 그를 절망으로 끌어내리는 건지도 몰랐다. 아심은 다리가 떨려옴을 느꼈다. 그녀를 안은 두 팔은 멀쩡한데 이상하게도 무릎이 금방이라도 풀릴 것만 같았다.

빌어먹을! 왜 함께 항구로 나가지 않았지?

왜 그녀를 혼자 두었지?

아심은 후회를 했다.

그녀를 홀로 방에 두고 항구로 나간 자신에게 화가 났고, 그녀를 지켜주지 못한 것이 후회가 되었다. 그리고 서서히 그는 인정해야만 했다. 자신이 레인을 지키려 한 것이 단순한 의무감이나 생명의 존엄성 때문만이 아니라는 것을 아심은 인정해야 했다.

갑자기 아심의 머리 위로 태양의 열기가 뜨겁게만 느껴졌다. 강가의 제법 습한 공기가 아심에게 메마르게만 느껴졌다. 레인이 없으면 아심은 삭막함에 죽을 것만 같았다. 그는 레인을 안은 팔에 힘을 주었다. 그녀가 너무나 소중했다. 그녀에겐 그녀의 생명이 소중하지 않을지 몰라도 아심에겐 그 자신의 생명보다 더욱 소중했다.

죽음을 불사하는 사랑이라……

아심의 입술에 쓸쓸한 미소가 걸쳐졌다.

먼지로 뒤덮인 트럭이 모래를 가르며 그를 향해 달려오자 아심은 눈을 질끈 감았다 뜨고 차를 향해 걸어갔다. 그리고 알루씨세가 열어준 뒷좌석에 오르며 용기를 내어 그녀를 내려다보았다.

레인은 마치 잠을 자고 있는 것처럼 보였다. 아심이 사막의 모래 위에서 그녀를 처음 발견했을 때처럼 잠이 든 것처럼 보였다. 물론 처음 레인을 보았을 때 아심은 어디서 귀찮은 짐짝 하나를 주웠다는 생각밖에 못했었다. 그녀가 사막 한가운데서 얼마나 태양빛을 받으며 앉아 있었는지, 탈수로 죽어가고 있는 건 아닌지 하는 걱정 따위는 할 생각도 없었다. 하지만 지금 그의 품 안에서 눈을 감고 있는 그녀를 보며 아심은 레인의 생명에 대해 수없이 많은 걱정을 했다.

그는 얕은 숨을 내쉬며 그의 가슴에 한쪽 볼을 묻고 있는 레인의 상체를 한 팔로 감쌌다. 그리고 다른 한 손으로 그녀의 얼굴에 흩어진 머리칼을 천천히 머리 뒤로 쓸어 넘겨주었다. 손끝이 미묘하게 떨리자 아심은 길게 한숨을 쉬었다. 마치 섬세한 그림을 그리기 위해 바짝 긴장한 화가의 손과도 같았다.

"급하게 구하느라……."

조수석에 앉은 알루씨세가 차의 진동이 심하자 미안한 얼굴로 돌아보며 말했다. 아심은 아무 말 없이 고개를 끄덕이기만 하고 레인의 몸이 덜 흔들리도록 감싸 안았다. 그런 그의 옆에서 두두는 짐이 레인에게 닿지 않게 하려는 듯 더욱 몸을 문 쪽으로 붙였다.

차가 도시로 향하는 동안 그들은 더 이상 말을 하지 않았다. 단지 빨리 차가 병원에 닿기만을 바랄 뿐이었다.

아심은 병원에 도착해 그녀를 의사들에게 넘겨줄 때까지 그녀의 얼굴을 다시 보지 않았다. 단지 아심은 그의 팔에서 빠져나가는 그녀에게 중얼거리듯 속삭였다.

"이 여자야! 제발 기운 내라구. 삶에 욕심이 없다는 둥 하며 날 떠나면 용서 못해. 나에게 그 귀여운 입술을 삐죽거리며 다시 말해 달란 말이야. 나라면 가능한 얘기라고. 나라면 가능해. 당신에게 죽음도 불사하는 사랑을 주는 것이……."

헬리콥터가 도착하자 사람들이 바쁘게 움직였다. 앤드류는 초조하게 병원 입구에서 그들이 들어오기를 기다렸다. 어젯밤 세구에서부터 아심의 전화를 받고 앤드류는 밤늦게 바마코의 종합병원으로 달려왔다. 아심의 목소리가 심각했기 때문이다. 앤드류는 모래먼지를 날리는 헬기에 시선을 준 채 아심과의 통화를 떠올렸다.

[레인이 공격을 당했어.]

아심의 첫마디였다.

"뭐?"

[출혈이 심해서 세구의 병원으로 왔는데 아무래도 바마코로 가야겠어. 헬기를 보내줘. 그리고 뛰어난 의사들하고. 특히 신경외과 쪽으로.]

앤드류는 서둘러 책상 위의 메모지에 '신경외과'라고 적었다.

"당장 헬기와 의사들을 세구로 보낼게. 괜찮아?"

[지금은 이곳 병원의 의사들이 레인을 데려간 상태라 알 수 없고 좀 있어봐야 될 것 같아. 앤디.]

"왜?"

[여행을 끝내야겠어.]

앤드류는 아심의 목소리가 간결하게 끊기는 이유를 알 수 있었다. 그는 목이 잠기는 것을 억지로 말을 쥐어짜 내고 있었던 것이었다.

너의 목을 메이게 하는 여자가 생긴 거야?

아심, 레인이 너에게 사랑을 알려준 거야?

앤드류는 묻지 않았다. 단지 알았다고 대답을 했을 뿐이었다.

앤드류는 전화를 끊으며 예전에 레인에게 제안을 하였을 때 아심이 던진 질문을 떠올렸다.

"앤디, 만약에 우리가 그 일을 수락한다면 자네가 내게 어떤 일을 하는 건지 아나? 자네의 사랑과 명예 때문에 내 사랑의 목숨을 고스란히 내놓게 되는 거라구."

앤드류는 아심의 심정이 어떨지 알 것 같았다. 아심의 감정이 어느 정도인지 몰라도 그의 앞에서 레인의 피를 본다는 것은 충격이었으리라 짐작했기 때문이다.

사람들을 밀치며 들것에 실린 레인의 모습이 보였다. 사막에서 태운 동양인의 까무잡잡한 피부가 백인처럼 창백한 것이 핏기가 하나도 없었다. 그녀 주위로 사람들이 바쁘게 움직였다. 앤드류는 무표정으로 레인에게 시선을 떼지 않고 그녀 옆을 따라 움직이는 아심에게 다가갔다.

"아심."

앤드류의 부름에 아심이 고개를 돌려 시선을 앤드류에게 주었다.

앤드류는 침을 꿀꺽 삼켰다. 아심의 그러한 모습은 처음이었다. 언제나 강하고 흔들림이 없는 모습으로 사람들을 지휘하던 그였다. 그런 아심이 초췌한 모습으로 힘없이 이마를 가린 머리카락을 쓸어 올리고 앤드류에게로 다가왔다.

앤드류는 아심을 주시했다. 며칠을 못 잔 듯이 움푹 들어간 눈이 아심의 눈을 더욱 크게 만들었지만 감정으로 인한 건지 피곤으로 인한 건지 그의 눈동자는 더욱 검게만 보였다. 언제나 단정하던 머리는 대충 묶은 듯 흘러내린 머리카락이 이마와 눈썹을 가리고 있었고 얇은 입술가에는 자르지 않은 수염이 턱까지 감싸고 있었다.

"아심, 그녀는?"

앤드류의 질문에 아심은 또다시 머리를 쓸어 넘기며 묵묵히 응급실로 들어가는 레인 쪽으로 시선을 돌렸다.

"잘 모르겠어. 신경이 잘려서 어쩌면 오른팔이……."

아심은 말을 끊고 한숨을 쉬었다.

밤새 한숨도 못 잤는지 피곤한 모양이었다.

"잡았어?"

앤드류는 아심의 표정에서 레인을 공격한 자를 잡지 못했다는 것을 알았다. 아심의 턱에서 '쁘드득' 하는 소리가 났다.

"알루씨세의 말로는 벨베르족이라더군."

"벨베르? 그들은 서북쪽이잖아?"

"누군가 의뢰를 한 모양이야."

"큰일이군. 의뢰를 맡길 정도라면 프로라는 이야기인데……."

아심은 앤드류의 말에 그를 노려보았다. 그리고 한쪽 눈썹을 올려 보이며 입을 비틀며 말을 했다.

"말했듯이 여행은 끝이야. 그녀가 회복되는 대로 나의 집으로 데려갈 거야."

"그렇지만 아심, 여행이 끝난다면 그녀를 놓아줘야 하는 게 낫지 않아? 그녀도 이렇게 큰일을 당했으니 이젠 고국으로 돌아가고 싶어졌을지도 모르고……."

앤드류는 아심의 시선을 피하며 말했다. 그렇지만 아심은 무뚝뚝하게 알루씨세에게 손짓을 하고 앤드류의 말을 날려 버렸다.

"알루씨세, 숙소를 알아봐. 두두와 그곳에서 기다려."

아심의 말에 알루씨세는 말없이 병원을 나갔다. 아심이 알루씨세와 두두를 여행에 동반한 것은 그들이 그렇게 아무 말 없이 아심의 말을 따를 줄 알았기 때문이다. 더군다나 알루씨세는 투아레그족의 전사로도 유명했다.

"아심, 어쩌다 레인이…… 알루씨세와 네가 당해내지 못할 상대였던 거야?"

"그 자리에 없었어."

"뭐? 레인이 혼자 있을 때 당했단 말야? 어쩌다……."

"항구에 나가 그녀에게 필요한 물건들을 사고 있었어."

앤드류는 기가 막히다는 얼굴로 아심을 바라보았다. 그런 앤드류의 시선을 덤덤하게 받아내며 아심이 복도에 있는 의자에 앉았다.

"아심, 너도 좀 쉬는 것이 좋을 것 같아."

"아직 레인의 의식이 돌아오지 않았어. 그녀의 의식이 돌아오면 좀 쉬지."

앤드류는 아심이 죄책감을 느끼고 있으리라 생각했다. 아무런 상관이 없는 여자를 끌어들여 한쪽 팔을 잃을 수도 있게 상황을 만든 앤드류 스스로도 레인에게 미안한 감정이 컸다. 갑자기 레인의 낙천적인 얼굴이 떠올랐다. 언제나 웃으며 앤드류에게 다정한 말을 해주던 그녀와의 짧은 시간에 앤드류는 그녀에게 사랑과도 같은 감정을 느끼기도 했었다.

아마도 샤를르가 내게 없었다면 지금 이렇게 침착할 수 없었겠지.

"미안해."

앤드류는 고개를 숙이고 있는 아심에게 진심으로 미안했다. 그런 그의 마음을 알았는지 아심은 낮게 한숨을 쉬고 두 손에 얼굴을 묻었다. 아심의 손가락 사이로 그의 억눌린 듯한 목소리가 새어나왔다.

"내 잘못이야. 네가 미안해할 일이 아냐."

"그녀가 의식이 되돌아오면 바로 파혼을 할게. 아부도 소식을 듣자마자 당장 파혼을 하라고 소리를 쳤으니까."

앤드류의 쓸쓸한 말투에 아심이 피식 웃었다.

"그 늙은이한텐 왜 말했어?"

"난 말 안 했어. 아시르가 쪼르르 달려가서 레인이 죽었다고 한 거지."

앤드류도 그때의 상황을 생각하자 새삼 웃음이 나왔다. 숨 쉬기도 힘들다는 늙은이가 레인이 죽었다는 소리에 버럭 소리를 지르며 앤드류를 불렀던 것이었다.

"늙은이가 여자 보는 눈은 높아가지고……."

아심의 말에 미소를 짓던 앤드류는 그제야 병원 문 앞에서 초조하게 왔다 갔다 하며 주위를 두리번거리는 남자를 눈치 챘다.

"아심, 저자는 누구지? 아까부터 계속 병원 입구를 서성이는데……."

"아지움."

아심은 손바닥에서 얼굴을 떼지 않은 채 답했다. 이미 알고 있다는 말투였다.

"하삼의 아들?"

앤드류의 눈썹이 모아졌다. 그는 왜 하삼의 아들이 이곳에 있는지 영문을 알 수 없었다. 그런 앤드류의 생각을 알았는지 아심이 고개를 들고 크게 숨을 쉬며 머리를 벽에 대고 문 쪽을 바라보았다.

"레인을 구해준 건 바로 아지움이야. 그가 아니었다면 어쩌면 레인은 이미 세상을 떴을지도 모르지."

"이런! 아심! 왜 진작에 말을 안 했어? 내가 가서……."

앤드류는 서둘러 문 쪽으로 향하다 말고 아심의 중얼거림을 들었다.

"그런데 뭔가 이상해."

"뭐가?"

"아지움이 그 배에 있을 까닭이 없거든. 우연치고는 너무 기가 막히게 잘 맞아. 자네도 알다시피 하삼의 부족인들은 부족을 떠나지 않아. 떠난다 해도 캐러밴 정도이지. 그렇지만 아지움은 그곳에 소금을 사러 온 것으로 보이진 않았어."

아심의 말엔 일리가 있었다. 투아레그인들은 소금을 사러 캐러밴을 하는 것 외엔 여행을 한다거나 타지를 돌아다니지 않는다. 더군다나 단신으로는 사막으로 나서지 않는다. 앤드류는 아심의 어깨를 가볍게 쳤다. 그리고 아지움에게로 발길을 옮겼다.

병원 문을 열자 강가의 습한 공기가 앤드류의 가슴에 부딪혔다. 그는 아직도 서성이는 아지움에게로 다가갔다.

"아지움."

앤드류의 목소리에 등을 돌리고 있던 아지움의 어깨가 순간 흠칫하고 오므러들었다. 그리고 서서히 몸을 돌려 앤드류를 바라보았다. 아심이나 앤드류나 작은 키는 아니었지만 아지움의 얼굴을 보려 앤드류는 고개를 들어야 했다.

이제 갓 스무 살이 됐을까 싶은 앳돼 보이는 얼굴에 놀란 눈동자를 크게 뜬 그의 모습에 앤드류는 한쪽으로 고개를 기울였다.

"난 앤드류 두바요. 당신이 구해준 레인의 약혼자이지."

순간 앤드류는 그의 눈에서 적의를 느꼈다. 그렇지만 아지움은 곧 시선을 내리깔아 자신의 적의를 숨겼다.

"이야기를 나누고 싶어서 그러는데 장소를 옮길까?"

"아닙니다."

무뚝뚝하게 앤드류의 청을 거절한 아지움은 아랫입술을 깨물며 병원 안쪽을 흘끗 바라보았다. 그리고 주저하듯이 입을 열었다.

"그녀는…… 그녀는 괜찮은가요?"

"아직은 알 수 없다는군. 한쪽 팔을 못 쓰게 될 수도 있다는데 결과는 두고 봐야 알겠지. 영국에서 의사를 불러왔으니……."

앤드류의 말에 아지움은 입을 달싹이며 무슨 말인가를 하려는 듯했다. 그리고 앤드류가 가만히 그를 주시하며 기다리자 빠른 말로 중얼거리듯 말했다.

"그…… 그 남자는 타루부부라고 살인청부업자입니다."

앤드류는 아지움의 말에 눈을 찌푸렸다. 그의 예상이 맞아 레인을 공격한 사람이 프로라는 것을 알게 되자 앤드류는 마음이 무거워졌다. 그렇지만 아심의 말대로 아지움이 그곳에 있었던 것과 레인을 공격한 자의 이름까지 알고 있다는 것은 연관성을 뜻했다.

그리고 그들에게 다가오는 알루씨세를 본 아지움이 급하게 말을 하고 몸을 돌려 모래가 날리는 도시 속으로 달려가자 앤드류는 더욱 인상을 찌푸렸다.

"레인을 부탁합니다."

순간 도망치는 듯한 아지움을 알루씨세는 본능적으로 뒤쫓으려 했다. 그렇지만 앤드류는 알루씨세를 붙잡고 질문을 던졌다.

"괜찮아, 알루씨세. 그런데 타루부부는 누구지?"

앤드류는 표정 없는 알루씨세의 얼굴이 일그러지는 것을 보았다.

"살인청부업자입니다. 아프리카에서 꽤 유명하죠. 그가 이번에 총을 안 쓴 것이 이상하군요."

"총이라고?"

"타루부부는 살인기구에는 정통한 자로 알려져 있습니다. 폭탄부터 칼까지 못 다루는 것이 없죠."

알루씨세의 말에 앤드류는 눈을 감았다.

세상에!

"그리고 또 한 가지……."

앤드류는 눈을 뜨고 알루씨세의 긴장한 얼굴을 바라보며 다음 말을 기다렸다.

"타루부부는 지금까지 한 번도 타깃을 살려둔 적이 없습니다."

상황이 심각한데……. 지금이라도 레인을 외국으로 빼돌리는 것이 낫지 않을까? 앤드류는 걱정과 미안함으로 병원 복도의 하얀 벽에 기대어 잠든 것 같은 아심을 바라보았다.

13

레인은 눈을 떴다 감으며 심한 갈증으로 마른입을 떼었다.

"물⋯⋯."

누군가 그녀의 머리를 들어 입에 물 잔을 대어주었다. 그렇지만 그녀가 급하게 물을 들이키려 하자 물 잔을 그녀의 입에서 떼었다. 레인은 불만이 가득 섞인 신음 소리를 내고 목을 앞으로 빼며 물 잔을 따라가려 했다. 잠시 후 그녀는 물을 마실 수 있었다. 익숙한 입술이 그녀의 입술에 닿는가 싶자 조금씩 그녀의 입 안으로 물이 흘러들어 왔다. 레인은 반갑게 그 입술을 받아들였다.

"더 줘요."

레인은 눈을 뜨지 않은 채 요구했고 또다시 그녀는 따듯한 입술이 자신의 입술에 닿는 것을 느꼈다. 그토록 목마르던 그녀의 갈증이 한순간에 사라지는 것 같았다. 레인은 천천히 눈을 떴다. 그녀의 얼굴 위로 아심이 고개를 숙이고 있었다. 어둠에 감싸인 듯 새까만 눈동자가 그녀의 얼굴을 주시하고 있었고 방금 전에 그녀의 갈증을 풀어준 입술은 걱정을 담아 천천히 열렸다.

"더 줄까?"

"아뇨. 고마워요."

목소리가 쉬어 있었다. 레인은 헛기침을 몇 번 하고 걱정스런 눈길로 그녀의 어깨를 잡아주는 아심에게 빙그레 웃어 보이며 하얀 천장으로 눈을 돌렸다.

"여긴 어디죠?"

"바마코."

"바마코? 병원이에요? 내가 심하게 다쳤어요?"

"다행히 회복이 된 것 같아. 결과는 의사가 와봐야 알겠지만 오른팔이 칼날에 깊이 패어서 신경을 자른 모양이야."

레인은 놀랐다. 그녀가 눈을 내리깔고 붕대로 감긴 자신의 오른팔을 내려다보자 아심이 한숨을 쉬었다. 그녀는 시선을 다시 아심에게 돌리고 시큰둥하게 물었다.

"날 찌른 사람은 잡았어요?"

"놓쳤어."

레인의 아심이 미안한 얼굴로 시선을 피하자 레인의 입술이 곡선을 그었다.

"바보."

그녀가 장난스럽게 던진 말에 아심이 한쪽 눈썹을 들어 보이며 레인의 얼굴을 바라보았다.

"그러면서 무슨 내 보디가드예요? 안 되겠어요. 보디가드를 바꿀래요. 이런 엉터리 보디가드를 붙여준 앤디에게 항의도 해야겠어요."

레인의 투덜거림에 드디어 아심이 싱긋 웃었다. 그녀는 그의 미소를 보며 가슴 한구석에서부터 밀려오는 작은 기쁨을 맛보았다. 눈에 띄게 수척해진 얼굴과 우울한 듯한 표정은 아심에게 어울리지 않았고, 그런 모습을 레인 자신 때문에 아심이 얻게 되었다고 생각하니 그녀의 마음이 어딘지 모르게 갑갑했던 것이다.

"대수술을 끝낸 여자가 말 한번 잘하는군."

"내 몸 중에 유일하게 튼튼한 건 입밖에 없으니까요. 한국의 친구들도 항상 나에게 말하길 내가 물에 빠지면 입부터 가라앉을 거랬어. 물고기랑 수다 떨고 싶어서."

그녀가 입을 삐죽이며 말하자 아심이 소리 내어 웃었다. 그리고 침대 옆의 의자에서 일어나 물 잔을 탁자 위에 올려놓고 문 쪽으로 향했다.

"어디 가요?"

"의사 부르러. 당신의 입 좀 꿰매달라고."

이번엔 레인이 소리 내어 웃었다. 그녀의 힘없는 웃음소리를 뒤로하며 아심이 복도로 나갔다. 그렇지만 레인은 그가 문을 닫기 전 크게 안도의 한숨을 쉬는 것을 보았다. 넓은 어깨가 위로 치켜 올라갔다 내려가며 숨소리가 희미하게 들렸던 것이다.

그녀는 입을 삐죽거렸다. 그렇지만 미소가 떠날 줄은 몰랐다.

그동안 날 간호했단 말이지?

그가 말은 안 했어도 레인은 그의 초췌한 얼굴과 움푹 패인 눈을 보아 아심이 계속 그녀 곁에 있었던 걸 알 수 있었다. 그 사실이 왠지 기분이 좋았다. 레인은 장난기가 발동해 그가 당황하는 모습 좀 보게 죽는시늉이라도 해볼 걸 잘못했다는 생각을 했다. 그녀는 그가 자신을 사랑하고 있다는 걸 느낄 수 있었다. 그 사실이 왠지 기분 좋았다. 어쨌든 의식이 돌아와 맨 처음 본 사람이 아심이라는 생각에 레인은 만족스러웠다.

"의식이 돌아왔다고? 레인!"

레인은 앤드류의 반가운 목소리에 눈을 떴다. 밝은 햇살 같은 그가 금발을 날리며 달려와 그녀의 양 볼에 키스를 했다.

"앤디, 반가워요. 그런데 여긴 웬일이에요? 아참! 난 앤디의 약혼녀였지?"

"잠깐 아가씨, 진찰 좀 합시다. 아심의 말대로 말이 많군요."

앤드류를 옆으로 밀치며 나이 지긋한 금발의 의사가 투덜거리자 레인이 피식 웃었다. 그리고 그가 시키는 대로 눈을 떴다 감았다 하고 눈동자를 굴리기도 하며 레인은 웅얼거리듯이 물었다.

"제가 눈을 다친 거예요?"

"거참! 아가씨는 대수술을 했으니까 확인해 보는 거요. 왼손을 주먹 쥐어봐요."

레인은 왼손을 주먹 쥐었다.

힘이 없었지만 손가락을 오므릴 수 있었다.

"오른손은요?"

"아직. 붕대를 풀면 테스트할 테니까 그때까지만 참아요."

레인은 고개를 끄덕였다. 그리고 앤드류에게 눈을 찡긋해 보였다. 그렇게 의사가 시키는 대로 한 레인은 마침내 그가 괜찮다고 하자 또다시 피식 웃었다.

"선생님은 이곳 분이 아니시죠?"

"영국에서 오셨어."

앤드류가 레인에게 대신 답했다.

"감사합니다. 빨리 회복할게요. 선생님께서 빨리 귀국하실 수 있게."

그녀가 의사에게 웃으며 말하자 의사 뒤에 서 있던 아심이 투덜거렸다.

"별걸 다 신경 쓰는 걸 보니 말짱하군."

"맞는 말 같군요. 그럼 난 가볼 테니 환자가 쉴 수 있게 면회는 짧게 해주시죠."

"감사합니다."

아심과 앤드류가 동시에 답하고 의사가 복도로 나가자 레인의 양쪽으로 모여들었다.

"레인, 미안해."

앤드류가 붕대가 감긴 레인의 오른팔에 손을 대며 말했다.

"무슨 소리예요? 당신들은 미리 내게 말해줬잖아요? 죽음을 각오해야 하는 일이라고. 선택은 제가 한 거예요."

"그렇지만 팔이……."

"걱정 말아요. 말짱할 거예요."

레인의 단호한 말투에 아심이 한숨을 쉬었다. 그녀가 흘끗 아심을 바라보자 그가 고개를 절레절레 흔들었다. 못 말린다는 표정이었다.

"그래서 말인데…… 레인, 이제 여행은 그만두고 나와 파혼을 하는 것이 어떨까 싶어."

아심을 바라보던 레인은 앤드류의 말에 퍼뜩 놀라며 눈을 동그랗게 뜨고 앤드류에게로 시선을 움직였다. 너무 급하게 시선을 옮겼는지 레인은 약간 현기증을 느꼈다.

"무슨 말이에요?"

"당신을 공격한 사람은 아프리카 최고의 킬러라는군."

이번엔 아심이었다.

레인은 어지러워서 눈을 감아버렸다. 그리고 중얼거렸다.

"역시 난 명줄이 길다니까……. 그런데 내가 파혼을 하면 앤디는 어떻게 되는 거죠?"

"내 걱정은 말고."

"안 돼요."

레인의 'NO'라는 대답에 두 남자가 거친 숨을 몰아쉬었다. 그녀는 눈을 뜨고 앤드류를 바라보았다.

"싫어요. 이 여행은 끝까지 할 거예요."

"레인, 고집 부리지 마."

아심이 잇새로 나직이 말하자 레인은 아심을 노려보았다.

"고집이 아니에요. 난 당신들과 약속을 했어요. 아뇨, 계약을 했어요. 그러니 끝까지 할 거예요."

"레인, 난 그 계약을 끝내도 괜찮아. 그렇지만 레인은 목숨이 위험해. 그는 살인청부업자야. 프로라구."

"앤디, 난 여행을 할 거예요. 처음부터 당신들은 내 목숨을 내놓고 이 일을 부탁한 게 아니었던가요? 그 사람이 날 죽인다면 그건 나의 운명이에요. 내가 아프리카로 오게 된 것처럼."

"빌어먹을! 이 여자야, 말귀 좀 알아들어! 어떻게 그렇게 쉽게 죽는다는 말을 할 수 있지?"

레인의 말을 자르며 아심이 분통 터진다는 듯이 소리쳤다. 레인은 눈썹을 모으고 인상을 찌푸렸다. 아심의 두 손이 주먹을 쥔 채 파르르 떨리는 것이 레인의 눈에 보였다. 레인은 그가 자신 때문에 화가 났다는 것을 알자 머리가 아파오는 것처럼 느껴졌다. 그녀는 눈을 감고 베개에 머리를 묻었다.

"피곤해요. 좀 잘래요. 앤디, 당신이 파혼을 하든 말든 난 여행을 계속할 거예요."

그녀의 목소리가 점점 사그라들었다. 그러자 두 남자의 숨소리가 더욱 거칠게 들려왔다. 레인은 점점 잠으로 빠져들면서 스스로도 이상하다고 느꼈다. 레인은 아심의 말대로 고집을 부릴 이유가 없었다. 그렇지만 그녀는 아심과 더 여행을 하고 싶었다. 그와 함께 있고 싶었다. 그렇지만 여행을 끝낸다는 건 그녀가 한국으로 돌아가는 것을 의미했다. 언젠가는 돌아가야 하겠지만 지금은 아니라는 확신이 강했다.

나 바보인가 봐…….

"어떻게 하지?"

"뭘 어떻게 해! 앤디, 설마 여행을 계속했으면 하는 거 아냐?"

아심이 눈을 가늘게 뜨며 앤드류를 바라보자 앤드류가 시선을 내리깔았다. 그런 앤드류의 모습에 아심의 눈동자가 새까맣게 변했다.

"다른 생각 하지 마. 그녀가 회복되면 말했듯이 바로 내 집으로 데려갈 거니까."

아심의 고집스런 말투에 앤드류가 한쪽 눈썹을 올려 보이며 레인의 이마에 흩어진 머리카락을 쓸어 넘겨주었다. 아심은 앤드류의 손길을 따라 시선을 옮기며 아이처럼 잠이 든 그녀의 얼굴을 주시했다. 순간 아심은 가슴 한구석이 막혀오는 듯한 느낌을 받았다.

어쩌면 이 여행이 끝나면 그녀는 고국으로 돌아가고 싶어할지도 모르지.

그런 아심의 마음을 알았는지 앤드류가 레인의 머리에서 손을 떼고 조용히 물었다.

"아심, 너야말로 고집 부리는 거 아냐? 그녀를 사랑한다고 생각만 하고 있는 건 아닐까? 난 그녀가 여행을 그만두어도 상관이 없어. 단지 그녀가 원하지 않는데 네가 그녀를 가둘까 봐 걱정될 뿐이야."

아심은 앤드류를 바라보며 눈썹을 모았다. 갑자기 소레만의 말이 떠올랐던 것이다.

진짜 소중한 것은 깨지기 전에 손에서 놓아야 한다.

아심은 다시 한 번 잠이 든 레인을 내려다보았다. 그리고 길게 한숨을 쉬었다.

"좋아, 앤디. 그녀가 원하는 대로 하지. 그녀가 원하면 여행을 계속하도록 하겠어. 그렇지만 그녀가 죽도록 놔두지는 않을 거야."

아심의 무뚝뚝한 말투에 앤드류가 조용히 한숨을 내쉬고는 병실 문을 열고 밖으로 나갔다. 아심은 레인이 의식이 돌아오기 전 일주일 동안 앉아 있었던 의자에 힘없이 앉았다. 그리고 주삿바늘이 꽂혀 있는 레인의 왼손을 잡았다.

젠장할!

그는 그녀의 손끝에 이마를 박고 스스로에게 화를 냈다.

왜 사랑 같은 걸 해가지고!

그딴 걸 왜 해서 이렇게 휘둘리냔 말야!

레인은 움직이지 않는 자신의 손가락을 노려보았다. 분명 힘을 주는데도 손가락이 움직일 생각을 안 했다. 그녀의 손이 부들부들 떨리는 것을 긴장 속에서 바라보던 의사가 침을 삼키고 조용히 말했다.

"레인, 마음을 가라앉히고 조급하게 움직이려고 하지 말아요."

레인은 의사의 말에 눈썹을 모으며 그를 올려다보았다. 어이가 없다는 표정이었다.

"안 움직여져요."

그녀가 표정과는 어울리지 않게 시큰둥한 목소리로 말을 하자 그녀 주위에 있던 사람들의 입에서 제각기 다른 소리가 새어나왔다. 아심은 미치겠다는 듯한 신음 소리를 내었고, 앤드류는 한숨을 쉬고, 의사는 헛기침을 했다.

"신경이 손상된 채 너무 오래 있었습니다."

의사의 말은 마치 변명처럼 들렸다.

"방법이 없을까요?"

앤드류가 조바심이 섞인 목소리로 묻자 의사가 레인을 정면으로 바라보며 냉정하게 말했다.

"물리치료를 하면 가능할지도 모르지만 이곳에선 무리이고 레인이 얼마만큼 의지를 가지고 있느냐에 달렸죠."

"잠깐만요, 선생님. 이제 막 붕대를 풀었을 뿐이잖아요? 손목까지는 움직이는데 손가락이 안 움직인다고 아예 끝장난 건 아니잖아요."

레인이 힘들지만 움직일 수 있는 손목을 서서히 돌리며 말하자 아심이 그녀를 노려보았다.

"당신의 신경은 낙타 심줄만큼 질기니까 두고 보자는 이야기인가?"

아심의 빈정거리는 말에 레인은 어깨를 으쓱해 보였다. 그리고 그녀가 덤덤하게 세 남자를 돌아보자 앤드류가 미안한 얼굴로 조심스레 입을 열었다.

"레인, 이렇게 되었으니까 여행은 끝내고 영국에서 당분간 물리치료를 받는 게……."

"말도 안 돼요, 앤디. 그럼 치료비는 당신네가 내겠단 말인가요? 그럴 순 없어요. 난 한 일이 없는걸요. 지금까지 난 공짜로 뭔가를 받아본 적은 없어요."

"빌어먹을! 레인, 이건 공짜로 받는다 아니다가 아니란 말야!"

"가만있어 봐요, 아심! 난 고국을 버리고 떠나왔어요. 방랑벽이 생겼다고 스스로에게 말은 해왔지만 실은 살아가는 것이 무서웠어요. 매일 아침 여섯 시 반에 일어나서 책가방을 싸고 학교에 가서 하루 종일 앉아 있다가 밤늦게 집에 가면 또다시 책상 앞에 앉아 공부를 해야 했죠. 그러다 어느 날 문득 생각했어요. 대학을 가고 친구들과 어울려 술 마시며 자유답지 않은 자유를 누린다고 시간을 보내다 졸업반이 되면 취업을 하려 버둥대겠지. 그러다 운이 좋으면 직장인이 되어 월급을 차곡차곡 모아 나와 똑같이 살아온 남자를 만나 결혼하면 애 낳고 시부모 모시며 늙어가겠지. 그렇게 생각하니까 모든 것이 답답해졌어요. 내 인생에 대한 책임이 겁이 났어요."

레인은 숨을 몰아쉬며 아심을 노려보았다.

그는 얼굴을 찌푸린 채 레인을 마주 노려보고 있었다.

그녀는 사춘기를 지옥 같은 시간이라고 생각했었다. 부모님의 간섭이 싫었고 선생님의 꾸지람이 싫었다. 똑같은 친구들과 우정이니 아니니 하며 옥신각신하며 감정싸움 한 것이 지긋지긋했다.

"난 고국을 떠났어요. 부모님께 아무런 말도 없이 사라졌어요. 그때는 무조건 벗어나고 싶은 생각밖에 없었어요. 그래서 처음에 고생을 하면서도 집으로 돌아가지 않았었죠. 지금은 돌아가는 것이 두려워요. 내가 돌아갈 곳이 있는지도 모르겠어요. 그렇지만 후회는 안 해요. 어차피 내가 집을 떠난 순간부터 난 의무나 책임을 버린 거니까요. 나의 생명과 인생을 포함해서 부모님이 날 낳고 키웠을 동안의 보람까지 내 손으로 잘라 버린 거예요. 그런 나에게 또다시 의무를 져버리라고요? 잔인하잖아요? 그럼 난 지금까지 무엇을 하며 살아온 거예요? 내가 살아갈 이유가 뭐가 있어요? 난 이번 여행을 꼭 끝내고 싶어요. 그리고 집으로 돌아가겠어요."

그녀가 말을 마치자 병실 안에는 침묵이 흘렀다. 레인은 가쁜 숨을 몰아쉬며 눈을 가늘게 뜨고 자신을 노려보는 아심에게서 시선을 돌렸다. 그녀는 마저 하지 못한 말이 있었던 것이었다.

난 사춘기를 지내며 꿈꿔왔어.

세상 어딘가에 나의 반쪽이 있을 거라고…… 나의 가슴을 두근거리게 만드는 남자가 날 기다리고 있을 거라고…….

이제야 그 남자를 찾았는데, 이렇게 떠나라고?

"앤디, 내 손은 괜찮을 거예요. 난 믿어요. 그러니까 여행을 끝마

칠 수 있게 해주세요. 국왕이 된 당신의 모습이 꼭 보고 싶어요."

레인은 아심이 국왕이라는 자리를 얼마나 싫어하는지 안다. 그래서 더더욱 앤드류가 국왕이 되길 바라는 것이었다. 그녀의 간절한 말투에 한참 동안 레인을 노려보던 아심이 드디어 천천히 입을 열었다.

"좋아. 대신 여행 중에 나에게서 조금도 떨어지지 마. 그리고 여행이 끝나면 치료를 계속 받는 거야."

"아심!"

앤드류가 눈을 동그랗게 뜨고 항의를 하려 하자 아심이 눈을 더욱 가늘게 떴다. 그리고 의사에게로 시선을 돌렸다.

"이 주일 후에 치료를 받아도 괜찮겠습니까?"

"두고 봐야겠지만…… 이삼 일 치료 받고 여행을 떠나시죠. 이주 후에는 영국에서 치료를 받으실 생각입니까? 그렇다면 추천할만한 물리치료사가 있는데……."

의사가 난감하다는 표정으로 묻자 아심이 말도 안 된다는 얼굴로 콧방귀를 뀌고 앤드류에게 말했다.

"앤디, 이 주 후에 내가 집에 도착했을 때 레인이 치료를 받을 수 있게 준비를 해줘."

14

*레*인은 헬기에 오르며 고개를 절레절레 흔들었다.

그녀는 낙타를 이용하지 않고 헬기로 나머지 부족들을 돌아보는 것이 마음에 안 들었다. 레인은 불만에 가득 찬 눈빛으로 그녀의 머리에 헬멧을 씌워주는 아심을 바라보았다. 그는 묵묵히 헬멧이 잘 맞는지 그녀의 귀 쪽을 살펴본 후에 그 자신도 헬멧을 썼다. 지난 일주일 동안 세 곳의 부족을 헬기로 돌아다니며 레인도 이제는 그의 보살핌이 몸에 익숙해졌다.

아심은 그녀가 오른손을 사용할 수 없다는 이유로 레인의 곁에서 한시도 떨어지지 않고 그녀의 수발을 들었다. 처음에 레인은 그런 그의 보살핌이 부담스럽고 쑥스러워서 거절을 했지만 가만히 그녀를 노려보며 끝까지 고집을 부리는 아심을 당해낼 수는 없었다.

레인은 창밖으로 멀어지는 작은 집들을 내려다보고는 아랫입술을 삐죽 내밀었다.

그리고 아심이 모르게 레인은 슬쩍 오른손에 힘을 주었다. 손가락이 파르르 떨렸다. 레인은 자신의 손끝이 경련을 일으키듯 조금씩 꿈틀거리는 것을 느낄 수 있었다. 그렇지만 의지대로 손가락을 구부릴 수는 없었다.

천천히…… 조급하게 마음먹지 말고…….

그래도 처음보다 손목의 움직임도 훨씬 낫잖아?

레인은 스스로를 위로하며 마음을 조급하게 먹지 않으려고 노력했다. 크게 숨을 내쉬며 시선을 정면으로 옮긴 레인의 눈에 헬리콥터를 운전하고 있는 남자의 짧은 머리가 보였다.

새로운 여행에는 동행인이 바뀌었다. 두두가 빠지는 대신에 헬리콥터 조종사인 마지아드가 그들 여행에 합류하였다. 그는 공군 출신으로 위급한 상황에는 레인의 경호도 할 수 있었다. 타루부부가 총을 사용할지도 모른다는 알루씨세의 말에 아심이 마지아드를 고용한 것이었다.

"이제 어디로 가요?"

"도곤족이 있는 반디아가라."

레인의 눈이 번쩍 뜨였다.

도곤족이라면 샤를르의 부족이었다. 레인은 새삼 호기심이 발동하는 것을 느꼈다. 다시 여행을 시작하고 나서는 왠지 여행에 재미를 못 느꼈던 그녀였다.

"재미있을 것 같아요."

레인이 눈을 반짝이며 아심을 바라보자 아심이 싱긋 웃었다. 오랜만에 보는 그의 웃음이었다.

"재미있을 거야. 마침 지금이 그들의 가면 축제가 열리는 시기이기도 하니까."

"가면 축제요?"

레인은 이태리에서의 가면 축제를 떠올렸다. 화려한 가면을 쓴 사람들이 거리를 활보하고 일주일 동안은 축제 분위기로 온 도시가 떠들썩했었다.

"도곤족은 가면으로 유명하지. 또 그들에게 가면 못지않게 중요한 게 붉은색 허리 도롱이야."

"허리 도롱이요? 그게 뭔데요?"

레인이 헬멧의 안쪽에 있는 스피커로 그의 목소리가 들림에도 본능적으로 아심에게 더 바싹 다가앉으며 궁금하다는 듯이 그의 이야기를 재촉했다.

"그들의 신은 '안마'라고 하는데 그 신은 대지를 창조하고 그것을 바탕으로 인간의 선조를 만들었다는군. 그런데 그 가운데 한 사람이 충동에 사로잡혀 어머니인 대지와 어우러지고 말았고 그때 흘러나온 피가 근원이 되어 붉은 허리 도롱이가 생겼지."

그의 이야기에 레인이 낄낄대고 웃었다.

"그게 끝이에요?"

그녀가 즐거워하는 모습이 보기 좋았는지 아심은 기억을 주워 모으는 듯 눈썹을 모으며 이야기를 계속했다.

"그러니까 음…… 그 붉은 허리 도롱이는 근친상간, 즉 인간이 범한 최초의 과오와 결부되어 있었던 거야. 그 과오와 그 후에 이어지는 다른 과오들은 죽음을 처음으로 세상에 출연시키는 결과를 가져왔지. 그때까지만 해도 죽음이 존재하지 않았기 때문에 장례식도 없었을 뿐 아니라 다른 의례도 없었거든. 그런데 죽음이 출연하고 나선 사체는 점점 증가해 가고 사회가 혼란스러워진 거야."

"그래서 장례식이 생겼어요?"

"도곤족이 가면으로 유명한 건 그때 어느 노인이 죽은 자를 위로하기 위해 죽은 자를 기리는 가면을 만들었기 때문이야. 후로 사냥꾼이 짐승을 죽일 때와 중대한 사건이 생길 때마다 죽은 자를 기리기 위해 여러 가지 가면이 만들어지기 시작했지."

레인이 여전히 웃으며 고개를 끄덕였다.

"그러니까 장례식 때문에 가면이 생긴 거군요? 한번 봤으면 좋겠어요."

"장례식은 꽤 길어. 절차도 복잡하지. 가족들은 탈상하기 전까지 상이 끝나는 의례를 준비하기 위해 저축을 할 정도니까."

"보고 싶어요."

레인의 말에 아심은 눈썹을 찌푸렸다. 그의 표정에 레인도 자신이 말을 실수했다는 것을 느꼈다. 장례식을 보려면 누군가 죽어야 되기 때문이었다. 그녀는 재빨리 이야기를 돌렸다.

"그 밖에 없어요? 도곤족에 대해서 재미있는 이야기는요?"

"흠, 참! 그들은 인간의 손가락이 다섯 개이기 때문에 일주간이 오 일이라고 생각해. 그래서 시장이 오 일마다 열리지."

아심이 손가락을 펼쳐 보이며 말하자 레인은 또다시 키득거렸다.

"그리고 그들은 쟈칼점이라는 것을 치는데 그것도 재미있어. 그들은 신과 모태인 대지 사이에 최초로 태어난 것이 쟈칼이기 때문에 미래를 예언하는 힘을 지녔다고 믿고 있지. 그래서 점술가가 땅 위에 질문을 적고 밤이 되면 테두리에 놓아둔 먹이 때문에 쟈칼이 나타나 발자국을 찍는데 아침에 점술가가 쟈칼의 발자국을 해독하면 답이 되는 거지. 그게 쟈칼점이야."

아심의 말이 끝나자 레인의 입술이 벌어졌다. 그녀는 웃음을 참을 수 없었다.

그들이 미개하고 어리석게 느껴졌기 때문이다. 그렇지만 그런 점이 아프리카의 매력이라고 생각한 레인은 웃음을 입에 걸친 채 창밖을 바라보았다. 헬리콥터 아래로 작은 모래 바람이 일며 지평선을 뿌옇게 만들고 있었다. 레인은 이글거리는 태양과 그 태양의 열기를 흡수하는 모래가 좋았다. 사막의 모래 위로 헬기의 그림자가 길게 따라왔다.

그녀는 아심의 이야기 덕분에 도착할 곳에 대해 무한한 호의를 느꼈다. 그리고 그 호의는 그녀가 헬리콥터에서 내리며 본 광경에 놀람으로 바뀌었다.

"저건 뭐죠?"

그녀가 왼손으로 가리킨 곳을 따라 시선을 돌린 아심이 싱긋 웃으며 말했다.

"말했잖아, 도곤족은 가면으로 유명하다고."

레인의 아심의 대답에 입이 떡 벌어졌다.

이태리에서 본 우아하고 아름다운 가면의 모습이 아니었기 때문이다. 검은 피부의 남자들이 땀으로 번쩍거리는 피부를 이상한 천과 장신구로 간신히 그곳만 가린 채 얼굴을 나뭇조각으로 뒤집어쓰고 서 있었던 것이다.

그날 저녁 레인은 장로라 불리는 남자를 보며 웃었다. 그는 레인에게 자신의 집 구조를 설명해 주고 있었다. 그의 말을 통역해 주며 아심이 싱긋 웃었다.

"부엌이 사람의 머리 부분에 해당하고 저기 있는 두 개의 채광용 창이면서 배기 구멍이 사람의 눈이라는군."

레인은 아심의 손을 따라 시선을 옮겨 양쪽에 있는 창을 바라보았다.

"그리고 침실이 배이고 오른팔이 얼굴 모양처럼 생긴 남자의 창고인데 작물을 보관하고 왼팔은 여성의 유방 모양으로 취사도구와 가재도구를 넣는 여자의 창고라는군. 현관은 다리 부분이고 집의 기둥이 아버지, 대들보가 어머니, 가는 들보가 아이들, 그 위에 있는 가늘고 긴 나무는 선조를 의미한다는데?"

레인은 아심의 말에 고개를 끄덕였다.

"재미있네요. 그러니까 집 안이 사람 모양을 하고 있다는 거죠?"

"집안뿐이 아니야. 아까 헬기 안에서 봤어야 하는데 이 부락 전체가 사람 모양을 하고 있어. 그런데 재미있는 것이 부락의 동쪽과 서쪽에 사람의 손 부분을 나타내는 여자의 집이라고 월경 중인 여성들이 지내는 집이 따로 있지."

레인은 아심이 싱글싱글 웃으며 말하자 그를 가볍게 흘겨보았다.

그런 레인의 모습을 보고 싱긋 웃은 아심은 장로에게 뭐라고 하고 밖에 있는 알루씨세를 불렀다. 그리고 알루씨세가 들어오자 레인을 숙소로 데려가라고 명령을 했다.

"레인, 알루씨세를 따라가서 먼저 자. 난 좀 더 이야기를 나눈 뒤에 가지."

레인의 왼팔을 잡아 일으켜 세워주며 아심이 말하자 그녀는 또다시 그를 흘겨보았다.

그의 말투가 마치 아내에게 말하는 듯이 들렸기 때문이다. 레인은 콧방귀를 뀌고 장로에게 고개를 숙여 인사한 뒤 집을 나왔다. 사각형의 집들 사이로 알루씨세의 뒤를 따라 걸으며 레인은 주위를 두리번거렸다. 모래를 훑어나가는 바람 소리 사이로 어디선가 떨리는 듯한 목소리의 노래가 흘러나오고 있었다.

아프리카는 어디 가나 음악이 끊기질 않네.

그녀는 알루씨세가 계속해서 그녀를 살피는 것을 알고 있었다. 언제나 아무 말 없이 그녀의 주위를 지켜주는 것도 알고 있었다. 레인은 그가 힐끔거리며 그녀가 제대로 따라오는지 계속해서 확인을 하는 알루씨세에게 웃어 보였다. 그렇지만 표정을 드러내지 않는 알루씨세는 얼른 고개를 돌려 버렸다.

배에서 공격을 받고 난 후부터 알루씨세는 절대로 그녀를 혼자 두지 않았다.

만약 내가 총에 맞으면 어쩌려고 그러지?

레인은 총을 휴대하고 다니는 마지아드가 아닌 알루씨세가 자신을 지키려 한다는 것이 약간 불안했다. 그녀 자신이 총에 맞는 것은 상관이 없지만 알루씨세의 행동거지로 보아 분명 누군가 그녀에게 총을 겨눈다면 대신 맞을지도 모르는 일이었기 때문이다.

알루씨세도 투아레그족 남자의 특징인 큰 키와 햇볕에 잘 탄 까무잡잡한 피부, 이목구비가 뚜렷한 얼굴을 지녔다. 레인은 그런 그에게 사랑하는 여인이 있을 거라고 지레짐작을 했고 그녀 자신 때문에 알루씨세가 다치거나 죽는다면 스스로를 용서 못할 것 같았다.

여행을 주장한 것은 그녀 자신이었으니까.

"고마워요."

그녀는 알루씨세가 멈춘 집 앞에서 그에게 타마세크어로 인사를 했다. 그렇지만 그는 아무 말 없이 문을 열고 집 안으로 들어가 탁자 위에 있는 호롱불을 켜고는 방 하나로 되어 있는 집 안을 둘러보았다.

"괜찮아요. 아무도 없을 거예요."

레인이 그를 따라 들어가 알루씨세의 옆에 서며 말하자 그가 갑자기 한 팔을 들어 그녀를 자신의 뒤로 밀었다.

"앗! 알루씨세, 왜……."

놀라서 소리치며 알루씨세의 팔을 잡던 그녀는 그가 급하게 허리에 찬 칼을 빼 드는 것을 보고 입을 다물었다.

그리고 레인은 눈을 크게 뜨고 방 안을 둘러보았다. 불빛에 그림자가 흔들리는 방 안에 인기척이라고는 없었다. 작은 방 안엔 그녀와 아심의 짐이 올려진 침대 하나와 탁자 하나, 그 주위에 나무로 만들어진 의자 두 개와 그릇들과 잡동사니들이 놓인 장식장 하나뿐이 없었다. 그렇지만 잠시 후 레인은 장식장 옆에서 움직이는 사람을 보았다.

"레인."

"아지움! 알루씨세, 괜찮아요. 아지움은 날 해칠 사람이 아니에요."

레인은 몸을 움직이려는 알루씨세의 옷자락을 잡고 자신도 모르게 타마세크어로 말했다.

그녀의 유창한 타마세크어에 알루씨세가 약간 놀란 듯 어깨 너머로 큰 눈을 찌푸리며 레인을 바라보았다.

"그동안 못 알아듣는 척해서 미안해요, 알루씨세. 그렇지만 아지움은 제 친구예요. 절 해치지 않을 테니 걱정 말아요."

레인이 미안한 얼굴로 그의 옷자락을 잡아끌며 말하자 알루씨세는 찌푸린 눈으로 아지움을 한번 노려보고 레인에게 낮게 말했다.

"아심에게는 말 않겠습니다. 그렇지만 그가 금방 올 테니 이야기를 빨리 끝내십시오."

레인은 무뚝뚝하게 말하고 밖으로 나가 조용히 문을 닫는 알루씨세에게 환한 웃음을 지어 보였다. 그리고 아지움에게 고개를 돌렸다.

"아지움! 어떻게 된 거야? 왜 갑자기 나타났다가 사라지는 거야? 그리고 샤를르한테 왜 칼을 휘둘렀어?"

그녀가 투덜대자 아지움이 한 발자국 앞으로 나왔다.

"레인, 미안해. 내가…… 그러려고 한 건 아니었는데……."

레인은 고개를 숙이고 그녀의 시선을 피하는 아지움에게 다가가 왼손을 뻗어 그의 손을 잡았다.

"이리 와서 앉아봐. 그리고 왜 그랬는지 자세히 말해."

레인의 손에 이끌려 탁자 앞에 있는 나무 의자에 앉은 아지움은 움직이지 않는 레인의 오른손을 뚫어지게 바라보았다.

"팔은……."

"팔은 괜찮아. 아직 손가락까지는 움직이지 않지만 손목은 움직일 수 있어. 그것보다 왜 샤를르를 공격했어? 너답지 않아."

레인의 다그침에 아지움이 입술을 비틀었다.

"그, 그건……."

그는 입을 열다 말고 레인의 얼굴을 흘끗 바라보았다. 레인은 고개를 끄덕이며 그의 말을 기다렸다.

"그녀가 다치면 앤디가 너와의 약혼을 깰 줄 알았어."

아지움의 어린애 같은 말에 레인이 웃음을 터뜨렸다.

"바보같이. 그래서 샤를르를 해쳤단 말야? 앤디는 샤를르를 사랑해. 그 일로 앤디가 얼마나 걱정했는지 알아? 샤를르가 심하게 다치지 않아서 다행이지. 그러다 샤를르가 심하게 다쳤으면 어쩌려고 그랬어?"

"일부러 깊이 찌르지 않았어. 그렇지만 레인, 널 공격한 타루부부는 달라. 진짜 널 죽이려 한단 말야."

레인은 눈웃음을 지으며 아지움을 흘겨보았다.

"그래서 날 따라다닌 거야? 여긴 샤를르의 고향이야. 이곳 사람들이 네가 샤를르를 공격한 걸 알면 널 가만두지 않을걸?"

"알아."

아지움은 더욱 시무룩하게 고개를 숙였고 레인은 왼손을 뻗어 그의 볼을 쓰다듬었다.

"아지움, 내 걱정은 하지 마."

그녀의 말에 아지움이 갑자기 고개를 들고 그녀를 바라보았다. 그리고 자신의 볼에 닿아 있는 그녀의 손을 잡았다.

"레인, 나랑 같이 도망가자. 타루부부도 네가 앤디와 파혼을 하고 나랑 함께 있으면 널 해치지 않을 거야."

"아지움……."

레인은 그가 자신의 손바닥에 키스를 하자 어쩔 줄 몰라 했다. 아지움은 그녀가 손을 움찔하며 빼려 하자 손에 힘을 주어 움직이지 못하게 하였다.

"아지움, 이러지 마. 난 그들과 약속을 했어, 이 여행을 끝마치기로."

"레인, 나 때문이지? 내가 너에게 청혼을 해서 네가 우리 부족을 떠난 거였지? 그래서 그들을 만난 거고……."

아지움의 눈엔 갈망이 가득 고여 있었다. 그 갈망 속엔 그녀에 대한 원망도 섞여 있었다.

"아니야. 너도 알다시피 난 한곳에 오래 머물지 못하잖아. 그냥 그날 아침에 난 떠난 거야. 그러다 그들을 만난 거고. 그들과는 아무런 감정이 없어. 단지 날 살려줬던 보답을 하고 싶었던 거야. 내가 죽는다 해도 네 탓이 아냐. 그리고 이번 여행이 끝나면 이젠 여행을 그만둘 거야."

그녀의 말에 아지움이 그녀의 손을 더욱 세게 쥐었다.

"우리에게로 돌아올 거야? 우리와 함께 계속 있을 거야?"

"아지움, 내 말은 그런 뜻이 아니라……."

"발음 한번 죽여주는군."

레인은 갑자기 등 뒤에서 들려오는 아심의 목소리에 말을 끊고 자신도 모르게 의자에서 벌떡 일어났다. 방 안에 어른거리는 불빛을 받고 문 앞에 서 있는 아심은 문틀에 기대어 팔짱을 끼고 있었다. 마치 여유롭게 그들을 바라보고 있는 듯하였지만 레인은 그의 어깨가 굳어 있는 것을 알 수 있었다.

"아심."

"우리말을 아주 잘하는군. 그러면서 할 줄 아는 말이 몇 마디밖에 안 된다고?"

아심이 입술을 비틀며 말하자 레인은 가슴이 두근거리는 것을 진정시킬 수가 없었다. 차라리 아심이 화를 냈다면 레인이 함께 화를 낼 수도 있었는데 그는 냉정하게 방 안으로 한 발자국도 들여놓지 않은 채 문을 막고 서서 빈정거리기를 계속했다.

"기가 막히게도 연기를 잘했어. 모두가 깜박 속아서 당신의 보디랭귀지에 감탄을 했으니까. 하긴, 다들 바보였는지도 모르지. 당신같이 똑똑한 여자가 투아레그 부족에 일 년이나 있었으면서 그들 말을 몇 마디밖에 못한다는 것을 믿었으니까."

레인은 자신이 그들 언어를 할 줄 알면서 그동안 속인 것을 아심이 알았다는 것보다 그가 문 밖에서 아지움과의 대화를 얼마나 들었는가가 더 신경 쓰였다.

"일부러 속인 건 아니에요. 당신네 정세가 불안하다고 들었기에…… 그렇지만 처음에 모른다고 해놔서 나중에 사실을 말하기가 꺼려졌던 것뿐이에요."

레인의 말에 아심이 더 화가 난다는 듯이 큰 걸음으로 방 안으로 들어왔다. 그리고 그녀와 아지움 사이에 서서 아직도 아지움의 손에 잡혀 있는 레인의 손을 잡아챘다.

"혹시 오른손이 안 움직여진다는 것도 거짓인가?"

아심이 나직이 말하며 레인의 오른손을 내려다보자 그녀의 눈에서 불꽃이 튀었다.

"레인은 거짓말을 안 합니다!"

그녀의 손을 놓친 아지움이 분한 듯이 씩씩거리며 의자에서 일어나며 말하자 아심이 흘끗 그를 노려보았다.

"자네에게는 그랬을지 몰라도 나에게는 했어. 그리고 밤도 깊었는데 자네는 계속 남의 방에 있을 건가?"

아심이 무심한 말투로 빈정대자 아지움이 아랫입술을 깨물며 어깨를 들썩였다. 레인은 아직도 아심의 손에 잡혀 있는 자신의 손을 빼려 손을 비틀며 의자에서 일어났다. 그렇지만 그녀의 손을 잡은 아심은 절대로 놔줄 수 없다는 듯이 그녀를 노려보았다.

"아지움, 이만 가. 이 여행이 끝나면 그곳으로 갈 테니까 더 이상 날 따라다니지 말고 집으로 돌아가."

어깨를 들썩이며 아심의 손에 잡혀 있는 레인의 왼손을 바라보던 아지움은 레인의 말에 고개를 끄덕이고 아심을 지나쳐 밖으로 나갔다. 그가 나가자 아심은 문밖에 서 있는 알루씨세에게 소리쳤다.

"알루씨세! 문을 닫아!"

레인은 문을 닫는 알루씨세를 멍하니 바라보다가 갑자기 아심이 그녀의 손을 잡아끌자 정신을 차렸다.

"왜 이래요?"

"몰라서 묻는 건 아닐 테지?"

그의 낮은 목소리와 번뜩이는 눈을 바라본 레인은 본능적으로 그에게서 도망가려 했다. 그렇지만 쉽게 그녀의 허리를 잡아챈 아심은 버둥거리는 레인을 침대로 안고 갔다.

"왜 이래요! 이거 놔요!"

레인은 그가 한 손으로 침대 위에 놓여진 짐들을 밀어 바닥에 떨어뜨리자 또다시 도망가려 몸을 비틀었다. 짐들이 바닥으로 떨어지는 소리가 긴장으로 윙윙거리는 레인의 귀에 멀리 들렸다. 그리고 그녀는 침대 위로 나동그라졌다.

"아심, 잠깐만요! 내 말 좀 들어……."

"우리말로 말해!"

아심이 영어로 소리치는 레인에게 나직이 명령을 하곤 그녀가 입을 열기도 전에 입술을 덮쳤다.

레인은 그의 입술이 그녀의 입술을 벌리자 고개를 가로저으려 했다. 그렇지만 그녀의 반항에 입술을 뗀 아심이 한 손으로 그녀의 턱을 잡고 움직이지 못하도록 했다.

"나와는 키스조차 하기 싫다는 건가? 나에겐 아무런 감정이 없으니까?"

레인은 그의 말에 눈을 동그랗게 떴다.

그녀는 아니라고 말을 하고 싶었지만 아심이 턱을 쥐고 있는 바람에 오므려진 입술이 움직여 주질 않았고 고갯짓을 할 수도 없었다. 그녀는 화가 난 듯이 눈을 가늘게 뜨고 천천히 입술을 부딪쳐 오는 아심을 바라보았다.

그가 또다시 키스를 해오며 그녀의 상의를 들추자 레인은 눈을 꼭 감았다. 그녀의 입술을 벌린 그의 입술 사이로 나온 혀가 앙다물고 있는 레인의 이를 쓸었다. 레인은 부드러운 그의 혀가 자신의 이와 입술의 속살을 쓰는 것을 느끼며 왼손으로 그의 어깨를 밀쳐 냈다. 그렇지만 양팔로도 그를 밀쳐 내기 힘든데 한 손으로는 어림 없었다.

아심의 입술 사이로 답답하다는 듯한 신음 소리가 새어나왔다.

레인은 계속해서 이를 벌리지 않았고 화가 난 아심은 결국 손으로 그녀의 양 볼을 세게 쥐어 그녀가 입을 벌리도록 하였다.

레인의 입 안에서 아픔으로 인해 신음 소리가 터져 나왔다.

그녀는 더욱 몸부림을 쳤고 아심은 진짜 화가 났는지 입술을 떼고 그녀의 상의 윗단을 양손으로 잡더니 위에서부터 한 번에 찢어 버렸다. 레인은 옷이 찢어지는 소리에 희미하게 입술을 떨었다.

놀라서 치켜뜬 레인의 눈에 아심이 이를 악물고 그녀를 노려보는 것이 보였다.

레인은 진짜로 겁이 났다.

지금까지 어떠한 상황에서도 겁을 먹지 않았던 그녀였다. 그렇지만 아심의 새까매진 눈동자를 보는 순간 그녀는 겁이 났다. 영국에서 강간을 당할 뻔했을 때도 겁이 나기보다는 화가 나서 상대 남자의 물건을 발로 세게 차며 '터져 버려라!' 라고 소리치기까지 한 레인이었다. 그런 그녀가 아심의 검은 눈동자에 두려움을 느끼고 가늘게 몸을 떨었다.

"아심, 잠깐만요. 난……."

"우리말로 해!"

또다시 그녀가 영어로 말하자 잇새로 말을 내뱉으며 아심은 그녀의 허리에 묶인 끈을 풀었다. 레인은 얼른 왼손으로 허리끈을 붙잡으며 아심에게 애원을 했다.

"내가 잘못했어요. 그러니까 이러지 말아요. 나중에 후회할지도 몰라요, 아심!"

아심이 그녀의 손을 뿌리치고 허리끈을 풀어 한쪽 끝을 잡아당겨 방 어딘가로 던져 버리자 레인은 애원하던 것을 멈추었다.

그는 똑바로 레인을 노려보고 있었지만 그녀의 말이 하나도 귀에 안 들어온다는 듯이 그녀를 누르고 있던 상체를 일으켰다. 레인은 얼른 몸을 비틀어 또다시 그에게서 달아나려 했다.

그러나 레인은 그가 한 손으로 붙잡고 다른 한 손으로 그녀의 바지를 벗겨내자 침대에서 몸을 일으키기보다 먼저 다리를 마구 휘둘렀다.

"아심! 그만 해요, 아심!"

그녀는 왼손으로 그의 어깨를 밀어내며 다리를 버둥대었지만 맥없이 벗겨진 바지는 또다시 방구석 어딘가로 던져졌다. 그렇게 찢어진 상의와 벗겨진 바지 안에 아무것도 입지 않은 레인의 알몸이 흔들리는 호롱불에 의해 드러나자 아심이 무표정하게 말했다.

"적어도 내 이름을 부르니 다행이군. 앤디나 아지움이 아니니까 말야."

그 말을 듣는 순간 레인은 화가 났다.

"앤디나 아지움은 이런 짓을 안 하니까요!"

발끈한 그녀가 소리치자 아심이 입술을 비틀었다. 그의 표정을 본 레인은 '아차!' 하고 입을 다물었지만 이미 입 밖으로 말이 나온 건 어쩔 수 없었다.

"아심, 제발 이러지 말아요."

레인은 왼손을 들어 그의 팔을 잡으며 또다시 애원했다.

그녀는 스스로도 무엇이 그녀 자신을 그토록 두렵게 하는 건지 몰랐다. 단지 막연하게 이런 건 아니라는 생각이 들었을 뿐이었다.

언제나 레인은 섹스의 첫 경험에 대한 환상을 지니고 있었다. 로맨틱한 분위기에서 서로를 애무하고 사랑의 말을 속삭인 후에 천천히 사랑을 나누고 싶었지, 이렇게 무자비하게 일방적으로 당하는 것은 절대 원하지 않았다.

이 남자는 날 사랑한다고 말하지도 않았어!

레인은 그런 생각이 들자 화가 나기 시작했다. 그렇지만 그녀는 아심에게 항의를 하기도 전에 그의 입술이 가슴에 닿자 눈앞이 깜깜해지는 것 같아 눈을 감아버렸다. 아심은 혀로 그녀의 유두 주위를 동그랗게 원을 그리고 그 끝을 살짝살짝 건드리길 반복했다.

레인의 호흡이 가빠졌다. 그녀는 입 안이 바짝 말라옴을 느꼈다. 벌어진 레인의 입술 사이로 한숨인지 신음인지 알 수 없는 소리가 새어나오자 갑자기 아심이 그녀의 가슴을 세게 빨았다.

그녀는 또다시 젖어들기 시작했다.

가늘게 뜬 그녀의 눈 위로 속눈썹이 흔들렸다.

"레인……."

그가 레인의 이름을 부르자 레인은 눈이 부신 듯이 눈을 가늘게 뜬 채 아심의 얼굴을 바라보았다. 그녀는 커졌다 작아지기를 반복하는 호롱불의 불꽃으로 인해 그의 표정을 읽을 수 없었다. 아심은 부드럽게 그녀의 입술에 키스를 하였다. 그리고 레인의 다른 쪽 가슴을 엄지손가락으로 애무하던 아심은 천천히 손을 움직여 그녀의 다리 사이로 집어넣었다. 그렇지만 그의 손이 파고들자 레인은 본능적으로 다리를 오므렸다. 아심은 그녀의 입술에서 얼굴을 들고 또다시 레인을 노려보았다.

"아심, 잠깐만요……."

레인은 그를 달래려 하였다. 그렇지만 아심은 그녀를 노려본 채 한쪽 무릎을 그녀의 다리 사이로 집어넣어 다리를 벌렸다. 레인은 허벅지의 살이 밀리자 아픔으로 낮게 비명을 지르고 또다시 그를 밀어내기 시작했다. 그렇지만 이미 젖어들기 시작한 그녀의 몸은 그나마 있던 힘까지 앗아버렸는지 무의미하게 그의 어깨에 손을 댄 격밖에 되지 않았다. 아심은 그런 그녀를 비웃기라도 하듯이 입술 한쪽을 비틀며 천천히 그녀의 속살을 두드리기 시작했다.

마치 문을 열어달라는 것처럼.

그의 두드림이 빨라짐에 레인의 샘이 그를 적시고 있었다.

아심은 그녀에게서 몸을 떼고 바지를 벗었다. 그사이에 레인은 언젠가 태국에서 낯선 남자에게 폭행을 당할 뻔했던 적을 떠올렸다. 그때 그녀는 소리를 지르며 발목을 교차시켜 다리를 붙인 상태에서 사람들이 나타날 때까지 버텨서 위기를 넘겼었다.

레인은 그가 일어나서 바지를 벗는 동안 얼른 똑바로 누워 발목을 교차시키고 양쪽 허벅지를 꼭 붙였다. 침대에 다시 오르던 아심은 그런 그녀를 보고 피식 웃으며 말했다.

"분명히 말했을 텐데? 내게 거짓말은 하지 말라고."

그렇게 말하는 아심의 표정에 또다시 화가 난 레인은 그를 마주 노려보았다. 그는 마치 벌을 주는 선생님과도 같이 당당했고 레인은 자신이 그에게 질책을 받을 이유가 하나도 없다는 것을 알고 있었기에 아심이 이러한 태도가 못마땅했다. 그렇지만 스치듯이 본 그의 알몸 때문에 레인의 얼굴은 희미하게 상기되어 있었다.

그렇게 양팔을 가슴에 꼭 붙이고 있던 레인은 그가 갑자기 허리를 붙들어 들어 올리자 비명을 지르며 허공에 팔을 휘둘렀다. 순식간에 몸이 뒤집어져 엎드린 상태가 된 레인은 아심이 그녀의 엉덩이를 잡고 들어 올리자 당황해서 어깨 너머로 그를 돌아보았다. 잠시 후 그녀는 엉덩이에 그의 살이 닿는 것을 느꼈다.

"아심, 하지 말아요! 난……."

그렇게 소리치던 레인은 아심의 몸이 들어오기 시작하며 느껴지는 아픔에 말을 멈추고 크게 신음을 토해내었다. 그녀의 신음 소리가 심상치 않게 들렸는지 아심은 순간적으로 움직임을 멈추고 그녀의 몸을 다시 똑바로 돌려 뉘었다.

그가 한쪽 눈썹을 올리며 의아하다는 표정으로 레인을 내려다보자 그녀는 고개를 돌려 그의 시선을 피했다. 갑자기 아심의 얼굴을 바라보는 것이 그녀는 부끄럽다는 생각이 들었다.

레인은 자신의 몸에 닿아 있는 그의 몸을 의식하지 않으려 애썼다. 그리고 아직 자신의 처녀막이 안전하다는 것을 본능적으로 느낀 레인은 다시 그에게서 벗어나려 몸을 비틀며 움직였다.

그렇지만 그녀의 다리를 단단히 붙잡은 아심은 여전히 얼굴에 의아함을 담고 그녀의 몸을 끌어당겼다. 또다시 레인은 그의 몸이 들어오는 것을 느끼고 신음 소리를 내지 않으려 이를 악물었다. 아심은 그녀의 얼굴에서 시선을 떼지 않은 채 그녀의 몸 안으로 완전하게 들어갔다. 순간 레인이 참지 못한 신음 소리를 터뜨렸고 아심의 입에서 크게 숨을 들이쉬는 소리가 나오며 움직임이 멈추었다.

"세상에……."

아심은 믿겨지지가 않았다.

분명 그의 몸이 들어갈 때 약하지만 그의 삽입을 막은 것이 있었기 때문이다. 언젠가 그녀의 속살 안으로 손가락을 집어넣었을 때 아심은 레인이 경험이 풍부하지 않다는 것을 알았었다. 그렇지만 삼 년 동안 홀로 여행을 하며 그녀가 순결을 지켰으리라고는 생각을 못했던 그는 자신의 몸을 가로막았던 레인의 처녀성이 순간적으로 믿기지 않았던 것이었다. 아심은 자신도 모르게 손가락이 떨리는 것을 느꼈다.

희열.

알 수 없는 희열이 그의 온몸을 휘감고 있었다. 그렇지만 아심의 머리는 아주 냉정하게 돌아갔다.

동양 여자들은 순결을 소중히 생각한다지?

그의 시선이 아랫입술을 깨물고 있는 레인의 얼굴로 향했다.

그 누구도 닿지 않은 곳. 홀로 여행을 하면서도 많은 유혹이 있었을 텐데도 지켜왔던 것.

그런 생각이 들자 레인의 안에 있는 아심의 몸이 흥분을 참지 못하겠다는 듯 저절로 꿈틀거렸다. 그의 움직임에 레인이 고통스러운지 낮게 신음 소리를 내었다. 아심은 냉정한 머리와는 다르게 가슴 한구석부터 밀려오는 걱정에 인상을 찡그렸다.

레인은 그의 행위를 말렸었다. 그만 하라고 했었다. 그렇지만 아심은 결국 그녀에게 몸을 묻었다. 그것이 아심은 걱정이 되었다.

내일 아침 당장 여행을 끝내고 고국으로 갈지도 모르지.

그런 생각을 하는 아심의 입술이 비틀어졌다.

그렇지만 그의 생각과는 달리 그녀의 안에 있는 아심의 몸은 충족되지 못한 욕구로 인해 갈증을 불러일으키고 있었다.

꼴 보기 좋군. 몸과 마음과 정신이 제각기 놀고 있다니!

아심은 천천히 그녀의 몸에서 빠져나오기 시작했다. 그러자 레인의 입이 벌어지며 그녀가 가쁜 숨을 내쉬었다. 아심은 그녀의 머리 양쪽에 놓인 자신의 손에 힘을 주고 되도록이면 그녀에게 고통이 작기만을 바랄 뿐이었다.

"……아심?"

아심은 레인에게서 완전히 빠져나와 몸을 일으키다 말고 그녀가 의아하다는 듯이 그의 이름을 부르며 팔을 잡자 눈을 질끈 감았다. 그리고 천천히 눈을 뜬 그는 도저히 그녀의 얼굴을 볼 수가 없었기에 그냥 고개를 돌리고 재빠르게 침대에서 일어났다.

바보같이!

그렇지만 아심은 지금 레인을 본다면 미안하다고 사과를 할 것만 같았다. 지금까지 많은 여자들과 잠자리를 같이 해왔고 그중에 처녀가 없었던 것도 아닌데 유난히 레인의 처녀성을 품었다는 것에 죄책감을 느끼는 것이 아심 스스로도 신기했다.

동양 여자라서 그래! 동양 여자라서!

그는 스스로에게 말하고는 레인의 손을 뿌리쳤다. 그러자 레인이 눈을 부릅뜨며 그의 팔을 다시 잡더니 화난 듯이 말했다.

"너무하잖아요! 물론 당신이 처녀랑 자는 걸 안 좋아할 수도 있겠죠. 그렇지만 이렇게 끝내면 난 뭐예요? 당신은 어떨지 모르지만 내게는 첫 경험이란 말예요!"

순간 아심은 뭔가에 세게 맞은 듯 머리를 한쪽으로 기울더니 천천히 레인에게로 시선을 돌렸다. 그녀는 한 팔을 이마에 얹은 채 길게 한숨을 쉬었다. 아심의 시선이 절로 그녀의 다리 사이로 옮겨졌다. 희미하게 핏자국이 묻어 있는 레인의 허벅지를 보던 아심은 주먹을 세게 쥐었다 폈다.

마치 자신을 한 대 때리고 싶은 표정으로 아심은 잠시 망설였다.

참았어야 했어!

이런 곳이 아니라 나의 집에서 그녀를 품었어야 했다구!

그는 왜 자신이 그토록 화를 내며 그녀에게 덤벼들었는지조차 잊어버렸다. 아심은 화가 났었고 레인의 감정 없는 말투와 표정이 싫었다. 그녀에게 있어 모든 사람과 아심이 하나도 다를 바 없다는 듯한 레인의 행동이 그를 자극했다.

아니, 그녀의 모든 행동 하나하나가 그를 자극했다.

내가 그녀에게 집착하는 건가?

그는 언젠가 소레만이 했던 말을 떠올렸다. 그렇지만 아심은 다시 침대로 올라 레인의 허리에 손을 대며 소레만의 말이 맞기도 했지만 틀렸다고 생각했다.

내가 이 여자를 놔줄 수 있다고?

천만에! 이 여자를 포기할 수 없어!

그렇지만 아심은 그녀가 버리는 데 자유로운 여자라는 말엔 동의를 했다. 레인은 잃어버린 순결에 대해 과감하게 미련을 버린 것이었다. 아심은 그녀의 그런 무모함이 좋았다.

그의 손길에 이마에서 팔을 뗀 레인이 눈을 동그랗게 뜨고 올려다보자 아심이 싱긋 웃었다. 아심은 그녀에게 다시 몸을 묻으면 자신이 절대로 그녀를 놓아주지 않으리라는 것을 알고 있었다.

"내가 잘못 생각했군. 다시 시작하지. 이번엔 그대에게 최상의 기쁨을 주도록 해줄 테니까 잘 기억하라구. 그대의 첫 경험은 최고였고 그 상대는 나라는 걸 잊지 마."

다른 남자가 아닌…….

아심이 천천히 그녀의 가슴에 얼굴을 묻자 땀 냄새와 레인 특유의 우유 냄새와도 비슷한 향이 그를 감쌌다. 레인의 자그마한 가슴이 들썩거렸다. 아심은 그녀의 작은 가슴이 좋았다. 마치 한입에 물 수 있는 과일 같았다. 그는 또다시 갈증을 느끼며 그녀의 가슴을 입에 물고 세게 빨았다. 아심은 입 안에 들어온 레인의 유두를 혀끝으로 두드렸다.

그는 레인이 가파른 호흡을 내뱉으며 상체를 들썩이자 가슴에서 떨어진 입술을 뼈가 드러난 그녀의 쇄골선을 따라 움직였다. 레인의 입에서 불만이 가득한 신음 소리가 터져 나왔다. 아심은 한 손으로 그녀의 헝클어진 머리를 붙잡고 잡아당겨서 레인의 입술에 키스를 했다. 레인의 마른 혀가 그의 입술을 반겼다.

"아심……."

레인의 입술이 벌어지며 희미하게 그녀가 아심의 이름을 부르자 그는 그녀의 얼굴을 입술로 더듬었다. 레인의 속눈썹이 그의 입술 아래에서 가늘게 떨렸다.

그렇게 레인의 얼굴을 헤매던 아심의 입술은 그녀의 목을 타고 내려가 다시 가슴 주위를 맴돌다 얕게 패인 그녀의 배꼽에 머물렀다. 잠시 레인의 배꼽 안에 들어갔던 아심의 혀는 천천히 아랫배를 지나 조심스럽게 그녀의 샘에게 다가가기 시작했다. 그의 대담한 애무에 레인이 낮게 신음을 터뜨리며 그를 말리려 했지만 아심은 한 손으로 그녀의 허벅지를 잡고 레인을 놓지 않았다.

기가 막힐 노릇이군.

아심은 비릿한 피내음이 묻어 있는 그녀의 체취를 맡으며 스스로에게 놀라고 있었다.

지금까지 침대에서 봉사를 하는 쪽은 여자들이었지 그가 아니었다. 더군다나 그는 상대의 만족보다는 자신의 만족을 먼저 생각하던 남자였다. 아니, 그가 자신의 만족을 생각하기 전에 그와 잠자리를 함께하는 여자들은 알아서 그를 충족시켜 주려고 노력을 했다.

그렇지만 지금 레인의 신음 소리를 들으며 또다시 젖은 그녀를 보는 아심에게 자신의 만족은 생각조차 안 났다. 단지 그녀를 기쁘게 해주고 싶은 마음뿐이었다.

"아심…… 제발……."

결국 레인이 애원을 하며 엉덩이를 들썩거리자 아심은 손으로 입술을 닦고 천천히 그녀의 몸 위로 올라갔다. 레인은 머뭇거리며 다리를 벌려 그를 맞이했고 아심은 조금씩 그녀 안으로 들어가기 시작했다. 레인의 입에서 신음 소리가 새어나오자 아심은 얼굴을 찌푸리고 그녀를 내려다보았다.

"아픈가?"

"아, 아뇨. 그냥 느낌이……."

아심은 얕게 그녀 안으로 들어갔다 나오기를 반복하며 그녀가 자신의 몸에 익숙해지길 기다렸다.

"느낌이?"

"으음…… 그냥 뭔가 색달라서…… 아……!"

레인은 그가 몸을 깊이 집어넣자 낮게 탄성을 내지르며 두 다리로 그의 허리를 감았다. 그녀의 몸이 본능적으로 그에게 반응하고 있었다. 그녀는 작았다. 카를로타의 몸과는 비교가 되지 않을 정도로 작았다. 아심은 자신의 큰 몸이 그녀에게 딱 들어맞는다는 생각을 하며 묘한 만족감을 얻을 수 있었다.

아심은 싱긋 웃었다. 그리고 조금씩 레인을 흔들기 시작했다.

그는 자신으로 인해 흔들리는 그녀의 몸을 보며 레인의 마음도 이렇게 맘대로 흔들 수 있다면 좋겠다는 생각을 했다. 레인은 아랫입술을 깨물고 입 안으로 신음을 삼키며 점점 그를 조여오기 시작했다.

아심은 그녀의 떨림으로 그동안 느껴왔던 갈증이 사라짐을 느꼈다. 그리고 그 자신도 몸이 떨림을 느꼈다.

아심은 자신의 떨림이 레인의 갈증과 방랑벽을 없애주길 바랐다.

심하게 흔들리던 호롱불이 크게 한번 꺾어지더니 제자리로 돌아오자 레인의 입에서 비명 소리와도 같은 탄성이 터져 나왔다.

"아심!"

그녀의 힘없는 왼손이 허공에서 그를 찾았다.

아심은 레인을 부둥켜안았다.

절대 놓지 않겠어!

레인은 몸을 일으키다가 통증에 눈살을 찌푸렸다.

그녀의 시선이 아심이 없는 작은 방 안을 헤매었다. 흐트러진 침대와 쓰린 듯 아픈 통증이 그녀로 하여금 아심을 먼저 찾게 만들었다. 레인은 작은 몸을 천천히 일으켜 방구석으로 던져진 옷을 보고 낮게 한숨을 쉰 뒤 침대가에 떨어져 널브러져 있는 짐들을 뒤지기 시작했다.

그녀는 아프리카에 온 뒤에 속옷을 제대로 입지 않았었다.

일일이 속옷을 빨아 입기도 여건이 되지 않았고 하삼의 부족에 있을 땐 그들이 선물해 준 의상들이 속옷을 입지 않고도 전혀 불편하지 않았기 때문이다.

그녀는 삼 년 동안 들고 다녀서 너덜너덜해진 가방 밑바닥에서 생리 중일 때나 입는 팬티를 꺼냈다. 삶지 않은 하얀 면 팬티가 색이 바래 후줄근하게 보였다. 레인은 가방의 옆 주머니에서 생리대를 하나 꺼내 팬티에 착용하고 그것을 입었다.

고등학생 때 친구들의 야한 이야기들 중에 첫 경험을 하고 나면 다음날까지 피가 나온다는 말이 떠올랐기 때문이다. 레인은 어젯밤 아심이 그녀의 몸을 부둥켜안은 채 한참 동안을 그녀 몸에 몸을 묻고 있었던 그때 자신이 느꼈던 희열은 친구들도 모를 거라고 생각하며 옷을 입었다.

가방에서 새 옷을 챙겨 입은 그녀는 침대 머리맡에 떨어져 있는 찢어진 상의를 집어 가방 안에 구겨 넣었다. 레인은 문 앞에 서서 문고리를 잡은 채 크게 숨을 들이쉬었다 내쉬었다.

어젯밤 아심이 타마세크어로 말하라고 고집을 부리는 바람에 흙벽 너머 문밖에서 지키고 있었을 알루씨세에게 그들의 대화가 다 들렸음이 분명하자 레인은 문을 열지 못하고 계속 주저하였다. 잠시 후 레인은 다시 한 번 크게 숨을 내쉬고는 문을 열었다.

"안녕하세요?"

레인이 문밖에 서 있는 남자를 향해 인사를 하자 그가 돌아보았다.

"어, 안녕하세요?"

마지아드는 그녀가 타마세크어로 인사를 하자 놀란 듯 눈을 동그랗게 뜨고 마주 인사하였다.

레인에게는 다행스럽게도 알루씨세가 아니라 마지아드였다.

"아심은 어디 갔어요?"

"아, 아뇨. 잠시 장로에게 가셨습니다. 나오시지 말고 쉬시게 하라고 명령을 하시고……."

레인은 마지아드의 말에 고개를 끄덕였다. 안 그래도 몸이 찌뿌드드한 게 더 쉬어야 할 것 같았기 때문이다.

"그럼 좀 더 자도 되겠네요. 근데…… 알루씨세는 쉬고 있어요?"

"어젯밤에 한숨도 안 자서 아심이 쉬라고 하셨습니다. 저…… 혹시 필요하신 게 있으시면 아심께 바로 말씀하라고 하셨습니다."

"아뇨, 필요한 거 없어요. 고마워요. 그리고…… 알루씨세에게 고맙다고 전해주세요. 나중에…… 나보다 먼저 그를 만나면요."

레인이 얼굴을 붉히고 배시시 웃으며 말하자 마지아드가 고개를 끄덕였다. 레인은 알루씨세가 일부러 마지아드와 교대를 하지 않았음을 알았다. 지난밤에 아심은 몇 번이고 그녀의 몸을 요구했고 그 소리가 밖에 있는 사람에게 들렸음이 분명했다. 알루씨세는 마지아드까지 그 소리를 들어 레인이 그들을 보기 거북해할까 봐 배려를 해준 것이었다.

레인은 갑자기 부끄러움이 밀려와 고개를 숙이고 얼른 몸을 돌려 집 안으로 들어갔다.

그녀는 익숙지 않은 부끄러움에 낮게 신음을 내뱉으며 침대에 올라 모로 누워서 다리를 끌어 모았다. 그렇게 몸을 동그랗게 말고 있던 레인은 문 밖에서 들려온 아심의 목소리에 더욱 몸을 웅크렸다.

저 남자 얼굴은 또 어떻게 보지?

그녀는 고개를 무릎에 처박고 눈만 동그랗게 뜬 채 밖에서 들려오는 말소리에 귀 기울였다.

"일어났다고? 필요한 게 있나 물어봤나?"

"네. 필요한 건 없다고 하시곤 다시 들어가셨습니다."

"흠, 이것 좀 들어주게."

"네."

그리고 문이 열리는 소리가 들렸다.

"거기 테이블 위에 올려놓고 자네도 좀 쉬어."

"괜찮습니다."

마지아드의 말에 아심의 낮게 웃는 소리가 레인의 등 뒤에서 흘러나왔다.

"어차피 그놈이 총을 사용한다면 밖에 서 있어봤자 아무 소용이 없어. 거기다 여긴 도곤 부락이네. 누가 도곤 부락 안에서 총을 쏘겠나? 음, 한 시간 뒤에 다시 오게."

"네."

아심도 알루씨세가 아닌 마지아드에게 그들의 대화를 듣게 하고 싶지 않은 모양이었다. 레인은 눈을 깜박이며 문이 다시 열렸다 닫히는 소리에 귀를 모았다.

"괜찮아?"

어느새 침대에 걸터앉은 아심이 레인의 어깨에 손을 올리며 묻자 그녀는 자신도 모르게 깜짝 놀라며 어깨를 움찔했다. 그녀의 그런 행동에 아심이 크게 숨을 들이쉬는 소리가 들렸다. 레인은 천천히 무릎을 안고 있던 팔을 풀고 그에게 고개를 돌렸다.

"괜찮아요."

"뭘 좀 먹지. 음식을 가져왔으니까."

"고마워요."

그녀는 그가 일어나서 테이블 위에 올려놓은 음식을 들고 오는 것을 보며 일어나서 앉았다. 그가 음식을 들고 온 테이블 위엔 또 하나의 그릇이 있었다.

"저건 뭐예요?"

레인이 그가 그녀의 무릎에 놓아준 빵을 뜯으며 테이블 위에 놓여진 것을 가리키자 아심이 피식 웃었다.

"물을 좀 떠왔어. 씻고 싶을지도 모르니까. 굳이 씻지 않더라도 쓰라릴 텐데 찬 물수건을 대면 좀 나을 거야."

순간 레인은 빵을 입에 가져가다 말고 그를 바라보았다.

그의 그런 행동은 그와 잠자리를 함께한 여자 중 자신이 유일한 처녀가 아니라는 것을 증명했다. 이미 알고 있던 레인이었지만 새삼 그런 생각을 하자 그녀의 입술이 삐죽거리기 시작했다.

"고마워요."

새침하게 인사를 한 레인은 고개를 떨구고 빵을 먹기 시작했다. 레인은 아침에 일어났을 때 아심이 곁에 없었다는 점이 섭섭했다.

그렇게 레인은 묵묵히 빵을 먹었고, 아심은 가만히 그녀가 빵을 먹는 모습을 지켜보았다. 그런 그의 침묵에 레인은 화가 더 나기 시작했다.

레인은 갑자기 목이 막히는 것을 느꼈다. 딱딱한 빵 탓도 있었지만 아무런 말 없이 침묵을 지키고 있는 아심이 원망스럽기도 했기 때문이다. 아심이 그런 그녀의 마음을 알았는지 레인이 손도 안 댄 수프를 들어서 그녀 앞으로 내밀었다.

"수프에 찍어서 먹어. 그러다 체하겠군. 물 좀 따라줄까?"

레인은 여전히 고개를 처박은 채 고개를 가로저었다. 마음과는 달리 아심의 따뜻한 말투에 그를 본다면 제멋대로 눈물이 나올 것 같았기 때문이다.

레인은 자신의 신세가 처량하다고 느꼈다.

고국을 떠나 낯선 외지에서 여자를 쉽게 생각하는 남자를 사랑하게 된 것이 한심스러웠고 바보 같았다.

정은우! 마음을 단단히 가져!

왜 이렇게 여린 척해! 넌 지금까지 잘 견뎌왔잖아!

그렇지만 그녀는 고국으로 돌아가 부모님의 얼굴을 제대로 볼 수가 없을 것 같았다. 살아서 돌아온 것에 감사할 부모님께 아무런 탈 없이 여행했다고 말할 자신이 없었기 때문이다.

이제 여행이 끝나면 이 남자와도 이별이겠지.

그녀는 먹다 만 빵을 아심에게 내밀고 그가 그것을 받아 들어 그릇에 놓는 것을 물끄러미 바라보았다.

"그만 먹을 텐가?"

"네. 입맛이 없어요."

아심은 그녀가 무뚝뚝하게 말하고 침대에 다시 눕자 음식들을 모아서 테이블에 올려놓았다. 레인은 그가 물그릇을 들고서 침대로 돌아오는 것을 보고 손을 휘휘 내저었다.

"됐어요. 안 씻어도 괜찮아요."

"씻는 것이 좋을 거야. 여긴 아프리카이고 청결하지 못하면 금방 병에 걸리기 쉽지. 귀찮으면 그냥 누워 있어. 내가 씻겨줄 테니까."

아심이 입술을 비틀며 말을 맺자 레인은 벌떡 일어나서 무릎을 꿇고 앉았다.

"알았어요. 그럼 내가 씻을게요. 당신은 나가 있어요."

"오늘따라 유난히 부끄럼을 많이 타는군. 여자들은 오히려 남자와 함께 자면 부끄러움이 없어진다던데 말야."

"날 다른 여자들이랑 같다고 생각하지 말아요."

레인은 여전히 무릎을 꿇고 앉은 채 팔짱을 끼며 그를 노려보았다. 마침내 그런 그녀에게 화가 났는지 아심도 물그릇을 들고 선 채로 레인을 마주 노려보았다. 그의 입술이 씰룩거렸다.

"물론 당신을 다른 여자들과 같다고 생각하지 않아. 적어도 다른 여자들은 나긋나긋하니까. 도대체 뭐가 불만인 거지? 내가 미안하다고 해야 하나? 순간의 충동을 참지 못해서 당신의 순결을 훔쳤으니 죽을죄를 지었다고 말야?"

그녀는 아심에게서 사과를 받고 싶은 마음은 조금도 없었다.

레인은 그를 노려보며 아랫입술을 깨물었다. 그녀는 그에게서 사랑한다는 말이 듣고 싶었다. 적어도 그와의 하룻밤이 충동적이고 동물적인 행위로 끝나는 것이 아니라 사랑의 행위였다는 것을 확인 받고 싶었다.

"빨리 여행을 끝내는 게 좋겠어요."

레인이 다부진 말투로 말하자 아심이 낮게 욕설을 내뱉으며 물그릇을 침대 위에 올려놓았다. 그리고는 입술을 꽉 다물고 물그릇에 담겨진 천을 집어 물기를 짜내기 시작했다. 레인은 그가 눈살을 찌푸려 이마에 생긴 주름을 바라보며 같이 인상을 찡그렸다.

"바지를 벗어."

"뭐라구요?"

갑작스런 그의 명령에 눈이 커진 레인은 어이가 없다는 듯이 아심의 손에 들린 천으로 시선을 옮겼다.

"바지를 벗으라구. 갑자기 우리말을 못 알아듣는 시늉은 그만해."

"싫어요."

레인이 고집을 부리면서도 슬슬 뒤로 물러나 앉기 시작했다.

"좋아. 내가 벗겨주지. 원한다면 말야."

"싫다니깐요!"

"어서 벗으라니까!"

"소리 지를 거예요!"

레인이 벽에 달라붙어 소리치자 아심의 입술이 더욱 비틀어졌다.

"이미 지르고 있으면서 뭘 그래?"

그렇게 빈정거린 아심은 벽에 붙어서 숨만 가파르게 쉬고 있는 레인의 발목을 잡아끌었다. 레인은 그에게 끌려가지 않으려 발길질을 하기 시작했다. 그러자 그가 천을 물그릇에 다시 던져 넣고 있는 힘껏 그녀의 발목을 잡아당기더니 끌려온 그녀의 허리를 잡았다. 아심이 낮게 그녀의 얼굴에 대고 속삭였다.

"언제까지 나랑 이렇게 몸싸움을 할 거지? 날 못 믿나?"

"당신을 어떻게 믿어요?"

"왜 못 믿지?"

레인은 그에게 붙들린 허리를 들썩이며 그를 노려보았다.

"당신은 처음부터 날 사랑할 마음이 없었어요. 사랑하는 척은 할 수 있어도 사랑을 할 순 없다고 했잖아요?"

"그건 앤디의 말이었어."

"어쨌든 간에 당신은 이 여행이 끝나면 나와 상관이 없는 사람이 되는 거잖아요?"

"그건 두고 봐야 알지. 당신은 여행을 하면서 언제나 이랬어?"

"뭐가 이래요!"

"언제나 이렇게 여행의 끝을 두려워했냐고."

레인은 한순간 말을 잊었다.

지금까지 난 여행의 끝을 생각해 본 적이 없었지.

그녀가 잠시 말을 잊은 새에 아심의 손은 레인의 허리에서 바지를 끌어 내리고 있었다.

"잠깐만요! 내가 씻겠다니간요! 왜 이래요?"

레인은 허벅지까지 흘러내려 간 바지의 허리춤을 잡고 또다시 아심을 노려보며 소리쳤다. 그렇지만 그의 말에 손에서 힘이 풀리는 것을 느끼고 아심이 바지를 완전히 벗겨내는 것을 멍하니 바라보았다.

"내가 씻겨주고 싶으니까. 내가 당신의 아픔을 나눌 수 없다면 조금이라도 덜어주고 싶어. 더군다나 나로 인해 생긴 아픔이니까. 영광인 줄 알아. 내가 여자에게 이만큼 봉사를 한 적은 없었어."

레인은 아심이 팬티마저 벗겨내자 가슴을 들썩거렸다. 그녀의 가슴 한구석이 저려오기 시작했다.

그렇다면 내 가슴에 생긴 아픔은 어쩔 거예요?

아심은 다시 물그릇에서 짜낸 천으로 그녀의 허벅지를 닦기 시작했다. 서늘한 감이 다리를 타고 올라오자 레인은 자신도 모르게 무릎을 오므렸다. 아심은 예상했다는 듯이 그녀의 무릎을 잡고 벌려 조심스럽게 레인의 속살을 닦아내기 시작했다.

그렇게 핏자국을 닦아낸 아심은 물그릇에 천을 넣어 한번 헹군 다음에 다시 짜서 그녀의 다리 사이에 대었다.

"쓰라린가?"

레인은 고개를 가로저었다. 그녀는 쓰라리기는커녕 또다시 젖어 오는 자신의 몸을 느끼고 있었다. 얇은 천 위로 아심의 손바닥이 올라가 있었다. 천이 흘러내리지 않게 하기 위한 행동이었음에도 레인의 몸은 구름을 만난 사막과도 같이 젖어들며 환영을 하고 있었다.

레인은 옆에서 한쪽 팔꿈치를 괴고 모로 누워 천을 대고 있는 아심을 마주 보지 못한 채 눈을 감았다.

내가 미쳤나 봐!

15

"오랜만이에요. 불미스런 일이 있었다죠?"

레인은 고개를 끄덕이며 샤를르의 말에 답했다.

"불미스럽다고 할 수 있는 건 아니에요."

"어쨌든 당신에게 감사해야겠군요. 당신이 아니었으면 내가 팔병신이 되었을 테니까."

샤를르는 아직 움직이기 불편한 레인의 오른팔을 흘끗 내려다보며 차갑게 말했다. 레인은 속으로 혀를 차며 아무렇지도 않은 듯 빙긋 웃어 보였다. 샤를르가 아무리 빈정대어도 외모에는 전혀 신경을 쓰지 않는 레인이었기 때문에 그런 말로 기분 상할 그녀가 아니었다.

"무슨 일로 절 보자고 하셨죠?"

레인이 창밖으로 모래 바람을 일으키며 프로펠러가 돌아가고 있는 헬리콥터를 바라보며 묻자 샤를르의 얇은 입술이 더욱 가늘어졌다. 레인은 모래 바람 속에서 한 손을 입가에서 모아 마지아드에게 뭐라고 소리치는 아심의 모습을 보며 저도 모르게 피식 웃었다. 그의 옷자락이 바람에 펄럭이며 배를 불룩하게 만들었다. 아심은 자신의 모습이 얼마나 웃기게 보이는지 신경 쓰지 않은 채 프로펠러 아래에서 마지아드의 대답에 귀 기울이며 고개를 끄덕이고 있었다. 레인의 입에서 키득거리며 웃음을 참는 소리가 새어나오기 시작했다. 왠지 아심에게서 시선을 뗄 수 없는 그녀였다. 그렇지만 레인은 낮게 들려온 샤를르의 질문에 눈을 찌푸리며 고개를 돌렸다.

밝은 태양빛 아래에 두었던 시선을 갑자기 실내로 옮기자 레인의 눈앞에 이상한 형상으로 빛의 잔상이 남아서 떠다녔다.

"네?"

"그를 사랑하나요?"

레인은 샤를르의 표정을 보려고 눈을 더욱 가늘게 떴다. 그렇지만 샤를르의 얼굴 위로 아메바 형상을 띤 하얀 빛 덩어리가 떠다니는 바람에 레인은 인상을 찌푸리며 무뚝뚝하게 답할 수밖에 없었다.

"무슨 말씀이죠?"

샤를르는 금방 대답하지 않았다. 그녀는 헬기에 올라 도곤부락을 떠나려던 레인에게 잠시 만나자는 전갈을 보내었고 자신의 집으로 레인을 초대한 것이었다. 우아하게 차를 따르며.

레인은 그런 샤를르가 던진 질문의 뜻을 이해하지 못했다. 아니, 확실하게는 요점을 알아낼 수가 없었다.

샤를르가 그녀에게 아심과 앤드류, 둘 중에 누굴 사랑하냐고 물은 건지 이해를 못했던 것이다. 레인은 눈을 깜박이며 눈앞에서 하얀 빛 덩어리가 사라지길 기다렸다. 그리고 그늘 속에서 샤를르의 긴장된 얼굴을 보이자 레인은 저도 모르게 입술을 벌렸다.

샤를르는 애써 태연한 척하고 등을 빳빳이 세운 채 앉아 있었지만 레인은 지난번 만났을 때의 샤를르를 기억하고 있었다. 기분이 나쁜지 좋은지 알 수 없었던 무표정한 샤를르의 얼굴이 레인에게는 인상 깊이 남아 있었기 때문이다. 그렇지만 지금 샤를르는 얼굴에서 긴장이 말 그대로 속속들이 배어나오고 있었다. 가늘게 떨리는 속눈썹과 꼭 다문 입술이 냉정하게 보이는 샤를르의 인상을 바꾸어주었다.

샤를르의 그런 모습은 조금이나마 인간적으로 보였다.

"왜 대답을 안 해주시는 거죠? 그를 사랑하시나요?"

레인은 피식 웃었다.

"누구를요?"

"당연히 아심이죠. 당신은 어젯밤 그와 몸을 섞지 않았던가요? 동양 여자들은 순결을 중시한다던데 당신은 어떻죠?"

레인의 입에서 기가 막히다는 듯한 소리가 터져 나왔다.

"당신과 무슨 상관이죠?"

"앤디는 당신이 그를 사랑하는 줄로 알고 있어요. 그래서 당신의 마음을 다치지 않게 하려고 온갖 배려를 하고 있죠. 그런데 당신은 뭐죠?"

레인은 가만히 샤를르를 바라보았다.

이 여자는 앤디를 사랑하고 있어.

그런 생각이 들자 레인은 그녀에게 알 수 없는 친근감이 느껴졌다. 여자로서의 이해심이 생긴 레인은 샤를르에게 왼손을 뻗어 찻잔을 감싼 그녀의 손을 잡았다. 샤를르는 찻잔을 온 힘을 다해 쥐고 있는 듯했다.

"앤디를 사랑하고 있군요."

레인이 확신에 찬 어조로 말을 하자 레인의 손바닥 안에서 샤를르의 손이 움찔하는 것이 느껴졌다.

"앤디도 당신을 사랑하고 있어요. 그가 나에게 청혼을 했을 때부터 난 그가 당신을 얼마나 사랑하고 있는지 알고 있었어요."

"그렇지만 그는 당신에게 청혼을 했어요."

"당신을 위해서였어요. 당신이 다치는 걸 걱정해서 그런 거예요."

샤를르는 레인의 손에서 손을 뺐다. 그리고 신경질적으로 아랫입술을 깨물었다. 그런 그녀의 모습을 주시하며 레인은 그녀가 뭔가 할 말이 있다는 것을 알았다. 방 안에 파리가 날아다니는 소리가 들렸다. 샤를르는 계속 주저하며 입을 열었다 닫았다를 반복했다.

레인은 슬쩍 창밖을 바라보았다. 아심이 흘긋 그녀 쪽으로 시선을 주더니 한 손으로 얼굴을 쓸었다. 햇볕 아래에서 기다리기가 지친 모양인지 한쪽 다리에 체중을 실으며 삐딱하게 서 있는 그의 몸짓에서 짜증이 배어나왔다.

그늘에서 기다리면 될 거 같고.

그렇지만 반대편 건물이 있는 그늘에서는 그녀가 있는 쪽이 보이지 않기 때문에 레인은 왜 그가 자리를 옮기지 않는지 알 수 있었다.

레인은 또 한 번 피식 웃고는 샤를르에게로 시선을 옮겼다. 또다시 생긴 눈앞의 빛 덩어리 너머로 어느새 자리에서 일어난 샤를르는 어두운 방 안을 왔다 갔다 하며 깊이 생각에 잠겨 있었다.

"샤를르?"

레인이 의아하다는 듯이 묻자 샤를르의 어깨가 놀랐는지 가볍게 위로 치켜 올라갔다 내려왔다.

"왜 주저하죠?"

레인의 질문에 샤를르가 한숨을 쉬었다. 그리고 낮게 속삭였다.

"난 아심을 좋아해요. 물론 앤디를 사랑하는 것과는 다르게."

레인은 고개를 끄덕였다. 그녀도 그 말을 이해할 수 있었다.

나도 앤디를 좋아해요. 아심을 사랑하는 것과는 다르게.

"아심이 당신을 얼마나 원하는지 알고 있어요. 그래서 아심에게 이야기를 하려고 했지만⋯⋯."

거기까지 말한 샤를르는 다시 의자 위에 앉고 레인을 바라보았다.

"당신도 알죠, 아심의 성격이 얼마나 불같은지?"

레인은 고개를 끄덕이며 빙긋 웃었다.

"그래서 당신에게 이야기를 하는 거예요. 레인, 난 타루부부를 누가 고용했는지 알아요."

샤를르의 말에 레인의 눈이 동그랗게 떠졌다. 레인의 쌍꺼풀 없는 눈이 둥그런 타원을 그릴 정도로 크게 떠지자 샤를르가 단숨에 말을 내뱉었다.

"우리 아버지예요."

"네?"

"우리 아버지께선 앤디가 왜 나와 파혼을 하고 당신과 약혼을 했는지 알지 못하세요. 앤디가 비밀로 해달라고 해서 아버지께 말씀을 안 드렸어요. 그래서 당신을 죽이면 내가 다시 앤디의 약혼녀가 될 줄 알고……. 레인, 나도 얼마 전에 알았어요. 내가 미리 알았다면 이런 일이 일어나지 않았을 거예요."

레인은 입을 벌린 채 아무 대답을 못했다.

마침내 레인이 고개를 절레절레 흔들며 침을 꿀꺽 삼키고 샤를르에게 시선을 주었다.

"그래서 지난밤엔 얼마나 걱정이 되었는지…… 어디선가 타루 부부가 당신을 노리고 있을 텐데……. 그렇지만 이제 이곳을 떠나니까 조금은 안심해도 될 거예요."

"샤를르, 그럼 당신이 앤디의 약혼녀일 때 협박장을 보낸 사람도 당신의 아버지예요?"

"아니요, 그건 아니에요. 그렇지만 아버지는 당신이 죽으면 협박장을 보낸 부족에게 모든 것을 뒤집어씌울 생각이었던 거예요. 처음에 협박장을 누가 보냈는지는 저도 몰라요. 그렇지만 아버지는 알고 계신 듯해요. 그리고 내가 앤디와 파혼을 했는데도 당신이 아니라 내가 누군가에게 공격을 받자 아버지는 홧김에 타루부부를 고용해 당신을 죽이라고 하신 거예요. 부족들 사이에서는 당신이 앤디와 약혼을 하자 반대하는 세력이 약해진 것을 알았기 때문에 아버지는 당신을 없애면 그들도 죄책감을 느껴 내가 다시 앤디의 약혼녀가 되었을 때 아무런 문제가 없을 거라고 생각하신 거죠."

"세상에……."

레인은 뭐가 어떻게 된 건지 제대로 생각할 수가 없었다. 단지 그녀는 어젯밤에 만나보았던 장로가 자신을 죽이려 사람을 고용했다는 것이 서글펐다.

"아심에게는 당신이 이야기해 주세요. 물론 앤디의 귀에도 들어가겠죠. 그가 나와 다시 약혼을 하지 않으려 해도 난 원망 못해요."

샤를르가 고개를 숙이며 말을 맺자 레인은 그녀의 손을 잡았다.

"무슨 소리예요. 이 여행이 끝나면 당신은 다시 앤디의 약혼녀가 되는 거예요. 아심에게는 이곳을 떠난 다음에 이야기하겠어요. 그 남자 성질을 아니까. 그리고 걱정 말아요. 앤디에겐 내가 이야기할게요. 그래서 당신이 그와 결혼하길 바란다는 뜻도 전해줄게요. 그렇지만 샤를르……."

"네?"

"앤디에게 사랑한다는 말은 당신이 직접 하세요. 난 말 안 할래요. 앤디도 당신에게서 그 말을 듣길 원할 거예요."

샤를르의 속눈썹이 눈물에 젖어들고 있었다. 레인은 의자에서 일어나 문으로 향했다. 그녀는 창밖에서 투덜거리며 한쪽 다리에 실은 체중을 다른 쪽 다리로 옮기는 아심이 신경에 거슬렸던 것이었다.

"레인."

레인은 문을 잡은 채 뒤돌아보았다. 샤를르는 의자에서 아주 천천히 일어나 레인에게로 다가왔다.

"조심하세요. 타루부부는 무서운 사람이에요. 그는 사람을 죽이는 것을 아주 쉽게 생각하고 있고 우리 아버진 다른 사람의 희생 따윈 걱정하지 않는 분이세요. 당신과 아심의 여행이 무사히 끝나길 바랄게요."

"고마워요, 샤를르. 당신에게도 행운이 있길 바라요."

레인은 문을 열고 밖으로 나섰다. 환한 햇볕 아래에서 레인은 하늘을 향해 고개를 들고 눈을 감았다.

사람이 살고 죽는 건 아무것도 아닌 거야.

그 짧은 순간 맘껏 사랑하다 죽어도 모자란 것이 사람의 생인 건지도 몰라……

레인은 눈을 가늘게 뜨고 한 손을 들어 이마 위에 얹고 자신을 향해 걸어오는 아심을 보았다.

"갈까요?"

"그러지. 무슨 이야기를 그렇게 길게 한 거야?"

아심의 뿌루퉁한 표정에 레인이 키득거리며 웃었다.

"여자들의 수다가 얼마나 대단한지 모르는군요."

"다른 여자들이라면 알겠지만 왠지 샤를르에게는 수다가 어울리지 않는걸?"

아심이 그들의 뒤로 다가오는 샤를르를 어깨 너머로 훔쳐보고는 중얼거리자 레인은 팔꿈치로 그의 옆구리를 찔렀다. 레인이 밖으로 나온 것을 마지아드가 보았는지 멈추어 있던 헬리콥터의 프로펠러가 서서히 움직이기 시작했다.

레인은 아심이 한쪽 팔로 자신을 감싸는 것을 느꼈다. 그렇게 아심의 품에 안긴 채 레인은 헬리콥터로 다가갔다. 그리고 열린 헬리콥터 문 앞에서 레인은 아심에게 허리를 붙들려 위로 세게 올려졌다. 위로 올라가는 그녀의 왼팔을 잡아당기며 알루씨세가 얼굴을 붉혔다.

"안녕하세요?"

레인이 천연덕스럽게 인사를 하자 알루씨세가 고개를 끄덕였다.

어쩔 줄 몰라 하는 표정이었다.

"이봐, 계속 입구를 막고 앉아 있을 거야?"

레인은 아래에서 그녀의 엉덩이를 밀며 올라오는 아심을 노려보았다. 그때 그녀의 눈에 샤를르가 뭐라고 소리치며 장로와 이야기하는 모습이 보이자 레인은 고개를 한쪽으로 기울였다. 뭔가 화가 난 듯 샤를르는 왼 손바닥을 주먹 쥔 오른손으로 내려치고 있었다. 레인은 헬리콥터에 오른 아심이 그녀의 머리에 헬멧을 씌워주자 고개를 아심 쪽으로 돌린 채 샤를르에게서 시선을 떼지 않았다.

뭔가 이상해.

오랫동안 여행을 해오며 위험을 피해갔던 그녀의 본능이 뭔가 이상이 있음을 알려주고 있었다. 레인은 헬리콥터가 천천히 상승하자 샤를르가 헬기 쪽으로 달려오는 것을 보았다.

"아심, 샤를르가 이상해요."

레인이 헬멧에 부착된 마이크로 말하자 아심이 무관심하게 아래쪽을 흘끗 내려다보았다. 그리고 장난스럽게 속삭였다.

"그새 친해졌다고 당신이 떠나는 것이 서운한 모양이지."

"그게 아니에요. 샤를르가 뭐라고 소리치고 있잖아요."

샤를르는 양손을 입가에 모은 채 뭐라고 소리치며 공중으로 날아가는 헬리콥터를 향해 달려오고 있었으나 헬리콥터는 그런 그녀에게서 빠른 속도로 멀어져 가고 있었다. 레인은 여전히 고개를 한쪽으로 기울이고 왜 샤를르가 마음에 걸리는지 생각했다.

그녀는 멀어져 가는 도곤족 부락을 뒤돌아보며 곰곰이 생각하였다.

샤를르는 뭐라고 소리친 걸까?

무슨 이유로 그녀답지 않게 치맛자락을 날리며 달렸을까?

그때 갑자기 레인의 머릿속에 샤를르의 말이 떠올랐다.

"그는 사람을 죽이는 것을 아주 쉽게 생각하고 있고, 우리 아버지는 다른 사람의 희생 따위 걱정하지 않는 분이세요."

그리고 언젠가 알루씨세가 해준 말이 동시에 떠오르자 레인의 눈이 크게 떠졌다.

"타루부부는 폭탄도 자유자재로 쓰는 사람입니다. 그런데도 여행을 하시겠습니까?"

순간 레인의 입에서 나지막한 비명이 새어나왔다. 작은 비명이었지만 헬멧 속에서 크게 울렸는지 놀라서 돌아보는 아심과 알루씨세가 동시에 그녀를 붙잡았다.

"왜 그러지?"

"어디 편찮으세요?"

두 남자가 동시에 묻자 레인이 급하게 말했다.

"빨리 이 헬기에서 내려야 해요!"

레인의 다급한 말투에 아심의 눈썹이 찌푸려졌다.

"무슨 뜻이지?"

"빨리요! 샤를르는 이 헬기에 폭탄이 있다고 말하려고 한 것 같아요!"

아심의 얼굴에 반신반의하는 표정이 떠올랐다. 그녀가 장난을 치는 걸로 생각이 든 모양이었다. 레인은 그의 팔을 붙들고 애원하다시피 말했다.

"제발! 아심, 내 말을 믿어줘요!"

그녀의 애원에 알루씨세가 난감하다는 표정을 지었고, 아심은 눈을 가늘게 떴다. 그리고 아심이 천천히 물었다. 레인에게는 답답하게 느껴질 정도로 느린 말투였다.

"설사 그렇다 하더라도 당신은 죽음을 두려워하지 않잖아? 그런데 왜 이렇게 당황하지?"

레인은 아심의 손을 잡았다. 그의 온기가 느껴졌다.

물론 당신이 함께 타고 있으니까!

그렇지만 레인은 빠른 어조로 다른 대답을 하였다.

"알루씨세와 마지아드까지 죽게 할 수는 없으니까요. 아심, 부탁이에요! 제발! 빨리 여기서 내려요!"

아심은 레인의 대답에 잠시 그녀를 주시하더니 마지아드에게 헬기를 착륙시키라고 명령했다.

지상이 천천히 다가왔다. 사방으로 모래 바람을 일으키며 헬기가 모래 위에 닿았다. 서둘러서 헬멧을 벗은 아심은 그녀의 헬멧을 벗겨주고 문을 열었다. 레인은 조급한 마음에 아심을 재촉했고 바닥에 내려선 그가 내민 손을 무시한 채 그녀는 가방을 어깨에 메고 모래 위로 뛰어내렸다. 그녀의 주위로 모래가 뿌옇게 올라오다가 멈추지 않은 프로펠러의 바람에 흩어졌다. 그리고 알루씨세와 마지아드에게 서두르라고 소리쳤다. 그렇지만 그들은 짐을 챙기느라 헬기에서 내리질 않았다.

"알루씨세! 마지아드! 빨리요!"

왠지 모를 긴장이 그녀의 귓가를 때렸다. 마음속에 무언가가 서두르라고 재촉을 했다.

"알루씨세, 그냥 가자!"

레인이 발을 동동 구르며 헬기를 벗어나질 못하자 아심이 참지 못하고 그들에게 소리쳤다. 그러자 몇 개의 짐을 들고 알루씨세와 마지아드가 헬기에서 내렸다. 아심은 그들에게서 짐을 나눠 들고 레인의 등을 떠밀어 사막 위를 달렸다. 아직까지 돌고 있는 프로펠러로 모래가 휘날리고 있었다. 레인은 모래 속으로 빠지는 발을 빼내며 열심히 달렸다. 그녀의 귀에 남자들의 거친 숨소리가 닿았다.

그렇게 어느 정도 헬리콥터에서 멀어졌다 싶어 뒤돌아본 레인은 갑자기 비명을 질렀다.

"마지아드! 돌아와요!"

그렇지만 마지아드는 계속 헬기 쪽을 향해 달리며 레인에게 소리쳤다.

"지도를 두고 왔어요! 금방 갖고 오겠습니다!"

"상관없어요! 어서 돌……!"

순간 레인은 말을 이을 수가 없었다. 헬기가 폭발하는 굉음과 함께 아심이 그녀를 덮쳐 모래 위로 쓰러뜨렸던 것이다.

그녀의 몸 위로 뜨거운 열기가 몰아쳤다.

태양의 뜨거움과는 다르게 역겨울 정도의 답답함이 느껴지는 열기였다. 레인은 자신을 덮은 아심의 팔이 그녀를 꼭 끌어안은 것을 느끼며 거친 숨을 몰아쉬었다. 입으로 모래가 가득 들어왔다.

그림자 하나 없는 모래 위로 헬기가 형체를 잃은 채 사막의 지평선을 일그러뜨리며 타오르고 있었다.

온몸이 뜨거웠다.

레인은 뜨거움에 질식할 것 같아 신음 소리를 내며 자신의 몸을 덮은 아심에게 중얼거렸다.

"괜찮아요?"

"그런 것 같군. 알루씨세! 괜찮나?"

아심이 그녀의 몸에서 상체를 일으키며 소리치자 오른쪽에서 괜찮다는 대답이 흘러나왔다. 레인은 함께 몸을 일으켜 불기둥을 이루고 있는 헬기 쪽을 돌아보았다.

"마지아드!"

그의 모습이 보이지 않았다.

"아심! 마지아드가 안 보여요!"

그녀가 새된 목소리로 소리치자 아심이 힘겹게 몸을 일으켜 마지아드가 달려가던 방향을 바라보았다. 그의 눈이 가늘어져 있었다.

"알루씨세, 짐들과 레인을 돌봐줘!"

아심은 몸에 쌓인 먼지를 털어내는 알루씨세에게 소리치고 모래 위로 발을 옮겼다. 레인은 서둘러 일어나서 두어 번 제자리 뜀을 하고는 아심의 뒤를 따랐다.

"저도 같이 가요."

"당신은 이곳에 있어."

그렇지만 레인은 그의 뒤를 따라 모래 위를 걸었다. 정오가 다가오는 사막은 이글거리는 열기를 내뿜고 아직까지도 불기둥을 내뿜고 있는 헬기의 열기를 더해 모래 위에는 선명하지 못한 아지랑이가 올라오고 있었다. 레인은 열기로 인해 형체가 흔들리는 아심의 실루엣을 따라 앞으로 걸어갔다.

"마지아드!"

이십여 미터쯤 갔을 때 아심이 모래에 파묻힌 마지아드를 발견하고 서둘러 그에게 다가가 조심스럽게 모래를 손으로 쓸어냈다. 레인은 아심을 도우며 크게 숨을 들이마셨다.

마지아드는 죽은 듯이 똑바로 누워 있었고 얼굴에는 모래 사이로 검은 그을림이 묻어 있었다.

"마지아드! 괜찮아요?"

그녀는 절망적으로 마지아드의 얼굴을 왼손으로 쓸며 물었다. 아심은 마지아드의 맥을 짚어보고 낮게 한숨을 쉬더니 가볍게 마지아드의 볼을 두드렸다.

"알루씨세, 수통 좀 가져와!"

그렇게 아심이 알루씨세에게 소리침과 동시에 마지아드의 입에서 가느다란 신음 소리가 터져 나왔다.

"마지아드! 괜찮아요?"

레인은 마지아드가 천천히 눈을 뜨는 것을 보고 손으로 태양빛을 가려주었다. 마지아드의 검고 짙은 속눈썹에 묻은 모래가 그의 눈 주위로 흩어졌다.

"네……."

"물 좀 마셔. 어디 이상 있는 데는 없나?"

아심이 상체를 일으키려는 마지아드를 부축하고 알루씨세에서 수통을 받아 마지아드의 입술을 적셔주었다. 마지아드는 물을 몇 모금 마시고는 한 손으로 눈가를 비볐다.

"괜찮은 것 같습니다. 폭발에 밀려 뒤로 쓰러지면서 잠시 정신을 잃었던 것뿐입니다."

"다행이에요."

레인은 마지아드의 손을 잡으며 크게 안도의 숨을 내쉬었다.

"감사합니다. 그런데 지도를……."

"다시 도곤 부락으로 돌아가는 게 낫겠군. 그다지 멀리는 안 왔으니. 알루씨세, 물은 충분한가?"

"수통이 다섯 개 있습니다. 게루바(양과 염소 가죽으로 만든 냉수통) 두 개도 있구요."

"좋아. 짐을 최대한으로 작게 만들어. 일 인당 수통 하나씩 나눠 갖기로 하고 남자들이 짐을 나누어 들기로 하지."

레인은 아심의 말이 끝나자 그를 노려보았다. 그러자 아심이 한쪽 눈썹을 올리며 불만 있으면 말해보라는 표정을 지었다. 레인은 일어서는 마지아드를 부축하며 아심에게 입술을 내밀어 보였다.

"제 짐은 제가 들 거예요."

"맘대로."

아심의 입에서 너무나 쉽게 승낙이 흘러나오자 레인은 눈썹을 모았다.

"그런 표정 짓지 말라구. 여긴 사막이야. 낙타도 없이 사막에 남겨졌을 땐 자기 몸은 스스로 알아서 챙겨야 돼."

"그거 정말 듣기 좋은 소리네요."

레인은 입을 삐죽이며 마지아드의 팔을 놓고 짐들이 있는 곳으로 갔다. 그때 갑자기 아심이 그녀를 잡아채 돌려 세우더니 깊게 키스를 했다. 레인은 아심의 옷자락을 잡고 그의 키스를 받았다. 무척이나 반가운 키스였다. 그는 입술을 벌린 그녀의 입 안으로 혀를 집어넣어 모래로 인해 마른 레인의 혀를 적셔주었다. 레인은 그로 인해 촉촉해졌다. 그녀는 아심이 입술을 떼자 가만히 한숨을 쉬었다.

"당신이 무사해서 다행이야."

"저도 마찬가지예요. 절 감싸줘서 고마워요."

그녀가 반짝이는 눈을 들어 그의 얼굴을 바라보며 말하자 아심이 가볍게 키스를 하고 그녀의 등을 떠밀었다. 레인은 키득거리며 발걸음을 옮겼다. 그녀는 그의 사소한 애정표현이 좋았다. 무뚝뚝한 듯하며 직설적인 그의 표현에도 어느 정도 익숙해진 것 같았다.

레인은 짐들 중에 자신의 조그만 가방을 들어 양어깨에 메고 알루씨세에게서 수통을 받아 들었다. 그녀가 움직이기 불편한 오른손 때문에 수통을 허리에 차지 못하자 아심이 낮게 한숨을 쉬고 그녀의 허리에 수통을 채워주었다.

"손은 괜찮겠어?"

"네, 걱정 마세요. 움직이기 불편할 뿐이지 아픈 건 아니에요."

"아프면 바로 이야기해."

레인은 싱긋 웃으며 고개를 끄덕였다. 그런 그녀를 아심은 끌어당겨 정수리에 키스를 해주었다. 마치 사랑스러워 죽겠다는 듯한 행동이었다. 모두들 수통을 허리에 차고 알루씨세와 마지아드가 어깨를 가로질러 게루바를 메고 가방들을 나눠 가졌다. 레인은 아심이 한쪽 어깨에 군용가방을 메는 것을 바라보다가 철컥거리는 쇳소리에 깜짝 놀라 마지아드를 돌아보았다.

"뭐예요? 총이에요?"

알면서 묻냐는 듯한 표정이 아심의 얼굴에 떠올랐다. 레인은 각자 하나씩 총을 허리에 차는 세 남자를 보며 입을 다물지 못했다.

"어디서 난 거예요?"

"마지아드는 군인이야. 그리고 알루씨세와 나도 총은 다룰 줄 알고. 그렇게 놀란 얼굴 하지 마. 그놈이 도곤부락에서 헬기에 폭탄을 설치했다면 분명 우리 뒤를 따라올 거야. 그리고 우리는 다시 도곤부락으로 향할 거고. 이제 출발하지. 마지아드, 앞장서 주게."

그렇게 마지아드에게 명령을 내리며 아심은 레인의 머리 위로 타기르무스를 씌워주었다. 태양이 머리 위로 올라와 있었다. 레인은 자신의 콧잔등에 조그맣게 맺힌 땀방울을 느끼며 그의 뒤를 따랐다. 맨 앞에 마지아드, 아심, 레인, 알루씨세 순으로 그들은 사막 위를 걸어가기 시작했다. 낮게 휘몰아치는 모래 바람 사이로 그들은 움직였다. 모래 능선은 조금씩 이동하고 있었고 여전히 불꽃을 뿜어대는 헬기를 무시하듯 사막의 건조한 열기는 모래 위로 뻗어 있었다.

그렇게 눈이 부실 정도로 끝이 없는 사막 위에는 네 사람의 그림자조차 없었다.

마른풀들이 타 들어가며 타닥거리는 소리를 내었다. 사방은 조용했다. 레인은 알루씨세가 준비성이 철저한 사람이라는 것에 감사하며 밀레트를 떠먹었다. 그렇게 걸죽한 죽 같은 것을 떠먹으며 레인은 유난히 오늘따라 사막이 조용하다고 생각했다.

"정말 조용하죠? 바람 소리조차 없어요."

"모래는 소리들을 흡수하지."

레인은 아심의 나직한 목소리에 고개를 끄덕였다. 벌써 그릇들을 비운 마지아드와 알루씨세는 그릇을 모래로 닦은 다음 가방 속에 집어넣었다. 아심은 그녀의 옆에 앉아 그릇을 비우고 두 팔을 뒤로 뻗어 고개를 하늘로 젖히고 있었다. 레인은 그의 옆얼굴을 바라보며 숟가락을 입으로 가져갔다. 어둠 속에서 달빛을 받은 그의 눈동자가 검게 보였다. 아심이 무슨 생각을 하는지 궁금하다고 생각한 레인은 입을 우물거리며 그의 팔뚝을 팔꿈치로 가볍게 쳤다.

"왜?"

그가 고개를 돌려 레인을 바라보았다. 레인은 그가 자신을 바라보길 원했다.

"무슨 생각 해요?"

그녀가 마지막 한 숟가락을 입에 밀어 넣으며 묻자 아심이 빙긋 웃었다.

"참으로 다이나믹한 날들이라고 생각하고 있었어. 당신을 알고 난 후부터 말야. 어째 조금도 쉴 수가 없었단 말야."

레인은 입 안의 음식을 삼키고 나서 그의 것과 함께 그릇을 알루씨세에게 넘겨주자 그는 모래로 닦아내고 가방 안에 집어넣었다. 레인은 자유로운 왼손으로 구김이 가 있는 바지를 폈다.

그런 그녀를 뚫어져라 쳐다보던 아심은 갑자기 레인이 다리를 펴고 그를 잡아당기자 쓰러지듯 그녀에게 안겨왔다.

"왜 이러지?"

아심은 그녀가 그의 머리를 다리로 받쳐 주자 한쪽 눈썹을 올리며 재미있다는 투로 물었다.

"쉴 수가 없었다면서요? 쉬세요."

레인이 당연하다는 얼굴로 말하며 그의 머리에 감긴 타르기무스를 풀어주었다. 아심이 웃음을 터뜨렸다.

"아무튼 당신이란 여자는……."

"쉿! 그냥 쉬세요."

레인은 그의 입술을 손으로 막으며 태평스레 명령했다. 그의 눈에 밤하늘이 번졌다. 레인은 오른손으로 그의 눈도 가리며 허리를 숙여 그의 콧잔등에 키스를 했다. 그러자 그가 그녀의 손바닥 아래로 입술을 움직여 뭐라고 중얼거렸다.

"뭐라구요?"

레인이 대답을 듣기 위해 그의 입술에서 손을 떼며 물었다. 아심은 한 손을 들어 그녀의 목을 잡아당기며 중얼거렸다.

"거기 말고 입술에 키스해 달라구."

그녀는 웃음을 담은 채 그의 입술에 키스해 주었다.

아심은 그녀의 웃음을 받아 삼키며 레인의 목을 감싼 손에 힘을 주었다.

이 남자를 사랑해. 죽음도 감수하는 일을 선택한 것에 후회없을 정도로…….

레인은 달콤하게 그의 입술에서 멀어지며 눈을 뜨고 자신의 손이 가린 부분을 제외한 아심의 얼굴을 눈으로 쓰다듬었다. 달빛에 비쳐지는 그의 얼굴에 있는 모공들까지 볼 수 있을 정도로 가까이에서 시선이 방황하던 레인은 아심이 갑자기 입김을 훅하고 내뱉으며 웃자 깔깔거리며 그의 목을 감싸 안았다.

그와 가까이 있고 싶어. 헤어지기 싫어. 계속 가까이 있고 싶어.

"이봐, 나 죽겠어. 부탁인데 그렇게 날 짜부라뜨리는 건 제발 침대에서 해달라구."

레인은 아심이 투덜거리며 그녀의 어깨를 밀어내자 또다시 웃으며 허리를 폈다. 그러자 아심이 눈을 가늘게 뜨고 뭔가 미심쩍다는 듯이 그녀를 올려다보았다.

"왜 그렇게 쳐다봐요?"

아심은 레인이 왼손으로 그의 턱을 쓰다듬으며 묻자 그녀의 손을 잡았다. 새로 나기 시작한 그의 수염이 레인의 손가락을 간질였다.

"내가 침대 이야기를 했을 때 당신이 정색을 하지 않으니 신기해서. 이제는 나의 침대에 거부반응이 없어진 건가?"

"설마. 당신의 침대에 대한 집요함에 두 손을 들었을 뿐이죠."

그녀가 장난스레 이야기하자 아심이 싱긋 웃더니 갑자기 몸을 일으켜 벌떡 일어났다.

"왜요?"

"자야지. 아침에 해가 뜨기 전에 움직이려면 이제 자는 게 좋을 거야. 알루씨세, 마지아드, 세 명이 두 시간씩 돌아가며 깨어 있도록 순서를 정하지."

그가 모래 위에 담요를 깔며 말하자 알루씨세가 고개를 끄덕였다.

"제가 먼저 지키겠습니다. 두 시간 후에 마지아드를 깨우죠."

"좋아. 그럼 마지아드, 자넨 네 시간 후에 날 깨우게."

"그러겠습니다."

레인은 그들이 순번을 정하는 것을 듣다가 한 손을 들었다.

"저도 불침번 설래요."

그렇지만 레인은 세 명의 남자가 가소롭다는 듯이 웃자 입을 삐죽거렸다.

"왜 웃어요? 저도 이제 제법 사막에 대해 잘 알아요."

레인이 불만이 가득한 목소리로 항의를 하자 아심이 그녀를 번쩍 안아 들었다.

"아가씨, 당신이 사막에 대해 몰라서 불침번을 안 세우는 게 아냐. 지금 상대의 목표는 당신이라구. 그런데 당신 혼자 깨어 있겠다는 게 말이 돼? 그냥 얌전히 코 골며 자라구."

"불공평해요. 나도 망볼 줄 안단 말예요."

그녀가 아심에 의해 담요 위에 눕혀지며 끝까지 항의를 하자 남자들이 소리 내어 웃어댔다. 아심은 레인의 머리에 베개로 대용한 가방을 받쳐 주며 그녀 옆에 비스듬히 누웠다.

"알아, 안다니까. 그러니까 잠을 자. 내가 지켜줄 수 있게."

레인은 그가 자신을 아이처럼 대하는 게 억울했지만 마음 한구석에선 그에게 응석을 부릴 수 있는 것에 흡족함이 밀려왔다. 그가 그녀를 지켜주리라는 것에 대한 믿음이 강했고 레인은 그에게 보호받는 느낌이 좋았다.

"남자들이란……."

레인은 중얼거리면서 아심의 옷깃을 잡았다. 그런 레인의 손을 쥐며 아심은 그녀 얼굴을 향해 누워 팔베개를 했다. 레인은 그의 얼굴을 바라보다 눈을 감았다.

이만큼만 사랑했으면…….

더 사랑하게 되어 그를 떠날 수 없게 되지 않길…….

그렇게 바람을 마음속으로 새기며 레인이 잠이 드는 동안 아심은 그녀의 속눈썹이 차분히 내려앉아 달빛에 그늘지는 모습을 지켜보았다. 잿더미가 되기 시작한 모닥불과 네 명에게 서서히 어둠이 모여들기 시작했다. 별만 보이는 사막 한가운데 묻히듯이.

16

아심은 자신의 옆에 누워 웅크린 채 잠을 자고 있는 레인의
얼굴을 바라보았다. 어둠에 익숙해진 그의 눈에 고른 숨으로 의한
레인의 어깨 움직임이 선명하게 보였다. 아심은 피곤한 듯 한 손으
로 얼굴을 쓸어내린 다음 어정쩡하게 서서 자신의 명령을 기다리
는 마지아드를 흘끗 바라보았다.

"자네도 그만 자도록 하지."

"네."

대답은 그리하면서도 마지아드는 한쪽 구석에 몸을 쭈그리고 앉
아 팔짱을 낀 채 고개를 숙였다.

"마지아드."

"네?"

마지아드의 고개가 급하게 쳐들어졌다. 어둠 속에서 그의 검은 눈동자가 번들거려 보였다. 눈을 부릅뜨고 있었지만 피곤한 기색이 역력했다.

"푹 쉬게. 해가 뜨려면 아직 두 시간도 넘게 남았어. 그리고 그자가 트럭으로 이동한다 해도 아직 이곳에 도착하려면 시간이……."

아심은 갑자기 말을 멈추고 긴장하며 허리춤에서 총을 꺼내 드는 마지아드에게 한 손을 들어 보였다. 그들은 모래언덕 사이에 몸을 숨기고 있었다. 그런데 사막 한가운데서 밤의 정적을 흩뜨려 놓는 묵직한 짐을 내려놓는 듯한 소리가 들려온 것이었다. 마지아드가 슬쩍 알루씨세의 허벅지를 두드렸다. 그때 어디선가 바람을 가르는 소리가 들려왔다.

아심은 본능적으로 레인의 몸을 팔로 감아 끌어당겼다. 그와 동시에 달빛을 받은 하얀 모래가 공중으로 튀어 올랐다.

"뒤쪽이야!"

모래가 바닥에서부터 앞쪽으로 팅겨 오르는 것을 본 아심이 소리치자 알루씨세가 벌떡 일어났다. 그들은 서둘러 레인의 뒤쪽으로 짐들을 쌓아 바리케이드를 만들기 시작했다.

머리 위로 짐이 날아와 바닥에 떨어지며 모래가 날리자 레인이 기침을 하며 눈을 떴다. 아심은 그녀의 입을 자신의 옷으로 막아주며 레인을 좀 더 가까이 끌어당겨 짐 뒤로 안전하게 숨겼다.

"뭐예요?"

"쉿! 그놈이 왔어."

그의 말이 끝나자 레인의 몸이 긴장으로 굳어지는 것이 그에게 느껴졌다. 아심은 그녀의 이마에 가볍게 키스를 하고 알루씨세에게 손짓을 해보였다. 알루씨세는 엉금엉금 기어와서 모래언덕 위쪽을 올려다보며 낮게 속삭였다.

"달이 반대쪽으로 기울어져 있어서 다행입니다. 이쪽이 어두우니."

아심은 눈살을 찌푸렸다. 알루씨세의 말을 듣다 보니 뭔가 앞뒤가 안 맞는 느낌이 들었던 것이다.

"그놈은 최고의 살인청부업자라 하지 않았나?"

"물론……."

아심의 질문에 답을 하려던 알루씨세도 말을 멈추고 얼굴을 찌푸렸다.

"뭔가 이상하군요."

그들은 잠시 말을 멈추고 사막의 정적 속에 청각을 곤두세웠다. 아심의 팔 안에서 레인이 조용히 중얼거릴 때까지.

"갔어요."

"뭐?"

그녀의 중얼거림에 혹시나 했던 아심이 입술을 비틀며 되묻자 레인이 고개를 들고 차분하게 답했다.

"그 사람은 이미 갔다구요. 우릴 갖고 노는 거예요."

아심의 입술이 더욱 비틀어졌다.

빌어먹을! 일부러 기척을 내고 저격을 해서 긴장하는 우릴 지켜보았다는 건가?

언제든지 레인을 죽일 수 있다는 거야?

아심은 화가 났다. 레인이 어둠 속에서 그의 얼굴을 뚫어져라 쳐다보는 것이 느껴지자 더욱 화가 났다. 마치 그가 과연 그녀를 지킬 수 있는지 확신할 수 있냐고 묻는 듯하게 느껴지자 아심은 레인의 팔을 붙잡았다. 그녀의 가느다란 팔이 한 손아귀에 들어왔다. 아심은 그녀에게 고개를 숙여 이마 위에 입술을 대고 나직하게 말했다.

"내 목숨을 바쳐서라도 지켜줄 테니 걱정 마."

"아심, 난 그런 걱정 안 해요. 오히려 당신이 나 때문에 목숨이 위태로워졌다는 것이 걱정스러운 거예요."

아심은 그녀가 한 손으로 그의 옷깃을 잡으며 말을 끝내자 가슴 한구석이 죄어오는 것을 느꼈다. 아직도 레인이 그녀 자신의 목숨보다 다른 이의 목숨을 더 걱정한다는 것이 화가 나기도 했지만 그 다른 사람이 본인이라고 생각하니 알 수 없는 소유욕이 솟아올랐던 것이다.

그 어떤 누구도 아닌 아심의 목숨만이 그녀에게 소중했으면 좋겠다는…….

"이대로 아침까지 꼬박 세우게 되었군요."

레인이 그에게 잡힌 팔이 저린지 슬쩍 아심의 손을 풀며 말했다. 그제야 아심은 자신이 너무 세게 그녀의 팔을 쥐었다는 것을 생각하고 길게 한숨을 내쉬었다.

"그렇지만 어쩌면 타루부부의 전술일지도 모르니 해가 뜰 때까지 기다려 보는 것이 좋을 것 같습니다."

마지아드가 그들이 방어하고 있는 반대쪽을 주시하며 말하자 알루씨세가 고개를 끄덕였다.

"제 생각도 같습니다. 모래는 발자국 소리를 흡수하니까."

"그럼 이대로 아침까지 기다려야겠군."

아심이 또다시 길게 한숨을 내쉬며 말하자 레인이 그의 손을 잡았다. 그녀의 손바닥이 따뜻하게 그의 손 안에 들어오자 아심은 왠지 마음이 차분해지는 것을 느꼈다.

아직은…… 아직은 그녀를 지킬 수 있으니까…….

그렇지만 아심은 슬슬 불안감에 자신이 지고 있는 것을 느꼈다. 지금까지 한 번도 그 자신에 대한 자신감이 조금이라도 사그라든 적은 없었다. 그렇지만 레인에 대한 마음이 점점 깊어질수록 그는 모든 일에 자신감이 죽어가고 있었다.

특히 아심은 그녀의 마음에 대한 확신이 없었다.

아심에게 있어 레인은 그가 처음 만났을 때와 조금도 달라진 것이 없었다. 당돌함에 무모함과 타인에 대한 무관심, 그것에 어울리지 않는 타인의 감정을 배려하는 레인의 모습이 아심에게는 묘한 불안감을 가중시키고 있었다. 아심은 차라리 그녀가 다른 여자들처럼 그에 대해 절대적인 선망을 지니길 바랐다. 그리하여 그를 소중히 여긴다면 아심이 그녀를 지키기 훨씬 수월할 거라는 생각을 했던 것이었다.

말 한 마디면 되니까.

스스로를 아끼라고 그녀에게 명령을 할 수만 있다면…… 젠장!

아심이 그녀에게 명령을 내리는 것은 낙타에게 헤엄을 치라고 명령하는 것보다 어려웠다.

그들은 해가 뜨기를 기다리며 어둠으로 둥근 능선만 보이는 모래언덕을 지켜보았다. 사막의 새벽을 뜬눈으로 맞이한 그들은 마침내 붉은 태양이 떠오르자 동시에 탄성을 내질렀다. 사막의 새벽은 특별했다. 사방으로 번지는 붉은색이 굴곡을 이루는 모래 능선 사이로 비집고 들어와 하얀 모래들을 붉게 물들이는 것이었다.

잠시 동안 태양이 떠오르는 것을 지켜보던 그들은 타루부부의 움직임이 없자 도곤족 부락으로 이동할 것을 결정했다. 그렇지만 상대를 높이 평가하고 있는 알루씨세의 의견에 따라 마지아드가 능선 바깥쪽을 살피기로 정하고 그들은 서둘러서 짐을 정리했다.

"마지아드, 조심해요."

레인이 걱정스러운 듯 마지아드의 옷깃을 잡으며 말하자 그가 밝은 미소를 보내주었다.

"걱정 마세요. 전 군인입니다."

그리고 그는 한 손에 장전한 총을 든 채 천천히 능선 위로 올라가기 시작했다.

"괜찮을까요? 혹시 모래 속에 폭탄이라도 설치해 놓지 않았을까요?"

"그렇다 하더라도 능선 위는 평지니까 그다지 위험하지는 않습니다."

알루씨세의 위로에도 불구하고 레인이 초조한 듯 왼손으로 오른손을 주무르는 모습을 본 아심은 낮게 혀를 차며 가방 안에서 딱딱해진 빵을 꺼내 잘라주었다.

"빈속이라 더 초조한 모양이군. 이거라도 먹지. 다시 도곤족 부락으로 돌아가면 한숨 쉬는 게 좋겠어."

아심이 건네준 빵을 받아 들며 그의 말을 듣던 레인의 표정이 묘하게 변했다. 아심은 그런 그녀의 표정을 보며 그녀가 무언가를 숨기고 있다는 것을 알았다.

"뭐지?"

"네?"

레인이 눈을 빠르게 깜박이며 되물었다.

이 여자가 이런 표정을 지을 땐 뭔가 있단 말야.

"뭘 숨기고 있는 거지?"

아심이 무심한 말투로 물으며 시선을 능선 가까이 올라간 마지아드에게 시선을 옮기자 레인의 입술이 삐죽거렸다.

"숨기긴 뭘 숨겨요? 그런 거 없어요."

레인의 시선 또한 능선 위에 엎드려 전방을 살피는 마지아드에게로 가 있었다.

"나중에 이야기할게요."

아심의 시선이 다시 그녀에게 옮겨지자 레인이 입을 여전히 삐죽거리며 조용히 속삭였다. 아심은 고개를 끄덕이고 다시 마지아드에게로 시선을 옮겼다. 능선 위에서 모래 위를 둘러본 마지아드가 마침내 괜찮다는 사인을 해오자 알루씨세가 피식 웃었다.

"제가 괜스레 걱정을 끼쳐 드린 모양입니다."

"아니에요, 알루씨세. 올바른 선택이었어요. 그것보다 도곤족의 부락은 얼마나 남은 거죠?"

"글쎄요, 빠른 걸음이라면 아마 반나절 거리쯤?"

알루씨세가 인상을 찌푸리며 말함과 동시에 위에서 마지아드가 소리쳤다.

"사람들입니다! 열 명 정도의 사람들이 이쪽으로 오고 있어요!"

아심은 마지아드의 외침에 그가 가리킨 방향으로 고개를 돌렸다. 그렇지만 모래언덕 때문에 지평선이 보이지 않았다.

"올라가 보지."

"잠깐만요."

갑자기 레인이 그의 팔을 잡아끌었다.

그런 그녀에게 의아한 눈길을 주며 아심이 발걸음을 멈추자 레인이 주저하다 입을 열었다.

"도곤족일 거예요."

"나도 그렇게 생각해. 저쪽은 우리가 가던 방향이니까."

"그게……."

아심은 그녀의 망설임에 가만히 다음 말을 기다렸다. 한쪽 눈썹을 올린 채.

그러는 동안 마지아드가 그들 쪽으로 오고 있는 사람들에게 소리를 지르며 팔을 휘젓고 있었다. 아심은 레인의 말을 기다리며 그녀를 주시하고 있었고, 레인은 그의 시선을 피한 채 고개를 처박고 있었다. 그때 갑자기 마지아드의 외침을 뚫고 알루씨세의 비명 소리가 찢어져 나왔다.

"위험해요!"

순간 아심은 레인을 부둥켜안고 그들이 짐으로 바리케이드를 만들어놓았던 방향의 모래언덕 위로 고개를 돌렸고 알루씨세가 그들 앞으로 뛰쳐나왔다.

"알루씨세!"

언덕 위에 모래알을 떨어뜨리며 의연하게 서 있던 사내의 손에 들려 있던 총구에서 탄성이 터져 나옴과 동시에 아심이 소리를 질렀다. 그의 눈앞에 붉은색 피가 사방으로 뿌려졌다. 그리고 알루씨세를 관통한 총알이 아심의 등에 박히는 것이 느껴지자 그는 낮게 신음을 내뱉었다.

"안 돼!"

등에 느껴지는 아픔보다 레인의 목소리에 묻어나오는 절망감이 아심에게는 더욱 아팠다.

그들의 머리 위로 마지아드가 뽑은 총에서 탄알이 빠져나와 반대쪽으로 날아가고 있었다. 아심은 그녀를 놓았다. 만약에 타루부부가 또 한 번 그녀를 겨냥해서 사격을 한다면 자신의 몸을 관통한 총알이 그녀에게 박힐 것을 알았기 때문이다. 다행히 마지아드가 엄호를 해준 덕인지 총성이 멈추어 있었다. 그렇지만 아심이 그녀를 쌓아놓은 짐 아래로 밀어 넣으려 하자 레인이 그의 어깨를 부둥켜안고 매달렸다.

"레인, 날 봐. 놓고 어서 짐들 아래로 몸을……."

"안 돼요, 아심. 죽더라도 같이 죽어요. 당신만 죽게 할 순 없어."

아심은 총알이 박힌 등이 아니라 가슴 한구석이 무언가에 의해 세게 죄어오는 것을 느꼈다. 짐들 아래로 주저앉은 그는 자신에게 매달려 오는 레인의 얼굴을 끌어당겨 깊게 키스했다. 그녀의 마음이 그에게로 흘러들어 왔다. 아심은 레인의 입술에서 얼굴을 떼고 그녀의 몸을 좀 더 깊숙이 짐 아래로 숙이게 하였다. 또다시 총성이 울리기 시작했다.

도곤족의 원정이 도착했는지 레인과 아심을 가운데 두고 양쪽에서 총알이 날아다녔다.

아심은 눈살을 찌푸린 채 알루씨세를 바라보았다. 바닥에 엎어진 그는 이미 숨이 끊어진 듯하였다. 모래는 알루씨세의 가슴에서 흘러내린 피를 흡수하고 있었다.

총성을 들은 것인지, 알루씨세의 피 냄새를 맡은 것인지 어느새 하늘 위에는 독수리가 날아다니고 있었다.

아심은 시끄럽게 울리는 총성에 두 손으로 레인의 귀를 막아주었다. 그런 아심의 옷자락을 잡은 채 레인이 속삭였다.

"사랑해요."

레인은 그 말을 입 밖으로 내뱉고 금방 후회했다. 아심의 얼굴을 올려다볼 수는 없었지만 그가 무척이나 놀랐다는 것은 그녀의 어깨를 쥔 손에서 느껴져 왔다.

사랑해요.

그 말이 그토록 쉽게 나올 줄은 레인도 몰랐다. 그리고 그 말을 하기 전까지는 그를 얼마나 사랑하는지조차 알 수 없었다. 그렇지만 그에게 말을 하고 보니 레인은 자신이 스스로가 생각하는 것보다 그를 더욱 많이 사랑하고 있음을 알 수 있었다.

머리 위로 총알이 날아다니는 판에 사랑 고백이라니…….

난 정말 무드 없나 봐.

그녀는 아심의 가슴에 한쪽 볼을 대고 그의 등을 두 팔로 감쌌다. 레인은 그에게서 떨어지기가 싫었다. 그가 주는 안도감과 편안함이 몸에 딱 맞는 옷처럼 전신을 휘어감았다.

아심의 심장이 뛰는 소리가 레인의 귀에 울렸다. 무척 빠른 두드림을 하고 있는 그의 심장 소리에 슬며시 미소를 진 레인은 아심의 등에 댄 손에서 느껴지는 축축함에 눈을 동그랗게 떴다.

"아심?"

"왜?"

레인은 손바닥에 닿는 끈적거리는 느낌을 눈으로 확인할 수가 없었다. 그녀는 잠시 숨을 멈추었다가 한꺼번에 토해내며 그에게 물었다.

"총에 맞았어요?"

아심의 심장 박동이 빨라졌다. 레인은 그의 심장 고동 소리에 맞춰 자신의 심장도 빠르게 뛰고 있음을 느꼈다.

"아니, 알루씨세의 피야."

레인의 머리 위에서 아심의 나직한 목소리가 흘러나왔다. 여전히 총성이 울려대는 모래언덕 사이에서 그들은 서로를 부둥켜안고 몸을 숨기고 있었다.

"알루씨세는 괜찮을까요?"

레인은 아무런 미동도 않는 알루씨세가 걱정되었다.

내가 여행을 끝내겠다고 고집만 부리지 않았으면…….

그녀는 아랫입술을 깨물며 스스로를 자책했다. 레인은 삼 년 전 무전여행을 시작한 이후 처음으로 스스로의 결정에 후회를 하고 있는 것이었다. 그녀는 그녀 혼자만이 위험이 아니라 동행한 사람들의 목숨까지 위험하다는 것을 아무렇지도 않게 생각했었던 것이다.

레인은 자신으로 인해 아심에게 무슨 일이 생긴다면 평생 자신을 용서할 수 없을 것 같았다.

아심은 그녀의 질문에 답을 안 했다. 그리고 잠시 머리 위를 바라본 그는 레인의 얼굴을 두 손으로 잡아 올렸다. 그리고 그가 나직하게 속삭였다.

"레인, 약속해."

"뭘요?"

"여기서 조금도 움직이지 않겠다고."

순간 레인은 그가 총싸움에 끼어들려는 것을 알았다. 타기르무스가 벗겨진 그의 머리에서 검은 머리카락이 흘러내려 짙은 속눈썹이 있는 아심의 눈을 가리고 있었다. 레인은 어깨까지 흘러내리는 그의 머리카락을 따라 시선을 옮기다가 고개를 가로저었다.

"싫어요. 당신이 움직인다면 나도 움직일래요."

"바보 같은! 가만히 있겠다고 약속해 줘."

"싫어요. 그러다가 타루부부가 내게 폭탄을 던지면 어떡해요? 그럼 난 꼼짝없이 죽는 거잖아요? 나랑 함께 있어요. 아심, 날 혼자 두지 말아요."

그녀의 애원에 아심이 잠시 망설이며 침묵을 지키고 있는 양쪽의 모래언덕 쪽을 바라보았다. 태양이 점점 뜨거워지고 있었다. 마침내 아심은 결정을 내린 듯 눈을 꼭 감았다가 크게 떴다. 레인은 그의 옷자락을 잡은 채 그의 입에서 떨어질 말을 기다렸다.

"내 뒤에 바짝 따라와. 절대로 뒤처지거나 소리를 내선 안 돼."

그의 목소리가 쉰 듯이 갈라져 있었다.

레인은 그가 자신과 함께하리라는 말에 고개를 끄덕이기만 했다. 그러자 아심이 한 손으로 그녀의 머리카락을 쓸어 넘겨주고는 마지아드에게 영어로 소리쳤다.

"마지아드, 엄호해!"

그리고는 레인을 안았던 팔을 푼 아심이 허리에서 단총을 꺼내 쥐고 상체를 깊이 숙였다. 레인은 그의 모양새를 따라 바닥을 기는 폼으로 모래 위에 팔꿈치를 대었다. 아직 회복이 안 된 오른팔이 약간 문제였다. 레인은 아랫입술을 깨물며 아심에게 짐이 되지 않기 위해 최대한으로 오른팔을 구부렸다.

"아심, 출발하세요!"

마지아드가 모래언덕에서 소리를 질렀다. 그리고 이어서 총성이 울리기 시작하자 레인은 유연하게 엎드려서 모래언덕 위쪽으로 올라가는 아심의 뒤를 따라 열심히 바닥을 기었다.

레인은 아심이 그녀에게 거짓말했음을 알았다. 그의 등은 선명한 붉은 피로 흥건히 젖어 있었고, 그것이 알루씨세의 피라고 하기엔 양이 많았기 때문이다. 레인은 그의 등을 노려보았다.

나쁜 남자…….

그녀는 속상하기도 하고 그가 자신을 아낀다는 사실에도 불구하고 왠지 슬퍼져 눈물이 나올 것만 같아 눈을 깜박이며 아심의 뒤를 따랐다.

아심의 움직임에는 날지 않던 모래 먼지가 레인의 서투른 동작에 뿌옇게 피어오르고 있었다. 레인은 최대한으로 조심스럽게 몸을 움직이며 아심이 멈춘 곳까지 따라갔다. 또다시 총성이 멈추어 있었다.

아심은 손짓으로 레인에게 가만히 있으라는 모션을 해 보이고는 조심스럽게 오른손에 왼손을 겹쳐 총을 쥐었다. 레인은 엎드려서 팔뚝 위로 눈만 내놓은 채 아심의 행동을 지켜보았다. 그때 그녀의 오른손에서 쥐가 나기 시작했다. 레인은 아심의 주위가 흐트러질까 봐 신음 소리조차 안 내고 가만히 있었다.

그녀가 오른손을 왼손으로 가만히 쥐었다. 그것이 계기가 된 듯 천천히 슬로모션처럼 일이 벌어졌다. 그녀가 손을 쥠과 동시에 아심의 머리 바로 위에서 타루부부가 튀어나온 것이었다. 아심이 미처 총을 발사하기 전에 타루부부가 아심의 머리를 향해 칼을 내리

꽂았다. 마치 그곳에 아심이 있는 것을 알고 있었다는 듯이 그의 칼 방향은 정확했다.

레인은 비명조차 지를 수가 없었다.

마음속으로 있는 힘껏 소리를 내질렀음에도 그녀의 벌어진 입에서는 아무 소리도 안 들렸다. 아니, 비명 소리가 새어나왔다 하더라고 레인의 귀엔 아무 소리도 들리지 않았다.

아심이 재빠르게 머리를 움직여 아슬아슬하게 그의 머리를 비켜 간 타루부부의 칼끝에서 작은 핏방울이 떨어졌다.

아심의 손에 쥐어진 총에서 총성이 울리며 타루부부가 언덕 너머로 사라지자 아심이 상체를 일으켰다.

"아심!"

레인은 그의 귀에서부터 흘러내려 목까지 흥건한 피를 보며 아찔해지는 느낌으로 그를 불렀다. 그렇지만 아심은 그녀를 돌아보지 않고 모래언덕 너머로 몸을 날렸다.

총성이 울렸다.

레인은 이를 악물고 몸을 일으켜 능선 위로 올라섰다. 태양을 등지고 선 그녀의 눈에 양쪽으로 갈라선 두 남자의 모습이 보였다. 비탈진 모래 위에 오른발에 힘을 주고 서 있는 아심의 손엔 항상 그의 허리춤에 매달려 있던 칼이 뽑혀 있었다.

레인은 타루부부 또한 칼을 쥐고 있는 모습을 보고 약하게 한숨을 내쉬었다. 그녀가 시선을 움직여 모래언덕 아래로 떨어져 있는 총을 찾아 헤매는 동안 두 남자의 거리가 좁혀졌다.

타루부부의 칼이 길게 원을 그렸다.

아심이 몸을 뒤로 빼며 타루부부의 칼을 막아내자 사막 위로 날

카로운 금속성이 울렸다. 레인은 두 남자의 칼싸움을 내려다보며 초조하게 쥐가 난 오른손을 왼손으로 주물렀다.

어깨 너머로 바라보니 반대쪽 능선 위로 마지아드의 얼굴이 보였다.

난데없는 금속성에 일이 어떻게 되어가고 있는 건지 모르겠다는 표정이었다. 레인은 그를 향해 이쪽으로 오라고 소리치려다가 아심의 외침에 다시 두 남자에게 시선을 돌렸다.

"레인! 다른 곳으로 피해!"

순간 레인은 아심이 칼싸움에서 불리하다는 것을 느꼈다. 타루부부의 칼은 아지움과 싸울 때와는 달리 길면서도 짧은 단선을 그리고 있었다. 그만큼 공격 횟수가 많았고 아심은 그 칼을 막아내는 데 바빴다. 더군다나 아심은 부상을 입은 상태였다.

아심의 움직임이 둔하게 느껴지는 것이 부상 때문이라고 생각한 레인은 가슴을 두드리며 발을 동동 굴렀다.

그리고 아심의 칼이 타루부부의 배를 가볍게 한 번 그었을 때 그녀는 잠시 고민을 했다.

일 대 일의 칼싸움에서 다른 이의 도움을 받는다는 것이 아심에겐 치욕이 될까?

고지식하게 스스로의 힘으로 이겨야 한다고 생각할까?

그렇게 레인이 고민을 하는 동안 능선 위로 마지아드가 올라와 모래를 타고 흘러내려 왔다. 레인은 어깨 너머로 마지아드가 모래 언덕으로 올라오는 것을 보고 아랫입술을 깨물었다. 그리고 그녀의 옆에 서서 아래의 광경을 바라본 마지아드가 짧게 탄성을 내지르자 그의 팔을 잡았다.

"마지아드, 아심을 도와주면 안 될까요?"

역시나 마지아드가 고개를 끄덕였다. 마지아드는 오히려 총의 안전장치를 풀고 허리춤에 끼어 넣었다.

"아심이 화를 낼 겁니다. 그리고 저는 믿습니다. 아직까지 아심이 칼싸움에서 진 적은 없다는 것을. 당신도 아심의 남자다움을 믿어보세요."

알량한 사내들의 자존심이라니!

그렇지만 레인은 섣불리 나설 수가 없었다. 그녀와 그들 사이엔 문화적 갭이 있었다. 어느새 레인의 옆으로 줄지어 구경하는 사람들이 많아져 있었다. 그들은 마치 권투를 보듯 함성을 내지르며 응원까지 하고 있었다.

그리고 마지아드의 옆에 서서 팔을 휘두르며 괴성을 지르던 남자가 마지아드를 치며 레인을 가리켜 뭐라고 하자 마지아드가 약간 머뭇거리더니 그녀에게 물었다.

"레인! 레인은 아심을 응원 안 합니까? 저들이 왜 아심의 여자가 응원을 안 하냐고 묻는데요?"

아심의 여자.

레인은 그들과의 큰 거리감을 느꼈다. 아무렇지도 않게 여자를 남자의 소유물로 만들고 유치하고도 비현실적으로 일 대 일의 칼싸움이라는 것에 목숨을 거는 그들의 사고방식이 이해가 안 되었던 것이다.

레인은 한국을 떠올렸다. 목숨을 거는 일이라고는 교통사고를 당할 가능성을 무한하게 품고 산다거나 암이나 질병에 걸릴 확률이 높다고 아우성을 치거나 몸에 좋다는 것은 무엇이든 먹어치우는 사람들이 떠올랐다. 아프리카에서는 살기 아니면 죽기였다. 몸에 좋든 나쁘든 살 수만 있다면 먹는 것이었다. 병에 걸리면 스스로의 의지로 극복을 하거나 종교에 의존한다.

그렇기에 그녀에겐 유치한 칼싸움이 그들에겐 자존심이 될 수도 있는 것이었다.

레인은 이질감을 느꼈다. 그녀가 얼마나 많이 아프리카에 머물러 있었는가가 문제가 아니었다. 어려서부터 동양적 사고를 주입받고 살아온 그녀가 자유를 부르짖으며 여행을 해왔어도 그러한 기초적 가치관이 변하지는 않았다.

아심은 말했었다.

목숨을 아무런 가치 없이 버릴 수 있는 것처럼 말하는 레인이 이해가 안 된다고, 무모하다고 말했었다. 그렇지만 레인에게 있어 아심의 칼싸움이 더욱 가치 없고 무모하게 보였다.

중세의 여자들은 이런 마음을 담고 살았을까?

사랑하는 남자들의 무모함을 가슴에 담은 채 그들을 사랑한다는 이유로 자존심을 치켜 세워줬을까?

또 이곳 여자들은 이렇게 살아오며 그 많은 한을 어찌했을까?

그녀는 아심의 칼과 타루부부의 칼이 부딪치는 것을 바라보며 이 여행이 끝나면 두 번 다시 무모한 짓은 안 하리라고 맹세했다.

사랑하는 사람이 무모한 짓을 벌일 때 기다리는 사람의 심정을 알았던 것이다.

부모님도 이런 심정이셨겠지.

레인이 아무리 아심을 사랑한다 하여도 그와는 문화적 거리가 있었고 가치관의 차이가 있었다. 그 모든 것들을 뛰어넘어 평생을 그를 바라보며 살아갈 자신이 레인에게는 없었다. 또 언젠가 아심이 그녀에게 싫증을 내어 카를로타를 버린 것처럼 레인을 버린다면 그녀는 아무런 후회나 미련 없이 그를 떠날 자신도 없었다.

추하게 그의 다리를 붙들고 매달리겠지.

애당초 마음을 주지 말았어야 해.

그렇지만 자신도 모르게 그를 사랑하게 된 것은 어쩔 수가 없었다. 그녀가 생각에 빠져 있는 동안 어느새 두 남자는 온몸이 피 범벅이 되어 있었다. 마지아드의 말대로 아심은 쉽게 쓰러지지 않았다. 그리고 함성을 지르던 사람들이 타루부부가 아심을 덮쳐누르며 칼로 아심의 목을 겨냥하자 입을 다물고 침묵을 지켰다. 그동안 침묵을 지키던 레인의 입에서 비명이 터져 나온 것과는 반대였다.

"아심! 일어나요! 안 돼요!"

그녀는 발을 구르며 타루부부에게 눌리며 한 손으로 칼을 밀어내는 아심을 향해 소리쳤다. 두 남자의 손이 서로의 칼을 막은 채 다른 한 손은 서로를 겨냥하고 있었다.

힘의 싸움이었다.

두 남자의 팔이 눈에 보일 정도로 떨리고 있었다.

레인은 칼끝이 아심의 목에 점점 가까워지자 앞뒤 생각을 않고 마지아드의 허리춤에서 총을 뺏었다.

"레인! 그러지 말아요!"

마지아드가 레인의 팔을 잡으며 말리자 레인이 눈물이 가득한 눈으로 소리쳤다.

"아심을 살려야 돼요! 이건…… 이건 어떻게 해야……."

레인이 덜덜 떨며 총의 안전장치를 풀려고 했지만 방법을 몰랐다. 그냥 방아쇠를 당기니 방아쇠가 꿈쩍도 안 했다.

"마지아드! 도와줘요! 이걸 쏠 수 있게 해줘요!"

그렇지만 마지아드는 화를 내며 그녀의 손에서 가차없이 총을 빼앗았다. 레인은 다시 그에게서 총을 뺏으려다 들려온 아심의 목소리에 동작을 멈추었다.

"레인! 가만있지 않으면 용서 안 해!"

돌아본 레인의 눈에 아심이 있는 힘을 다해 타루부부를 밀어내며 이를 악물고 있는 모습이 보였다. 타루부부의 칼끝이 아심의 목을 파고들어 가려 하고 있었다.

"너무해요! 아심!"

마침내 그녀의 볼 위로 눈물이 흘렀다. 레인은 아심이 원망스러웠다. 밉고 원망스러웠다.

그리고 다음 순간 어떻게 되었는지 아심의 칼이 타루부부의 목 아래로 깊숙이 파고들어 가자 남자들이 환호성을 질러댔다. 레인은 눈 깜짝할 새에 벌어진 일이라 느끼며 눈물로 가득한 눈을 깜박이면서 마냥 서 있었다. 언덕 위에 있던 남자들이 모래를 타고 내려가 아심의 몸 위에서 쓰러진 채 부들부들 떨며 숨이 끊어지고 있는 타루부부의 몸을 들어 아심을 끌어내었다.

레인은 떨리는 몸을 가누지 못해 바닥으로 주저앉았다. 그녀의 주위로 하얗게 모래 먼지가 날렸다. 그러나 사람들의 부축을 받으며 그녀가 있는 곳으로 올라온 아심은 레인에게 시선도 주지 않은 채 마지아드에게 짧게 명령을 하고는 지나갔다.

"마지아드, 알루씨세의 시신을 거둬. 집으로 돌아간다."

레인은 그가 스쳐 지나가자 두 팔로 자신의 몸을 감쌌다.

그녀의 눈에서 큰 눈물방울이 떨어졌다.

어느새 사막의 태양이 그녀의 머리 위로 올라오고 있었다.

외로웠다.

사막의 고요함을 흩트려 놓는 사람들의 웅성거림 속에서 레인은 자신만의 정적 속에 외로움을 느끼고 있었다.

17

"아심을 만나게 해줘요."

레인이 마지아드를 붙잡고 말하자 그가 고개를 가로저었다.

"레인 양께선 당분간 휴식을 취하셔야 한다고 하셨습니다."

"그의 얼굴을 본다고 해서 휴식을 취하지 못하는 게 아니잖아요, 마지아드! 그는 괜찮은 거예요?"

아심이 마지아드에게 집으로 돌아간다고 말하고 기절하는 바람에 모두 서둘러서 그를 도곤족 부락으로 옮겼다. 그 이후 아심이 정신이 들었을 때를 제외하고는 레인은 그를 볼 수가 없었다.

그녀가 걱정이 밴 얼굴로 떼쓰듯이 묻자 마지아드의 얼굴 표정이 불쾌한 듯 일그러졌다. 그녀가 사막에서 그의 총을 빼앗은 후부터 마지아드는 그녀를 더 이상 존경하지 않는 눈치로 예전처럼 레인에게 친근감 있게 대하지를 않았다.

레인은 아랫입술을 깨물며 이미 땅에 묻힌 알루씨세를 떠올렸다.

알루씨세도 그랬을까?

그와 특별히 이야기를 많이 나눈 것도, 많은 시간을 보낸 것도 아니었지만 레인은 알루씨세에게 은근슬쩍 의지를 많이 했었다. 그는 아랍인보다는 투아레그인에 더 가까웠고 투아레그인들은 여성들을 높이 받들었다. 그래서인지 알루씨세는 언제나 조용히 그녀 뒤에서 아심보다 먼저 그녀를 챙기고는 했었다. 또 아심 편을 들기보다 레인의 심정을 먼저 헤아려 주었었다.

알루씨세.

레인은 또다시 눈가에 맺히는 눈물을 훔치며 마지아드로부터 멀어졌다. 알루씨세의 죽음에 레인은 죄책감이 컸다. 자신이 고집을 부리지만 않았어도 알루씨세가 변을 당하는 일이 없었을 거라고 생각하는 레인은 마음 한구석을 자리 잡고 있는 죄책감을 누구에게 토로할 길도 없었다. 알루씨세의 죽음은 레인에게 있어 오래된 친구를 잃어버린 느낌을 주었다. 더군다나 갑자기 냉정해진 아심을 만나기조차 못하는 지금의 상황에선 더욱 그랬다. 그녀는 아심에게라도 알루씨세에 대한 죄책감을 이야기하고 함께 슬퍼하고 싶었던 것이었다.

레인이 힘들게 발걸음을 옮기려고 하는 순간 방문 안쪽에서 아심의 목소리가 흘러나왔다.

"마지아드, 레인을 불러와!"

레인은 잠시 심호흡을 했다. 일주일 만에 아심의 목소리를 듣는 것이었다.

"들어가시죠."

마지아드가 떨떠름한 표정으로 다시 몸을 돌린 레인에게 말하며 문을 열어주었다. 레인은 방 안으로 들어서며 눈가에 남아 있던 눈물을 지웠다.

"아심."

그는 침대 위에서 등을 받친 채 앉아 있었다. 커튼이 한낮의 태양을 막아서 방 안은 어두워 보였다.

"밖에 있었군."

"걱정되어서 당신을 만나려고 했는데……."

"내가 마지아드에게 당신을 만나지 않겠다고 했으니까."

레인은 아심이 냉정하게 그녀의 말을 자르며 나직한 목소리로 말하자 가슴이 묵직해져 옴을 느꼈다.

레인은 그의 얼굴에 익숙한 빈정거리는 듯한 미소가 깔려 있는 것을 보고 팔짱을 꼈다. 그 순간 레인은 화가 나기 시작했다. 알 수 없는 비참함에도 화가 났다. 그녀의 조그만 눈동자가 검은색 빛을 발했다.

"날 부른 이유가 뭐죠?"

"우리가 헬기를 탈 때 당신은 타루부부를 누가 고용했는지 알고 있었더군."

레인은 오른손에 가느다랗게 경련이 일어나는 것을 느끼고 왼팔 팔꿈치 안으로 깊숙이 집어넣었다.

"알고 있었어요."

"왜 나한테 말 안 했지?"

아심의 눈이 가늘어져 있었다. 레인은 어깨를 으쓱해 보이고는 아무렇지도 않게 말했다.

"말하려고 했었어요. 나중에."

그녀의 말이 끝나자 그가 레인을 노려보았다. 마치 그녀가 얄미워 죽겠다는 듯이 아심의 입가가 굳어 있었다. 레인은 확실하게 느꼈다. 그가 레인을 사랑하고 있지 않다는 것을 어두침침한 방 안에서 앉으라는 말도 없는 아심의 태도에서 그녀는 알 수 있었다.

레인은 가볍게 코웃음을 치고 한쪽 다리에 실은 체중을 다른 쪽 다리로 옮겼다.

"할 말 끝났어요?"

"날 걱정했다는 말이 거짓말 같군. 그렇게 삐딱하게 서서 '할 말 끝났어요?' 라니."

아심이 여전히 빈정대며 그녀의 말투까지 따라 하자 레인은 발끈해서 자세를 똑바로 했다.

"하고 싶은 말이 뭐죠?"

"그날 당신이 한 말이 진심인가 해서. 날 사랑한다고 말한 이유가 알고 싶어."

이기적인 남자.

이번에는 레인이 그를 노려보았다. 제멋대로 자라 눈을 가린 앞머리를 뒤로 모아서 묶었지만 어느새 몇 가닥이 흘러내려 레인의 눈을 가리고 있었다. 레인은 가느다란 머리카락을 입김으로 불어 눈앞에서 치웠다. 그녀가 오른손을 다치고 난 후부터 생긴 버릇이었다. 아심은 그녀의 움직임을 주시하며 대답을 기다렸다.

"진심이었어요. 난 거짓으로 사랑을 말할 정도로 마음이 닳지는 않았어요."

"진심이었다고? 왜 과거형이지?"

아심의 한쪽 눈썹이 올라갔다. 기분 나쁘다는 말투로 그렇게 물은 아심은 힘들게 상체를 뒤척이며 얼굴을 찌푸렸다.

"이리 와."

레인은 그의 명령에 꼼짝도 안 했다.

"이만 갈게요. 보아하니 당신은 멀쩡한 것 같군요."

"이리 와."

레인이 몸을 돌리자 아심이 더욱 낮아진 목소리로 명령을 했다. 그녀는 잠시 망설였다. 화가 풀린 것은 아니었지만 아심의 명령을 무시할 정도로 그에 대한 감정이 사그라든 것은 아니었다.

"그냥 갈게요. 다음에 다시 오죠. 당신이 허락한다면."

마침내 그에 대한 감정에 굴복하지 않고 자존심을 세워 문고리를 잡은 레인의 등 뒤에서 아심이 한쪽 팔로 눈을 가리며 중얼거렸다.

"확실히 과거형이군. 비꼬기까지 하는 걸 보니."

레인은 그의 중얼거림에 흘끗 어깨 뒤로 얼굴을 가린 아심을 바라보고 문 밖으로 나섰다.

확실히 과거형.

그런 건가? 그래서 자존심을 세울 수 있는 건가?

레인은 자신이 자존심을 내세울 수 있는 건 그를 그만큼밖에 사랑하지 않아서라고 생각했다.

떠나야 해. 그를 이만큼만 사랑하고 있을 때…….

"레인."

레인은 누군가 속삭이는 말에 눈을 떴다.

"이마즈겐?"

"응. 타루부부가 죽었다는 이야길 듣고 왔어."

레인은 아지움을 위해 침대 한 켠을 비워주며 몸을 일으켰다. 방 안에는 밤이 가득 차 어둠밖에 보이지 않았다. 그 어둠이 익숙해져 있는지 아지움은 레인의 움직임을 알고 그녀 곁에 앉았다.

"넌 괜찮아? 어디 다친 데 없어? 아심은 많이 다쳤다던데."

"응, 난 괜찮아."

"다행이다."

아지움이 길게 한숨을 내쉬었다. 레인은 알루씨세가 죽은 후 외로움 속에서 일주일을 보내고 난 뒤라서인지 아지움의 우정 어린 말이 가슴에 파고드는 것을 느꼈다.

샤를르는 앤드류에게 가 있었고 홀로 방 안에 있던 레인은 도곤족에서 특별히 친구를 사귈 수도 없었다. 그녀는 자신이 조금 변했다고 생각했다. 전 같았으면 밖으로 나가 여러 사람들을 만나고 그들과 쉽게 친해지곤 했었는데 아심이 중상이라는 이야기를 듣고 그녀는 방밖으로 나가지도 않은 채 그를 걱정하고만 있었던 것이다.

"괜찮은 거야?"

아지움이 레인의 일그러진 얼굴을 들여다보며 다시 되물었다. 레인은 그의 다정한 목소리를 듣자 자신도 모르게 눈에 눈물이 고이는 것을 느꼈다.

"알루씨세가 나 때문에……."

아지움은 그녀의 말이 끝나기도 전에 그녀의 머리를 끌어당겨 자신의 어깨에 묻고 울 수 있도록 해주었다. 그녀는 그동안 혼자서 울지 못하고 참고 있던 눈물을 한꺼번에 흘리듯이 아지움의 어깨를 흥건하게 적실 정도로 울어대었다. 그렇게 한참을 울고 난 레인은 가까스로 정신을 차리고 고개를 들어 입을 열었다.

"이마즈겐, 부탁이 있어."

"응."

"날 공항까지 데려다 줘."

그녀의 말에 아지움이 크게 숨을 들이키는 소리가 났다.

"공항? 거긴 왜?"

아지움이 당황이 가득 배인 목소리로 묻자 레인이 피식 웃었다.

"집으로 가려고. 너무 오랫동안 고향을 등졌으니까."

"그렇지만 앤디는 어쩌고? 그의 약혼녀잖아."

"이제는 아니야. 이마즈겐, 제발 날 도와줘."

레인이 침대 위를 더듬어 아지움의 손을 잡으며 애원조로 말하자 아지움이 잠시 고민을 하는 듯 숨소리만 거칠게 내뱉었다. 그리고 한참의 시간이 흐른 후 아지움의 입에서 나온 말에 레인이 크게 숨을 들이켰다.

"그럼 아심은 어쩌고? 그를 사랑하잖아? 사람들은 벌써 네가 그의 여자라고 말하고 있단 말야. 우리 아버지도 너라면 아심을 휘어잡을 수 있을 거라고 하셨고."

레인은 그의 말에 답을 안 했다. 아심과 여행을 시작하면서 이렇게 될 거라고는 생각지 못했던 레인이었다. 누군가에게 쉽게 마음을 내어줄 거라고 생각하지도 않았고, 그 상대가 아심이 될 거라고는 더더욱 상상도 못했던 것이었다.

레인은 남녀 간의 사랑을 해본 적이 없었다. 고등학생 때는 같은 또래의 남학생들이 어려 보여서 이성 간의 감정을 느낄 수가 없었고 여행을 시작한 후로는 외국인이라는 선입견 때문인지 남자들에게 쉽게 감정을 내어줄 수 없었다.

그녀는 사랑에 겁을 내고 있었다.

그녀가 꿈꾸던 사랑은 영원히 변치 않고 한 사람과 공유하며 느끼는 것이었다. 그렇지만 사랑을 시작하며 레인은 아심과의 사랑이 변치 않을 거라는 확신도 없었고 문화적인 차이도 극복할 자신이 없었다. 더군다나 고향을 영원히 등지고 살아갈 마음도 없었다. 또 레인은 아심이 그녀의 천생배필인지 확신이 서질 않았다.

만약에 나에게 운명의 상대가 따로 있다면?

나의 천생배필을 먼 훗날 만나게 된다면 아심의 정부로 있었던 시간을 어떻게 설명해야 하지?

그러한 생각 때문에 레인은 아심과의 사랑을 시작하기에 앞서 알 수 없는 미래에 두려움을 느끼고 있었다. 언제나 낙천주의로 생활해 온 그녀의 성격은 아심을 사랑하게 된 후부터 소심하게 변했다. 레인은 그 점을 알고 있었고 그것이 마음에 들지 않았다.

레인은 왜 자신이 아프리카에서, 아심에게서 떠나야 한다는 강박관념에 잡혀 있는지 이해가 되질 않았다. 무조건 본능적으로 그를 더욱 사랑하기 전에 떠나야 한다고 생각할 뿐이었다.

레인이 가만히 입을 다물고 생각에 빠져 있자 아지움이 고개를 흔들며 그녀에게 잡힌 손에 힘을 주었다.

"공항까지만 가면 되는 거야? 비행기 표 살 돈은 있어?"

"응."

레인은 부모님께 감사를 드렸다.

그녀가 대학교에 합격했을 때 부모님께선 레인에게 통장을 하나 만들어주셨다. 레인은 당시 아무런 생각 없이 같은 은행의 비자카드를 만들었고 여행을 떠난 지 일 년쯤 지나서 현금이 다 떨어졌을 때 비자카드를 사용했었다. 그때 그녀는 부모님께서 그 은행에 돈을 넣어두시고 그녀가 언제든지 빼어 쓸 수 있게 해주셨음을 알았다.

"그렇담 가자."

"지금? 한밤중인데?"

레인이 시트를 잡아 들추는 아지움의 팔을 잡으며 머뭇거리자 그가 그녀의 이마를 가볍게 쳤다.

"도망은 밤에 하는 거라구. 아심에게 들키고 싶지는 않지? 들어올 때 보니까 아무도 없더라."

아지움의 말에 레인은 재빠르게 침대에서 일어났다.

그렇지만 레인은 아심을 한 번만 더 보고 싶었다. 그의 짙은 눈썹과 가느다란 입술, 검은색 눈동자를 한 번만 더 보고 싶었다.

그를 기억할 수 있게…… 미련을 두지 말자.

아예 잊어버리는 게 더 좋은 거야. 기억조차 할 수 없을 정도로.

그렇지만 짐을 싸며 레인은 점점 더 선명하게 떠오르는 아심의 모습에 자신이 그를 쉽게 잊지 못할 것이라는 것을 알았다.

그녀가 짐을 어깨에 메자 아지움이 방문을 열고 밖을 내다보았다. 그가 연 방문 틈으로 달빛이 스며들어 왔다. 아지움의 긴 그림자가 레인에게 걸쳐지는가 싶자 그가 따라오라는 손짓을 하고 재빠르게 밖으로 나갔다. 레인은 아지욱의 뒤를 따라 나가려다 말고 잠시 머뭇거렸다. 그리고 어깨에 멘 가방의 옆 주머니를 달빛에 비추며 열어서 그 안에 있는 구겨진 손수건을 꺼내 사각형으로 접어 테이블 위에 올려놓았다.

삼 년 동안 여행하는 동안 들고 다닌 것이라 핑크색이 연하게 남아 있고 때가 잘 빠지지 않은 손수건을 놓고 방을 나오며 레인은 피식 웃었다. 손수건은 이별을 뜻한다는 말을 언젠가 들은 기억이 있기 때문이었다.

그렇게 생각을 하면서 레인은 감춰진 마음을 억눌렀다. 아심이 손수건을 보고 레인을 기억해 주길 바라는 속마음을 그녀는 애써 인정하려 하지 않았다. 유치하다는 생각까지 든 레인은 앞서 가는 아지욱을 따라잡지 못하고 발걸음을 멈추었다.

암만 생각해도 유치해! 다시 가지고 올까 봐.

그렇지만 그녀는 되돌아온 아지욱의 손에 이끌려 사막으로 나갔다.

"이마즈겐, 잠깐만."

"왜?"

"방 안에 손수건을 두고 왔어."

그녀가 엉덩이를 뒤로 빼며 소곤거리자 아지욱이 '푸훗' 하고 웃었다. 그러면서 레인의 손을 세게 잡아당겼다.

"그게 꼭 필요해?"

"아니, 그런 건 아니지만……."

레인은 유치하게 일부러 손수건을 놔두었다는 말을 못하고 우물거렸다. 그러자 아지욱이 그녀의 등을 투덕이며 사막으로 밀었다.

"그럼 상관없잖아? 가자."

레인은 아지움이 낙타를 매어둔 곳까지 끌려가면서도 계속해서 뒤를 돌아보았다. 그런 그녀가 웃겼는지 아지움이 소리 죽여 웃더니 두 팔을 번쩍 들었다.

"알았어, 알았어. 내가 갔다 올게. 어디 있는데?"

"아냐, 내가 갔다 올게."

레인이 아지움의 말에 화들짝 놀라며 손을 휘휘 젓자 그가 레인의 어깨를 가볍게 쳤다.

"레인, 설마 아심에게서 도망치고 싶지 않은 거 아냐? 그렇담 너무하잖아? 내가 널 사랑하는 걸 알고 있으면서 나에게 그를 얼마나 사랑하는지 보여주는 거니까."

"아냐, 이마즈겐. 정말 탁자 위에 놓고 왔어."

"그러면 내가 갔다 올게. 잠깐만 여기서 기다려."

그리고 아지움은 그녀가 붙잡을 사이도 주지 않은 채 다시 몸을 돌려 달려갔다. 아지움은 장신인데도 불구하고 몸동작이 날렵하고 재빨랐다.

레인은 모래 위에 주저앉아 길게 한숨을 쉬었다. 초승달이 그녀의 머리 위에 떠 있었고 이따금 낙타의 울음소리가 하늘을 가르는 것 외엔 사방이 정적에 감싸여 있었다. 그녀는 마지막이 될 수도 있는 사막의 밤을 지켜보았다. 아심을 만나 갈증을 잊게 되었던 곳이면서 그녀에게 더욱더 큰 갈증을 안겨준 곳이기도 했다. 그녀는 아심으로 인해 사랑을 갈증을 느끼게 되었다. 아니, 그로 인해 그녀가 느껴왔던 갈증이 사랑에 대한 목마름이라는 것을 알게 되었다.

레인은 달빛이 다 드러내지 못한 사막을 바라보았다. 사막의 낮은 그 끝을 알 수 없어 두렵다. 그리고 사막의 밤은 그 끝을 볼 수 없어 두려움을 안겨준다. 그녀는 마치 자신의 사랑과도 같다고 생각했다. 그녀는 끝을 알 수 없는 사랑에서, 사막에서 도망치려고 하는 것이었다. 관능적인 사막의 능선을 바라보며 레인은 웅크린 몸을 앞뒤로 움직이면서 아지움을 기다렸다.

바보같이…….

레인은 애당초 왜 손수건을 탁자 위에 올려놓을 생각을 했는지 후회했다. 그렇게 한참의 시간이 지난 후 아지움이 모래 먼지 하나 안 날리고 그녀의 곁으로 달려왔다. 그의 손에서 손수건이 펄럭이며 펼쳐졌다.

"이거 맞지?"

"응."

"그럼 가자."

레인은 고개를 끄덕였다.

집으로 가는 거야.

아심은 손에 쥐어진 종이를 잡아 뜯었다. 그런 그의 모습에 마지아드가 걱정스런 눈길과 함께 엉거주춤한 발걸음을 문 쪽으로 떼었다. 아심은 그녀가 자신을 떠났다는 사실에 몹시도 화가 났다.

"제가 공항으로 가볼까요?"

마지아드가 침을 삼키며 말하자 아심이 숙였던 고개를 들었다. 그의 턱에 힘줄이 불거져 나와 있었다.

"아니, 내가 직접 가지."

그러면서 아심이 몸을 일으키려 하자 마지아드가 급하게 달려와 아심의 겨드랑이 사이로 팔을 끼웠다. 아심은 마지아드의 손을 뿌리치지 않은 채 침대에서 힘겹게 일어났다.

"그렇지만 몸이…… 당분간은 누워 계셔야……."

"내가 간다. 넌 짐을 챙겨. 공항에서 레인을 데리고 곧장 집으로 간다."

아심이 인상을 찡그리며 상의 밑단을 잡아 머리 위로 벗고 명령하자 마지아드는 고개를 끄덕였다.

빌어먹을 여자! 한밤중에 도망을 가다니! 곧장 집으로 가서 그 여자를 가둬놨어야 해.

아심은 화가 났다.

등뼈에 박힌 탄환을 민간요법으로 빼내고 가슴과 다리를 칼로 베어서 출혈이 심했던 아심은 곧장 집으로 향할 수가 없었다. 그래서 그의 상처가 조금 회복될 때까지 기다렸다가 집으로 가기로 했던 것을 아심은 지금 후회하고 있었다. 그는 뻐근한 허리를 길게 펴며 낮고 짧은 숨을 내쉬었다. 등의 통증도 통증이었지만 그녀가 말도 없이 떠났다는 것에 갑자기 뻗쳐 오른 화가 그의 가슴 한구석을 움켜쥐고 있었던 것이었다. 솔직히 그가 치료를 받는 동안 레인을 무시한 것에 대해서는 아심도 인정하고 있었다.

그렇지만 많은 사람들 앞에서 그의 자존심을 깎아 내린 그녀에게 아심은 벌을 주고 싶었다. 물론 그녀가 사막의 생활방식을 알지 못해서 그랬다는 것은 그도 알고 있었다. 아심은 레인에게 남자의 자존심을 알려주고 싶었다.

아심은 어렴풋이 햇살이 들어오는 창밖을 흘끔 보고는 낮게 한숨을 쉬었다. 애당초 레인을 길들이겠다는 생각을 한 자신의 잘못이라는 것을 그는 알고 있었다. 그렇다고 아무 말 없이 달아난 레인을 아심은 그냥 놔둘 생각은 아니었다.

아지움, 당돌한 녀석이군. 나에게 메모를 남기다니.

그녀를 되찾으려면 쫓아오란 것인가?

아심은 아지움이 남긴 메모를 침대 위에 던져 버렸다. 그는 마지아드가 챙겨준 옷을 입고 침대에 손을 짚은 채 일어났다. 등의 통증이 심했다.

레인, 당신 때문에 상처가 터진다면 알아서 해.

그 보답은 톡톡히 해줄 테니까.

그는 떠오르기 시작한 태양빛이 창문을 비집고 들어오자 그 빛을 등지며 방 안을 나갔다. 밖은 아직 어둠이 가시질 않아 사막의 윤곽이 뚜렷하게 보였다.

그 종종거리는 걸음으로 잘도 도망쳤다고 생각하겠지?

그렇지만 당신은 아직 내 여자라구.

아니, 이제부터 내 여자가 되는 거야.

아심은 이를 악물고 마지아드의 부축을 받으며 헬기에 올랐다.

"시간이 얼마나 남았어?"

레인이 초조하게 공항에 걸려 있는 큰 시계를 보며 묻자 아지움이 피식 웃었다.

"한 시간."

"어휴! 첫 비행기가 아침 일곱 시라니 너무 늦지 않아?"

레인은 조바심을 쳤다. 금방이라도 아심이 뒤쫓아 올 것 같았다.

그리고 레인은 궁금했다. 아심이 그녀가 사라진 걸 알았을 때 그가 어떻게 할 것인지 알고 싶었다. 그가 그녀를 뒤쫓아 와주길 바라는 마음이 없잖아 있기도 했다. 그렇지만 한편으로는 그가 뒤쫓아 오지 않길 바랐다.

내가 말도 없이 사라진 걸 어떻게 생각할까?

나 같은 여자는 잊어버리고 새로운 정부를 찾을까?

그렇게 생각하자 레인은 가슴 한구석에 바늘로 찔리는 듯한 통증을 느꼈다.

미련을 버려야 해. 앞으로 해야 할 일이 얼마나 많은데.

그렇지만 레인은 아심을 완전히 잊어버릴 자신이 없었다.

"레인, 한국에 돌아가면 연락할 거야?"

"응. 편지 쓸게."

그녀가 고개를 끄덕이며 답하자 아지움이 소리 없이 웃으며 손가락을 구부렸다 폈다를 반복했다.

"내 청혼은 거절인 거야?"

이번엔 레인이 소리 없이 웃으며 뒷머리를 긁었다.

"그런 거 같아. 그렇지만 이마즈겐, 네게 매력이 없는 건 아냐."

"우, 더 이상 말하지 마. 비참해져. 난 부족으로 돌아가서 예쁜 여자를 찾아서 결혼할 거야. 그리고 편안하게 해줘서 그녀가 살찌게 만들어줄 거야. 솔직히 레인, 너는 너무 말랐어."

레인은 그의 말에 웃었다. 투아레그인들은 여성이 살찌는 것을 이상으로 삼는다. 그만큼 풍족함을 나타내기 때문이다. 또 그들은 살찐 여성이나 남성을 보면 무한한 성욕을 느낀다고 한다. 하삼의 부족에서 레인은 아주 뚱뚱한 여인이 남성들 사이에서 인기가 많은 것을 보고 놀랐었다. 그녀는 과부였는데 직업적인 창녀와도 같았다. 하룻밤에 몇 명의 남자와 관계를 가지고 그 부족 남자들을 만족시켜 주는 대신 그들은 세금처럼 그녀에게 헌납을 해서 그녀가 더욱 살찌게 만들어주었었다. 레인은 자신의 몸을 내려다보았다. 근육으로 다져진 몸에 제법 살이 붙어 그다지 마른 형은 아니었다.

아심은 내 몸이 말랐다고 생각했을까?

그렇게 생각한 레인은 세게 도리질을 했다.

잊어버리자니까!

그렇지만 레인은 아심이 그녀를 안았던 밤을 떠올리지 않을 수 없었다. 그날 밤 레인은 아심의 몸을 피부에 느꼈었다. 단단하게 근육이 붙은 가슴과 매끈한 각을 이루는 어깨, 힘줄을 느낄 수 있는 팔과 커다란 손을 가진 아심의 몸을 떠올리자 레인은 온몸에 소름이 돋는 것을 느꼈다. 그리고 아심의 허리와 움푹 들어간 배꼽, 근육으로 다져진 다리를 떠올리던 레인은 그녀의 몸 안으로 들어왔던 그의 몸이 생각나자 세게 도리질을 했다.

"레인."

"응?"

갑자기 시선을 다른 곳에 둔 채 아지움이 그녀를 부르자 레인은 아심이 생각을 털어버리려는 듯 재빨리 대답을 했다.

"우린 계속 친구지? 날 미워하지 않을 거지?"

"그럼, 우린 계속 친구야. 한국에 가서도 계속 연락한다니까. 편지 많이 쓸게. 그 대신 영어로 쓸 테니까 번역해 줄 사람을 알아봐야 될걸? 너도 영어로 써. 알았지? 그런데 왜 갑자기 그런 말을 해?"

레인은 아지움에게 시선을 고정시킨 채 그가 슬며시 눈을 내리깔며 한 말에 입을 쩍 벌렸다.

"아심이 왔어."

그리고 급하게 의자에서 일어났다. 그녀의 무릎에 있던 배낭이 떨어지며 둔탁한 소리를 냈다. 레인은 정면에서 마지아드의 부축을 받으며 곧장 그녀 쪽으로 걸어오고 있는 아심을 보았다. 그녀는 손가락 하나 까닥이지 않고 다가오는 아심을 노려보았다.

기쁨 반, 절망 반.

마침내 정면에 선 아심이 그녀의 왼팔을 잡으며 소리치자 레인은 눈을 부릅뜨고 그의 손을 뿌리쳤다. 그러자 그의 검은 눈이 위험스럽게 번쩍거렸다. 레인은 그가 화를 참고 있음을 알았다.

"짐 들어!"

"안 그래도 짐을 들려고 했어요. 비행기 뜰 시간이 됐으니까."

그녀가 퉁명스럽게 말하며 허리를 굽혀 배낭을 집어 들자 아심이 또다시 레인의 팔을 잡아당겼다. 레인은 그에게 끌려가 몸이 밀착되며 잡힌 팔이 아프다고 생각했다.

"내 집으로 가는 거야."

"싫어요. 난 한국으로 돌아갈 거예요."

"표 내놔."

"싫어요!"

그렇지만 레인의 눈에 옆에서 아지움이 무뚝뚝하게 비행기 표를 내놓는 것이 보였다. 그리고 그녀가 그것을 잡기도 전에 아심이 가로채자 원망스런 눈길로 아지움을 바라보았다.

"네가 연락했어?"

"미안해, 레인. 그가 정말 따라올 줄은 몰랐어."

레인은 아지움의 말에 발을 동동 굴렀다. 그녀는 아심에게 잡힌 팔을 빼내려 몸을 뒤로 젖히며 팔을 비틀었다.

"이거 봐요. 내 비행기 표도 주세요."

"싫은걸? 이 비행기 표는 어떻게 샀지? 돈이 있었나?"

레인은 입을 삐죽이며 아심의 빈정대는 얼굴을 올려다보았다.

"카드가 있었어요."

"그것도 내놔."

아심이 비행기 표를 바지 주머니에 구겨 넣고 다시 손을 내밀자 레인이 코웃음을 쳤다.

"아심, 마중 나와줘서 고마워요. 그렇지만 난 한국으로 돌아갈 거예요."

"아니, 내 집으로 갈 거야. 지금 난 혼자 걸을 수 없으니까 당신이 부축해."

그러면서 아심이 마지아드의 부축을 뿌리치고 레인의 어깨에 팔을 걸치자 그녀의 몸이 휘청거렸다. 레인은 본능적으로 쓰러지지 않으려고 발에 힘을 주며 아심의 손과 허리를 잡았다.

"이봐요! 이런 게 어디 있어요! 뭐든지 자기 마음이네!"

그녀가 불만이 가득 배인 목소리로 불평을 해대자 아심의 입술 한쪽이 올라갔다. 그리고 비틀대는 레인에게 체중을 다 실은 듯 무겁게 그녀를 짓눌렀다. 레인은 그의 몸을 가누기 위해 가방을 떨어뜨렸다.

"당신만은 내 맘대로 안 되는군. 제일 맘대로 하고 싶은 건데도 말야. 마지아드, 그녀의 가방을 들어. 그리고 가서 예약을 취소시키고 와."

아심이 주머니에서 표를 꺼내 마지아드에게 건네며 말하자 마지아드가 재빠르게 몸을 돌려 달려갔다. 그의 뒷모습을 보며 레인이 어이가 없다는 듯이 말했다.

"잠깐만, 잠깐만. 아심, 이건 납치예요. 난 약속대로 여행을 끝냈고 모든 것이 해피엔딩으로 끝난 거예요. 앤디와 샤를르도 서로 사랑을 확인했고, 그 누구도 당신들을 위협하지 않아요. 그런데 왜 내가 고향으로 돌아가는 것을 막으려는 거예요? 난 당신에게 빚진 게 없어요."

레인이 그의 무게를 감당하지 못하고 그와 함께 의자에 앉으며 항의를 하자 아심이 한쪽 눈썹을 올렸다. 할 말이 더 있냐는 표정이었다. 레인은 그의 표정을 보고 슬며시 눈을 내리깔았다.

"내…… 가 빚진 게 있어요?"

"없어."

"그런데 왜 이러는 거예요? 난 사람이라구요. 동물이 아니에요. 당신 맘대로 날 잡아둘 순 없어요."

그녀의 말에 아심이 인상을 찌푸렸다.

"물론 내 맘대로 당신을 잡아둘 수 있다면 당신이 비행기 표를 사지도 못했겠지. 그렇지만 내 맘대로 잡고 싶어. 당신 마음이야 이미 확실하게 과거형이 된 거겠지만 내게는 아직 시작이니까."

레인은 그의 말에 가슴 한쪽이 찡해옴을 느꼈다. 그는 거짓이 없는 욕망을 담고 있었고 레인은 그 욕망을 퍼 담는 그릇이었다.

"집으로 가지."

그가 달려오는 마지아드를 보고 레인의 어깨에 두른 팔에 힘을 주며 몸을 일으키려 하자 레인은 아심의 허리를 붙잡으며 그를 부축했다.

집으로…….

레인은 포기한 듯이 아지움을 돌아보았다. 아지움은 미안함이 가득한 눈으로 레인에게 고개를 숙였다. 그녀는 아지움을 원망해야 할지, 감사해야 할지 알 수가 없었다. 그것은 나중 일이라고 생각하곤 아심을 부축해 공항을 빠져나가며 그녀는 아심이 공항까지 쫓아왔다는 점에 기뻐하고 있는 자신을 비웃었다.

이 남자는 널 정부로 만들려고 그러는 거야.

그렇게 생각하면서도 레인의 손은 아심의 허리에서 떠날 줄 몰랐다.

18

레인은 아심이 방문을 닫자 뒷걸음질을 쳤다. 그녀는 아심의 상처가 완전하게 회복되지 않았다는 것을 알고 그나마 스스로를 진정시켰다. 그렇지만 불이 켜지지 않은 방 안으로 들어오는 아심의 눈을 달빛이 비추는 순간 레인은 그의 상처가 지금 그녀에게 아무런 도움이 되지 않음을 알았다.

"무슨 일이죠? 난 지금 막 자려고 했는데."

그녀는 애써 태연한 척 말하며 말과는 다르게 침대에서 더더욱 멀찌감치 떨어졌다. 아심은 사막의 야생동물처럼 그녀에게 소리 없이 접근하고 있었고 그녀는 궁지에 몰린 듯 마른 입술을 축이며 그를 바라보았다. 레인은 또다시 갈증을 느꼈다. 입 안이 모두 말라 버린 듯 혀가 뻣뻣하게 굳어가고 있었다.

"잘됐군. 나도 잠을 자려 했으니까."

아심은 그렇게 빈정거리며 구석으로 조금씩 도망치던 레인에게 큰 걸음으로 다가왔다. 마치 독수리가 먹이를 채가듯 그렇게 빠르게 그녀 앞으로 걸어온 아심은 움츠리는 레인의 왼팔을 잡아 그의 품 안으로 끌어당겼다.

"아심!"

레인은 그의 품에서 벗어나려 버둥거리며 소리쳤다. 그렇지만 그녀의 몸은 아심의 힘에 이끌려 침대로 향하고 있었다.

"아심, 잠깐만요!"

레인이 침대 위로 쓰러지며 그녀의 몸 위로 함께 쓰러지는 그를 밀어내며 소리치자 아심이 한쪽 눈썹을 올리며 입술을 비틀었다.

"당신 몸이 아직 다 낫질 않았잖아요."

레인은 유일하게 떠오르는 핑계를 서둘러 말하며 그녀의 옷을 잡아당기는 아심을 제지하려 했다. 그렇지만 아심은 낮게 웃기만을 할 뿐 그녀의 옷을 벗기는 일을 멈추지 않았다. 레인은 갈증으로 목이 타는 것만 같았다. 이유를 알 수 없는 갈증이 그녀의 온몸을 채우고 있었다. 레인은 바짝 마른 입술을 달싹이며 알몸이 된 자신의 맨살을 어루만지는 아심의 손을 밀쳐 냈다.

"아심, 이러지 말아요! 난 싫어요!"

레인은 마른 목소리로 소리치며 그에게서 벗어나려 허리를 비틀었다. 공항에서 아심에게 붙들려 그의 집으로 끌려온 레인은 이틀간 혼자 밤을 보냈었다. 그는 레인을 집에서 한 발자국도 못 나가도록 사람들에게 감시할 것을 명령해 놓고 병원으로 갔던 것이었다. 그리고 이틀 만에 퇴원한 아심이 그녀의 침실에 들어왔을 때부터 레인은 오늘 밤 혼자 잠을 이루지 못할 것이라는 것을 알았다.

레인은 싫었다.

그가 사랑이 아닌 다른 감정으로 그녀를 품는 것이 레인은 싫었다. 그리고 지금 아심이 사랑만으로 그녀를 품으려 하는 것이 아니라는 건 검은 그의 눈을 봐서 충분히 알 수 있는 일이었다.

레인은 아심이 한 손으로 그녀의 어깨를 눌러 도망가지 못하도록 하고 다른 손으로 그녀의 다리 사이를 파고들자 눈을 감았다. 레인은 갈증을 느꼈다. 언제나 아심의 몸과 맞닿으면 사라지던 갈증이 그의 격한 애무로 인해 점점 더 증가되어 가고 있었다.

"아심!"

레인이 거친 숨과 함께 아심을 부르자 그는 순간 움직임을 멈추고 그의 아래에 누워 있는 레인을 내려다보았다. 그의 눈동자가 달빛을 받아 새까맣게 보였다. 천천히 낮은 목소리로 말을 내뱉는 아심의 입술은 빈정거리듯이 한쪽으로 기울어졌다.

"당신은 내 여자야. 사막에서는 한 남자의 여자는 그 남자가 원할 땐 언제든지 몸을 열어주어야 해."

순간 레인은 울컥하고 화가 치밀어 올랐다.

"차라리 죽겠어요."

레인은 메마른 목소리로 단호하게 말하고 아심의 눈을 쏘아보았다. 아심은 그녀의 말이 떨어지자 잠시 동안 눈을 감고 크게 심호흡을 했다. 그리고 눈을 뜬 그는 레인을 노려보며 잇새로 나직하게 말했다.

"내가 목숨까지 내놓고 보호한 여자가 나와 한침대에 들지언정 죽음을 선택하겠다고 하는군."

그는 레인이 그 말을 머리로 받아들이기도 전에 그녀에게서 몸을 일으켰다. 그리고 잠시 동안 침대에 누워 달빛을 받고 있는 그녀를 내려다보던 아심은 몸을 돌려 문으로 향했다.

"아심."

레인은 상체를 일으키며 그를 불러 세웠다. 그를 이대로 보내기에 그의 말이 너무나 가슴 아픈 레인이었다.

"아심, 난 남자에게 익숙하지 않아요. 그리고 섹스를 즐기는 여자도 아니에요. 난 섹스를 하는 게 싫어요. 섹스가 아름답게 보이지도 않고, 하고 싶다는 열망도 없어요."

레인은 아심이 이해해 주길 바랐다. 그렇지만 곧바로 날아온 아심의 대답은 그녀의 가슴을 후려쳤다.

"남자와 섹스를 하기는 싫다면서 내가 주는 자극에 몸은 반응하는군. 그래서 나와의 섹스가 더욱 싫다…… 이거군."

정곡을 지르는 말이었다. 레인은 그에 대해 반박할 수가 없었다. 그렇게 할 말을 잃은 레인을 남겨둔 채 아심은 방을 나갔다. 그녀는 방문을 닫기 전 아심의 몸이 약간 흔들리는 것을 보았다. 그가 아물지 않은 총상 때문에 그랬는지, 그녀의 거절에 자존심을 상처받아서 그랬는지 레인은 알지 못했지만 그의 휘청거림은 그녀에게 가슴 저림을 안겨주었다.

레인은 파란 달빛이 밀려들어 오는 침대에 누워 길게 한숨을 쉬었다.

"그녀는 잘 있습니다. 걱정하시지 않으셔도 됩니다."

아심은 수화기 너머에서 고개를 끄덕이는 아부의 모습이 눈앞에 보이는 듯하여 눈을 감고 한 손으로 비볐다.

그는 피곤했다. 보름 동안 밀린 일을 해야 했기 때문에 그는 쉴 틈이 없었다. 다행히 총상은 거의 아물어 일을 하는 데 불편을 주지는 않았다. 그렇지만 문제는 레인이었다. 아심이 보름 전날 밤에 그녀의 방에서 나온 후 그는 항상 그녀가 마음에 걸렸던 것이다.

마치 목에 가시가 걸린 것 같았다. 그는 가슴에서 차오르는 알 수 없는 감정으로 레인을 한 번도 보지 않았음에도 불구하고 그녀를 한시라도 머릿속에서 떼어낼 수 없었다.

[레인은 쉽게 몸을 열어줄 여자가 아니야.]

이 노인네는 여자라면 다 꿰뚫어 보는군.

"저도 알고 있습니다."

[아는 놈이 아직도 자기 집에서 그녀를 품에 안고 침대에 들지 못한다는 거냐?]

아부의 말에 아심의 눈이 가늘어졌다.

이 집에 첩자가 있는 게 분명해.

"제 일입니다."

[네놈 일이긴 하지만 내 핏줄이 여자 하나 휘어잡지 못한다는 건 내게도 치명타다. 정 자신이 없으면 내 집으로 보내지 그러냐?]

이 늙은이가! 망령이 들었나! 오늘내일하면서 레인을 품겠다고?

아심은 수화기를 쥔 손에 힘을 주었다.

"이만 끊겠습니다."

[잠깐 기다려라. 레인은 동양 여자라 성에 개방이 안 되어 있을 거야. 몸으로 느끼기 전에 눈이 먼저 뜬다면 몸은 자연스레 반응하지. 또, 몸이 반응하면 마음은 저절로 열리는 법이다. 그녀에게 성

이 얼마나 아름다운 것인지 먼저 느끼게 해주어야 해.]

"알고 있습니다."

[알고 있으면 약은 두었다 뭐 하는 게냐?]

아심은 아부의 은근한 말투에 인상을 찌푸렸다.

이 엉큼한 너구리 같은 늙은이.

그렇지만 아심은 아부의 말이 맞다고 생각했다. 분명 레인은 성에 눈을 뜨지 않은 여인이었다. 어려서부터 부모의 성생활을 한 텐트에서 보고 자란 투아레그 여인들하고는 확실하게 달랐다. 아심은 눈썹을 모으며 보름 전날 밤에 그녀가 했던 말을 떠올렸다. 그때 아심은 화가 나 있던 상태라 레인의 말을 이해할 여력이 없었다. 그렇지만 시간이 지나고 그녀에 대한 화도 풀어진 지금 아심은 레인이 동양 여자라는 것을 떠올릴 수 있었던 것이다.

그렇게 생각한 아심은 서둘러서 전화를 끊고 아민을 불렀다. 그리고 그의 명령이 떨어지자 입가에 가느다란 미소를 띠고 방을 나가는 그녀를 보며 아심은 자신의 결정이 옳은 것인지 다시 한 번 생각하기 시작했다.

레인은 고개를 가로저었다.

"술이면 안 마실래요."

그러자 아민이 당황하는 얼굴로 허리를 숙인 채 레인을 바라보았다.

"레인, 술이 아니에요. 음료예요."

"그렇지만 술 냄새가 나는걸요?"

레인이 잔을 옆으로 밀치며 또다시 고개를 가로저었다. 아민은 더욱 당황이 가득 배인 얼굴로 다시 잔을 레인 앞으로 밀었다.

"그래도 조금은 드셔보세요."

"전 술은 한 번도 안 마셔봤어요. 아민, 오늘 저녁에는 좀 이상해요. 왜 그래요?"

레인이 의아하다는 얼굴로 아민을 올려다보자 그녀의 주름진 얼굴에 엷은 홍조가 번졌다. 레인은 그런 아민을 보며 뭔가 이상하다고 느꼈다. 저녁식사를 하기 전에 레인에게 목욕을 강요한 아민이었다. 레인은 고개를 한쪽으로 약간 기울인 채 공들여 치장을 한 식탁 위를 바라보았다.

식탁 위에는 그녀가 처음 보는 식기들과 화려한 음식들이 놓여져 있었고 실내에 불이 꺼진 채 촛불 두 개만이 빛을 발하고 있었다.

더군다나 다른 때 같으면 음식만 내주고 물러났을 아민이 끝까지 시중을 들며 끈질기다 싶을 정도로 레인에게 음료를 마시라고 권하는 것도 뭔가 이상했다.

"아민, 더 이상 못 먹겠어요. 나 혼자 먹는데 왜 이렇게 많이 차렸어요? 오늘 무슨 날이에요?"

레인이 은근슬쩍 던진 말에 아민의 얼굴이 더욱 붉어졌다. 그런 그녀를 보며 레인은 머리를 굴리기 시작했다. 그렇지만 그녀가 곰곰이 생각할 겨를도 없이 누군가 방을 노크하고 들어왔다.

자붐이었다. 그는 아랍인답게 레인에게 공손히 고개를 숙여 보이고 조용히 말했다.

"아심께서 보시자고 하십니다."

"이 밤중에? 웬일이지? 오늘 다들 이상한 거 같아."

레인이 자붐의 말에 투덜대며 자리에서 일어나자 자붐이 의미있는 눈짓을 아민에게 보냈다. 촛불의 흔들리는 음영 사이에서 레인은 아민이 난처하다는 듯이 눈을 천장을 향했다가 제자리로 옮기는 것을 보았다. 그녀는 자붐을 따라 복도를 걸으며 피식 웃었다.

레인은 아심이 오늘 밤 그녀를 유혹하려고 하나 보다라고 생각하며 자붐의 뒤를 따르다 그가 별채 쪽으로 향하자 발걸음을 멈추고 그를 불렀다.

"자붐, 아심의 방은 거기가 아니잖아요?"

그녀의 질문에 자붐이 차분하게 답했다.

"지금 별채에 계십니다."

"별채에요? 거기서 뭐 하는 거지?"

레인은 그 답을 별채에 도착하자 알 수 있었다. 가슴의 고동 소리와도 같은 탐탐 소리에 맞춰 은은한 여인의 목소리가 흘러나오고 있었던 것이다. 레인이 들어갈 수 있도록 문을 열어준 자붐은 그녀가 눈살을 찌푸리며 잠시 문 앞에서 머뭇거리자 재촉하듯 속삭였다.

"들어가 보십시오."

레인은 낮게 깔려 있는 향수 냄새가 발목을 휘어 감는 느낌을 받으며 방 안으로 들어갔다. 그리고 방 중앙의 큰 침대에 앉아 음악 감상을 하고 있는 아심을 보았다. 그는 전신에 푸른 천을 휘감고 눈만 내놓은 채 있었는데 투아레그족의 계급상 귀족을 알리는 옷이었다. 그녀의 오른쪽에 여자와 남자 두 명이 음악을 연주하고 있었고 아심은 그나마 보이는 눈마저 감고 있었다. 레인은 여기저기 둘러보며 왠지 방 안이 하렘 분위기가 난다고 생각했다.

하렘!

그녀는 그제야 예전에 투아레그 부족에서 들었던 이야기가 생각났다. 아프리카에는 최음제를 사용하는 부족이 많다는 것이었다.

레인은 또다시 방 안을 훑어보았다. 영락없이 하렘 같았다. 순간 그녀는 터져 나오려는 웃음을 억지로 틀어막았다.

그 순간 레인은 저도 모르게 장난기가 발동되는 것을 막을 수 없었다. 아심이 천천히 눈을 뜨고 그녀를 돌아보자 레인은 보란 듯이 휘청거리며 그에게 다가갔다. 그녀 자신은 요염하게 걷는다고 엉덩이를 씰룩거리며 걸었지만 아심이 보기엔 비틀거리며 걷는 것으로 보인다는 사실은 전혀 모른 채 그녀는 천천히 앞으로 나아갔다. 푸른색 천 사이로 드러난 아심의 눈이 번쩍거렸다.

"이리 와서 앉아."

아심이 한 손을 내밀며 그녀를 자신의 옆자리로 끌어당기자 레인은 간신히 웃음을 참으며 그의 옆에 털썩 앉았다. 아심은 잡은 그녀의 손을 놓지 않은 채 다시 시선을 음악을 연주하고 있는 두 사람에게로 향했다. 레인도 아심의 시선을 따라 두 남녀를 바라보았다. 남자는 거의 알몸인 채로 탐탐을 허리에 두른 채 규칙적으로 그것을 두드리고 있었고, 여자는 고음과 저음을 오르내리며 멋들어지게 노래를 부르고 있었다. 여인은 하얀색 베일을 온몸에 감고 있었는데 시간이 지나며 차츰 베일이 아래로 내려가기 시작했다.

레인은 흘끗 아심을 바라보았다.

그는 내가 육체적 관계에 거부반응을 보이니까 그걸 약으로써 완화시키면서까지 나를 안고 싶은 걸까?

레인은 왠지 속이 울렁거리는 듯한 느낌을 받았다. 약 때문은 아니었다. 아심이 사랑하는 마음을 그녀에게 줄 수 없지만 그녀를 육체적으로 그토록 원한다는 생각에 본능적인 기대감이 밀려왔던 것이었다. 그녀의 심장 고동 소리가 빨라진 것을 아는 듯 탐탐의 두드림도 빨라졌다.

그리고 다시 두 남녀에게로 시선을 옮긴 레인은 저도 모르게 크게 숨을 들이쉬었다.

여자의 옷이 모두 벗겨진 채 조그만 천으로 다리 사이만 가려져 있었고 그녀가 노래를 부르며 천천히 허리를 움직이기 시작했던 것이었다. 팔다리에 많은 팔찌와 발찌를 한 그녀가 움직일 때마다 조그만 소리가 났다. 레인이 보기에 그녀의 움직임은 매우 육감적이었다. 엉덩이와 허리가 따로 노는 듯한 느낌이 들 정도로 기술적으로 몸을 움직이던 여자는 천천히 레인에게로 다가왔다. 레인은 왜 아심이 아닌 자신을 향해 여인이 다가오는지 의아해하며 슬금슬금 뒤로 물러났다.

그렇게 뒤로 도망치려는 레인의 손을 잡아끌며 아심이 눈을 빛냈다. 레인은 침을 삼키고 자신의 눈앞에서 허리를 움직이는 여인을 올려다보았다. 레인은 낮은 침대에 앉아 있었고 여인은 서 있었기 때문에 여인의 배꼽이 정확하게 레인의 눈높이에 있었다.

그리고 여인이 손을 올려 스스로의 가슴을 애무하자 레인은 또다시 침을 삼켰다.

그녀는 이 상황에서 자신이 어떻게 행동해야 할지 알 수 없었다.

레인은 눈을 깜박거렸다.

여인의 리드미컬한 손놀림에 의해 레인의 눈앞에 있는 가슴이 흥분하여 그 윤곽이 변하는 모습이 고스란히 내보여졌다. 레인은 알 수 없는 갈망을 느꼈다. 마치 자신의 가슴이 애무당하는 느낌이었다.

여인의 손이 차츰 아래로 내려가기 시작했다. 레인의 호흡이 차츰 빨라지고 있었다. 레인은 숨을 고르려 애를 썼지만 여인의 손이 천 사이로 미끄러져 들어가자 레인은 눈을 감아버렸다. 그러자 여인이 다른 한 손을 들어 검지 끝으로 레인의 머리 정수리에서부터 이마 선을 따라 천천히 내려오기 시작했다. 레인은 눈을 감은 채 그녀의 손가락이 입술 선을 따라 움직이는 것을 느꼈다.

레인은 머릿속으로 포르노의 한 장면과도 같다고 생각하며 도덕적이지 못하다는 생각을 떠올렸다.

그렇지만 레인은 온몸의 감각들이 활짝 열린 듯 여인의 거칠어진 목소리와 손길, 희미한 움직임을 눈을 감은 채 느끼고 있었다.

여인의 손가락이 레인의 턱 선을 따라 목을 타고 내려가기 시작했다. 레인은 저도 모르게 가늘게 신음 소리를 내뱉고 눈을 번쩍 떴다. 그리고 급히 몸을 뒤로 뺐다. 레인의 당황스런 눈동자와 여인의 반짝이는 까만 눈동자가 부딪쳤다. 여인의 눈동자는 눈물에 젖은 듯 물기가 어려 있어 더욱 빛을 발하고 있었다. 그녀의 입가가 살짝 올라가더니 그대로 허리를 뒤로 젖혔다.

아름다웠다.

여인의 몸이 이토록 아름다울 수 있다는 것을 레인은 처음 느꼈다. 그녀의 휘어진 허리가 위아래로 움직이자 탐탐의 박자가 더욱 빨라졌다. 여인은 박자에 맞추듯 팔을 흔들었고 옆으로 퍼진 그녀의 가슴이 마구 흔들렸다. 레인은 또다시 흘끗 아심을 보았다. 그의 시선이 여인에게 박혀 있었다.

레인은 씁쓸한 미소를 지었다.

그가 자신이 아닌 다른 여자의 알몸에 시선을 고정시키고 그것으로 인해 욕정을 쌓아간다는 것이 레인에게는 그다지 기분 좋은 일은 아니었다.

여인의 움직임과 유혹이 레인에게도 영향을 미쳐 레인은 가슴 끝이 욱신거리는 듯했다. 같은 여자도 이토록 몸이 반응하는데 남자는 오죽하겠는가. 레인은 질투심 비슷한 것이 목구멍을 치고 올라오는 것을 느꼈다.

그녀는 앞에서 몸을 육감적으로 움직이는 여자에 대해 경쟁심을 갖게 되었다.

레인은 몸을 앞으로 당겨 아심의 옆에 앉았다. 그리고 조금의 주저 없이 푸른색 천이 덮인 그의 사타구니 사이로 손을 집어넣었다. 순간 레인은 손에 잡혀지는 그의 남성에 눈을 크게 떴다. 그녀가 놀란 눈으로 고개를 드니 아심이 눈을 내리깔고 레인을 바라보았다.

그녀가 놀라서 손가락 하나 까닥이지 못하고 있는 동안 아심이 한 손을 들어 두 남녀에게 나가라고 손짓을 하자 음악이 멈추었다. 그리고 그들이 조용히 문을 열고 나갈 때까지 레인은 조금의 반응도 없는 그의 남성을 손에 쥔 채 망연히 있었다.

드디어 문 닫히는 소리가 들리자 레인은 화들짝 놀라며 그의 몸에서 손을 떼었다. 가슴이 두근거렸다. 푸른 천 사이로 아심의 목소리가 흘러나왔다.

"왜 그러지?"

레인은 침을 삼키고 헛기침을 해서 목소리를 가다듬고 입을 열었다. 그렇지만 그녀의 목소리는 갈라져 있었다.

"그녀가 매력적이지 않았어요?"

"매력적이었어."

그의 한쪽 눈썹이 올라갔다. 레인은 주저하며 또다시 갈라진 목소리로 웅얼댔다.

"그런데 왜……."

차마 질문을 다 못하고 입을 닫는 그녀를 보고 아심이 소리 죽여 웃었다.

"내 몸이 반응하는 건 당신한테뿐이야. 그걸 확인하고 싶었어?"

레인은 생각 없이 고개를 끄덕였다. 그렇지만 목구멍에서 간질거리는 질문은 입 밖으로 내지 않았다.

언제까지요? 언제까지 나만을 원할 건데요?

아심의 손이 그녀의 얇은 옷 위로 움직였다. 튜닉식의 상의에 허리가 고무줄로 된 바지를 입은 레인은 그의 손이 상의 밑단을 잡아 끌어 올리는 것을 막지 않았다.

지금은 날 원하니까…….

나만을…….

레인은 그가 그녀의 상의를 머리 위로 잡아당겨 벗겨서 방 한쪽으로 던지는 것을 보았다. 여전히 아심은 눈만 내놓고 있었고 레인은 푸른 천 사이로 어둡게 빛나는 그의 눈동자를 주시했다. 아심이 천천히 그녀를 침대 위로 눕혔다. 그녀의 마구 자란 머리를 하나로 모아 목뒤로 넘겨준 그는 한 손으로 천천히 레인의 상체를 쓸고 다니기 시작했다. 레인은 그의 손가락이 닿는 부위가 육체적 기대감으로 욱신거리는 것을 느꼈다.

그리고 그가 가볍게 레인의 허리를 들어 그녀의 하의를 단숨에 벗겨내었다. 레인은 또다시 그의 앞에서 알몸을 드러낸 채 온몸에서 구름을 만들고 있었다. 그를 위해 내려줄 비를 만들기 위해.

"아름다워. 사막의 모래보다 더욱 고운 선을 지니고 있어, 당신은…… 더욱 부드럽고, 더욱 육감적으로……."

레인은 아심이 입을 가린 천 사이로 허스키한 목소리로 속삭이자 온몸이 후끈거리며 달아오르는 것 같았다. 그녀는 그가 잡아당기는 대로 몸을 일으켜 그와 마주 보고 앉았다.

"내 옷을 벗겨줘, 레인."

레인은 그의 요구대로 손을 들어 아심의 머리부터 천을 벗겨내기 시작했다. 그녀는 그의 몸에서 천이 벗겨지는 부위마다 키스를 했다. 아심은 눈을 감고 그녀의 키스를 받으며 마치 사막 한가운데서 비를 맞듯 그녀의 입술을 반겼다.

레인은 아심의 온몸에 키스를 해주고 드디어 알몸이 된 그를 바라보았다. 햇빛에 그을린 그의 몸이 달빛을 받은 하얀색 시트 위에서 빛이 나고 있었다. 레인은 아심이 그녀의 목에 입술을 대자 고개를 뒤로 젖히고 그의 느낌을 받아들였다. 레인의 입에서 가느다란 신음 소리가 새어나왔다. 그가 낙인을 찍듯 그녀의 목에 빨간 흔적을 남기고 있었다. 천천히 레인은 그에게 몸을 밀착시켰다. 그리고 아심의 가슴에 그녀의 가슴 끝이 닿자 그의 입에서 나직한 탄성이 터져 나왔다. 레인은 천천히 상체를 움직여 그의 가슴에 유두로 그림을 그리기 시작했다.

순간 아심의 손이 그녀의 다리를 벌렸다. 레인은 그의 손가락이 자유롭게 움직일 수 있도록 다리를 아심의 허벅지 양쪽으로 넓게 벌렸다. 아심은 레인이 내리는 비를 손가락으로 받아내었다. 그리고 비를 내리는 그녀의 몸속으로 몸을 묻기 시작했다.

레인은 엉덩이를 들기 위해 그의 허리에 두 다리를 감았다. 아심의 몸이 그녀 안으로 완전히 잠기자 레인은 숨을 크게 몰아쉬었다.

"아심……."

아심이 신음처럼 그의 이름을 부르는 레인의 입을 입술로 감쌌다.

사랑해요.

그녀의 혀가 그의 입 안에서 그렇게 말하듯 움직였다.

레인은 사막의 모래가 비를 흡수하듯 아심의 몸을 끌어당겼다. 그녀의 몸을 흔들며 아심은 계속해서 속삭였다.

"당신은 사막보다 더욱 나를 흥분시켜. 내가 미쳐 버릴 정도로……."

레인은 그의 말에 흥분했다. 그의 조용하고 허스키한 속삭임에 미칠 듯한 갈망을 느꼈다. 침대가 출렁이며 달빛이 흔들렸다. 그녀는 자신의 이마를 간지럽히는 아심의 검은 머리를 모아 쥐고 그의 목뒤로 세게 잡아당겼다. 순간 아심의 입에서 신음인지 비명인지 알 수 없는 소리가 터져 나왔다.

레인은 그 소리가 듣기 좋았다.

사막의 어둠을 가르는 달빛과도 같은 시원함을 그녀에게 안겨주는 그의 신음 소리가 좋았다.

레인은 두 다리로 그의 허리를 옥죄이며 아심이 내지르는 신음을 즐겼다. 아심은 그녀의 도발적인 움직임에 눈을 빛내며 속삭였다.

"하마탄보다 더 열정적인 여자……."

레인은 그의 말에 반응하여 그에게 모래 열풍보다 더욱 강렬한 폭풍을 안겨주었다. 그녀는 아심에게서 시선을 떼지 않았고 그는 레인의 시선에 감사하듯 얼굴 가득 열정을 드러내 놓고 있었다.

아랍식으로 만들어진 철창이 덧대어진 창문으로 달빛이 들어와 레인의 갈망 어린 눈동자를 비추었다. 그녀의 눈 속에, 몸 안에, 마음 안에 아심이 있었다.

아심은 뻐근한 몸을 움직여 상체를 일으켰다. 그의 가슴에서 벗어나 몸을 둥글게 말고 잠이 들어 있는 레인이 보이자 아심은 입가에 미소를 지었다.

대단한 여자…….

어젯밤 그녀는 쉬지도 않고 그를 요구했다.

영화 '원초적 본능'을 흉내 낸다고 어설프게 그의 위에 올라타기도 했었다. 그는 또 한 번 미소 지었다. 그러한 레인의 서투른 몸짓과 애무가 오히려 그를 흥분시켜 아심은 밤새 그녀와 말 그대로 놀아났던 것이었다.

아민이 도대체 얼마나 약을 먹였길래…….

아심은 그 생각을 하자 어딘지 모르게 씁쓸한 것을 느꼈다. 레인이 그녀의 의지로 그를 원하길 바랐다. 그토록 자유분방하고 아이같은 호기심으로 그의 몸을 흥분으로 떨게 했던 레인의 행위가 약 때문이라고 생각하자 아심은 아쉬움이 짙었다.

그녀는 작았다.

그렇다고 너무 작지도 않았다. 아심의 몸이 완전히 그녀의 몸을 채웠을 때 그는 몸의 끝이 그녀의 끝에 닿는 걸 느꼈다. 말 그대로 레인은 그로 인해 꽉 채워질 수 있었다. 아심은 그녀 안을 더욱 채우고 싶은 욕심을 뒤로하고 조심스럽게 몸을 일으켰다.

그리고 구겨진 시트 위에 곤하게 잠들어 있는 레인의 몸을 이불로 덮어주고 옷을 주워 입었다. 아심은 그녀의 이마에 가볍게 키스를 해주고 방을 나왔다.

몸에 그녀의 냄새가 배어 있는 듯 그가 발걸음을 뗄 때마다 목깃으로부터 익숙한 냄새가 올라왔다. 아심은 자신의 방으로 가기 전에 아민을 불렀다. 그의 부름에 달려온 그녀는 얼굴에 홍조를 띤 채 싱글거리며 웃었다.

"그녀가 일어나면 씻는 것을 도와주고 음식을 챙겨줘. 그리고 삼십 분 뒤에 자붐에게 사무실로 오라고 전해."

아심은 자신의 몸이 뻐근한 걸 생각하고 레인이 아플지도 모른다는 생각을 했다.

"네."

대답하며 계속 싱글거리는 아민을 뒤로하다 아심은 갑자기 멈추어 섰다.

"아민."

"네?"

"그녀에게 얼마나 먹인 거야?"

그가 인상을 찌푸리며 묻자 아민의 눈이 반짝였다. 아심은 눈을 가늘게 떴다.

이 여자도 늙어서 사막의 매가 다 되었군.

"한 방울도 안 드셨습니다."

"뭐?"

"술은 안 드시겠다고 하시면서 한 모금도 안 드셨어요."

아심은 아민의 말에 눈을 더욱 가늘게 떴다.

"그렇지만 방에 들어올 때 비틀거렸는데?"

"어젯밤 레인 양께선 술은 전혀 입에 안 대셨습니다."

아민이 강조하듯 또박또박 말을 끊으며 하자 아심의 입가가 슬며시 올라가기 시작했다. 그는 차마 아민 앞에서 크게 소리 내어 웃을 수가 없어 급하게 몸을 돌렸다. 서둘러서 방으로 간 아심은 닫힌 문에 기대어 웃기 시작했다.

앙큼한 여자 같으니.

그는 어젯밤 그녀의 적극적인 반응을 떠올리고 벌어진 입을 다물 줄 몰랐다. 아심은 그녀의 체취가 남아 있는 몸을 씻기 위해 옷을 벗어 던지고 욕실로 향하며 계속해서 레인을 떠올렸다.

그리고 그는 샤워기 밑에 서서 어젯밤, 침대 위에서 책상다리를 하고 앉은 레인의 허벅지에 얼굴을 묻고 엎드린 아심의 등을 애무하던 레인이 한 말을 떠올렸다.

"죽음을 감수하는 일이 맞았어요."

"응?"

그가 눈을 힘겹게 뜨며 묻자 레인이 아심의 등에 총상으로 인해 생긴 상처를 쓰다듬으며 말했었다.

"내 마음의 생사가 당신에게 달렸어요."

그 순간 아심은 레인을 품지 않을 수 없었다. 그의 몸에 생긴 상처들을 정성스럽게 입술로 애무해 주던 레인을 아심은 격하게 품었었다.

아심은 레인의 얼굴을 떠올리며 샤워기를 틀었다.

그의 머리 위로 차가운 물이 떨어졌다. 그렇지만 그의 마음은 레인으로 인해 뜨거워져 있었다.

19

레인은 자신이 이곳에서 무엇을 하고 있는 건지 곰곰이 생각해 보았다. 아무리 사랑하는 남자라지만 그 남자의 정부로 지내며 계속해서 육체적 쾌락을 만족시키고 있는 자신이 한심스러워 보였기 때문이다.

벌써 이 주일……

열흘이 넘게 그녀는 밤마다 아심의 침대에서 그의 몸을 느꼈다. 그는 그녀에게 기술을 하나씩 가르쳐 주는 맛에 들린 듯 하룻밤에 한 가지씩 기교를 알려주었고 레인은 그것을 즐겁게 받아들였다.

레인은 오른팔을 주무르는 맥스에게 뜬금없이 물었다. 그는 앤드류가 영국에서 데려온 최고의 물리치료사였다.

"맥스, 서양 사람들은 진짜 사랑해도 결혼 안 하고 같이 살 수 있어요?"

그녀의 질문에 맥스가 손놀림을 멈추고 길게 한숨을 쉬었다. 레인은 옆으로 비스듬히 누우며 그를 바라보았다.

"글쎄, 사람마다 다를 수 있겠죠. 그렇지만 진짜 사랑한다면 상대에 대해 소유욕이 생기고 소유욕이 생기다 보면 상대가 자신을 떠날 빌미를 주지 않기 위해서라도 결혼을 하겠죠. 전 베르나가 날 언제 떠날지 몰라 그녀가 날 사랑한다고 했을 때 기회다 싶어 결혼을 했거든요."

레인은 맥스의 말을 들으며 고개를 끄덕였다.

서양이나 동양이나 결혼의 이유는 엇비슷한 것 같았다. 물론 그녀가 알기에 한국에서는 결혼이 필수이지만 사랑이나 정 없이 하는 경우는 드물다고 생각했다. 레인은 아심이 지금까지 사랑이나 결혼에 대해 입 밖에 내지 않은 것이 마음에 걸렸다.

물론 그가 레인의 육체에 만족하고 있다는 것은 매일 밤 몸으로 체험해서 알고는 있었지만 레인은 아심에게서 사랑의 확인을 받고 싶었다. 적어도 레인 자신이 불나방처럼 젊은 날에 육체적 만족을 추구했었다는 후회는 하고 싶지 않았던 것이다.

레인에게 있어 더 이상 운명의 남자가 없었다. 아심이 그녀의 천생배필이었고 첫사랑이자 마지막 사랑이라고 확신을 하고 있었다. 그렇지만 레인은 아심도 그녀와 같은 마음인지 알 수 없었다.

"아심이 청혼을 안 하던가요?"

맥스가 다시 그녀의 팔을 뒤로 잡아당기며 묻자 레인은 인상을 찡그리기만을 했다.

"좀 더 기다려 보세요. 조급하게 생각하지 말고. 아심 같은 남자는 쉽게 마음을 표현하거나 인정하려 하지 않거든요. 그렇지만 어느 순간 그 감정이 터져 나오면 레인 양에게 엄청난 집착을 보일지도 몰라요."

레인은 맥스의 말을 마음에 새겨두었다.

그렇지만 레인은 갑자기 자신이 아심에게 집착을 보일까 봐 두려워졌다. 아심에게 있어 그녀는 단순히 많은 여자 중에 하나인데 레인은 아심이 목숨보다 소중하고 그의 모든 걸 소유하고 싶어진다면 무척이나 추할 거라고 생각을 했다.

그녀는 무슨 일이 있어도 남자를 붙들고 떠나지 말라고 애원하지 않겠다고 맹세했다. 그렇지만 레인은 자신할 수가 없었다. 그래서 그녀는 맥스가 치료를 다 끝냈다고 했을 때 그를 붙잡고 부탁을 했다.

"맥스, 영국으로 돌아갈 때 날 데려가 줘요."

"네?"

맥스가 기름 묻은 손을 수건으로 닦고 그녀의 팔도 닦아주다 말고 화들짝 놀라 반문하자 레인이 침대에서 일어나 그를 마주 보고 섰다.

"그냥 날 좀 도와줘요."

"레인, 난 아랍권 문화를 잘 모르지만……."

"그는 아랍인이 아니에요. 투아레그인이에요."

"잘 모르겠어요. 생각 좀 해보고……."

레인은 망설이는 맥스를 보며 한숨을 쉬었다.

무리야. 다른 방법을 찾아야 해.

그렇게 그녀가 어떻게든 아심에게서 벗어나려 머리를 굴리고 있을 때 치료실 문이 열리며 낯익은 목소리가 들려왔다.

"레인, 이제 손도 움직일 수 있다며?"

"앤디!"

레인은 활기차게 걸어 들어오는 앤드류를 구세주인 양 바라보았다. 그렇지만 그녀는 앤드류의 뒤를 따라 들어오는 아심을 보고 눈살을 찌푸렸다. 그런 그녀의 표정을 보고 아심의 눈이 가늘어졌다. 그녀의 표정 변화가 마음에 안 든다는 뜻이었다.

"어디 봐봐. 이제는 거의 정상이 되었다며?"

앤드류는 그답게 밝은 웃음을 지으며 다가와 레인의 오른손을 쥐고 가만히 바라보았다. 레인은 피식 웃으며 손가락을 까닥여 보였다.

"정말 다행이다! 물건도 들 수 있는 거야?"

"아직 움직이는 정도뿐이에요. 하지만 곧 물건도 들 수 있을 거예요."

"맥스, 정말 고마워! 수고 많았어."

앤드류는 레인의 어깨에 한 팔을 두르며 맥스에게 감사했다. 레인은 또다시 아심의 눈이 가늘어지는 것을 놓치지 않았다.

"앤디, 오버액션 아냐?"

아심이 나직하게 말하자 앤드류가 레인의 어깨에서 팔을 떼며 양손을 들어 보였다.

"아! 미안, 미안! 버릇이 되어나서. 우리 저녁식사나 같이 할까?"

"좋아요."

레인이 웃으며 고개를 끄덕이자 앤드류가 정색을 하며 아심의 어깨를 두드렸다.

"아심, 얼굴 좀 펴. 우리라면 자네와 맥스도 포함되니까 그렇게 날 죽일 것처럼 노려보지 말라구."

그렇게 뚱한 표정을 짓는 아심을 놀리며 앤드류는 모두를 데리고 식당으로 향했다. 그리고 그들이 식당으로 들어가 앤드류가 아민을 불러 식사 준비를 시키자 아심이 중얼거리듯 말했다.

"마치 제 집인 양 구는군. 앤디, 이 집을 넘보는 건 웃어넘겨 줄 수 있어도 레인을 넘봤다간 그날로 독수리 밥이 될 줄 알아."

그의 말에 레인은 가슴 한켠이 무너지는 것 같았다.

그토록 소유욕을 내뱉으면서도 사랑이나 결혼은 언급 안 하다니. 너무나 이중적이야.

"집을 넘겨줄 수 있단 말이지?"

앤드류가 은근한 말투로 묻자 아심이 퉁명스럽게 답했다.

"샤를르를 내놔."

"너야말로 샤를르를 넘보지 마. 그녀는 내 거야. 레인, 이럴 땐 가만히 있지 말고 아심을 한 대 때려줘."

레인은 앤드류가 자신의 손을 잡아끌어 아심의 어깨를 때리는 것을 보고 웃었다. 그렇게 앤드류의 장난이 계속되며 저녁식사가 이루어졌다. 그리고 식사가 끝났을 때 응접실로 자리를 옮긴 그들의 눈치를 보며 레인은 어떻게 하면 앤드류와 단둘이 남을 수 있는지 고민을 했다. 밤이 깊은 줄 모르고 이야기를 나누던 그들의 시간을 멈추게 한 건 맥스였다.

"전 이만 자러 가야겠습니다. 모두들 좋은 밤 되세요."

"잘 자요."

"안녕히 주무세요."

일어서는 맥스에게 앤드류와 레인이 인사를 할 때 자붐이 조용히 문을 열고 들어왔다.

"아심, 전화가 왔습니다."

레인은 모든 것이 완벽하다고 느꼈다.

결국 맥스는 침실로, 아심은 사무실로 향하자 응접실에는 앤드류와 레인 둘만이 남게 되었다.

"앤디, 부탁이 있어요."

레인은 거두절미하고 앤드류에게 말을 꺼냈다.

"뭔데?"

"날 한국으로 보내줘요."

레인의 말에 앤드류의 눈이 커졌다.

"뭐?"

"한국으로 보내줘요. 더 이상 아심의 정부로 있을 수는 없어요."

그녀의 말에 앤드류의 대답은 뜻밖이었다.

"왜?"

왜라니!

레인은 화가 났다.

"앤디, 난 자유를 찾아 고향을 버리고 이곳에 왔어요. 그런데 여기서 아심의 정부로 붙잡혀 있을 수는 없는 게 당연하잖아요. 한 남자의 정부로 있으려고 내가 그 먼 길을 여행해 온 건 아니에요. 차라리 죽는 게 나아요. 하루아침에 내 가치관과 사고를 모두 버리고, 내가 살아온 방식조차 버리고 그의 침대 상대로 이곳에 남아 있으라는 건 억지예요. 난 동양인이에요. 그만큼 억제된 사고를 지니고 살아왔어요. 그렇지만 그 억제된 사고조차 내게는 습관처럼 몸에 밴 가치관이 된 걸 무시할 수는 없잖아요. 내가 임신을 했다거나 그의 부인으로 살아가는 것과는 천지 차이라구요."

"레인, 난……."

"알겠어."

레인은 문 쪽에서 들려온 아심의 목소리에 벌떡 일어났다.

어디부터 들은 거지?

그녀의 몸이 가늘게 떨렸다. 그녀의 떨림이 육안으로 보일 정도로 격해지자 아심이 큰 걸음으로 다가와 레인의 팔을 잡아당겼다.

"아심, 잠깐만. 그녀의 말도 일리가 있어."

그녀를 끌고 가려는 아심을 붙잡으며 앤드류가 말리자 아심이 눈을 가늘게 뜨고 무뚝뚝하게 말했다.

"누가 뭐랬어?"

"좀 더 그녀 이야기를 들어보고……."

"그녀 이야기는 내가 듣기로 하지. 앤디, 방은 아민이 준비해 두었으니까 잘 자."

그리고 아심은 끌려가지 않으려는 레인을 잡아당겼다. 레인은 엉덩이를 뒤로 빼며 그에게 잡힌 팔을 비틀었다.

"이거 놔요! 여기서 이야기하면 되잖아요!"

그렇지만 아심은 그녀를 쉽게 들어 올렸다. 그리고 팔다리를 휘젓는 레인에게 조용히 속삭였다.

"가만있어. 지금 당장 앤디 앞에서 아이를 만들고 싶은 생각은 아니겠지?"

레인은 충격받은 얼굴로 아심을 바라보았다. 그녀는 자신이 들은 말을 믿을 수가 없었다.

아이를 만든다고?

결혼도 안 하고! 나보고 미혼모가 되라고!

그렇지만 아심은 그녀의 눈에 맺힌 눈물을 보지 못한 채 어두운 계단을 올라가기 시작했다.

"뭐 하는 거예요!"

레인은 출렁이는 침대에서 벌떡 일어나며 소리쳤다.

그렇지만 아심은 그녀의 외침에도 불구하고 그녀를 다시 침대에 밀어 눕혔다. 레인은 뒤로 발랑 자빠지며 두근거리는 가슴을 진정시키려 노력했다. 방으로 그녀를 들고 들어온 아심은 레인이 눈물을 흘릴 여유조차 주지 않고 그녀를 침대에 내던졌다. 그녀는 아심이 그녀와 강제로 섹스를 하려는 것을 알았다.

그것이 문제였다.

레인은 아심이 그녀의 반항에도 불구하고 침대에 눕혀 한 손으로 그녀의 두 손을 붙들고 다른 한 손으로 자신의 머리 끈을 푸는 것을 보며 묘하게 흥분되는 것을 느꼈던 것이다.

가슴이 그녀의 의지와는 상관없이 아심의 행위에 대한 기대감으로 두근거리고 있었다.

레인은 자신의 육체에 반항하듯 손목을 비틀며 그가 묶는 것을 도와주지 않았다. 그런 그녀의 몸부림에 아심이 그녀의 허리에 올라타 레인의 가는 손목을 머리 끈으로 침대 모서리 중 한쪽 기둥에 묶었다. 레인은 불빛에 그림자가 지는 아심의 얼굴을 올려다보았다.

흐트러진 긴 머리가 그의 얼굴을 덮고 있어 레인은 아심의 표정을 알 수 없었지만 그가 몹시도 화가 난 상태라는 것은 알 수 있었다.

"아심! 그만 해요! 내가 틀린 말을 한 건 아니잖아요!"

"난 당신이 아이를 바랄 거라곤 생각도 못했어."

아심은 그녀의 말에 답하며 한 손으로 묶인 손목의 끈을 풀려는 레인의 머리 끈도 풀더니 그녀의 다른 한 손도 반대쪽 기둥에 묶었다. 레인은 머리가 산발이 된 채 양팔을 벌리고 누운 꼴이 되자 허리를 들썩이며 그를 밀어내려 애쓰며 소리쳤다.

"내 말은 그게 아니에요! 난 아이를 바라지 않아요!"

그렇지만 레인은 아심이 그녀의 옷을 찢으며 내뱉은 말에 눈을 동그랗게 떴다.

"난 아이를 원해!"

레인은 벌린 입을 다물지 못한 채 그가 거칠게 옷을 벗어 던지는 것을 보았다.

"말도 안 돼요!"

레인은 그가 그녀의 몸 위로 올라오려 하자 두 다리로 아심의 가슴을 차며 밀어냈다. 그러자 아심이 그녀의 발목을 두 손으로 잡아 양쪽으로 벌렸다. 레인은 기막혀하며 무릎을 붙여 그가 다가오지 못하도록 했다.

"당신은 아이를 원하지 않을지 몰라도 난 당신이 아이 때문에 날 떠나지 않는다면 아이를 만들겠어."

그리고 아심은 그녀의 무릎을 벌려 그녀의 안으로 들어왔다. 레인은 아무런 준비도 안 된 상태에서 그가 들어오자 아픔으로 낮게 비명을 질렀다. 그러자 아심이 그녀의 허리 밑으로 손을 집어넣어 레인의 허리를 들었다.

레인은 화가 나기 시작했다.

누구 맘대로! 내가 선녀야?

애를 주렁주렁 낳아서 떠나지 못하게 한다는 게 말이 돼?

레인은 두 다리에 힘을 주어 침대에 바짝 붙였다.

레인의 안에서 아심의 몸이 꿈틀거렸다. 레인은 그에게 반항을 하면서도 어느새 자신의 몸이 젖어들고 있음을 알았다. 그녀는 자신의 몸에게 배신감을 느꼈다.

아심이 그녀의 허리 아래 있던 한 손을 빼 길게 한숨을 쉬며 얼굴을 가린 머리카락을 뒤로 쓸어 넘겼다. 순간 레인은 그의 손이 가늘게 떨고 있다고 생각했다. 머리카락을 쓸어 넘기는 그의 손가락이 경련을 일으키듯 바르르 떨린 것 같았다. 어깨까지 흔들린 그의 떨림은 신기루처럼 금방 사라졌고 레인은 아랫입술을 깨물며 그의 몸을 자신 안에서 느꼈다.

그리고 레인은 그의 이마에 맺힌 땀방울을 보았다.

검은 눈썹 위로 작은 땀방울이 맺혀 있는 것을 따라 시선을 옮긴 레인은 아심이 두 눈을 감은 채 호흡을 가다듬는 것을 보았다. 레인의 시선이 그의 입술로 내려가자 아심이 눈을 뜨고 천천히 움직이기 시작했다. 레인은 그의 턱 주위에서 그의 입김에 의해 흔들리는 머리카락을 보았다. 그렇지만 아심이 두 손으로 레인의 엉덩이를 잡아 위로 들며 움직여도 레인은 고집을 꺾지 않았다. 허벅지를 침대에 붙이려 하는 그녀의 노력은 그가 레인의 몸 안으로 들어오는 것을 막지는 못했지만 아심의 이마에 땀방울을 하나씩 늘게는 해주었다.

아심의 호흡이 거칠어지며 그의 입김이 강해지자 머리카락이 심하게 흔들리기 시작했다. 레인은 저도 모르게 그의 머리카락을 넘겨주려고 하다가 손이 묶인 것을 떠올리고 손목을 비틀었다. 레인은 답답하다고 생각했다. 그녀는 가슴에 부딪치는 아심의 가슴을 어루만지고 싶었고 그의 이마에 맺힌 땀방울을 닦아주고 싶었다.

그런 레인의 몸부림을 아심은 오해했는지 눈을 가늘게 뜨고 그녀를 내려다보았다.

"도망가지 못하게 하겠어. 무슨 수를 쓰더라도……."

그가 내던지듯 말을 거칠게 쏟아내며 갑자기 레인의 몸 안으로 깊이 들어오자 레인은 가늘게 소리를 내질렀다.

"아심!"

그리고 그 순간부터 레인의 눈엔 아무것도 보이지 않게 되었다. 그의 몸에 밀려 차츰 위로 올라가게 된 레인은 침대 머리가 정수리에 부딪히는 것을 느꼈다. 그렇지만 그녀는 아픔을 느끼지 못했다. 아심이 한 손을 들어 그녀의 정수리를 감싸주었기 때문이다.

레인은 신음을 내뱉으며 묶인 손을 비틀었다. 그런 그녀의 움직임에 아심은 더욱 심하게 그녀를 몰아붙였다. 어느새 그녀의 다리는 그의 허리를 감고 있었고 아심의 움직임에 따라 허공을 차고 있었다.

그리고 한순간 레인은 눈앞이 환해지는 느낌을 받았다. 온몸에 경련이 일듯 그녀의 몸이 심하게 떨리기 시작하며 레인은 자신의 심장 박동을 느낄 수 있었다.

레인은 길게 신음을 내질렀다.

그녀의 등이 휘어지며 고개가 뒤로 젖혀졌다.

그와 맞춰 아심의 심장 고동이 그녀의 몸 안에서 느껴졌다. 레인은 뜨거운 자신의 안을 그가 가득 채워 나가고 있음을 알았다. 레인의 어깨에 얼굴을 묻은 아심의 입김이 뜨거웠다. 그녀는 맨살에 닿는 그의 숨결을 따라 함께 호흡하며 눈을 감았다.

그렇게 한참의 시간이 지나고 레인이 고개를 돌려 묶인 팔을 바라보며 중얼거렸다.

"이것 좀 풀어줘요."

그렇지만 아심은 그녀의 몸에서 떨어져 나가질 않았다.

레인은 가슴을 들썩이며 아심을 불렀다.

"아심. 아심?"

그녀의 부름에 아심이 고개를 들고 한쪽 눈썹을 올리며 그녀를 바라보자 레인은 눈살을 찌푸렸다.

"이것 좀 풀어줘요."

"잠깐만 이대로 있지."

그러면서 아심이 그녀의 어깨 위로 팔꿈치를 대고 한 손으로 머리를 쓸어 넘겼다. 그리고 그녀의 얼굴에 번진 그녀의 잔머리도 한 올한올 정성스럽게 쓸어 넘겨주기 시작했다.

"불편해요."

레인은 아심의 검은 눈동자를 보며 투정을 부렸다. 그렇지만 아심의 말에 그를 노려보기 시작했다.

"그래도 이렇게 있어야 임신이 잘돼. 잠깐만 참아."

"난 아이를 갖고 싶은 맘 없다니까요!"

"유감스럽게도 난 당신과 나의 아이를 갖고 싶어. 그리고 지금 상황에선 당신이 나의 생각을 이길 방법이 없을 텐데?"

레인은 아심의 빈정거림에 두 발을 그의 엉덩이에 대고 밀어내기 시작했다. 그렇지만 약간 밀려난 아심은 웃으며 다시 그녀 안으로 들어왔다. 그렇게 레인이 그를 밀어내고 그가 들어오길 반복하는 동안 또다시 아심의 몸이 굳어졌다. 그리고 마침내 레인은 아심이 웃으며 그녀에게서 벗어나려고 하는 것을 두 다리로 잡아당기게 되었다. 방 안의 불빛이 달빛을 밀어내고 있었다. 레인은 아심의 웃음소리와 그의 몸을 마음에 담았다. 영원히 그를 잊지 않으리라 생각하며.

레인은 신음 소리를 내며 상체를 일으켰다. 밤새 아심과 뒹군 몸이 뻐근했다. 그녀는 구겨진 시트와 비어 있는 침대를 보며 일어나 아심의 침실에 연결된 욕실로 향했다.

내가 이 방을 처음 본 게 언제였더라.

꽤 긴 시간이 지난 것같이 느껴졌다. 레인은 샤워기를 틀며 맨 처음 그의 방 앞에서 넘어졌을 때를 떠올렸다. 그때 아심은 카를로타와 어젯밤 레인이 누워 있던 침대에서 뒹굴고 있었다. 그 생각을 하자 레인은 목구멍으로 신물이 넘어오는 것을 느꼈다.

카를로타는 지금 뭐 하고 있을까?

레인은 아심이 카를로타에게도 아이를 원했었는지 궁금했다. 그러자 레인은 마음 한구석에서 질투심이 밀려오는 것을 막을 수가 없었다. 그녀는 대충 씻고 난 후 물기를 닦아낸 다음 몸에 걸칠 만한 것을 찾았다. 어젯밤에 아심이 그녀의 옷을 찢어버리는 통에 그나마 남아 있던 몇 벌의 옷 중에서 제일 입을 만한 것이 사라진 것이었다.

레인이 아심의 집으로 온 후로 그는 그녀에게 옷을 선물하려 하였다. 그렇지만 레인은 그에게 옷을 받지 않았다. 왠지 그에게 선물을 받는 것이 싸구려 정부로 타락하는 느낌이 들었기 때문이다. 레인은 오랜만에 브래지어를 하고 빛이 바랐을 뿐 아니라 구멍까지 난 티셔츠를 걸쳐 입었다. 오랜만에 입는 속옷이라서 그런지 가슴이 답답했다. 그렇지만 그녀는 팬티까지 입은 다음 닳아서 후줄근해진 청바지를 입었다.

그렇게 입고 보니 왠지 레인은 고향으로 돌아갈 것 같은 느낌이 들었다. 청바지가 엉덩이에 꽉 끼는 듯했지만 레인은 몇 번 앉았다 일어났다를 반복해서 바지의 길을 들이고 나서 방을 나섰다. 그리고 그녀가 응접실로 들어서자 앤드류가 얼굴을 찌푸리며 레인을 맞이하였다.

"레인, 괜찮아?"

"네."

레인은 앤드류의 손에 이끌려 그의 옆에 앉으며 고개를 끄덕여 보였다. 빗지 않은 머리가 그녀의 얼굴을 감싸며 헝클어져 있었다.

앤드류는 그녀의 얼굴에서 머리카락을 넘겨주며 굳은 어조로 말했다.

"레인, 아직도 고향으로 돌아가겠다면 내가 도와줄게."

"네?"

레인은 앤드류의 말이 뜻밖이라는 듯 눈을 동그랗게 떴다.

"어젯밤에 레인이 한 말을 곰곰이 생각해 보니까 우리가 너무

한 거 같아. 물론 레인을 고향으로 돌려보내고 나면 아심이 날 두 번 다시 안 보려고 할지도 모르지만…… 어젯밤 레인을 하녀 부리 듯이 끌고 가는 아심이 난 마음에 안 들어. 그도 레인이 얼마나 소중한지 알고 조심스럽게 다루는 법을 배워야 해."

레인은 앤드류의 말에 그의 손을 꼭 잡았다.

"앤디, 앤디의 마음 알겠어요. 그리고 고맙게 생각해요. 그렇지만 나로 인해 두 사람의 사이가 멀어지는 것은 바라지 않아요."

레인의 말에 앤드류가 콧방귀를 뀌었다.

"난 지금의 아심 모습이 마음에 안 들어. 그와 내가 멀어진다면 그건 아심의 태도 때문이야. 레인, 진짜 고향으로 돌아가고 싶어?"

레인은 갑자기 가슴이 두근거리는 것을 느꼈다.

아심을 떠난다…….

그건 쓰디쓴 유혹이었고 올바른 판단이었다. 레인은 잠시 고개를 숙이고 고민을 했다. 그리고 마침내 앤드류에게 고개를 끄덕이며 소파에서 일어났다.

"가고 싶어요. 가족을 만나고 싶어요."

"그럼 짐을 챙겨서 밖으로 나와. 헬기를 준비시킬게."

레인은 앤드류의 말에 또다시 고개를 끄덕이고 위층으로 향했다. 그녀는 멍한 느낌이었다. 자신이 올바른 선택을 한 것인지, 평생을 두고 후회할 짓을 하는 건지 판단이 서질 않았다. 레인은 자신의 배낭을 짊어 메면서도 갈등을 했다.

그 없이 살 수 있을까?

그의 옆에서 그가 다른 여자를 사랑하는 것을 보며 살 수 있을까?

둘 다 못 살 것 같았다.

레인은 그 없이 살 수 없을 것 같았고, 그가 다른 여자를 사랑하는 것을 지켜보며 살 수도 없을 것 같았다. 그녀는 아래층으로 내려가서 아심의 사무실로 향했다.

그의 선택에 맡기자.

그가 날 잡으면 이곳에 있고 날 잡지 않으면 떠나는 거야.

그렇지만 그녀가 조심스레 노크를 하고 들어간 그의 사무실엔 아무도 없었다. 레인은 자신이 떠나야 함을 알았다. 빈 사무실에서 그의 향기를 들이키며 레인은 남은 평생 동안 이 냄새를 기억하며, 떠올리며 살아야 한다는 것을 알았다. 레인의 머릿속에 아심의 행동들이 떠올랐다.

그의 웃음소리, 가늘게 뜨는 눈 모양, 긴 손가락으로 앞머리를 쓸어 넘기는 모습, 무뚝뚝하게 입을 앙다무는 표정……. 레인은 눈에 눈물이 맺히는 것을 느끼며 서둘러 그의 책상으로 걸어갔다.

그리고 그녀가 책상 위에 있는 메모지에 펜을 대는 순간 문이 벌컥 열렸다. 레인은 숨을 들이키며 열린 문을 바라보았다. 그녀의 헝클어진 머리가 심하게 흔들렸다.

"아심은 이곳에 없습니다."

자뭄이었다. 레인은 안도인지 실망인지 알 수 없는 한숨을 내뱉었다. 참았던 숨을 한꺼번에 내뱉듯 그녀의 호흡이 거칠게 나왔다.

"멀리 갔어요?"

"북쪽에서 캐러밴이 와서 마중 나가셨습니다. 한 시간 정도 뒤에 돌아오실 텐데……."

레인은 고개를 끄덕이며 책상 위로 허리를 굽히고 펜으로 메모지 위에 갈겨썼다.

〈사랑해요.〉

그녀는 한글로 적었다.

아심이 한글을 알 리가 없지만 그녀는 모국어로 그에게 그 말을 하고 싶었었다.

"떠나십니까?"

자붐이 책상에서 멀어지는 레인에게 조용히 묻자 레인은 가느다랗게 신음 소리를 냈다.

떠난다는 말에 가슴이 저려왔던 것이다.

"네."

"앤디께서 헬기를 준비시키셨습니다. 식사는 안 하시고 가십니까?"

"괜찮아요. 고마워요, 자붐."

레인은 문 쪽으로 걸어가며 자붐에게 인사를 했다. 그는 손에 들고 있던 메모지에 무언가를 적으며 고개를 끄덕였다.

"레인 양의 고향은 멀다고 들었습니다."

그의 무뚝뚝한 말에 레인은 피식 웃었다. 왠지 알루씨세가 떠올랐던 것이다.

"네. 한국이에요. 열두 시간은 넘게 가야 하죠."

"한국의 수도는……."

"88올림픽이 개최되었던 서울이에요. 저도 그곳에 살아요."

레인은 여행을 하며 한국이 올림픽을 개최했었다는 것에 감사했다. 서울이 어디냐고 물으면 '88올림픽'을 말하면 되었기 때문이다.

"사울……."

"사울이 아니라 서울이에요. 한강이 있는 서울이요."

레인은 문을 열며 자붐의 발음을 고쳐 주며 웃었다. 지금까지 자붐의 말을 이렇게 많이 들었던 적이 없었던 것이다. 그가 이별을 서운해하는 것이 분명했다. 그것을 증명하듯 자붐은 그녀의 몸이 문밖으로 나가기 전에 또다시 입을 열었다.

"서울. 한강은 멀리 있습니까?"

"네?"

무슨 뜻으로 묻는 건지 알 수가 없어 레인은 고개를 한쪽으로 기울였다.

"집에서 한강은 멀리 있습니까?"

그녀는 웃었다. 혹시라도 자붐이 그녀의 집을 알아내려 하는 게 아닌가 싶었지만 집을 안다고 해서 아심이 한국까지 뒤쫓아 올 리는 없다는 생각이 들었다.

"그다지 멀지 않아요. 자붐, 그동안 고마웠어요. 그리고…… 알루씨세의 가족들에게도 전해주세요. 제가 무척이나 미안해하고 있다구요. 그는 몹시 좋은 사람이었고 평생 감사하며 살 거라구요."

"전해 드리죠."

"안녕히 계세요."

레인은 그에게 고개를 숙여 인사를 했다 그러자 자붐이 한 손을 가슴에 댄 채 아랍식으로 공손히 인사를 했다.

"조심해서 가십시오. 알라가 함께하시길."

레인도 그에게 '인샬라'를 말하고 밖으로 나갔다.

사막의 건조한 공기가 온몸에 닿자 레인은 잠시 발걸음을 멈추고 크게 호흡을 했다.

제2의 고향…… 언젠가는 다시 올 수 있겠지…….

그녀는 언젠가 이 땅을 다시 밟게 되길 바라며 앤드류의 손에 이끌려 헬기에 올랐다. 사막의 태양이 그녀의 머리 위를 내리쬐고 있었다. 아심이 그녀를 처음 발견했을 때와 같이 태양은 이글거리며 타오르고 있었다. 마치 떠나는 그녀를 질책하는 것처럼 태양은 열기를 뿜어내고 있었다. 레인은 멀어져 가는 아심의 집을 내려다보며 아랫입술을 깨물었다.

이 땅에선 두 번 다시 울지 않을 거야.

한국에 가면 울 일이 많을 텐데…….

레인은 고향으로 돌아가는 것에 막연한 두려움을 품었다. 그런 두려움과 함께 그녀는 어디선가 아심의 목소리가 들려오는 것 같아 눈물을 참으려 두 눈을 감았다.

절대로 이 건조한 땅에서는 울지 않을 거야.

사막은 마치 그녀를 붙잡는 듯 세차게 모래 바람을 일으키며 하늘로 치솟았다. 그렇지만 헬기가 멀어짐에 모래 능선은 또다시 곡선을 이루며 끝없이 이어졌고 태양을 향해 기도하듯 아지랑이를 뿜어내고 있었다.

레인은 헬기의 작은 그림자를 만들며 따라오는 사막의 모래에서 시선을 떼지 못한 채 눈물을 삼켰다.

아심은 헬기의 프로펠러 소리에 눈살을 찌푸리며 하늘을 바라보았다. 뭔가 이상했다. 그는 캐러밴들의 이야기를 건성으로 들으며 하늘을 바라보다가 마침내 말 위로 뛰어올랐다.

레인!

아심은 그녀가 떠나고 있다는 것을 느꼈다.

그는 애써 자신의 불안함을 지우며 집에 도착하자 응접실로 뛰쳐 들어가며 소리를 질렀다.

"레인!"

그렇지만 그의 외침에 아민조차 고개를 들이밀지 않았다. 아심은 거칠게 숨을 몰아쉬며 단숨에 계단을 뛰어 올라가 침실 문을 벌컥 열었다.

"레인!"

또다시 그녀의 이름을 부르며 아심의 시선은 시트가 흐트러진 채 널브러져 있는 침대에서 그녀의 배낭이 놓여 있던 방구석을 헤매었다. 마치 그녀의 흔적을 찾으려는 듯 시선을 한곳에 두지 못하던 아심은 문가에 느껴지는 인기척에 바람 소리가 날 정도로 고개를 돌렸다.

"아민, 그녀는 떠났나?"

아심이 쥐어짜 내는 듯이 거친 목소리로 묻자 아민이 가만히 고개를 숙였다. 그는 비명이 터져 나오려는 것을 억지로 참으며 또다시 갈라진 목소리로 물었다.

"나에게…… 남긴 건 아무것도 없나?"

그의 가슴이 찢겨지는 듯이 날카로운 통증이 가슴에서부터 온몸으로 번져 가고 있었다. 아민은 아심의 질문에 기어들어 가는 목소리로 답했다.

"서재에 메모를 남기셨다고……."

아심은 그녀의 말이 끝나기도 전에 아민을 밀치고 서재로 향했다. 그리고 서둘러 책상으로 달려간 그는 조그만 메모지 위에 쓰여진 낯선 글씨에 눈을 가늘게 떴다. 그가 모르는 문자였다. 그는 메모를 집어 들어 그것이 레인인 양 한참을 노려보았다.

그런 그의 뒤를 따라온 아민이 가만히 한숨을 쉬자 아심은 중얼거렸다.

"식사는 하고 떠났나?"

"아뇨."

또다시 그의 가슴이 통증으로 욱신거려 왔다.

그는 레인을 데리고 떠난 앤드류를 원망해야 할지, 앤드류를 따라 떠난 레인에게 화를 내야 할지 알 수가 없었다. 그 두 가지 생각과 감정이 반복되며 아심은 정신이 빠져나간 듯 의자에 힘없이 주저앉았다.

"배고플 텐데…… 아니지. 앤디가 먹을 걸 사주겠지…… 그런 놈이니까……."

그는 자신이 생각과는 전혀 상관없는 말을 내뱉고 있다는 것조차 알지 못했다. 그리고 피곤한 듯 눈을 감고 의자 등에 뒷머리를 댄 아심은 한 손을 들어 눈을 가렸다. 아심의 입에서 그답지 않은 떨리는 목소리가 새어나왔다.

"잠시 혼자 있게 해줘."

그의 말에 아민이 발소리도 내지 않은 채 조용히 방문을 닫고 나갔다. 아심은 오래전 소레만의 말을 떠올렸다.

"두고 보면 알 걸세. 진짜 소중한 것은 깨지기 전에 손에서 놔야 한다는 것을 자네는 알고 있어. 단지 고집 때문에 인정하기가 힘들 뿐이겠지."

아심은 소레만의 말이 맞았다고 생각했다.

버리는 데 자유로운 여자…….

나와의 사랑을 버리는 데 그토록 자유로운 여자…….

아심은 그녀가 깨지기 전에 놓아주어야 한다고 생각했다. 그만큼 그녀가 소중했다. 그를 버리고 그녀가 떠난 건 그만큼 자유를 원했기 때문이라고 생각한 아심은 그녀의 자유로움을 깨서 레인이 상처받는 걸 원치 않았다.

단지 아심 자신의 가슴이 깨지는 것에 아픔이 크더라도…….

그는 손바닥에 배어나오는 눈물을 애써 무시했다. 무시하고 내버려 두니 더욱 커지는 것이 마음의 상처였는지 아심은 태어나서 처음으로 손바닥 가득 눈물을 받아내었다.

레인이 있을 때는 사막에 비가 내리리라고 생각치도 못했던 아심이었다.

그렇지만 그녀가 떠난 지금 아심의 마음엔 한없는 비가 내리고 있었다.

레인…….

"사무실에서 꼼짝도 안 한다고?"

"네. 레인 양께서 떠나신 후부터…….”

앤드류는 자붐의 말을 뒤로하며 아심의 사무실로 향했다. 그를 따라 자붐이 조용히 걸어오며 앤드류에게 뭐라 하려고 했지만 앤드류는 문을 열며 한 손을 들어 그의 말을 막았다.

"레인 양께선……."

사무실 안은 커튼으로 햇빛을 차단하여 어두웠다.

앤드류는 어두운 방 안을 둘러보고 책상 뒤에 있는 의자에 앉아 고개를 숙인 채 얼굴을 두 손으로 감싸고 있는 아심을 발견하자 불을 켰다.

"불을 꺼."

"자네답지 않군, 아심. 그녀는 떠났어."

앤드류는 아심의 갈라진 목소리를 무시하고 책상 앞으로 걸어가 책상 모서리에 엉덩이를 걸쳤다. 앤드류는 잠시 망설였다. 레인이 떠나길 도와준 것이 옳은 판단이었는지 아심을 보자 다시 한 번 의문을 품게 되었던 것이다.

"그녀를 사랑했군……."

앤드류의 중얼거림에 아심의 어깨가 크게 올라갔다 내려왔다. 한숨을 쉰 모양이었다. 그리고 아심이 고개를 들어 앤드류를 보자 앤드류의 한쪽 눈썹이 올라갔다.

아심은 붉게 충혈된 눈을 하고 있었고 눈가에 눈물을 흘린 자국이 선명하게 보였기 때문이다. 그는 두 손을 깍지 껴 턱을 받치더니 입술 한쪽을 올리며 빈정거렸다.

"그럼 내가 그녀를 사랑하지 않는 걸로 보였나? 그래서 그녀가 떠나는 것을 도와준 건가?"

아심의 눈동자가 칠흑같이 검어져 있었다.

앤드류는 왠지 그에게 죄진 듯한 기분이 들어 엉덩이를 들썩였다.

"그렇지만 자네가 그녀를 억지로 잡아두려는 것은 잘못되었었어. 그녀는 고향으로 돌아가고 싶어했잖아? 그런데 자네는 그녀에게 단순한 정부로……."

순간 앤드류는 아심이 벌떡 일어나 앤드류의 멱살을 잡는 바람에 말을 멈추었다.

"누가 단순한 정부야?"

아심이 눈을 가늘게 뜨고 낮게 목소리를 깔며 묻자 앤드류는 아심의 손을 잡아 붙잡힌 멱살을 풀었다.

"그럼 뭐야? 레인은 공항에서 내게 자네가 단순히 그녀의 몸을 즐기는 것뿐이라서 곁에 있을 수 없다고 했어. 그녀에게 사랑한다고 말을 하기나 한 거야?"

"레인이 그런 말을 했다고?"

"그래. 그녀는 동양 여자야. 순결을 자네에게 바쳤으면 결혼도 생각했을 거라구. 그런데 자네는 프러포즈조차 하지 않았잖아?"

앤드류의 반박에 아심이 다시 의자 위로 털썩 주저앉았다. 아심의 눈동자가 혼란스러운 듯 책상 위를 맴돌았다.

"그렇지만 아이를 갖고 싶다고 했어."

아심이 스스로에게 변명하듯 중얼거리자 앤드류가 콧방귀를 뀌었다.

"그게 프러포즈야? 그녀에게 사랑한다고 말은 했어?"

앤드류가 빈정거리며 묻자 아심이 한 손으로 얼굴을 쓸어내렸다.

"안 했군. 그녀가 떠난 게 하나도 안 이상해."

앤드류는 책상에서 일어나며 아심의 어깨를 손등으로 툭 쳤다. 왜 그렇게도 레인이 떠나려 했는지 앤드류는 이제야 알겠다는 생각을 한 것이었다.

아심은 망연한 표정으로 앤드류를 바라보았고 앤드류는 그의 표정에서 자신이 어떤 대답을 해줘야 하는지 알았다.

"그녀를 따라가. 아직 그녀는 하늘 위에 떠 있어. 빨리 간다면 그만큼 빨리 그녀를 찾을 수 있을 거야."

그렇게 말은 했지만 앤드류는 아심이 한국 어디에서 레인을 찾아야 할지 막막해할 것이라는 것을 알고 있었다. 그런 그들의 마음을 알았는지 문 쪽에서 조용히 자붐의 목소리가 들렸다.

"88올림픽이 열렸던 곳이라고 했습니다. 사울 어디라고…… 한강과 멀지 않은 곳에 집이 있다고 했습니다."

앤드류는 자붐을 돌아보며 키득거리고 웃었다.

"서울일세, 한국의 수도는."

그리고 앤드류는 아심의 말에 또다시 웃었다.

"이 인간들이 날 갖고 노는군. 자네들 바람대로 한국에 가서 그녀를 모셔오지. 그녀가 돌아오길 싫어한다면 어쩔 수 없지만."

"설마. 그녀는 떠나면서도 사막에서 시선을 떼지 못했다구. 레인은 묘하게 사막과 어울리는 여자니까 돌아오고 싶어할 거야."

아심은 앤드류의 말을 들으며 또다시 소레만의 말을 떠올렸다.

"자네 역시 집착이 강하긴 하지만, 그래도 포기해야 할 때 과감히 포기할 줄도 알지."

소레만의 말을 떠올리던 아심이 중얼거렸다.

"소레만, 이번에는 자네가 틀렸어. 난 그녀를 포기할 수 없으니까."

20

"언제까지 잘 거야?"

레인은 여동생 은미의 손이 이불을 잡아당기자 신음과 함께 몸을 둥그렇게 말았다.

"조금만…… 조금만 더 잘게."

그렇게 웅얼거리며 베개 밑으로 얼굴을 파묻던 레인은 갑자기 눈을 동그랗게 뜨며 상체를 벌떡 일으켰다. 그렇게 놀라서 깜박거리는 레인의 눈을 바라보며 은미는 키득거렸다.

"꼭 유령이라도 본 얼굴이네?"

은미의 말에 레인은 고갯짓을 하며 낮게 한숨을 쉬었다. 한국에 도착하고 만 하루 동안 이사한 부모님을 찾아 헤매던 그녀는 가까스로 고모님과 연락이 되어 집으로 돌아오게 된 것이었다.

"어서 일어나. 벌써 저녁이야."

레인은 은미의 독촉에 부은 눈을 비비고 일어나 이불을 걷었다. 레인은 그동안 꿈을 꾼 것 같았다. 삼 년 동안 집을 떠나 있었는데도 마치 하룻밤 외박했다가 들어온 것처럼 편안한 잠자리를 치우고 있는 지금 그녀에게는 아심을 만났었던 일 조차도 꿈같이 느껴졌다.

아심…….

그를 생각하는 순간 레인의 가슴에는 한줄기 고통이 흘렀다.

레인은 머릿속에 떠오르는 아심의 모습을 이불과 함께 접어 장롱 속에 넣었다.

"배고파? 조금 있다가 저녁 먹을 건데 배고프면 뭣 좀 갖다줄까?"

레인은 은미의 말에 빙긋 웃고 방 벽에 등을 대고 앉았다.

"괜찮아."

"언니, 앞으로 어떻게 할 거야? 아빠도 걱정하시던데."

은미는 레인의 옆에 앉으며 진지한 어조로 물었다. 레인은 무릎에 팔꿈치를 대고 앉아 한 손에 턱을 묻었다.

"글쎄, 당분간은 고민 좀 해봐야겠어. 아직 뭘 할지 결정을 못 내렸거든. 다시 시험을 봐서 학교를 들어가든지."

"다시 시험을 본다고? 그것보다 내 생각엔 그동안 언니가 경험한 일들을 책으로 써보는 게 어떨까 싶은데?"

레인은 은미의 기대에 찬 눈을 바라보며 웃었다.

"글은 아무나 쓰는 줄 아니? 그냥 차라리 영어를 할 줄 아니까 여행사나…… 뭐, 그런 데 취직을 하든지."

"요즘에는 컴퓨터를 모르면 취업도 못해."

은미는 레인의 망설이는 듯한 말을 가차없이 자르며 키득거렸다. 레인은 가만히 한숨을 쉬며 방바닥에서 엉덩이를 들고 일어났다.

"그럼, 컴퓨터나 배워볼까?"

은미는 레인의 뒤를 따라 일어나 고개를 끄덕이고 방문을 열었다.

"한동안 사하라사막에 있었다며? 그럼, 텔레비전도 못 봤겠네?"

"이태리에서 전자제품을 파는 가게 앞에서 본 후로 텔레비전은 한 번도 못 봤어."

"완전히 오지에서 여행하다 왔구만."

은미는 놀림이 깔린 말투로 혼잣말을 하고 거실에 있는 텔레비전을 켰다. 레인은 텔레비전에서 흘러나오는 소리를 들으며 피식 웃고 주방으로 향했다. 그녀의 눈에 싱크대 앞에 서 있는 어머니의 등이 보였다.

"일어났니?"

"네. 너무 많이 잔 거 같아요."

그녀의 말에 어머니는 아무 대답 없이 타닥타닥 하며 도마 위에 있는 양파에 칼질을 했다.

"엄마, 화났어요?"

레인은 식탁에 있는 의자에 앉아 이따금 움츠러드는 어머니의 어깨를 보며 조용히 물었다.

"화나긴."

"근데 왜 울어?"

레인은 자리에서 일어나 어머니의 등을 감싸 안았다. 그녀의 귀에 어머니의 눈물을 참는 간헐적인 흐느낌이 들려왔다.

"울긴…… 누가 운다고 그러니? 양파가 매워서 그래."

레인은 까치발을 하고 어머니의 어깨 너머로 도마 위에 있는 양파를 내려다보았다.

"파를 입에 물면 되잖아."

그녀의 조언에 어머니는 피식 하고 웃었다. 그리고 팔꿈치로 등을 감싼 레인의 팔을 밀어내기 시작했다.

"파가 없어. 너도 저리 가, 눈 매워지기 전에."

레인은 억지를 부리는 어머니의 등을 꼭 껴안았다. 어머니의 등은 넓고 포근했다. 그녀가 맘껏 응석을 부렸고 투정을 해대던 등이었다. 레인은 그 넓은 등에서 자신이 왜 떠났었는지 이해를 할 수가 없었다.

갈증…….

순간 레인은 갈증을 느꼈다. 목구멍을 타고 올라온 갈증은 그녀의 입 안을 바짝 마르게 하고 또다시 목구멍으로 내려갔다.

레인은 마른 입술을 혀로 핥으며 어머니의 등에서 빠져나와 냉장고의 문을 열었다. 그리고 빈 컵을 찾아 단숨에 한 컵을 마시던 레인은 거실에서 들려오는 소리에 목구멍으로 넘기던 물을 바닥에 토해내었다.

"은우야!"

레인은 어머니의 놀란 외침도 듣지 못했다. 그녀는 비틀거리는 걸음으로 은미가 보고 있는 텔레비전 앞으로 걸어갔다.

저녁뉴스의 진행자 왼쪽 어깨 상단 부분에 조그맣게 아심의 얼굴이 나와 있었다.

　─서아프리카의 아심 듀바 씨는 선진그룹과의 계약을 하기 위해 오늘 김포공항에 도착했습니다. 현재 서아프리카 자자하의 정통 계승자이면서 듀바그룹의 회장이기도 한 아심 듀바 씨의 이번 방문 목적은 선진그룹과의 기술 제휴와 한국 관광이라고 밝혀왔습니다. 2박 3일의 일정을⋯⋯.

　레인은 앵커의 진행과 맞춰 화면이 바뀌며 아심이 공항에서 나오는 모습을 보여주자 눈을 감았다.

　"언니, 뭐 해?"

　은미는 텔레비전 화면을 가로막고 서 있는 레인에게 의아하다는 듯이 물었고 그 순간 레인은 방바닥으로 주저앉았다.

　"은우야!"

　"언니!"

　레인은 그들의 외침을 듣지 못했다. 그녀의 눈앞에 사막의 검은 밤이 펼쳐졌다.

　아심은 한국에 도착해서 동시 통역가를 구했다. 다행히 자붐이 예약한 호텔 사장의 부인이 동시 통역가라 지배인의 소개로 그녀와의 만남은 수월했다.

　"선우하경입니다. 그냥 경이라고 불러주세요. 잘 부탁드려요. 미스터⋯⋯."

　"아심이라고 불러주십시오."

　아심은 그녀의 손을 맞잡아 악수를 하며 어색한 미소를 지었다. 하경은 아심에게 밝게 웃어 보인 다음 자리에 앉았다. 아심의 눈엔 그녀가 레인과 닮아 보였다. 동양인들이 눈에 익숙하지 않은 아심은 한국에 도착하고 무척 놀랐었다. 지나가는 여성들이 모두 레인과 닮아 있었던 것이다.

"밤늦게 죄송합니다. 그렇지만 제가 사정이 급해서……."

아심도 마주 앉으며 그녀에게 양해를 구했다. 그러자 그녀가 시원스럽게 고개를 끄덕이며 웃어 보였다.

"아니에요. 아심 씨의 방문은 저녁 뉴스를 통해 알고 있었어요. 그런데 숙소가 저희 호텔이라니 영광인걸요? 제가 도움이 된다면 더욱 영광이죠."

아심은 그녀의 사교성 발언에 싱긋 웃었다.

"아, 내일 제가 사업상 볼일이 있는데 동시통역을 해주실 수 있으신지요."

"기꺼이 도와드리죠."

아심은 하경의 시원스런 대답에 만족스런 미소를 지었다. 그리고 잠시 뜸을 들인 그는 조심스레 입을 열었다.

"그리고 제가 한국 사람을 찾고 있는데…… 도와주셨으면 합니다. 이름은 실버레인 정이라고 하고 한국 이름으로 웅누라고 합니다."

"웅누요?"

하경이 애교스럽게 눈썰미를 모으며 되묻자 아심이 무안한 듯 웃었다. 아심은 진작에 그녀의 이름을 연습해 둘 걸 잘못했다고 생각했다.

"제가 발음이 좀……. 이틀 전 오후에 입국 수속을 한 것을 확인했는데 집을 찾을 수가 없어서……."

"실버레인이라면 은우일 가능성이 높네요."

"맞아요. 운누."

그의 발음에 하경이 소리 죽여 웃었다. 그리고 메모지를 펼치며 무언가를 적기 시작했다.

"이름은 정은우. 오늘 입국했고, 집은 어딘지 모르고, 생김새는요?"

아심은 하경의 질문에 희미하게 미소를 지었다. 레인의 생김새를 머릿속으로는 선명하게 떠오르지만 동양인을 바라보는 서양인 시각에서 뚜렷하게 표현할 길이 막막했다.

"당신보다 키는 약간 작고 검은 머리에 검은 눈동자입니다. 많이 말랐고, 음……."

"하하, 동양인이다 이거죠?"

아심은 하경에게서 편안함을 느꼈다. 그때 갑자기 장신의 남자가 하경의 뒤로 걸어오더니 그녀를 뒤에서부터 목을 끌어안았다.

"뭐 해, 이 밤중에? 잠 안 자?"

"주원 씨! 지금 손님을 만나고 있잖아요. 인사해요. 이쪽은 아심 듀바 씨세요. 제게 사업상 통역과 사람을 찾는 일을 부탁하셨어요."

하경의 소개에 아심은 자리에서 일어나 오른손을 내밀었다. 그의 손을 마주 잡으며 상대는 거만하게 고개를 까닥해 보이고 하경의 옆자리에 앉았다.

"김주원입니다."

"제 남편이자 이 호텔의 사장이에요."

하경이 옆에 앉은 주원의 팔짱을 끼며 소개하자 아심이 싱긋 웃어 보였다.

"사람을 찾으신다고요?"

"정은우라는 여자예요."

그리고 소곤거리며 하경이 한국말로 뭐라고 주원에게 말을 하자 주원의 눈빛이 반짝하고 빛났다.

"이런! 그렇다면 당연히 도와드려야죠."

아심은 하경이 무슨 말을 했길래 주원이 반색을 하며 자신의 일에 달려드는 건지 궁금했다. 그렇지만 하경의 메모지를 바라보며 주원이 고개를 끄덕이며 질문을 던지는 바람에 눈을 가늘게 떴다.

"혹시 그녀의 소지품 중 갖고 계신 게 없으십니까?"

"비자카드가 있는데……."

아심은 뺏어두었던 비자카드를 지갑에서 꺼내 테이블 위로 올려놓았다.

"미스터 아심, 이 카드를 빌릴 수 있을까요? 카드를 사용하려는 것이 아닙니다. 아는 사람이 금융계에 있는데 카드의 주인에 대해 신원조회를 해볼 수 있을 것 같아서……."

주원의 말에 하경이 '짝!' 하고 박수를 쳤다.

"좋은 생각이에요."

아심도 고개를 끄덕였다. 주원은 어딘지 모르게 신용이 갔고 그가 아심을 도와줄 수 있을 거라는 확신 비슷한 것을 주었다. 주원은 양해를 구한 뒤 자리에서 일어나 카운터로 걸어갔다. 아심은 수화기를 붙들고 한 손을 바지 주머니에 꽂은 채 뻐딱하게 서서 통화를 하는 주원을 바라보았다. 무척이나 매력적인 남자였다. 붉은 머리가 눈에 띄고 남자다운 눈매가 마음에 들었다. 아심은 레인에게도 저토록 매력적인 남성이 다가설지도 모른다는 생각을 하자 또다시 조급함이 커졌다. 빨리 그녀를 찾아 눈으로 보고 손으로 만지고 품에 안지 않으면 그녀가 영영 어디론가 사라져 버릴지도 모른다는 불안함이 강하게 다가왔다.

"어떻게 됐어요?"

하경이 그녀의 옆자리에 앉아 카드를 내미는 주원에게 묻자 주원이 크게 윙크를 해 보였다.

"알아봐 준대."

순간 아심은 지갑 속에서 사각형으로 접혀 있는 메모가 생각나 그것을 꺼내 테이블 위에 올려놓았다.

"그녀가 남긴 것인데 한국어인 모양입니다. 해석 좀 해주시겠습니까?"

아심의 말에 하경이 메모지를 집어 펼치더니 낮게 탄성을 내질렀다. 아심은 궁금증을 참지 못해 하경에게 다급한 목소리로 물었다.

"무슨 뜻입니까?"

그리고 메모지에서 눈을 들어 조용히 속삭이는 하경의 말에 아심은 눈을 감아버렸다.

"사랑해요. 영어로 'I love you' 예요."

"언니, 괜찮아?"

레인은 고개를 끄덕이며 소파에서 상체를 일으켰다. 그러자 그녀의 머리맡에 있던 어머니가 길게 한숨을 쉬었다.

"아직 체력이 회복되지 않은 모양이다. 은우야, 내일은 일찍 일어나서 보약이라도 한 첩 지어먹자."

레인은 어머니의 말에 고갯짓을 했다.

"괜찮아요. 시차 때문에 그런 거예요. 내일까지 쉬고 나면 괜찮을 거예요."

"언니는…… 깜짝 놀랐잖아, 갑자기 쓰러져서. 그런데 그 와중에도 물 컵을 놓지 않는 걸 보고 웃어야 되나 말아야 되나 고민했다니까."

레인은 아직까지도 꼭 쥐고 있는 빈 물 컵을 보며 피식 웃었다. 그녀는 아심을 처음 만났던 때를 떠올렸다. 그때도 그녀는 수통을 꼭 쥐고 바닥에 주저앉아 잠이 들었었다.

레인은 물 컵을 테이블 위에 올려놓고 뉴스를 떠올렸다.

아심이 왔어…….

사업상 왔다고 했지만 레인은 당장이라도 그가 눈앞에 나타날 것만 같았다.

"은우야, 오늘은 저녁 먹고 일찍 자라."

그녀의 어머니는 생각에 잠긴 레인의 머리를 한번 쓰다듬고 빈 잔을 들고 주방으로 향했다. 그러자 은미가 레인에게 바짝 다가와 속삭였다.

"언니, 말해봐. 그 남자랑 관계 있지?"

"뭐?"

레인은 눈을 동그랗게 뜨며 되물었다.

"아까 뉴스에서 나오던 남자 말야. 그 남자랑 관계 있는 거 아냐?"

"아냐."

그렇게 그녀의 무뚝뚝한 대답에 은미는 과장조로 한숨을 쉬며 말했다.

"치. 난 또, 언니가 사막에서 로맨스를 경험한 줄 알았네. 그거 있잖아. 이글이글 불타는 사막 한가운데서 서로를 끌어안고……."

레인은 더 이상 들을 수가 없었다. 그녀는 은미의 말을 자르듯이 거칠게 소파에서 일어나 방으로 들어갔다. 레인은 잊어야 했다.

아심의 숨결과 그의 목소리, 각진 손가락, 다듬어진 얼굴 윤곽…… 그 모든 것을 레인은 잊으려 노력했다.

그렇지만 그녀는 사막의 뜨거운 열기를 또다시 온몸으로 느끼고 있었다. 갈증이 났다. 레인은 치밀어 오르는 갈증을 원망하며 방문에 기댄 채 소리 없이 울었다.

그녀의 눈에서 떨어진 눈물방울이 차가운 장판 위에 고였다. 레인은 자신의 눈물을 흡수하던 사막의 모래알이 그리웠다. 그리고 그녀의 갈증을 잊게 해주던 아심이 그리웠다.

다닥다닥 붙어 있는 집들이 무척이나 답답해 보이는 골목에 서서 아심은 큰 숨을 들이마시었다. 주원의 도움으로 레인의 주소를 알아내 무작정 그녀의 집 앞까지 왔지만 선뜻 초인종을 누르지 못한 채 그는 한참을 망설였다. 그런 그의 등 뒤에 선 한국에 동행한 비서 우바가 낮게 헛기침을 했고 아심은 주저함을 떨쳐 버리고 벽돌 사이에 있는 초인종 버튼을 눌렀다.

─누구세요?

레인이 아닐까 싶은 경쾌한 여자의 목소리가 들리자 그의 심장이 빠르게 뛰기 시작했다.

"레인?"

그의 영어에 스피커에서 잠시 침묵이 흘렀다. 그리고 곧이어 호들갑스러운 여자의 목소리가 터져 나왔다.

─영어야! 영어! 어떻게 해! 난 몰라! 엄마! 언니 어디 있어?

익숙하지 않은 한국어에 아심은 서둘러 우바를 불렀다.

"우바."

"네."

"미스 경에게 연락해서 바로 와달라고 해."

우바가 핸드폰을 꺼냄과 동시에 짙은 초록색으로 칠해진 철제 대문이 열리며 조그만 여자가 튀어나왔다. 아심은 늦은 오후의 햇살을 받은 그녀를 보며 레인에 대한 그리움과 갈망이 가슴을 가득 채우자 입술을 일그러뜨렸다.

"후, 후 아 유?"

"아심 듀바. 레인이 집에 있나?"

"레인?"

아심이 고개를 끄덕이자 여자의 눈동자에 곤혹스러움이 번졌다. 아심은 인상을 찡그린 채 그녀의 대답을 기다렸지만 그녀 입에서는 한국어가 튀어나왔다.

"레인? 레인이면 비잖아? 비를 왜 우리 집에 와서 찾아? 미국이나 방송국에 가야지."

아심은 그녀의 말을 못 알아듣고 그녀는 아심의 말을 이해 못했다. 그는 답답함에 가슴이 오그라드는 것만 같았다.

"웅누. 그녀가 여기 없나?"

"웅누? 은우? 우리 언니요?"

드디어 그녀의 입에서 '은우'라는 말이 나오자 아심은 길게 한숨을 쉬었다.

"예스. 웅누. 그녀가 집에 없냐구."

"아이 엠 은우 시스터."

동문서답도 이런 동문서답이 없었다. 아심은 머리를 쥐어뜯고 싶은 심정에 빠졌다. 그런 그의 마음과 상관없이 갑자기 그녀는 아심의 손목을 잡아당기며 대문 안으로 들어가 소리쳤다.

"엄마! 언니를 찾는 사람이 왔어! 내가 영어로 이야기했어!"

그리고는 어리둥절해 있는 그를 돌아보며 활짝 웃은 그녀가 시원스럽게 말했다.

"웰컴! 웰컴!"

그녀의 따라 들어오라는 손짓과 표정을 보며 아심은 입술을 비틀며 미소를 참았다.

이 집 여자들은 보디랭귀지에 강하군.

잔잔히 흐르는 강물이 마치 그녀에게 손짓을 하는 것 같았다. 사막의 모래가 그랬듯이.

레인은 해가 기울어지는 강변에 앉아 길게 한숨을 쉬었다. 어디를 가도, 무엇을 해도 채워지지 않는 갈증이 그녀 안에서 꿈틀거려 레인은 다시금 여행길에 오르고 싶은 충동에 빠졌다.

또다시 떠나면 엄마가 슬퍼하시겠지?

소리 죽여 울던 엄마의 뒷모습이 당장이라도 떠나고 싶은 마음을 움켜쥐었다. 레인의 눈동자가 물결 위에 맴돌며 유리 위의 그림처럼 마음에 투명하게 비쳐지는 아심을 떠올렸다.

그는 지금 무엇을 하고 있을까?

"여기서 뭘 하는 거야?"

낮고 그윽한 그의 목소리가 환청처럼 들렸다. 레인은 눈을 깜박이며 차마 고개를 들지 못한 채 가빠지는 숨을 입술 새로 내뱉었다. 그러자 익숙한 향수 냄새와 함께 아심이 그녀 옆에 털썩 주저앉았다.

꿈이야…… 이건 꿈이야…….

"아무 말 않을 셈인가?"

천천히 고개를 돌리니 노을빛을 받아 더욱 검어진 아심의 눈동자가 보였다. 세련된 양복과 고급스런 검정 구두, 단정하게 목뒤에서 묶은 검은 머리카락, 그리고 의미를 알 수 없게 그 끝을 비틀어 올린 얇은 입술.

"아심?"

"그럼 내가 앤디로 보여?"

그의 입술이 더욱 비틀어졌다. 그녀의 반응이 마음에 안 든다는 표현이었다.

"여긴 어떻게 왔어요?"

그녀는 뒤늦게 발딱 일어나며 높은 언성으로 외치자 아심은 고개를 한쪽으로 삐딱하게 세워 레인을 올려다보며 빈정거렸다.

"비행기 타고 한국에 와서 자동차를 탄 뒤에 저기서부터는 걸어왔지."

멀리 보이는 주차장 검은색 자동차 옆에 흑인이 서 있었다.

"아니, 내가 여기 있는 건 어떻게 알았냐구요!"

"당신에겐 그게 중요해? 내가 당신 곁에 왔다는 것보다?"

가슴의 울렁거림이 목구멍까지 치솟아 현기증까지 날 것 같았다.

그가 내 곁에 왔어.

한국으로, 내가 있는 이곳으로⋯⋯.

먼 길을 돌아 그녀가 사막으로 갔듯이 그가 그녀를 찾아 한국까지 왔다는 사실이 작은 흥분을 만들어주었다.

"가자."

아심이 바지를 털며 일어나 레인에게 손을 내밀었다. 그녀는 주저하며 그 손을 잡지 못한 채 망설임을 담아 물었다.

"어디로?"

그의 한쪽 눈썹이 올라갔다.

"당신과 사랑을 나눌 수 있는 곳으로."

그의 대답에 레인은 고개를 가로저었다. 그리고 한 발을 뒤로 빼며 그녀는 턱을 치켜세워 그를 노려보았다.

"잊었어요, 난 당신과 사랑을 나눌 수 있는 곳에서 도망쳐 왔다는 걸? 내가 스스로 당신 품에 다시 안길 거라고 생각한다면 꿈 깨세요."

그러자 아심이 그녀의 양팔을 잡아 그의 가슴으로 끌어당겼다. 언제나 그렇듯이 그의 힘에 이끌려 단단한 두 팔에 안기며 레인은 저도 모르게 너무나 남성적인 체취를 음미하듯 눈을 감았다.

"당신이 스스로 내 품에 안기지 않는다면 내가 강제로 안으면 돼. 하지만 기다리지. 기다려야 한다면 얼마든지 기다리겠어. 당신이 너무 멀리 날아가지만 않는다면 말야."

"유감이지만 당신에게서 지구 반대쪽에 있는 이곳보다 더 먼 곳으로 도망칠 수는 없는데요?"

귓가에 울리는 그의 심장 소리가 듣기 좋았다.

고급 양복의 부드러운 느낌도 좋았다.

자신의 어깨를 단단히 감싸 안은 아심의 팔과 가슴이 너무나 좋았다.

레인은 그의 모든 것이 좋아 미칠 것만 같았다. 하지만 지금 그의 품에서 벗어나지 못한다면 도망쳐서 서울로 돌아온 의미가 없다는 생각에 깊은 아쉬움을 담아 그의 가슴을 밀어냈다.

"레인, 내가 다시 당신을 찾기 전에 내게 돌아와. 잊지 마. 내가 다시 당신을 찾게 된다면 그때는 당신의 의지나 생각 따위는 있을 수 없다는 걸."

아심은 나직이 명령하고 그녀의 입술에 키스를 했다. 두 손으로 그녀의 두 볼을 감싼 채 따뜻하면서도 강렬한 키스를 퍼붓는 아심의 어깨를 부여잡으며 레인은 심한 갈등에 빠졌다.

사랑해. 이 사람을 사랑해.

마음은 금방이라도 그에게 데려가 달라고 애원하고 싶었지만 이성은 이대로 그와 헤어지는 것이 현명하다고 아우성을 쳤다. 그런 그녀의 갈등을 아는지 아심의 입술은 더더욱 부드러워졌고, 달콤하면서도 유혹적인 그의 키스를 받으며 레인은 낮게 신음을 했다. 그리고 천천히 입술을 뗀 아심이 작은 한숨과 함께 잠시 그녀의 어깨에 이마를 대자 그녀는 폭풍처럼 밀려드는 유혹을 참아내려 두 손을 주먹 쥐었다.

서서히 아심의 몸이 멀어져 갔다.

흔들림 없는 검은 눈동자가 잠깐 동안 그녀의 얼굴을 방황하더니 아심은 일말의 주저함 없이 몸을 돌려 주차장으로 걸어갔다. 석양이 비치는 한강변에서 아심의 검은 실루엣이 멀어져 갔다.

"아심……."

그녀는 조용히 그의 이름을 속삭였다.

찰방거리는 물소리와 멀리 다리 위를 지나는 자동차의 경적 소리가 그의 이름을 삼켰고 레인은 아심을 태운 차가 멀어져 가는 것을 망연히 바라보았다.

아심은 창밖으로 보이는 아프리카의 검은 숲을 바라보았다. 다시 고향으로 돌아오는 그의 마음은 아쉬움과 기쁨이 뒤섞여 있었다.

레인은 그를 사랑했다.

그 사실을 확인한 아심은 레인에게 그녀가 어디에 속해 있어야 하는지를 알려주고 싶었다. 그만이 할 수 있는 확실한 방법으로 레인에게 알려주고 싶은 아심은 레인을 그곳에 남겨둔 채 고향으로 돌아올 결심을 했던 것이었다.

아심이 비행기에서 내리자 미리 전갈을 받고 기다리던 자붐이 차를 대기시킨 채 그를 기다리고 있었다.

"다녀오셨습니까?"

"응."

아심은 차에 오르며 호기심이 가득한 자붐의 시선을 피했다. 레인은 모두를 변화시켰다. 웃음을 보이지 않던 아부와 아민의 얼굴에 웃음주름을 만들어주었고, 냉정하기만 하던 샤를르의 입에서 앤드류를 사랑한다는 말이 나오게 해주었으며, 언제나 차분하던 자붐이 호기심으로 운전대에 놓인 손가락을 계속해서 두드리게 만들었다.

그리고 평소에 말이 없던 아심이 자붐의 뒷머리를 보며 입이 근질거리게 만들었다.

"그녀가 날 사랑한다는군."

결국 근질거림을 참지 못하고 아심은 리무진 뒷좌석에 몸을 깊이 묻으며 말했다. 그러자 자붐의 손가락이 핸들을 두드리기를 멈추었다.

"이곳으로 돌아오시기로 하셨습니까?"

"아니, 아직은 아냐. 하지만 돌아올 거야."

아심은 확신에 찬 그의 대답에 또다시 호기심으로 핸들을 두드리는 자붐의 손가락을 보았다. 그는 피식 웃으며 자붐의 반응을 조금 더 즐기기로 했다.

"그렇다면……."

자붐의 목소리는 본래의 성격을 유지하려는 듯 무척이나 차분했다. 그렇지만 아심에게는 그가 호기심으로 안달하는 것처럼 보였다.

"그녀가 서재에 남긴 메모를 기억해?"

"떠나시기 전에 쓰신 메모 말입니까? 기억합니다."

아심은 자붐이 그의 뒷말을 기다리는 것을 알면서도 일부러 시선을 창밖으로 주며 생각에 잠긴 듯 딴청을 부렸다. 그러자 자붐이 헛기침을 하며 엉덩이를 들썩였다.

순간 아심은 웃음을 터뜨렸다.

"자붐, 더 이상 날 웃기지 말아줘!"

자붐은 아심의 웃음소리에 룸미러로 불만이 가득한 눈동자를 들어 보였다. 그리고 아심이 말에 그는 입을 삐죽이며 한마디 했다.

"그 메모에 쓰인 말이 날 사랑한다는 말이라더군."

"그러실 줄 알았습니다."

아심은 모든 것이 만족스러웠다. 레인이 그를 사랑한다는 것은 그중에 가장 만족스런 일이었다.

아심은 또다시 소레만의 마지막 말을 떠올리며 미소 지었다.

'그렇지만 매가 돌아오지 않는다면 잡으러 갈 수밖에 없겠지.'

그의 눈에 끝없이 펼쳐진 사막이 들어왔다. 그리고 사막이 비를 기다리듯 아심은 당분간 레인이 돌아오길 기다리기로 했다.

"안 갈 거야?"

"조금만 더 해보고. 정말 힘들어. 내 머리가 따라가기에 컴퓨터는 너무 지능이 높아."

레인은 투덜대며 같은 학원생인 성희에게 어깨를 으쓱해 보였다. 그러자 성희가 키득거리며 교실을 나섰다.

"내일 봐!"

"응!"

레인은 어깨 너머로 대답하고 모니터를 뚫어져라 쳐다보았다. 은미의 권유로 컴퓨터를 배우기 시작하긴 했지만 원래부터 기계와 친하지 않은 레인은 매번 실수 한 가지씩 했다. 결국 한참을 모니터를 들여다보던 레인은 아픈 눈을 깜박이며 낮게 한숨을 쉬고 컴퓨터 전원을 껐다.

"내일 성희한테 물어봐야겠네."

그녀는 의자등받이에 걸려 있던 가방을 한쪽 어깨에 메고 교실을 나와 엘리베이터로 향했다.

엘리베이터의 경쾌한 울림이 들리고 좁은 공간 안으로 들어간 레인은 또다시 한숨을 쉬었다. 학원을 다니기 시작한 지 한 달이 넘도록 레인은 컴퓨터를 능숙하게 다룰 수가 없었다.

내가 재능이 없는 걸까?

순간 그녀는 노트북을 익숙하게 다루던 아심을 떠올렸다.

그 사람 생각은 말자니까!

한 달 전 그가 기다리겠다는 말만 하고 맥없이 돌아가자 묘하게 허탈감이 밀려온 레인은 의식적으로 아심을 잊으려 노력했다. 그렇지만 시도 때도 없이 그의 모습이 신기루처럼 떠올라 그를 잊는 것이 쉽지만은 않은 레인이었다. 그렇지만 레인은 집착과는 거리가 먼 여자였다. 삶에 대한 집착조차 없던 그녀였기에 레인은 아심으로 인한 마음 고통이 한순간일 거라고 생각하며 나름대로 극복해 나가고 있었다.

레인은 엘리베이터의 문이 열리자 복도로 한 걸음 내디뎠다. 그리고 순간 고개를 든 그녀의 눈에 익숙한 검은 양복 차림의 자붐이 보이자 눈을 동그랗게 떴다.

"자붐?"

"용서하십시오."

자붐은 그녀가 그 말을 이해하기 전에 손수건으로 레인의 입을 막았다. 레인은 휘둥그레진 눈으로 자붐의 검은 얼굴을 바라보다가 서서히 눈을 감았다.

그녀가 눈을 감기 전 레인은 자붐의 눈동자에서 사막의 파란 초
승달을 보았다.

21

레인은 침대에서 몸을 뒤척였다.

사람들의 조용한 말소리와 누군가 책장을 넘기는 소리가 들려오자 그녀는 무거운 눈을 들어 천천히 깜박였다.

여긴 어디지?

순간 레인의 눈이 크게 떠졌다.

하얀색 시트가 깔린 더블 침대 옆에 있는 조그만 원형의 창 너머 푸른 하늘이 펼쳐져 있었기 때문이다. 그녀는 나른한 몸을 일으켜 사람들의 소리가 들려오는 문으로 향했다.

비행기는 무척이나 안정적이었다. 마치 땅 위에 서 있는 듯 움직임조차 느껴지지 않았다. 레인은 문을 열고 의자들 사이에 섰다.

"아! 일어나셨습니까?"

레인을 발견한 자붐은 의자에서 벌떡 일어나 인사를 하고 승무원에게 눈짓을 했다.

"여기가 어디예요?"

레인은 퉁명스럽게 말을 내뱉고 인상을 찌푸렸다. 그녀의 목소리는 낮고 탁하게 가라앉아 있었다.

"여기, 물 좀 드세요."

레인은 어느새 다가온 승무원에게서 물 잔을 받아 한입에 들이켰다. 시원했다. 몸속에 시원한 물이 들어가며 몽롱하던 그녀의 정신도 맑게 해주었다.

"여기가 어디예요?"

레인은 또다시 물었다.

그러자 자붐이 난처한 얼굴로 뒷머리를 긁으며 검은 양복을 입은 세 남자를 번갈아 보았다. 마치 도움을 바라는 듯한 눈치였다.

"자붐, 여기가 어디예요?"

"콩코드 안입니다."

레인은 자붐의 대답에 눈을 가늘게 떴다.

"그럼, 이 콩코드기가 떠 있는 이곳은 어디예요?"

"조금 있으면 북아프리카로 접어듭니다."

자붐의 말이 끝나기도 전에 레인의 입에서 히스테릭한 비명 소리가 터져 나왔다.

"북아프리카라고요? 북아프리카! 왜 날 데려온 거예요?"

"정확하게는 아심이 계신 서아프리카로 모셔갈 생각입니다."

레인은 자붐의 정정에 기가 막히다는 듯이 허공에 대고 코웃음을 쳤다.

"그게 문제가 아니잖아요! 왜 날 데려온 거죠?"

"아심께서 모셔오라고 하셨습니다."

"내 의사와는 상관없어요?"

레인은 자붐에게 따지듯이 말하며 그를 향해 한 발자국 내밀었다. 그러자 자붐이 주춤하며 몸을 움츠렸다.

"저, 아심께서는 레인 양을 납치해 오라고 하셨습니다."

"납치라구요?!"

순간 레인은 비틀거리며 가까이 있는 의자의 등받이를 손으로 짚었다. 마치 비행기가 휘청거린 느낌이었다. 그녀의 휘청거림에 자붐과 세 명의 남자는 동시에 달려왔고 레인은 그들의 손길을 뿌리치며 소리쳤다.

"가까이 오지 말아요!"

레인은 머리끝까지 치밀어 오른 화로 인해 부들부들 떨며 등받이를 잡았던 의자에 주저앉았다.

감히 나를 납치해!

한국에 찾아와서 무릎 꿇고 빌어도 돌아오지 않을 지경인데 사람을 시켜 나를 납치한다는 게 말이 돼!

레인은 애꿏은 자붐을 노려보며 온몸으로 끓어오르는 화를 분출시켰다. 그러자 자붐이 헛기침을 하며 세 명의 남자들과 시선을 교환했다.

"비행기를 돌려서 나를 한국에 다시 내려줘요."

레인은 팔짱을 끼고 난처해하는 자붐에게 명령조로 말했다. 그는 레인의 무뚝뚝한 말에 어깨를 굳히며 대답했다.

"아심의 허락을 받기 전에는 이 비행기를 돌릴 수 없습니다."

"그럼, 아심에게 전화를 걸어서 나를 바꿔줘요."

"그럴 수 없습니다."

레인은 자붐의 말에 또다시 온몸을 부들부들 떨었다.

"왜요?"

"아심께선 지금쯤 집을 나섰을 겁니다."

집을 나서?

레인은 위로 치켜진 눈썹을 모았다. 그녀는 자붐의 말을 곱씹으며 눈을 가늘게 뜨고 그를 노려보았다.

"전화를 해요."

그녀의 말투가 강경했다. 그녀는 처음으로 자붐에게 화를 냈다.

자붐은 낮게 한숨을 쉬더니 기내에 부착된 수화기를 들어 번호를 눌렀다. 그리고 곧 아민에게 아심을 바꿔달라고 하는 자붐을 보며 레인은 어깨를 펴 보였다.

"레인 양께서 통화를 하시겠답니다."

레인은 자붐의 말이 끝나기도 전에 그의 손에서 전화기를 뺏으려 자붐의 한쪽 얼굴로 손을 뻗었다. 그렇지만 자붐의 몸이 더 빨랐다. 자붐은 그녀에게 전화기를 뺏기지 않으려는 듯 상체를 뒤로 젖히며 아심의 말을 열심히 들었다.

"네. 알겠습니다."

자붐이 그렇게 대답하는 순간 레인은 팔짝팔짝 뛰어 자붐의 손에서 전화기를 뺏었다.

"아심! 날 당장 서울로 돌려보내 줘요!'

[레인?]

레인은 아심의 부드러운 목소리에 순간적으로 화를 잊었다. 그렇지만 그의 다음 말에 그녀의 화는 배가되었다.

[얌전히 끌려오지 않고 남자에게 소리치다니!]

"뭐라구요!"

레인은 자신의 귀를 믿을 수가 없었다.

당신이 박명수야? 뻔뻔하게 납치를 해놓고 얌전하게 끌려오지 않는다고 호통을 치다니! 이 남자가 지금 제정신이야?

"절대로 그럴 수 없어요! 날 도로 서울로 보내줘요! 이 사람들한테 서울로 방향을 바꾸라고 명령을 내리란 말이에요!"

[나도 그럴 수 없어.]

레인은 비명을 지르고 싶었다.

아심의 단호한 말투에 그녀는 절대로 한국으로 곱게 돌아가지 못하리라는 것을 알았다.

"우리 부모님께서 걱정하실 거라구요!"

[그건 걱정 마. 그럼, 좋은 여행 되라구.]

그리고 전화는 끊겼다. 레인은 끊어진 전화기를 노려보다 자붐을 찾아 기내를 두리번거렸다.

좋은 여행이 되라구?

레인은 화가 치밀어 오르는 것을 참으며 검은 양복을 입은 세 남자에게 다가갔다.

"자붐은 어디 갔어요?"

세 남자는 레인에게 고개를 돌리지도 않았다. 하다못해 그들은 아랍어로 된 신문에 코를 박고 고개를 들려고도 하지 않았다. 레인은 숨을 크게 들이쉬며 비행기 뒷좌석으로 가서 팔짱을 끼고 앉았다.

착륙만 해봐라!

당장 비행기를 갈아타고 한국으로 뜰 테니!

레인은 문득 자신이 여권이 없다는 것을 떠올렸다. 더군다나 가방조차 없었다. 그제야 짐을 잃어버린 것을 안 레인은 승무원을 불러 자붐을 찾아달라고 했다.

"그분께서는 화장실에 계십니다."

레인은 승무원의 말에 화장실로 달려가 문을 두드리며 소리쳤다.

"자붐! 내 가방은 어쨌어요?"

안에서는 아무런 대답이 없었다. 레인은 또다시 문고리를 잡아당기며 자붐을 불렀다. 그렇지만 화장실 문은 굳게 잠긴 채 아무런 소리도 들려오지 않았다.

결국 나를 피해 화장실로 숨었다는 이야기야?

레인은 끓어오르는 화로 인해 눈이 화끈거리는 것을 느꼈다. 그녀는 자붐에게 무시를 당했고, 납치요원 세 명에게도 무시를 당했다. 그리고 그녀가 얌전히 끌려오길 바라는 아심에게도 무시당했다.

그 사실이 레인에게는 불에 기름을 얹는 격이 되었다.

레인은 다시 뒷좌석에 앉아 안전벨트를 매고 두 손으로 단단히 팔걸이를 잡았다.

내가 이 비행기에서 내리나 봐라!

그녀는 남자들이 자신의 몸을 들어 끌어내리기 전에는 절대로 비행기에서 내리지 않겠다고 결심했다.

서서히 비행기가 하강하는 것이 느껴질 때까지 레인은 턱을 치켜들고 앞좌석에 앉은 세 남자의 뒤통수를 노려보았다. 레인은 흘 끗 창밖으로 비치는 사막을 보며 왠지 모를 편안함을 느꼈다. 마치 고향에 돌아온 듯이 그녀는 안도감마저 느꼈다.

그렇지만 곧 자신의 어리석음을 질책하듯 레인은 사막에서 시 선을 돌렸다. 기체는 부드럽게 지면에 부딪쳤다. 레인은 기체가 완전히 멎자 서서히 일어서는 세 남자를 노려보았다. 그들은 자신 들의 짐을 챙기더니 천천히 레인이 앉아 있는 뒷좌석으로 다가왔 다.

그녀의 입술이 조금의 틈도 없이 꽉 다물어져 있었다.

그렇지만 레인의 입술은 남자들이 그녀를 피하듯 얼른 기체에서 내리자 스르르 벌어졌다. 그리고 화장실에서 개구리처럼 튀어나온 자붐이 문으로 향해 돌진하자 레인은 그를 향해 소리쳤다. 그의 손 에서 레인의 가방이 흔들렸다.

"자붐!"

그녀의 시야에서 자붐이 사라졌다.

그는 미끄럼틀을 타듯 계단 입구에서 밑으로 금방 사라졌다. 레 인은 입을 벌리고 주위를 두리번거렸다. 그리고 승무원이 조용히 인사를 하고 비행기에서 내리자 레인은 눈을 깜박이며 상황을 이 해하려 노력했다.

아심은 집을 나간다고 했어. 그럼, 그가 이곳으로 오는 건가?

레인은 그렇게 결론을 짓고 아심이 도착해서 비행기 안으로 들 어올 때까지 기다리기로 결심했다.

그렇지만 조종실에서 두 명의 남자가 나오자 레인은 서둘러 안 전벨트를 풀고 그들을 불러 세웠다.

"여보세요? 죄송하지만 이 비행기는 다시 한국으로 가나요?"

그녀의 질문에 두 남자는 멀뚱멀뚱 쳐다보더니 간단하게 대답을 하고 비행기에서 내렸다.

"이 비행기는 아심의 전용 비행기입니다."

레인은 그들의 말을 이해하기까지 한참의 시간이 지났다. 결국 그녀는 아심의 전용 비행기로 국제공항이 아닌 전용 비행장으로 왔다는 이야기였다. 레인은 열려진 문으로 비집고 들어오는 사막의 건조함을 느낄 수 있었다.

저녁 해가 지며 사막의 지평선에 빨간 선을 긋고 있었다.

레인은 한숨을 쉬고 자리에서 일어나 비행기에서 내렸다. 그리고 지는 해를 등지고 사막으로 걷기 시작했다. 무모한 것을 알면서도 아심에게 지지 않는 고집으로 레인은 사막을 향해 나아갔다. 아무도 그녀를 잡지 않았고 그 무엇도 그녀를 붙잡을 수 없었다.

그녀의 긴 그림자가 사막의 길을 알려주듯 레인은 앞장섰다.

"뭐라구!"

아심은 버럭 소리를 지르고 두 손을 쥐었다 폈다를 반복했다. 아심은 자붐에게 레인을 무시하고 비행기에서 내리라고 명령을 했기 때문에 그를 탓할 수가 없었다.

벌써 사방에는 어둠이 깔려 있었다.

아심은 레인이 사막으로 나갔음을 조금도 의심하지 않았다.

진작에 그 여자의 성격을 생각했어야 하는 건데!

그는 자신의 경솔함을 탓했다.

"자붐! 해가 완전히 떨어지기 전에 발자국을 따라 사막으로 나갈 준비를 해."

그렇게 명령을 내린 아심은 잠시 눈썹을 모으고 다시 명령을 내렸다.

"아니, 나 혼자 간다. 낙타 한 마리와 물을 준비해 줘."

자붐은 그의 명령에 충실했다. 금방 준비된 텐트, 음식들과 가죽으로 된 수통 다섯 개를 실은 낙타를 건네받은 아심은 서둘러 사막으로 나갔다. 사막에서는 손전등이 필요없었다. 유난히 바람이 많이 부는 밤이 아닌 이상 사막의 모래는 선명하게 볼 수 있었다. 아심은 깊게 패인 레인의 발자국을 따라가며 조금의 바람도 불지 않는 사막의 밤에 대해 신에게 감사했다.

그는 레인이 물을 지니고 있지 않다는 것을 알고 있었다.

그런 그녀가 잠자리로 찾을 곳은 바위가 있는 곳이었다. 그렇지만 바위가 있는 곳에는 전갈이 있었다.

아심은 조급한 마음에 낙타를 채찍질하며 발걸음을 빨리 했다. 그리고 그렇게 한 시간 남짓 걷던 아심의 시야에 지평선 위로 조그만 굴곡을 그리고 있는 물체가 보였다. 순간 아심은 레인을 처음 보았을 때를 떠올렸다. 처음 그가 레인을 보았을 때 그녀는 하얀 천에 감싸여 있었다. 그렇지만 달빛에 비친 그녀는 사막의 하얀 모래와 마찬가지로 속옷만을 입은 채 윤기 나는 살을 드러내 놓고 있었다.

아심은 낙타의 줄을 끌어당기며 모래 위를 뛰었다. 발목까지 모래 속으로 잠겨 그의 팔이 허공을 헤집었다. 사막의 열기는 아직 채 가시지 않아 아심의 등에 땀방울을 맺게 해주었다.

마침내 레인의 곁으로 다가간 아심은 낙타의 등에서 수통을 꺼내 들고 그녀의 앞에 마주 보고 주저앉았다.

　"레인."

　그는 고개를 깊이 숙인 레인의 머리를 쓸어 넘겨주며 조용히 불렀다. 그녀는 벗은 겉옷을 옆구리에서 한쪽 팔로 끌어안고 무릎을 꿇은 채 앉아 있었다. 그녀의 다른 손에는 운동화가 두 손가락에 끼워져 있었다.

　레인의 하얀 어깨가 달빛에 반짝였다. 아마도 몸의 열기를 식히기 위해 옷을 벗은 거라 생각한 아심은 수통의 찬물을 손바닥에 받아 그녀의 몸에 적셔주었다. 그러자 레인의 어깨가 움찔하며 서서히 고개가 들렸다.

　"비……?"

　그녀의 목소리가 갈라져 나왔다.

　아심은 수통 입구를 그녀의 입술에 대어주었다. 레인은 혀끝을 내밀어 그가 대어주는 수통의 물을 받아 마셨다. 그녀는 갈증으로 인해 급하게 물을 들이키려 했고 아심은 그녀가 체할까 봐 일부러 그녀의 입술에서 조금 떨어지게 수통의 입구를 대었다.

　달빛을 받은 물방울들이 사방으로 튀어 반짝거렸다.

　그리고 그 물방울들 사이로 레인의 빨간 혀가 움직였다. 그녀의 턱을 타고 내려온 물줄기는 목으로 흘러 가슴 사이를 지나고 움푹 들어간 배꼽을 거치더니, 그녀의 다리 사이로 흘러들어 가 곧이어 모래 속으로 스며들었다. 레인의 몸이 사막에서 촉촉하게 젖어들고 있었다. 그녀의 혀는 계속해서 물을 찾아 헤매었고 눈을 감은 얼굴은 그를 경배하듯 높게 치켜 올라가 있었다.

순간 아심은 그녀에게 물을 뿌려주며 미칠 듯한 갈망을 느꼈다. 이 여자를 내 것으로 하고 싶다!

레인은 서서히 정신이 들기 시작했다. 타는 듯한 갈증으로 기력을 잃은 그녀는 몸의 수분이 더 이상 빠져나가는 것을 막기 위해 옷을 벗었었다. 그리고 맨살에 차가운 물이 닿는 것을 느낀 레인은 사막에 비가 오고 있는 것이라고 생각했다. 그녀의 생각을 뒷받침해 주듯 레인의 입가에 물방울이 흘렀다.

레인은 혀를 내밀어 빗물을 마시려 했다.

조금씩 그녀의 갈증이 해소되었다. 레인은 서서히 제정신이 들자 눈을 뜨고 자신의 눈앞에서 수통을 대어주고 있는 아심을 올려다보았다. 아심의 눈동자는 달빛을 받아 검은 구슬처럼 반짝거렸다.

"아심?"

레인의 목소리가 탁하게 잠겼다. 아심은 그녀 앞에 무릎 꿇고 앉은 채로 수통을 거두며 고개를 끄덕였다.

"더 마시겠어?"

수통을 들어 보이며 묻는 아심의 목소리도 심하게 가라앉아 있었다. 레인은 그런 그를 물끄러미 바라보았다. 아심은 무릎을 꿇고 있었다. 아립식 교육을 받은 남자들은 여자 앞에서 무릎을 꿇는 일이 없다.

"아뇨, 충분해요."

레인은 시선을 돌리며 한쪽 팔로 감싸고 있던 옷을 펼쳐 입으려 했다. 그러자 아심이 벌떡 일어나 그가 어깨에 걸치고 있던 긴 천을 그녀의 어깨에 둘러주었다.

"옷은 내가 챙겨두지."

레인은 손을 내미는 아심에게 청바지와 티셔츠를 건네주었다. 어차피 사막에서는 청바지보다 몸에 공기가 통하기 쉬운 천이 더 유용했다. 레인은 아심이 그녀의 옷을 말아 낙타 등에 있는 가죽 가방에 쑤셔 넣는 것을 보았다.

"어떻게 찾았어요?"

"발자국을 따라서."

레인은 고개를 끄덕였다. 어쨌든 간에 레인은 그로 인해 목숨을 건진 것이었다. 이로써 그가 레인의 목숨을 구해준 것은 다섯 번째 가 되었다. 모두 그녀의 무모함으로 발생한 위기였고 아심은 언제 나 그녀를 구해주었다.

죽음도 불사하는 사랑.

"고마워요."

레인은 고개를 숙이며 인사를 했다. 아심은 그런 그녀를 물끄러 미 바라보더니 낙타의 다리에 차꼬를 채웠다.

"여기서 밤을 보내게요?"

"더 좋은 방법이 있어? 어쩌자고 아무런 준비도 없이 사막으로 나왔지?"

레인은 아심의 빈정거림에 입술을 삐죽거렸다. 왠지 조용하던 아심의 입에서 격렬한 말투가 터져 나오자 레인은 그가 화를 참고 있다는 것을 알았다.

"당신이 나를 납치했잖아요?"

"성공하지는 못했지. 내 땅에 도착해서 다시 도망갔으니까."

레인은 그의 말에 소리치기 시작했다.

"나도 성공하지는 못했죠! 당신 땅에서 붙잡혔으니까!"

순간 아심이 허리를 숙여 그녀의 한쪽 팔을 낚아챘다. 레인은 그의 힘에 끌려 무릎을 모래에 박은 채 상체를 일으켰다. 그는 검어진 눈으로 레인을 노려보았고 레인은 그의 격정이 가득한 눈동자에 겁을 먹기 시작했다.

"왜 내 여자가 되지 못하냐구!"

레인은 순간 말을 잃었다. 아심은 멍하니 올려다보는 레인의 팔을 뿌리치듯 놓고 낙타의 등에서 텐트를 꺼내 부드러운 모래에 기둥을 박기 시작했다. 레인은 그를 돕기 위해 몸을 일으켰다.

"그냥 쉬어."

아심은 익숙하게 텐트를 치며 그를 향해 다가가는 레인에게 말했다. 그렇지만 레인은 그가 텐트의 기둥을 박는 것을 도왔고 아심은 그녀의 고집스런 표정을 보며 혼자 중얼거렸다.

"제발 내 말 좀 들어줬으면……."

레인은 그 말에 동의할 수 없었다. 그녀는 아심의 말을 들을 생각이 없었고 그녀의 의지대로 행동하고자 했다. 순간 그녀는 자신이 변했다는 것을 떠올렸다.

내 의지?

레인의 의지가 없었다. 무엇을 하고자 하는 강렬한 의지도 없었고 한 번도 자신의 의지대로 무언가를 했다는 기억도 없었다. 부모님의 의지대로 학교를 다녔고 대학에 합격했던 그녀는 여행을 떠난 것조차 그녀 스스로의 의지 때문이라고는 생각 못했었다.

단지 그녀는 그 어떤 것에 부름을 받았다고 생각해 왔다. 끝없이 자신을 갉아먹는 갈증을 해소하기 위해 레인은 여행을 떠났었고 아심을 만나 그에게서 갈증을 해소한 후로 그녀는 의지를 지니게 된 것이었다. 그녀는 그를 만나 의지를 알게 되었다.

또 그녀에게 시간이라든지 꿈, 삶은 아무런 의미가 없었다.

더군다나 사랑은 인생에서 한 번 겪어야 할 경험 정도로밖에 생각하지 않았던 레인이었다. 그런 레인은 아심으로 인해 의미를 갖게 되었다.

사막이 주는 그리움, 아심이 만들어낸 사랑, 무모함이 던져 준 모험, 그 모든 것이 레인에게 새로운 의미로 다가왔다.

레인이 그러한 생각으로 멍하니 서 있는 동안 아심은 텐트를 세우고 낙타에 실려 있던 짐들을 풀어놓았다.

그녀는 아심의 뒷모습을 보며 또다시 갈증을 느꼈다.

"아심, 물 좀 줘요."

아심은 그녀의 말에 수통을 들고 다가왔다. 그의 걸음걸이에서 아심이 아직 화가 덜 풀렸다는 것이 보였다.

"천천히 마셔."

아심은 큰 숨을 내쉬더니 수통을 건네주며 주의를 주고 그녀가 물을 들이키는 모습을 바라보았다. 레인은 그의 주의대로 천천히 물을 마시고 입가에 묻은 물기를 한 손으로 닦으며 아심에게 수통을 건네주었다.

"우리 부모님이 걱정하실 거예요."

"그건 걱정 마. 연락을 해두었어."

순간 레인의 눈이 동그래졌다.

"당신이요?"

"한국에 있는 친구에게 부탁을 해놓았어. 잘 설명해 주었을 거야."

레인은 눈을 깜박이며 그를 올려다보았다. 아심은 수통을 한 손에 쥔 채 그녀를 물끄러미 바라보더니 대뜸 물었다.

"왜 날 떠났지?"

"왜 날 곁에 두려고 했죠?"

레인은 그에게 되물었다. 아심은 잠시 동안 그녀의 질문에 생각을 하는 눈치를 보이더니 엉뚱한 말을 했다.

"나와 결혼해 주면 금전적인 문제는 없게 해줄게."

레인은 그의 말을 듣는 순간 옆으로 휘청했다.

지금 내가 프러포즈 받은 거 맞아?

그녀의 입에서 억눌린 듯한 웃음이 터져 나왔다. 그런 그녀의 소리 죽인 웃음에 아심이 눈을 가늘게 뜨고 레인을 내려다보았다.

"좀 더 낭만적으로 할 수 없어요?"

레인이 웃음을 참고 그의 어깨에 이마를 비비며 말하자 아심의 입가가 슬그머니 올라갔다.

"당신이 내 여자일 수 없을까?"

지극히 남성적인 말이었다. 레인은 혀로 입술을 축이며 흘끗 그를 올려다보았다.

"투아레그족 남자들이 여자에게 다가가 던지는 유혹의 말이 어떤 건지 알아?"

"아뇨. 난 투아레그족 남자에게 한 번도 유혹 당해본 적이 없어요. 물론 당신도 날 유혹하지 않았잖아요. 그 말이 뭔데요?"

"내가 타고 온 낙타가 저쪽 숲 속에 매어 있습니다."

레인은 아심의 말에 큰 소리로 웃었다. 그녀는 그의 가슴을 움켜쥐고 허리를 굽힌 채 웃어댔다.

그래서 결혼하면 금전적인 해결을 해줄 거라는 말이 낭만적이라는 거야?

"그럼 여자가 그 유혹에 응할 땐 뭐라고 하죠?"

"나도 낙타를 거기에 매러 갈래요."

레인은 아심의 가슴에 웃음을 쏟았다. 그녀의 들썩이는 어깨를 보며 아심도 전염이 된 듯 웃음을 토해내었다. 오랜만에 듣는 그의 웃음소리였다. 낮고도 그윽하면서 거친 웃음소리였다.

아심은 사막의 남자였다.

낮은 능선과 그윽한 모래의 깊이를 지녔으며 거칠기도 한 사막과 똑같은 남자였다.

"나와 결혼해 주겠어?"

그의 질문에 레인은 눈을 들어 아심의 검은 눈동자를 주시했다. 아심은 레인의 대답을 기다리며 초조한 듯 그녀의 오른손을 쥐었다 폈다를 반복했다. 레인은 아심이 그녀에게 무릎을 꿇었던 것을 기억하는지 알고 싶었다.

"아까 내게 무릎을 꿇었었죠?"

레인은 피식 웃고 그에게 요구했다. 그러자 아심이 한쪽 눈썹을 올리며 말했다.

"나보고 당신에게 무릎을 꿇고 구애를 하란 말야?"

"싫어요?"

"내가 타던 낙타가 사막에 그대로 묶여져 있어."

또다시 레인이 웃었다.

구제 불능이야!

"난 낙타가 없는데요?"

"내가 사주지."

"그것만으론 모자라요."

레인의 고집스런 말에 아심은 낮게 한숨을 쉬었다. 그리고 그는 마침내 포기했다는 듯이 그녀의 오른손을 잡으며 말했다.

"당신이 내게 죽음도 불사하는 사랑을 요구했을 때 내가 준 것은 내 영혼이었어. 여기와……."

아심은 그녀의 오른손을 그의 머리로 끌어 올렸다. 그리고 그의 가슴에 다시 그녀의 손을 이끄는 그의 목소리가 점차 낮아졌다.

"여기……."

레인은 손바닥에 아심의 살아 있는 심장이 느껴졌다.

"그리고 여기가 당신이 없으면 살 수가 없다고 아우성을 쳐."

레인은 아심이 그의 바지 허리끈 아래로 그녀의 손을 이끌자 그를 가볍게 흘겨보았다. 그녀의 흘김에 아심은 아무렇지도 않은 듯 싱긋 웃고는 다시 그녀의 손을 자신의 가슴에 붙였다.

"내가 당신을 처음 보았을 때는 겁도 없는 여자라고 생각했지. 그렇지만 지금은 내가 겁이 없었던 것을 알아. 당신이 내 마음을 모조리 뺏어가기 전에 난 당신을 멀리 보내 버렸어야 했어. 내가 겁이 없었던 거야. 이렇게 죽도록 사랑할 거라고 알면서도 당신을 멀리하지 않았었으니까."

레인은 아심의 말에 눈을 감았다.

이렇게 말할 줄 알면서 낙타가 어쨌다고 한 거야? 이 능구렁이.

그녀는 흐뭇한 미소를 지으며 아심의 목에 얼굴을 박았다. 레인의 머리 위로 아심의 목소리가 이어졌다.

"결혼해 줘. 그래야 당신이 내 곁에 있을 수 있다면 백 번이라도 식을 올리겠어. 난 지금 어떻게 하면 당신이 나와 함께 살지 온갖 궁리를 다 해. 당신이 내 곁에서 떨어지지 않게 하고 싶어. 당신을 내 여자로 만들고 싶어. 한국에서 떠나고 싶지 않다면 내가 한국에 거처를 만들게. 내가 외국인이라서 싫다면 한국인이 될게. 한국말도 배우고 문화도 수용할게. 당신이 언제든 눈을 떴을 때 내가 곁에 있게만 해줘."

레인은 아심의 고백에 심장이 터질 것만 같았다. 그리고 아심이 그녀의 손을 놓고 주머니에서 그녀가 남긴 메모지를 꺼내 펼쳤을 때 레인의 눈동자는 달빛을 받아 반짝거렸다.

"이걸 읽어주겠어?"

레인은 아심이 쥔 메모지 위로 그의 손을 잡았다. 그리고 그의 손가락에 키스하며 한국어로 조용히 속삭였다.

"사랑해요."

아심은 그녀의 입술에 키스를 했다. 레인은 아심의 키스를 받으며 눈을 감았다. 그렇지만 그가 몸을 떼며 생각치도 못했던 요구를 하자 그녀는 눈을 동그랗게 떴다.

"그걸 벗어주겠어?"

"네?"

"옷을 벗어줘."

레인은 얼굴에 홍조를 띠며 그가 둘러준 천을 벗었다. 그러자 아심이 천을 텐트 있는 쪽으로 던지더니 갑자기 손에 들고 있던 수통 입구를 그녀의 머리 정수리를 향해 거꾸로 세웠다.

"앗! 차거!"

레인은 갑작스런 차가움에 팔다리를 모으며 팔짝 뛰었다. 그녀의 몸에 쏟아진 물줄기는 맨살을 타고 흐르다가 그녀가 허공으로 뛰어오름과 동시에 달빛을 받아 사방에서 반짝이며 흩어졌다.

레인은 물방울을 떨어뜨리는 앞머리를 뒤로 넘기며 아심을 노려보았다.

"뭐 하는 거예요?"

아심은 그녀의 분노에도 불구하고 마치 미술품을 감상하듯 그녀의 살을 타고 흐르는 물줄기를 뚫어져라 쳐다보았다.

"아심!"

"난 당신이 사막에서 물에 흠뻑 젖은 모습이 보고 싶었어."

그렇게 말한 아심은 손에 들고 있던 수통을 던지고 그녀를 안았다.

"아심!"

레인은 그에게 들려 텐트로 옮겨지며 소리쳤다. 그렇지만 아심은 레인의 외침에도 불구하고 그녀를 텐트 안쪽의 가죽 위에 눕힌 다음 물에 젖은 속옷을 벗기기 시작했다.

"아름다워. 사막의 달빛을 받아서 당신의 몸이 수정처럼 빛나. 그 어떤 빗방울도 흉내 낼 수 없을 거야."

레인은 그의 말에 젖어들었다.

아심은 천천히 고개를 숙여 그녀에게 키스를 했고 레인은 또다시 눈을 감았다.

그들 주위를 맴돌던 낙타가 푸푸거리며 물을 찾고 있었고 사막의 능선은 곡선을 달리하고 있었다. 그 곡선은 마치 레인의 몸이 움직이는 것처럼 조금씩 변해가며 완성도를 높여가고 있었다.

레인의 눈앞에 보름달을 감싼 사막의 검은 밤이 펼쳐졌다.

에필
로그

아심은 자신의 옆에서 웃고 있는 레인을 보며 미소 지었다.
차가운 달이 떠 있는 모래 위에서 그녀는 신발을 벗어 던진 지 오
래되었다. 그녀는 투아레그 여인들이 결혼식 때 입는 푸른 의상을
걸치고 있었다. 레인의 작은 몸은 많은 천으로 둘러싸여 있었고,
아심은 오늘 밤 그녀의 의상을 벗기기가 쉽지만은 않을 것이라는
걸 알고 있었다. 그들의 전통 결혼식은 신부를 맞는 신랑의 능력에
따라 달라진다. 신랑이 텐트를 장만했느냐 안 했느냐에 따라 그 성
대함이 달라지는 것이었다. 아심은 신혼 첫날밤을 위해 만든 사막
의 텐트가 만족스러웠다. 오늘 밤이 지나면 그의 아늑한 침실에서
매일 밤을 맞이하겠지만 신혼 첫날밤인 오늘은 레인과 단둘이 사
막에서 보낼 수 있었던 것이다.

투아레그의 결혼식이 끝나자 사람들은 탐탐을 두드리며 음악에 맞추어 춤을 추기 시작했다.

아심은 레인이 음악에 맞춰 몸을 앞뒤로 흔드는 것을 보고 혀를 차며 고개를 가로저었다.

아무튼 이 여자는…….

아부는 왕족의 결혼식이기 때문에 자신의 성안에서 해야 한다고 고집을 부렸지만 아심은 단 한 마디로 그 고집을 꺾어버렸다.

"전 제 아내를 신혼 첫날밤부터 할아버지의 침상으로 뺏기기 싫습니다."

그래서 아심은 자신이 원하는 아내를 자신의 성안에서 얻게 되었다. 그들이 결혼식은 무척 화려했다. 이틀에 걸쳐 이루어진 결혼식의 마지막은 모래 위에서 장식했고 그 것을 레인은 무척 마음에 들어했다.

그 모습을 보며 아심은 한국에서 있었던 결혼식을 떠올렸다. 그는 그녀의 부모님이 서운해하지 않도록 한국에서 미리 결혼식을 치르고 아프리카로 그녀와 돌아왔다.

"무슨 생각 해요?"

몸을 흔들며 흥을 내던 레인은 아심이 피식 웃는 것을 보고 옆구리를 지르며 물었다. 그에 아심은 그녀의 사랑스런 눈동자를 주시하며 낮게 속삭였다.

"한국에서 올렸던 결혼식."

그의 대답에 레인도 키득거리며 웃었다.

레인의 아버지는 식장에서 그녀를 아심에게 건네주지 않고 고집을 부렸던 것이다. 신부 대기실에서 울며 나오지 않는 아버지를 어쩔 수 없어 발을 동동 구르고 있던 레인을 보았을 때 아심은 그답게 웃으며 아버지에게 당당히 말했다.

"그녀는 이제 제 여자입니다. 반대하시지 않으셨잖습니까? 그럼, 감사히 받겠습니다."

그리고 아심은 레인을 납치하듯이 잡아끌어 식장으로 들어갔던 것이었다. 그런 그에게 그녀의 아버지는 소리쳤다.

"네 이놈! 이런 날 도둑 같은 놈! 내 딸년 고생시키면 죽을 줄 알아!"

아심은 레인이 자신의 여자가 되었다는 사실이 기뻤다. 이제는 그 누구에게도 뺏길까 걱정하지 않아도 되고 그녀가 자신을 사랑하지 않을까 두려워하지 않아도 되었다.

사람들의 움직임에 사막의 건조한 모래가 먼지를 일으키고 있었다.

그들의 발밑에서 공기를 휘어감던 모래 먼지가 레인의 입가로 다가가자 아심은 슬쩍 손을 올려 그녀의 입가를 가려주었다.

"아심, 투아레그족의 남자들이 여자를 유혹할 때 무슨 말을 한다고 했었죠?"

갑자기 레인이 그를 돌아보며 묻자 아심은 한쪽 눈썹을 올리며 답했다.

"내가 타고 온 낙타가 저쪽 숲 속에 매어 있습니다."

그러자 레인이 고개를 끄덕였다.

"나도 낙타를 거기에 매러 갈래요."

아심은 웃었다. 그리고 그녀의 손을 잡고 사람들 몰래 성 뒤의 사막으로 나갔다. 푸른 달빛에 의해 모래 능선이 드러나 있었다. 멀리서 탐탐의 규칙적인 울림과 사람들의 웃음소리가 들려왔다. 아심은 미리 준비한 텐트에 다다르자 모래 위에 자신이 입고 있던 의상을 벗어 펼쳤다.

"텐트로 안 들어가요?"

레인의 말에 아심은 싱긋 웃었다.

"오늘 밤은 달빛을 고스란히 받으며 사랑을 나누고 싶어."

그리고 아심은 레인을 이끌어 의상 위에 앉히고 천천히 그녀의 머리를 덮고 있는 푸른색 천을 풀었다.

제대로 정돈이 된 레인의 검은 머리가 전통 의상 위로 펼쳐지자 아심은 눈을 빛내며 미소 지었다. 그의 손길에 그녀는 사막에 스며 들기 시작했다.

아심이 그녀의 옷을 하나씩 벗기며 키스해 나가는 동안 레인은 눈을 들어가는 낫 모양을 한 초승달을 바라보았다. 그리고 그가 그녀의 옷을 다 벗겼을 때 레인이 두 손으로 아심의 얼굴을 감싸고 키스를 해왔다.

갈증…….

아심은 그녀와 키스하며 받아도 받아도 모자란 갈증을 느꼈다. 그녀의 사랑이 언제나 목말랐다. 그는 레인이 곁에 있어 다행이라는 생각을 했다. 레인이 곁에 있는 한 그가 갈증을 느낄 땐 언제든 그녀가 주는 사랑을 받을 수 있었다.

그리고 그는 레인의 속삭임을 들었다.

"사랑해요."

사막이 한쪽으로 기울어지고 있었다. 초생달이 그들의 그림자를 길게 늘여가는 동안 아심은 그녀에게 죽음도 불사하는 사랑을 또 다시 맹세했다.

사막의 남자
그 후

*레*인의 고집스런 턱이 하늘을 향해 뻗어 올라갔다. 아심은 그런 그녀를 노려보며 악문 잇새로 목소리를 흘렸다.

"서울로 간다고? 그 몸으로?"

"네. 이런 몸이니까 갈 거예요."

아심의 눈동자가 조금이지만 솟아오르기 시작한 레인의 배로 향했다. 그녀가 임신했다는 사실을 알렸을 때 아심은 기쁨과 아쉬움을 동시에 느꼈었다. 그들의 사랑이 결실을 맺는다는 의미로 기뻤지만 당분간은 그녀의 몸을 탐하고 즐기고 싶던 터라 출산 기간 동안 가까이 할 수 없다는 사실이 아쉬웠던 것이다. 그런데 갑자기 레인이 서울로 돌아가겠다고 고집을 부리기 시작했다. 아심은 눈을 가늘게 뜬 채 입술을 비틀었다.

"여기서 서울까지 비행기만으로 열여섯 시간이야. 그 긴 시간을 여행하겠다고? 제정신이야?"

"의사선생님이 지금 아니면 그렇게 장시간 여행할 수도 없대요. 그리고 저는 아이를 한국에서 낳고 싶어요."

아심의 콧소리가 허공으로 뿜어져 나왔다.

"내 아이를 한국에서 낳고 싶다고? 사막이 아닌 한국에서?"

도저히 용납할 수 없는 일이었다.

사막에서 태어나 사막의 남자로 자라온 아심의 아이가 한국의 국적을 가지고 태어난다는 건 모욕적이기도 했다.

"날 사랑하긴 하는 거예요?"

레인이 뜬금없이 묻자 아심은 그녀의 머리부터 발끝까지 훑어보며 퉁명스레 대답했다.

"온몸 구석구석까지."

"그러면 내 말대로 해줘요, 아심. 난 두려워요. 아이를 낳는다는 게 두려워요. 지금까지 이렇게 겁이 난 적이 없었던 것 같아요. 혹시라도 내가 아이를 낳다가 무슨 일이 생기면 어쩌나 하는 생각만 들어요. 그렇게 되면 남은 당신과 아이는 어떻게 될까 하는 걱정이 나를 괴롭혀요."

작은 희열.

아심은 화가 나는 와중에도 기쁨으로 손끝이 저려오는 듯했다. 드디어 그녀가 스스로의 생명을 소중히 생각한다는 것에서 아심은 이루 말할 수 없는 기쁨을 느꼈다. 더군다나 그 이유가 자신 때문이라는 것에 그는 레인을 안고 덩실덩실 춤을 추고 싶은 심정이 되었다. 하지만 그 이유만으로 레인이 한국으로 가도록 할 수는 없었다.

"이곳에도 훌륭한 의사가 많아. 절대 당신에게 무슨 일이 생기도록 내가 가만있지 않아."

아심의 고집에 레인이 입술을 삐죽거렸다.

"미역국은요?"

"뭐?"

"한국 여자들은 아이를 낳으면 미역국을 끓여 먹어야 한단 말이에요. 아민이 미역국을 어떻게 끓여요? 난 한국 여자라구요."

아심의 입술이 벌어졌다.

먹는 것 때문에 아이 낳으러 한국까지 가야 한다는 그녀의 생각이 어이없기도 하고 웃기기도 했다.

"한국 요리사를 데려오도록 하지."

"온돌방은요?"

"그건 또 뭐야?"

아심의 눈썹이 모아지자 레인이 어깨를 으쓱해 보였다.

"한국 여자들은 아이를 낳으면 온돌방에서 온몸을 뜨뜻하게 해줘야 해요."

따뜻한 거라면 사막의 모래만큼 그 열기를 따라올 것이 없다 생각하는 아심은 더더욱 인상을 찌푸렸다. 그러자 레인이 아심의 가슴에 얼굴을 묻으며 속삭였다.

"아심, 난 엄마가 보고 싶어요. 우리 엄마요. 날 낳아준 우리 엄마가 너무 보고 싶어요."

아심은 그녀를 감싸 안으며 길게 한숨을 쉬었다. 일찍 어머니를 잃은 아심은 모성에 대한 그리움을 알 수는 없었다. 하지만 그녀의 그리움을 알면서도 더 이상 고집을 부릴 생각도 없었다.

"가자, 한국으로."

그녀의 손이 따뜻하게 그의 등을 감쌌다.

매연으로 탁해진 공기가 레인의 가슴속으로 밀려들어 왔다. 그녀는 동행한 아심의 손을 꼭 잡았다 놓으며 배시시 웃어 보였다. 고집을 부리기는 했지만 진짜로 그가 허락을 해줄 거라고는 전혀 생각하지 못했던 그녀는 아심이 한국까지 함께 와준 것에 감사했다.

"그럼 어머니 집에서 머물 건가?"

"아마도 그렇겠죠? 왜요?"

그의 한쪽 눈썹이 올라갔다.

"내가 서울에 있을 때는 나와 함께 호텔에서 지내."

"난 임산부인데요?"

"섹스를 하겠다는 게 아냐. 당신이 있는데 나 혼자 호텔에서 잘 수는 없어."

레인은 고개를 끄덕거렸다. 아직 임신 육 개월밖에 안 되었고 그가 계속 한국에 있을 수도 없었다. 사막으로 돌아갔다가 그녀가 만삭이 되면 다시 그녀 곁으로 오겠다는 아심의 말에 서운함은 눈곱만치도 없었다.

물론 출산 예정일이 12월이라서 아심이 한국에 돌아올 때 그 추위에 진저리를 칠 것이 분명하다며 레인은 속으로 웃었다.

"뭐가 그렇게 즐거워?"

그는 퉁명스럽게 물으며 눈을 가늘게 떴다.

"우리의 아이를 생각하면 즐거워요. 당신은 안 그래요?"

아이 이야기가 나오자 아심의 눈이 번쩍했다.

"당연히 즐겁지."

"딸이길 바라요? 아니면 아들?"

"딸. 당신을 닮은 딸이었으면 좋겠어. 물론 당신처럼 배낭 하나 짊어지고 여행을 간다면 족쇄를 채워서 방에 가둘 거야."

레인은 웃었다. 그의 표정을 보니 그러고도 남을 것 같았다. 새삼 자신이 얼마나 부모님의 마음을 아프게 했는지 떠올리며 레인은 낮은 한숨을 쉬었다.

내가 사라졌을 때 얼마나 걱정을 하셨을까?

아심이 국제전화를 마음껏 사용하게 해주어서 그의 집에 있는 동안 하루에 한 번씩은 어머니와 통화를 했는데도 갑자기 부모님에 대한 그리움이 몰려왔다.

한국에 오길 잘했어.

물론 긴 시간 동안 아심과 떨어져 있으며 그와 함께 뱃속에서 아이가 커가는 것을 즐길 수 없다는 사실이 아쉽기는 했지만 레인은 자신의 선택이 옳았다고 생각했다.

"뭐가 먹고 싶다고?"

"청국장."

"그건 또 뭐야?"

수화기를 든 아심의 얼굴에 당혹스러움이 가득 번졌다. 발음조차 힘든 그 음식을 새벽 두 시에 먹고 싶다며 깨운 레인이었다.

"당신이 이야기해."

결국 그는 수화기를 넘겨주었고 호텔 룸서비스를 시키며 레인은 가볍게 인상을 찌푸렸다.

"안 된대요."

"뭐? 이리 줘봐."

아심은 수화기를 빼앗아 들며 눈을 가늘게 떴다.

레인이 먹고 싶다는데 감히 안 된다고 말했단 말야?

"당장에 가져와. 그…… 음식을 십 분 내로 가져와."

그리고 수화기를 내려놓는 아심을 물끄러미 바라보던 레인이 웃자 그는 입술을 비틀어 보였다. 그녀가 무슨 말을 할지 뻔했다.

젠장. 왜 한국 음식들은 하나같이 이름이 어려워?

그 생각은 삼십 분 뒤에 방으로 들어온 음식의 냄새로 인해 바뀌었다.

한국 음식들은 왜 하나같이 냄새가 고약해!

냄새 때문에 창백해진 아심을 바라보며 레인은 낄낄거렸고 창문을 열며 그는 낮게 중얼거렸다.

"질식해 죽겠군."

그녀를 한국에 놓고 쉽게 떠날 수가 없어서 주저주저하며 머문 시간이 일주일이었다. 그동안 레인은 시도 때도 없이 먹고 싶은 음식이 생겼고, 그때마다 아심은 낯선 음식들이 풍겨내는 냄새에 괴로워해야 했다. 그렇다고 대놓고 냄새가 고약하다고 할 수도 없었다. 그녀에게 한국 사람이 되겠다고까지 해놓고 이제 와서 냄새 때문에 한국 음식은 싫다고 하기 싫었다.

"맛 좀 볼래요?"

그녀가 수저로 한 숟가락 떠주는 수프 비슷한 음식에 아심은 고개를 도리도리 저으며 혹시라도 레인이 억지로 입에 밀어 넣을까 싶어 입술을 앙다물었다.

하지만 다가온 레인이 키스를 해왔을 때 아심은 저도 모르게 입술을 열었고 그녀의 체취와 함께 밀려들어 온 음식 냄새에 울고 싶은 심정이 되었다. 그런 아심의 심정과는 상관없이 레인은 아예 그의 무릎 위에 걸터앉아 진한 키스를 했다. 그리고 그녀의 달콤하고 열정적인 키스에 아심은 낮게 신음을 했다.

"익숙해지니까 냄새가 많이 고약하지 않죠?"

그녀의 입술이 멀어질까 싶어 그는 서둘러 고개를 끄덕였다. 당장이라도 레인을 품어야만 할 것 같았다. 방 안에 진동하는 청국장 냄새 따위는 그녀를 향한 그의 욕망을 잠재울 수 없었다.

레인이 임신하고 되도록 성생활을 절제해 온 탓에 오랜만에 그를 감싸는 흥분은 쉽게 진정시키기 힘들었다. 아심의 욕망을 읽었는지 레인은 낮게 소리 내어 웃더니 그의 손을 잡아 자신의 배 위에 얹었다.

"너무 격정적이지 않게 해줘요. 아이가 놀라지 않게."

그는 무릎 위에 앉은 레인의 몸을 들어 침대로 옮겼다. 임신한 여자와 섹스를 하는 것은 색달랐다. 애무할 때 시각적으로 보여지고 만져지는 몸이 달랐고 그녀 안에 들어갔을 때의 느낌도 달랐다. 마치 생리 중인 여자와 몸을 섞는 것과도 같았다. 그래도 아심은 좋았다. 그녀가 레인이라서 좋았고 자신의 아이를 품고 있는 여자라서 좋았다. 눈에 띄게 부푼 가슴이지만 그 감촉은 한층 부드러워진 그녀의 가슴을 입술에 물며 아심은 만족스런 신음을 흘렸다.

"아심."

그녀의 부름에 아심은 응답했다.

옆으로 누워 있는 레인의 몸 안으로 들어가며 아심은 한숨처럼 속삭였다.

"레인, 사랑해. 죽을 만큼 사랑해."

"이 새끼! 죽여 버리겠어!"

아심은 그녀의 외침에 어리둥절한 표정을 지을 뿐이었다. 주삿바늘을 꽂은 팔을 휘두르며 레인은 고래고래 소리를 질러대고 있었다.

"레인?"

그가 한국으로 돌아오고 출산 예정일이 일주일이나 지나도록 진통이 시작되지 않아 결국 촉진제를 맞고 유도분만에 들어간 레인은 제법 여유가 있어 보였었다. 하지만 갑자기 비명을 지르며 의미를 알 수 없는 한국어를 외쳐대는 레인을 보며 아심은 당황해서 어쩔 줄 모른 채 웃고 있는 간호사에게 눈썹을 찡그릴 뿐이었다.

혹시 뭔가 잘못된 게 아닐까?

그렇지만 아이를 낳다가 미쳐 버린 여자 이야기는 들어본 적이 없었다. 분명 레인이 미친 여자처럼 보이기는 했지만.

"둘째는 없어! 절대 없어! 네버!"

그녀는 영어와 한국어를 번갈아가며 소리쳤고 아심은 길게 한숨을 쉬었다. 간호사를 붙들고 물어보고 싶어도 레인이 비명을 지름과 동시에 바빠진 간호사에게 말도 걸 수 없어 아심은 짐짝처럼 구석에 서 있어야 했다.

"엄마! 엄마!"

"은우야, 힘내. 자궁문이 다 열렸단다. 이제 분만실로 옮길 거라니까 조금만 참아."

아심은 장모가 레인을 달래는 모습에 장모에게 한없는 감사를 느꼈다. 새삼 한국에서 출산하기로 한 결정이 옳았다는 생각이 들었다.

"엄마! 나 죽을 거 같아!"

"원래 그런 거야. 조금만 더 힘내. 이제 금방 아이가 나올 거야."

"그 새끼 어디 갔어? 나랑 같이 죽자고 해!"

그녀들이 한국어로 이야기하기 때문에 무슨 의미인지는 모르지만 아심은 장모의 눈이 자신에게 향한 것을 보고 얼른 레인에게 다가갔다.

"레인, 괜찮…… 헉?"

갑자기 멱살이 잡힌 아심은 말을 잇지 못하고 고통으로 흐트러진 레인의 눈동자를 바라보았다.

"아심! 다시 내 몸에 손대면 죽을 줄 알아요!"

모처럼만에 그녀 입에서 나온 제대로 된 영어에 아심이 대답할 겨를도 없이 레인은 간호사들의 손에 의해 분만실로 옮겨졌다. 얼떨떨해진 기분에 아심은 흐트러진 와이셔츠 목깃을 바로 하고 분만실 안에서 들려오는 소리에 귀 기울였다.

의사의 차분한 목소리와 레인의 신음 소리가 번갈아 들리기를 반복하다 마침내 그의 귀를 때리는 아이의 울음소리가 울리자 아심은 큰 숨을 들이마시었다.

내 아이!

곧이어 분만실 문이 열리며 묘한 냄새가 풍겨 나왔다.

"아빠, 들어오세요."

아심은 간호사의 말에 눈을 꿈벅거렸다. 그러자 그녀가 들어오라는 손짓을 했고 그는 단숨에 문 안으로 들어갔다. 순간, 두 눈에 들어오는 레인과 아이가 그를 감동으로 몰아넣었다.

갓 태어난 아이는 레인의 품에서 물고 있는 젖을 힘껏 빨고 있었고 그런 아이를 품에 안고 사랑스럽다는 얼굴로 내려다보는 레인이 너무나 아름다워 보였다. 단 한 번도 감동으로 눈물이 날 것 같다거나 가슴이 벅차서 울고 싶다는 생각을 해본 적이 없던 아심이었다. 하지만 아이를 안고 있는 레인을 보는 그 순간에 아심은 목구멍까지 차오르는 감동으로 가슴이 먹먹해졌다.

"레인……."

심하게 갈라진 목소리로 그녀를 부르니 레인이 활짝 미소 지으며 고개를 들었다. 좀 전에 미친 여자 같던 그녀의 모습은 온데간데없었다.

"아심! 봐요. 우리 아이예요!"

입을 오물거리며 열심히 레인의 젖을 물고 있는 아이 곁에 서며 아심은 뭐라 말을 해야 할지 몰라 입을 열었다 닫았다를 반복했다.

"아직 젖도 안 나오는데 이렇게 빨아대요. 엄청 아파요."

"내가 안아봐도 돼?"

레인은 미소 지으며 그에게 아이를 넘겨주었다. 혹시라도 떨어뜨릴까 봐 걱정이 되어 아심은 가늘게 떨리는 손으로 아이를 꼭 받아 들었고 그의 품에 안긴 아이는 엄마 젖을 찾아 입을 계속 오물거렸다. 하얀 태지에 뒤덮인 아이는 그가 상상했던 아이와 너무나 달랐다. 눈도 안 뜬 채 입을 오물거리던 아이는 배가 고픈지 울기 시작했고 곧이어 간호사들에게 아이를 빼앗긴 채 밖으로 쫓겨난 아심은 얼떨떨한 기분에 멍하니 분만실 문을 바라보았다.

그때 그의 어깨를 토닥거리는 장모의 손에 깜짝 놀란 아심은 빙그레 미소 짓고 있는 그녀에게 쑥스러운 미소를 돌려주었다.

아빠가 되었어…….

뒤늦게 강한 떨림이 온몸을 휘감았다. 곧이어 아이가 신생아실로 옮겨졌고 기다림 끝에 레인이 분만실에서 나왔다. 아심은 그녀가 퉁퉁 부은 얼굴에 웃음을 가득 담고 있는 모습에 또다시 사랑에 빠졌다.

"아심, 아까 내가 한 말들은 잊어버려요."

그의 한쪽 눈썹이 급하게 올라갔다.

"당신 몸에 손대면 죽인다던 말?"

아심의 질문에 레인이 피식피식 웃었다. 그 웃음은 입원실에 도착해 침대에 누울 때까지 계속되었다.

"은우야, 엄마는 집에 가서 미역국 좀 끓여올게."

"네, 고마워요. 엄마. 날 낳아줘서 정말 고마워요."

"수고했다."

장모가 레인의 어깨를 투덕거리고 병실을 나가자 그가 기다리던 둘만의 시간이 생겼다. 아심은 그녀의 침대에 걸터앉으며 물었다.

"뭐가 그렇게 웃겨?"

"내가 당신이 내 몸에 손대면 죽인다고밖에 말 안 했어요?"

아심의 눈썹이 모아졌다.

"뭐라고 소리는 쳤는데 알아들을 수가 없었어."

"다행으로 아세요."

키득거리는 레인을 흘겨보며 아심은 입술을 내밀었다.

"난 당신이 미친 줄 알았어."

그의 투덜거림에 레인이 소리 내어 웃었다. 항상 마르고 왜소한 그녀의 얼굴이 부어서 뚱뚱해 보이는 것이 낯설었지만 아심은 레인의 웃음에 행복감을 느꼈다.

"당신의 멱살을 잡아서 미안해요."

"아니, 나야말로 미안해. 고통을 함께해 줄 수 없었으니까."

그는 레인의 손을 잡아 입술로 가져가며 작은 한숨을 쉬었다.

"당신이 고통으로 괴로워할 때 그 아픔을 나누어 느끼고 싶어. 그 마음은 간절한데 아무것도 해줄 수 없는 내가 원망스럽기까지 했어. 이 순간, 내가 얼마나 많은 감정을 느끼는지 당신이 알까. 고맙고 미안하고 자랑스러우면서 사랑하는 감정이 복받치는 이 느낌."

"정말?"

그의 입술에 닿아 있는 레인의 손가락이 따뜻했다. 아심은 그녀의 손가락 마디마디에 키스를 하며 떨리는 숨을 토해내었다.

"진심이야. 더 이상 당신을 사랑하라면 자신없을 정도로 사랑해."

"그럼 잊지 말아줘요. 지금의 그 마음을 평생 잊지 말고 기억해줘요. 그래서 내가 아프거나 슬프거나 괴로울 때마다 그 마음을 꺼내서 내게 보여줘요. 그래서 언제까지나 나에 대한 당신의 사랑이 가득하다는 것을 느낄 수 있게 해줘요."

"원한다면 지금도 느낄 수 있게 해줄 수 있는데?"

그가 씩 웃자 레인이 그의 어깨에 머리를 박고 고개를 절레절레 흔들었다.

"이 남자가 정신을 못 차리네. 애 낳은 지 한 시간도 안 된 여자한테 수작을 부리는 게 어디 있어요?"

아심은 싱긋 웃으며 자신의 어깨에 박힌 그녀의 얼굴을 두 손으로 감싸 부드럽게 키스를 했다. 너무나 감미롭고 따뜻했다. 생소한 12월의 차가운 공기를 밀어내는 온기가 그의 몸과 마음을 감쌌다.

"아심, 그러고 보니 우리 아이가 크리스마스이브에 태어났네요."

자정이 넘어 새벽으로 시간이 흐르고 있었다. 아심은 그녀의 입술에 조용히 속삭였다.

"메리 크리스마스."

"메리 크리스마스."

멀리서 비치는 크리스마스트리의 전구가 창문 너머 보였다. 아심은 평생 이 시간을 잊지 못할 거라 생각했다.

죽음조차 불사하는 내 사랑…….

1994년 봄, 만화를 그리다가 너무 피곤해 쓰러지듯 잠이 든 난 꿈을 꾸었다.

이글거리는 태양이 내리쬐는 사막 한가운데에 서 있는 꿈.

잠에서 깨어나 한참 동안 망설임 속에 빠졌던 기억이 있다. 이대로 배낭 하나 메고 사막으로 떠나 버릴까 하는……. 결국 용기 부족으로 다시 책상에 앉아 만화를 그렸던 나는 서른다섯 살이 되면 사막으로 떠나겠다는 결심을 했다.

그리고 3년 뒤에 자면서 벽에 '죽음도 불사하는 사랑'이라고 적은 나는 아침에 일어나 그 문구를 오전 내내 바라보았다.

〈사막의 남자〉는 그렇게 태어났다.

죽음도 불사하는 사랑을 꿈꾸며 사막으로 떠나지 못한 나의 부족한 용기를 담아 맘껏 상상의 나래를 펼쳤다. 이상형의 남자를 아심이라는 캐릭터에 집어넣고 레인의 자유로움을 동경하며 써 내려갔다. 역시 남주는 여주의 허리를 휘어잡아야 제 맛이다.

　당시에 페이지가 너무 많아 출판할 때 연재분에서 원고지 300페이지 분량이 사라졌다. 물론 연재분의 파일은 없어졌다. 다시 생각해서 쓰려니 10년의 세월이 너무 길었다. 결국 어쩔 수 없이 생각나는 부분만 써넣었다.

　그렇게 10년이 지나 다시금 이 글을 다듬으며 나는 잃어버린 로맨스를 찾은 기분에 빠졌다. 결혼과 출산을 경험하고 한 여자의 아내로, 아이의 어머니로 살기 시작하면서 잃어버린 내 안의 로맨스가 꿈틀거리기 시작했다.

　사랑하고 싶다.
　미치도록 사랑하고 싶다.

　문득 〈사막의 남자〉를 읽은 독자들도 나와 같았으면 좋겠다는 바람이 생겼다. 〈사막의 남자〉를 읽고 잃어버린 로맨스, 잊어버린 낭만, 현실에 파묻힌 사랑을 다시금 꺼내어 가슴이 두근거리고 사랑을 갈구하는 마음이 생겼으면 하는……. 다시 잡은 〈사막의 남자〉는 그렇기 때문에 로맨스소설을 쓰기 시작했던 내 초심을 돌려주는 계기가 되지 않았나 싶다.

마흔을 바라보는 나이에 여전히 사막으로 떠나지 못한 나를 돌아보고 마흔 다섯에는 사막으로 떠나리라 다시금 결심을 해본다. 물론 아심 같은 남자를 만나기엔 나이가 너무 많겠지만.

처음과 같이 감사 인사를 드리고픈 분들이 많다.

항상 나를 격려해 주는 팬카페의 회원들과 지선, 드라마화와 영화화 및 해외출판까지 기획해 주시고 발로 뛰어주시는 차윤지 이사님, 딸내미 돌잔치에 와서 축하해 준 박혜숙, 김지혜, 많은 출판사 분들, 다시금 나에게 로맨스를 되찾을 수 있도록 이 책의 출판 제의를 해주신 청어람의 이종민 과장님, '사막의 남자 그 후'와 '외전'을 끝낼 수 있도록 아이를 봐주신 친정 부모님, 교통사고가 나서 입원하셨는데 병원 근처도 안 간 며느리에게 열심히 쓰라고 격려를 해주신 시부모님, 아이 돌잔치 준비를 도와준 서방님과 동서, 생신 축하인사도 못 드려서 너무나 죄송한 막내시고모님, 아이가 운다고 전화하면 작업실에서 집까지 하루에 몇 번이고 달려오는 남편 플로렌시오, 내가 일을 할 수 있도록 외할머니와 잘 지내는 사랑스러운 딸 민교.

너무너무 감사드립니다.

마지막으로 이 모든 충만함과 사랑을 주신 주님께 무한한 감사를.

2008년 겨울이 오는 길목에서 낭만과 함께

―박윤후.

외전
—만남

사막에는 꽃이 없다.

익숙하지 않은 건조한 공기에 숨이 막혀왔다. 한낮의 시간을 제외하고는 냉방기를 틀지 않는 실내는 잠시나마 흘러들었던 냉기를 숨기려는 듯 더욱 탁한 공기를 내뱉고 있었다. 그는 조그만 손을 쥐었다 폈다를 반복했다.

"아이 어머니는 영국에 있습니다."

조용히 말하는 아버지의 목소리가 서재의 문틈 사이로 비집고 나왔다. 사막의 공기처럼 건조하고 탁한 목소리였다. 앤드류는 그의 아버지가 어머니의 떠남에 얼마나 크게 상심했는지 알 수 있었다.

"그래서 아이를 내게 맡기겠다는 것이냐? 너는 그 여자를 찾아 영국으로 가겠다고?"

"아심이 있으니 아이도 금방 이곳에 적응을 할 거라고 생각합니다."

갑자기 바닥을 세게 구르는 소리가 울렸다.

"이놈이! 제 새끼를 버리고 여자 뒤꽁무니를 쫓아가겠다는 것이냐!"

"그녀 없이는 못 삽니다."

아버지의 목소리는 여전히 건조했다. 그러나 앤드류는 그의 목소리에서 오아시스처럼 숨어 있는 눈물을 느낄 수 있었다.

아버지…….

그녀의 어머니가 갑자기 사라진 건 일주일 전 파리에서였다. 오랜만에 가족 여행으로 파리를 갔던 날, 아침 일찍 사라진 그녀의 어머니는 앤드류의 앞에 다시 나타나지 않았다. 앤드류는 어머니가 자신을 버렸음을 알았다. 그리고 바로 어제 그는 낯선 사막으로 끌려오게 되었다.

앤드류는 아버지에게 자신도 데려가 달라고 애원을 하고 싶었다. 그러나 영국인의 피를 받은 그는 이런 상황에서 의연해야 했다. 불과 여덟 살밖에 안 되었다 하더라도 그는 사막의 무식하고 잔인한 종족과는 다른 피를 이어받았다는 자부심을 어머니에게서 주입받고 자랐기 때문이다.

"비켜."

앤드류는 갑자기 뒤에서 들려오는 낮고 거친 음성에 깜짝 놀라 고개를 돌렸다. 자신보다 2, 3㎝ 더 커 보이는 거무잡잡한 피부의 사내아이가 서 있었다.

"귀가 먹었어? 비켜."

앤드류는 똑바로 자신을 노려보는 검은 눈동자에 슬그머니 서재의 문 앞에서 비켜섰다. 그러자 사내아이는 거침없이 서재 문을 열어젖히고 당차게 들어갔다.

"아심, 무슨 일이냐?"

저 아이가 아심이구나…….

앤드류는 꼿꼿하게 등을 펴고 자신의 앞에 서 있는 아심을 바라보았다.

"저 아이를 받아들이세요."

"네놈이 지금 나에게 명령을 하는 것이냐?"

앤드류는 크게 호통을 치는 할아버지 아부의 목소리에 저도 모르게 목을 움츠렸다. 그러나 아심은 키득거리며 웃더니 왼손을 뻗고 오른손을 허리에 대고 상체를 깊게 구부리며 빈정거렸다.

"설마요. 전 일종의 계약을 하자고 제안드리는 겁니다."

"계약? 네놈이 뭘 가졌길래 나에게 계약을 하자는 것이냐?"

앤드류는 아심에게 시선을 돌렸다. 앤드류는 목소리만으로도 충분히 사람을 제압하는 아부 앞에서 당돌하게 빈정거리는 아심에게 관심이 쏠리는 것을 막을 수 없었다.

"왕위 계승권입니다."

"뭐라구?"

아부는 펄쩍 뛰었다. 그의 몸이 들썩하며 의자에서 몇 센티미터 정도 허공으로 올랐다가 가라앉았다.

"제 왕위 계승권을 저 아이에게 주겠습니다."

"네놈이 뭔데 그런 짓을!"

"후계자입니다."

앤드류는 씨익 하고 웃는 아심을 보았다. 검은 눈동자가 더욱 검게 빛나고 있었다. 그 순간 앤드류는 아심을 적으로 두어서는 안 된다고 생각했다.

"전 왕권을 이어받지 않을 겁니다. 그 대신 저 아이에게 주십시오. 그 냉랭하기만 한 샤를르도 저 애에게 주십시오. 할아버님도 뜨거운 여자를 좋아하지 않습니까?"

아부는 입을 벌렸다 다물었다를 반복했다. 그러나 그의 입에서는 신음 소리만이 흘러나올 뿐이었다. 그렇게 화를 참지 못하고 씨근덕거리는 아부와 놀라서 입을 다물지 못하는 앤드류의 아버지를 놔두고 아심은 앤드류를 지나쳐 서재를 나갔다.

"저, 저놈이!"

앤드류는 서둘러 아심의 뒤를 따랐다.

"아심! 아심!"

앤드류는 대리석 바닥을 차고 달려서 아심의 옷자락을 잡을 수 있었다.

"왜?"

"난 왕권을 받고 싶지 않아. 난 영국으로 갈 거야."

앤드류는 아심의 기세에 죽지 않으려고 두 눈에 힘을 주면서 한 번에 말을 토해냈다. 그런 앤드류를 물끄러미 바라보던 아심은 키득거리며 웃더니 그의 어깨에 한 팔을 둘렀다.

"좋아. 캐러밴에 같이 가자."

엉뚱한 대답은 둘째 치고 명령조의 말투에 기분이 상한 앤드류는 어깨를 틀며 강하게 항의했다.

"야! 이거 놔! 야!"

"넌 나랑 같이 사막으로 나갈 거고 사막에서 생을 마감할 거야. 그리고 사막에서 결혼을 할 거고, 이 나라를 이어받을 거야. 그러니까 이제부터 너와 난 둘도 없는 형제이고 친구다."

높은 천장이 있는 건물에서 앤드류는 아심에게 목덜미를 잡힌 채 끌려 나왔다. 그리고 거친 사막에 내동댕이쳐졌다. 앤드류는 아심이 싫었다.

검둥이 여자와 결혼이라니!

앤드류는 아심이 잠든 방을 빠져나왔다. 어디선가 음악 소리가 아련하게 들려왔다. 탄력적인 리듬에 높은 음이 조화된 아름다운 음악이었지만 앤드류의 귀에는 흑인들이 질러대는 고성으로밖에 안 들렸다.

그는 영국의 빨간 장미와 습한 공기가 그리웠고 제대로 옷을 입은 남자와 여자들이 그리웠다. 미개한 아프리카의 부족민들 틈바구니에서 앤드류는 진한 이질감과 문명의 편리함을 뼛속 깊이 필요로 하고 있었다.

삼 일 밤낮을 쉬지 않고 사막 위를 움직인 아심은 낙타 위에서 꾸벅꾸벅 졸고 있는 앤드류를 발로 차서 깨웠다. 그리고 환호성과 함께 몰려든 검은 피부의 사람들 속에서 앤드류를 사촌이라 소개했다. 앤드류는 그들의 검고 더러운 손이 자신을 만지는 게 싫었다. 그래서 몸을 움츠린 채로 아심이 안내한 조그만 집 안으로 들어가 저녁도 굶은 채 침대에 누워 있었다. 침대는 나무토막 위에 약간의 볏짚을 깔아 딱딱하고 불편했다. 푹신한 스프링이 있는 영국 침대를 회상하며 앤드류는 아심이 들어오기 전까지 훌쩍거리며 울었다.

그는 사람들의 목소리가 들리지 않는 사막으로 향했다.

사막의 밤은 아름다웠다.

인정하기 싫지만 아심에게 끌려 사막으로 나온 그날 밤 앤드류는 사막의 밤을 사랑하게 되었다. 수많은 네온사인이 하늘에 뿌려져 있는 듯 금방이라도 손에 잡힐 것 같은 별들이 앤드류의 머리 위로 쏟아져 내렸다. 앤드류는 주위를 둘러보고 아무도 없음을 확인한 후에 바지 지퍼를 내렸다. 조용한 사막 위에 조그만 물줄기 소리가 흡수되고 있었다.

이게 뭐야, 공중 화장실도 없고.

그는 또다시 영국에 대한 그리움으로 눈물이 글썽거렸다.

자신의 처지가 한없이 불쌍했고 어머니를 잡지 못한 자신에 대한 후회가 목까지 복받쳐 오르고 있었다. 그는 희미해진 눈을 껌벅이며 바지 지퍼를 올렸다.

그리고 잠을 자기 위한 집으로 돌아가기 위해 몸을 돌린 순간 그는 난감함을 느꼈다.

여기가 어디더라.

어느 집이었지?

그는 눈썹을 모았다.

달빛에 비치는 모래 능선이 늘어진 가운데 앤드류는 방향감각을 잃은 채 무작정 앞으로 발을 뻗었다. 마을에 있는 집들은 조명등 하나 없이 모두 어둠 속에 가려져 각자의 특색을 잃고 똑같아 보였다. 앤드류는 아심이 자고 있을 집을 찾기 위해 집집들을 맴돌았다.

그렇게 한참을 헤매던 그는 어디선가 조용히 들려오는 울음소리에 발길을 멈추었다. 웅얼거림이 섞인 여자아이의 울음소리에 그는 조금씩 소리를 따라가기 시작했다.

그리고 낮은 담벼락을 돈 순간 그는 달빛을 받으며 쪼그리고 앉아 우는 여자아이를 발견할 수 있었다. 그녀는 두 무릎을 오므리고 무릎 위에 손을 올린 채 볼을 타고 흐르는 눈물을 받아냈다. 앤드류는 한참을 그렇게 서 있었다. 그녀는 이따금 부족어로 뭐라 중얼거리다가 소리 죽여 또다시 울음을 터뜨리기를 반복했다.

그때 앤드류 발치로 무언가 휙 하니 지나갔고 그는 깜짝 놀라 저도 모르게 낮은 외침과 함께 펄쩍 뛰었다.

동시에 그녀의 울음소리도 멈추었다. 어둠 속에 서 있던 앤드류와 샤를르는 한참을 서로에게 시선을 준 채 조금의 미동도 하지 않았다. 그녀의 눈물 맺힌 보라색 눈동자가 달빛 아래에서 눈물을 머금고 빛났다.

"이나 수 난 카?"

마침내 그녀의 입에서 조심스런 목소리가 흘러나왔다.

"아…… 나는……."

"난 영어 못해요."

앤드류는 그녀의 입에서 투아레그족의 언어인 타마세크어가 나오자 안도의 한숨을 쉬었다.

"난 타마세크어를 할 줄 알아요."

앤드류는 미소를 지어 보이며 달빛 아래로 내려섰다. 그러자 그녀가 조용히 자리에서 일어나 눈가의 눈물자국을 지우고 그에게 시선을 들었다. 앤드류는 그녀의 눈동자에 놀람의 빛이 잠깐 동안 머물렀다 사라지는 것을 보았다. 그녀는 언제 울었냐는 듯이 허리를 꼿꼿이 세우고 고개를 치켜든 채로 오만한 표정으로 앤드류를 쏘아보았다.

"난 앤드류라고⋯⋯."

"아심의 사촌이죠."

앤드류는 딱 잘라 말하는 그녀의 어조에 입을 다물었다. 그들 사이에 어색한 침묵이 흘렀다. 그러나 앤드류는 시선으로 그녀의 모든 것을 훔치고 있었다. 아직 눈물이 마르지 않는 눈가와 꼭 다문 입술, 냉랭하게 쳐다보는 보랏빛 눈동자, 두 주먹을 세게 쥐고 있는 작은 손.

영국의 새빨갛고 활짝 핀 장미와 다른 흑장미와 같았다. 문득 사막에서 장미를 발견한 기분이 들었다.

그녀의 눈은 말 없이 앤드류를 원망하는 듯했고 무언가를 갈구하는 듯했다. 앤드류는 그녀의 원망이 자신에게 향한 것이 아니고 그녀의 갈구가 자신에게 향한 것이기를 바랐다.

"앤디! 앤디!"

어디선가 아심의 목소리가 들려오자 샤를르의 어깨가 움찔했다. 그리고 급히 건물 안으로 보라색 튜닉을 날리며 사라졌다.

"여기야!"

잠시 후 거친 숨소리와 함께 아심의 검은 눈동자가 나타났다.

"한참 찾았잖아! 사막에서 길을 잃은 줄 알고⋯⋯ 나간 지 한참 되었는데 안 들어와서⋯⋯."

아심은 말을 잇지 못하며 숨을 몰아쉬었다.

앤드류는 걱정이 가득한 아심의 눈동자를 보며 그가 따스한 마음을 지닌 남자라고 생각했다. 사막의 사람들은 이상했다. 뜨거운 마음만을 드러내 놓고 차가운 마음을 숨기는 이가 있으면 차가운 마음이 전부인 양 하면서 뜨거운 마음을 숨기는 사람들이 있었다. 감정에 솔직하지 못하고 감정에 사막의 모래를 덮어씌운다.

"그냥 좀 나왔었어."

"다음에는 나와 함께해. 어디를 가든, 언제 가든."

앤드류는 고개를 끄덕였다.

"가자."

아심은 허공에 두 팔을 뻗으며 길게 하품을 하고 발길을 돌렸다. 앤드류는 그의 뒤를 따르며 흘끔 뒤를 돌아보았다. 그리고 조그만 문틈 사이로 삐져나와 있는 보라색 튜닉을 보고 길게 한숨을 쉬었다.

그녀는 아심을 좋아하는 것이 분명해.

그리고 다음날, 그녀가 아심의 약혼자 샤를르라는 것을 알고 난 후 그의 입에서는 무겁고 진한 한숨이 흘러나왔다.

외전
—납치

노란 지평선이 유연한 곡선을 그리며 움직이고 있었다.

앤드류는 긴 한숨과 함께 창가에서 한 발자국 멀어졌다. 지평선은 마치 손에 닿을 듯 가까워 보였다. 마치 샤를르의 마음이 잡힐 듯하면서 잡히지 않는 것처럼 지평선은 신기루처럼 그의 시야에서 흔들리기만을 했다.

"앤디! 아심이 어디 있는지 알아요?"

갑자기 서재의 문이 벌컥 열리며 자그마한 몸집의 레인이 들이 닥쳤다.

"글쎄, 캐러밴들이 몰려온다고 해서 나간 것 같은데."

"캐러밴이! 정말이지, 그 인간은! 아직 돌도 안 지난 아이를 데리고 낙타에 올랐단 말이에요?"

레인이 사막으로 돌아와 아심과 결혼한 지 이 년 가까이 되었다. 아심을 닮은 사내아이를 출산하고 이제는 제법 투아레그 여인처럼 보이기도 했다. 앤드류는 이따금 레인을 아심에게 빼앗긴 것이 후회할 짓 아니었나 싶은 마음이 들 때가 있었다. 특히 샤를르가 매정하게 굴 때는 더욱더 그런 생각이 들었다.

레인은 금방이라도 밖으로 뛰쳐나갈 것같이 발을 동동 구르더니 갑자기 앤드류를 향해 돌아섰다.

"앤디, 그런데 얼굴이 왜 그래요?"

"무슨 얼굴?"

앤드류는 피식 웃었다. 레인은 사람의 표정에 민감하다.

"표정이 뭔가…… 음, 무슨 고민 있어요?"

"없는데? 난 레인을 아심에게 빼앗긴 것이 후회될 뿐이야."

앤드류가 고개를 절레절레 흔들며 말하자 레인의 눈이 가늘어졌다.

"샤를르와 무슨 문제 있어요? 잠깐 이리 와봐요."

레인은 앤드류의 손목을 잡아 소파에 앉혔다. 그리고 그 옆에 자리 잡고 앉으며 그녀는 앤드류의 난감해하는 얼굴을 뚫어지게 쳐다보았다.

"샤를르와 여전히 진전이 없는 거예요?"

앤드류는 또다시 피식 웃었다. 그러자 레인이 그의 양 볼을 잡고 양쪽으로 잡아당기기 시작했다.

"그런 자조적인 미소는 안 어울려요. 앤디는 밝게 웃는 모습이 어울려요."

"아야. 아야. 레인, 이거 놔줘."

"그러니까 샤를르를 납치하든지, 붙잡아서 사랑고백을 하든지 해요. 답답하게 서로 눈치만 보고 있지 말고요."

"납치를 하라고?"

"그래요, 확 납치를 해버려요. 아심도 나를 한국에서 납치해 왔잖아요."

"그렇지만 당신은 도망가려 했지."

레인이 키득거리며 웃었다.

"맘이야 아심과 불타는 밤을 계속해서 보내고 싶었죠. 문제는 자존심이에요. 사랑하는 사람 앞에서는 자존심이 필수예요. 자존심이 없는 사랑은 오아시스가 없는 사막이라고 할까요. 그만큼 매력이 없는 거예요. 앤디도 지금 자존심 때문에 샤를르에게 먼저 다가서지 않는 거잖아요."

앤드류는 인정할 수 없었다.

그의 주저함은 자존심 때문이 아니라 용기 부족 때문이었다. 샤를르가 그의 감정에 부딪혔을 때 완전하게 떠나 버릴 것에 대한 불안과 그녀의 감정에 대한 불신 때문이었다.

망설임…….

"내 말을 들어요. 샤를르는 앤디에게 좋은 감정을 가지고 있어요. 사랑한다고까지 했잖아요. 그런데 왜 안 믿어요? 그녀가 냉정하게 보여서요? 그건 쉽게 물을 내보이지 않는 사막과 같은 거예요."

조금의 흔들림.

앤드류는 레인의 설득에 조금씩 마음이 흔들렸다.

진짜로 내가 다가서면 그녀는 마음을 내보여 줄까?

내 마음이 부담스러워 더욱더 나에게서 멀어지는 것은 아닐까?

"앤디, 고민할 필요 없다니까요. 이제는 결혼식을 올려도 되지 않아요? 약혼 기간이 너무 길었어요. 몇 년이죠?"

"이십 년."

앤드류는 이십 년 동안 약혼녀에 대한 사랑을 감춰두고 살아왔다.

"그게 말이나 돼요? 어서 결혼식을 올려요. 정 못하면 제가 추진할게요. 아부에게 말해서……."

"레인, 레인. 좀 참아줘. 난 아직 가진 게 없어."

앤드류는 엉덩이를 들썩이는 레인을 붙잡으며 웃었다. 그녀는 금방이라도 아부에게 달려가 그녀의 입에서 앤드류와 샤를르의 결혼 날을 잡자는 말이 나올 것 같았다.

물론 앤드류는 샤를르와 결혼을 한다면 부부라는 명목으로 그녀에게 좀 더 쉽게 다가설 수 있을지도 모른다는 생각을 했다. 그렇지만 그는 결혼이라는 형식에 묶이기 전에 샤를르의 마음을 갖고 싶었다. 사랑하고 사랑받는 사람끼리의 결혼이 아닌 정략결혼이라는 틀 속에 샤를르를 가둬두기 싫었다.

"앤디가 가진 게 없다니요? 그럼 이 사막은 누구 거예요? 아부의 뒤로 이 나라를 이어갈 사람이잖아요."

"전쟁으로 얼룩져 가고 있는 사막이야."

앤드류는 지난가을 이웃나라에 쏟아지던 폭격을 떠올렸다. 그 나라 국민들은 울면서 앤드류의 땅에 발을 디뎠고 몸 하나 빠져나온 난민들을 뿌리칠 수 없어 그와 아심은 대부분의 난민들을 수용했다.

그나마 머리 좋은 아심이 재빠르게 중립을 선언해서 그들의 나라는 미국과 아랍인의 싸움이라는 전쟁에서 제3자의 입장이 될 수 있었다. 물론 많은 아랍부족들의 항의와 반발을 받아야 했지만 투아레그족은 아랍족과 다르기 때문에 제3국의 입장을 유지해 나갈 수 있었다. 더군다나 그의 나라에는 아랍족보다는 도곤족과 투아레그족이 주를 이루고 있었기 때문에 아랍족의 반발을 금방 잠재울 수 있었다.

"그래도 아름다운 사막이에요. 샤를르가 사랑하는 땅이기도 하구요."

그녀가 사랑하는 땅.

앤드류는 그 사실에 가슴 한켠이 뿌듯해짐을 느꼈다. 그녀가 사랑하는 땅의 주인이 그 누구도 아닌 자신이라는 사실이 새삼 다행스럽게 느껴졌다.

"아무튼 빨리 샤를르를 납치하든지, 그녀를 결혼식 제단 앞에 세우든지 하세요. 샤를르도 지칠 거예요. 계속 이 상태로 있을 수만은 없잖아요?"

앤드류는 고개를 끄덕였다.

그녀를 납치한다…….

앤드류에게는 그만한 용기가 없었다. 그러나 그녀를 얻을 수만 있다면 도전해 볼 수도 있는 남자였다.

샤를르는 검은 땅을 바라보았다.

풀 한 포기 없는 따위에 모래 먼지는 휘날리고 있었다.

"오랜만이네."

레인이 한 팔에 아이를 안고 들어왔다. 샤를르는 창가에서 한걸음 물러서며 레인의 팔에 안겨 있는 사내아이를 바라보았다. 그녀의 시선이 아이의 작은 손에서 물러나지 않았다.

"부럽지?"

처음에 레인을 보았을 때 샤를르는 이상한 사람이라고 생각했다. 머릿속에 있는 말들을 입 밖으로 쉽게 내놓는 그녀를 보며 샤를르는 이해를 할 수 없었다. 그러나 차츰 그녀와 가까워지면서 샤를르는 레인의 성격이 원래 독특하다는 것을 알 수 있었다. 그리고 그녀에게 익숙해지면서 그녀의 당돌하고 기가 찰 정도의 직선적인 말투가 편해졌다.

"그렇네."

"결혼 안 할 거야?"

레인은 모든 것을 쉽게 생각한다. 어렵게 어렵게 결정을 내리는 샤를르와는 정반대로 모든 일이 쉽게 결정되고 결정된 일에 주저함이 없었다.

샤를르는 어깨를 으쓱해 보이며 미소 지었다.

"그런 미소는 앤디 앞에서 지어. 나한테는 국물도 없어."

앤드류의 이름이 나오자 샤를르는 저도 모르게 얼굴에 피가 몰렸다. 그를 생각만 해도 샤를르는 부끄러움이 먼저 앞섰다.

"안아볼래?"

샤를르는 고개를 끄덕였다. 그리고 레인의 팔에서 조심스레 아이를 받아 들었다. 아이는 꽤나 묵직했다. 그러나 연약한 레인의 팔에서 넘겨지던 아이는 가볍게 샤를르의 팔 안으로 들어왔다. 사막에 사는 여성들은 몸이 튼튼했다. 태어날 때부터 많은 병균들과 모래 먼지 속에서 자라며 사막을 횡단하며 살아야 했다. 그에 뒤처지면 죽음밖에 없었다. 더군다나 도곤족의 여성들은 자신의 몸 하나는 지킬 수 있을 정도의 체력은 지녀야 생을 온전하게 마감할 수 있었다. 그렇기 때문에 샤를르는 작은 몸집의 레인보다는 편안하게 아이를 받아 안을 수 있었다.

"무겁지?"

"튼튼하네."

"그럼, 누구 아들인데?"

레인은 배시시 웃으며 은근히 아심 자랑을 했다. 샤를르는 고개를 끄덕였다.

아심……

한때 그의 약혼자였던 샤를르였다. 앤드류와 레인이 사막에 발을 디디지 않았다면 아심의 아이를 낳아 키우고 있을 샤를르였다.

어린 날 멀리서 지켜만 보며 동경심을 감추고 있던 남자의 아이를 품에 안고 샤를르는 미소 지었다. 아심은 강한 남자였다. 그에 비해 앤드류는 여리다고밖에 말할 수 없었다. 강하고 공격적인 아심에 비해 앤드류는 소극적이고 신중한 남자였다.

그 차이를 깨달았을 때 샤를르는 앤드류를 새롭게 볼 수 있었다.

샤를르는 아심의 아이를 안고 지난날을 회상했다.

"샤를르!"

아심이 거친 목소리와 함께 바람이 불 정도로 거세게 방문이 열렸다. 샤를르는 침대 밑으로 도망가며 그의 눈빛을 피하려 했다.

"이리 나와!"

아심은 두 손을 허리에 대고 굳은 얼굴로 문가에 서서 소리쳤다.

샤를르는 엉거주춤하며 침대 밑에서 빠져나와 아심에게 다가갔다. 그의 검은 눈동자가 샤를르의 내려앉은 보라색 눈동자에 박혀 있었다. 샤를르는 아심을 똑바로 쳐다볼 수가 없었다.

"사막에 혼자 나갔었다고?"

샤를르는 고개를 끄덕였다.

"제정신이야? 도대체 무슨 생각으로 그런 거야?"

아심의 손이 샤를르의 어깨를 붙들어 앞뒤로 흔들었다. 샤를르는 죽고만 싶었다. 이상하게 아심의 앞에만 서면 샤를르는 죽고 싶은 심정이 되었다.

"아심!"

샤를르는 아심의 뒤에서 앤드류의 목소리가 들려오자 눈을 번쩍 떴다. 그리고 숨을 몰아쉬며 샤를르의 어깨에서 아심의 손을 떼어내는 앤드류를 노려보았다.

"진정해. 샤를르도 뭔가 이유가 있었을 거야."

앤드류는 그녀의 눈을 똑바로 바라보지 못한 채 아심을 향해 돌아섰다. 샤를르는 앤드류가 싫었다. 금발 머리에 하얀 피부를 지닌 앤드류는 사막의 남자가 아니었다. 그런 남자의 아내가 된다는 사실이 저주스러웠다.

"어쨌든 이야기 들었다. 샤를르도 결혼할 수 있는 나이가 되었다고. 당장 두 사람이 결혼을 해. 샤를르도 더 이상 아이같이 고집 부리지 마."

아심은 명령조로 말하며 고개를 숙인 샤를르에게 매정하게 말했다. 샤를르는 또다시 죽고 싶다는 생각을 했다. 아심과의 결혼을 꿈꾸며 지내온 시간이 십 년이었다. 그런데 어느 날 갑자기 앤드류의 약혼녀가 되어 앤드류와 결혼을 해야 하는 운명에 놓여졌고 샤를르는 그 점이 죽기보다 싫었다. 그리고 생리가 시작한 오늘 아침, 샤를르는 앤드류와의 결혼을 하느니 죽는 게 낫다고 생각하여 사막으로 혼자 나갔던 것이었다.

"아심, 난 아직 사막에 적응을 못했어."

앤드류의 차분한 목소리에 아심이 허공에 대고 콧방귀를 뀌었다.

"사막에 온 지 십 년이 넘었어."

"사막에서 태어난 너에게 비하면 아무것도 아니잖아. 아심, 내게 시간을 줘."

아심은 고개를 천장으로 돌려 버렸다. 고집스럽게 천장을 노려보던 아심은 '쳇!' 하는 소리와 함께 문을 박차고 나갔다. 샤를르는 아심이 나가자 움츠렸던 어깨를 곧게 펴고 턱을 잡아당겨 앤드류를 노려보았다. 그에 비해 앤드류는 아심이 나가자 고개를 숙이며 시선을 바닥으로 내리깐 채 샤를르를 향해 등을 돌렸다.

"네가 나와의 결혼을 원하지 않는다는 것을 알아. 그러니까 당장 결혼하자고 강요하지 않을 거야. 그렇다고 네가 원할 때까지 기다리지는 않을 거다. 그리고 그 기다림의 시간 동안 내가 너만을 기다릴 거라고는 생각하지 마."

앤드류는 방을 나섰다. 그 순간 샤를르는 근육이 단단하게 긴장되어 있는 앤드류의 등을 똑바로 바라볼 수 없었다. 관절이 하얗게 내비칠 정도로 세게 쥔 주먹과 금발 머리카락 사이로 드러나는 경직된 턱선을 샤를르는 잊지 못했다. 그날 밤 이후 그녀는 앤드류의 뒷모습을 제대로 바라볼 수 없게 되었다.

"샤를르?"

샤를르는 고개를 들어 레인의 동그란 눈을 바라보았다.

"내 아들을 훔쳐 가려는 건 아니지?"

농담을 던지며 레인은 은근슬쩍 샤를르의 품에서 아이를 뺏어갔다.

"훔치고 싶어도 아심이 두려워서 못 훔치겠어."

샤를르의 조용한 말투에 레인은 키득거리며 웃었다.

"솔직하게 말해봐. 훔치고 싶은 남자는 따로 있는 거지? 그렇다면 뭘 주저해? 앤디를 훔쳐 버려. 전투에 강한 종족이잖아, 너희는. 남자 하나 훔치는 게 그렇게 어려워?"

레인의 은근한 말투에 샤를르는 미소만 지었다. 앤드류를 훔친다는 생각은 한 번도 해본 적이 없었다. 샤를르가 아심에 대한 연정을 품고 있었다는 것을 앤드류가 안 그날부터 그녀는 앤드류에게 다가갈 수 없었다. 감정이 어떻든 간에 그녀는 앤드류에게 냉정한 여자로 있어야만 했다. 그녀가 있음에도 많은 밤을 다른 여자들과 보낸 앤드류를 원망하고 그에게 결혼하자고 말을 꺼낼 수 없는 자신의 자존심을 원망하며 샤를르는 가만히 있을 뿐이었다. 사막의 모래언덕도 움직이고 오아시스조차 말라비틀어지고 새로 만들어지는데 앤드류를 향한 샤를르는 언제나 똑같았다.

앤디를 훔친다고? 그를……?

앤드류는 샤를르를 납치할 계획을 세웠다. 달빛이 그의 머리를 금빛으로 물들였다. 저녁식사를 하고 방으로 올라온 지 삼십여 분이 지났지만 그는 머리가 멍해서인지 제대로 생각을 할 수가 없었다.

도곤족의 부락에서 누군가를 납치하는 일은 힘들었다. 그는 의자에서 일어나 밀려오는 잠을 떨쳐 내려는 듯 한참 동안 방 안을 서성였다.

샤를르의 아버님께 도움을 청해야 하나.

갑자기 샤를르가 사라지면 부족에서 난리법석이 날지도 몰랐다. 앤드류는 우선 샤를르의 아버님을 설득하기로 마음먹었다. 물론 도곤족이 금발의 앤드류를 좋아하지 않는다는 것은 누구나 아는 사실이었다. 그렇지만 이미 약혼을 한 상태이고 이대로 계속해서 결혼식을 올리지 않는 것 또한 바라지 않는다는 것도 사실이었다.

그러면 어디로 납치하지?

그는 한숨을 쉬었다.

샤를르가 그에게서 도망을 갈 수 없는 곳으로 납치를 해야 했다. 그렇다면 사막밖에 없었다.

아심에게 도움을 청할까.

그러나 남자로서 자존심이 허락하지 않았다.

앤드류는 또다시 길게 한숨을 쉬며 의자에 앉았다. 책상 위의 메모지에 펜으로 동그라미를 그리던 앤드류는 뒤에서 부스럭거리는 소리가 들리자 깜짝 놀라 고개를 돌렸다.

순간 그의 눈에 검은 복면을 한 남자가 창문으로 들어오는 것이 보였다. 앤드류는 의자를 박차고 일어나 몸을 돌렸다.

"누구야!"

앤드류의 외침이 터져 나오자 사내는 흠칫하고 놀라더니 다시 창문으로 나가려 했다. 앤드류는 눈을 부릅뜨며 사내를 향해 달렸다. 앤드류가 달려들자 사내는 또다시 몸을 돌려 앤드류의 주먹을 막아내며 방 안으로 들어섰다.

"네놈은 누구냐!"

앤드류는 나지막이 소리쳤다. 사내는 검은 눈만을 드러낸 채 온몸을 검은색 옷으로 가리고 있었다. 사내는 오른팔로 앤드류의 주먹을 허공으로 가볍게 받아쳐 냈다. 앤드류는 사내와 일 미터쯤 거리를 두고 그를 노려보았다. 상대의 눈동자에는 당황과 놀람이 담겨 있었다.

왜지?

왜 놀란 거지?

순간 앤드류는 눈앞이 흐려지는 것을 느꼈다. 갑자기 몰려오는 현기증에 시야가 흔들렸다. 그는 몸의 중심을 잡으려고 허공에 팔을 휘둘렀다. 그러나 잠시 후 앤드류는 사내의 품 안으로 쓰러지며 정신을 잃었다.

이글거리는 태양이 머리 위로 떠올랐을 때 앤드류는 눈을 떴다.

그는 지끈거리는 뒷머리를 손으로 감싸 쥐며 상체를 일으켰다. 그의 눈에 작은 오두막 내부가 보였다. 한쪽 벽에 설치된 주방과 문이 없는 침실로 이어진 거실, 앤드류는 자신이 누워 있는 소파에서 열린 문으로 시선을 돌렸다.

사막이 눈에 들어왔다.

앤드류는 서서히 몸을 일으켜 밖으로 나섰다. 오두막 안의 그늘에 익숙해져 있던 그의 눈동자에 사막 위의 태양은 잔인했다. 그는 몇 번이고 눈을 껌벅인 다음에 문 밖으로 발을 내디뎠다. 작은 오아시스였다. 두 그루의 바오밥나무와 작은 호수가 있는 오아시스 한쪽 켠에 오두막이 세워져 있었다.

앤드류는 주위를 두러보다 모래언덕 위에 서 있는 사람을 발견하고 그쪽으로 몸을 움직였다. 푸른색 천을 휘날리며 사람은 그를 향해 등을 보인 채 끝없이 펼쳐진 사막을 바라보고 있었다.

앤드류의 발자국 소리가 모래에 파묻혀 사방에 그의 숨소리만이 가득했다. 모래의 열기가 발바닥에서부터 올라왔다. 그리고 몸을 돌려 그를 향한 샤를르를 본 순간 앤드류의 가슴은 격렬하게 타오르기 시작했다.

"샤를르?"

샤를르는 고개를 끄덕인 후 모래언덕을 내려왔다.

그녀의 가는 몸이 휘청였다. 앤드류는 본능적으로 그녀를 향해 손을 뻗었지만 샤를르는 매정하게 그의 손을 뿌리쳤다.

"여긴 어디지?"

샤를르는 대답이 없었다.

앤드류는 그녀의 뒤를 따라 오두막 안으로 다시 들어갔다.

"알아요?"

앤드류는 눈썹을 모았다. 그녀가 무엇을 질문하는 건지 요지를 잡지 못했다. 앤드류의 찌푸린 눈썹에 샤를르는 어깨를 들었다 놓더니 바닥에 무릎을 꿇고 앉았다.

"당신은 납치당했어요."

뭐라구?

앤드류는 입을 벌린 채 샤를르를 바라보았다.

그는 샤를르를 납치하려고 했다. 그런데 그가 납치를 당한 것이다.

"그, 그런⋯⋯."

앤드류는 입을 벙긋거리며 마른침을 삼켰다.

"그리고 나도 납치를 당했어요."

앤드류의 몸이 휘청거렸다.

어떻게 된 일이지?

레인은 키득거리며 아심의 머리를 감싸 안았다.

"내가 얼마나 놀랐는지 알아? 곤드레만드레 나가떨어졌을 거라는 말만 믿고 창문으로 들어갔다가 말짱한 그 녀석을 보고⋯⋯."

레인은 또다시 웃었다.

아심은 입술이 툭 튀어나온 채 한쪽 어깨에 앤드류를 둘러메고 창밖으로 나왔다. 사다리 밑에서 기다리던 레인은 삐친 듯 아랫입술을 내밀고 있는 아심을 보고 서두르라는 손짓을 했다. 그리고 사막한가운데 준비한 작은 파라다이스에 앤드류와 샤를르를 던져 놓고 온 것이었다.

레인은 자신이 잘했다고 생각했다.

그대로 놔뒀으면 앤드류와 샤를르는 평생 서로만 바라보고 다가서지 않은 채 안타까움만을 키울 거라고 결론지었기 때문이다.

"자붐이 삼십 분이면 약이 효과를 볼 거라고 했어요. 그러니까 내 탓이 아니에요."

레인은 속삭이며 무릎을 베고 누운 아심의 머리에 이마를 댔다.

"그래도 그렇지. 너무 놀라서 나도 모르게 창밖으로 다시 나가려고 했다니까."

레인은 웃었다. 냉정하고 당당한 아심이 당황해서 창밖으로 나가려고 했었다는 말에 그가 더욱 귀엽게 느껴졌다.

"어쨌든 성공했잖아요? 두 사람이 그동안 잘 지내길 빌어야죠."

"글쎄, 두고 봐야 알겠지."

레인은 아심의 나직한 말에 유혹을 느꼈다. 그의 소리 죽인 웃음소리와 얌전하게 놓인 두 손을 보며 레인은 입술 끝을 올렸다. 그리고 그녀는 몸을 숙여 그에게 키스를 하며 두 팔을 뻗어 아심의 손을 잡았다. 레인의 등 위로 노란 달빛이 쏟아졌다.

사막이 고요했다.

별만이 깨어 있는 듯 반짝거림을 반복했다. 앤드류는 길게 한숨을 쉬며 집 안에서 잠이 든 샤를르를 떠올렸다. 단 한 마디도 하지 않은 채 그녀는 하루를 보냈다.

레인!

앤드류는 성격 급한 레인에게 화를 내야 할지, 의외로 쉽게 샤를르와 둘이 있게 되어 감사해야 할지 갈피를 못 잡았다.

"앤디!"

그는 벌떡 일어났다. 사막의 고요함을 깨고 짖어지듯 들려온 샤를르의 외침에 앤드류는 반사적으로 몸을 일으켜 모래를 박차고 작은 오두막을 향해 달렸다. 그가 문을 열고 오두막 안으로 뛰쳐들어가자 보라색 눈을 크게 뜨고 있는 샤를르의 얼굴이 보였다. 창문이 없는 넓은 창에서 밀려들어 오는 달빛에 그녀는 연약해 보였다.

"앤디, 여기……."

샤를르의 목소리가 가늘게 떨렸다. 앤드류는 그녀의 시선을 따라 눈동자를 움직였다. 그의 눈에 샤를르가 덮고 있는 담요 위에 꼬리를 높이 세운 전갈이 보였다. 순간 그의 목구멍으로 큰 침이 흘러들어 갔다.

"샤를르, 움직이지 마. 침착하게……."

앤드류는 조심스레 침대로 다가갔다. 사막의 전갈은 위험했다. 그렇기 때문에 신발을 신기 전에는 항상 신발 안을 확인한 다음 신어야 했다. 앤드류는 두근거리는 가슴을 억누르며 담요 쪽으로 손을 뻗었다.

"내가 셋을 세면 몸을 옆으로 굴러서 벽 쪽으로 가."

"네."

앤드류는 그녀의 목을 덮고 있는 담요 끝자락을 세게 쥐었다.

"하나, 둘, 셋!"

그는 있는 힘껏 담요를 제쳤다. 허공으로 날아오른 전갈을 눈으로 쫓으며 앤드류는 허리에 찬 칼을 빼 들어 달렸다. 그의 손이 허공에서 한 바퀴 돌며 바닥으로 향했다. 그리고 정확하게 칼날이 전갈의 몸통을 가르며 나뭇바닥에 박히자 앤드류는 숨을 내쉬었다.

한참을 거친 숨을 내몰던 앤드류는 전갈이 죽었음을 확인하고 천천히 샤를르를 돌아보았다.

"괜찮아?"

"네. 고마워요."

달빛에 비친 그녀는 아름다웠다. 검은 머리가 헝클어진 채 두 손을 가슴께에 모으고 침대 위에 앉아 있는 샤를르는 그 어떤 그림보다도 아름다웠다. 앤드류는 이를 악물며 고개를 돌렸다. 칼에 박힌 전갈을 뽑아 사막에 내던진 그는 모래로 칼을 닦아내며 숨을 골랐다.

"앤디."

앤드류는 허리에 칼을 차며 일어섰다. 그의 눈앞에 보라색 튜닉을 입은 샤를르가 서 있었다.

"함께 자요."

앤드류의 다리가 휘청였다. 샤를르는 두려움이 가득한 목소리로 말을 했지만 앤드류의 귀에는 달콤한 유혹으로 들렸다. 그는 잠시 망설였다.

어떻게 하지?

"아니, 그냥 같이 자줘요. 깊게 생각하지 말아요. 난 두려워요. 사막에서 자라 사막을 두려워하긴 처음이에요. 그러니까 당신이 함께해 줘요."

앤드류의 몸에 전율이 일었다. 샤를르의 담담한 고백에 숨어 있는 뜻을 읽고 그는 기쁨을 느꼈다. 그가 있음으로 두려움을 잊을 수 있다는 것은 두려움보다 앤드류를 멀리하고 싶지 않다는 의미가 포함되어 있었다. 앤드류는 그 것만으로도 충분히 만족했다.

그는 아무 말 없이 그녀의 옆에 몸을 뉘었다.

조용하기만 하던 사막에 그의 심장 박동 소리가 울려 퍼지는 듯했다. 샤를르는 조그만 한숨을 내쉬고 그가 좀 더 편하게 눕도록 몸을 움직여 벽 쪽으로 붙었다.

바람 소리만이 이따금 휘몰아쳤다.

앤드류는 담요 위에 똑바로 누워 손가락 하나 움직이지 않았다.

담요 아래쪽에서 숨만 고르게 쉬고 있는 샤를르 또한 마찬가지였다.

어떻게 하지?

왜 앤디는 가만히 있는 거지?

샤를르는 두근거리는 마음을 애써 숨기며 눈만 깜박였다. 앤드류에게 함께 자자고 말을 하면 그가 못 이기는 척 자신을 범할 거라고 생각하던 샤를르는 거칠어진 숨만 내쉬는 앤드류의 옆에서 눈을 깜박이며 이러지도 못하고 저러지도 못한 채 누워 있었다.

바보 아냐!

샤를르는 곁눈질로 앤드류의 옆얼굴을 바라보았다.

처음 만났을 때 하얗게만 느껴졌던 그의 얼굴이 사막의 태양에 의해 구릿빛으로 그을려 있었다. 앤드류는 천장을 노려본 채 거칠어진 숨을 숨기려는 듯 규칙적이지 못한 숨을 내뱉었다. 그녀는 조심스레 고개를 돌려 그를 자세히 바라보았다. 앤드류의 옆얼굴은 조각과도 같았다. 깎아진 듯 내려오는 이마선과 움푹 파인 홈을 지나 사막의 능선처럼 유연하게 뻗은 콧선, 그리고 아직까지 샤를르가 부드러움의 강도를 책정해 보지 못한 입술선이 유혹적으로 조금씩 벌어졌다 닫히길 반복했다.

그녀는 유혹을 느꼈다.

그리고 유혹에 답했다.

샤를르가 담요를 젖히며 그의 몸 위로 덮쳤을 때 앤드류는 짧은 탄성을 내질렀다. 그녀는 오른팔로 상체를 지탱하고 고개를 숙여 앤드류의 입술 위로 자신의 입술을 덮었다. 탄성을 내지르던 앤드류는 샤를르의 서투른 키스에 잠시 입술을 벌린 채 호흡을 참더니 갑자기 목에 힘을 주어 고개를 들며 그녀의 얼굴을 밀었다.

샤를르는 깜짝 놀라 얼른 상체를 일으키려 했다. 그러나 앤드류의 두 팔이 그녀의 어깨를 잡아 샤를르의 얼굴이 멀리 도망가지 못하도록 했다. 그는 샤를르의 어깨를 밀어 몸의 위치를 바꿨다. 담요가 그들 몸 사이에서 일그러지며 뭉쳤다.

자세가 뒤바뀐 샤를르는 난감함에 앤드류의 눈을 바라보았다.

그의 눈은 여러 가지 감정을 담고 있었다. 샤를르가 이해할 수 없는 감정들을 포함한 채 앤드류의 눈은 물기를 머금은 모양으로 빛났다.

"앤디?"

그녀의 목소리는 앤드류가 가져갔다.

그의 입술이 그녀를 가득 채우고 그의 향기가 그녀의 혼을 빼어 갔다. 샤를르는 남성적이고 강한 앤드류의 체취에 눈을 감았다. 지금까지 상상만 해오던 그의 향기였다. 앤드류의 체취를 맡을 수 있을 만큼 그를 가까이하지 않던 그녀이기에 샤를르는 그의 체취를 상상해 오기만을 했다. 땀내음과 먼지 내음이 섞인 냄새가 그녀 주위를 맴돌았다.

바로 이 느낌이야.

샤를르는 두 손으로 그의 등을 쓰다듬었다. 두꺼운 천 아래로 앤드류의 등 근육이 움찔하며 오그라드는 것이 그녀의 손바닥에 느껴졌다. 샤를르는 호흡이 거칠어지자 부끄러움을 느꼈다. 큰 숨을 쉬고 싶지 않은데 흥분한 심장은 더 많은 공기를 요구했고 그와 부딪친 입술 위로 자신의 숨결이 새어나오는 듯해서 부끄러웠다. 그러나 앤드류의 손이 천천히 그들 사이에 엉켜 있는 담요 사이로 들어오자 샤를르는 거친 숨을 그의 얼굴 위에 쏟아야 했다.

진정해. 이러면 안 돼.

그녀의 이성이 흥분을 잠재우려 노력했다. 마음은 앤드류의 몸을 붙들고 놓아주고 싶지 않은데 이성은 그의 가슴을 슬그머니 밀어내기 시작했다. 샤를르는 앤드류가 숨을 멈추고 입술을 멀리하자 자신이 그의 가슴을 밀어낸 것을 의식했다.

다시 붙잡고 싶다.

그러나 멀어지는 앤드류를 붙잡지 못한 채 그녀는 그를 향해 등을 돌리고 모로 누웠다.

"미안해……."

앤드류는 어둠 속에 그 말만을 남기고 오두막을 나갔다. 사박거리는 그의 발걸음 소리가 점차 멀어졌을 때 샤를르는 자신의 이성을 원망하며 벽을 노려보았다.

내가 왜 그랬지.

사방이 어둠과 고요 속에 묻혔다. 그녀는 자신이 노려보는 것이 벽인지, 어둠인지, 자기 자신인지 알 수 없을 만큼 심연에 빠져 버렸다.

날 이상한 여자라고 생각할 거야.

유혹해 놓고 거부하는 여자를 이해할 수 없을 거야.

두 번 다시 내게 키스를 하지 않으면 어떡하지?

그렇게 생각하던 샤를르는 흠칫하며 입술로 손을 가져갔다. 앤드류와 첫 키스를 했다는 생각에 손끝까지 가느다란 전율이 흘렀다. 가늘게 떨리는 입술과 손가락 끝이 서로 맞닿아 그녀를 흔들었다. 샤를르는 눈물이 고이는 두 눈을 질끈 감았다.

기쁨의 눈물인지, 후회의 눈물인지 알 수 없었다.

앤드류는 모래를 발끝으로 걷어차며 입 밖으로 터져 나오려는 욕설을 간신히 삼켰다.

젠장!

키스를 하는 게 아니었어!

그는 또다시 모래를 걷어찼다. 발끝에 차인 모래는 능선을 따라 하늘로 치솟으며 달을 향해 뻗어나가다 곧바로 추락했다. 마치 그녀에게 키스를 받았을 때 한없이 피어오르던 그의 기쁨이 곧장 바닥으로 떨어진 것과도 같았다. 남은 건 재뿐이다. 기쁨이 소멸하며 남긴 재로 인하여 아픔과 씁쓸함이 그를 가득 채웠다.

샤를르가 왜 키스를 했는지 이유를 알 수 없었다. 그러나 그녀가 키스 이상을 원한 게 아니라는 건 알 수 있었다.

너무 조급했어!

앤드류는 모래바닥에 털썩 주저앉아 주먹으로 바닥을 내려쳤다. 모래에 박힌 손등이 까칠했다. 그는 자신의 조급함을 탓하며 더욱 깊게 모래 속으로 주먹을 밀어 넣었다.

어쩌면 내 키스가 마음에 안 들었을 수도 있어.

그런 생각이 들자 무너지는 남자로서의 자존심과 상처받는 사랑이 다가왔다. 아심만큼 여자 경험이 많지 않은 탓에 키스가 능숙하지 않을 수도 있다. 더군다나 조급한 마음에 무턱대고 그녀 안으로 파고들려고만 했던 것 같았다. 그렇지만 그렇게 생각하면 샤를르가 키스를 비교할 수 있는 경험이 있다는 의미가 포함되어서 가슴이 저릿해졌다.

나 말고 다른 남자와 키스를 했을까?

내가 첫 키스가 아닐까?

남자로서의 이기심이다.

앤드류는 고개를 가로저으며 한숨을 쉬었다. 그녀가 누군가와 키스를 했든, 그 키스와 앤드류와의 키스를 비교했든 간에 그건 그녀의 마음이었다. 앤드류는 아주 오랫동안 샤를르에게 다가가지 않았고 아무리 아심을 짝사랑하는 샤를르라 하더라도 성(性)이 개방된 아프리카에서 성인이 훌쩍 넘은 나이까지 첫 키스를 기대할 수 없었다.

제 아무리 약혼자라 하더라도…….

난 약혼자로서의 자격이 없어.

난 왜 이렇게 소심할까?

아심처럼 대담해지고 싶다.

언제나 그래 왔다. 앤드류는 아심처럼 대담하고 거침없는 성격이길 바랐다. 그러나 아심과 비슷해질 것 같다가도 샤를르 앞에만 서면 언제든지 소심한 앤드류가 되어버렸다. 그는 모래 위로 벌렁 누워 밤하늘을 올려다보았다.

수많은 별들과 달이 그의 눈 안으로 들어왔다.

한손을 머리 뒤로 받쳐 팔베개를 한 다음 다른 한 손을 길게 뻗어 별을 잡을 것처럼 활짝 펼쳤다. 손가락 사이로 별들이 보이면서 가늘게 떨리는 손가락 끝이 보였다. 그제야 앤드류는 샤를르와 첫 키스를 했음을 떠올렸다. 그 순간 온몸으로 흥분이 밀려왔다. 하늘을 향해 뻗어 있는 손이 텔레비전 화면이 흔들리듯 요동을 쳤다.

그는 천천히 손을 모아 입술에 대었다. 사방이 흔들렸다. 그녀와 키스를 했던 입술이 떨리고 그녀의 몸을 어루만지던 손이 떨리고 뒤늦은 기쁨으로 온몸이 흔들렸다.

모래위에 누운 채 입술을 손가락 끝으로 덮은 앤드류는 어지러움증에 눈을 감았다. 그리고 싱긋 미소 지었다.

사랑하는 걸 어떻게 해…….

"샤를르!"

그녀는 자신의 이름을 외치는 앤드류를 돌아보지 않았다.

푹푹 꺼지는 모래 속으로 발을 움직이며 힘겹게 앞으로만 나아가려 했다. 한낮의 태양이 검은 두건을 쓴 그녀의 머리 위로 내리쬐었고 금방 증발해 버리는 땀은 깔깔한 소금기만을 남기며 몸을 할퀴었다. 마음 같아서는 수통의 물을 한 모금 마시며 잠시 쉬고 싶지만 뒤따라오는 앤드류에게 붙잡히지 않으려 그녀는 이를 악물었다. 그렇지만 오래가지 않아 그녀는 능선 위에서 그에게 붙들렸고 갑자기 돌려 세워지는 바람에 작은 현기증으로 눈을 감았다 떴다. 새벽빛을 받으며 오두막을 들어오던 앤드류를 본 순간 느꼈던 현기증과 같았다. 그의 금발은 사막의 새벽빛을 받아 황동색으로 빛났고 샤를르는 눈을 감으며 눈꺼풀 안에서 빛나는 그의 머리칼을 헤아려야 했다.

지금도 날 이상한 여자라고 생각할 거야…….

"어디로 가려고 그래?"

샤를르는 앤드류가 붙잡은 자신의 팔을 내려다보았다.

그리고 그의 각진 손을 따라 시선을 움직이던 그녀는 숨을 들이 컸다. 사막에서 지낸 시간이 이십 년이 넘다 보니 백인인 그도 피부가 구릿빛으로 바뀌어 있었다. 하얗고 금방이라도 쓰러질 것 같던 사내아이가 그동안 구릿빛 피부를 가진 단단한 남자로 변했다는 사실이 새삼 그녀에게 충격으로 다가왔다. 샤를르는 그의 손을 뿌리치고 고개를 치켜들어 그를 노려보았다.

"사막으로요."

"말이 되냐구! 지금 사막으로 나가서 어쩌겠다는 거야!"

앤드류는 다시금 그녀의 팔을 붙잡았다.

사막의 열기 때문인지 온몸이 후끈하고 달아오르자 샤를르는 거칠게 몸을 비틀었다. 그의 손은 인두처럼 그녀의 피부에 화상을 남길 듯이 뜨겁게 달라붙었다.

도망가고 싶어.

그녀는 오로지 그 생각밖에 없었다.

자신의 어리석음을 탓하며, 지난밤을 떠올리며, 샤를르는 앤드류에게서 도망가려 했다. 사막에 쓰러져 죽는 한이 있어도 그와 함께 있을 자신이 없었다. 언제나 냉정함 속에 감추고 살아왔던 감정들이 한꺼번에 폭발해 언제 이성을 잃을지도 몰랐고 그 모습에 앤드류가 자신을 버릴 것 같아 두려웠다. 그럴 바에는 영원히 지금처럼 서로 거리를 두고 지내는 편이 좋을 것만 같았다.

죽을 때까지 약혼녀로 남을 거야…….

그 생각 또한 두려웠다.

레인의 과감함을 부러워하면서 레인 같았다면 이 상황에서 도망치지 않았을 거라고 스스로에게 채찍질을 해도 샤를르는 올바른 판단을 할 수가 없었다.

단지 지금 그에게서 벗어나야 한다는 생각만이 지배적이었다.

"어젯밤 일 때문이야?"

앤드류의 차분한 목소리에 샤를르는 숨을 들이켰다.

그녀는 겁먹은 눈을 들어 그가 한숨을 쉬며 눈을 감는 모습을 보았다. 찌푸린 눈썹 사이로 패인 주름들이 햇살 아래 적나라하게 드러났다. 곱디곱던 하얀 피부가 강한 태양 아래에서 갈색으로 그을었고 모래 바람 속에서 잔주름들이 생겨났다. 샤를르는 저도 모르게 그의 눈가에 있는 주름들을 손가락으로 펴주려고 손을 들었다.

앤드류에게는 주름이 어울리지 않아.

그는 영원한 젊음이었다.

사막의 남자들이 일찍 늙어 굵은 주름살이 가득한 얼굴을 한다 하여도 그녀에게 있어 앤드류는 영원히 젊은 청년의 모습이어야 했다. 사막의 남자가 되지 않는다 하여도 그녀만의 남자로 남아 있길 바라는 헛된 바람일지도 몰랐다.

순간 그녀의 손가락이 만든 그늘을 느꼈는지 앤드류는 반짝 하며 눈을 떴고 그녀는 얼른 손을 내렸다.

가슴이 사정없이 두근대었다.

"왜?"

그는 투명한 눈동자로 그녀를 주시하며 물었다.

샤를르는 잠시 말문이 막혔다. 뭐라고 대답해야 할지 막막했다. 그녀가 고개를 돌리자 그는 크게 숨을 들이키며 조용히 말했다.

"나 때문이라면 오늘 밤부터는 오두막 바깥에서 잘게."

"전 사막에서 자랐기 때문에 혼자서라도 마을로 돌아갈 수 있어요."

샤를르는 고집스럽게 말했고 앤드류는 눈을 가늘게 뜨며 그녀를 내려다보았다.

"물론 당신은 사막에서 태어났기 때문에 마을로 돌아갈 수 있을 거야. 전쟁이 일어나지 않는다면 말이지."

순간 샤를르는 주변국들의 전세(戰勢)를 떠올렸다.

미국과 시작된 전쟁은 둘째 치고 주변국들의 내전은 시간이 갈수록 심각해졌다. 남쪽에 있는 앙골라에서는 여행객이 여권을 제때 꺼내지 않으면 바로 총살을 당할 수도 있을 정도로 주변국은 전쟁으로 얼룩져 있었다. 물론 앤드류의 나라는 아심과 앤드류의 중립적 외교와 내국 종족들과의 화합 덕분에 유일하게 조용히 있는 나라였지만 그들의 나라가 삼면을 전쟁 중인 나라와 국경을 이루고 있다는 데 문제가 있었다. 샤를르는 고개를 들어 태양의 방향을 가늠해 보았다.

그녀는 북쪽을 향하고 있었다.

돌산이 있는 그녀의 부족은 사막의 북쪽에 있었다. 그렇지만 그건 남쪽에서의 일이었다. 서쪽에서 북쪽으로 향하면 전쟁터였다.

이곳은 어디쯤이지?

바람의 방향으로 남쪽에 가까운 것 같지만 그것도 확신할 수 없었다.

"난 당신을 보호해야 할 권리가 있어."

난 당신에게 보호받을 권리가 없어요.

샤를르는 입 밖으로 나오려는 말을 꾹꾹 참았다.

언제나 그래 왔다. 항상 그의 앞에 서면, 하고 싶은 말을 제대로 하지 못했다. 그런 자신이 답답해서 홀로 가슴을 두드린 날이 하루 이틀이 아니었다. 그렇지만 샤를르는 그에게 함부로 말을 할 수 없었다.

말뿐인 약혼녀로 이십 년을 지내오면서 샤를르의 가슴에 쌓인 아픔은 그의 앞에서 그녀를 벙어리로 만들어 버렸다. 그녀는 아랫입술을 깨물며 고개를 숙였다.

레인! 어떻게 해야 하지? 난 어떻게 해야 하는 거지?

샤를르가 하나밖에 없는 친구에게 해답을 구하려 해도 그 친구는 이런 상황 속으로 자신을 집어넣었다. 물론 지금 눈앞에 있다면 레인은 바로 대답해 줄 것을 샤를르는 믿어 의심치 않았다.

'그를 넘어뜨리고 덮쳐!'

샤를르의 생각도 마찬가지였다. 그렇지만 그를 넘어뜨릴 용기는 눈곱만치도 생기지 않았다. 오래전 앤드류의 응접실에서 우아한 영국 여성을 만났을 때부터 샤를르는 모든 용기를 잃었다.

눈물이 나올 것만 같았다.

앤드류의 가슴에 매달려 엉엉 울고 싶었다. 샤를르는 두 손을 주먹 쥔 채 모래 바닥을 노려보았다. 왜 사랑한다는 말이 목구멍에서 나오지 않는 건지, 그만한 용기도 없을 만큼만 그를 사랑하는 건지, 왜 그에게 뛰어들어 사막의 여자들처럼 불꽃처럼 화려하게 그를 휘어잡을 수 없는 건지, 그녀는 알 수가 없었다. 단지 앤드류 앞에서는 요조숙녀인 것처럼 행동해야 하고 그에게 영국 여성보다 더 매혹적으로 보여야 한다는 강박관념에 빠져 지내온 이십 년 동안의 습관이 그녀로 하여금 앤드류에게 향한 손을 오므라들게 만든다는 것만 알고 있었다.

난 사막의 여자야.

백인 여자가 아니라고…… 검은 피부에 검은 머리를 지녔어.

그러니 어떻게 아름다운 숙녀가 될 수 있겠어.

본능적으로 그를 유혹했다가 영국 숙녀들은 그런 천박한 행동을 하지 않는다는 생각을 했던 샤를르였다. 그리고 그에게 어울리는 여자가 되기 위해 백인 피부를 뒤집어쓴 것마냥 행동해 왔던 자신의 나약함에 샤를르는 가슴이 답답해졌다.

그 모든 것을 떠나 지금 당장은 앤드류에게 안겨 울고만 싶은 그녀였다.

과거도, 현재도, 미래도, 모두 잊고 그와 자신만을 생각하고 싶었다.

그녀의 침묵에 앤드류는 고함이라도 지르고 싶은 심정으로 가득해졌다. 손을 뻗어 잡으면 자신에게로 끌려올 것 같은데 냉랭한 표정으로 사막의 모래알만 바라보는 샤를르에게 손을 대기가 쉽지만은 않았다. 이 년 전, 그녀가 호텔에서 괴한의 공격을 받아 병원으로 이송되며 그의 손을 잡고 '사랑해요'라고 말했던 일이 다시금 떠올랐다. 레인과 아심은 그녀의 고백이 앤드류 자신에게 한 것이라고 했지만 정신이 든 샤를르가 또다시 냉랭한 모습으로 그를 대하는 모습에서 앤드류는 확신을 잃었다.

나를 사랑하는 거야?

아니면 아심을 사랑하는 거야?

그녀가 아심을 사랑해 왔다는 건 오래전부터 알고 있었다. 그 사실을 알게 되었을 때 앤드류는 아심을 원망하기도 했었다. 하지만 자신의 부족함을 깨닫고 앤드류는 아심을 시기하거나 부러워하기보다 사막의 남자가 되기 위해 노력해 왔다. 그렇지만 이상하게 샤를르의 앞에서만 서면 금발 머리의 하얀 피부를 지닌 영국 남자가 되어버리는 앤드류였다.

앤드류는 어금니를 악물었다. 머리 위로 내리쬐는 태양이 그에게 현기증을 안겨주며 이성을 앗아가기 시작했다.

화도 나고 갖지 못하는 그녀의 마음에 대한 원망도 생겨났다. 그와 단둘이 있는 것을 참지 못해 사막으로 뛰쳐나온 샤를르가 그토록 원망스러울 수가 없었다. 그녀의 보라색 눈동자가 태양 아래 더욱 짙어진 듯했다.

"앤디?"

앤드류가 한 발자국 다가서자 그녀가 어깨를 움찔하며 뒤로 한 걸음 물러나며 속삭이듯 그의 이름을 불렀다. 그 목소리가 그를 깨웠다. 그동안 그녀를 향해 억눌러 왔던 모든 감정들이 한 번에 그의 안에서 터져 나왔다. 앤드류는 두 손을 뻗어 멀어지려는 샤를르의 팔을 강하게 끌어당겼다. 그녀의 발 아래에서 모래 먼지가 뽀얗게 일어났다. 가느다랗고 긴 손가락이 그의 가슴에 닿아 앤드류의 거친 호흡을 감쌌다. 놀람으로 검은색에 가까워진 보라색 눈동자를 노려보며 앤드류는 악문 잇새로 천천히 말을 내뱉었다.

"더 이상 당신을 기다리지 않겠어. 당신을 생각하며 다른 여자를 품는 것도 더 이상 하지 않겠어."

그녀의 얼굴에 충격이 번져 갔다.

앤드류는 한 손을 샤를르의 검은 머리 안으로 밀어 넣어 그녀가 반항하지 못하도록 했다. 한낮의 태양이 그들의 머리 위에서 작열했다. 그 뜨거운 열기에 숨이 막히고 이성이 타버리는 것 같았다.

앤드류의 입술이 내려앉은 샤를르의 입술은 더욱 뜨거웠다. 갈망이 솟구쳐 올랐다. 더 깊이, 더 강하게 그녀의 체취를 느끼고 탐닉하고자 하는 욕구가 가슴에서부터 온몸으로 퍼져 나갔다. 샤를르의 검은 머리카락 속에 있는 앤드류의 손가락이 넓게 퍼졌다. 그와 동시에 그녀의 손이 자신의 가슴 위에서 부드럽게 움직이는 것을 느낀 앤드류는 전율로 팔이 떨리는 것을 느꼈다.

그를 거부하지 않는 샤를르는 오히려 더더욱 앤드류의 가슴으로 파고들며 달콤한 혀를 그의 입 안으로 밀어 넣었고 그는 낮은 신음과 함께 아찔함에 빠졌다.

오랫동안 감추어왔던 열망과 욕정이 한 번에 터져 나와 그녀를 향해 꿈틀거렸고 앤드류는 주저함 없이 샤를르의 몸을 들어 오두막으로 향했다. 사막의 모래가 두 사람의 무게를 흡수하며 깊게 파여 선명한 발자국을 만들어냈다. 그는 자신의 어깨에 얼굴을 묻은 샤를르의 뜨거움 숨결을 느끼며 오두막 안으로 들어갔다.

눈이 부실 정도로 환했던 태양이 사라지며 어둡다시피 한 실내로 들어서자 앤드류는 길게 숨을 토해내고 조심스럽게 그녀를 바닥에 내려놓았다. 사막의 열기가 주었던 흥분과 열망이 오두막 내부에 흐르는 어둠으로 인해 갑자기 사그라들자 앤드류는 당황했다.

내가 무슨 짓을 한 거지?

내가 무슨 짓을 하려고 한 거지?

순간적으로 이성을 잃은 자신이 어이없을 정도였다. 앤드류는 차마 샤를르를 볼 수가 없어 한 손에 얼굴을 묻었다. 쥐구멍이 있으면 머리라도 처박고 싶은 심정이었다. 그런 앤드류의 손을 잡아당기며 샤를르는 속삭였다.

"앤디, 날 가져요. 나와 사랑을 나누어요. 다른 여자가 아닌 나와 사랑을 해줘요."

번개를 맞아도 이보다 짜릿할 수 없다고 생각되었다. 놀람으로 크게 떠진 앤드류의 눈에 한 발 뒤로 물러난 샤를르가 보라색 튜닉을 어깨에서부터 허리로 천천히 내리는 모습이 보였다. 허리까지 오는 검은 머리카락이 헝클어져 샤를르의 어깨와 가슴을 희미하게 감싸고 군살 없는 아랫배에 짙은 그림자를 만들고 있는 배꼽은 유혹적으로 그의 시선을 잡아끌었다. 그리고 골반에 아슬아슬한 기분이 들 정도로 삐딱하게 걸려 있는 보라색 튜닉이 순식간에 힘없이 바닥으로 떨어지자 앤드류는 거친 숨을 들이마시었다.

"샤를르……."

외전
―고백

그의 앞에서 알몸으로 서 있기가 쉽지만은 않았다. 하지만 발끝에서 튜닉을 밀어내며 샤를르는 부끄러움보다 용기를 선택했다. 앤드류의 입에서 신음처럼 그녀의 이름이 흘러나오자 샤를르는 그에게 다가섰다. 검은 피부의 손을 그의 구릿빛 얼굴에 대자 앤드류가 기나긴 한숨과 함께 눈을 감았다.

그의 숨결이 손등에 뜨겁게 다가왔다.

앤드류가 얼마나 많은 여자를 품에 안았는지, 샤를르 자신을 사랑하는지 생각하지 않기로 했다. 이 순간이 지나면 다시는 이런 기회가 오지 않을 수도 있었고 그렇게 된다면 또다시 주저한 스스로를 질책하고 후회할 것이 분명했기 때문이다.

그녀는 그의 몸에 허리를 바짝 붙여 한 손으로 앤드류의 손을 잡아 자신의 허리를 감싸도록 했다.

뜨거움.

사막의 모래보다 더욱 뜨거운 열기를 품고 앤드류의 손바닥이 그녀의 허리에 펼쳐지자 두 사람은 동시에 가빠진 숨을 토해내었다.

"앤드류, 키스해 줘요. 내 온몸 구석구석까지 모두 키스해 줘요. 내가 당신의 키스에 반응할 수 있도록 해줘요."

허스키해진 그녀의 목소리가 흘러나오자 앤드류의 눈이 떠졌다. 샤를르는 그의 눈동자 안에서 욕망과 열망을 읽었다. 그리고 그의 팔에 안겨 침대에 앉혀진 그녀는 앤드류의 폭발하는 듯한 키스를 온몸에 받기 시작했다.

"샤를르……."

검은 피부를 모두 탐하며 그의 입술은 그녀의 이름을 불렀다.

다른 여자가 아닌 그녀의 이름을 속삭이며 앤드류의 입술은 샤를르의 어깨에서 가슴으로, 부드러운 선을 그리는 허리에서 단단한 허벅지까지 흘러내려 갔다. 샤를르는 온몸으로 퍼져 나가는 흥분을 참지 못해 낮게 신음을 했고 그에 답하듯 무릎을 꿇고 있는 앤드류의 입술이 허벅지 안쪽으로 움직이기 시작했다.

샤를르의 허리가 둥글게 휘어지며 앤드류의 입술을 받아들였다. 그녀는 본능적으로 그가 애무하기 쉽도록 허리를 젖힌 채 천장을 바라보며 탄성과도 같은 숨을 토해내었다.

사막에서 태어나 거칠고 억세게 자라났지만 영국 여자를 꿈꾸며 냉정한 모습으로 포장하고 자신을 억제해 왔던 샤를르는 앤드류의 입술과 혀로 인해 자신을 던져 버렸다. 그녀는 두 손으로 앤드류의 머리를 잡아 자신의 몸에서 뗀 다음 그의 앞에 주저앉아 급하게 그의 옷을 벗기기 시작했다.

낮은 웃음소리.

처음 듣는 듯한 앤드류의 여유있고 그윽한 웃음소리가 그녀의
모든 감각을 자극했다.

손에 만져지는 단단한 근육과 숨 쉴 때마다 밀려드는 남성적인
체취, 유혹적으로 들려오는 웃음과 속삭임.

"샤를르, 당신을 품기 전에 이 말은 해야겠어. 당신을 진심으로
사랑해. 지금까지 계속 사랑해 왔고 앞으로도 영원히 사랑할 거야."

그의 고백을 되새기고 음미하기 전에 앤드류의 몸이 그녀 안으
로 들어왔다.

"으윽!"

갑자기 밀려드는 고통에 샤를르가 질끈 눈을 감자 앤드류가 움
직임을 멈추었다.

"샤를르?"

"괜찮아요, 앤디. 날 사랑해 줘요. 멈추지 말고 날 사랑해 줘요."

하지만 앤드류는 멈춰야 했고 그 둘은 서로에게서 멀어져야만
했다.

"무슨 소리예요?"

멀리서 헬리콥터의 프로펠러가 돌아가는 소리가 들리기 시작했
다. 그 소리가 점차 가까워졌을 때 앤드류와 샤를르는 서둘러 옷을
입고 오두막 밖으로 뛰어나갔다.

"앤디! 샤를르! 서둘러!"

아심이 눈썹을 잔뜩 찡그린 채 소리쳤다. 요란하게 돌아가는 프로
펠러 아래로 샤를르는 앤드류의 보호를 받으며 달려갔다. 그리고 그

들이 헬리콥터에 오르자 헬리콥터는 급하게 하늘로 치솟아올랐다.

"무슨 일이야?"

"내 잘못이야. 국경에서 가까운 곳에 너희 숙소를 마련하는 게 아니었어."

"뭐?"

앤드류가 어이없어하며 소리치자 아심이 뒷머리를 긁적거렸다.

"아무 탈 없었으니까 됐잖아."

샤를르는 아심을 노려보았다. 아무 탈이 없지 않았다. 그녀와 앤드류의 소중한 첫 경험이 얼떨결에 날아가 버린 것이었다. 마음 같아서는 아심에게 욕을 퍼부어대고만 싶었다. 하지만 그런 마음은 앤드류가 아심의 아랫배를 주먹으로 세게 치자 놀람으로 바뀌었다.

"헉! 앤디! 왜 이래?"

"이 정도에서 끝난 걸 다행으로 알라구. 네가 무슨 짓을 했는지 알기나 해?"

아심은 샤를르와 앤드류의 얼굴을 번갈아보더니 입술을 비틀었다.

"젠장! 내가 이럴 줄 알았어. 가만히 놔둬도 둘이 알아서 싸바싸바 할 걸 굳이 납치하라고 난리를 치더니…… 결국 나만 욕먹잖아?"

샤를르는 희미하게 웃었다.

어쨌든 간에 그녀는 앤드류의 고백을 들을 수 있었고 그 점만으로도 아심과 레인에게 감사했다. 샤를르는 얼굴을 딱딱하게 굳힌 채 창밖을 바라보는 앤드류에게 손을 뻗어 그의 손을 감싸 쥐었다. 그리고 눈을 깜박이며 돌아본 앤드류에게 부드러운 미소를 보냈다.

둥근 달이 구름 한 점 없는 하늘에 도도히 빛나고 있었다. 앤드류는 샤를르의 몸을 감싸 안은 채 길게 한숨을 쉬었다.

"앤디?"

"응?"

"왜 한숨을 쉬어요?"

그의 가슴에 손바닥을 펼치며 묻는 샤를르를 내려다보며 앤드류는 꿈이 아닌가 싶어 가볍게 몸을 떨었다.

"꿈만 같아서, 당신과 이렇게 함께 있는 것이."

"우리 정말 바보 같았죠?"

앤드류는 얼굴에 홍조를 띤 채 이마를 자신의 어깨에 박는 샤를르가 그토록 사랑스러울 수 없었다.

"내가 어리석었어. 진작에 당신에게 사랑한다고 말했어야 했는데……."

"나도 마찬가지예요. 왜 당신의 마음을 믿지 못했는지 알 수 없어요."

참으로 기나긴 시간이었다.

그녀와 서로를 마주 보며 다가서지 못했던 시간들이 아쉽고 안타깝기까지 했다. 앤드류는 샤를르의 목에 키스를 하며 다시는 그녀에게 사랑함을 표현하는 데 있어 주저함을 갖지 않으리라 맹세했다.

"사랑해. 내가 바보같이 굴어도 이 마음만은 잊지 말아줘."

"저도 사랑해요. 제가 도도한 척해도 제 마음이 당신을 향한 거라는 걸 오해하지 말아줘요."

그때 가벼운 노크 소리가 났고 앤드류는 침대 시트를 끌어 올려 샤를르의 드러난 어깨를 감싸주었다.

"앤디?"

문 밖에서 레인의 목소리가 들려왔다.

"들어와."

그러자 문이 열리며 레인과 아심이 동시에 고개를 들이밀었다.

"무슨 일이야, 이 밤중에?"

앤드류는 눈썹을 찡그리며 물었고 침대 위에 있는 두 사람을 본 레인과 아심은 각기 다른 표정을 지었다. 그리고 레인이 의기양양해진 얼굴로 아심에게 말하자 앤드류는 두 사람을 있는 힘껏 노려보았다.

"거봐요, 내 말이 맞았죠? 두 사람이 납치되어서 싸바싸바 한 거라니까요."

"레인, 그러니까 내 말이. 두 사람은 가만히 놔둬도 싸바싸바 했을 거라니까."

"아니에요. 납치를 안 했으면 두 사람이 싸바싸바 하는 데 앞으로 십 년은 더 걸렸을 거예요."

"당신은 남녀관계를 몰라도 너무 몰라."

"그럼 당신은 잘 알구요? 오호라, 나한테 지금 많은 여자들하고 놀아났다고 자랑하는 거예요?"

레인과 아심은 문 안쪽으로 고개를 들이민 채로 티격태격 싸워댔고 샤를르와 앤드류는 어이가 없어 허공에 코웃음을 쳤다.

"아심, 부부싸움은 너희 방에 가서 하는 게 어때?"

"앤디, 우린 부부싸움을 하는 게 아니라 심오한 토론을 벌이는 거라구. 레인, 내가 그런 뜻으로 말한 게 아니라는 거 알잖아?"

"어머, 그럼 무슨 뜻이에요?"

"레인!"

갑자기 샤를르의 외침이 터져 나오자 세 사람의 시선이 그녀에게로 모아졌다. 그러자 샤를르가 냉정한 눈빛으로 아심과 레인을 바라보며 차분히 입을 열었다.

"우리 둘만 있게 해주겠어요?"

샤를르의 명령과도 같은 부탁에 레인과 아심은 서로를 바라보더니 어깨를 으쓱해 보였다. 그리고 문을 닫으며 중얼거린 아심의 말에 앤드류는 베개를 집어 던졌다.

"가자. 둘이 싸바싸바 하려나 봐."

베개가 둔탁한 소리를 내며 바닥으로 떨어지자 복도에 레인과 아심의 웃음소리가 울렸다. 앤드류는 한숨을 쉬며 고개를 절레절레 흔들고 '푸훗' 하며 웃는 샤를르를 돌아보았다.

그녀의 웃음이 앤드류의 가슴을 흔들었다. 어이도 없지만 새삼 웃음이 나와 앤드류는 샤를르와 함께 웃음을 토해내었다. 창밖으로 흐르는 두 사람의 웃음소리가 모래 먼지 사이로 흡수되었고 고요한 달빛을 받으며 그 능선을 달리하는 모래언덕은 조용히 움직여 갔다.

그렇게 사막의 밤이 깊어만 갔고 그들의 사랑은 어둠을 적셨다.

『사막의 남자』終

출간 당시 뜨거운 화제를 불러일으켰던 수작만 모았다. 〈데카메론〉 이름 아래 명품 로맨스소설을 재탄생시키다!

01 바람의 딸 이금조 지음

섬세하고, 치밀하게, 그리고 열정적인 사랑이 녹아나는
감각적인 이야기의 흐름이 온몸을 전율토록 만든다.
신비하고 섬세한 이금조의 필치에
당신은 한시도 눈을 뗄 수 없을 것이다.

02 사막의 남자 박윤후 지음

끝없이 펼쳐진 황량한 사막 땅 위에서
신기루처럼 신비롭고 아름다운 사랑을 논하다.
작품을 읽는 내내
그 어떤 단어로도 형용할 수 없는 기분에 매료될 것이다.

03 해적의 여자 이진현 지음

호기심이었고, 장난이었어. 하지만 넌… 그 이상의 것으로 날 묶어두었지.
사랑을 이길 건 아무것도 없다.
로맨스의 새로운 지평을 열었다는 평을 듣는 작품인만큼
당신의 감상도 다르지 않을 것이다.